10
18

12, AVENUE D'ITALIE. PARIS XIIIe

Sur l'auteur

John Lawton est directeur de programmes télévisés, scénariste, éditeur et auteur de sept thrillers dans la série mettant en scène l'inspecteur Troy. En 2008, il était l'un des rares écrivains anglais vivants à être nommé dans la liste du *Daily Telegraph* des « 50 auteurs de polars à lire avant de mourir ». Il passe maintenant la plupart de son temps à écrire dans les collines de Derbyshire, en Angleterre. Après *Black-out*, finaliste du prix SNCF du polar 2016, *Retour de flammes* est son deuxième roman à paraître en France.

JOHN LAWTON

RETOUR DE FLAMMES

Traduit de l'anglais
par Anne-Marie Carrière

INÉDIT

10/18

Grands détectives

créé par Jean-Claude Zylberstein

Du même auteur
aux Éditions 10/18

BLACK-OUT, n° 4912

Titre original :
Old Flames

ISBN 978-2-264-06497-4

À Susan Freathy
agent provocatrice

REMERCIEMENTS

À Daniel Edelman, de Ridgefield, dans le Connecticut, qui m'a offert un toit pendant que je rédigeais une partie de ce livre.

À Arthur Cantor, qui a fait de même à Manhattan.

Merci à Sarah Teale d'avoir fait rempart entre moi, le téléphone et le fax durant presque quatre mois.

À Art Tatum, qui, en 1956, la dernière année de sa vie, a enregistré session après session son œuvre la plus achevée et n'a jamais cessé d'intriguer mon oreille depuis quarante ans.

« … le SIS ne se contentait pas de défendre les convenances traditionnelles de notre société ; il les personnifiait. Entre les murs de ses bureaux, de ses clubs et de ses maisons de campagne, au cours de déjeuners à voix basse avec ses contacts séculiers, il incarnait l'entité physique d'une Angleterre en voie de disparition. Là au moins, malgré tout ce qui pouvait se passer dans le vaste monde, on chérissait la fine fleur de l'Angleterre. "L'Empire peut bien crouler ; mais au sein de notre secrète élite survivrait l'élégante tradition de la puissance britannique. Nous ne croyons à rien qu'à nous-mêmes." »

John le Carré
(introduction à *Philby, L'Intelligence Service aux mains d'un agent soviétique*, Page, Leitch et Knightley, traduite par Jean Rosenthal, Robert Laffont, 1968)

« Pour trahir, on doit d'abord appartenir. »

Kim Philby
(dans un entretien avec Murray Sayle, 1967)

RETOUR DE FLAMMES
PRINCIPAUX PERSONNAGES

SCOTLAND YARD

Inspecteur principal Frederick TROY, né en 1915, 41 ans
Inspecteur Jack WILDEVE, son adjoint
Lieutenant Edwin CLARK
Commissaire divisionnaire Stanley ONIONS

SPECIAL BRANCH DE SCOTLAND YARD
(renseignements)

Teddy WINTRICHAM, responsable de la Special Branch
Inspecteur Norman COBB

Major Larissa TOSKEVITCH, née en 1911, 45 ans

FAMILLE DE TROY

Rodyon TROY, frère aîné de Troy, né en 1907, marié à Lucinda, deux fils, député travailliste du Hertfordshire, membre du Cabinet fantôme

Macha et Sacha (jumelles nées en 1910), sœurs de Troy. Sacha est l'épouse de l'Honorable Hugh Derbyshire depuis 1933

Charlie Leigh-Hunt, né en 1915, 41 ans, ami de pensionnat de Troy, entré à Cambridge en 1933
Gus Fforde, ami de pensionnat, Premier secrétaire à l'ambassade de Grande-Bretagne à Vienne
Dickie Mullins, ami de pensionnat, banquier

Johnny Fermanagh, frère de Diana Brack, artiste alcoolique

Arnold Cockerell, « vendeur de mobilier contemporain »
Janet Cockerell, son épouse
George Jessel, son comptable

Valérie Clover, fille du commissaire Onions, née en 1919, 39 ans
Jackie Clover, sa fille, 10 ans

AVRIL 1956

PROLOGUE

Avril est le plus cruel des mois[1]. À Moscou, il se voulait printanier. Une méchante blague. Midi vous taquinait d'un rayon de soleil, minuit vous glaçait jusqu'à la moelle. Le chauffage de l'hôtel-prison délabré fonctionnait par intermittence. Quand il s'arrêtait, chaque centimètre carré de vêtement et de couverture devenait indispensable. Jours gris, nuits noires, et cette sensation de piqûre au bout des seins qu'un rembourrage de coton dans le soutien-gorge soulageait à peine.

Le plus petit des deux hommes porte des épaisseurs et des épaisseurs de frusques superposées. Trois ou quatre pulls, un épais caban, des mitaines enfilées sur des gants, un bonnet de laine sous une vieille chapka en lapin. Ce petit bonhomme, Yuri, est correct. Correct pour un voyou. L'apparatchik affable. C'est l'autre, le gros Micha, dont elle doit se méfier.

Le petit Yuri veut apprendre l'anglais. Il n'a jamais quitté la Russie et ne la quittera sans doute jamais. Il savoure ce langage aux sonorités étranges, et ne manque pas une occasion d'essayer de parler avec elle.

— *Many a mickle maks a muckle*[2], lui annonce-t-il.

— Qu'est-ce que tu baragouines ?

— Je sais pas, major Toskevitch.

Il sort de sa poche un magazine défraîchi et le lui tend.

— *I Belong to Glasgow*. Le magazine des Écossais d'outre-mer, Sydney, 1955, lit-elle à voix haute. Où t'as dégoté ça ?

Il hausse les épaules.

— Tu pourrais me trouver des bouquins ?

— Bien sûr. Du moment que…

Elle comprend. Du moment que le gros Micha ne s'en aperçoit pas.

Elle lui réclame un exemplaire des *Aventures de Huckleberry Finn*. Une semaine plus tard, il le lui apporte. En russe. La traduction date de 1909. Incroyable, Mark Twain était encore en vie quand le bouquin avait été imprimé. Le titre, en cyrillique, donne à peu près « *Gekkelberry* ». Elle n'a jamais imaginé que Huckleberry puisse être un mot compliqué. Pour elle, c'est le plus américain de son vocabulaire américain, à peu près aussi impossible à rendre dans la langue de ses aïeux paternels que Hoboken, Hoosier et Hominy Grits[3]. Elle rit aux larmes, sans que Yuri comprenne pourquoi, pas plus en anglais qu'en russe.

— *Is problem ?* demande-t-il.

— Non. Aucun. Je le lirai. Ça me changera.

Elle en est à la fin de l'histoire, au moment où Tom Sawyer entre en scène et révèle l'intrigue, lorsque le gros Micha apparaît. Vite, elle glisse le livre sous son matelas et le regarde. Il déboutonne sa braguette. Il a mis du temps à se décider, mais elle se doutait qu'il finirait par essayer.

En moins d'une minute, il lui arrache tous ses vêtements. Elle se débat comme un beau diable et parvient à enfoncer son pouce et son index dans l'une de ses orbites. L'homme se fige. Il peut bouger, mais il sait qu'elle a le dessus et qu'il risque d'y laisser l'œil. Elle presse un peu plus fort et plante l'ongle du pouce dans le globe oculaire.

— Ils t'ont demandé de me tuer, Micha ?

L'autre œil la fixe, immobile.

— Parle, nom de Dieu !

— Non.

— Si tu termines ce que tu as commencé, tu seras obligé de me tuer. Parce que, si tu le fais pas, c'est moi qui te tue. Et s'ils me veulent vivante, je voudrais pas être à ta place. *Capisci ?*

Elle enfonce son ongle un peu plus fort. L'homme hurle. Elle cesse d'appuyer. Il la gifle du revers de la main et s'éloigne d'un pas pesant. À partir de ce jour, il ne cherche plus à la violer. Il se contente de la battre, systématiquement.

Peu à peu, elle perd la notion du temps. Un matin, à l'aube, Yuri lui apporte l'une de ses valises et le long manteau noir, très chic, qu'elle a acheté à Paris lors de son dernier voyage. Il pose la valise sans bruit et ânonne en lui lançant le manteau :

— *Cast not a clout till May is out*[4].

— On s'en va ?

Il hoche la tête.

Est-ce la fin ? Un trajet en voiture jusqu'à la forêt, une balle dans la nuque, une tombe nue, et ses états de service effacés des archives du KGB ? Une énième victime anonyme de Khrouchtchev ?

— Désolé, major Toskevitch. On change d'hôtel. On y sera dans une demi-heure.

Une demi-heure. Trente minutes dehors. De la lumière. De l'air. Du mouvement.

Ils l'embarquent dans une berline Moskvitch d'une couleur incertaine, aussi rudimentaire et anguleuse qu'une Citroën d'avant-guerre, le classique véhicule de la Gestapo redessiné par un enfant maladroit. Elle a le mérite d'être chauffée. Les Russes sont très en avance sur les Français et légèrement en avance sur les Britanniques, question chauffage de voiture. L'habitacle sent la tripe frite, mais il y fait bon.

Yuri prend le volant. Micha s'installe à l'arrière à côté d'elle, l'air ennuyé et las. Il étend ses jambes, ses grosses cuisses occupent la quasi-totalité de la banquette. Elle regarde par la vitre. Une fois ou deux, en lorgnant dans le rétroviseur, Yuri jurerait la voir sourire devant le paysage qui défile.

Non loin de la place Rouge, la file de voitures s'immobilise. Quelques véhicules font halte derrière eux, bloquant la rue. Des automobilistes impatients klaxonnent.

— Va voir ce qui se passe, ordonne Micha en étouffant un bâillement.

— On se les gèle dehors, chef !

— Discute pas !

Yuri boutonne le col de son caban et descend sur la chaussée. Son haleine exhale de petits nuages blancs. Quelques minutes plus tard, il est de retour. Il bondit sur son siège et claque la portière.

— Des tanks, des camions de transport de troupes et de missiles balistiques, et des pauvres troufions qui répètent la parade du 1er Mai. On en a pour une bonne demi-heure à poireauter.

Micha jette un coup d'œil à travers la lunette arrière. La file de voitures s'allonge.

— Merde, jure-t-il. Alors il va falloir tuer le temps…

Elle le voit ouvrir son pardessus croisé beige, faire sauter les boutons de sa braguette et en extraire sa verge qui se dresse, affreuse, le gland hors du prépuce, pressé de passer à l'action.

— Vos lèvres doivent être douces, major…

Il ne plaisante pas. Il tente sa chance. Elle n'arrive pas à croire à la sienne.

Elle tend la main, le caresse. Il ferme les yeux. Elle sent un tressaillement involontaire le parcourir. Sans hésiter, elle tire d'un coup sec. La verge craque comme de l'osier quand des centaines de vaisseaux sanguins engorgés se rompent. L'homme ouvre la bouche. Du tranchant de l'autre main, elle frappe la base de la gorge et le hurlement qui s'en échappe se mue en un râle étranglé. Elle plonge les doigts à l'intérieur du veston et s'empare de l'automatique niché dans l'étui d'épaule, avant même que Yuri ait le réflexe de sortir son arme et de se retourner.

— M'oblige pas à tirer, Yuri. Tu as été gentil avec moi. M'oblige pas à te tuer.

Il prend son colt par le canon et le lui tend.

— Filez, murmure-t-il. Vite. Les flics vont rappliquer.

Avant d'ouvrir la portière, elle croit l'entendre chuchoter :

— Bonne chance. Et Dieu sait si vous allez en avoir besoin.

Le major Toskevitch a toujours été prudente au sujet de Dorry. Dorry est son secret. Son issue de secours. Sa planche de salut. On ne les a jamais vues ensemble. Elle n'entre chez Dorry que si elle est certaine de ne pas avoir été suivie. Le major se considère comme une experte dans l'art de déjouer les filatures. Ce n'est pas si compliqué : prendre un taxi, régler la course d'avance, descendre au carrefour suivant, piquer un sprint et sauter dans le premier taxi qui vient en sens inverse.

Dorry pleure en la voyant sur le seuil.

— Je te croyais morte ! Des semaines sans nouvelles de toi. Ils ont saccagé ton appartement. Ils ont même arraché les lattes du parquet. Et ils sont partis avec.

Ils n'ont rien pu trouver. Tout ce qui compte est là, chez Dorry, dans une valise. Passeports, permis de travail, deux mille dollars et un assortiment d'horribles perruques.

Dorry sort la valise. Le major soulève le double fond et trie les documents compromettants. Elle a besoin des passeports. Si elle parvient à quitter le pays, une demi-douzaine d'identités différentes lui seront nécessaires avant de gagner un lieu sûr. Et il y a le message de Guy Burgess. Pourquoi l'avoir gardé ? Il pourrait les faire tuer tous les deux. Mieux vaut le brûler. Pourtant, elle ne le fait pas. Elle le glisse dans la valise, avec les passeports.

Dorry ouvre la porte du poêle et y enfourne le bric-à-brac que lui passe le major.

— Ça aussi, insiste-t-elle en désignant l'exemplaire de *Huckleberry Finn*.

— Huck ? Non, pas Huck.

— Ce bouquin te perdra. C'est ton estampille. En plus, il est gros, on sera chauffées pendant vingt minutes.

Le major coiffe une perruque grise et endosse une pelisse de paysanne qu'on croirait taillée dans une couverture de cheval imperméabilisée à la paraffine. Puis elle tend le beau manteau noir à Dorry.

— Oh non, pas lui, gémit celle-ci en caressant le revers. Il est magnifique. Et il vaut une fortune.

— Justement, il me perdrait, comme tu dis. Et il t'ira pas. Tu fais un mètre soixante-quinze, moi, à peine un mètre cinquante. Brûle-le !

— Où vas-tu aller ?

— À l'Ouest. Où veux-tu que j'aille ?
— Tu m'écriras ?
— Oui. Si je peux. Quand je serai en sécurité.
— Envoie-moi quelque chose.
— Quoi ? Du parfum ? De la lingerie ?
— Non. Je voudrais un disque d'Elvis Presley.
— Elvis Presley ? Putain, c'est qui, celui-là ?

1

Un visage flou sautillait tout au bout d'un tunnel, avec des coassements de grenouille.

— C'est donc ça ? grommela Troy.

— Ça quoi ? demanda sa sœur Macha.

— Ça, bon Dieu ! Ce truc qui a coûté soixante-dix guinées. C'est tout ce qu'on voit ?

L'homme en salopette, accroupi, un tournevis à la main, passa la tête par-dessus le poste.

— La première génération de modèles sur le marché. Faut pas s'attendre au cinéma Gaumont.

Le visage ondula comme un poisson, puis se rida, tel un mirage intempestif. Troy finit par reconnaître la moustache de Gilbert Harding, le commentateur vedette de la télévision, un homme qui avait une opinion sur tout, et probablement l'ex-flic le plus célèbre d'Angleterre.

— Je pensais que l'invention de cet engin remontait à des années, poursuivit Troy d'un ton irrité. Je croyais le Royaume-Uni chef de file en matière de trouvailles technologiques, le radar par exemple. Un boulot d'ingénieurs, des types du genre Barnes Wallis ou Logie Baird[1].

— C'est ta faute, répondit Macha. Si tu avais acheté une télévision en 1953 pour le couronnement de la reine, comme tout le monde, nous en aurions une en état de marche.

— Tu insinues qu'il faut trois ans de réglages avant qu'un téléviseur fonctionne correctement ?

— Oui, en quelque sorte.

— Dans ces conditions, je n'en veux pas. Qu'il retourne d'où il vient.

Le visage de Gilbert Harding cessa de trembloter. Troy distingua clairement sa voix pour la première fois.

« Ai-je raison de penser que vous travaillez dans l'industrie de la céramique ? »

Applaudissements. Une voix hors écran bredouilla un « oui » inutile.

« Ai-je raison de penser que vous êtes batteur de fonds de moules de cuisson ? »

Nouveaux applaudissements. Une troisième voix se fit entendre et la caméra se porta sur un homme aux cheveux bouclés, au faciès de boxeur, souriant avec amabilité à un quidam embarrassé qui avait jugé amusant de passer trente minutes à faire deviner son métier à quatre personnes en habit de soirée. Une idée très incongrue.

Le téléphone sonna à point nommé, évitant à Troy la corvée de pousser dehors le technicien en salopette, ou de s'en prendre physiquement à sa sœur. Il pressentait que la compagnie quotidienne de la boîte à images n'allait pas être facile.

— La Special Branch veut vous voir, annonça Onions.

— Je ne travaille pas pour eux.

— Bon sang, Troy, ça suffit !

— Stan, je n'ai pas de comptes à rendre à ces…

— Deux de leurs gars sont morts aujourd'hui.

Troy réfléchit. Carotte ou bâton ?

— Assassinés ?

— Non. Accident de voiture sur l'A3.

— Alors, je ne vois pas le rapport avec nous.

— Deux flics en moins, ça fait beaucoup. Ils ont besoin de vous.

— Et pourquoi ?

— Pas au téléphone, Freddie.

Troy soupira. Il détestait ce simulacre de secret. Qui, hormis les types de la Special Branch, s'amusait à poser des écoutes téléphoniques en Angleterre ? Malgré tout, l'idée qu'ils aient réclamé ses services l'intriguait.

— Allez-les voir, ça ne vous engage à rien. Écoutez ce qu'ils ont à vous dire.

Il fallait une heure de route pour se rendre à Scotland Yard par la Great North Road. Troy, en congé pour trois jours encore, songea qu'un petit tour à Londres aurait l'avantage de l'éloigner de ses sœurs. Elles l'avaient harcelé pour qu'il achète ce poste de télévision et, sans aucun doute, passeraient la soirée à lui rebattre les oreilles de leurs émissions préférées. Si le rendez-vous mystérieux avec la Special Branch débouchait sur quelque chose d'intéressant, ce maudit appareil serait relégué dans le quartier des domestiques à la minute où ses sœurs s'en iraient, et on n'en parlerait plus. D'ici leur prochain accès de maternage à son égard – toujours très mal ciblé –, une autre lubie à la mode l'aurait remplacé.

2

La Bullnose Morris avait expiré en 1952, après dix-sept ans de bons et loyaux services. Troy n'en voulait pas d'autre. Il avait aimé cette voiture. Il avait même apprécié les railleries que suscitait ce vieux tacot vers la fin de sa longue existence, mais ce serait son unique Morris. Pour la première fois depuis la mort de son père, en 1943, il avait dépensé une partie de son héritage pour s'offrir un luxe indéniable : une Bentley Continental cinq litres, six cylindres. Carrosserie habillée par Mulliner. Longue, racée, avec sa fameuse grille de calandre chromée, c'était une automobile exceptionnelle et, surtout, de l'avis de ses proches, totalement contraire à sa nature. Le plaisir qu'il éprouvait à les désavouer défiait toute description.

Il venait d'ouvrir la portière et de lancer sa vieille sacoche de cuir sur le siège passager, quand il aperçut son autre sœur, Sacha, flânant sans but dans la lumière du crépuscule. Elle fredonnait tout bas et serrait dans ses mains un bouquet de jacinthes sauvages. Elle revenait de l'enclos à cochons que Troy avait construit en contrebas du potager. Sacha ne semblait pas de la même humeur que sa jumelle. Les deux sœurs se comprenaient par télépathie, cependant aucune règle au royaume de la gémellité n'impose aux jumeaux de penser ou de ressentir la même chose au même moment. Lorsque cela se produisait, malheur à ceux qui se trouvaient dans les parages – deux corps habités par la même personnalité, les mêmes pensées et les mêmes objectifs. Aujourd'hui, Sacha était dans une phase de méditation capricieuse.

— Tu pars déjà ?

— Le Yard, marmonna Troy, espérant que son laconisme suffirait à couper court d'emblée à la conversation.

— La petite Old Spot[1] est devenue une vraie beauté. Tu vas la faire béliner ce mois-ci ?

— Je croyais le terme réservé aux moutons, remarqua Troy.

Sacha réfléchit à cette réponse, comme s'il s'agissait d'une palpitante révélation, qui l'amuserait des heures durant. Troy s'installa au volant et voulut fermer la portière. Sacha la retint.

— Bon, alors tu vas la faire sauter par un vieux cochon ? dit-elle, sortant de sa rêverie.

— Bonsoir, Sacha.

Elle lâcha la portière.

— Bonsoir, Freddie.

Troy passa la première et la Bentley glissa en ronronnant dans l'allée. Le crissement des pneus sur le gravier couvrait le bruit du moteur. Dans le rétroviseur, il aperçut Sacha assise sur les marches de la maison, tête levée vers la lune. Dès qu'il eut contourné la rangée de hêtres, il ne la vit plus. Il s'arrêta pour ouvrir les grilles et lança la Bentley à toute allure en direction de Londres.

3

Onions attendait dans le bureau de Troy, assis, selon son habitude, sur un coin de la table, dos à la porte. Il regardait les reflets de la lune sur la Tamise. Lorsqu'il avait été nommé à la tête de la brigade criminelle, Onions avait développé une manie : la visite surprise. Jamais il n'avait convoqué Troy dans son propre bureau. À n'importe quelle heure, il surgissait à l'improviste, souvent sans frapper et au mauvais moment, escomptant être mis sur-le-champ au fait des enquêtes en cours. Troy le surprenait parfois assis devant le radiateur à gaz, tirant sur son éternelle Woodbine, ou, comme à cette minute, les yeux rivés sur la Tamise. Apparemment désœuvré. Il n'en était rien. Onions apprenait tous les secrets de sa brigade en fouinant un peu partout, le nez au ras du sol. Un vrai chien truffier. Il était passé maître dans l'art de déchiffrer n'importe quel document à l'envers, tout en vous faisant face. Tant et si bien que Troy avait pris l'habitude de ne laisser traîner aucun papier, sauf s'il souhaitait que son supérieur les lise. Aujourd'hui promu commissaire divisionnaire, Onions n'avait pas changé de méthode : il tenait réunion en dehors de son bureau et glanait des informations au petit bonheur. Troy lui rendait la monnaie de sa pièce : les jours où il le savait absent, il fouillait ses tiroirs. Résultat : ils n'avaient aucun secret l'un pour l'autre, hormis celui de n'en avoir aucun.

Onions paraissait fébrile. Il émanait de lui un je-ne-sais-quoi d'énigmatique.

— Bien, dit-il simplement. Bien, bien.

Troy interpréta son humeur comme l'excitation provoquée par un non-dit chargé d'impatience, voire de plaisir. Onions se laissa glisser de la table. Les fers de ses lourdes bottes écraseuses d'insectes résonnèrent sur le plancher. Il passa ses paumes sur les poils drus de ses tempes, arrangeant d'un geste machinal une coupe de cheveux en brosse qui n'avait aucunement besoin de l'être, et sourit. Troy posa sa sacoche, enfonça les mains dans ses poches et demanda d'un ton méfiant, vaguement agacé :

— Allez-vous me dire de quoi il retourne, Stan ? Ou dois-je deviner tout seul ?

— Ted Wintrincham nous attend. Prenez cinq minutes pour écouter ce qu'il a à vous dire.

Troy n'était guère plus avancé.

— Pourquoi ?

— Parce que ça pourrait vous amuser.

— Ha, ha.

— Mais oui, mon garçon. En fait, si vous ne trouvez pas ça aussi comique que moi, votre cas est désespéré.

— Stan, les types de la Special Branch sont à peu près aussi marrants que la blague de Jimmy Wheeler sur le riz au lait.

— Vous me la raconterez plus tard. Après avoir entendu Wintrincham.

Onions sourit avec malice, ce qui ne lui ressemblait guère. À voir la grimace amusée qu'il peinait à dissimuler, on le sentait à deux doigts du fou rire. Il sortit le premier dans le couloir. Alors qu'ils montaient l'escalier, Troy lui tendit la perche.

— Qui est mort dans l'accident ?

— Herbert Boyle et son lieutenant. Un jeunot nommé Briggs. Vous les connaissiez ?

— Briggs, non. Boyle, oui. Difficile de faire autrement.

— Ah ça, il avait son franc-parler.

— Vous voulez dire un bel enfoiré.

— Bon sang, Troy, un peu de respect ! Ça ne fait pas trois heures qu'il est mort.

Onions entra dans le bureau de Wintrincham sans frapper. Ce dernier était responsable de la Special Branch du Yard – bien plus gradé que Troy, mais il ne serait jamais venu à l'idée du commissaire divisionnaire Onions de le traiter avec davantage d'égards que n'importe quel officier subalterne ; pour l'éléphant, qu'importe le magasin de porcelaine. Wintrincham échangea une poignée de main avec Troy et fit les présentations.

— Très aimable à vous d'être venu si vite, inspecteur principal Troy. Vous connaissez l'inspecteur Norman Cobb, je crois ?

Cobb se leva pesamment de sa chaise. En effet, Troy le connaissait de vue. Il dépassait le mètre quatre-vingts et les cent kilos. Impossible de ne pas le remarquer dans les couloirs de Scotland Yard. Ils s'étaient croisés des années durant sans jamais échanger un mot. Pour Troy, Cobb était l'archétype du flic de la Special Branch, maussade et renfrogné à souhait.

— Je ne crois pas avoir eu ce plaisir.

Cobb lui broya les phalanges tout en esquissant un vague sourire qui laissa deviner l'éclat de ses dents. Troy posa son pardessus sur une chaise et prit place à côté d'Onions, face à Wintrincham. Cobb avait-il froid ou était-il contrarié ? En tout cas, il restait sanglé dans sa gabardine bleue, très chic, boutonnée jusqu'au col, pareil à un gamin envoyé contre son gré à une fête d'anniversaire et déterminé à bouder tout l'après-midi.

Wintrincham était le seul officier de la Special Branch apprécié de Troy, le seul qu'il pouvait côtoyer sans avoir la sensation de se faire faire les poches. Comment cet homme de la campagne, chaleureux et sympathique, s'était-il hissé au poste le plus élevé d'un service qui jouissait d'une très mauvaise réputation ? Quarante ans de vie citadine n'avaient pu raboter son accent grasseyant, il parlait toujours comme un fermier du Hampshire. Dans tous les services de la police métropolitaine, on le surnommait « le Bouseux ».

— Vous avez entendu parler de l'accident de l'inspecteur Boyle et du lieutenant Briggs, je suppose ?

Troy acquiesça.

— De façon générale, je déteste perdre mes hommes, mais là, ça ne peut pas tomber plus mal. On attend la visite d'un chef d'État cette semaine – ce n'est un secret pour personne.

Troy regarda Onions. Il aurait presque juré qu'il lui faisait un clin d'œil. Bon sang, comment avait-il pu lui cacher l'information ? Soudain, il comprit l'état d'esprit qui animait son supérieur, il comprit pourquoi celui-ci avait tablé sur l'effet de surprise, il comprit ce qui allait suivre.

— Les journaux ne parlent que de ça, poursuivit Wintrincham. Le Premier secrétaire Khrout… Khrouchtchev… J'ai bien prononcé son nom, inspecteur ?

Il guettait sa réponse. Troy ne sut que murmurer :

— Parfaitement, monsieur.

— Bref. Le croiseur transportant le Premier secrétaire Khrouchtchev et le maréchal Boulganine accostera demain à Portsmouth. La délégation débarquera en fin de matinée. On m'a chargé de fournir les gardes du corps. Pour une question de principe, ils doivent être choisis parmi des officiers de police en service. Les mesures de sécurité habituelles ont été prises – escortes motorisées de la police londonienne –, mais les gardes du corps feront tous partie de la Special Branch. Boyle et Briggs étaient en route pour Portsmouth quand ils ont eu ce malheureux accident. Cela me prive de deux hommes. Il apparaît que vous êtes le seul officier disponible correspondant aux exigences du poste. Vous parlez bien russe, m'a-t-on dit.

— Couramment, monsieur.

— Il n'est pas dans nos habitudes de demander à un officier d'assister un collègue de son rang, et je sais que vous dirigez votre propre équipe, mais au vu des circonstances, je vous saurais gré d'accepter de nous aider.

— Un détachement d'une semaine, c'est bien ça ?

— Disons huit à dix jours. Mr Onions m'a donné son accord. Si vous avez besoin d'un peu de temps pour… euh…

— Non, non. Je suis sûr que Mr Onions s'est déjà exprimé sur le sujet, répondit Troy en lançant un coup d'œil en coin à son supérieur.

Celui-ci refusa de mordre à l'hameçon et garda les yeux fixés sur ses bottes.

— Cependant, poursuivit Troy, j'aimerais profiter de l'occasion pour poser quelques questions, si vous le permettez. Par exemple, qui est responsable du déroulement des opérations ?

La voix de Cobb s'éleva du fond de la pièce.

— C'est moi.

Un parler plat, guttural, typique des Midlands. Il toussa dans sa main, comme s'il souhaitait éviter de hausser le ton.

— Très bien, dit Troy. De combien d'hommes disposez-vous ?

— Cinq, grogna Cobb. Six, avec vous. Nous travaillons en doublon. Quatre avec Khrouchtchev, par roulement. Deux avec Boulganine. Même méthode. Vous êtes affecté au maréchal. Travail de nuit, moins fatigant pour vous. Et vous laissez le principal du boulot à mes gars. Ils sont entraînés.

Une explication qui défrisa Troy au plus haut point. La formation de la Special Branch se résumait à savoir décacheter des enveloppes à la vapeur et défoncer des portes. N'importe quel crétin pouvait faire ça.

— À vous entendre, je n'aurai guère besoin de parler russe, fit-il observer.

— Simple précaution, intervint Wintrincham. Ces messieurs sont accompagnés de leurs propres interprètes, toutefois il serait préférable que les personnes amenées à être en contact régulier avec eux entendent le russe. Ainsi, rien ne risque de nous échapper. Cette décision a été prise par un autre département.

Un autre département ? Si Wintrincham songeait au MI6, pourquoi ne pas le dire ? Personne n'osait donc plus appeler une taupe une taupe, dans ce pays ?

— Nous échapper ? releva Troy.

— Disons… un détail important. Tout ce qui vous semblera intéressant devra être rapporté à l'inspecteur Cobb. Inutile de préciser que, pour les Russes, nous sommes seulement des flics. Ils n'ont aucune raison de penser que nous parlons leur langue.

— Excepté qu'ils sont soupçonneux de nature, souligna Troy.

— L'avenir nous le dira. Si vous restez bouche cousue et l'oreille à l'affût, le boulot ne devrait poser aucun problème.

Troy regarda de nouveau Onions. Celui-ci l'étudiait. Quand le vin est tiré… autant aller jusqu'au bout.

— Voyons si je vous ai bien suivi, monsieur, reprit-il, usant d'une entrée en matière éprouvée, un défi discret teinté de déférence. En clair, vous me demandez d'espionner le maréchal Boulganine ?

— Pas exactement, inspecteur…

— Voyons, Ted, le coupa Onions. Appelez un chat un chat.

— J'ignore si vous êtes au courant, monsieur, enchaîna Troy, mais il y a quelques années, lorsque j'ai arrêté un agent du gouvernement américain sous le chef d'accusation de quatre homicides, pour lesquels il a d'ailleurs été inculpé, les officiers de votre département ne m'ont plus adressé la parole. Seule exception, le défunt inspecteur Boyle qui, lui, m'a carrément dit en face que j'étais un traître. Saviez-vous, monsieur, que, pendant la guerre, nous avions tous été soumis à une enquête de sécurité interne ? D'après l'inspecteur en chef Walsh, mon dossier avait été jugé… « marginal », en raison de mes origines familiales. Par la suite, ce département a jugé bon, chaque fois que cela l'arrangeait, de me dépeindre comme un individu n'étant pas totalement dévoué aux intérêts de la police. Si j'en crois votre proposition, dois-je en déduire que l'on m'accorde désormais davantage de crédit ? Dois-je en déduire, après que tant d'eau a coulé sous les ponts, que l'on souhaite me voir espionner un maréchal de l'Union soviétique ?

Sidéré, Wintrincham ne trouva rien à répondre. Il ne devait pas être habitué à ce que ses hommes lui parlent ainsi – alors que c'était pratique courante entre Troy et Onions. Troy était presque navré pour lui. Très correct, Wintrincham lui laissait le choix de refuser, mais comment résister à un enjeu si prometteur ?

— Parce que, conclut Troy, je ne le ferai pas.

Wintrincham regarda Onions, espérant le voir voler à son secours, mais Cobb prit les devants.

— Excusez-moi, monsieur, nous ne sommes pas obligés d'écouter ces salades. Nous pouvons fort bien nous passer de Mr Troy.

— À votre place, Cobb, j'écouterais jusqu'au bout, riposta Onions.

— Mr Troy nous a dit son fait. Il a brûlé ses dernières cartouches, non ?

— Vous devriez la boucler, mon gars. Il n'a pas fini. N'est-ce pas, Freddie ?

Troy était stupéfait de voir à quel point ils étaient tous deux au même diapason. Presque de la télépathie. Et l'usage de son prénom signifiait qu'Onions approuverait tout ce qu'il allait dire.

— En effet, monsieur. Il reste un détail à régler.

Cobb leva les yeux au ciel. Troy l'entendit murmurer : « Seigneur. »

— Je n'espionnerai pas le maréchal Boulganine…

— Je vous l'avais dit, marmonna Cobb.

— … j'espionnerai Khrouchtchev.

Cobb et Wintrincham échangèrent un regard éberlué. Onions, bras croisés, arborait un sourire satisfait. Troy détestait autant que lui les types de la Special Branch.

Or, depuis qu'Onions dirigeait la Division C de Scotland Yard, la Special Branch était passée sous son commandement, charge qui ne devait guère lui convenir.

Wintrincham se décida à intervenir.

— Qui est chargé de la protection de Khrouchtchev ? demanda-t-il à Cobb.

— C'était l'inspecteur Boyle. Étant donné les circonstances, je suis supposé reprendre son poste. C'est mon opération.

— Je ne prétends pas la diriger, rétorqua Troy. Je veux juste Khrouchtchev. De préférence lorsqu'il ne dort pas. Je perdrais mon temps avec Boulganine.

— Qu'est-ce qui vous fait croire ça ? aboya Cobb.

— Où avez-vous appris le russe, Mr Cobb ?

— À l'armée. En 46.

— Moi, au berceau. C'est ma langue maternelle. En outre, comparé à Khrouchtchev, Boulganine est taciturne. Si vous devez réfléchir pour traduire la pensée de Khrouchtchev une fois qu'il est lancé, il vous laisse en plan. Il a l'esprit vif et mauvais caractère. Et quand il s'énerve, on ne peut plus l'arrêter. Honnêtement, parmi vos hommes, y en a-t-il un qui parle russe aussi couramment que moi ?

Cobb le fixa en silence.

— Ce sont vos conditions, Mr Troy ? s'enquit Wintrincham.

— Pas du tout, monsieur. Loin de moi l'idée de poser des conditions. J'essaie seulement de me montrer efficace.

— Je ne suis pas sûr de vous croire, Mr Troy. Néanmoins, ce qui sert votre vanité est sans doute ce qui convient le mieux à cette mission. Je vous assigne à la protection rapprochée du Premier secrétaire Khrouchtchev.

Cobb ouvrit la bouche, mais Wintrincham le devança.

— Quelles que soient vos objections, Norman, je ne veux pas les entendre. J'ai tranché. Vous dirigez les opérations, et vous avez suffisamment de décisions à prendre de votre côté pour ne pas perdre votre temps à remettre les miennes en question. Si vous avez des consignes à donner à l'inspecteur principal Troy, faites-le maintenant. Je pourrai enfin rentrer chez moi me coucher. La journée a été longue.

Cobb toussota dans son poing tout en coulant vers Troy un regard méprisant.

— Rendez-vous au garage, demain matin six heures. Une fois à Portsmouth, briefing au chantier naval. Distribution des armes à neuf heures trente. Je vous mettrai par équipe de deux et vous indiquerai les roulements du service. Après l'accostage du navire, rencontre avec nos visiteurs russes. Retour à Londres en train. Accueil officiel à la gare de Waterloo par le gouvernement de Sa Majesté. Pour les réceptions, cravate noire de rigueur – je ne doute pas que vous possédiez un smoking, Mr Troy ?

Il fallait bien que Cobb lui balance une pique. Le contraire eût été étonnant.

4

De retour sur le palier de leur brigade, Troy ne put s'empêcher d'afficher un sourire béat. Onions le lui rendit, découvrant une dentition jaunie par la nicotine. Un instant, Troy songea qu'ils allaient s'écrouler de rire. Onions avait raison : la plaisanterie était bonne et très divertissante.

— Alors, c'était quoi, la blague ? Celle de Jimmy Wheeler et du riz au lait ?

— Vous savez, elle n'est pas comique du tout. Wheeler la sort à chacun de ses spectacles. Comme Jack Benny[1] et son sketch du professeur de violon. Tout le monde la connaît.

— Ah bon ? Pas moi.

Il devait bien être le seul. Onions ne sortait pas souvent, n'allait pas au cinéma ni au cabaret et n'avait sans doute jamais regardé la télévision. Pour lui, Charlie Chaplin portait toujours un chapeau melon et des pantalons en accordéon, et Martin & Lewis[2] était un grand magasin.

— Un clochard frappe à la porte d'une belle maison. Il dit : « Bonsoir, patron, vous auriez pas une petite pièce, ou quelque chose à manger ? – Aimez-vous le riz au lait froid ? demande le rupin. – Pour sûr, répond le clodo. – Alors revenez demain, là il est encore chaud. »

Onions réfléchit quelques instants avant de déclarer :

— Effectivement. Elle n'est pas drôle.

5

À cette heure avancée de la soirée, il ne restait plus à Troy qu'à regagner Goodwin's Court, son domicile londonien proche de Scotland Yard, faire sa valise et se coucher. Au fil des années, il avait emprunté tous les itinéraires possibles pour rentrer chez lui à pied. Par exemple, longer Victoria Embankment, passer sous Hungerford Bridge, prendre Villiers Street, traverser le Strand et remonter Bedfordbury, laquelle donnait sur l'entrée arrière de Goodwin's Court. Un trajet plutôt calme, qui permettait d'admirer la Tamise. Ou passer par Whitehall, traverser Trafalgar Square par la droite, en évitant la colonne de Nelson, longer St Martin-in-the-Fields et remonter St Martin's Lane, laquelle donnait sur l'entrée principale de Goodwin's Court. Un trajet plus long, bien moins paisible, réservé aux jours où il jouait les touristes. Ou bien, par esprit de contradiction, comme ce soir, traverser Whitehall et tourner à droite dans Downing Street. Les lumières des bureaux du Premier ministre brillaient encore. Y apportait-on les modifications de dernière minute à l'agenda de Mr K. ? Une visite dans une conserverie de pickles à Middlesbrough ? Un spectacle de Morris dancing[1] à Middle Wallop ? Troy reçut un salut inattendu du policier en faction devant le n° 10. Il obliqua à droite dans Horse Guards' Parade, gravit les marches de Carlton House, remonta Haymarket, de nouveau à droite dans Orange Street, où il s'arrêta pour jeter un coup d'œil nostalgique vers les combles d'un vieil immeuble[2], poursuivit sa route par Charing Cross Road et Cecil Court, et entra dans sa ruelle par la grille principale.

Au moment où il poussait la porte, le téléphone sonna.

— Allô, Freddie ? Tu viens boire un verre ?

Ah, non, pas Charlie. Pas maintenant.

— Tu tombes mal, Charlie. Je pars en province demain à l'aube et je n'ai pas bouclé ma valise.

— Je suis au *Salisbury*. Je t'ai aperçu. Allez, viens. Juste quelques minutes.

— Tu as vu l'heure ?

— L'heure, on s'en est toujours moqué, Freddie.

Le *Salisbury* était situé à l'autre bout de St Martin's Lane, à l'opposé de l'entrée de Goodwin's Court. Blotti au cœur du West End, parmi les nombreux théâtres, ce pub servait d'abreuvoir aux acteurs de

Covent Garden. Et dans son genre, Charlie était un fameux comédien.

Troy le trouva au bar. Il faisait tournoyer une fine à l'eau dans un verre à cognac. Un millier de questions anodines fusèrent de ses lèvres, pareilles aux fils brillants sécrétés par une araignée pour enrober sa proie. Ils se connaissaient depuis plus de trente ans – Charlie était son aîné de quelques jours. Entrés ensemble au lycée, ils avaient partagé le même dortoir et vécu côte à côte pendant près de huit ans, supportant les vicissitudes d'un système éducatif honni de Troy. Un système dont Charlie, plus ouvert et plus tolérant que lui, comprenait le fonctionnement. Durant toute leur scolarité, il l'avait aidé à franchir ou à contourner les obstacles d'un milieu social si déconcertant pour Troy qu'il en arrivait à se demander si les Anglais n'étaient pas tous cinglés. Chaque été, il faisait part à son père de son désir de quitter l'établissement et, chaque été, il recevait invariablement la même réponse : « C'est la seule façon de te faire accepter dans ce pays, donc tu restes. Veux-tu oui ou non devenir un parfait gentleman ? Les Anglais peuvent se montrer impitoyables avec les étrangers. Si le club t'ouvre ses portes, je te conseille d'y entrer. Tu n'as pas besoin d'adhérer à leurs idées. Après tout, croire en quelque chose n'est plus d'actualité, dans ce pays. Souviens-toi de Joseph Conrad – *Sous les yeux de l'Occident*. Les Occidentaux peinent à comprendre l'âme slave. Il y a belle lurette que les Anglais transigent avec l'Histoire. Ils ne croient plus en rien. Et tu n'es pas obligé de les aimer. »

À l'époque, quelle que fût la situation, Charlie décidait et Troy suivait. Il en tirait d'ailleurs de grands bénéfices. Au début, il s'était demandé aussi pourquoi Charlie l'avait choisi comme ami, lui, un gamin qui avait besoin d'être protégé des dangers de ce monde fermé et difficilement compréhensible. Il lui devait beaucoup : Charlie le défendait contre les harceleurs, avec lesquels il n'était pas personnellement en conflit, mais qui voyaient en Troy, étranger et plutôt malingre, une cible naturelle. Plus d'une fois, Charlie avait reçu une raclée destinée à son camarade.

— Je ne ressens pas les choses comme toi…, avait-il répondu un jour à Troy qui s'étonnait de l'entendre s'accuser d'une quelconque bêtise que lui-même avait commise.

Troy ne l'avait pas cru.

— Bon, voyons les choses autrement, avait répliqué Charlie. Oui, ils m'ont frappé, mais avec moins de méchanceté que s'ils s'en étaient pris à toi. Tu ne fais pas partie de leur monde ; ils pensent que moi, je leur ressemble. Ils se trompent. *Contra mundum*, Fred. Toi et moi contre le reste du monde.

Troy n'avait pas compris le sens de l'expression. Néanmoins, Charlie avait continué de l'employer.

D'une certaine façon, les adultes qu'ils étaient devenus avaient été modelés par cette éducation. Chacun avait trouvé sa place hors des normes de la haute société. Charlie était entré à Cambridge en 1933, de là s'était engagé dans un régiment des Guards, au sein duquel il avait fait toute la guerre. En théorie, il était réserviste, mais tout cela participait d'un bluff colossal, lequel, selon Troy, remontait à 1939, voire avant. Son poste dans l'armée lui servait en fait de couverture : pendant la guerre, il travaillait au renseignement ; passé réserviste, il était devenu « espion actif », puis attaché d'ambassade à Helsinki, « espion de premier ordre », et enfin attaché d'ambassade à Moscou, « espion actif de premier ordre ». Charlie et Troy n'avaient jamais évoqué le sujet. À quoi bon ?

Peu d'hommes possédaient, comme Charlie, la faculté de parler de tout et de rien.

— Eh bien, comment vont les jumelles ? demanda-t-il en lui décochant son impeccable sourire.

— Pas trop mal. Bientôt quarante-six ans. Quand je peux m'éloigner d'elles assez longtemps pour me permettre d'y penser avec une certaine objectivité, je dois reconnaître que ce sont de très belles femmes.

— Oui, mais Sacha ? Que devient-elle ? J'ai toujours eu un petit faible pour elle.

Mensonge. Mensonge plausible s'il n'avait pas été destiné à Troy, pour qui la phrase sentait Charlie le Charmeur à plein nez. Au lycée, un plaisantin perspicace qui avait le sens de la formule l'avait surnommé « Princess Charming ». Le sobriquet dépeignait ses bonnes manières, sa bonne humeur, son inclination sexuelle, son sens inné de la flatterie, et leur conséquence inévitable : Charlie parvenait toujours à ses fins. Un mètre quatre-vingt-deux en chaussettes, une folle tignasse blonde qui bouclait sur son front, un agréable visage en forme de cœur, des yeux bleu pâle, une grande bouche aux dents blanches bien alignées – contrairement à beaucoup d'Anglais –, un physique qui, dès son plus jeune âge, lui avait ouvert les portes du succès. Troy l'avait vu évoluer, passant du mignon préféré des pensionnaires au coureur de jupons invétéré. Sur de nombreux points, Troy et Charlie étaient l'opposé l'un de l'autre, cependant leur amitié avait résisté au temps. Imprudent, joueur et toujours fauché, Charlie traversait les crises sans être effleuré par la main poisseuse du chaos. Troy se souvenait de la dernière fois où il lui avait prêté de l'argent, cinq ans plus tôt, justement parce que c'était la dernière, et surtout parce qu'il le lui avait remboursé. Trois cents livres en billets de cinq usagés, assortis d'un mensonge clair comme de l'eau de roche – il avait soi-disant misé sur le cheval gagnant au steeple-chase du Grand National. Avant cela, avec une régularité décourageante, Troy réglait les dettes de son ami, les factures de son tailleur et rembarrait les bookmakers menaçants. Le charme de Charlie opérant par on ne sait quelle magie, il ne lui en avait jamais tenu rigueur. Sa faconde lui ouvrait toutes les portes et le sortait des situations les plus délicates.

— Non, tu n'avais pas un faible pour Sacha. Personne ne peut les différencier. Je défie quiconque de réussir à distinguer leurs personnalités. Elles sont identiques. Elles partagent le même mauvais esprit. On ne peut préférer l'une à l'autre. Penser qu'un homme puisse avoir un faible pour Sacha plutôt que pour Macha ? Grotesque ! Même Hugh et Lawrence, leurs malheureux époux, se font parfois prendre au piège.

Charlie sourit.

— À propos, comment va ce cher, cher, Hugh ?

Sacha avait épousé l'Honorable Hugh Darbishire en 1933, un raseur de première, loin d'être stupide, mais corseté par les traditions et les intérêts de sa classe. Lors de l'annonce des fiançailles, le père de Troy avait dit en plaisantant que chacun devrait offrir à Hugh, très collet monté, des chemises à col empesé. « Malheureux » n'était peut-être pas la juste épithète. Hugh était sans doute aussi heureux que les cochons de Mimram, et à peu près pour les mêmes raisons. Il fermait les yeux sur les excentricités de sa femme et affirmait avec fierté que Sacha était une mère idéale, alors qu'elle se souvenait du prénom de ses enfants uniquement les jours fastes. Devenu vicomte Darbishire après la mort de son père, l'année précédente, Hugh avait fait son entrée à la Chambre des lords. Rompant avec la tradition libérale de sa famille, il s'était engagé aux côtés des conservateurs. Rod, le frère aîné de Troy, ne lui adressait plus la parole depuis le soir où Hugh avait réuni la maisonnée pour leur annoncer ce revirement politique. Rod l'ayant traité d'aristo minable, Hugh avait protesté d'un faible « Non, mais dites donc, vous… » que Rod avait contré d'un « et par-dessus le marché, un vrai crétin ».

— Charlie, tu ne m'as pas fait venir ici pour me parler de mon beau-frère.

Charlie fit signe au barman et commanda une autre fine.

— Non, bien sûr. Je tenais juste à te prévenir que tu n'es pas obligé d'y aller.

— Pardon ?

— À Portsmouth. Ne te sens pas tenu d'aller là-bas.

— Et pourquoi donc ?

Charlie secoua vigoureusement la tête et repoussa une longue boucle blonde de son front.

— C'est mon pré carré. Tout ce cirque, c'est moi qui le gère. J'ai appris il y a un quart d'heure que la Special Branch t'avait débauché. Tu peux encore refuser. Ces abrutis n'avaient pas à te forcer la main. S'ils ne se berçaient pas d'illusions sur leur indépendance et s'ils m'avaient demandé mon avis, je leur aurais dit de ne pas s'en mêler.

C'était la première fois que Charlie reconnaissait travailler pour les services secrets. Mais Troy avait déjà pris sa décision. Certes, les types de la Special Branch étaient des emmerdeurs finis. Il les détestait autant qu'il détestait les taupes. Cependant rien ne le dissuaderait de passer une semaine en compagnie de Nikita Sergueïevitch Khrouchtchev.

— Non, Charlie. Tout va bien. J'ai donné ma parole à Wintrincham, et je l'honorerai.

— Nous n'avons pas besoin de toi. Vraiment pas.

— Je crois que si. Où iras-tu dénicher quelqu'un qui parle russe aussi bien que moi ? En dehors de ton service, s'entend. Je suppose que l'on t'a dit de te tenir à l'écart de tout ça ?

— Crois-tu que Khrouchtchev va se montrer indiscret devant un flic anglais ?

— Aucune idée. Tu dois penser que le jeu en vaut la chandelle, sinon tu n'aurais pas loué des oreilles pour l'espionner. Où seras-tu, toi ?

— Pas question de me faire repérer à Portsmouth par l'un des hommes du camarade Khrouchtchev. Tu imagines l'esclandre ? Non, je reste à Londres. Et si Cobb ne vient pas au rapport, ses roupettes me serviront de balles de cricket. À propos, comment sais-tu que nous avons été tenus à l'écart ?

— Des rumeurs à la Chambre des communes. Mon frère m'en a touché deux mots. D'après lui, ça viendrait d'en haut.

— Il a raison. J'ai reçu des ordres, lors d'une réunion avec le Premier ministre en personne. Interdiction au MI5 et au MI6 d'approcher Khrouchtchev.

Tiens, tiens, Charlie en lâchait davantage… Il n'aurait pas été convoqué par Anthony Eden s'il n'avait pas fait partie de l'élite des agents secrets.

Le barman apparut derrière Charlie. Il lui servit sa fine, puis s'adressa à Troy.

— Excusez-moi, Mr Troy… Il y a un ami à vous dans l'arrière-salle… Il veut vous voir.

— Johnny ?

— Oui, j'en ai bien peur.

— Saoul ?

— Ivre mort, Mr Troy. Si ça ne vous ennuie pas… Il vous réclame…

Troy se leva et Charlie lui emboîta le pas. L'arrière-salle du *Salisbury* était splendide : un somptueux décor aux tons cramoisis, un écrin de velours dans lequel se glisser pour boire et rêver. Le dénommé Johnny, affalé sur la table, geignait doucement.

— Comment a-t-il deviné que j'étais là ?

— À mon avis, monsieur, il a un don de double vue. Il sait qui vient de sortir de la banque et quels soirs le patron passe réclamer les ardoises.

L'homme prit appui sur le rebord de la table et se déplia avec lenteur. Son manteau de cachemire noir et son écharpe rouge, également en cachemire – ce qu'un aristocrate pouvait porter de plus simple –, étaient éclaboussés de vomi. Il empestait l'alcool. Des relents de whisky parvinrent à leurs narines quand il marmonna :

— Freddie, Freddie, ma vieille branche. Encore bourré, oui, je sais.

Troy glissa la main sous l'aisselle de Johnny et le mit debout sans ménagement. Charlie le soutint par l'autre bras. Le barman prit au portemanteau un feutre marron qu'il enfonça sur la tête de l'ivrogne.

— À la maison, Johnny, ordonna Troy.

Ils le traînèrent jusque sur le trottoir.

— J'peux pas, hoqueta Johnny. J'peux pas m'en remettre. Tu… tu comprends ça ?

Charlie interrogea Troy du regard, mais celui-ci n'avait ni le temps ni l'envie de se lancer dans des explications.

— Hèle un taxi, Charlie.

— Freddie, mon pote, poursuivait Johnny, il y a des jours où tout ce que je souhaite, c'est…

Il rota bruyamment.

— Tout ce que je veux, c'est juste… pouvoir… juste pouvoir… merde ! Pouvoir lui parler. Tu le sais, tu dois comprendre… Bon sang, tu es le seul à comprendre.

Un taxi fit halte le long du trottoir. Le chauffeur se pencha par la vitre ouverte et jeta un coup d'œil méfiant au lord alcoolisé effondré sur Troy. Celui-ci poussa Johnny sur la banquette et referma la portière.

— Où je vais, patron ? lança le chauffeur d'un ton soupçonneux.

— Lowndes Square.

La vitre arrière s'abaissa. Troy vit Johnny dodeliner du chef.

— À bientôt, mon vieux, à bientôt, d'accord ?

Charlie pointa son pouce en direction de Trafalgar Square.

— Troooooooy…

Le gémissement de Johnny le poursuivit longtemps après que le taxi eut démarré et se fut éloigné dans St Martin's Lane.

Troy et Charlie restèrent plantés face à face sur le trottoir.

— Un ami à toi ?

— Johnny, treizième Lord Enniskerry, dixième vicomte Lissadell, neuvième marquis de Fermanagh, artiste et poivrot notoire, récita Troy.

Charlie regarda la pointe de ses souliers.

— Je vois. Le frère de Diana Brack[3].

Il se retourna pour suivre le taxi des yeux.

— Curieux qu'il te compte parmi ses intimes.

— La mort de sa sœur n'entre pas dans l'équation. À dire vrai, Johnny l'adorait. Néanmoins, en la tuant, j'ai aussi détruit la renommée de leur père. Le neuvième marquis et moi-même avons un point commun : nous haïssons le huitième marquis. Navré d'avoir gâché ta soirée, Charlie. Excuse-moi, je vais rentrer me coucher. Je dois me lever aux aurores.

— Ça va aller ?

— Bien sûr. Je ne compte plus les soirs où j'ai raccompagné Johnny dans ses pénates, rond comme une queue de pelle, et écouté ses radotages sur sa sœur et son père. C'est toujours pénible, rien toutefois que je ne puisse maîtriser.

Charlie lui donna l'accolade, assortie de rudes et viriles claques dans le dos. Du Charlie tout craché. Le genre de démonstrations d'affection débordantes que Troy détestait mais auxquelles il avait appris, bon gré, mal gré, à ne pas se dérober. Troy avait aimé quatre personnes dans sa vie : son père, mort depuis treize ans ; Diana Brack, morte elle aussi, tuée de ses propres mains en juin 1944 ; Larissa Tosca, disparue de son existence par un soir de Noël 1948 ; et Charles Leigh-Hunt. Il eût été stupide de perdre le seul ami qui lui restait.

Il traversa St Martin's Lane et rentra chez lui, maudissant Johnny Fermanagh de lui avoir ruiné une bonne nuit de sommeil. Car à présent, plus question de fermer l'œil : dormir signifiait la perspective d'un cauchemar récurrent, celui qui défilait sans cesse dans sa tête, avec des centaines de variantes, mais qui n'avait qu'une seule fin, toujours la même.

Il s'était rendu à Portsmouth en février – trois jours d'enquête sur l'homicide d'un proxénète découvert pendu par sa cravate à un réverbère. L'assassin avait tiré sur les pieds jusqu'à ce que le bougre meure étranglé. Troy avait séjourné dans un hôtel agréable, le *King Henry*, situé à quelques centaines de mètres du port et tenu par un policier à la retraite. Il consulta sa montre : dix heures moins le quart. S'il jetait quelques affaires dans une valise et prenait un taxi pour la gare de Waterloo, il serait à Portsmouth vers minuit, minuit et demi. Il oublierait peut-être les âneries débitées par Johnny Fermanagh, et, la chance aidant, parviendrait à trouver le sommeil. De surcroît, il pourrait rester au lit jusqu'à sept heures du matin. Il téléphona au *King Henry*.

— Vous avez de la chance, Mr Troy, lui dit l'ex-lieutenant Quigley. On a juste une chambre de libre. À partir de minuit, je serai en bas pour réassortir le bar avant d'aller me coucher. Pensez à frapper fort.

Troy héla un taxi en maraude. Le chauffeur laissa passer quelques voitures avant de démarrer. De loin, Troy vit la porte du *Salisbury* s'ouvrir. Charlie en sortit, bâilla, s'étira, boutonna son manteau, enroula son écharpe autour de son cou et s'éloigna dans Cecil Court. Troy songea au fossé que le temps avait creusé entre eux. Comment en effet prétendre cerner un homme dont la vie n'était qu'un tissu de mensonges ? Charlie le connaissait mieux désormais que Troy ne pourrait jamais prétendre le connaître. Il en fut peiné. Adolescents, ils n'avaient aucun secret l'un pour l'autre. Charlie lui confiait les détails les plus scabreux de ses amitiés particulières et, à l'âge adulte, de sa consommation gargantuesque du beau sexe. Aujourd'hui, Charlie se dévoilait peu. Troy se rendit compte qu'il n'avait guère évoqué devant lui sa liaison avec Diana Brack, ni devant personne, d'ailleurs. Tout bien considéré, il était plus facile d'avouer avoir tué qu'avoir aimé. Un soir, Johnny avait ravivé ce constat en citant Oscar Wilde : « Pourtant chacun tue ce qu'il aime.[4] » C'était sans doute le seul vers de la ballade qu'il gardait en mémoire – Johnny, trop ivre, ne se souvenait plus si l'épée était tenue par le lâche ou par le brave. Il voulait juste se montrer bien intentionné. Troy se serait volontiers passé de ce genre de petite phrase.

— Dans combien de temps serons-nous à la gare ? demanda-t-il au chauffeur.

Et il ferma les yeux.

6

Quigley avait un sens inné de la mise en scène. La vieille auberge de style Tudor, agrandie de façon anarchique au fil des décennies, avait subi d'innombrables transformations, parmi lesquelles la récente installation de l'électricité dans les chambres. Mais pas dans les couloirs ni sur les paliers. L'hôtelier précéda Troy, brandissant une lampe à pétrole dont la lueur projetait des ombres fantomatiques sur les murs. Il ressemblait plus à un acteur cabotin allant auditionner pour le rôle de Long John Silver[1] qu'à un flic à la retraite.

— Vous arrivez à pic, inspecteur. Deux minutes plus tard, je verrouillais la porte et montais me coucher.

Pièces de huit ! Pièces de huit[2] ! songea Troy en remerciant son hôte de l'avoir attendu.

Quigley poussa la porte d'une chambre aussi vaste qu'une grange, au parquet dangereusement incliné, et lui désigna un lit à demi-ciel confortable et douillet, déjà ouvert, invitant à un sommeil que Troy espérait sans rêves. Il lâcha sa valise et ôta son manteau, priant pour que son hôte ne fût pas d'humeur bavarde.

— À quelle heure, le petit-déjeuner, Mr Troy ?

— Sept heures et demie, si ce n'est pas…

— Parfait, parfait. Une de mes filles s'occupera de vous. Ma benjamine, Mary. Vous la reconnaîtrez. L'hôtel est complet ce soir. Un tas de reporters de Fleet Street venus photographier les Russkofs demain matin. Pas du genre à se lever au chant du coq. J'ai juste un autre client pour le petit-déjeuner à cette heure-là. Un voyageur de commerce venu du nord. Vous serez tranquille.

Il s'interrompit et le dévisagea.

— Dites, votre visite ne serait pas en rapport avec les Popofs, par hasard ?

Troy sourit. N'importe quelle réponse serait perçue comme une invitation à bavarder, et il n'aspirait qu'à dormir. Quigley comprit son mutisme et quitta la pièce. Ses pas firent craquer les lames de parquet jusqu'au bout du couloir. Soudain, une violente bourrasque fit vibrer la chambre. La vieille auberge en bois s'arc-bouta contre le vent, tel un mât dans la tempête.

Pièces de huit, pièces de huit ! répéta Troy avant de sombrer dans un sommeil réparateur.

Il s'éveilla au petit matin. Le jour filtrait à travers les rideaux. Il devait être environ six heures et demie, il n'avait donc pas dormi plus de cinq heures. Il referma les paupières et aussitôt des images fulgurantes de Diana Brack l'assaillirent. Elle le traquait dans un terrain vague, un pistolet à la main ; s'endormait au creux de son épaule ; s'étirait et bâillait, nue au pied du lit. Il rouvrit les yeux, repoussa les couvertures, faillit perdre l'équilibre sur le sol pentu et, une fois de plus, maudit Johnny Fermanagh.

Dans la salle à manger, la jeune Mary Quigley s'affairait entre les tables sur lesquelles les chaises étaient encore empilées. Une seule était préparée pour le petit-déjeuner, occupée par un homme en blazer bleu qui leur tournait le dos ; son coude droit montait et descendait avec énergie.

— Ça vous ennuie pas de vous mettre là, Mr Troy ? demanda Mary. J'ai pris du retard et comme vous êtes que deux, ça m'évitera d'en installer une autre et de courir comme une dératée. C'est ce qui m'attend quand ces types des journaux vont descendre. Des cochons qui vous pincent les fesses, tous autant qu'ils sont.

Vu sous cet angle, Troy ne pouvait refuser. Pourtant, l'idée ne l'enchantait guère. Le déjeuner matinal était le moment le plus intime de la journée, un interlude égoïste que personne ne pouvait vous reprocher. Dans la famille Troy, son père se levait le premier, pour être sûr de ne pas être dérangé, et sa mère prenait son thé dans sa chambre. Les enfants allaient à la cuisine, avec interdiction d'adresser la parole à leur géniteur avant sa troisième tasse de café et son deuxième journal. Troy ne se souvenait pas s'être déjà attablé face à un inconnu au petit-déjeuner.

L'homme au blazer bleu posa sa cuillère et lui tendit la main.

— Cockerell. Arnold Cockerell.

Troy serra la main tendue, qui replongea aussitôt la cuillère dans le porridge.

— Troy. Frederick Troy.

— Un de ces messieurs de la presse ? s'enquit Cockerell, la bouche pleine.

La question prit Troy au dépourvu. L'entrechoquement agaçant des couverts, le bruit des sucres tombant dans la tasse, le cliquetis de la petite cuillère remuant le thé le perturbaient. Il n'avait pas pensé à se forger un alibi. Que peut-on faire à Portsmouth un mercredi d'avril à sept heures et demie du matin ?

— Non, marmonna-t-il. Voyage d'agrément.

Réponse ridicule de la part d'un homme dont la profession requérait de savoir bien mentir. Cockerell parut s'en contenter.

— Il y en a qui ont de la chance…

Troy s'en était bien sorti. Il n'aurait qu'à acquiescer d'un hochement de tête aux platitudes débitées par son voisin.

— Moi, je suis voyageur de commerce. Une journée de travail ordinaire. Debout à l'aube. Le monde appartient à ceux qui se lèvent tôt, n'est-ce pas ?

Mary apparut, tenant à bout de bras un grand plateau garni d'une jatte de porridge et d'un pot de café pour Troy et d'une assiette de *kedgeree* pour Cockerell. Troy n'en croyait pas ses yeux. L'homme devait avoir l'estomac de Pantagruel pour ingurgiter du riz au haddock et aux œufs durs *après* le porridge. Qui sait, il avait peut-être déjà pris des rognons à la diable !

— Papa m'a dit de vous servir du café, Mr Troy, étant donné que vous avez pas bu le thé qu'on vous a servi la dernière fois.

Mary posa la cafetière devant lui et s'éclipsa. Troy se versa une tasse et respira l'arôme puissant. Il remercia mentalement Quigley de savoir préparer du bon café. Cockerell s'attaqua à son plat de *kedgeree*. Troy espérait que cela l'empêcherait de parler. Pas du tout.

— Pendant la guerre…, commença-t-il.

Aïe. Une entrée en matière redoutable, en général prélude à un torrent d'inepties.

— Pendant la guerre…, reprit Cockerell.

Une phrase exaspérante qui augurait des heures de palabres insignifiantes, d'interminables réminiscences d'un passé ressenti comme « le bon vieux temps ». Pendant la guerre. Troy observa par-dessus sa tasse l'énonciateur de futures stupidités : allait-il se conformer à ses attentes ou, par miracle, lui offrirait-il une variante inédite, jamais entendue au cours des onze années écoulées depuis la fin de la guerre ?

Cockerell se lança dans un monologue sur les Yankees, ces gars d'outre-Atlantique buveurs de café – comment peut-on débuter la journée sans une bonne tasse de thé, je vous le demande ? Troy n'écoutait pas.

Les mots lui parvenaient à travers un voile ouaté, mais il voyait l'homme tel qu'il était : un Anglais ressassant cette période, l'un de ceux qui, ayant survécu aux bombes et aux balles, avaient été anéantis par les blazers bleus ornés d'un badge. On les rencontrait partout, accoudés au bar, dans les clubs des anciens de la Royal Air Force et de la British Legion[3]. Des hâbleurs, des vantards dont l'heure de gloire avait consisté à exécuter les mêmes manœuvres ou à graisser les mêmes boulons, et dont l'existence demeurerait à jamais sous l'emprise alcoolisée de ces années de guerre. Des hommes arrimés au rocher de la vaine nostalgie de ce bon vieux temps, lequel, considéré avec objectivité, comptait parmi les heures les plus sombres de l'humanité. Pour Troy, d'indécrottables raseurs.

Le badge de Cockerell ne portait aucune inscription, cependant, d'après le cordonnet enroulé autour d'une ancre, Troy en déduisit que l'homme avait dû tromper l'attente de l'apocalypse dans la Royal Navy. Employé aux entrepôts de la marine, peut-être ? Serveur au mess des officiers ? Il observa ce visage chafouin au crâne étroit, à la mâchoire pointue et à la fine moustache : une physionomie banale que l'on voyait dans tous les pubs du Royaume-Uni. À éviter comme la peste. Après réflexion, Troy le classa dans la catégorie officier subalterne, basé à terre, buveur de whisky, fumeur de Senior Service[4], sans doute adepte des souliers en daim. Il fut tenté de laisser tomber sa serviette pour vérifier ce dernier point, quand il s'aperçut que Cockerell le dévisageait, guettant une réponse à la question qu'il venait de poser.

— Dites-moi, hasarda Troy, que vendez-vous, au juste ?

Il avait eu le nez creux. L'homme afficha un sourire jusqu'aux oreilles. Oubliant son *kedgeree*, il essuya un reliquat d'œuf dur sur sa lèvre, posa un coude sur la table et se rengorgea.

— Du mobilier contemporain, répondit-il à voix basse, d'un ton presque révérencieux. La mode de demain. Le canapé de Madame années 1960 dans votre salon, dès aujourd'hui.

Oh, mon Dieu, soupira Troy intérieurement.

— Les Anglais sont très vieux jeu, enchaîna Cockerell. Ils adorent s'accrocher à leurs souvenirs. Savez-vous que la majorité de nos concitoyens ne s'est jamais offert un salon avec canapé et fauteuils assortis ? Jamais ! Nous vivons au milieu de vieilleries héritées de nos parents. Dans la plupart des maisons, les meubles ont été acquis et payés par mensualités au milieu des années 1920. Nous vivons dans le passé. L'Angleterre est à la traîne de l'Europe. Nous sommes dorénavant la cinquième roue du carrosse. Avons-nous gagné la guerre pour en arriver là ?

Troy ignorait pour quelle raison « nous » avions gagné la guerre. À l'époque, il lui avait semblé que c'était par un extraordinaire coup de chance. En tout état de cause, ce n'était pas pour faciliter l'approvisionnement d'une camelote de mauvaise qualité, au nom – contestable – de la modernité. Par « contemporain », Cockerell entendait tables basses laquées posées sur trois pieds coniques partant de biais et tapis hideux aux dessins abstraits évoquant des rebuts de Jackson Pollock. Troy n'avait jamais acheté un meuble de sa vie. Sa mère avait meublé son appartement avec un bric-à-brac venu de sa propre maison. Il faisait donc partie de la population « vieux jeu » ciblée par le voyageur de commerce. Le beau mobilier ancien n'était pour Cockerell que de la vulgaire occasion. À chacun sa façon de voir les choses. Durant la dernière campagne électorale de son frère Rod, en 1955, une vieille bique du Hertfordshire lui avait tenu la jambe pour l'informer de son intention de voter libéral. Pas question de voter pour Rod – un homme charmant au demeurant, mais socialiste ! – sans toutefois vouloir donner sa voix au candidat conservateur. « Pour quelle raison ? » s'était enquis Troy. « Il nous a invités à prendre le thé, avait-elle répondu, et savez-vous ce qu'il nous a dit ? Qu'il avait choisi ses meubles en magasin ! » Selon ses critères, opposés à ceux de Cockerell, le seul moyen de se procurer du mobilier était d'en hériter.

Ce dernier continua sur sa lancée.

— Vous savez ce que l'Angleterre est devenue ? Le pays du fumoir abandonné, l'ultime bastion de l'antimacassar[5].

Troy partageait cet avis. La phrase résumait parfaitement ce qu'il pensait de l'Angleterre. Mais il s'interdit d'approuver à voix haute.

— Mon père gardait la clé du grand salon accrochée à sa chaîne de montre, reprit Cockerell. Il ouvrait la pièce une fois par semaine pour que ma mère y fasse le ménage, et les autres jours, elle restait fermée. Interdiction aux enfants d'entrer. Cette comédie durait cinquante et une semaines par an. Le maudit salon n'était utilisé que le 26 décembre, pour l'ouverture des cadeaux, et ensuite verrouillé, laissant son canapé immaculé à peine effleuré par les postérieurs, ses antimacassar et ses cendriers en coquillages jusqu'au Noël suivant. Lorsque j'ai hérité de la maison, le mobilier, complètement passé de mode, était dans le même état que le jour où il avait été livré par une carriole, en 1908. J'en aurais volontiers fait don à un musée, si j'avais su que ça les intéressait. Au final, j'ai tout bazardé dans le jardin et j'ai craqué une allumette. Bon débarras. Il faut vivre avec son temps, qu'en pensez-vous ?

Troy n'était pas sûr de saisir le sens du cliché. Sans vraiment attendre de réponse, Cockerell engouffra une pleine fourchetée de *kedgeree* – un appétit surprenant pour un homme aussi maigrichon.

— Je suis propriétaire de trois magasins d'ameublement. Dans le Nord et les Midlands. Un à Derby, un à Alfreton, et mon QG est à Belper.

Cette curieuse précision géographique, le Nord *et* les Midlands, semblait dépouiller la région de ses habitants. Un endroit dépourvu d'êtres humains. Ce qu'aurait dit un participant à la finale d'une compétition de danses de salon. Troy connaissait Derby. Il y avait passé une semaine, en 1951, sur les traces d'un empoisonneur. Le nom d'Alfreton ne lui évoquait rien, mais Belper lui disait vaguement quelque chose.

— J'importe et j'exporte du mobilier contemporain. Essentiellement fabriqué en Scandinavie. Ce sont les spécialistes de l'ameublement moderne. J'achète et je vends dans toute l'Europe.

Cockerell termina son assiette en écrasant les derniers grains de riz bouillis avec sa fourchette. Mary leur apporta, sur deux petits plateaux en argent, des toasts joliment dorés sur chaque face pour Troy, blancs d'un côté et carbonisés de l'autre pour Cockerell. Que je sois pendu si je touche un jour à ce détestable symbole de l'ennui britannique, songea Troy. Cockerell n'y prêta aucune attention. Il s'échinait avec son couteau à beurre sur une grosse motte tout juste sortie du réfrigérateur, sans cesser de parler. Troy avait-il déjà réfléchi aux avantages notoires de la moquette ? Cockerell dessina au dos d'une enveloppe les boucles et les volutes de son motif préféré.

— Regardez, dit-il avec fierté. Ça va bientôt faire fureur. J'en ai trente rouleaux dans mon magasin de Belper.

— Dites-moi, fit Troy, sachant qu'il pourrait toujours se défiler par la suite, qu'est-ce qui vous amène à Portsmouth ? La pose de moquette ou de sièges à ventouse dans le carré des officiers de marine ?

Cockerell en resta coi. Jusqu'à présent, Troy avait à peine ouvert la bouche, si bien que sa question impromptue, même sarcastique, le laissait sans voix. Cependant son embarras paraissait avoir une autre cause. Il rougit, fixa sa tartine, puis haussa les épaules, et, un léger sourire aux lèvres, l'air un peu perdu, bredouilla :

— Oh, vous savez, des choses et d'autres…

Il mentait. Aussi maladroitement que Troy avec son histoire de voyage d'agrément. Si ce raseur impénitent bafouillait un vague bobard pour se tirer d'affaire, la question avait au moins eu le mérite de lui rabattre son caquet. Peu importait que la raison de sa présence à Portsmouth fût une aventure extra-conjugale, un petit à-côté, comme disent les Anglais par euphémisme.

Cockerell repoussa son assiette, rapprocha le cendrier et sortit de sa poche un paquet de Senior Service. Troy avait vu juste. L'homme respirait le Rotary Club à plein nez. Restait à résoudre l'énigme des chaussures en daim.

7

Troy était en retard. Il avait lambiné après le petit-déjeuner. Sa montre indiquait dix heures moins le quart. Cette matinée d'avril était fraîche et piquante, annonciatrice d'un bel été. À l'entrée du chantier naval historique de Portsmouth, ville surnommée « Pompée » depuis des temps immémoriaux, le planton examina sa carte de service et vérifia son nom sur une liste.

— Vous n'êtes pas le dernier. L'inspecteur Cobb a disparu de la circulation. Deuxième cabanon sur votre gauche, indiqua-t-il en tendant le bras.

Troy suivit la direction donnée et poussa la porte d'une baraque en rondins. Il se trouva face à une équipe de cinq policiers à moitié endormis. Quatre étaient assis autour d'une planche posée sur des tréteaux ; l'un d'eux ronflait, la tête entre les bras. Troy en connaissait un ou deux de vue. Le plus jeune, environ vingt-cinq ans, se leva.

— Bonjour, inspecteur principal Troy. Hugh Beynon, affecté à la Special Branch.

En effet, Troy l'avait déjà croisé dans les couloirs du Yard. Bien jeune pour être lieutenant et beaucoup trop pour faire déjà partie de cette bande de salopards de la Special Branch. Beynon lui présenta ensuite les lieutenants Beck et Molloy. Celui-ci jugea bon de pousser du coude le ronfleur pour le tirer d'un sommeil inconvenant devant un gradé. Le lieutenant Milligan, venu de la Division J, entrouvrit un œil, regarda Troy et marmonna un salut. Une barbe de deux jours ombrait ses joues. Troy songea que Milligan allait se faire salement houspiller par Cobb. Il était plutôt content que ces hommes ne fussent pas sous sa responsabilité.

Le cinquième, un petit gros à l'air triste, monopolisait la chaleur du poêle. Indifférent à ce qui l'entourait, il était plongé dans la lecture d'un épais volume broché. Troy s'approcha et redressa la couverture pour voir le titre : *Lolita*, d'un certain Vladimir Nabokov. Il n'en avait jamais entendu parler. L'homme ajusta ses lunettes et leva les yeux vers lui.

— Caporal Clark ? s'étonna Troy. Vous ici ?

— Agent Clark, monsieur. Je suppose que vous, vous êtes monté en grade, monsieur ?

— Inspecteur principal. Ne me dites pas que vous travaillez pour la Special Branch ?

— Mon Dieu, non, monsieur. Police du Warwickshire. La Special Branch a fait appel à moi en tant qu'interprète. Je parle aussi russe, vous savez. Pas seulement allemand. Faut dire que, pendant toutes ces années passées à Berlin, il aurait fallu que je sois sourd pour ne pas finir par comprendre le russe.

Troy ne l'avait pas revu depuis un soir de Noël enneigé, en 1948, à l'aéroport de Gatow, époque où Berlin était encore soumise au blocus de Staline. On avait assigné le caporal d'artillerie Clark à son service, en qualité de chauffeur et d'interprète. C'était aussi la dernière fois qu'il avait vu Tosca, quelques minutes après avoir dit au revoir à Clark.

Troy prit une chaise et s'assit à ses côtés. Les autres policiers, tirés du lit à quatre ou cinq heures du matin, somnolaient, tout débraillés. Une petite conversation privée ne dérangerait personne.

— Comment vous êtes-vous retrouvé dans la police ?

— Oh, c'est très simple, monsieur. En 1952, j'avais fait quinze ans d'armée. J'étais passé adjudant. Mais je n'avais pas l'étoffe d'un officier – au fond, je n'étais même pas fait pour être adjudant. En ce temps-là, souvenez-vous, la police recrutait à tour de bras. Ils avaient viré bon nombre de flics véreux. Ils ont envoyé deux types à la garnison où j'étais basé pour inciter des gars comme moi à s'engager dans la police. Selon eux, j'étais exactement celui dont ils avaient besoin. Je parlais plusieurs langues. Ils cherchaient soi-disant des flics instruits, qui se servent de leur cervelle plutôt que de leurs pieds. Je me suis dit « pourquoi pas moi ? » et je me suis porté volontaire. Résultat : trois ans à faire des rondes dans les bas-fonds de Birmingham et jamais l'occasion de parler une langue étrangère, sauf quand on arrêtait des types de Wolverhampton[1]. L'année dernière, j'ai quitté l'uniforme. Depuis, ça va mieux. La preuve, cette mission à Portsmouth qui me tombe du ciel. Un sacré coup de chance. Je n'en reviens pas.

— Moi non plus.

Troy aurait tant voulu l'interroger au sujet de Larissa Tosca. Mais c'était risqué. Que savait Clark ? Ce fameux soir de Noël, à l'aéroport de Gatow, Tosca était entrée à reculons dans le mess des officiers de la RAF, époussetant la neige de son uniforme de l'armée américaine. Elle s'était cognée à Clark, qui sortait de la salle au même moment. Se doutait-il que cette tenue n'était qu'un déguisement, une supercherie ? Un vestige de la guerre, qu'elle n'avait pas le droit de porter ? Clark avait-il compris pour quel camp œuvrait Tosca ?

— Quand avez-vous quitté Berlin ?

— J'y suis resté jusqu'à la fin de l'occupation par les forces alliées. J'ai tout vu. Vous savez, après 49, rien n'a plus été pareil. Une fois que les Soviétiques ont lâché du lest, on s'ennuyait ferme. La vie sans traficotage, c'était pas une vie. Tout le monde le disait, les militaires, les vendeurs au marché noir, les espions. Du pudding réchauffé.

L'ambiguïté de la situation empêchait Troy de lui demander des nouvelles de Tosca. À supposer que

Clark fût au courant de tout ? Il l'avait certainement vue s'asseoir en face de lui, ce soir-là. À supposer qu'elle ait été démasquée, ou victime d'une purge, ou condamnée au goulag au cours d'un des innombrables procès improvisés par Beria ? Avait-il envie de le savoir ? Avait-il vraiment envie d'apprendre le pire ?

À ce moment, le jeune Beynon s'approcha de lui.

— Excusez-nous, monsieur, on commence à se poser des questions. Il est plus de dix heures, et Mr Cobb n'est toujours pas revenu. Il est parti depuis une bonne heure. Vous ne croyez pas qu'il faut faire quelque chose ? Étant donné que vous êtes le plus gradé, vous pourriez…

Troy s'apprêtait à répliquer qu'il n'était aucunement responsable de l'opération, mais une simple recrue, quand la porte s'ouvrit à la volée. Cobb entra en trombe, hors d'haleine, écarlate, couvert de sueur. Il balança sa valise sur la table, faisant sursauter Milligan, qui s'était rendormi, et balaya la pièce du regard. Comme Troy s'en doutait, son attention se fixa sur Milligan.

— Vous ! aboya-t-il. Rasage et coupe de cheveux dès que vous aurez fini votre service !

Il se tourna vers Troy.

— Tiens, tiens, vous daignez nous honorer de votre présence, Mr Troy ?

— Vous n'avez donc pas reçu mon message ?

— Si, je l'ai eu. À l'avenir, si vous n'y voyez pas d'inconvénient, une fois qu'un plan a été convenu, vous êtes prié de vous y tenir.

Troy consulta ostensiblement sa montre, histoire de lui faire comprendre que tout le monde l'attendait. Cobb ignora l'allusion. Quel que fût le motif de son retard, il semblait exténué. Il transpirait à grosses gouttes, tel le gagnant d'une course en sac.

— Bien, commença-t-il. Tableau de roulement !

Il ôta sa gabardine bleue et étala sur la table l'emploi du temps bien rempli des dirigeants soviétiques pour les dix jours à venir. Aucune pause n'y figurait, pas même un arrêt pour prendre le thé et soulager leur vessie. Khrouchtchev et Boulganine allaient être bringuebalés d'un bout à l'autre des îles Britanniques par toutes sortes de moyens de transport, invités à la table des personnages les plus éminents que Londres pouvait compter, pris dans un tourbillon infernal qui aurait éreinté des hommes bien plus jeunes qu'eux. Le 23 avril au soir, ils seraient les hôtes du parti travailliste à la Chambre des communes. Troy flairait les ennuis, mais si la Special Branch et le gouvernement ne les voyaient pas venir, ce n'était pas à lui de leur mettre la puce à l'oreille.

— Bon, à ceux d'entre vous qui ont déjà dépensé une partie de leur solde pour acheter un costume, je signale que le smoking n'est pas de rigueur. Nos invités n'ayant pas apporté les leurs, et afin d'éviter un incident diplomatique, le soir, veston et pantalon sombres pour tout le monde, d'accord ?

Il lança à Troy un regard rapide mais appuyé. Allusion à la pique envoyée la veille dans le bureau de Wintrincham.

— À présent, les règles de base. Au moindre cafouillage, vous aurez de mes nouvelles. Nous connaissons tous notre mission et nous savons qu'il s'agit d'une couverture. Chaque équipe prend connaissance de son planning, exécute sa mission et revient au rapport. Je veux savoir à quelle heure vous allez chercher ces messieurs et à quelle heure vous les ramenez. Et, au retour, je veux un rapport verbal complet. C'est moi qui décide de ce qui devra être mentionné par écrit. Vous n'aurez pas le temps de prendre de notes, et même si vous l'aviez, les Russes ne doivent pas vous surprendre en train de gribouiller quoi que ce soit. Dans un souci de bonne communication entre nous, nous utiliserons deux noms de code. Khrouchtchev, c'est Cochon rouge, et Boulganine, Ours noir. Personne ne mentionne leur vrai nom au téléphone. Compris ?

Il les dévisagea les uns après les autres et s'attarda sur Clark. Pourquoi lui, mystère.

— Compris ?

Clark avala sa salive.

— Oui, m'sieu. Compris.

— Bien. Passons à la suite.

Il marqua une longue pause pour s'assurer que tous l'écoutaient.

— Surveillance des lieux de résidence, en particulier le *Claridge*. C'est pas votre boulot. Je répète : c'est pas votre boulot. Mes gars seront partout, bien visibles.

— Vous voulez dire, imperméable et chapeau melon ? fit une voix derrière Troy.

Aussitôt, Cobb repéra l'insolent et le fusilla du regard. C'était Milligan.

— La ferme, mon p'tit gars. La ferme.

Cobb baissa les yeux vers l'ordre du jour posé devant lui.

— Oui, ce sera imperméable et chapeau melon.

Troy ne put s'empêcher de sourire. Sauf intervention divine, ce sourire allait se transformer en gloussement, le gloussement en ricanement et Cobb lui tomberait dessus comme un maître d'école courroucé armé d'une craie. L'image de pieds-plats envahissant le *Claridge* déguisés en policiers d'opérette était du plus haut comique.

Cobb pointa l'index dans sa direction.

— Vous ! Cessez de vous foutre de moi !

Troy s'aperçut qu'il s'adressait en fait à Clark. Celui-ci pinçait les lèvres et gonflait les joues pour s'empêcher de rire.

— Mes hommes font le vrai boulot. Ils doivent être aisément repérables. En cas de grabuge, voici la marche à suivre. Primo : vous n'escortez pas l'Ours et le Cochon quand ils sont sous la protection d'un autre service de sécurité, par exemple dans les palais royaux ou à Downing Street. Ailleurs, vous leur collez aux basques. Partout. Dans tous les cas de figure. Quitte à papoter avec l'archevêque de Canterbury. Deuzio : vous les précédez quand ils passent les portes. Tertio : si un forcené se jette sur eux, vous le faites sortir de la pièce et vous laissez mes gars s'occuper de lui. Vous ne plaquez personne au sol, sauf si vous n'avez pas le choix.

Beynon leva la main, en bon élève.

— Excusez-moi, monsieur. Des menaces ont-elles été proférées à l'encontre de nos visiteurs ?

— Des menaces ?

Cobb ricana.

— Des menaces ? Tous les hurluberlus du Royaume-Uni, des loyalistes aux partisans de Mosley[2], les ont menacés. Tous des cinglés, mais pas nécessairement dangereux. Si nous devions croire les malades qui pensent que Khrouchtchev est l'Antéchrist, il ne resterait plus un flic pour régler la circulation entre ici et John o'Groats[3]. Quoi qu'il arrive, on joue la prudence, compris ? Et souvenez-vous : les Russes tenaient à ce que des types du KGB assurent leur protection. Il a fallu batailler ferme pour les convaincre qu'on ne voulait en aucun cas voir de barbares armés jusqu'aux dents vadrouiller dans les rues de Londres. Gardez bien ça en tête : si on se plante, on ne sera plus là pour entendre la fin de l'histoire.

Il balaya de nouveau la pièce et ses occupants d'un regard pénétrant – exercice auquel il devait s'entraîner chaque matin devant la glace de sa salle de bains. Troy décida que Cobb était une brute, toutefois pas la brute épaisse qu'il s'était imaginée. Son laïus lui avait permis de jauger l'équipe. Il tenait à faire preuve d'autorité et y réussissait plutôt bien. Son regard était dérangeant, plus inquiétant que l'effet recherché : il y avait dans ses yeux une bizarre asymétrie, une sorte de strabisme. Troy finit par trouver l'explication. C'était les sourcils. Une bande de poils blancs barrait le milieu du sourcil gauche, attirant l'attention sur l'œil gauche. Un effet aussi surprenant que la célèbre mèche de Diaghilev ou la chevelure teinte au henné de Quentin Crisp[4]. Au Yard, Cobb avait une réputation d'homme à femmes. Troy commençait à comprendre pourquoi : son côté négligé et brouillon pouvait éveiller chez le beau sexe l'instinct de l'ordre et du rangement – un homme pour qui l'épouse idéale appareillait et rangeait ses chaussettes sa vie durant. Il émanait aussi de lui une beauté canaille et bourrue – la caricature du parfait salopard de la Special Branch. Cependant, Troy concevait qu'aux yeux d'une jeune et romantique WPC[5] il puisse passer pour le Rochester de Scotland Yard. Il avait en effet un petit quelque chose du héros de *Jane Eyre* : cheveux bruns bouclés sur le front, grande bouche et mâchoire carrée, malgré un début de double menton. Il s'habillait avec élégance : gabardine de chez Burberry et costume croisé trois pièces qui devait valoir une petite fortune. Troy, lui, se moquait de son apparence vestimentaire. Il faisait confectionner ses vêtements dans Savile Row par pure habitude et s'habillait bien parce que ses moyens le lui permettaient. La tradition faisait le reste. Le bon goût n'entrait pas en ligne de compte. Un complet aussi chic que celui de Cobb n'avait pas sa place dans son vestiaire.

— Et enfin, dernier point…

Dernier point ? Troy avait dû perdre le fil.

— Les voilà.

Cobb sortit de sa valise six Browning automatiques rangés dans leur étui. Un étrange moment. Cela faisait plus d'un an que Troy n'avait pas réclamé une arme de service. Un objet qui ne collait pas avec l'image qu'il se faisait du policier britannique.

— Signez ici. Vous avez droit à deux chargeurs supplémentaires de 9 mm. Et toute balle tirée doit être justifiée.

En un tournemain, Beynon, Beck et Molloy firent disparaître l'étui sous leur aisselle. Troy s'y prit comme un manche. Clark et Milligan aussi. Au bout d'un moment, Troy s'aperçut que ce modèle n'était pas prévu pour les gauchers. Dans ces conditions, comment placer l'arme sous son bras ? Après quelques tentatives, Clark parvint à glisser l'une des sangles autour de son cou, avec la crosse pendant devant son sternum. Milligan s'emmêlait les bretelles.

Cobb les observait d'un air méprisant.

— Des amateurs. On m'a collé des amateurs. Beynon, montrez-leur !

Il sortit de la pièce, en furie. Beynon lança à Troy un regard d'excuse.

— Voici comment il faut procéder, monsieur.

Il défit son propre étui et réitéra l'opération au ralenti pour le bénéfice des trois manchots, amplifiant chaque geste, chef scout patient apprenant à des novices à faire un nœud de chaise.

— D'abord, le bras gauche. Passer la sangle derrière le dos. Glisser le bras droit dans la partie élastique et ajuster. Vous voyez ?

Ils voyaient. Milligan avait attrapé le coup. Troy et Clark passaient pour des clowns.

— Vous savez, m'sieu, chuchota Milligan, si jamais je chope Mr Cobb en train de pisser derrière le hangar à vélos…

— Vous serez après moi dans la file, répondit Troy sur le même ton. Si j'arrivais à me servir de cet engin, je tirerais le premier.

Il mit le pistolet dans l'étui et enfila sa veste. Il se sentait gauche et ridicule avec ce concombre sous l'aisselle. Il faudrait bien qu'il s'y habitue. S'il devait avoir à dégainer rapidement, que Dieu préserve Nikita Khrouchtchev.

Une salve d'honneur retentit sur le quai, interminable. Troy n'eut pas besoin de compter. La tradition exigeait treize coups de fusil, suivis par vingt et un autres de la part des Russes. Cela voulait dire que les navires accostaient… ou que la Troisième Guerre mondiale venait d'éclater. Troy endossa son manteau et alla rejoindre ses collègues.

— Vous avez de la chance, brailla Cobb, les mains en porte-voix. Chacun de vous a une carte d'accréditation. On se tient en rang. Le type du ministère des Affaires étrangères vous présentera un par un. Quoi que disent les Russes, par pitié, faites ceux qui ne comprennent rien et ne répondez pas avant que l'interprète ait fini de traduire. Pour eux, vous êtes des flics ordinaires – tellement ordinaires, d'ailleurs, que j'en frémis. Bien, suivez-moi.

Il ouvrit la marche, passa sous la vieille arche de brique en direction d'un poste d'amarrage éloigné, spécialement prévu pour l'accostage des navires soviétiques. Le soleil brillait, et une rafale de vent iodée vint rappeler à Troy qu'en cette saison le ciel pouvait changer très vite. Le quai grouillait de monde : des groupes de reporters qui fumaient et se racontaient des blagues pour tuer le temps. Des gros et des petits bonnets des Affaires étrangères. Des messieurs du ministère de la Guerre qui, eux, ne fumaient pas et ne plaisantaient pas. Et, reconnaissables entre tous, les hommes de la Special Branch, sanglés dans leur habit du dimanche – imperméable, chapeau melon et grands pieds. Ce matin-là, dans tout le Royaume-Uni, personne ne devait poser d'écoutes ni briser de crânes, puisque la Special Branch était là au grand complet. On aurait dit qu'ils venaient auditionner pour le rôle d'un policier chinois dans une version bord de mer d'*Aladin et la lampe merveilleuse*. Troy compta mentalement les membres de son équipe, se rendit compte qu'ils étaient sept et essaya d'oublier *Blanche-Neige*.

La Royal Navy avait fourni une garde d'honneur. La fanfare des Royal Marines s'apprêtait à jouer les lugubres hymnes nationaux des deux pays. Sous l'ombre immense et grise du croiseur *Ordzhonikidze*, les officiels s'alignèrent selon l'ordre des préséances pour se préparer à accueillir les Russes. Troy était coincé entre Cobb et Beynon. En jetant un coup d'œil alentour, il aperçut l'ambassadeur de l'Union soviétique, Jakob Malik, le secrétaire d'État aux Affaires étrangères, Lord Reading, et, côté militaire, le vicomte Cilcennin, Premier lord de l'Amirauté. Troy aurait été incapable de différencier les fonctions qui leur étaient imparties, tous deux étant membres du gouvernement. Il ignorait si Cilcennin appartenait à la Royal Navy. De toute façon, leur présence était purement protocolaire – des larbins venus faire de la figuration sur un quai venteux. Les Soviétiques ne salueraient aucun personnage important avant d'arriver à la gare Victoria et de rencontrer le Premier ministre, Sir Anthony Eden. À la fin des années 1930, Eden avait eu le courage de critiquer l'attitude passive de Neville Chamberlain face à Hitler et, alors qu'il était ministre des Affaires étrangères, avait donné sa démission après les accords de Munich. Longtemps considéré comme l'héritier présomptif de Winston Churchill, âgé et malade, il lui avait succédé à la tête du gouvernement l'année précédente, portant avec lui les espoirs d'une nation toujours fidèle au Vieux Lion, mais en quête d'un nouvel homme fort. Restait à savoir s'il n'allait pas s'installer définitivement dans le rôle du fils spirituel.

La perspective de rencontrer Khrouchtchev plongea Troy dans ses souvenirs. Il avait une vingtaine d'années lorsqu'un cousin de son père était venu visiter l'Angleterre, dans le cadre d'une mission commerciale. Le seul membre de la famille Troïtsky n'ayant pas fui l'URSS que Troy eût jamais rencontré. L'un des seuls à avoir tenté de s'accommoder de la terreur stalinienne. Alexeï Troy avait reçu royalement le cousin Leo, avide de nouvelles fraîches de sa terre natale, éternel amoureux de Macha, Olga et Irina, *Les Trois Sœurs* de Tchekhov, buvant plus que de raison en rêvant de Moscou. La ville, lui apprit Leo, était le fief du chef de l'organisation du parti, un fils de paysans particulièrement roublard nommé Nikita Sergueïevitch Khrouchtchev. La famille entendait prononcer ce nom pour la première fois. Robuste survivant de la révolution, Khrouchtchev dirigeait la construction de ce qui serait la vitrine du pays, le métro de Moscou, triomphe des travaux publics sur les entreprises privées. Vu de l'extérieur, on pouvait croire que l'Union soviétique commençait à aller de l'avant. Le cousin Leo les abreuvait d'anecdotes sur l'apparatchik excentrique, dominateur, ivrogne, charmant, et responsable de la première explosion de couleurs éclatant dans la grise Union soviétique depuis vingt ans. Par la suite, Troy avait suivi la carrière du petit homme intrigant qu'était Khrouchtchev. À la fin des années 1930, nommé par Staline à la direction du parti communiste d'Ukraine, il avait pris l'habitude de s'habiller en moujik, d'imiter leur accent et de respecter les traditions de la région. Plus paysan que les paysans, il ponctuait ses discours de vieux adages ukrainiens. Cette attitude lui avait d'ailleurs coûté cher. Toujours à l'affût des faiblesses de ses subordonnés, le dictateur avait pris Khrouchtchev à son propre piège. « Danse ! » lui avait-il ordonné un soir, et Nikita, alors âgé de cinquante-deux ans, avait dû s'exécuter pour sauver sa peau, ruisselant de sueur, s'accroupissant et agitant les bras, dans un pastiche du *gopak*, une danse folklorique locale, à la grande joie d'un homme qui n'aurait pas hésité à le jeter dans un train en partance pour la Sibérie ou à le faire pendre en public.

Pendant la guerre, Khrouchtchev, nommé commissaire politique, avait servi sur plusieurs fronts et obtenu le grade de lieutenant général, supérieur à celui de Boulganine, dont le titre de « maréchal » ne valait guère mieux que celui d'un colonel de l'armée sudiste durant la guerre de Sécession. En 1949, il était réapparu à Moscou, membre du secrétariat du Comité central, cette fois vêtu d'un manteau et coiffé d'un feutre, avec sa place réservée à la tribune des officiels au-dessus du mausolée de Lénine, à chaque défilé du 1er Mai. En mars 1953, après la mort de Staline, la question se posa en Occident : qui avait réellement hérité du pouvoir, Beria ? Malenkov ? Boulganine, le « faux » maréchal ? Ou le « vrai » maréchal, Vorochilov, président du Soviet suprême ? Pour les besoins de la visite en Grande-Bretagne, la représentation officielle avait été dévolue à Boulganine. Mais personne n'était dupe : le pouvoir se trouvait entre les mains de Nikita Khrouchtchev. Il était une fusée attendant sa mise en orbite. Le seul trait de caractère prévisible chez Monsieur K. était son imprévisibilité. De ses apparitions publiques à la télévision, Troy avait gardé l'image d'un homme intrépide, à la curiosité insatiable des chatons.

Un beau jour, entre la fin de la guerre et la chute de Beria, le cousin Leo disparut sans laisser de trace. Rod, le frère de Troy, membre du Cabinet durant les derniers mois du gouvernement travailliste, usa de son influence pour savoir ce qu'il était devenu. La réponse à ses réclamations tomba comme un couperet : Leo Troïtsky n'avait jamais existé. Rayé de la carte, même mort. Dans un pays où survivre était un exploit en soi, Khrouchtchev était le survivant *par excellence*[6].

Depuis quelques semaines, des rumeurs circulaient dans la presse occidentale : Khrouchtchev aurait dénoncé Staline, l'accusant officiellement de la liquidation de plusieurs millions de ses concitoyens. Personne n'était capable de citer les propos exacts du Secrétaire général du Comité central – le XXe congrès du parti communiste s'étant tenu à huis clos. Pourtant les conséquences de ce « discours secret » étaient déjà visibles. Des rapports venus de Pologne et de Hongrie signalaient un changement de climat à l'Est, ajoutant à la véracité de la rumeur. C'était, soulignaient les journalistes, les signes avant-coureurs d'un dégel de la guerre froide, les prémices frileuses d'un printemps politique.

La fanfare des Royal Marines se mit à jouer. Troy leva les yeux vers le croiseur. Une interminable rangée de dignitaires se tenait au garde-à-vous pour écouter l'hymne national soviétique. Au premier rang, deux hommes courtauds, trapus, engoncés dans leur manteau. Alors qu'ils descendaient la passerelle sur laquelle on avait déroulé le tapis rouge, Troy leur trouva une certaine similitude : à peu près la même corpulence, même visage amène, mêmes yeux vifs, même incroyable juvénilité. Deux écoliers que l'on aurait gonflés avec une pompe à vélo pour qu'ils deviennent des adultes.

Ils approchèrent des officiels britanniques et commencèrent à serrer des mains, Khrouchtchev un peu en retrait, avec un grand sourire crispé, Boulganine en tête, souriant plus naturellement. Ses yeux bleus brillaient, ses cheveux blancs ondulaient comme le glaçage d'un gâteau. Alors qu'ils échangeaient une poignée de main, Troy l'observa : sa barbichette lui conférait une ressemblance certaine avec le grand chef d'orchestre Sir Thomas Beecham. À quelques mètres de là, Khrouchtchev serrait l'énorme paluche de Norman Cobb. Lui ressemblait tout à fait au paysan qu'il était vraiment, l'exacte réplique du Russe originel tel que Troy l'avait vu représenté toute sa vie sur d'innombrables tableaux et photographies.

À peine lâchée la main de Boulganine, celle de Troy se retrouva entre les doigts boudinés de Nikita Sergueïevitch Khrouchtchev. Il plongea son regard dans celui, brun noisette, du leader de l'Autre Monde et compta les verrues qui constellaient le visage du plus fascinant des hommes.

8

Non content d'être un despote, Monsieur K. était un ours mal léché. Cela ne faisait aucun doute, il était invivable. Il possédait le caractère et l'énergie auxquels Troy s'attendait, qualités hélas corrompues par des années de pouvoir. Il manipulait les gens sans le moindre respect pour leur personne. En public, il s'adressait à Boulganine avec déférence et prenait un plaisir espiègle à s'asseoir sur la banquette arrière des véhicules officiels. En privé, il le rabrouait, lui criait dessus, le traitait de noms d'oiseaux et lui rabâchait sans cesse ce qu'il devait dire. Il se comportait à peine mieux vis-à-vis de son propre fils Sergueï, un frêle jeune homme d'une vingtaine d'années, version paisible de son géniteur, caché derrière une paire de lunettes à verres épais, qui souriait aimablement et semblait vouloir faire plaisir à tout le monde, comme un boy-scout.

Mais le plus exaspérant chez Khrouchtchev, c'était ses plaisanteries. Troy, qui se targuait d'avoir un certain sens de l'humour, n'appréciait pas ses blagues d'un mauvais goût digne d'un potache, destinées à déstabiliser ses interlocuteurs.

Le premier soir, les Soviétiques firent au pas de charge le tour de quatre célèbres monuments de la capitale. Des visites éclair, épuisantes, plus rapides que celles d'un sénateur américain en campagne au fin fond du Kansas. Ils s'arrêtaient en passant pour serrer des mains, pendant que leurs véhicules stationnaient en double file. Ils visitèrent successivement le Royal Festival Hall, vibrant hommage britannique à l'architecture soviétique ; la sombre abbaye de Westminster, lieu de sépulture des monarques ; la sublime cathédrale St Paul, dressée au milieu d'un océan de ruines, rare chef-d'œuvre du grand Christopher Wren à avoir survécu aux bombardements ; enfin, au crépuscule, la Tour de Londres illuminée, gardée par ses hallebardiers vêtus de rouge et de noir. Tout cela en moins de deux heures.

Khrouchtchev ne parut guère impressionné par le Royal Festival Hall. Il jeta un coup d'œil aux tarifs du bar et conclut qu'il reviendrait un jour de paie, quand il aurait les moyens de s'y offrir un verre. Pas mal, songea

Troy, il connaît au moins le prix de la vie, à défaut d'autre chose. Au pied de la tour Blanche, quand le guide lui apprit que, selon la légende, l'Empire britannique s'effondrerait le jour où les corbeaux s'envoleraient, Khrouchtchev chercha les volatiles des yeux.

— Je ne vois rien, déclara-t-il avec malice, parodiant l'amiral Nelson lors de la bataille de Copenhague, ajustant sa longue-vue sur son œil perdu.

Pas d'éclats de rire dans l'assistance, juste quelques sourires forcés. La boutade n'était pas méchante, néanmoins Troy en conclut que le leader soviétique manquait de savoir-vivre.

Lors de la visite de la cathédrale St Paul, dont l'atmosphère était réputée apaiser l'âme des plus mécréants, dans le silence mystique seulement troublé par des chuchotis et des crissements de semelles, le vieux doyen pointa du doigt le vaste dôme, expliquant avec fierté qu'un engin incendiaire allemand était tombé là pendant le Blitz, mais que l'on avait pu réparer les dégâts, alors que Londres perdait au même moment dix-sept des plus belles églises conçues par Wren. Khrouchtchev lui fit allègrement remarquer qu'il n'aurait pas à se soucier des réparations lorsque les Russes lâcheraient « la bombe ».

Il n'eut pas besoin d'ajouter l'épithète. Il disait : LA BOMBE. Pas une bombe incendiaire, pas un engin de deux cent cinquante kilos ni d'une tonne, on parlait là en *méga*tonnes – un mot encore incompréhensible au commun des mortels, souvent traduit par des multiples d'Hiroshima : vingt, trente, cinquante Hiroshima. La même ville atomisée à maintes reprises par la puissance d'une fission métaphorique. Troy imaginait les minuscules atolls de l'océan Pacifique disparaissant dans une explosion sourde derrière l'icône des temps modernes, un colossal nuage en forme de champignon.

Le doyen regarda son visiteur sans réagir. La présence d'un interprète conciliant, le passage d'une langue à l'autre avaient atténué la menace et la volonté de choquer contenues dans la phrase, conférant à Khrouchtchev un tact qu'il était loin de posséder. Le doyen les guida ensuite vers la statue de John Donne[1]. Derrière son épaule, Troy entendit Milligan marmonner : « Bonté divine. »

Il renonça bientôt à compter les innombrables déplacements de la délégation soviétique. Il avait l'impression d'entrer et de sortir du *Claridge* ou du 10 Downing Street au moins quatre fois par jour. Chaque soir, il faisait consciencieusement son rapport à Norman Cobb, en général pour préciser que Khrouchtchev n'avait rien dit d'important. Le MI5 et le MI6 tenaient-ils à apprendre que Monsieur K. avait piqué une crise parce qu'il ne retrouvait pas un bouton de manchette orné d'un diamant, ou qu'il se plaignait sans cesse du goût du thé ? Que Troy l'avait vu faire le tour de sa chambre à quatre pattes, sans savoir s'il cherchait toujours le fameux bouton, ou s'il était sous l'emprise de sa boisson préférée, la vodka au poivre rouge ?

Le surlendemain de leur arrivée, Downing Street donna un grand dîner en l'honneur de ses hôtes. B & K rencontrèrent C & A, les anciens Premiers ministres Churchill et Attlee, ainsi que le chef de l'opposition et leader du parti travailliste, Hugh Gaitskell. La nuit du Gotha, remarqua Clark.

« Faire » Downing Street était une tâche aisée. Il suffisait d'escorter les Russes jusqu'à l'entrée où ils étaient pris en charge par d'autres officiers de police. Les gardes du corps poireautaient ensuite dans une pièce nue s'apparentant, en pire, à la salle d'attente d'un dentiste, sans lecture ni occupation.

— Qu'est-ce que c'est ? demanda Troy au policier qui venait de pousser la porte.

— C'est arrivé hier, monsieur.

— On dirait une cuillère en bois…

— Oui, monsieur. Longue de trois mètres, monsieur. Déposée à l'entrée. Le Premier ministre a ordonné de l'escamoter avant que la presse ait vent de l'affaire. Nous avons ordre de nous en débarrasser dès que les Russes auront quitté le pays.

Troy lut l'étiquette attachée à la cuillère. « De la part de la Ligue des loyalistes. Elle ne sera sans doute pas assez longue pour le dîner de demain soir. »

— D'après vous, ça veut dire quoi ? reprit le policier, intrigué.

— C'est évident. Souvenez-vous du dicton : « Il faut une longue cuillère pour souper avec le diable. »

Les deux émissaires de Satan avaient reçu un étrange accueil à leur descente du train en gare Victoria. Une réception officielle et une manifestation contestataire. Toutes deux s'étaient révélées tièdes, dépourvues d'enthousiasme et de signification. Ni l'une ni l'autre n'avait rassemblé assez de monde pour gêner la circulation et couvrir le bruit des voitures. L'envoi de la cuillère en bois était la preuve d'un singulier manque d'imagination. Le flic de service était peut-être le seul Britannique à ne pas connaître l'expression, mais le symbole était si évident qu'il en perdait son sens. Le cliché des clichés. La Ligue des loyalistes ne représentait pas grand monde : les Anglais n'étaient pas friands de ce genre de confrérie douteuse, ce qui ne les empêchait pas d'être membres actifs de comités, clubs, amicales et autres organismes autoproclamés. Cette ligue était seulement la plus stupide d'entre elles, une association de vieux birbes qui n'avaient rien compris aux changements intervenus dans le monde depuis

1945. Comme le disait si justement Rod à propos des différentes institutions du pays, du Carlton Club à la magistrature : une autre ligue des Petits Hommes.

Milligan, en policier chevronné, maîtrisait à la perfection l'art de dormir debout. Clark lisait, fidèle à ses habitudes. Troy, qui s'ennuyait, décida de se dégourdir les jambes. Sans bruit, il ouvrit la porte. Personne, excepté un jeune flic en faction dans le hall. Troy s'attendait à se faire rabrouer, mais le planton se contenta de hocher la tête avec un paisible « Bonsoir, m'sieu », comme si Troy avait le loisir de se promener où bon lui semblait. Enhardi, il gravit l'escalier, jetant un coup d'œil au passage à l'interminable galerie de portraits représentant les anciens occupants de Downing Street, de Walpole à Churchill en passant par Palmerston et Disraeli. De l'étage, lui parvinrent des bruits de voix étouffées, qui enflèrent à mesure qu'il approchait des salons de réception. Un interprète parlait très fort, sans doute à l'intention d'un hôte un peu dur d'oreille. Soudain, une porte s'ouvrit et le brouhaha se mua en vacarme ; un vieillard qu'il prit une seconde pour un serveur cacochyme s'avança vers lui en traînant les pieds. Ce n'était pas un serveur, mais un ancien Premier ministre, l'un des portraits de l'escalier ramené à la vie.

— Saveumgrreum ousonleunbreum ? marmonna Churchill.

Troy ne comprit pas une seule syllabe. Stupéfait, il se demanda ce que l'ancien chef des démocraties occidentales, champion de la Seconde Guerre mondiale, pouvait bien avoir à lui dire.

9

Le lendemain en fin d'après-midi, la délégation soviétique s'embarqua pour une croisière sur la Tamise, de Westminster Pier à Greenwich, l'une des promenades en bateau les plus agréables de la capitale. Quand la navette glissa sous Tower Bridge, même le moulin à paroles qu'était Khrouchtchev s'arrêta. Il fit ce que tout homme possédant un brin de poésie aurait fait. Il écarquilla les yeux, subjugué par la magnificence de la cathédrale St Paul qui barrait le ciel, écrasant les autres édifices de sa taille colossale. Ils s'enfoncèrent ensuite dans les profondeurs de l'East End, avec sa ligne d'horizon zébrée de flèches de grues et de mâts de charge, ses jetées égayées par les voiles rouges et noires des chalands à fond plat amarrés dans le Pool of London. Alors qu'ils contournaient l'île aux Chiens, apparurent Greenwich, son majestueux Royal Naval College et, au loin, les contours de l'Observatoire royal, perché au sommet de la colline, divisant l'est et l'ouest de Londres selon une ligne tout à fait arbitraire. Quel meilleur symbole pour cette visite diplomatique ?

Khrouchtchev célébra la nouvelle coexistence pacifique en tirant sur une Senior Service ; il évoqua la rapidité de la course aux armements, décrivit l'*Ordzhonikidze*, le croiseur qui l'avait emmené jusqu'aux côtes anglaises, comme le dernier cri de la technologie soviétique, mais qui, d'après lui, serait bientôt obsolète. Un argument solide, lequel, selon la façon dont on l'interprétait, pouvait passer pour un avertissement général ou une menace précise contre l'Occident. Khrouchtchev ajouta aussitôt que les Russes n'avaient pas l'intention « de vous virer de la planète », suggérant qu'ils avaient le pouvoir de le faire.

À peine avait-il regagné son siège que Troy l'entendit proposer au Premier lord de l'Amirauté de lui vendre l'*Ordzhonikidze*.

— Et si vous m'en achetez deux, je vous offre en prime un sous-marin nucléaire.

Le Premier lord parut totalement déconcerté. Devait-il prendre la phrase comme une boutade, ou annoncer un prix ? Troy n'éprouvait aucune sympathie pour Lord Reading et consorts. En d'autres circonstances, il eût jugé très drôle cet ébouriffage de plumes d'un paon de l'Empire britannique ; en l'occurrence, la menace insinuée par ce comportement d'écolier indiscipliné était franchement pénible. À force de subir ses mauvaises blagues, Troy savait qu'elles n'étaient que la partie émergée d'un iceberg de sous-entendus. Peut-être la remarque était-elle une façon de défendre l'opprimé ? Dans la bouche d'un puissant, elle sonnait agressive et grossière.

Quelques minutes plus tard, Khrouchtchev s'adressa au chef de l'état-major impérial.

— Bientôt, nous serons capables de mettre des têtes nucléaires sur des missiles téléguidés. Croyez-moi, cela va changer l'art de la guerre.

À voir l'expression de son interlocuteur, qui cligna des yeux, abasourdi, dès que l'interprète eut traduit la phrase, Troy devina ce qui allait suivre.

— Je trouve cette suggestion très choquante, répondit le chef de l'état-major.

Khrouchtchev eut un vague haussement d'épaules.

— Que cela vous plaise ou non, c'est pourtant ce qui se passera.

Simple vérité ou menace non déguisée ? Une fois encore, Troy hésitait à trancher.

La délégation soviétique, forte de quarante membres, occupait tout un étage du *Claridge* ; chaque jour on lui faisait traverser la capitale à un train d'enfer, cauchemar logistique requérant un convoi de limousines et des flics en nombre suffisant pour envahir la Lettonie. Khrouchtchev tenait à vanter la technologie de pointe de l'URSS : il avait placé en tête d'affiche deux éminents scientifiques, M. Tupolev, constructeur aéronautique connu pour ses travaux sur les vols supersoniques, et M. Kourtchatov, physicien atomiste travaillant sur le programme de la bombe H. Pourquoi Khrouchtchev les aurait-il conviés à se joindre à la délégation, si ce n'était pour convaincre ses homologues britanniques des possibilités offertes par la combinaison de leurs recherches ? S'en offusquer, c'était faire preuve d'une incroyable naïveté, voire d'une bêtise crasse, surtout de la part d'un haut gradé. Si les pays occidentaux n'avaient pas l'intention de diriger leurs armes nucléaires vers les capitales ennemies, à quoi bon avoir kidnappé des scientifiques allemands ? Pourquoi Werner von Braun, le père des V2, se terrait-il dans un laboratoire américain, sinon dans le but de mettre au point une fusée capable de transporter une tête nucléaire ? Le chef de l'état-major s'imaginait-il que la Grande-Bretagne pourrait mener une guerre pareille aux précédentes en envoyant une canonnière sur une colonie de mutins, ou un corps expéditionnaire à la rescousse d'une nation alliée ? L'adjectif « impérial » de son titre lui embrouillait-il le cerveau au point qu'il soit incapable de voir le monde tel qu'il était ressorti des cendres d'Hiroshima et de Nagasaki ?

Ces échanges anglo-russes assommaient Troy, qui prit l'habitude de toujours se munir d'un livre ou d'un magazine. À la suite de la promenade de Greenwich, il sortit un exemplaire usé de *L'Agent secret*, de Joseph

Conrad, dans lequel un jeune homme simple d'esprit est déchiqueté par la bombe qu'il transporte à son insu à l'Observatoire royal. Chaque fois qu'il attendait dans ce réduit de Downing Street ou dans la suite de Khrouchtchev au *Claridge's*, il lisait quelques pages de Conrad ou feuilletait les journaux. Le monde qu'il côtoyait se reflétait à l'occasion dans les pages imprimées : libération de dissidents en Pologne ; limogeage de l'amiral de la flotte soviétique, Nikolaï Kouznetzov ; dénonciation, deux ans après sa mort, d'Andreï Vychinski[1], membre du Politburo, pour sa participation aux procès de Moscou ; remplacement du responsable du MI6, Sir John Sinclair. Drôle de coïncidence. La presse ne mentionnait pas le nom de son successeur. Troy se promit d'en parler à Rod. Son frère ne résistait jamais à un pari : Troy se souvenait de l'avoir entendu miser dix livres sur Sir David White.

Le samedi, en route pour l'Établissement de recherche atomique de Harwell, dans l'Oxfordshire, Khrouchtchev atteignit son niveau le plus bas dans l'estime de Troy. « Établissement », un terme étrange, qui dissimulait plus qu'il ne révélait les activités de l'endroit. C'était également une usine où, par conséquent, travaillaient des ouvriers. Les membres de la délégation, vêtus de blouses blanches, parcoururent les ateliers au pas de charge et s'arrêtèrent, telles des altesses royales, pour échanger des banalités avec l'ouvrier de base.

L'ouvrier en question ne collait pas du tout au scénario. Un grand gaillard à l'accent du Nord, au visage ouvert. Jouant son rôle jusqu'au bout, il essuya ses grosses mains avec un chiffon en voyant approcher ces messieurs. Quel pouvait être son métier, au royaume de la dissimulation ? Pour Troy, la seule raison de cette visite était d'enfoncer la notion d'« atomique » dans la gorge de Khrouchtchev. Durant tout le trajet, il avait répété : « Allons-nous enfin visiter une usine ? Bon sang, j'ai demandé à visiter des usines ! »

Khrouchtchev serra la main du prolétaire.

— Content de vous rencontrer, fit celui-ci.

Puis il regarda ses paumes pour vérifier qu'elles n'étaient pas trop graisseuses.

— Faut pas vous en faire pour la saleté. Honnête labeur, après tout, dit-il en souriant.

Khrouchtchev sourit à son tour, après traduction. Pendant un moment, ils parurent sur la même longueur d'onde.

— Je suis syndicaliste, poursuivit l'ouvrier. J'ai pris ma carte quand j'avais seize ans.

Khrouchtchev ne vit là rien d'extraordinaire et continua de sourire.

— Je voulais juste savoir un truc…

Son regard glissa sur les visages des accompagnateurs, cherchant à qui s'adresser, et s'arrêta sur Troy. Celui-ci désigna discrètement le jeune représentant du Foreign Office qui suivait la délégation, l'air complètement perdu.

— Je veux dire, j'ai le droit de lui poser une question ? Ça le dérange pas de répondre à des questions, hein ?

Le type des Affaires étrangères resta perplexe. L'interprète glissa quelques mots à l'oreille de Khrouchtchev. Celui-ci fit « *Da, da* », deux syllabes compréhensibles dans toutes les langues, accompagnées d'un geste agacé de la main trahissant son impatience.

— Quand y aura-t-il des syndicats libres dans les pays de l'Est ? demanda l'ouvrier sans la moindre hésitation.

Le représentant du Foreign Office faillit s'étrangler. Il s'était sans doute imaginé que l'homme allait s'enquérir du prix du chou en URSS ou réclamer la recette du bloody mary. L'interprète du jour, qui n'exerçait aucune censure, traduisit la phrase mot à mot. C'était, selon Troy, la première vraie question posée au dirigeant soviétique. Khrouchtchev ne s'éloigna pas d'un air outragé. Pas plus qu'il ne répondit clairement. Il se conduisit en bon politicien et choisit l'attitude que n'importe lequel d'entre eux, dans n'importe quel pays au monde, aurait adoptée : l'esquive.

— Nous n'aboutirons à rien si nous commençons à nous critiquer les uns les autres. Considérez notre point de vue et nous considérerons le vôtre.

Ce qui ne voulait rien dire.

— C'est juste un politicard pareil aux autres, répondit Troy à Charlie qui lui téléphonait pour savoir « comment ça se passait ».

— Tu t'attendais à quoi ? À un nouveau messie ?

— Non, je… je pensais que peut-être… il serait différent.

— Oh, il est différent, tu sais.

Troy raccrocha. Il brûlait de découvrir en quoi Monsieur K. était différent.

10

Le lundi suivant, alors qu'ils s'entassaient dans les Daimler pour se rendre au dîner offert par le parti travailliste à la Chambre des communes, Troy se remémora une vieille expression des studios d'Hollywood : « Avec qui dois-je coucher pour ne plus figurer dans ce film ? »

La délégation fut accueillie dans Harcourt Room, l'une des salles de restaurant de la Chambre. Troy comprit très vite le tour que prendrait la soirée. Le grand show allait débuter. Pour filer la métaphore cinématographique, si, jusqu'à présent, les Soviétiques n'étaient apparus que dans des courts-métrages humoristiques, aujourd'hui ils tenaient la vedette d'un film en Cinémascope.

Hugh Gaitskell s'avança, la main tendue. L'interprète ânonna quelques paroles de bienvenue, puis Gaitskell dit à Khrouchtchev :

— Permettez-moi de vous présenter mon porte-parole, chargé des Affaires étrangères, Rodyon Troy.

Avant même que l'interprète ouvre la bouche, Rod serra la main du dirigeant soviétique et s'adressa à lui dans son impeccable accent de la bonne société moscovite d'avant la Révolution.

Khrouchtchev observa Rod et Troy tour à tour, éberlué, puis se ressaisit, en parfait comédien qu'il était. Jack Benny découvrant Rochester n'aurait pas mieux réagi. Rod était plus grand, plus trapu et plus âgé que son frère, mais la parenté était indéniable : même épaisse tignasse de cheveux noirs, mêmes yeux d'ébène, mêmes lèvres pleines.

Précédé par Rod, Khrouchtchev salua plusieurs membres du cabinet fantôme[1], sans paraître écouter ses explications. Tandis qu'il échangeait une poignée de main avec Harold Wilson, ministre fantôme des Finances, ses petits yeux porcins lancèrent à Troy un regard de reproche. Le retour au *Claridge* s'annonçait moins plaisant qu'à l'accoutumée… Peut-être y avait-il un Dieu, après tout ? Son vœu serait-il exaucé ? Puisqu'il était démasqué, Cobb allait probablement l'exclure de l'équipe dès le lendemain matin.

Un serveur vint vers lui.

— Mr Troy, nous vous avons placé à la table principale, aux côtés de Mr Brown. Les autres policiers s'installeront aux extrémités de la table du fond. Mr Cobb dit que vous devez être déployés, de façon à avoir une vision globale de la salle.

Mon Dieu, quel imbécile, ce Cobb. Toujours à frimer avec son jargon à la noix.

— Bien, lorsque Manny Shinwell[2] sortira son fusil à canon scié, je veux être certain de pouvoir le descendre à tir croisé, ironisa Troy.

Le mauvais goût de Khrouchtchev déteignait-il sur lui ? Le serveur ne parut pas saisir le trait d'humour.

— Mr Shinwell n'assistera pas au dîner, monsieur.

Troy remarqua son nom inscrit sur un bristol. N'ayant rien d'autre à faire, il s'assit. La pointe du canon de son Browning lui entrait dans les côtes. Quelques minutes plus tard, les convives commencèrent à s'attabler. Sur sa droite, une chaise encore vide, puis Sergueï Khrouchtchev, un interprète, Harold Wilson, Rod, un autre interprète, Boulganine, un troisième interprète, Khrouchtchev et enfin Hugh Gaitskell. Il lut le nom sur le bristol posé entre son assiette et celle de Sergueï : Mr Brown. Mais quel Mr Brown ?

Il vit Clement Attlee s'installer de l'autre côté de la table et, au passage, remarqua Clark et Beynon, mal à l'aise, gênés plutôt que reconnaissants de compter au nombre des invités – démocratie oblige – au lieu de faire le pied de grue contre un mur, ignorés de tout ce beau monde pendant la durée d'un interminable souper. Il comprenait leur embarras de flics ordinaires contraints de bavarder avec des représentants du peuple, dont la seule perception dudit peuple provenait des notes qu'on leur transmettait et de ce qu'en disait la presse. Que leur aurait-il dit, à ces naïfs inconscients du monde qui les entourait, s'ils avaient daigné lui adresser la parole ?

Non loin de Clark et Beynon, il aperçut une vieille connaissance, Tom Driberg, qu'il n'avait pas revu depuis une douzaine d'années. Trop éloigné pour lui parler. Puis il entendit un raclement de chaise : un petit homme râblé, à grosses lunettes à monture d'écaille, avait pris place à ses côtés. Brown. Bien sûr. George Brown, député travailliste d'une ville du Nord et ministre fantôme d'on ne sait quel ministère. Ni ami, ni ennemi de Rod. À la droite du parti, réputé pour son franc-parler proche de la grossièreté.

Il échangea quelques civilités avec Troy. Un type pas si désagréable, au fond. L'homme assis à la gauche de Troy était en grande conversation avec son voisin et, comme Brown se détournait pour converser avec Sergueï Khrouchtchev par l'intermédiaire d'un interprète, Troy en conclut qu'il était libre de brouter l'abominable pitance servie par la Chambre des communes et de laisser son esprit vagabonder. Si jamais l'une de ces vieilles badernes avait réellement l'intention de sortir une arme à feu, ce serait à Beynon de lui loger une balle dans le crâne.

Il rêva d'un paisible week-end chez lui à la campagne, un repos bien mérité après toutes ces journées passées à arpenter Londres et ses environs. Il pensa à ses cochons et à ses légumes qui pointaient au potager. Une fois épuisée l'évocation de ces idylliques images champêtres, il songea à un arrangement de Thelonious Monk, *April in Paris*, qu'il avait mis un temps fou à maîtriser. Le grand pianiste n'écrivait pas de partitions, Troy voyait ses longs doigts courir sur le clavier, créant leur propre géométrie musicale, faite de dissonances harmoniques.

Il avait rêvé trop longtemps : une odeur de tabac à pipe le ramena à la réalité. Le repas était terminé. Il avait avalé le pudding sans même s'en rendre compte. On en était au discours de Khrouchtchev, dont l'interprète s'efforçait de suivre le rythme effréné. Troy s'aperçut que le siège à sa droite était vide. Brown s'était déplacé pour aller s'asseoir de l'autre côté de la table, face au dirigeant du Kremlin. C'était lui le fumeur de pipe.

— Je ne pensais pas vous voir ici, Freddie…

Tom Driberg avait pris place sur la chaise laissée vacante.

Connaissant le lascar, il devait avoir une idée derrière la tête. Alors que Khrouchtchev évoquait la future coexistence pacifique, Driberg chuchota :

— Je suppose que vous ne pouvez pas m'obtenir un entretien privé avec lui ?

— Vous supposez bien.

Driberg rapprocha sa chaise, nullement démonté.

— Cela pourrait m'être très utile. Depuis leur arrivée, aucun journaliste n'a encore été invité. Pas de conférence de presse, rien. Le *Reynolds News*, ou même le *Herald Tribune* ne me refuseraient pas une exclusivité si je la leur apportais sur un plateau.

— Tom, foutez-moi la paix.

— Allons, Troy. Vous pouvez faire ça pour moi.

— Avec Boulganine, l'interprète, et tout le personnel de l'ambassade qui gravite autour de lui ?

— Vous pourriez lui glisser un mot. Vous parlez russe, non ?

Troy quitta un instant Khrouchtchev des yeux pour répondre à voix basse :

— Tom, il ne vous est jamais venu à l'esprit que Khrouchtchev n'est pas censé le savoir ?

— Foutaises, marmonna Driberg, avant de s'enfermer dans un silence que Troy savait temporaire.

À ce moment, il se rendit compte que le ton du camarade Khrouchtchev avait changé. Il était passé à un autre mode oratoire et instillait à ses propos une passion qu'aucun interprète ne parviendrait jamais à rendre.

— La paix s'est fait trop longtemps attendre. À maintes reprises, nous vous avons tendu le rameau d'olivier et, systématiquement, vous l'avez brisé ! En 1919, nous étions une jeune nation tentant de se reconstruire après une guerre qui l'avait laminée. Pour la première fois de l'Histoire, nous étions libérés du joug de la tyrannie. Nous vous avons appelés à l'aide. Or qu'avez-vous fait pour nous secourir ? Vous avez envoyé vos soldats à Arkhangelsk et à Mourmansk pour soutenir les anti-bolcheviques ! Vous avez tenté de restaurer l'ancien régime ! Par la suite, dans les années 1930, nous combattions Hitler, avant même que vous, les Britanniques, ayez entendu parler de lui !

Une vague de murmures désapprobateurs parcourut l'assistance. George Brown grogna de façon si audible que Khrouchtchev le fixa une fraction de seconde, ratant une scansion du tempo ascendant de son improvisation. Mais il se reprit très vite. La comparaison avec le jazz était évidente. L'homme adorait improviser. Troy vit les doigts de Monk courir sur le clavier.

— Ai-je besoin de vous rappeler que l'objectif premier du nazisme était l'éradication des Slaves, race inférieure ? L'élimination de l'idéologie démoniaque, le bolchevisme ? Pendant que vous vous compromettiez avec Hitler, nous étions prêts à l'affronter et bien décidés à en découdre lorsqu'il a envahi la Tchécoslovaquie…

— Alors pourquoi Staline a-t-il signé le pacte germano-soviétique ? fit une voix au fond de la salle.

Il y eut une brève pause, pendant laquelle l'interprète s'adressa à Khrouchtchev en aparté, *sotto voce*, paumes levées. Leurs deux têtes inclinées se touchaient presque.

Khrouchtchev n'avait pas vu le fauteur de troubles. Cela n'avait guère d'importance. N'importe lequel des auditeurs aurait pu émettre cette réflexion.

— Pourquoi ? Par nécessité. Un mot que vous, les Occidentaux, êtes incapables de comprendre. Soit nous combattions seuls face à Hitler, soit nous cherchions une solution de rechange. C'est cela, la nécessité ! Nos troupes étaient massées à la frontière, prêtes à venir en aide à nos frères tchécoslovaques. Les Polonais refusaient de nous laisser traverser leur frontière, puisqu'ils se conformaient aux accords de Munich et s'alignaient sur la politique prônée par Daladier et Chamberlain !

De nouveau, des murmures parcoururent la salle, cette fois dénués de réprobation. Même les conservateurs n'auraient pas forcé le ton pour défendre Chamberlain.

— Ce pacte nous garantissait de l'aide. Nos troupes étaient en alerte. Or, qu'ont fait les Britanniques ? Ils nous ont envoyé des émissaires sourds et muets, tout juste bons à boire du thé ! Et pendant ce temps, votre gouvernement incitait Hitler à avancer toujours plus à l'est, loin de vos côtes. Si vous et les Français nous aviez perçus comme une nation intelligente et combative, au lieu de nous prendre pour des tueurs de tsars sans foi ni loi, si vous aviez accepté de coopérer, de nous parler, j'affirme aujourd'hui que la Seconde Guerre mondiale aurait pu être évitée !

Les membres du parti travailliste en demeurèrent pantois. C'était l'impensable. Mais Troy estimait depuis longtemps – en fait, depuis que Churchill avait déclaré dix ans plus tôt dans un fameux discours[3] qu'un « rideau de fer était descendu sur l'Europe » – que l'on vivait une époque où l'impensable était pensable.

Dans le silence ponctué de chuchotis, une voix s'éleva. Celle de George Brown.

— Que Dieu vous pardonne !

L'interprète fit preuve d'un certain tact : la main en pavillon derrière l'oreille, il montrait à Khrouchtchev qu'il n'avait pas bien entendu. Ce dernier demanda à Brown de répéter. Un brouhaha inquiet se répandit dans la pièce. Mieux valait que Brown ne réitère pas ses propos. Celui-ci prit le temps de rallumer sa pipe.

— Quel est le problème ? tonna Khrouchtchev. Auriez-vous peur de vous faire entendre ?

L'interprète, lassé d'arrondir les angles, traduisit aussitôt la phrase en anglais, mot pour mot. Brown secoua son allumette, tira sur sa pipe, avant de l'ôter de sa bouche.

— Pas du tout, répondit-il. J'ai dit : « Que Dieu vous pardonne. »

Sans le quitter des yeux, Khrouchtchev prit une profonde inspiration et explosa. Troy ne fut sans doute pas le seul à remarquer qu'il n'avait pas attendu la traduction. L'interprète n'avait rien dit.

— Non, mon petit bonhomme ! Que *votre* Dieu vous pardonne ! Croyez-vous que la situation ait changé depuis Arkhangelsk ? Pensez-vous vraiment que votre socialisme rampant vous rende supérieurs ? Seriez-vous donc plus opposés à nous que le parti conservateur ? Moi, si j'étais sujet britannique, je voterais conservateur ! Vous ne nous avez apporté aucun soutien ! Tout ce que vous savez faire, c'est nous harceler à propos de l'Europe de l'Est !

Nye Bevan, ancien ministre travailliste, bondit de sa chaise et brandit un index menaçant.

— N'essayez pas de nous intimider !

— Et vous, n'agitez pas votre doigt sous mon nez ! riposta Khrouchtchev, avant de se lancer dans une violente diatribe que l'interprète s'efforçait désespérément de suivre. Parmi les dizaines d'expressions qui volaient, Troy retint : « Non, mais quel toupet ! »

Rod se leva lentement et attendit que Khrouchtchev eût fini de fulminer. Le simple fait d'être là, debout, sans rien dire obtint l'effet escompté. Khrouchtchev ralentit la cadence, locomotive glissant en douceur vers le butoir.

Rod prit alors la parole, en russe, d'une voix basse et posée qui fit frissonner Troy, tant elle lui rappelait celle de leur père quand il parlait en public, captant l'attention de l'assistance par le timbre et la couleur de sa voix, plutôt que par son volume ou son débit. L'intonation à elle seule subjuguait l'auditoire. Khrouchtchev en resta interdit. Les travaillistes aussi, et pourtant ils ne comprenaient pas la teneur de ses propos.

— Camarade Khrouchtchev – personne ce soir-là ne l'avait encore appelé « camarade » –, le moment me paraît opportun de vous donner ceci. Il s'agit d'une liste de dissidents hongrois, polonais, tchèques et allemands de l'Est portés disparus. Je vous saurais gré de bien vouloir m'aider à les localiser et à informer leurs familles de leur situation.

Rod n'en dit pas plus. Il se contenta de tendre un feuillet plié en quatre. Khrouchtchev refusa de le prendre. S'ensuivit un silence de plus de trente secondes, que finit par rompre l'interprète, lequel, risquant son travail, voire sa vie, saisit la feuille. Soudain, le maléfice fut rompu. Le miroir se brisa. Khrouchtchev fit volte-face et marcha droit vers la porte. En se précipitant pour passer devant lui, Troy lui heurta l'épaule. Il aurait juré l'entendre grommeler : « Qu'ils aillent tous se faire foutre. »

11

Dans les jardins de la Chambre des communes, sous le crachin d'avril, Khrouchtchev beuglait :

— Ils ont conchié la Russie ! Conchié la Russie !

Il injuria le personnel de l'ambassade, engueula Boulganine et, au moment où l'interprète s'avançait pour prendre place dans la Daimler, il lui arracha la feuille des mains et lui fit signe de monter dans le véhicule d'escorte. Troy suivit l'interprète, pensant que Monsieur K. préférerait s'isoler pour ruminer sa rancune, mais Khrouchtchev l'arrêta en posant la main sur sa manche.

— Non, dit-il d'un ton presque radouci, vous, vous venez avec moi.

La Daimler partit en direction de Hyde Park, Clark et le chauffeur à l'avant et, derrière la vitre de séparation, installé sur la banquette aux côtés de l'homme sans doute le plus puissant du monde, Troy, curieux de la suite de événements. Khrouchtchev, taciturne, regardait le paysage défiler. En passant devant la cathédrale de Westminster, il leva la tête vers la haute tour de brique rouge, sans piper mot. Pas de banals commentaires de touriste. Pas de blague de mauvais goût. Au niveau de Hyde Park Corner, il sortit le papier de sa poche, le compulsa un petit moment, puis le rempocha et demanda, les yeux rivés sur la rue :

— L'homme qui m'a donné cette liste, qui est-ce ?

— Mon frère.

— Et où avez-vous appris votre russe ?

— Chez nous. Dès notre plus jeune âge. Avec nos parents.

— Vos parents, hein ? répéta Khrouchtchev sèchement.

Pas une question, plutôt une prise de conscience, une idée qui mûrissait.

— Notre nom de famille est Troïtsky.

— Ah, je vois… Des Blancs !

Khrouchtchev finit par regarder Troy. Un éclair de triomphe passa dans ses petits yeux noisette.

— Pas du tout. Des révolutionnaires de 1905.

— Des mencheviks ?

— Plutôt des anarchistes. C'était il y a longtemps…

— En effet. Et aujourd'hui ?

— Mon frère, comme vous l'aurez compris, a pactisé avec l'Histoire et a rejoint les rangs du parti travailliste. Quoi que vous en pensiez, ce sont des sociaux-démocrates, ni plus, ni moins.

— Et vous ?

— Moi ? Je suis policier. Je n'ai pas d'opinion politique.

— Si un flic soviétique me répondait ce genre d'ânerie, je le ferais virer sur-le-champ pour m'avoir pris pour un imbécile. Aucun homme sensé sur cette planète n'oserait affirmer qu'il n'a pas d'opinion politique.

Bien sûr, Khrouchtchev avait raison. Douze ans plus tôt, à Berlin, un Polonais espionnant pour le compte des Soviétiques avait laissé entendre à Troy que son père, Alexeï, était demeuré fidèle au parti communiste russe depuis qu'il avait fui un pays en plein chaos, après la révolution de 1905. Troy avait souvent réfléchi à cette révélation. Une allégation à laquelle il ne voulait pas croire et qu'il avait finalement choisi d'occulter. Et surtout, il ne tenait pas à en discuter avec le Premier secrétaire du parti en question.

— D'où êtes-vous originaire ?

— De Moscou. Le berceau de la famille se trouve à Yasnaya Polyana, au sud de Toula.

— Je connais la région. Je m'y suis rendu à plusieurs reprises. La ville de Toula est devenue un musée à la mémoire de Tolstoï.

— Je vous envie, camarade Khrouchtchev. Je n'y suis jamais allé et je suppose que l'occasion ne se présentera pas.

— Venez donc en Russie…

Khrouchtchev souriait. Peut-être était-il sincère, après tout.

— Cela me paraît impossible. L'histoire de ma famille est disons… compliquée. Il m'est difficile d'en parler.

— Venez en Russie, insista Monsieur K. Avec moi, vous ne vous ennuierez pas. Ce sera plus drôle que ces sinistres visites des monuments britanniques…

— Vous avez rencontré Anthony Eden. Vous avez rencontré la reine et le duc d'Édimbourg. Vous n'avez pas seulement visité St Paul et la Tour de Londres.

— Eden est un monument. La reine est un monument. Et le duc d'Édimbourg aussi.

Troy partageait son point de vue, mais considérait qu'il n'avait pas à approuver, en cette circonstance, ni en aucune autre d'ailleurs.

— Où sont les gens ? Où sont les paysans ?

Khrouchtchev ouvrait et fermait ses petites mains aux doigts boudinés.

— Où sont les ouvriers ?

Il avait marqué un point. Depuis son arrivée à Portsmouth, les Britanniques n'étaient pas légion sur son passage. La visite de B & K n'avait pas attiré les foules. Au départ, Troy avait pensé qu'elle s'apparenterait aux habituelles réceptions princières, ou à la venue de Frank Sinatra ou de Johnnie Ray[1]. Et puis il s'était demandé si l'on n'avait pas instamment prié les Anglais de se barricader chez eux ou si, par hasard, *Autant en emporte le vent* ne passait pas tous les soirs à la télévision.

— Je doute qu'il reste des paysans en Angleterre, dans le sens que vous donnez au mot. Et samedi dernier, vous avez rencontré un ouvrier, qui vous a posé une vraie question. Vous vous êtes dérobé.

— À Harwell ? tonna Khrouchtchev. Cet homme était un apparatchik d'Eden ! Un larbin ! Un faire-valoir !

Fallait-il argumenter ? Troy pesa le pour et le contre et en conclut que cela en valait la peine. Après tout, il était démasqué et, avec lui, toute l'équipe des gardes du corps. Il allait certainement être mis à pied dès le lendemain matin, après s'être fait sonner les cloches par la Special Branch.

— Ne vous en déplaise, camarade Khrouchtchev, vous vous trompez. L'homme vous a dit le fond de sa pensée. Il est d'ailleurs le seul à l'avoir fait, au cours de votre périple. Je ne mets pas en cause l'intégrité de George Brown ni celle de mon frère, mais ce sont des hommes politiques, comme vous.

Troy marqua une pause. Au point où il en était, autant jouer quitte ou double. Si Khrouchtchev devait laisser éclater sa colère, eh bien, qu'il le fasse. Troy serait celui qui avait mis le feu aux poudres et, avec un peu de chance, il pourrait s'en sortir sans trop de dégâts. L'occasion était trop belle.

— Si vous me demandiez mon avis, je vous répondrais que votre visite et celle du maréchal Boulganine sont le fruit d'un compromis diplomatique entre les deux camps. Le Politburo ne tient pas à ce que vous coudoyiez le petit peuple. Une perte de temps pour eux. Ils aiment mieux vous voir discutailler avec ce crétin d'Eden et échanger des ours bruns ou de gentilles plaisanteries avec la reine. De leur côté, les Britanniques ne tiennent pas non plus à ce que vous rencontriez l'Anglais moyen. Ils préfèrent que vous soyez perçu comme un chef d'État marxiste et agnostique, donc dépouillé de son humanité. Vous voir serrer la main des prolétaires, c'est bien le dernier souhait d'Antony Eden !

Troy marqua une nouvelle pause. À coup sûr, Cobb allait le virer à la minute où il apprendrait que Khrouchtchev avait vu clair dans leur pathétique mascarade. Il n'avait donc rien à perdre.

— Néanmoins, si ça vous tente, on peut arranger quelque chose… Il n'est que vingt et une heures trente.

Khrouchtchev lui décocha un clin d'œil de connivence, faisant plisser ses grosses joues rondes.

— On va au pub ?

— Pourquoi pas ?

— S'envoyer une bonne pinte ? Se faire une mousse ?

— Les pubs servent à ça.

— On prendrait le métro ?

— Si vous y tenez, je vous y escorterai avec plaisir.

Troy résistait à l'envie d'éclater de rire. Le meilleur était sûrement à venir.

— Débarrassez-vous des emmerdeurs de l'ambassade. Ensuite, on se débrouillera.

Ce genre de phrase ne faisait pas partie de son vocabulaire habituel, en anglais ou en russe. Plutôt le style de Charlie quand il draguait des femmes ou qu'il voulait persuader ses copains de poursuivre une soirée bien arrosée après la fermeture des pubs. Mais elle lui semblait adaptée à la hardiesse avec laquelle il mettait l'eau à la bouche du camarade Khrouchtchev.

12

De retour au *Claridge*, Khrouchtchev gagna la mezzanine, char d'assaut entraînant dans son sillage les hommes de la Special Branch et du KGB. Dans l'antichambre de sa suite, il annonça : « Je suis épuisé, je vais me coucher. » Personne ne parut surpris, mais il y eut un moment de flottement. Troy n'était pas certain du compte exact – une quinzaine de personnes se trouvaient dans la pièce, Anglais et Russes confondus : policiers, espions, scientifiques, officiels de l'ambassade, sans oublier le gentil Sergueï. Tous se demandaient ce qu'ils devaient faire. La réponse ne tarda pas.

— Ouste ! Tout le monde dehors ! beugla Khrouchtchev.

Quelques secondes plus tard, ils n'étaient plus que quatre – Troy, Clark, un officier du KGB et Monsieur K. Celui-ci passa dans le salon. L'homme du KGB lui emboîta le pas. L'expression de Clark était limpide. « Et maintenant, qu'est-ce qu'on fait ? » disaient ses yeux et son sourire crispé. Troy lui fit signe de patienter et suivit Khrouchtchev.

L'homme du KGB sortit d'une mallette un coffret ornementé qu'il posa sur la table basse – le genre de souvenir rapporté de vacances où, pendant des années, on laisse se dessécher des cigarettes. Il souleva le couvercle. Troy eut juste le temps d'apercevoir les touches d'un cadran lumineux. L'homme hocha la tête en direction de Khrouchtchev et quitta la pièce. Dès que la porte fut refermée, ce dernier se laissa choir sur le canapé.

— Tout va bien. Maintenant, on peut parler. Personne ne nous entendra.

Vraiment ? Difficile à croire.

— Il n'y a pas de micros cachés. Mes hommes ont fouillé la suite avant notre arrivée. Le téléphone n'est pas sur écoutes, ce qui confirme nos soupçons : vos taupes l'utilisent comme émetteur radio. Et nous, nous avons trouvé le moyen de le brouiller. Troy, soyez gentil, servez-nous une vodka.

Il empoigna le téléphone.

— J'espère que vous ne fumez pas. Une fois le brouilleur installé, il n'y avait plus de place pour la moindre cigarette dans ce coffret.

Tout en ouvrant une bouteille de vodka au poivre, Troy tendit l'oreille.

— Allez-y, fit Khrouchtchev dans le combiné. Faites-le.

Il y eut un silence.

— Faites-le, répéta-t-il, et il raccrocha.

Si Khrouchtchev se trompait et que le MI5 avait posé des écoutes sur la ligne, ils avaient tout entendu.

Khrouchtchev s'envoya un grand verre de vodka. Troy but le sien à petites gorgées, lui trouva un goût bizarre – il fallait sans doute y être habitué – et le reposa. Khrouchtchev disparut dans la salle de bains. Deux minutes plus tard, il réapparut, frais comme un écolier aux joues rosies d'avoir été frottées. Parés pour l'aventure, ils rejoignirent Clark dans l'antichambre. Stupéfait de les voir habillés pour sortir, celui-ci les détailla de la tête aux pieds, posa son livre et se leva, s'efforçant de parer sa petite stature d'un semblant de gravité. Son éternelle expression lugubre était teintée d'incrédulité.

— Doux Jésus ! Dites-moi que je rêve. Vous n'allez pas vous balader tous les deux ?

— Contentez-vous de vérifier qu'il n'y a personne dans le couloir ni dans l'escalier de service, Eddie.

— J'espère que vous êtes conscient que Mr Cobb va nous passer un sacré savon, s'il l'apprend ?

— Avez-vous déjà vu Cobb dans les parages après neuf heures du soir ? Assurez-vous que la voie est libre.

Ils attendirent son retour en silence. Monsieur K. faisait tinter des pièces de monnaie au fond de ses poches tout en fredonnant une chanson. Troy crut reconnaître *Love and Marriage*, un récent succès de Frank Sinatra : « Ils vont de pair comme le cheval et la carriole. » Quelques gouttes acides de culture occidentale s'étaient-elles infiltrées par les vitres blindées de la Daimler pour corroder l'inconscient du dirigeant soviétique ?

— Vous avez de la chance, annonça Clark. Beynon monte la garde devant la porte du maréchal, l'un des hommes de Mr Cobb dort debout sur les marches de la mezzanine, trois autres tapent le carton dans la lingerie. Le dernier s'est réfugié dans la cabine vitrée du parking, avec le gardien. Ce sont les deux seuls susceptibles de vous voir passer.

— Bien, dit Troy. On y va ! Souhaitez-nous bonne chance.

— Au diable la chance ! Vous allez me faire fusiller.

Troy entrouvrit prudemment la porte et fit signe à Khrouchtchev de le suivre. Ils se ruèrent vers l'escalier de service et descendirent au parking souterrain. Il était sombre et bas de plafond. Vers la sortie, la cabine de surveillance brillait comme un sémaphore. Le flic de la Special Branch, tête nue, pieds sur la table, buvait du thé et faisait la causette au gardien. Le contraste de lumière était tel qu'ils ne pouvaient pas les apercevoir.

Troy ouvrit le coffre de la Bentley.

— Vous m'aviez promis qu'on prendrait le métro, s'étonna Khrouchtchev.

— Il nous faut un véhicule pour quitter les lieux. Et vous ne pouvez pas voyager dans le métro ni entrer dans un pub incognito si vous ressemblez à l'Ours russe[1].

Il sortit du coffre la vieille gabardine et la casquette défraîchie qu'il utilisait pour les filatures, et les lui tendit. Le pardessus, passablement élimé, était un peu étroit aux entournures, mais le couvre-chef lui allait bien. Il aurait tout à fait pu passer pour un Anglais. Troy prit l'écharpe que Khrouchtchev portait élégamment sous sa veste et la lui noua sous le menton. Ensuite il recula pour juger de l'effet obtenu : il manquait un petit je-ne-sais-quoi.

— Vous devriez mettre vos lunettes.

Monsieur K. pêcha dans sa poche une paire de bésicles cerclées de métal, qu'il avait l'habitude d'ôter quand on le prenait en photo. Il regarda Troy en clignant des paupières. Il lui rappelait ces dockers londoniens tout en muscles qui, après une vie de dur labeur, prennent du ventre à force d'avaler de la bière et des frites.

Le premier obstacle étant franchi, venait ensuite le choix du pub. Où l'emmener ? Au *Salisbury*, ils couraient le risque de rencontrer Charlie, et, dans tous les autres établissements de Soho, du *Salisbury* au *Fitzroy*, en passant par le *Coach and Horses* et le *Colony Club*, ils auraient de grandes chances de tomber sur Johnny Fermanagh. Depuis le début de la semaine, le visage de Khrouchtchev apparaissait à la une de tous les journaux. Seul le mariage du prince Rainier de Monaco et de la sublime Grace Kelly avait éclipsé la venue des dirigeants soviétiques. La meilleure blague de tout le séjour : un groupe d'étudiants les avaient accueillis avec une banderole proclamant « Bienvenue à Grace et à Rainier », ce qui prouvait que Khrouchtchev était aussi célèbre qu'une vedette de cinéma. Où trouver à Londres un pub dans lequel les habitués s'intéressaient plus à Grace Kelly qu'à un chef d'État ? Sans hésitation : l'East End. Que cela lui plaise ou non, Khrouchtchev s'apprêtait à s'enfoncer au cœur d'un quartier où les quotidiens de la veille, à défaut d'être lus, serviraient ce soir à envelopper les *fish and chips*.

Troy n'était pas retourné au *Bricklayer's Arms* depuis longtemps. Un pub où l'on pouvait surprendre des bribes de conversation en yiddish ou en polonais. Deux hommes parlant russe y passeraient inaperçus. En outre, Troy aurait l'occasion d'y retrouver son vieil ami le lieutenant George Bonham, qu'il regrettait de ne pas voir plus souvent. Désormais à la retraite, le gentil géant du commissariat de Stepney était devenu un pilier du *Brickie's*. George, confiant de nature, ne poserait pas de questions, si Troy présentait Monsieur K. comme un lointain cousin. Et George ne s'intéressait pas à la politique. Troy avait passé les années de guerre à lui expliquer la guerre. Et, plus tard, le fonctionnement de l'État providence.

Troy dit à Khrouchtchev de baisser la tête lorsqu'ils passèrent devant la cabine éclairée du parking, puis gara la Bentley un peu plus loin. Ils traversèrent Mayfair à pied jusqu'au métro Oxford Circus et empruntèrent l'escalier mécanique qui menait à la Central Line. Pour l'instant, tout allait bien. Khrouchtchev regardait autour de lui, très intéressé, son expression virant de la fascination au dégoût à la vue des publicités placardées de chaque côté de l'escalier. Il apprit que les Britanniques, obsédés par leur santé, buvaient le soir une tasse de Horlicks, boisson maltée aux vertus supposées apaisantes, et, le matin, avalaient des comprimés de Yeast-Vite pour se sentir en forme grâce au pouvoir revigorant de la caféine et des vitamines B. Paradoxalement, oublieux de leur santé et contre tout bon sens, ils appréciaient la force, la douceur, la fraîcheur et l'arôme de différentes marques de cigarettes déclinées à l'infini sur les murs. Et puis il y avait les seins, une galerie diagonale, mouvante et excitante de poitrines pigeonnantes, vantant toutes les formes concevables de sous-vêtements féminins. Un jour viendrait où ces appas, devenus une obsession nationale, serviraient à vendre n'importe quoi. Armatures croisées, bonnets pointus, décolleté profond, tout était bon pour conquérir.

Khrouchtchev observait. Rien ne lui échappait. Arrivé sur le quai, il avisa un plan du métro et étudia ses lignes colorées. Il pria même Troy de lui prêter une pièce afin de s'acheter une barre chocolatée au distributeur automatique.

L'heure de pointe était passée. Ils montèrent dans un wagon où quelques voyageurs somnolents ne leur prêtèrent aucune attention. Khrouchtchev les dévisageait sans vergogne. Troy s'efforçait de les voir à travers ses yeux. Monsieur K. ne devait pas être dépaysé, s'il croyait aux clichés répandus par la presse populaire soviétique : les Anglais étaient ternes. Uniformément ternes. Des hommes gris vêtus de gris. Coupes de cheveux affreuses, ongles rongés, doigts jaunis par la nicotine, dentiers branlants, chaussures trouées, pantalons tachés jamais portés chez le teinturier et, par cette nuit pluvieuse, un océan de pardessus mouillés, étalage malodorant de tissus sales et humides. Misérables esclaves d'une nation misérable et esclave. Une nation qui aurait bien besoin d'une révolution. Pas de manifestations monstres dans les rues, pas d'assaut du palais d'Hiver[2] – Sandringham[3], bien trop éloigné de Londres, n'avait rien d'un palais –, mais besoin d'une bonne révolution culturelle qui viendrait secouer les toiles d'araignée dans les cervelles. Si Troy avait ressenti une quelconque identification avec ce pays, lui aussi, à l'instar du gouvernement, aurait réfléchi à deux fois avant de le faire visiter à un dignitaire étranger.

À chaque station, Khrouchtchev descendait du wagon, se laissait bousculer par les voyageurs pressés et poursuivait son inspection en habitué blasé, en expert amateur – c'est vu, c'est fait – qu'aucun nouveau spectacle ne pouvait surprendre. Quand la rame arriva à Holborn, Troy préféra rester dans le compartiment. Holborn lui rappelait de trop mauvais souvenirs[4]. À la station Bank, Khrouchtchev rendit son jugement, définitif :

— Manque de grandeur.

Troy réfléchit. La grandeur n'était certes pas l'apanage du métro londonien, création fragmentée, échelonnée sur presque un siècle, de lignes creusées isolément par différentes entreprises publiques et privées. Chacune avait sa propre conception sur la façon d'habiller une galerie souterraine et Troy doutait que la notion de grandeur ait fait partie de leur projet.

— Mon métro, à Moscou, peut rivaliser avec les plus beaux palais du monde. C'est une véritable cathédrale.

Aux yeux de nombreux Londoniens, la gare St Pancras possédait elle aussi la beauté d'une cathédrale. Un instant, Troy songea à changer de ligne pour la lui montrer – une correspondance rapide avec la Northern Line leur permettrait d'y être en dix minutes –, toutefois il préféra lui raconter une blague éculée, celle d'un touriste américain, lequel, confondant la gare et l'édifice religieux, avait respectueusement ôté son chapeau en y entrant. Khrouchtchev haussa les épaules. N'ayant jamais vu le chef-d'œuvre néogothique de George Gilbert Scott[5], un édifice de brique rouge orné d'une multitude de tourelles, de pignons et de chiens-assis, il prit l'anecdote comme une preuve de l'indécrottable naïveté des Américains. Elle ne parut ni l'amuser, ni l'intéresser. Il était occupé à écouter l'annonce enregistrée recommandant aux voyageurs de faire attention à l'intervalle entre le quai et la rame, le fameux « *Mind the gap* », articulé d'un ton étranglé, typique de la prononciation standard d'avant-guerre. Un jour, songea Troy, quand la probable disparition des classes sociales finira par niveler la langue anglaise vers le bas, la prononciation standard survivra dans les sombres bureaux du Service des transports londoniens, qui continuera de conseiller aux voyageurs de s'écarter avant la fermeture des portes, « *Stand clear of the closing doors* », avec une exagération des diphtongues digne d'un autre âge.

Le meilleur endroit pour changer de ligne, conclut Troy, serait Liverpool Street, le terminus de la Great Eastern Railway, espace cauchemardesque à la Piranèse[6], fait de passerelles barrant le ciel, généralement enveloppées d'un voile de vapeur et de suie, avec, pour pendant souterrain, un réseau labyrinthique de sinistres tunnels. De plus, c'était le seul lieu du métro londonien où l'on pouvait s'accouder à un comptoir, une pinte à la main, sans même quitter le quai.

Troy commanda deux demis. Il ne tenait pas à s'éterniser. Khrouchtchev but une gorgée de bière, qu'il trouva bonne. Celle-ci était infâme, mais Troy, instigateur de l'expédition « à la recherche de l'Anglais ordinaire », jugea préférable de ne pas critiquer le goût de ses congénères. Tom Driberg disait que commander une pinte était la manière la plus simple de briser la glace avec les classes populaires. Troy détestait ce genre d'approche démagogique et, de toute façon, ne partageait pas la fascination érotique de Driberg pour le prolétaire en bleu de travail. Khrouchtchev s'attarda au comptoir à côté d'un ouvrier, lequel, plongé dans la lecture de l'*Evening Standard*, ne remarqua même pas sa présence. Le quai désert était jonché de détritus poussés par le vent – mégots de cigarettes, vieux journaux et papiers de bonbons, les Anglais s'empiffrant de confiseries depuis qu'elles n'étaient plus rationnées. Un vieux *Standard*, avec le visage de Grace Kelly à la une, s'envola et alla atterrir sur les rails, révélant en dernière page la photographie du dirigeant soviétique, juste avant de disparaître sous les roues de la rame qui entrait dans la station. Khrouchtchev eut-il l'impression que quelqu'un marchait sur sa tombe ? Apparemment, non. Son bock à la main, il s'avança vers le milieu du quai pour scruter les alentours, le nez en l'air, en connaisseur. Au-delà des quais, des immeubles noircis se dressaient telles les murailles d'un canyon juste avant que le tunnel de Moorgate n'avalât les rails. Bière et bar mis à part, c'était un gouffre déprimant. Il fallait une disposition d'esprit un peu particulière pour apprécier ce monde froid, à la fois fermé et à l'air libre. Tantôt Troy s'y sentait bien et y passait des soirées entières, tantôt il le détestait. Deux à trois ans après la fin de la guerre, Johnny Fermanagh l'avait entraîné, en partant de Sloane Square, dans une tournée des bars tout au long du trajet de la Circle Line. Accompagnés d'une horde de soiffards aux poches bourrées de mignonnettes, ils avaient picolé, du *Hole-in-the-Wall*, à King's Cross, jusqu'à Liverpool Street, avant de revenir à Sloane Square, semant en route leurs copains de beuverie. Ils avaient ensuite tenté d'accomplir le même trajet en sens inverse, puis avaient fini par y renoncer et s'étaient retrouvés à Liverpool Street, poivrés et sans un sou, dans cet abîme de fer et de suie. Des dizaines d'années après la fin des machines à vapeur, le métro sentait encore la suie. La station Aldgate était d'ailleurs un véritable puits, creusé lors de la Grande Peste de 1666. Les terrassiers de la Circle Line y avaient excavé des couches d'ossements humains. Et la gare de Liverpool Street avait été construite sur le site de l'asile de Bedlam[7] qui, durant des siècles, avait hébergé des générations d'aliénés.

Khrouchtchev leva la tête et renifla. La suie, la folie ou la mort ? songea Troy. Les rails de chemin de fer lui évoquaient toujours le suicide d'Anna Karenine, sous les roues d'un train. La blonde Grace Kelly n'avait jamais joué l'héroïne de Tolstoï, Troy n'en connaissait que l'interprétation de l'immense Greta Garbo, éplorée et pathétique. Le relent humide du souterrain, mélange de suie et d'humanité, était pour lui aussi puissant que celui de la cordite, et indissociable de la mort de la femme en manteau à brandebourgs se jetant sur les rails.

Le regard de Khrouchtchev glissa du toit sombre, sale et bas, à l'enchevêtrement de signaux et de panneaux, jusqu'à la lueur de la lanterne du bar. Il fit demi-tour et revint vers Troy, en lançant ses jambes courtaudes avec raideur, comme un soldat de plomb. Il posa son bock vide sur le comptoir.

— Manque d'unité, constata-t-il.

L'unité architecturale était impossible. À la fin des années 1930, on avait pu s'en approcher, et seulement dans certains détails : le premier plan simplifié du métro dessiné par Harry Beck, l'éclairage de nuit de la station Art déco Arnos Grove, les lignes modernistes des récentes stations de la Piccadilly Line. Une fois intégrée cette brève floraison de styles, la vraie nature du réseau ferré s'affirmait à nouveau. Il n'y avait qu'un mot pour la décrire : vétusté.

— Oui, c'est vrai. Et le métro est vétuste, répondit Troy. Malgré tout, il marche.

— D'accord, il marche. Mais en êtes-vous fiers ?

— Je doute que les Londoniens y pensent avec fierté. À mon avis, ils n'y prêtent guère attention.

— Et pourquoi ? Un peu d'admiration pour le travail des prolétaires serait la bienvenue. Des cathédrales, des palais, vous en avez à gogo. À ce propos, où est votre palais du peuple ? Qu'est-ce qu'un palais du peuple, si ce n'est une belle gare ?

Troy, à court d'arguments, lui posa la question qui le tarabustait.

— Depuis un quart d'heure, je vous vois renifler. Vous avez fait ça à chaque station.

Khrouchtchev prit une profonde inspiration.

— La suie, répondit-il. Ça sent la suie… et le désespoir.

Troy regarda vers le tunnel, vers le crachin misérable de la nuit londonienne. L'est de la capitale, dépouillé par la guerre de sa fierté et de sa dignité, n'était qu'un agrégat de baraques de fortune. Comment Khrouchtchev avait-il pu remarquer le désespoir ? Où l'avait-il vu ? Ou, plutôt, où l'avait-il senti, puisque l'odorat semblait chez lui le sens le plus développé ? Était-ce le remugle national de gabardine mouillée qui chatouillait son nez délicat ?

— La suie, répéta Khrouchtchev. Le désespoir. Et le bacon grillé.

Troy tenait à ce qu'il vît Stepney Green. Après son éclat à la Chambre des communes, il fallait qu'il constate *de visu* ce que Londres avait subi pendant la guerre. Ils sortirent du métro à Whitechapel, passèrent devant le *Blind Beggar*, un pub dont la réputation grandissante de lieu de bagarres ne convenait pas à l'expérience que Troy souhaitait tenter, puis traversèrent Mile End Road. Au croisement de Hannibal Road et de Stepney Green, ils tournèrent à droite, longèrent les murs du London Jewish Hospital et les façades de maisons abandonnées – fenêtres arrachées, parquets éventrés, ombres zigzagantes d'escaliers carbonisés se dessinant sur les murs, âtres noircis et solitaires : ils pénétraient dans les décombres bombardés de Cardigan Street.

Troy se rendit compte que les noms de la plupart des rues du quartier évoquaient les batailles de la dernière guerre ayant opposé la Russie à l'Angleterre[8], sauf à compter Mourmansk, ce que Troy n'envisageait pas et que Khrouchtchev, lui, ne manquerait pas de faire. Stepney Green était resté dans l'état où l'avaient laissé les bombardements nazis de 1940. Des centaines de logements réduits en cendres. Des milliers de vies perdues, d'existences bouleversées, de personnes déplacées. Cette partie de l'East End ne s'était jamais remise du Blitz, n'avait jamais retrouvé son identité d'avant-guerre. Ses habitants, dispersés aux quatre coins du pays, n'étaient pas revenus. Les herbes folles avaient colonisé le terrain, mais les stigmates des bombardements étaient toujours visibles. Khrouchtchev hochait la tête sans rien dire. Il contemplait les ruines et soupirait.

— J'ai vu Stalingrad, dit-il enfin. J'ai vu Moscou. Et j'étais à Lvov[9] quand l'Armée rouge a repris la ville, en 44.

Il ne sous-entendait pas : « Nous avons vécu pire que vous. » La tristesse de sa voix disait simplement qu'il savait et qu'il compatissait. Il avait vu le monde se dissoudre, se réduire en poussière.

— Vous devriez reconstruire, conclut-il. La semaine dernière, dans le train, j'ai remarqué les ruines. Et autour de St Paul aussi. Une grande partie de Londres n'est encore que décombres. Je ne comprends pas pourquoi. Les Allemands ont rasé nos villes. Nous les avons rebâties. Nous devons loger le peuple.

À cette minute, Troy aurait bien eu besoin de son frère aîné, capable de gloser à n'en plus finir sur l'échec de la politique de reconstruction menée par les gouvernements successifs de l'après-guerre.

En remontant Balaclava Street jusqu'au croisement de Jamaica Road, ils virent un immense conduit de cheminée couché sur le côté, tel un Titan abattu. Depuis combien de temps gisait-il là, presque intact, pareil à un navire échoué sur la grève ? La dernière fois qu'il l'avait vu, cinq à six ans plus tôt, il était encore debout. Inconsciemment, Troy évitait ce trajet. Une vingtaine d'années plus tôt, jeune agent en uniforme, il faisait des rondes quotidiennes dans ce quartier. Même s'il refusait de l'admettre, l'endroit lui rappelait de trop tristes souvenirs[10].

— Les Anglais conserveraient-ils les sites bombardés comme des monuments historiques ? hasarda Khrouchtchev.

Troy, qui n'avait jamais envisagé le problème sous cet angle, songea que son interlocuteur avait sans doute raison. Les Britanniques aimaient retrouver dans les briques et les vitres soufflées par les explosions les pages les plus marquantes de leur Histoire. Et quand ils se lassaient de les contempler, ils les transformaient en parkings.

Il commençait à faire froid. Aussi, lorsqu'ils en poussèrent la porte, apprécièrent-ils la chaleur accueillante du pub. Troy repensa à la notion de palais du peuple dont avait parlé Khrouchtchev. Il se dit que ce serait un beau nom pour un ancien music-hall, mais ne le voyait pas du tout s'appliquer à une gare, si belle fût-elle. Un concept qui relevait de l'absurdité du pseudo-réalisme soviétique. Pour Troy, les vrais palais du peuple étaient les pubs. Avec leurs éternelles mêmes couleurs, rouge sale, marron sale, ils étaient le refuge de ceux qui fuyaient l'intimité étouffante de leur foyer, qui retrouvaient le monde réel loin des rideaux de dentelle, une parade face au nouvel envahisseur, le dieu borgne du salon, le poste de télévision.

Le *Bricklayer's Arms* était à moitié désert. Le lundi n'était pas le meilleur jour de la semaine pour y passer une soirée animée – le mardi non plus d'ailleurs –, les clients, qui y avaient vidé leurs poches pendant le week-end, n'osaient pas demander au patron de leur faire crédit jusqu'au vendredi suivant, après la paie. Il faudrait s'en accommoder.

— Avant que nous entrions, je dois vous prévenir, camarade Khrouchtchev. Nous sommes lundi. N'espérez pas voir de joyeux lurons en train de danser le *Lambeth Walk* ou le *Hokey-Cokey*.

— Le *Hokey-Cokey* ? Qu'est-ce que c'est ?

— Laissez tomber. C'est trop compliqué à expliquer.

Ainsi présenté, Troy n'avait pas besoin d'avouer qu'il n'avait jamais dansé le *Hokey-Cokey*.

Le pub n'avait pour ainsi dire pas changé depuis la fin de la guerre, il avait juste vieilli de dix ans – toujours plus miteux et jauni par la nicotine. Seul coup de balai notable, la photographie de Churchill, remplacée par celle de Tom Finney, star du club de football du Preston North End, une équipe qui jouait sur un terrain suffisamment neutre pour être soutenue par les supporters du Millwall et du West Ham. On disait qu'Eric, le patron, originaire de Preston, avait coutume de démolir le portrait de tous ceux qui ne soutenaient pas son équipe.

Dans un coin de la salle, Bonham jouait au *cribbage*[11] avec deux compères.

— George, je te présente mon oncle Nikki.

Le géant observa attentivement Khrouchtchev.

— Ah, non, ce n'est pas lui. Ton oncle Nikki, c'est un petit bonhomme avec une barbichette.

— Eh bien lui, c'est un petit bonhomme sans barbichette, rétorqua Troy. C'est mon oncle Nikki, côté maternel. Il ne parle pas anglais.

— *Goud ifeningue*, dit Khrouchtchev, *goud ifeningue tou you oll.*

— Voilà, c'est tout ce qu'il sait dire.

— *A plejeure tou mit you*, ajouta Khrouchtchev.

— Tout le plaisir est pour moi, répondit Bonham en s'écartant pour lui faire de la place sur son banc. Freddie, tu es vraiment sûr qu'il ne comprend pas ?

Troy prit place en face de Monsieur K.

— Il connaît quelques expressions, c'est tout. Il comprend un peu.

— *Maind ze gap !* lança Khrouchtchev, ravi de répéter la ritournelle du métro.

— Vous vous moqueriez pas de moi, tous les deux, par hasard ? bougonna Bonham, soupçonneux. C'est bizarre. Bon, Freddie, tu vas commander les bières ?

Tout en buvant leur pinte – où Khrouchtchev avait-il donc appris l'expression « se faire une mousse » ? –, ils lui apprirent les rudiments du *cribbage*. Il y prêta assez d'attention pour disputer une partie, mais il était davantage intéressé par les joueurs que par le jeu lui-même. Troy, assis face à Bonham, entre Alf et Stanley, respectivement docker et charpentier à la tâche, s'improvisa interprète. Alf parla à Khrouchtchev du puissant syndicat des travailleurs du transport, lequel, dirigé avant-guerre par Ernest Bevin[12], s'était battu pour obtenir des augmentations de salaires. Khrouchtchev fronça un sourcil à la mention du nom de Bevin. Stanley, lui, évoqua les aléas du travail occasionnel sur les chantiers de construction, les patrons qui fraudaient le fisc en payant en liquide, avec pour corollaire pas de protection sociale et surtout vous la fermez, les longues périodes de chômage quand il n'y avait plus de maisons à construire et donc plus besoin de charpentiers. Pour Khrouchtchev, la preuve rassurante du cycle inhérent au capitalisme, lequel, imitant les pas du fox-trot, vite vite, lent, enchaînait explosion économique et interminable récession.

La curiosité insatiable du dirigeant soviétique lui rendait son humanité. Ses petits yeux noisette pétillaient, ses grosses lèvres s'entrouvraient sur un sourire qui révélait les dents du bonheur. Il aurait suffi qu'il mâchonnât un fume-cigarette pour ressembler à Roosevelt, avec son sourire éclatant. Il s'intéressait à tout : il interrogea Alf et Stanley sur leur famille, leur épouse, la scolarité de leurs enfants et, bien sûr, voulut savoir pour qui ils votaient et ce qu'ils pensaient de leurs dirigeants. Tous deux votaient travaillistes, bien que Hugh Gaitskell demeurât un mystère pour eux : trop récemment élu leader de l'opposition officielle, ils n'avaient pu se faire une opinion sur lui. Anthony Eden, affirma Stanley, était un fumiste, un anachronisme vivant. Et alors, répliqua Alf, tout le pays n'était qu'un foutu anachronisme. Vivait-on en 1926 ou en 1956 ? Bonham, lui, était certain qu'on vivait mieux qu'avant. Il y avait eu des progrès. Beaucoup de progrès.

— Quel genre de progrès ? La machine à laver ? Le réfrigérateur ? ironisa Alf, avant de conclure avec mépris : La télé ?

— Alors pour toi, la Sécurité sociale, ce n'est pas un progrès ? intervint Stanley. Tu connais la blague, au moins ?

Alf émit un grognement. Qui ici, à part oncle Nikki, ne connaissait pas la blague de Max Miller[13] sur la Sécurité sociale, pauvrement racontée par Stanley ? Troy la lui traduisit comme il put.

— C'est l'histoire d'un type qui travaille dans le bâtiment. Un matin, en arrivant sur le chantier, il soulève un gros sac de ciment puis le jette par terre. Le lendemain, même scénario. Le surlendemain aussi. Au bout de quelque temps, un de ses copains vient le voir et lui dit : « Bert, pourquoi tu fais ça tous les matins ? – Eh bien, répond Bert, je paie mes cotisations chaque semaine et j'ai eu droit à des lunettes et un dentier gratis – alors plutôt crever que de pas me faire payer un bandage herniaire. »

Khrouchtchev éclata de rire. On aurait dit que c'était l'histoire la plus drôle qu'il eût jamais entendue. Il rejeta la tête en arrière et se mit à rugir en tapant sur la table du plat de la main.

Il était presque dix heures et demie. Troy, épuisé, rêvait de rentrer se coucher. Il ne s'était pas imaginé que servir d'interprète à l'homme le plus curieux du monde serait aussi éreintant. Pas plus qu'il n'avait prévu que le dialogue avec des prolétaires, tant espéré par Khrouchtchev, l'aurait aussi peu touché, lui, personnellement. Il n'avait rien à ajouter à la litanie des plaintes – ces pleurnicheries ô combien britanniques – déversées par Alf, quinquagénaire découragé, et Stanley, jeune et frustré. Il laissa à Bonham, toujours modéré dans ses propos, le soin d'affirmer, sans grande conviction, que depuis la fin de la Seconde Guerre mondiale, en Angleterre, « les choses allaient mieux qu'avant », et que « jamais plus » elle ne souffrirait des vicissitudes

des années 1930. Troy n'avait pas le cœur à argumenter. Quand Stanley annonça qu'il ferait mieux d'émigrer aux États-Unis, qui avaient « beaucoup, beaucoup d'avance sur nous », et même qu'il partirait tout de suite s'il en avait les moyens, il traduisit mot à mot, d'un ton neutre, guettant la réaction du chef d'État soviétique.

— Est-ce votre vision de la Grande-Bretagne ? demanda Khrouchtchev. Une nation de second plan, juste le quarante-neuvième État[14] américain ? Vous souhaitez tous devenir amerloques ?

Le *Bricklayer's Arms*, comme tous les pubs, fermait ses portes lorsque le dernier policier présent décidait de rentrer chez lui. À dix heures et demie pile, Eric, le patron, loin d'annoncer la fermeture, vint chercher les bocks vides et prendre les nouvelles commandes.

— Le petit gros ne joue pas, ce soir ? lança-t-il à Bonham.

— De qui parlez-vous ? s'étonna Troy.

— De lui, là-bas…, dit Bonham en désignant quelqu'un, derrière l'épaule de Troy.

Celui-ci se retourna et aperçut, accoudé au bar, un homme très laid, vêtu d'un gros manteau noir encore luisant de pluie, feutre repoussé en arrière. Un exemplaire du *News Chronicle* émergeait de la poche de son manteau. S'il y avait une présence dont Troy se serait volontiers passé, c'était bien de celle de Ladislav Konradovitch Kolankiewicz, exilé polonais, responsable du laboratoire de pathologie médico-légale du ministère de l'Intérieur. L'un des plus grands esprits mis à la disposition du Yard, mais aussi l'être le plus grossier, le plus buté et le plus acariâtre de tout le Royaume-Uni.

— Oh, mon Dieu, chuchota Troy à l'adresse de Bonham. Kolankiewicz. Que diable fait-il ici ?

— Ça fait cinq ans qu'il vient jouer au *cribbage* avec nous. Le lundi et le jeudi.

— George, pourquoi ne m'as-tu pas averti ?

Trop tard. Kolankiewicz, bock à la main, se dirigeait vers leur table. Il scruta intensément le visage de Khrouchtchev, puis s'adressa à Troy.

— Pousse-toi, le péteux, que je m'assoie.

Il aspira la mousse de sa bière, sans quitter Khrouchtchev des yeux par-dessus le bord du verre, qu'il finit par poser sur la table.

— À qui ai-je l'honneur ?

— C'est Nikki, l'oncle de Fred, expliqua Bonham.

— Je connais son oncle Nikki. Il a une barbichette.

— Un oncle du côté de ma mère, fit Troy à voix haute, puis, baissant le ton : Écoute bien, espèce de sale cochon polonais, si tu fous ta merde, je me moque bien de savoir combien de temps il te reste avant la retraite, mais je m'arrangerai pour que tu n'aies plus jamais un macchabée à autopsier. Je te ferai analyser la boue des bottes de suspects jusqu'à la fin de ta misérable vie. Et le seul cadavre que tu approcheras, ce sera toi, à ton enterrement. Me suis-je bien fait comprendre ?

Jusque-là, Kolankiewicz n'avait pas croisé le regard de Troy. Il descendit trois centimètres de bière et interpella directement Khrouchtchev, dans un russe impeccable :

— Oncle Nikki ! Ravi de vous rencontrer ! Je n'ai pas souvent l'occasion de bavarder avec un parent de ce monsieur.

Là-dessus, il décocha à Troy un sourire patelin.

Bonham rangea les cartes et distribua des dominos. La règle était simple. Seule la façon de passer son tour requit quelques explications. Bonham gagna la première partie, Khrouchtchev la suivante. Il souriait, mais ne posait plus de questions, en présence de Kolankiewicz. Au milieu de la troisième partie, ce dernier leva le poing, comme s'il allait passer son tour en faveur de Khrouchtchev, puis l'ouvrit, révélant cinq dominos, qu'il plaça un par un à plat sur la table. Il en prit un et le mit sur la tranche.

— Allemagne de l'Est, annonça-t-il en russe, avant de faire de même avec les quatre autres. Tchécoslovaquie. Hongrie. Pologne. Lituanie.

Il regarda Khrouchtchev, serra de nouveau le poing, le tapota avec le bout de l'index de son autre main et murmura d'une voix rauque : « Union soviétique ! » Son poing s'écrasa sur la table et les cinq dominos tombèrent les uns après les autres. Il plongea son regard dans celui de Monsieur K. et murmura presque gentiment :

— La zone tampon de l'un est la patrie de l'autre, voyez-vous…

Au fond de lui, Troy avait conscience de ne pas avoir la trempe d'un héros. Si flatteuse que fût l'idée pour sa vanité, quelqu'un d'autre que lui était destiné à déclencher la fureur de Monsieur K. Que ce quelqu'un fût la Bête polonaise, le plus improbable des héros, était tout à fait pertinent. Troy aurait dû se douter qu'aucune menace, expresse ou voilée, ne l'en aurait dissuadé. Il attendit une explosion de jurons russes. Bonham, Alf et Stanley restaient bouche bée, n'ayant pas compris ce qu'avait dit Kolankiewicz avant que son poing ne s'abatte sur la table.

Khrouchtchev sourit à son adversaire, posa un six et un deux contre le six et le un de Troy. C'était à Bonham de jouer. Celui-ci étudia ses pièces, puis passa son tour. La partie se poursuivit paisiblement, ponctuée de banals commentaires. Troy la remporta et, alors que Bonham ramassait les dominos, il s'aperçut que Khrouchtchev l'observait.

— Dites-moi, on sert de la vodka ici ?

— Bien sûr. C'est un fief d'émigrés de l'Est. Le patron doit aussi avoir du schnaps et du genièvre, si vous préférez.

— Non, non, la vodka, c'est parfait. La Pologne et moi-même avons besoin de discuter de certains sujets qui ne peuvent être débattus que devant un verre de vodka. Pouvez-vous nous en commander deux ? Deux grands. Nous nous installerons au fond de la salle.

Là-dessus, il fit signe à Kolankiewicz de le suivre jusqu'à une table vide, près de la porte du cagibi où les clients venaient acheter les boissons à emporter. Ce dernier jeta un bref coup d'œil à Troy. Vaguement penaud, ce qui ne lui ressemblait guère. Troy ne l'avait jamais vu montrer le moindre signe d'hésitation – dès lors qu'il s'agissait de s'aventurer en terrain dangereux, il était toujours en première ligne, avec un lit de camp, une canne-siège et une bouteille thermos.

— Vas-y, dit Troy. Tu l'as bien cherché.

Une heure plus tard, alors qu'un taxi les ramenait dans le West End, Troy ne put s'empêcher de demander à Khrouchtchev ce dont il avait parlé avec Kolankiewicz. Monsieur K. contemplait par la vitre la nuit bruineuse. Il répondit sans tourner la tête :

— Oh, de choses et d'autres…

Il étouffa un bâillement.

— Nous avons redessiné la carte de l'Europe. De quoi voulez-vous qu'un Russe et un Polonais discutent quand ils se rencontrent ?

— Je pensais que l'expression concernait les Russes et les Allemands, rétorqua Troy.

— Les Allemands, vous savez, sont comme les policiers. Jamais là lorsqu'on a besoin d'eux.

13

Il était une heure du matin quand Troy regagna son domicile de Goodwin's Court. Il accrocha le Browning dans son étui de cuir au bois de lit et jeta sa chemise dans le panier à linge. Le revolver avait laissé une tache de graisse en forme de cœur sur la poche de poitrine, justement au niveau du cœur. Il refusa d'y voir un symbole et s'écroula dans son lit. Au moment où il allait éteindre la lampe de chevet, le téléphone sonna. Ce ne pouvait être que Cobb.

— Vous n'êtes pas venu au rapport, Mr Troy. Où étiez-vous ?

— Au pub.

— Ai-je besoin de vous rappeler la procédure ? Tout le monde au rapport, chaque soir, dès que Cochon rouge est rentré au bercail. Pas quatre heures après.

Cobb et sa manie des codes secrets. Pourquoi ne pas dire « Khrouchtchev », tout simplement ?

— Désolé. J'ai oublié.

— Bon… Pas d'incident à signaler ?

Troy se souvint de Monsieur K. empoignant son téléphone pour dire : « Allez-y. Faites-le. » Ça le chiffonnait. Il s'agissait sans aucun doute du genre de détail qu'il était censé rapporter à la Special Branch. Mais… il y avait deux mais : primo, Khrouchtchev avait articulé ces quatre mots en sachant que Troy comprenait ce qu'il disait, secundo, en parler à Cobb ne ferait qu'attiser sa curiosité. Il l'interrogerait sur la soirée, alors qu'il valait mieux qu'il n'en apprenne rien. Troy était convaincu que leur virée nocturne était passée inaperçue, Kolankiewicz mis à part. Comme le lui avait fait remarquer Clark, il avait eu une sacrée veine. La dernière chose qu'il souhaitait, c'était bien voir Cobb fourrer son nez partout.

— Non, rien, mentit-il, absolument rien.

— Ah bon ? Pourtant, il y a eu du ramdam à la Chambre des communes, si je ne me trompe ?

— En effet, mais tout s'est passé en présence d'un grand nombre de nos seigneurs et maîtres. Rien de secret ni d'important à mes yeux, à moins que je ne sois aussi censé espionner George Brown ou Nye Bevan ?

L'irritation de sa voix produisit l'effet escompté.

— À l'avenir, pensez à respecter la procédure, fit sèchement Cobb avant de raccrocher.

Troy éteignit la lumière, en se demandant encore ce que diable le Russe et le Polonais avaient bien pu se raconter.

14

Le lendemain, il accompagna Khrouchtchev à la Galerie des étrangers de la Chambre des communes. Un député conservateur, qui parlait russe, servait d'interprète et, une fois n'est pas coutume, Monsieur K. parut sincèrement s'intéresser à cette démonstration bouffonne de démocratie. Dans le meilleur des cas, l'heure des questions posées au Premier ministre ressemblait à une arène de cirque : oubliées, les prétendues bonnes manières britanniques – un Russe s'y retrouvait en terrain familier. Khrouchtchev se prit au jeu et vola la vedette aux clowns sur la piste, s'inclinant chaque fois que quelqu'un le reconnaissait, comme au théâtre quand le parterre, debout, réclame « l'auteur, l'auteur ! ».

La séance se déroula sans anicroche, jusqu'à ce que Rod se lève du banc du parti travailliste.

— Le Premier ministre va-t-il informer la Chambre du type d'armes que le gouvernement a fournies à l'Égypte et à Israël ?

Khrouchtchev coula un regard oblique en direction de Troy.

Anthony Eden invoqua la sécurité de l'État pour ne pas répondre. Khrouchtchev cessa de cabotiner et écouta les questions complémentaires de Rod avec autant d'attention qu'il en était capable. Le Moyen-Orient était une scène de théâtre dans laquelle les Russes intervenaient en coulisses. Le colonel Nasser devenait une figure culte dans le monde arabe. Il avait affirmé une simple vérité, à savoir que les vieilles puissances impériales n'avaient rien à faire en Égypte ni dans aucun autre pays arabe, et offrait une vision d'un panarabisme qui s'étendrait de l'Atlantique à l'océan Indien, du Maroc à Aden. On le disait très hostile à la Grande-Bretagne, une nation qui se flattait d'avoir déjà beaucoup fait pour lui – et même beaucoup trop, pensaient certains, en lui fournissant l'aide économique nécessaire à la construction de son barrage hydroélectrique sur le Nil. Rod ne ménageant pas ses efforts lorsqu'il s'agissait d'informer son prochain, Troy savait que cet argent n'était qu'un stratagème cynique destiné à garder Nasser en dehors de l'orbite soviétique. Si ce n'était la crainte de voir les Russes arroser Nasser à coups de milliards, les billets de banque seraient restés enfermés dans les porte-monnaie britanniques. Encore un échec des nations colonisatrices occidentales.

La Grande-Bretagne jugeait inacceptable de ne jouer aucun rôle en Égypte, comme si l'abandon du sous-continent indien était plus qu'elle n'en pouvait supporter. Idem pour Chypre, où des combats de rues opposaient l'armée britannique aux nationalistes chypriotes grecs qui exigeaient le rattachement de l'île à la Grèce – il se passait rarement une semaine sans que l'on apprenne qu'un soldat de Sa Majesté avait été tué à Nicosie ou à Larnaca. En Afrique noire, les prisons de l'Empire regorgeaient d'hommes dont quelques-uns dirigeraient un jour leur pays et s'assoiraient autour d'une table de négociations face à leurs anciens geôliers, avec beaucoup, beaucoup de rancœur. Les Français, eux, s'étaient retirés sans gloire d'Indochine deux ans plus tôt et cherchaient à restaurer leur honneur en dépouillant le peuple algérien du sien. Des mauvais joueurs, ces Français. Le long des frontières du jeune État d'Israël avec ses voisins jordaniens et égyptiens, de nombreux accrochages laissaient entrevoir aux observateurs attentifs l'imminence d'une nouvelle guerre. Au mois de mars, Hussein de Jordanie, héritier du trône, qui avait fait ses classes à Sandhurst et ses études à Harrow, avait limogé Sir John Bagot Glubb, dit Glubb Pacha, commandant de la Légion arabe, au prétexte que ses valeurs et sa ligne politique dataient de l'époque victorienne. Nasser avait marqué un point. Troy savait que son frère éprouvait une certaine admiration pour le leader égyptien. Mais son métier exigeait de lui, sinon une franche duplicité, du moins, de temps en temps, de se faire l'avocat du diable.

Troy regarda Khrouchtchev, guettant si celui-ci allait s'énerver, quand Rod, avec un sourire narquois, interrogea Eden : avait-il l'intention de restaurer l'équilibre des forces en présence en fournissant à Israël autant d'armes que l'Union soviétique en avait livré à l'Égypte ? Une fois de plus, le Premier ministre refusa de se laisser entraîner dans le débat. Troy se demanda comment il avait pu s'en sortir en en disant si peu aux Russes.

Ce soir-là, l'ambassade soviétique rendit aux dirigeants britanniques leur accueil aigre-doux en organisant une réception officielle dans ses locaux. Troy se doutait que des gardes du corps armés n'y seraient pas admis, tout comme le MI5 ne laisserait jamais des hommes du KGB escorter B & K dans les rues de Londres. L'équipe allait donc passer une soirée de désœuvrement mortel dans une antichambre, en compagnie d'un gorille russe mutique. Clark, prévoyant, avait pensé à se munir d'un livre pour tuer l'ennui. Troy, qui venait de terminer *L'Agent secret*, avait oublié de prendre de la lecture.

Après la passation des dirigeants soviétiques au personnel de l'ambassade, ils attendirent les instructions. Troy vit disparaître B & K parmi les officiels venus les accueillir. Un jeune homme grand et mince les approcha.

— Messieurs, permettez-moi de me présenter. Terechkov. Anton Terechkov. Le camarade Khrouchtchev vous prie d'être ses hôtes. Si vous avez l'obligeance de me remettre vos armes, vous pouvez vous joindre à la réception.

Clark et Milligan regardèrent Troy, prêts à exécuter ses ordres.

— Allez-y, donnez-les-lui, dit-il en sortant son Browning de l'étui rigide qui s'enfonçait désagréablement dans son aisselle. Il y a belle lurette qu'ils savent tout du fonctionnement de nos Browning.

Les autres tendirent leur revolver comme des élèves se séparant à contrecœur de lance-pierres interdits dans la cour de l'école.

— Puis-je vous dire un mot en privé, inspecteur Troy ?

Ce dernier fit signe à Clark et à Milligan de s'éloigner. Ils s'avancèrent à pas lents dans la foule, d'un air méfiant, jetant des coups d'œil par-dessus leur épaule. On aurait dit deux flics poursuivant un suspect dans les toilettes pour dames.

Terechkov prit Troy par le bras et l'entraîna à l'écart, à l'abri d'oreilles indiscrètes.

— Inspecteur, le camarade Khrouchtchev vous invite en Union soviétique.

Mon Dieu, songea Troy, le vieil ours était donc sincère.

— C'est un peu… compliqué, répondit-il avec tact. Je lui en suis très reconnaissant, mais je ne pense pas que cela soit possible.

— Les Britanniques y verraient-ils une objection ? La carrière d'un officier de la Special Branch risquerait-elle d'être compromise ?

— Pas du tout. Sachez que je n'appartiens pas à la Special Branch. Je dirige la brigade criminelle de Scotland Yard. Non, mon refus est plutôt d'ordre personnel. Vous comprenez ?

— Je comprends ce que vous voulez bien me laisser entendre, inspecteur. Néanmoins, l'invitation tient toujours. Le camarade Khrouchtchev est désolé que vous n'ayez jamais foulé le sol de votre patrie d'origine et vous y convie à titre personnel. Je répète : *personnel*. Vous n'avez qu'à lui adresser un courrier par l'intermédiaire de l'ambassade, et son bureau du Kremlin fera le nécessaire.

— Croyez-vous que le KGB transmettra le message d'un policier britannique au dirigeant de l'Union soviétique ? fit Troy, incrédule.

Terechkov sortit un calepin de sa poche, griffonna un mot, en russe : *pirojki*[1], déchira la feuille et la lui tendit. Troy ne put s'empêcher de penser que le bureaucrate dont le travail consistait à inventer ce genre de code devait discrètement se payer la tête des gens.

— Je suis l'homme de confiance du camarade Khrouchtchev, ici. Toute enveloppe portant ce code et déposée dans la boîte aux lettres de l'ambassade me sera remise en main propre et je la lui transmettrai directement. Personne à part moi n'en connaîtra le contenu. Quels que soient les noirs secrets que vous ou votre famille avez à cacher, à nous ou aux Anglais, ils seront bien gardés.

Des secrets ? S'il y en avait, son père les avait emportés dans la tombe. Satisfaire à l'invitation de Khrouchtchev, caprice d'un homme à l'humeur fantasque, reviendrait à risquer de lever un très gros lièvre. Depuis le décès d'Alexeï Troy, en 1943, pas une semaine ne s'était écoulée sans que son fils cadet eût espéré le voir revenir à la vie, ne fût-ce que cinq minutes, pour répondre à ses questions, dont la liste, au fil des années, ne faisait que s'allonger.

Loin d'avoir été grillée lors du repas à la Chambre des communes, la couverture de Troy et dès lors, celle de toute l'équipe, paraissait intacte. Khrouchtchev ne profita pas du fait qu'il les savait tous là pour l'espionner. Cela conforta Troy dans son intuition première : cette mission était vouée à l'échec. Depuis le début, il s'était douté que Monsieur K. se montrerait prudent en présence des Britanniques. Désormais, il s'emportait ou plaisantait en russe, conscient que tous le comprenaient, et marquait scrupuleusement des pauses pour laisser à l'interprète le temps de traduire ses propos, comme si de rien n'était. Il réitéra ses blagues de mauvais goût et, sa curiosité sans limites étant rassasiée, il se désintéressa des réunions avec les « monuments vivants », des déclarations officielles et des maudites statistiques.

Troy n'eut plus l'occasion de le voir seul à seul, Khrouchtchev étant pris dans un emploi du temps frénétique apparemment prévu pour le mener au cimetière avant l'âge. Las et énervé, il se comportait en gamin irritable prêt à commettre n'importe quelle bêtise. Même un spectacle du Royal Ballet à Covent Garden, où se produisait la grande Margot Fonteyn, ne parvint pas à le dérider.

Le lendemain, l'incident redouté par Troy finit par éclater. Khrouchtchev tapa du pied et lança au représentant du Foreign Office : « Votre Calder Hall, vous pouvez vous le foutre où je pense, tous autant que vous êtes ! » L'interprète fit preuve de tact et traduisit : « La visite au Centre de recherche nucléaire ne semble guère possible. » Le diplomate encaissa le coup stoïquement et exprima les regrets du gouvernement. Les paranoïaques des Affaires étrangères et du MI5 qui s'imaginaient que les Soviétiques brûlaient de découvrir les dernières avancées du programme nucléaire britannique, et qu'il fallait par conséquent surveiller chacun des pas de Khrouchtchev, devaient être ramenés à la réalité : l'homme en avait sa claque de la Grande-Bretagne et des Britanniques. L'évidence – il n'y avait pas un secret, scientifique ou militaire, qui ne fût déjà connu des Russes – allait-elle enfin se révéler ? Ou bien les autorités constituées étaient-elles à ce point incapables de lire entre les lignes le mépris qui soustendait le refus de Khrouchtchev ?

15

En compagnie de nombreux officiels, Troy battait la semelle sur le quai venteux. Le ciel, du même gris menaçant que le croiseur soviétique, laissait présager des intempéries, alors que les bulletins météorologiques annonçaient un été très sec. Tandis que l'*Ordzhonikidze*, tel un gigantesque immeuble monté sur roulettes, s'éloignait à la vitesse d'un escargot, la fanfare russe entonna un hymne militaire dont les notes s'envolèrent au vent. Boulganine et Khrouchtchev, debout, agitaient la main, dans une version soviétique de *L'Adieu à l'Angleterre*[1]. Aussi sinistres et mal fagotés qu'un jour de 1er Mai devant le tombeau de Lénine. Gabardine beige et feutre sombre. Plus de chichis. Ils étaient ravis de quitter les îles Britanniques.

Soudain, Khrouchtchev s'approcha du bastingage, se pencha et hurla à Troy en brandissant son chapeau :

— Merde à l'Angleterre ! Venez nous rejoindre ! La distance ne compte pas ! Venez là où les hommes ont encore du courage et de l'énergie !

Puis il ajouta ce que l'on dit en russe à un gamin qui rentre chez lui la tête basse après s'être pris une raclée dans la cour de l'école : « Tiens ta queue droite ! », que l'on pouvait traduire plus élégamment en anglais par : « Haut les cœurs ! »

Troy regarda autour de lui. Pendant le temps infini qu'avait pris le navire pour appareiller, les officiels s'étaient éloignés tout en bavardant. Dernières personnes sur le bord du quai : lui-même et le secrétaire d'État aux Affaires étrangères, Selwyn Lloyd. L'ambassadeur d'URSS, censé, selon le protocole, escorter Lloyd, se tenait à quelques mètres derrière eux.

— Qu'a-t-il dit ? cria-t-il. Je n'ai rien entendu !

Lloyd semblait perplexe.

— C'était un message pour vous, monsieur le secrétaire d'État, mentit Troy. Le camarade Khrouchtchev vous convie en Russie.

Il réfléchit très vite. Comment donner une tournure diplomatique aux propos de Khrouchtchev ?

— La distance physique ne compte pas, seule la proximité spirituelle est importante. Il vous dit de… de…

Il chercha un équivalent qui fût sans ambiguïté.

— De garder un cœur en bonne santé.

— En bonne santé ? s'étonna Lloyd. Je ne comprends pas.

— Pur. Garder un cœur pur. Un vieil adage russe.

Troy jeta un coup d'œil à l'ambassadeur, lequel, main en conque sur l'oreille, répétait : « Qu'est-ce qu'il a dit ? Qu'est-ce qu'il a dit ? »

— Oh, mon Dieu, soupira Lloyd. Tous ces adages. Si seulement il m'en venait un à l'esprit… Euh… dites à Mr Khrouchtchev de… de remettre son chapeau. Il fait froid. Je n'aimerais pas qu'il s'enrhume.

Minable, songea Troy. Lloyd souriait, content de lui. Troy brailla la traduction à l'intention de Khrouchtchev. Celui-ci éclata de rire. Troy eut à peine le temps de lui renvoyer : « Merde à l'Angleterre ! » que déjà la proue du navire pivotait vers le large, faisant définitivement disparaître de sa vue le maître du Kremlin.

16

Troy fut de retour à Scotland Yard en temps et en heure. Le ciel s'était éclairci. Au milieu de l'après-midi, lassé de trier la paperasse accumulée pendant son absence, il alla vers la fenêtre contempler les reflets du soleil printanier jouant sur la Tamise. Son frère Rod avait une vue à peu près identique depuis son bureau du palais de Westminster, quelques centaines de mètres en amont. Ayant quitté ses fonctions au ministère de l'Air en 1951, Rod se consacrait désormais uniquement à sa charge de député. Souvent, le vendredi, en fin de journée, il appelait Troy pour lui soutirer un trajet en Bentley jusqu'à la grande demeure familiale du Hertfordshire, acquise par leur père à son arrivée en Angleterre, en 1910.

Troy se rendit à pied aux Communes, en passant par le souterrain reliant le métro à Westminster. Il salua pour la forme un planton fatigué à la mine défaite et monta l'escalier qui menait au bureau que son frère, en tant que membre du cabinet fantôme chargé des Affaires étrangères, occupait dans l'aile sud du palais.

La porte était ouverte. Rod, en bras de chemise, cravate rouge desserrée, affichait lui aussi une mine de fin de semaine. Il fourrageait dans le tas de papiers qui jonchaient la surface de sa table. Troy s'appuya contre le chambranle de la porte, observant le désordre dans lequel son frère aimait travailler. Les boiseries sombres et la haute fenêtre gothique donnant sur la Tamise conféraient à la pièce un faux style médiéval, évoquant les tableaux préraphaélites de Burne-Jones. Mais l'ensemble était adouci, humanisé, voire modernisé grâce au bazar accumulé par un homme qui mélangeait allègrement politique et vie privée : dessus de banquette cousu par sa belle-mère, couvre-théière abandonné dans la corbeille « arrivée » du courrier, reliques sentimentales de ses rejetons – photos de classe, mitaines usées, casquettes trop grandes, ours en peluche manchot –, qui disputaient l'espace aux papiers officiels accumulés sur les étagères. Le tout couronné par un costume d'enfant de trois ans, bonnet de laine, bottines vernies et rosette du parti travailliste épinglée au manteau, suspendu à une cimaise, et qui évoquait à Troy la chrysalide d'un insecte devenu depuis longtemps papillon. Le papillon en question s'appelait Alexander. Fils aîné de Rod, et loin d'évoquer un joli lépidoptère, Alexander offrait quelque ressemblance avec son oncle Freddie, en plus grand et plus robuste, comme son père, lequel, à quarante-huit ans, commençait à grisonner et à prendre du ventre.

Croyant lire dans ses pensées, celui-ci se tourna vers Troy.

— Je suppose que tu viens me dire que je t'ai gâché ta semaine ?

— Non, pas du tout. En fait, ça s'est plutôt bien passé avec les Russes. Je venais te proposer de te raccompagner à la maison.

— Qui conduit ?

— Moi.

Rod finit par trouver ce qu'il cherchait au milieu de son tas de papiers. Un tire-bouchon, qu'il tendit à Troy.

— Débouche-nous une bouteille. Ta semaine a peut-être été facile, mais pas la mienne. Un vrai cauchemar.

Troy ouvrit le placard à côté de la cheminée, que Rod appelait sa « réserve » – héritage de feu Alexeï Troy –, suffisamment de grands crus pour satisfaire une vie, voire deux, d'amateur de bon vin, et prit la première qui lui tombait sous la main. Un gevrey-chambertin 1938.

— Cela t'a probablement échappé pendant que tu jouais les espions, mais cette semaine était celle du débat budgétaire à la Chambre. J'ai passé plusieurs jours sur le banc du cabinet fantôme à écouter Harold Macmillan nous laminer.

Troy servit deux verres. Rod alla s'asseoir sur la banquette devant la fenêtre et se tourna vers le soleil couchant, avant de reprendre ses récriminations.

— Quel m'as-tu-vu, ce Macmillan ! S'il avait pu jongler avec le coffret et le sceptre[1], il l'aurait fait.

Troy goûta une gorgée de bourgogne. Excellent. Combien de temps pouvaient se conserver de tels millésimes ? Il rejoignit son frère, étonné qu'il se montrât si grincheux, lui d'ordinaire d'humeur égale.

— Si tu savais comme c'est frustrant, d'écouter ce type pérorer sans pouvoir lui dire son fait !

— Tu ne brigues tout de même pas le poste de chancelier de l'Échiquier[2] ?

— Moi ? Pas du tout ! Abandonner ma mission aux Affaires étrangères ? Jamais de la vie ! Surtout au moment où ton nouvel ami a fait des déclarations fracassantes devant le Parlement !

— Tu parles de Khrouchtchev ?

— Évidemment ! S'il continue sur sa lancée, nous devrons galoper pour suivre son rythme. Staline a rarement mis les pieds hors de Russie, sauf pour ripailler avec Churchill à Yalta, en 45. Khrouchtchev, c'est un virtuose. Liberace[3] en tournée ! Voilà la beauté de la diplomatie : se demander ce que le magicien va nous sortir de son chapeau.

Rod marqua une pause, guettant la réponse à sa question implicite.

— Ma foi…, dit Troy, qui pensait toujours à ce que Khrouchtchev avait pu raconter à Kolankiewicz, je n'en sais rien.

Rod vida son verre et le lui tendit.

— Sers-m'en un autre. Pourtant, tu lui as parlé, non ?

Une étincelle d'intérêt brilla dans ses yeux, son irritation laissant la place à une curiosité aiguisée par le bon vin.

— Peut-être…, fit Troy, évasif.

— Tu te fous de moi ? Allez, crache le morceau !

— Disons que nous avons eu l'occasion de bavarder…

— Je suppose que tu lui as offert ta vision négative de l'Angleterre ? A-t-il deviné que tu étais là pour l'espionner ?

— Bien sûr. Il n'est pas idiot.

Lui révéler la virée dans l'East End ? Lui parler des critiques acerbes d'un docker et d'un charpentier ? Non. Mieux valait garder cela pour lui. En revanche, rien ne l'empêchait de lui rapporter les critiques de Monsieur K., qui ne s'était pas gêné pour lui dire le fond de sa pensée, dans le taxi qui les ramenait au *Claridge*.

— Il m'a fait comprendre qu'il jugeait Eden complètement cinglé.

— Ah bon ? À ce point ?

— Il s'est tapoté la tempe…

Troy imita le geste.

— Tu sais, comme faisait notre grand-père quand il pensait que quelqu'un avait une case en moins. Et il a ajouté : « Il doit lui manquer quelques grains dans le boisseau. » Un genre d'aphorisme de paysan ukrainien, ou qui se voulait tel.

Rod vida son verre d'un trait et contempla la Tamise.

— Seigneur, murmura-t-il. Je n'aurais jamais cru qu'un homme aussi tempétueux puisse être à ce point perspicace. Il a raison, Eden ne fait qu'aboyer. Il raconte n'importe quoi. On dit dans les couloirs qu'il n'ira pas au bout de son mandat. J'ai parié dix livres avec Nye Bevan que Macmillan prendra la direction du parti conservateur aux prochaines élections. Nye, lui, soutient Rab Butler[4].

— Je sais aussi qu'Eden s'est accroché avec les Russes à propos de l'Égypte. Il tente d'exercer des pressions afin de les obliger à rester en dehors du conflit qui couve au Moyen-Orient. J'ai entendu Khrouchtchev et Boulganine en discuter.

Rod appuya sa tête contre la boiserie et soupira.

— Doux Jésus… Eden a vraiment perdu l'esprit. C'est bien le dernier sujet que j'aurais souhaité évoquer avec eux. Pourquoi leur donner l'impression que nous préparons une invasion ? La politique de la canonnière est révolue ! Notre Premier ministre serait bien le seul à ne pas le savoir.

— Au fait, reprit Troy, Khrouchtchev m'a invité en Russie.

— Quoi ? Incroyable ! Tu dois absolument accepter ! Il l'a aussi proposé à Gaitskell. S'il me l'avait demandé, j'aurais déjà fait mes valises !

— Voyons, Rod, c'est impossible, je ne peux pas. Et toi non plus.

— Pourquoi ? J'en rêve depuis toujours ! Avec une invitation personnelle de Monsieur K., tu échappes aux circuits touristiques imposés.

— Nous ne pouvons pas nous y rendre, affirma Troy. Ni l'un ni l'autre. C'est hors de question.

— Freddie, toute mon enfance a été bercée de contes et légendes russes. Tu crois que je laisserais passer la chance de découvrir le pays de nos aïeux ? J'ai donné cette liste à Khrouchtchev parce que c'était mon devoir de le faire, en sachant que je me grillais toute possibilité de visite. S'il t'a dit de venir, vas-y !

— C'est précisément parce que j'ai aussi passé ma jeunesse à écouter notre père et notre grand-père évoquer leur pays que je ne veux pas y aller. La Russie est pour moi un lieu irréel, un mythe que je préfère garder tel quel. Jamais elle n'arrivera à la hauteur de mon imagination d'enfant. Et puis… il y a des choses que je préfère ne pas savoir.

— Ah oui ? Quoi, par exemple ?

Troy regretta aussitôt d'avoir abordé ce chapitre. Rod venait de le coincer. Il aurait dû s'en douter. Il prit une profonde inspiration. Le moment était venu de lui dire ce qu'il avait maintes fois repoussé, pendant presque dix ans.

— Tu te souviens de mon voyage à Berlin, en 48 ?

— Comment pourrais-je l'oublier ? ricana Rod.

— Là-bas, j'ai rencontré un agent du KGB, un Polonais sur lequel j'avais enquêté à Londres, en 44. En fait, il en savait davantage sur moi que moi sur lui. Il m'a laissé entendre que, toute sa vie, notre père avait espionné pour le compte des Soviétiques.

Rod se leva très lentement et alla composer un numéro de téléphone. Au bout de quelques secondes, son épouse décrocha.

— Allô, Cid ? Désolé, je vais avoir du retard. Je rentrerai en voiture avec Freddie, dès que je pourrai.

Cid répondit quelque chose que Troy ne comprit pas. Rod raccrocha le combiné et retourna s'asseoir près de la fenêtre.

— Bon, vas-y, je t'écoute.

— Je n'ai rien à ajouter.

— Comment ça ? C'est tout ?

— C'est déjà suffisant, non ?

— Un agent du KGB t'annonce que ton père était un espion et toi, tu marches ?

— Il me l'a seulement laissé entendre. Cette histoire me tracasse depuis des années. Je ne sais qu'en penser. Parfois je trouve plus facile de me dire que c'est faux. Au fond, je n'y crois pas complètement.

Rod se pencha vers lui, dans une attitude autoritaire de grand frère qui confirma à Troy toutes les raisons pour lesquelles il n'avait pas jugé utile d'en parler jusqu'à présent.

— Freddie, c'est grotesque ! Ça n'a aucun sens. Invraisemblable. Père s'est opposé à Staline pendant les années 1930, époque où il était pourtant bien vu d'être un compagnon de route du parti. J'ai souvent travaillé avec lui sur les éditoriaux du *Herald Tribune*, et, à l'occasion, pour le *Sunday Post*. Il aurait fallu qu'il soit un manipulateur hors pair !

— Rod, beaucoup de gens s'accordent à penser que notre père était un grand manipulateur. C'était un homme hors du commun, reconnais-le.

Ils avaient presque vidé la bouteille. Rod en sortit une seconde du placard sans même regarder l'étiquette, la déboucha et reprit d'un ton patient :

— Parfois, tu m'étonnes, Freddie. Comment as-tu pu garder si longtemps un tel secret ? Si c'était à moi que cet agent du KGB s'était adressé, je me serais précipité chez toi, sans perdre une seconde !

— Je sais.

— Et pourquoi ne m'en as-tu…

Troy l'interrompit.

— Parce que je savais que tu réagirais comme tu le fais en ce moment.

— Freddie, c'est trop important pour…

— Non, ça ne l'est pas. Puisque tu n'en crois pas un mot, ça ne peut pas être important.

— Mais si, bon sang ! C'est… c'est… c'est blessant ! C'est déstabilisant ! Je refuse d'être obligé de croire que la vie de mon père aurait été une gigantesque imposture ! Une telle révélation ne détruirait pas d'un coup ma foi en lui, elle la grignoterait petit à petit, insidieusement, comme un acide corrosif. Il s'est construit une vie ici, pour lui, pour moi, pour toi, pour nos sœurs. Je ne veux pas avoir à en douter, car si je doutais de lui, je douterais de l'existence. Il est important de nous souvenir qu'il a dédié sa vie à ce pays.

— Lequel ? L'Angleterre ?

— Oui. Cela va de soi.

— Tu connais mon opinion sur le sujet, Rod.

Celui-ci se redressa, furieux, le verre dans une main, la bouteille dans l'autre, et se mit à arpenter la pièce. Troy remarqua qu'il était en chaussettes et qu'elles étaient dépareillées. Cid ne pensait donc jamais à assortir les chaussettes de son mari ? Rod finit par retourner s'asseoir, bouillant de colère, sans avoir toutefois renversé une goutte de vin.

— Imbécile ! On ne va pas remettre ça sur le tapis ! Notre père a fait de nous des Anglais. Toi, tu les détestes parce que tu ne supportais pas les traditions de leurs maudites écoles et parce que tu es incapable de comprendre les règles de leur sport national ! C'est puéril ! Pour l'amour du ciel, Freddie, grandis un peu !

Rod n'avait pas tort : Troy n'entendait rien au cricket. Un état d'esprit qui symbolisait sa perception négative des Anglais, « eux », comme il avait coutume de les désigner. Mais il savait aussi pourquoi l'idée que leur père fût un agent soviétique mettait son frère dans un tel état. La Grande-Bretagne – ou plutôt ceux des Britanniques qui s'intéressaient au sujet – était encore sous le choc de l'annonce, cinq ans plus tôt, de la défection de Guy Burgess et de Donald Maclean. Le scandale s'était répandu dans la bonne société avec une force de résonance disproportionnée, selon Troy, à l'incident. L'année précédente, Kim Philby, fils du célèbre orientaliste St John Philby[5], avait été blanchi par Macmillan devant la Chambre des communes des accusations d'espionnage pour le compte de l'Union soviétique portées contre lui. Dans la foulée, Philby avait même donné une conférence de presse, événement sans précédent, tant il lui était important de clamer son innocence, la suspicion pesant sur le « troisième homme » ayant atteint un niveau de paranoïa aiguë dans l'establishment. L'establishment, le mot au cœur du mystère, si profondément enfoui dans le code tacite de la bonne société qu'il était impossible d'en fournir une définition ni, la plupart du temps, de le discerner. Or l'affaire touchait ces fameux codes, bourrés de non-dits mais parfaitement entendus, dont la connaissance et la compréhension étaient ce qui séparait les hommes comme les Troy des Anglais de pure souche. Ne pas être choqué par la trahison de Burgess et Maclean revenait à méconnaître un des caractères fondamentaux de l'Angleterre d'après-guerre. Tout comme ignorer les règles du cricket. Les deux diplomates avaient brisé les règles stipulant, toujours selon le code implicite de la bonne société, que les espions, plutôt qu'être « des nôtres » devaient appartenir au monde ouvrier – casquettes de toile et bottes marron –, lequel, après tout, avait beaucoup à gagner du triomphe du communisme. Que les prolétaires n'aient rien ni personne à espionner n'entrait pas en ligne de compte. Que Maclean et Burgess aient été « des nôtres » était au cœur du scandale, même si ce dernier avait réussi l'extraordinaire tour de passe-passe d'être à la fois « l'un d'eux » et « l'un des nôtres ».

Le mépris. Voilà ce qui choquait Rod. L'idée que son père ait fait de lui, et tenté sans succès de faire de son cadet, « l'un des nôtres », alors qu'il en méprisait secrètement, mais viscéralement, la notion. C'est ça qui lui faisait mal. Qu'Alexeï Troy se soit moqué d'eux.

Troy avait connu Guy Burgess. Parmi leurs relations communes figuraient Charlie Leigh-Hunt et Tom Driberg. Ils avaient fait tous deux la tournée des bars de Soho une bonne dizaine de fois. Guy était un homme plein de charme, pourtant capable de tout quand il avait bu. Il passait la moitié de son temps à parler de politique et de communisme, mais sans prosélytisme. Cette attitude discrète avait convaincu l'opinion qu'en façade il était « des nôtres ». L'idéologie britannique pouvait se résumer à la définition d'un plaisantin sur l'Église anglicane : « Dieu n'existe pas, mais dans le doute, prions. » Troy, bien qu'inspecteur en chef à Scotland Yard, ne se considérait pas « des nôtres ». Il plaisait sans doute à Rodyon Troy, baronnet et parlementaire, de se croire « des nôtres », mais au fond, il savait qu'il n'en était pas.

Troy ne put s'empêcher de titiller son frère.

— Qu'est-ce qui te choque à ce point ?

— Je ne suis pas choqué ! Ça me fait mal, mal, mal, de penser que l'on puisse accuser mon père d'espionnage. C'est insultant. Je ne trouve pas les mots pour décrire ce que je ressens.

— Ha, ha ! s'exclama Troy. Je te ferai remarquer que tu m'as traité deux fois d'espion depuis que j'ai passé la porte de ce bureau.

— Moi ?

— Oui, toi.

Rod réfléchit. Et se calma aussitôt.

— Dans un sens, c'est vrai, non ?

— Oui, je suppose. J'ignore ce que l'on attendait de moi – j'imagine que j'étais là juste pour le décor. Je savais que nous n'apprendrions rien que nous ne savions déjà. Si Eden n'avait pas ordonné au MI5 et au MI6 de se tenir à distance, ils n'auraient pas pris une initiative aussi ridicule. En fait, j'étais un espion qui n'espionnait rien. Je garde les mains propres !

— Ils ont fait bien mieux.

— Pardon ?

— Ils n'ont pas suivi ses ordres et ils ont espionné les Russes. Ils ont envoyé un nageur de combat inspecter la coque du croiseur. Le capitaine s'en est plaint officiellement aux Affaires étrangères avant de reprendre la mer. Donc le poisson était bien plus gros et bien plus avarié que ce qu'on a voulu te dire.

Au tour de Troy de bouillir intérieurement.

— Eden a nié, bien sûr, enchaîna Rod. Mais tu sais que c'est vrai, avoue-le.

Troy enrageait en silence.

— Je ne serais pas surpris d'apprendre que toi et les butors de la Special Branch ayez servi de leurres, ajouta Rod.

Troy serrait les dents. Il refusait de laisser éclater sa fureur.

— Quand ? demanda-t-il. C'est arrivé quand ?

— La plainte aurait été reçue mardi matin. Le démenti a été immédiat ; cependant, d'après mes sources, Eden est furieux parce que les services secrets ont reconnu l'histoire de l'homme-grenouille.

Que Rod ait des sources n'avait rien de surprenant. Le gouvernement veillait à ce que le cabinet fantôme soit mis au fait de certains événements. Un moyen facile de s'assurer de sa loyauté. La Chambre des communes était un grand club constitué de membres élus, le palace de l'électeur. Des clubistes dans l'âme, tous ces notables. Après tout, le cabinet fantôme pourrait bien devenir le prochain gouvernement, d'ici à un an ou deux.

Troy pouvait encore entendre Khrouchtchev ordonner au téléphone, le lundi précédent : « Allez-y. Faites-le. » L'ordre prenait un peu plus de sens aujourd'hui. Mais il lui était impossible de l'avouer à Rod sans passer pour un menteur à ses yeux. Voilà pourquoi il haïssait tant le monde des taupes : il vous collait aux doigts, il vous laissait un sale goût dans la bouche et il empestait l'atmosphère. Tout bien considéré, il ne pouvait que s'en prendre à lui-même. Il aurait dû se méfier.

Arrivés à Hampstead, devant le domicile londonien de Rod, ils faillirent rouler par terre en sortant de la Bentley. Lucinda Troy jaugea son mari et son beau-frère d'un regard sévère et exigea les clés du véhicule. Un jour, leur dit-elle en se glissant au volant, une loi interdirait aux quadragénaires de conduire en état d'ivresse.

17

Rod avait trois ans, les jumelles étaient dans leurs langes et Troy même pas envisagé, lorsque leur père avait acheté pour une bouchée de pain Mimram House, une vaste bâtisse délabrée de style georgien. Il avait aussitôt lancé les travaux de rénovation, car les chambres menaçaient de s'écrouler au rez-de-chaussée et l'ensemble du bâtiment de s'effondrer dans la rivière qui coulait en contrebas. Il en avait fait une demeure hybride, à la fois datcha russe et maison traditionnelle anglaise. Son épouse, Maria Mikhaïlovna, y avait vécu jusqu'à sa mort, en 1952. Sacha, Macha et Rod y séjournaient régulièrement, les jumelles pour respirer l'air de la campagne et Rod parce qu'il était élu de la circonscription. Troy s'y rendait de temps à autre, en visiteur. À la surprise générale, et à la sienne en particulier, leur mère lui avait légué le domaine, déclarant dans son testament que c'était par souci d'équité, Troy étant le seul de ses quatre enfants à ne pas être marié et à ne pas posséder un vrai chez-lui. Ce qui confirmait ce que sa mère avait toujours pensé de Goodwin's Court, qu'elle appelait avec mépris « ta garçonnière », car pour elle il s'agissait d'un simple pied-à-terre, en attendant qu'il fonde un foyer. Une éventualité plus qu'improbable, au point que ses sœurs, pourtant incorrigibles romantiques, avaient depuis belle lurette cessé de jouer les marieuses.

Troy avait beaucoup hésité – il avait même failli la laisser à Rod –, se considérant comme un vrai citadin. Il vivait dans la capitale depuis la fin des années 1930, il y avait souffert du rationnement pendant la guerre et, par la suite, des privations de la paix. Après réflexion, il s'était laissé tenter et occupait désormais la demeure familiale. Elle ne serait jamais complètement sienne : Rod y passait presque tous ses week-ends et rien, hormis des douves et un pont-levis, ne pouvait empêcher ses sœurs d'y pénétrer. Tout compte fait, Mimram House n'était pas le fardeau qu'il avait imaginé. Troy pouvait y réaliser son rêve : élever un ou deux cochons et cultiver des légumes. Il se surprit à se lancer dans des activités inenvisageables vingt ans plus tôt. Là-bas, les week-ends et les vacances étaient de vrais week-ends et de vraies vacances. Avant d'accepter de partir enquêter hors de Londres, il se laissait soudoyer par Onions avec la promesse de quelques jours de congé. Et après avoir résolu ces mêmes enquêtes, il acceptait en récompense quelques jours de repos supplémentaires. L'été, il y passait ses soirées et, le lendemain, se levait à l'aube pour se rendre au Yard. Il considérait désormais Mimram House comme un agréable refuge, sans vraiment savoir ce qu'il fuyait.

18

Il s'éveilla le samedi matin avec la perspective d'un petit-déjeuner au lit, suivi d'une promenade jusqu'à l'enclos à cochons. Appuyé contre ses oreillers, il dégustait son café en lisant le journal, quand Rod fit son entrée, l'air vaguement coupable. Troy devina qu'il s'en voulait d'avoir eu, la veille, une réaction exagérée et de s'être ridiculisé. Contrairement à son frère, Rod n'était pas rancunier. Il n'avait aucune raison de se sentir coupable, mais de la culpabilité, il en avait à revendre. Bien peigné, rasé de près, impeccable dans son costume trois pièces et ses chaussures cirées, il s'apprêtait à entamer une tournée de sa circonscription et écouter les doléances de ses électeurs.

— J'espère que tu n'as rien dit aux filles, hein, Freddie ?

— Non, bien entendu. Pourquoi l'aurais-je fait ? Elles ne sauraient comment réagir à une telle nouvelle, ni l'accepter, ni faire une croix dessus.

— Une attitude plutôt cynique, si tu veux mon avis.

Rod quitta la chambre. Rien ni personne n'aurait pu persuader Troy d'en parler à ses sœurs. Leur dédaigneuse indifférence eût été encore plus difficile à supporter que le stupide sentiment de culpabilité de Rod. Il se replongea dans la lecture du journal. On y parlait du départ de B & K. Et même, retranscrites presque mot pour mot, les dernières paroles lancées par Khrouchtchev à Selwyn Lloyd. Un reporter présent dans les parages avait dû tendre l'oreille. Excepté qu'il ne s'agissait pas des dernières paroles de Khrouchtchev, mais bien du mensonge de convenance inventé par Troy, destiné à atténuer l'hostilité et la vulgarité des propos du dirigeant soviétique. Il faisait dorénavant partie de l'Histoire. Ses mensonges étaient passés à la postérité. En vérité, le mentir est un maudit vice[1], songea-t-il. Il repoussa ses couvertures et se dirigea vers la salle de bains en bâillant.

Sous les chênes, en contrebas du potager, il aperçut un bonhomme obèse assis sur un banc fait d'une planche posée sur deux bidons. Il buvait du thé, tenu au chaud dans une bouteille thermos. Lors de leur première rencontre, en 1944, il était déjà gros et presque chauve. Sa calvitie n'avait guère évolué, en revanche son tour de taille avait doublé. Il portait, comme de nombreux Britanniques, une vieille veste d'uniforme. Le samedi et le dimanche matin, dans les jardins et les arrière-cours du pays, on voyait des hommes vêtus de bleu ou de kaki courbés sur leur bêche ou penchés sous le capot d'un vieux tacot. Ces vareuses increvables étaient devenues leur tenue du week-end. Et tous les éboueurs ou presque portaient une veste kaki. Le bonhomme avait cousu des renforts de cuir aux coudes et aux poignets de sa veste bleu foncé de secouriste d'urgence, qu'il ne parvenait plus à boutonner. Embonpoint mis à part, il restait pareil à lui-même, tel que le soir où, au cœur de Chelsea, Troy l'avait aperçu dans l'obscurité du black-out en compagnie de sa grosse truie blanche. Les temps avaient changé. Aujourd'hui, vous pouviez arpenter Chelsea de long en large sans apercevoir la queue d'un cochon.

— 'jour, dit-il quand Troy s'approcha de lui.

Troy ne l'avait jamais entendu prononcer un nom, le sien ou celui des autres, une habitude qui le rendait parfois difficile à joindre. Il avait annoncé à Troy, en se tapotant le nez du bout du doigt, qu'il travaillait à nouveau, comme avant la guerre, pour un détective, amateur certes, mais « un vrai gentleman ». Troy avait pris cela avec des pincettes. De temps à autre, il se volatilisait, puis réapparaissait en fonction d'un calendrier bien à lui, calqué sur les cycles hormonaux des truies. Troy avait renoncé à lui demander des explications, préférant s'en tenir à la formule « Ne pose pas de questions, tu n'entendras pas de mensonges », l'un des nombreux dictons particulièrement irritants qui lui rappelaient son enfance.

Troy se pencha par-dessus l'enclos. À l'ombre du grand chêne, la grosse Old Spot était à peine visible, camouflée par les souillures de boue et les taches noires et blanches de sa robe. Elle le salua d'un grognement, assise sur son arrière-train, groin dressé vers le soleil levant.

— Faudra voir à la mettre au mâle le mois prochain. On devrait avoir une belle portée cette année. Elle est en pleine forme.

Troy s'assit sur le banc improvisé et déclina d'un signe la tasse de thé au lait anémique et trop sucré qu'il lui tendait.

Trois ans plus tôt, il avait fait appel à lui pour la construction du cochonnier, le choix et l'élevage des bêtes. Ce jour brûlant de l'été 1953, le bonhomme remonta l'allée gravillonnée sur sa moto pétaradante, vêtu de son éternelle vareuse bleue, coiffé d'un casque et de lunettes d'aviateur. Dans le side-car trônait un verrat blanc, très calme et bien sage, de la race Middle White. Lui aussi portait un casque d'aviateur.

Debout sur le perron en compagnie de Sacha, Troy regarda l'engin freiner dans un crissement de gravier. Le gros bonhomme ôta ses lunettes.

— 'jour, lança-t-il avec un large sourire, comme s'ils s'étaient vus la veille.

Sacha fit le tour de la moto, délicatement, pieds nus sur le gravier, feignant l'admiration.

— Comment s'appelle votre ami ?

— Randolph.

— Randolph ?

— Oui. Son père s'appelait Winston[2].

Sacha fut prise d'un fou rire nerveux. Le bonhomme, ne voyant pas ce qu'il y avait là de drôle, la dévisagea d'un air impassible. Le cochon, indifférent, mâchonnait un caillou, les yeux plissés, absorbé par le crissement de la pierre entre ses puissantes mâchoires, comme s'il s'agissait d'une musique céleste.

— Elle se paie ma fiole ? demanda-t-il, vexé.

— C'est une habitude chez elle répliqua Troy.

— OK. Allez, Randolph, montre-nous de quoi tu es capable !

Il ôta le casque de la tête du verrat, lequel, aussitôt descendu du side-car, plongea son groin dans le sol, renifla deux secondes et démarra au quart de tour.

— Qu'est-ce qu'il a ? s'écria Sacha.

Le cochon, avec l'accélération d'une MG, partit au triple galop, le bonhomme à ses trousses.

— Dépêchez-vous ! cria-t-il à Troy. Sinon on va le perdre !

Sacha, jupe retroussée, dansait d'un pied sur l'autre.

— Je n'ai pas de chaussures ! couina-t-elle, désespérée à l'idée d'être exclue de l'aventure.

— Prends mes bottes derrière la porte.

Il se lança à la poursuite du cochon et de son propriétaire, qui avaient déjà tourné à l'angle de la maison. L'animal avait une bonne longueur d'avance, mais bientôt Troy rattrapa son maître.

— Qu'est-ce qu'on fait ? haleta-t-il.

L'homme, hors d'haleine, la respiration sifflante, grogna :

— On cherche le bon emplacement.

— Quel emplacement ?

— Le meilleur endroit pour construire son enclos, pardi !

— Et comment sait-on qu'on l'a trouvé ?

— Facile. Le cochon s'arrête. Nous aussi. Quand il trouve l'endroit, il stoppe net. Soit parce qu'il y a quelque chose de bon à manger, soit parce qu'il est crevé. De toute façon, il va s'arrêter. Et c'est là qu'on lui construit son bercail.

Randolph disparut de leur vue, filant comme une flèche entre les serres et les châssis. Derrière eux, Sacha s'époumonait : « Taïaut ! Taïaut Taïaut ! » Elle cavalait dans des bottes en caoutchouc bien trop grandes pour elle, les volants de sa jupe coincés dans les élastiques de sa culotte, pour ne pas les salir.

— Vous savez, un jeune verrat, ça court sacrément vite, quand ça veut. Randolph m'a déjà fait tourner en bourrique plus d'une fois. J'espère que votre dame, là, elle a assez de souffle pour le suivre. S'il continue à faire des tours complets, moi, je m'assois et j'attends qu'il revienne pour le choper.

Les cris de Sacha se rapprochaient. Sur la façade, une fenêtre à guillotine se souleva. Rod se pencha en criant :

— Nom de Dieu, qu'est-ce qui se passe ?

— Un cochon ! Un cochon ! s'égosillait Sacha, jugeant l'explication suffisante.

L'animal fit une brusque volte-face, fonça sur Troy dans l'étroit passage entre les deux serres, l'obligeant à se jeter sur le côté, et repartit droit vers la maison. Le bonhomme, fidèle à sa parole, se laissa choir sur le bord de la véranda, sortit un grand mouchoir blanc de sa poche et s'épongea le front. Au deuxième tour du propriétaire, Troy renonça à la poursuite et vint s'asseoir près de lui, abandonnant sa sœur aux trousses de l'animal. Lancée en orbite, Sacha rugissait, poussait des cris perçants, le cochon risquant à chaque instant de lui reprendre un tour et donc de courser sa poursuivante.

— Elle est un peu timbrée, non ? remarqua le bonhomme. Ça fait longtemps qu'elle est comme ça ?

— Ne m'en parlez pas. Tiens, d'ailleurs, j'ai une mauvaise nouvelle pour vous. Elles sont deux.

— Pardon ?

— J'ai deux sœurs. Des jumelles. Attention !

Troy eut juste le temps de le repousser : Randolph arriva en trombe sur la véranda et passa entre eux telle une fusée.

— Bien, fit le bonhomme en se relevant péniblement. Je crois qu'il faut y aller.

Le verrat disparut du côté sud de la propriété, vers les chênes. Troy le repéra deux cents mètres plus loin, occupé à fouiller du groin et des pattes avant les couches de feuilles mortes. Avait-il déniché l'emplacement idéal ?

Sacha surgit en bondissant, ses rugissements entrecoupés de fous rires. Elle ne pouvait que hoqueter : « Un cochon ! Un cochon ! » Elle finit par se calmer, prit une profonde inspiration et parvint à lâcher une phrase complète.

— Freddie, cet animal va-t-il rester ici ?

— Non. C'est un reproducteur. Honnêtement, je ne sais pas pourquoi il est venu.

Le bonhomme, à bout de souffle, dégringolait la pente.

— J'aurais dû m'en douter, haleta-t-il. Il cherche des glands.

— Ce n'est pas la bonne époque, remarqua Troy.

— Je parle de ceux de l'an passé, enfouis sous l'humus.

Il désigna les branches du chêne, puis apostropha Randolph.

— Alors c'est là, hein ? C'est là que tu veux ta petite maison ?

Le cochon l'ignora, trop occupé à renifler et à fouir la terre.

— Donc le chêne est le meilleur emplacement ? demanda Troy.

— Oui, ça ira. Bien ombragé, et des glands qui tombent tout cuits. Pas besoin de se fatiguer. D'un autre côté, si vous voulez pas de cochon sous votre beau chêne, vous avez qu'à clôturer un bout de lande là-bas, vers le roncier. Vous lancez des poignées de glands et Randolph vous retournera le terrain mieux que deux chevaux de labour.

Tout en parlant, il prit des glands dans sa poche et les lança dans un buisson de mûres et d'orties. Le verrat abandonna son fouissage et se précipita dans le roncier avec une avidité démoniaque.

— Quand il aura fini, vous aurez plus qu'à faire l'enclos et hop, le tour est joué.

— C'est tout ? C'est ainsi que vous choisissez l'emplacement d'un cochonnier ? Un peu hasardeuse, votre méthode. Vous auriez pu commencer par jeter les glands dans les ronces, ça nous aurait évité de courser ce foutu bestiau dans tout le jardin.

Le bonhomme parut vexé. Soudain très sérieux, il inspira et secoua la tête. Troy venait de défier un millénaire d'une tradition porcine sacrée à ses yeux. Il regarda le sol un long moment, avant de reprendre :

— Ça fait partie du jeu. Sinon, c'est pas rigolo.

Trois années s'étaient donc écoulées depuis la première visite de Randolph. Le bonhomme considérait toujours Sacha avec suspicion et continuait de l'appeler « la Timbrée ». En revanche, il se montrait d'une extrême politesse avec Macha, lorsqu'il était sûr d'avoir affaire à elle. Mais Macha s'aventurait rarement près de l'enclos à cochons. Parfois il doutait de la réalité des jumelles, Troy lui ayant souvent affirmé qu'il s'agissait d'une seule et même femme dotée de deux corps.

Aujourd'hui, assis sur le banc sous le chêne, il suivait l'exemple de la truie et contemplait le soleil.

— Bon, vous allez vous décider à dire quelque chose, ou je dois finir mon thé en vitesse et rentrer chez moi ? bougonna-t-il.

— Désolé, répondit Troy. J'avais l'esprit ailleurs.

— La seule chose à laquelle vous devriez penser, c'est à sortir le lisier. Une matinée à nettoyer la merde de cochon, ça vous vide le ciboulot.

Il avait raison. L'après-midi, après avoir déjeuné au jardin, ils descendirent au village, firent une longue promenade dans les bois et revinrent à Mimram House par le nord, à travers un moutonnement de campanules et un fouillis de jeunes fougères. Ils parlèrent de tout et de rien. Pur cockney de l'East End, l'homme était sans doute incapable de distinguer un pied d'alouette d'un pied-de-biche, mais il en apprit beaucoup à Troy sur l'élevage des porcins, même si ce dernier pressentait que la moitié était pure invention. Il lui donna aussi son avis sur les récents matchs de l'Arsenal. Troy, aussi peu féru de football que de cricket, l'écoutait en opinant.

Il rentra chez lui l'esprit léger, ravi d'avoir été distrait de ses préoccupations par ce tête-à-tête rafraîchissant. L'art de parler de la pluie et du beau temps n'avait pas cours chez les Troy, qui ne constituaient pas ce qu'il était convenu d'appeler une famille normale.

Un héritage de leur père : on retrouvait un peu d'Alexeï Troy dans ses quatre enfants, chacun ayant hérité une part de sa personnalité complexe. Rod, l'engagement politique et l'instinct du journaliste ; les jumelles, la nature capricieuse, fantasque et hédoniste d'un homme capable de plaisanter dans cinq langues, de sortir de ses gonds pour des broutilles, de s'exaspérer du manque d'humour d'une épouse austère, surtout les jours où personne n'appréciait ses blagues. Mais qu'avait-il légué à Troy ? Sans aucun doute, sa part d'ombre. Un tempérament secret. L'habitude de cacher son jeu, associée à la curiosité insatiable, qui avait fait de lui un flic – la source du problème dont l'homme au cochon l'avait si agréablement distrait.

Rod, lui aussi, avait recouvré sa bonne humeur. Au cours du dîner, il régala son monde avec un compte rendu de l'événement de la semaine, un portrait au vitriol de Harold Macmillan annonçant la naissance d'une loterie nationale. La façon dont il parodiait son élocution pompeuse fit rire aux larmes les jumelles. Elles gloussèrent comme des folles quand il grimaça tristement et tira sur ses paupières pour imiter le regard de chien battu du chancelier de l'Échiquier.

Troy observait sa belle-sœur, lady Lucinda, une femme au teint pâle, aux yeux très bleus, qui riait sans bruit, avec un joli sourire timide. Hugh, le mari de Sacha, et Lawrence, celui de Macha, n'étant pas venus passer le week-end à la campagne, Lucinda était donc la seule représentante de la belle-famille. Et sa présence les obligeait à ne parler qu'anglais. Les soirées « entre Russes » agaçaient Troy, car elles fleuraient trop la nostalgie et le repli sur soi. Rod avait épousé Lucinda en 1936, l'année des trois rois[3]. Elle avait aujourd'hui quarante-six ans, le même âge que les jumelles. Troy s'entendait bien avec elle – sa belle-sœur n'avait aucun préjugé à son encontre et ne passait pas son temps à le railler, comme les trois autres, aux yeux desquels il demeurait « le petit dernier » dont l'avis importait peu. Il avait souvent envié Rod d'être entré dans la norme en épousant une femme incontestablement britannique.

Vers la fin du repas, Sacha bondit de sa chaise, annonçant qu'elle rentrait chez elle au plus vite, « avant que son carrosse ne se transforme en citrouille ». Le dîner – et par conséquent la soirée – se désagrégea avec son départ. Rod devait lire la presse avant de se coucher. Macha tenait à regarder son émission favorite sur l'étrange lucarne, au salon jaune. Il restait du vin blanc dans le seau à glace, un pouilly fumé 1952. Troy proposa à Lucinda de le finir.

— Ce serait avec plaisir, répondit l'épouse indiscutablement britannique, mais je dois avouer que je suis épuisée. Puisque Sacha a écourté la soirée en partant plus tôt que prévu, j'en profiterai pour aller me coucher.

Elle étouffa un bâillement.

— Cette semaine, j'ai passé la moitié de mes nuits à écouter Rod répéter son discours, puis à attendre son retour, après le vote du budget. Vous m'en voyez désolée.

Troy sortit la bouteille du seau, enfila son manteau, traversa l'ancien bureau de son père et s'installa sur la véranda. La douceur de cette belle journée d'avril s'était dissipée. Assis dans un fauteuil en osier, il termina le vin blanc dans le calme du crépuscule, à l'écoute des bruits de la nature. Un faisan criaillait, un chien jappait dans le lointain et les saules, en bord de rivière, bruissaient dans le vent. Leurs branches menaçaient de casser. L'année précédente, Troy avait hésité à les rabattre, mais en les voyant s'effacer dans la brune, il songea qu'il serait bientôt temps de le faire. Il aimait leurs frondaisons aériennes et mouvantes. Une fois rabattu, le saule s'épaississait, devenait trapu et disgracieux. La taille était cependant indispensable, sinon, ployant sous le poids des branches, le tronc se fendait par le milieu, et l'arbre finissait par mourir.

Deux chauves-souris zigzaguaient dans la pénombre, à la hauteur du premier étage, quadrillant la nuit en quête d'insectes invisibles. Elles s'évitaient avec une précision infaillible, d'un battement imperceptible de leurs ailes diaphanes, entrelaçant les fils de leur chasse nocturne.

Troy resta là jusqu'à l'obscurité complète, les doigts peu à peu engourdis par le froid. Rétrospectivement, il lui apparaîtrait que cette soirée avait signé ses derniers instants de paix. Le lendemain matin, les filaments de son existence commencèrent à se distendre et à s'emmêler, tissant en secret l'armure complexe de sa nouvelle vie.

19

Il dégusta son café matinal dans le cabinet de travail en parcourant les journaux du dimanche à la recherche d'informations sur l'affaire dont lui avait parlé son frère. Le gouvernement de Sa Majesté admettrait-il avoir envoyé un espion explorer la coque du croiseur soviétique ?

Après la mort de son père, cédant à la crainte de commettre un sacrilège en occupant son fauteuil, Troy avait longtemps pris place de l'autre côté du grand bureau à caissons, face à la porte, n'osant déplacer d'un millimètre le stylo à plume et le sous-main, demeurés à l'endroit où Alexeï les avait laissés. Et puis un jour, il avait pensé : « Au diable le respect des morts, la vue est plus belle côté fenêtre », et s'était installé face au jardin.

Macha entra sans crier gare, s'assit sur un coin du bureau, posa les pieds sur l'accoudoir du fauteuil, se servit une tasse de café et lui adressa son sourire de gentille sorcière.

Troy ne dit rien, ne sachant trop si la visite de sa sœur avait un but précis. Ils burent leur café en silence.

Le téléphone sonna. Il décrocha.

— Allô ? Hugh à l'appareil. Puis-je parler à ma femme ?

— À Sacha ? fit Troy, déconcerté.

Avant qu'il ait pu ajouter un mot, Macha lui avait arraché le combiné des mains.

— Hughdey ? susurra-t-elle d'un ton alangui – seule Sacha appelait son mari « Hughdey ». Mon chéri. [Pause.] Oui, chéri. [Nouvelle pause.] Je pense rentrer après déjeuner.

Troisième pause, plus longue. Troy entendit craquer la bakélite, puis résonner la voix de baryton du beau-frère, sans comprendre ce qu'il disait.

— Hier soir ? Oh, rien de spécial, reprit Macha. Lucinda était là aussi. Un dîner en famille.

Quatrième pause.

— Oui, oui, après le déjeuner.

Elle lui envoya un baiser sonore et raccrocha.

Troy la dévisagea, n'en croyant pas ses oreilles.

— Sacha te rend la pareille, j'imagine ?

— Ne pose pas de questions…

— Crois-tu qu'il va tomber dans le panneau ?

— Jusqu'à présent, ça a marché.

— Hugh n'est pas complètement idiot, tu sais.

— On parie ?

20

Onions téléphona quarante minutes plus tard.

— Faites votre valise. Vous prenez un train de nuit pour l'Écosse. Aberdeen.

— Une affaire croustillante ?

— Arsenic. Quatre morts. Même mode opératoire. La police locale piétine.

L'enquête semblait alléchante. Cela faisait bien longtemps que Troy n'avait pas eu un beau crime à résoudre. Il n'avait pas travaillé sur un empoisonnement depuis au moins cinq ans. Et là, quatre d'un coup…

— Comment ça se passe à la brigade ?

Onions poussa un profond soupir. La brigade était en sous-effectif. Quand Troy avait dit à l'homme de confiance de Khrouchtchev qu'il dirigeait la brigade criminelle, il avait un peu déformé la réalité. En fait, il remplaçait le commissaire Tom Henrey pendant son absence. Tom était en congé maladie depuis Noël.

— J'ai bien peur que Tom ne revienne pas. Cancer du pancréas. Tant qu'il ne me dit rien, je répugne à le remplacer officiellement. J'aurais l'impression de hâter son trépas.

— Je comprends, dit Troy. Je ne vous demande pas de promotion, mais je pense que nous aurions grand besoin d'un flic supplémentaire.

— J'aurais du mal à vous trouver un inspecteur disponible.

— Un lieutenant suffirait.

— Vous pensez à quelqu'un en particulier ?

— Oui. Clark. Edwin Clark. Police du Warwickshire. Enquêtes criminelles de Birmingham.

— D'accord, fit Onions. Je fais transférer le lieutenant Clark.

— L'agent Clark.

— Pardon ?

— Oui, il est encore simple agent. Mais il sera promu lieutenant dès qu'il intégrera la brigade.

— Vous exigez beaucoup ! Il sera à la hauteur ?

— Absolument. Je dirais même que c'est l'homme de la situation. Un type solide. Et le roi de la paperasse.

— À propos de paperasse… j'aimerais beaucoup entrer dans votre bureau et y voir le jeune Wildeve. La pile de papiers qui s'accumule sur sa table sera bientôt plus haute que lui.

Troy n'aurait aucune difficulté à justifier la présence de Clark. Il lui donnait quinze jours pour se faire apprécier d'Onions. Son calme imperturbable, sa méthode, son efficacité toute militaire auraient raison du scepticisme du commissaire divisionnaire. Et quel contraste entre ce petit homme paisible et deux flics aussi fantasques que Troy et Wildeve.

21

L'enquête d'Aberdeen dura plus longtemps que prévu. Presque six semaines, en fait. Quand Troy, descendu du train dans la lumière poussiéreuse du matin, passa sous les arches de la gare de King's Cross, Londres avait revêtu ses habits d'été.

Il éprouvait la satisfaction du devoir accompli, mêlée d'un doute persistant à propos de l'un des dossiers.

Les quatre victimes avaient certes été empoisonnées à l'arsenic, mais Troy s'était très vite rendu compte que les flics d'Aberdeen avaient commis l'erreur de croire à un même mode opératoire. Le poison avait été administré à des doses différentes, et la découverte d'un cinquième cadavre le surlendemain de son arrivée n'avait fait que conforter son intuition : ils ne devaient pas pourchasser un assassin, mais plusieurs. Il avait dû réorienter les investigations, revoir tous les témoignages accumulés depuis près d'un an et interroger à nouveau les personnes trop rapidement écartées de la liste des suspects.

L'enquête s'était révélée difficile – de longues journées de travail, commençant souvent avant l'aube. Troy suivait en pointillé l'actualité dans la presse : la crise couvait toujours en Égypte, Chypre était à feu et à sang. Le gouvernement refusait d'admettre l'existence de l'espion de Portsmouth et les spéculations allaient bon train, en particulier dans les journaux appartenant à la famille Troy, nourris des informations fournies par Rod. Le mystérieux homme-grenouille était porté disparu. Œuvrait-il vraiment pour les services secrets ? Était-il commandité par l'extrême droite britannique ? Par les trotskistes opposés au pouvoir soviétique ? Par les Russes blancs en exil ? Par les sionistes ? Avait-il été kidnappé et emmené en Russie ? Avait-il trouvé la mort au cours de sa plongée ? Son cadavre reposait-il au fond de la mer ? Au lecteur de choisir et de rayer les mentions inutiles. Troy n'avait guère le loisir de suivre l'affaire en profondeur, mais finalement, sa seule profondeur n'était-elle pas celle à laquelle l'inconnu avait été enterré ?

Troy avait obtenu les aveux de l'assassin de deux parmi les cinq victimes, qui n'était autre que leur médecin de famille ; l'un des inspecteurs d'Aberdeen avait recueilli la confession d'un autre meurtrier, frère de la deuxième victime ; pour le quatrième homicide, l'équipe était parvenue à établir la culpabilité d'un troisième homme, qui serait bientôt traduit en justice. Quant à la cinquième affaire, Troy n'avait pu la résoudre. Aussi rentra-t-il à Londres, traînant derrière lui son premier échec depuis des années. Il penchait pour un crime par imitation, un syndrome mimétique, comme disaient les Américains. Il y avait une leçon à en tirer : ne jamais divulguer certaines informations à la presse. Restait une vague piste, qui ne serait pas explorée dans un futur proche. De toute manière, il lui faudrait retourner en Écosse à la fin de l'été pour témoigner devant le tribunal.

Il était sept heures. Un beau matin d'été. Il suivit la trajectoire du soleil levant au-dessus des toits d'Islington et de Clerkenwell, embrasant l'architecture gothique du St Pancras' Midland Hotel dans toute sa crasse et sa gloire. Londres s'éveillait. Deux millions de bouilloires chantaient sur les réchauds. Il lança sa valise sur la banquette arrière d'un taxi, en songeant qu'après un bon café et un bain il serait d'attaque pour se rendre au Yard.

L'antique chauffe-eau à gaz perché sur son support métallique juste au-dessus de la baignoire fonctionnait relativement bien, si on avait le coup de main. Commencer par la salle de bains, à l'étage. Attendre qu'un filet d'eau coule au robinet. Tourner le bouton du chauffe-eau en sens inverse des aiguilles d'une montre. Dégringoler l'escalier, cogner sur le tuyau à côté de l'évier de la cuisine avec le talon d'une chaussure, tenue fermement de la main gauche. Remonter l'escalier en courant, tourner le bouton dans le sens des aiguilles d'une montre, presser sur le second bouton pour allumer le gaz. Foncer sur le palier, ouvrir le placard-séchoir, cogner sur le tuyau au fond du placard avec le talon de la chaussure, toujours tenue fermement dans la main gauche. Retour à la salle de bains. En principe, le filet d'eau est tiède. Le temps de se déshabiller, le robinet de la baignoire déverse une eau bien chaude. Entrer dans le bain. Lorsque le niveau de l'eau atteint dix centimètres, l'écoulement s'arrête automatiquement, suivant des instructions remontant à l'époque de la Seconde Guerre mondiale. Pourquoi son chauffe-eau n'avait-il jamais oublié ces consignes, mystère. Il pouvait simplement s'agir d'un respect du rituel ; bien des choses en Angleterre étaient demeurées telles quelles.

À peine était-il entré dans la baignoire que la sonnerie du téléphone retentit. Après cette pantomime, rien ne pouvait le contraindre à répondre. Il sonna de nouveau cinq minutes plus tard. Troy posa sa tasse de café et sa tartine de confiture sur le porte-savon et s'allongea dans la mousse. Un petit coup de pied dans la tuyauterie et le chauffe-eau lâcherait quelques litres supplémentaires, qui lui permettraient de prendre un bain à peu près décent. Il fallait juste se montrer patient. Et que la personne qui cherchait à le joindre aille au diable.

En dégustant son premier bon café depuis des semaines, il ne put s'empêcher de penser à Tosca, qui aimait prendre son bain entourée d'une cour, lui, en l'occurrence, gauchement assis sur la lunette des toilettes, tandis qu'elle se prélassait dans l'eau savonneuse. Une starlette d'Hollywood. Le cérémonial du bain lui rappellerait à jamais Tosca.

Le trajet à pied jusqu'à Scotland Yard fut particulièrement agréable. Certains jours, il aimait marcher dans les rues de la capitale, qui scintillait malgré la saleté. On avait beau dire, Londres n'était pas toujours engourdie par le froid, la pluie et le brouillard.

C'est à peine s'il reconnut son bureau, propre, net et bien ordonné. Quelqu'un avait vidé la corbeille à papier et rangé le fatras de dossiers accumulés par terre. Quelqu'un avait décoincé le battant de la fenêtre afin d'aérer la pièce, quitte à avoir les oreilles écorchées par les klaxons des automobiles. Quelqu'un avait ôté les strates d'imprimés punaisés au tableau d'affichage et remonté la pendule. Quelqu'un avait remplacé la vieille chaise branlante par l'un de ces sièges pivotants sur lesquels de séduisantes secrétaires s'assoient en remontant leur jupe avant de prendre le courrier en sténo. Quelqu'un avait fait le ménage sur les deux bureaux. Celui de Jack était quasiment nu. Assis dans le fauteuil pivotant, un petit homme, de dos, triait avec méthode une pile de dossiers, les plus urgents d'un côté, ceux qui pouvaient attendre de l'autre. Au passage, il en annotait certains, sans doute en vue de son retour. Onions l'avait-il remplacé pendant son absence par un vrai policier ? Était-ce l'un des trois Ours ? Ou une version obèse de Boucle d'Or ?

— Bonjour, monsieur, fit le petit homme.

Clark. C'était Clark. Troy avait oublié avoir réclamé son renfort.

— Je parie que vous ne refuserez pas une tasse de café, monsieur ?

Troy s'apprêtait à répondre qu'il venait d'en boire chez lui et que rien, sauf un désespoir absolu, ne l'obligerait à avaler l'infâme lavasse de Scotland Yard, quand il aperçut, posé sur un meuble bas, près du poêle, un appareil étrange composé d'un bec Bunsen, de plusieurs fioles, d'un bon mètre de tuyaux de verre et de caoutchouc, et d'un gros condensateur d'où s'échappait un liquide brun qui s'égouttait dans un gobelet.

— Elle vous plaît, monsieur ? Je l'ai dessinée moi-même.

— Si elle me plaît ? Dites-moi d'abord ce que c'est !

— Une machine à café, monsieur.

Troy examina le réseau compliqué de serpentins de verre. Piranèse n'aurait pas fait mieux. Il huma l'arôme divin, encore plus suave que celui de son propre café.

— Où vous êtes-vous procuré les différents composants ? s'enquit-il, tandis que Clark lui servait une tasse.

— Au laboratoire de pathologie, monsieur.

— Vous voulez dire que Kolankiewicz a accepté de se séparer de son matériel juste pour vous permettre de faire du café ?

— Pas exactement, monsieur. J'avais un bon de réquisition.

— Un bon ? Et qui l'a signé ?

— Je me suis aperçu que certains soirs, lorsque Mr Wildeve est pressé de partir, surtout pour un rendez-vous galant, il signe à peu près n'importe quoi les yeux fermés.

Mauvais présage, songea Troy, qui avait coutume de faire signer des bons à Onions en fin de semaine, quand celui-ci, l'esprit ailleurs, partait disputer une partie de boules ou biner les plates-bandes de son jardin. Deux filous allaient-ils pouvoir partager le même bureau ?

— Dites-moi, Eddie, vous n'auriez pas repris vos petits trafics, par hasard[1] ?

— J'ai acheté le café, monsieur ! Et puis, si vous viviez comme moi dans un poste de police, je suis sûr que vous essaieriez de rendre votre lieu de travail le plus confortable possible. Un second chez-soi, si vous préférez.

— Vous êtes hébergé dans un poste de police ?

— Oui, le temps que je trouve un vrai toit. Dès que j'aurai touché ma première paie de lieutenant, je serai un peu plus à l'aise financièrement. La chance aidant, j'espère pouvoir louer un meublé quelque part.

Façon discrète de le remercier pour sa promotion, ou jérémiade typiquement britannique ? Le grade de lieutenant assurerait à Clark trente shillings par semaine ; il gagnerait un peu moins de cinq cents livres par an. Un pauvre salaire qui lui permettrait – peut-être – de se loger décemment. Troy, pour sa part, touchait le traitement maximum alloué à un inspecteur principal, moins qu'un voyageur de commerce, et bien en deçà des enviables « mille livres annuelles » supposées être le salaire moyen des Britanniques. Mais il n'avait jamais eu à compter sur sa paie pour vivre. Clark avait raison : un célibataire n'était pas prioritaire dans la course au logement. La capitale ne parvenait pas à héberger ses nouveaux habitants dans les immeubles épargnés par les bombardements.

— Des dossiers importants ? demanda Troy en désignant les documents empilés sur son bureau.

— Une demi-douzaine. Rien de très urgent. En revanche, j'ai là quelque chose qui pourrait vous intéresser.

Clark lui tendit la *Police Gazette*, ouverte à la page des promotions et des mutations.

— La Division J a changé d'inspecteur divisionnaire, monsieur.

Troy lut l'encadré : « Le lieutenant Patrick Milligan est nommé inspecteur divisionnaire au commissariat de Leman Street, à la suite du décès de l'inspecteur en poste, Horace Jago. » Leman Street était le commissariat où Troy avait fait ses premières armes dans la police, vingt ans plus tôt.

— Une belle promotion, constata-t-il. Je n'aurais jamais cru Milligan si ambitieux.

— Je ne pense pas que l'inspecteur Cobb ait fait ressortir les qualités de notre Irlandais, monsieur.

— Dans mon souvenir, Milligan passait la moitié de ses journées à dormir et le reste à se venger de Cobb.

— N'était-ce pas ce que nous faisions tous, monsieur ? Oh, à propos, votre frère a essayé de vous joindre à plusieurs reprises.

— C'est urgent ?

— Je ne saurais le dire, monsieur.

Troy appela son frère. À côté du téléphone, le *Times* était ouvert à la page des mots croisés. À neuf heures trente du matin, Clark les avait déjà terminés.

— Rod ? Que se passe-t-il ?

— J'ai une grande nouvelle. Peut-on se retrouver dans quarante minutes ?

— J'ai quinze jours de congé à récupérer. Je serai à Mimram demain matin. Ça ne peut pas attendre jusque-là ?

— Non. C'est particulier. Il faut qu'on se voie. Ce ne sera pas long.

— À Westminster ?

— Non. Dans les bureaux du *Sunday Post*. Lawrence y tient une conférence de presse.

En 1945, Rod avait convoqué les membres de la famille pour leur signifier qu'il ne pouvait à la fois assurer ses responsabilités de directeur de publication et celles de son mandat de député. Même si le cumul des fonctions était légal, il refusait cette double charge. Dans ces conditions, souhaitaient-ils se retirer du conseil d'administration des journaux et vendre leurs actions ? Non, avaient-ils tous répondu en chœur sans la moindre hésitation. C'eût été démanteler l'empire de presse qu'Alexeï Troy avait patiemment construit. À la grande surprise de Troy, Lawrence, le mari de Macha, encore sanglé dans son uniforme de l'armée de terre, s'était proposé pour prendre la direction du *Sunday Post*, bien qu'il n'eût aucune expérience en la matière.

Avocat de profession, il avait, pendant la guerre, porté les écussons rouges d'un officier d'état-major, sans jamais participer à une bataille ni poser le pied sur un sol étranger. Il rêvait de relever un défi, avait-il confié à Troy. Pari tenu. Le *Sunday Post* était désormais le plus engagé des journaux du dimanche et Lawrence, un rédacteur en chef pugnace, procédurier et irascible. Finalement, Alexeï Troy s'était trouvé un successeur posthume. Rod avait peut-être raison d'exhorter Troy à venir écouter leur beau-frère. Celui-ci n'avait-il pas accusé Clement Attlee de renier ses principes en puisant dans les caisses de la Sécurité sociale pour financer la participation de la Grande-Bretagne à la guerre de Corée ? Lawrence avait également signé un éditorial appelant à la démission de Churchill pour cause de sénilité, occasionnant une chute spectaculaire des abonnements ; d'anciens militaires haut gradés s'étaient plaints au courrier des lecteurs, et des patriotes avaient lancé des briques contre les fenêtres du *Sunday Post*. Lawrence avait eu droit à ses heures de gloire.

22

Le grand hall du *Sunday Post* grouillait de pisse-copies ronchons, maugréant contre ce prétentieux de Lawrence qui tenait une énième conférence de presse. Même si les journaux de la capitale avaient envoyé des jeunots ou des ringards, pour rien au monde ils n'auraient laissé passer la chance de glaner un scoop bien juteux. Ils réserveraient un espace dans leurs colonnes pour rapporter l'événement. Les journalistes restaient entre eux, à parler boutique, et l'autre partie en présence faisait de même.

Londres était une ville d'exilés. Ici et là, selon une probabilité statistique, survivaient quelques réfugiés français, des nonagénaires auxquels on avait fait traverser la Manche durant leur enfance, lors de la chute du second Empire. L'impératrice Eugénie, épouse de Napoléon III, n'avait-elle pas séjourné longtemps à Chislehurst, dans le Kent ? Mais des Russes ayant fui leur révolution, Londres en avait accueilli par milliers, et, apparemment, tous les exilés encore en vie que Troy avait rencontrés ou dont il avait entendu parler étaient réunis dans le hall, y compris certains qu'il croyait trépassés depuis des lustres. Une engeance peu sympathique, derniers rejetons de lignées en voie d'extinction, porteurs de titres aristocratiques parfois usurpés, qui refusaient de reconnaître le cours qu'avait pris l'Histoire ; des hommes encore dans la force de l'âge, s'imaginant que l'assaut du palais d'Hiver pouvait être repoussé et que les Romanov n'avaient pas été exécutés à Ekaterinbourg. En règle générale, Troy les fuyait comme la peste.

Principal objet de divisions politiques du siècle, l'URSS était le thème de débats acharnés entre la vieille garde des monarchistes jusqu'au-boutistes et les compagnons de route des années 1930. Même si les partisans des deux camps ne couraient plus les rues, il demeurait quelques intellectuels capables de discourir au pied levé sur l'Union soviétique, un pays sans cesse attaqué, aussitôt défendu, le plus mythique de la planète, celui dont on savait le moins et dont on parlait le plus. Le monde entier se passionnait pour la Russie.

— Si ceux-là sont représentatifs du ton ou du contenu de ce ramdam, moi, je m'en vais tout de suite, grommela Troy. On se croirait au cirque. J'imagine que Lawrence nous a dégoté un nouveau scandale ? Et que les deux clans sont venus fêter le cafouillage du prochain plan quinquennal soviétique, ou une stupidité de ce genre ?

— Un peu de patience, chuchota Rod. L'affaire ne concerne pas que des vieux birbes et des journaleux fatigués.

Au fond du hall, Troy aperçut l'une des rares personnes qu'il aimait écouter parler de la Russie, son oncle Nikolaï, frère cadet d'Alexeï. Assis sur une chaise pliante, feutre repoussé en arrière, le vieil homme gardait les yeux clos, comme s'il s'accordait une petite sieste. Dernier survivant de la fratrie et le seul à avoir suivi Alexeï en Grande-Bretagne, Nikolaï semblait très vieux – Troy aurait été incapable de dire son âge exact.

Sa constante opposition à tous les régimes, du tsar Nicolas II à Khrouchtchev, en passant par Lénine et Staline, avait permis à Nikolaï de conserver son rôle de conseiller auprès des services secrets britanniques pendant la guerre, jusqu'à la paix et même au-delà de la retraite et ce, malgré ses incontestables tendances anarchistes. Grand spécialiste des bombes et des fusées, il avait accès à des informations ultrasecrètes, accès refusé à Troy, officier de police en service, et à Rod, membre du gouvernement précédent et très certainement ministre des Affaires étrangères du prochain, si les conservateurs perdaient les élections de 1960.

Nikolaï avait quitté sa chaire de physique appliquée, en conservant à l'Imperial College son bureau, son poste de chercheur et son rôle de conseiller. Personne ne s'y connaissait mieux que lui en matière d'armement ; son cerveau était un vaste grenier encombré de vestiges de plans, de projets, d'arsenaux de bombes et de missiles. Un esprit proche de celui de son père – Rodyon Rodyonovitch – qui aimait dépoussiérer les combles et en exhumer inopinément des observations hermétiques. Il faisait intrusion au beau milieu d'une conversation dans son cheval de Troie, la physique, ou la poupée de chiffon abandonnée qu'était l'ère présoviétique, et interrompait les repas de famille avec des bouffées de réminiscences nostalgiques. Même Alexeï, pourtant loquace quand il avait un coup dans le nez, pouvait être réduit au silence par quelques onomatopées péremptoires de son père, un grondement montant du plus profond de sa gorge barbue, serrée dans le col de sa tunique. Si complexes que fussent ses raisonnements, Nikolaï, lui, se montrait clair, amusant et incroyablement précis. Il possédait le don implacable de vous remettre sur le droit chemin en une phrase lapidaire, sans avoir recours au classique « tu sais quel est ton problème ? ». Troy ajouta mentalement ce talent à tout ce que le vieil homme avait coutume de leur asséner, en se doutant que Rod faisait de même.

Il sentit le coude de son frère s'enfoncer dans ses côtes. Lawrence était apparu derrière le pupitre et, à la façon de Chamberlain, réclamait le calme en agitant une feuille de papier.

— Depuis plusieurs semaines, une rumeur court à propos d'un discours secret prononcé par Nikita Khrouchtchev lors du XXe congrès du Parti, en février dernier. Je pense parler au nom de tous les organes de presse en disant qu'il est maintenant avéré que Khrouchtchev y a dénoncé, à huis clos, les exactions staliniennes. Je peux aujourd'hui confirmer la véracité de la rumeur.

L'annonce fut accueillie par des sifflets de dérision, au premier rang.

— C'est pas franchement un scoop !

— Je peux l'affirmer, poursuivit Lawrence, parce que j'ai obtenu une copie du discours.

Silence dans l'auditoire. Puis des cris fusèrent.

— Où ? Quand ? Comment ?

Lawrence avait capté leur attention. Il leur avait damé le pion et il le savait.

— De sources d'outre-mer.

Lawrence utilisait un code très simple. De « sources anonymes » signifiait « venant de Russie ». De « sources non vérifiées » voulait dire une fuite émanant des services secrets britanniques. Les « sources d'outre-mer » lui parvenaient des États-Unis. Lawrence avait donc un informateur au Département d'État. Rien de surprenant pour des journalistes. Le plus étonnant, en revanche, était que Khrouchtchev eût choisi ce moyen de faire passer le message. Qui donc espionnait pour lui au Département d'État ? Manœuvre très astucieuse de la part du dirigeant soviétique, qui laissait filtrer l'information tout en se réservant la possibilité de la démentir.

Lawrence possédait un sens aigu de la mise en scène. Il laissa à l'auditoire le temps de commenter la nouvelle. Il gardait le meilleur pour la fin.

— Le texte complet du discours, reprit-il une fois le brouhaha apaisé, sera publié dans le *Sunday Post* de dimanche. Vingt-six mille mots, pour être précis. Je peux déjà vous révéler quelques-unes des atrocités dénoncées par Khrouchtchev. Des révélations particulièrement choquantes. Mais nous savons que l'Histoire ne nous donnera jamais la liste exhaustive des disparus. Khrouchtchev ne s'intéresse pas aux chiffres. Je doute que nous obtenions un jour le décompte des victimes des grandes purges des années 1936-1939. Khrouchtchev s'intéresse aux méthodes de Staline et aux conséquences de sa folie paranoïaque.

Troy regarda son frère. Son expression disait clairement : « Tu vois, je te l'avais dit. » Rod formula sa pensée une seconde après.

— Tu m'avais dit quoi ?

— Qu'il s'agissait d'un scoop.

— Non, ce n'en est pas un.

— Comment ça ? Khrouchtchev ne plaisantait pas quand il évoquait la coexistence pacifique ! Vas-tu m'annoncer avec ta morgue coutumière que c'est un politicien comme un autre ?

— Pire, Rod. C'est un acteur consommé.

— Pardon ?

— J'ai eu l'occasion de le côtoyer et je peux t'assurer qu'il surpasse Alec Guinness dans ses rôles de composition.

Lawrence en avait presque fini avec sa conférence choc.

— Je terminerai en citant Khrouchtchev : « Camarades, nous devons abolir le culte de la personnalité d'une manière décisive, une fois pour toutes. » Et si vous voulez en savoir plus, achetez le *Sunday Post* dimanche. Je vous remercie, messieurs.

Il quitta son pupitre sous de tièdes applaudissements, rayonnant, fier d'avoir marqué un point sur ses concurrents, des rédacteurs en chef qui auraient tué père et mère pour être à sa place. La plupart publieraient le texte du discours *in extenso*, se délectant de son côté spectaculaire, tout en sachant que moins d'un lecteur sur cinquante le lirait dans son intégralité. Troy se promit d'acheter le *News of the World*. Monsieur K. ne pouvait prétendre rivaliser avec les fesses, les nichons et les agissements des prêtres salaces qui faisaient la une des journaux du dimanche et qui serviraient à envelopper, dès le lundi, les traditionnels *fish and chips*.

Derrière eux, monta un long et puissant soupir qui portait le poids tragique de l'Histoire, un soupir que Troy, enfant, avait souvent entendu exhalé par son grand-père. Il ne pouvait provenir que de Nikolaï. Rod se retourna en même temps que lui. Leur oncle, tête appuyée contre le mur, couvre-chef toujours repoussé, levait les yeux vers un ciel auquel il ne croyait pas.

— Nikolaï, chuchota Rod, prudent. Tout va bien ?

— Je vais bien, mon garçon, répondit le vieil homme sans les regarder. Je crains pour vous et pour les vôtres, pas pour moi. Staline est mort, vive Staline.

— Pardon ? fit Rod, interloqué.

Troy resta coi.

— Savez-vous pourquoi Khrouchtchev n'énumérera pas le contenu du Livre des morts soviétiques ? Pourquoi il n'ajoutera pas des millions aux millions de victimes ? Savez-vous ce qu'il a fait durant les premières années de l'après-guerre ?

Ils attendirent la suite.

— Staline considérait comme des traîtres tous ceux qui s'étaient fait capturer par les Allemands. Par conséquent, il exigeait que les prisonniers de guerre de retour d'Allemagne fussent interrogés et ordonnait des pendaisons au hasard. Innocents ou coupables, il s'en moquait. L'important, c'était qu'il y eût assez de pendus pour que le peuple comprenne le pouvoir de son dirigeant. Sous ses ordres, votre Nikita Sergueïevitch Khrouchtchev a fait pendre des compatriotes par milliers. Sa condamnation des horreurs du stalinisme vient dix ans trop tard.

Dans la pièce bourdonnante des voix des journalistes dont les mains s'étaient lassées d'applaudir, un silence soudain les engloutit tous trois.

— Non, affirma Rod, il n'est jamais trop tard. Quoi qu'il ait fait par le passé, Khrouchtchev a eu raison de dénoncer Staline.

De nouveau s'éleva un soupir chargé de toute la misère du monde.

— Quoi qu'il ait pu faire ? Quoi qu'il ait pu faire ? Comment peut-on ne pas en tenir compte ? Ces exactions sont la preuve de ce dont il est capable à l'avenir ! Mon pays, qui est le vôtre, même si vous n'avez jamais foulé son sol, est devenu le royaume du chambardement programmé. Tout changement est la réécriture du passé. Tout changement veut dire nouvelles victimes, mise en avant d'un nouveau troupeau de boucs émissaires. Vous croyez que demain ce sera différent ? Que nous n'avons pas déjà vécu ça mille fois ? Il n'y aura peut-être plus de simulacres de procès – lesquels iraient à l'encontre du discours de votre Khrouchtchev –, mais cela n'empêchera pas les têtes de tomber. Des purges s'ensuivront, d'autres individus seront éliminés et le petit peuple, encore et toujours, souffrira. En rejetant la culpabilité de toute une génération sur un seul homme, Khrouchtchev accepte le culte de la personnalité qu'il prétend dénoncer. Staline étant mort, la responsabilité retombera sur ceux qui l'ont servi. Les petits.

— Les apparatchiks, corrigea Troy.

— Les petits.

— Les apparatchiks, s'entêta Troy.

— Des gens comme toi et moi, pris dans la tourmente d'une histoire qu'ils ne peuvent ni faire, ni défaire.

— Ne me demande pas d'avoir pitié d'eux, riposta Troy, indifférent aux discrets appels du pied de son frère. Rien ne pourra m'y forcer.

Il était tout de même parvenu à capter l'attention de Nikolaï, qui avait cessé de contempler le plafond et le dévisageait avec une infinie tristesse.

— Ce ne sont peut-être pas des gens comme toi et moi, reprit celui-ci. Je peux me tromper. Mais qu'est-ce qui nous distingue d'eux, si ce n'est une affaire de choix ? S'il y a une chose que le génie de ton père a faite pour nous tous – sans parler de l'argent –, c'est de nous avoir donné le libre arbitre. À moi autant qu'à vous, ses fils. Ces gens-là, eux, n'ont pas le choix.

Si j'étais le chef du KGB aujourd'hui, je n'oserais tabler sur ma future retraite, et si, sous Staline, j'avais été l'un de ces apparatchiks, puisque tu tiens à les appeler ainsi, je craindrais pour ma vie. Oui, crois-moi, des têtes vont tomber. Cette dénonciation n'est que le prélude d'une prochaine purge. Les cadavres vont à nouveau s'entasser. Ce n'est pas la liberté. Ton Khrouchtchev se trompe. Il s'agit d'une fausse embellie, précédant un nouveau cauchemar. Le chemin sera long jusqu'à la liberté.

Rod, sidéré, cessa d'écraser le pied de son frère dans le vain espoir de le faire taire.

— Tu sais, reprit Troy, agacé, tu pourrais aussi bien me demander de me préoccuper du sort des gardiens d'Auschwitz.

La réplique n'appelant aucun commentaire, Nikolaï ne répondit pas. Il se leva et s'éloigna lentement vers la sortie. Soudain, il s'arrêta, la main sur le front, donnant l'impression qu'il fouillait sa mémoire. Il se retourna, les regarda d'un air désenchanté et récita de façon à peine audible :

— « J'ai considéré toutes les oppressions qui se commettent sous le soleil ; et voici, les opprimés sont dans les larmes et personne ne les console ! Ils sont en butte à la violence et personne ne les console[1] ! »

La voix douce du vieil homme enfla, faisant place à une intonation coléreuse. Il martela les deux versets suivants :

— « Et j'ai trouvé les morts qui sont déjà morts plus heureux que les vivants qui sont encore vivants, et plus heureux que les uns et les autres celui qui n'a point encore existé et qui n'a pas vu les mauvaises actions qui se commettent sous le soleil[2]. »

Nikolaï quitta les lieux, appuyé sur sa canne, sans un regard en arrière.

— Bon sang ! s'exclama Rod, c'était quoi ? Le roi Lear errant sur la lande désolée ?

— Non, l'Ancien Testament, répondit Troy. Quel livre, je ne sais pas. Même les vieux athées ne peuvent échapper à leur éducation.

— Crois-tu que nous l'ayons peiné ?

— Oui. Mais pour une fois, ça m'est égal. Verser une larme sur les bureaucrates soviétiques ? Jamais ! Je me moque autant de leur sort que de celui de tous les espions de la terre, de Torquay à Tombouctou. Et rien ne pourra m'y obliger. Nikolaï a tort, un point c'est tout.

23

Il déjeuna à la cantine avec l'inspecteur Wildeve, qui bâilla durant tout le repas, sans prêter attention à ce qu'il lui racontait. Troy fit de son mieux pour récapituler les enquêtes en cours, en laissant de côté les moins importantes. Jack aurait beau se lamenter de la surcharge de travail qui l'avait empêché de se coucher avant quatre heures du matin, Troy n'y pouvait rien. Il comptait profiter pleinement de ses deux semaines de congé, les premières depuis Noël, et ne pas s'en laisser distraire par les récriminations de son collègue. L'essentiel était que Jack s'entendît bien avec Clark, qui le soulageait d'une grande partie de l'excédent de travail dont il se plaignait avec tant de véhémence. À la fin du repas, devant un bol de pudding et une tasse de thé amer, Jack finit par avouer être resté au Yard seulement jusqu'à minuit. Ensuite, l'envie de s'amuser le démangeant, il avait rogné sur ses heures de sommeil et dépensé son salaire de la semaine dans une boîte de nuit du West End. À trente-six ans, célibataire endurci, il brûlait toujours la chandelle par les deux bouts, comme à l'époque où ils s'étaient rencontrés, une quinzaine d'années plus tôt. Troy ne voyait pas de raisons de compatir, lui qui ne fréquentait pas les night-clubs de Soho et s'aventurait rarement dans les pubs.

Le soir, après avoir mené une grande opération de déblayage de paperasse destinée à libérer son esprit, pour les quinze jours à venir, de toute préoccupation, hormis cochons et navets, Troy quitta le Yard et décida, à titre exceptionnel, d'aller boire un verre avant de rentrer chez lui. N'ayant pas envie de marcher trop longtemps au retour, il poussa la porte d'un pub voisin de son domicile.

Les habitués du *Salisbury* étaient des comédiens braillards et gesticulants, qui pour la plupart couraient le cachet. Certains soirs, il fallait se frayer un chemin parmi les cabotins qui émaillaient leur monologue de noms de personnages en vue et les admirateurs venus attendre la sortie de leurs actrices préférées. Debout au comptoir, un homme en chemise blanche froissée se faisait remarquer par son immobilité et son silence. Johnny Fermanagh, le pilier du *Salisbury*. Troy faillit tourner les talons et ressortir, mais l'étrange fixité et la mine concentrée de Johnny éveillèrent sa curiosité. Mains posées à plat sur le comptoir, bras tendus, tête baissée, il observait intensément une pinte de bière vide et un verre de whisky plein. Bière et whisky, la meilleure façon de se saouler en un minimum de temps.

Johnny ne bougeait pas. Il n'avait même pas remarqué sa présence.

— Que lui arrive-t-il ? demanda Troy au barman.

— Aucune idée. Ça fait plus d'une heure que ça dure. Je me…

L'homme n'eut pas le temps de terminer sa phrase. Johnny laissa échapper un cri étranglé et secoua la tête. Sa main s'avança vers le verre de whisky, puis, à la vitesse d'un serpent affamé, il l'avala d'un trait, le reposa avec violence sur le comptoir et poussa un râle d'animal blessé.

— Aaaaaaaaaaaaaaaaaaah ! Remets-moi ça, Spike.

Le barman emplit les deux verres. Johnny parut enfin apercevoir Troy.

— Freddie, ma vieille branche. Bouge pas, je suis à toi dans une minute.

Il remonta ses manches de chemise tenues par des tours-de-bras argentés, dénoua son nœud de cravate et reprit sa posture initiale. Ses traits se crispèrent. Il tendit la main vers la pinte de bière, qu'il sécha en dix secondes, puis fixa le verre de whisky.

— Vous voyez, Mr Troy, chuchota Spike sur le ton de la confidence, il le contemple pendant un bon moment, ensuite il pousse un hurlement avant de le boire, après on dirait qu'il s'étrangle, et aussitôt, il en recommande un autre. On en est au quatrième round. « Soigneurs, quittez le ring ! »

— À votre avis, pourquoi fait-il ça ?

— Alors, là, aucune idée.

Plusieurs minutes s'écoulèrent. Au fond de la salle, un mauvais comédien parodiait Robert Newton[1]. Les verres s'entrechoquaient, des « chéri, comment vas-tu ? » fusaient à chaque nouveau venu. Johnny recula d'un pas, les yeux rivés sur le whisky, puis se redressa avec une dignité d'ivrogne et balaya l'air de la main.

— Cette fois, c'est fini. Fini ! Hors de ma vue, alcool maudit ! Spike, ôte-moi ça de là !

— Ai-je bien entendu ? s'enquit le barman.

Johnny se dirigea vers le portemanteau, décrocha son veston et l'enfila.

— Oui, oui ! J'en ai terminé avec ce breuvage diabolique. Offre-le à l'un de ces pauvres théâtreux. Ou bois-le toi-même. Ça m'est égal.

Il se tourna vers Troy.

— Du thé, je veux du thé. Allons chez toi boire un thé.

— Je mets les consommations sur votre ardoise, Johnny ? proposa le barman.

— Non. Plus d'ardoise. Plus de crédit. Plus de *mañana*. Dis-moi ce que je dois, et je te signe un chèque.

Il plongea la main dans sa poche et en ressortit un carnet de chèques à la graphie tarabiscotée.

— Douze livres, trois shillings et neuf pence, Johnny.

Troy tiqua intérieurement. Quel homme sain d'esprit pouvait payer une somme aussi faramineuse, juste pour de l'alcool ? Johnny rédigea le chèque, le détacha du coupon, savoura le bruit du papier déchiré et, d'un geste large, le tendit au barman.

— Libre, annonça-t-il. Je suis libre, libre, libre, enfin.

Il repéra la sortie et marcha en titubant jusqu'à la rue, Troy à ses basques. Que signifiait cette comédie ? Plutôt que de payer des tournées, Johnny avait coutume de s'en faire offrir. Et jamais il n'abandonnait un verre plein.

— Voilà l'astuce, dit Johnny. Le verre était plein. Pas moi.

Ils traversèrent St Martin's Lane et pénétrèrent dans Goodwin's Court.

— Plein, peut-être pas, mais ivre quand même, objecta Troy en introduisant la clé dans la serrure.

— Ivre, oui, mais pas comme d'habitude.

— Qu'est-ce que je gagne si je devine la différence ?

Johnny se laissa choir dans un fauteuil. Troy mit la bouilloire à chauffer en songeant qu'il le ficherait à la porte dès qu'il aurait avalé son thé.

— Que t'arrive-t-il ?

Johnny sortit de sa torpeur, sourit, contempla la tasse fumante, puis regarda Troy. Ses boucles noires lui tombaient sur les yeux. Il les repoussa, avec ce geste que Troy avait si souvent vu faire à sa sœur Diana.

— N'importe quel imbécile peut décider d'arrêter l'alcool quand il est sobre…

Bien vu, songea Troy.

— Le truc, c'est d'arrêter devant un verre plein. Si je peux quitter le pub en laissant un whisky sur le comptoir, c'est que je suis capable d'aller jusqu'au bout. Tu me suis ?

— Tout ce que je vois, c'est que nous sommes vendredi et que tu es ivre mort, comme tous les vendredis soir.

— C'est la seule manière d'y parvenir. La seule. Tu commandes une bière et du whisky. Tu bois la bière. Si tu peux laisser le verre de whisky plein et t'en aller, là, tu sais que tu as de la volonté. Sans volonté, tu n'es rien.

— Et tu as dû boire quatre pintes avant de parvenir à cette conclusion ?

— Quatre pintes et trois whiskys !

— Ce qui explique pourquoi tu es bourré comme un coing.

— Totalement et absolument ! Mais c'est fini. Jamais plus. *Finito !*

— Bois ton thé, lui conseilla Troy.

Johnny avala une gorgée d'Orange Pekoe et fit la grimace.

— Il va falloir que je m'y habitue, hein ?

— Oui, maintenant que tu l'as décidé… Ce qui m'intrigue, c'est la raison.

Johnny répondit par un vague grognement.

— Sais-tu que j'ai compulsé ton casier judiciaire ? reprit Troy. Juste pour savoir combien de fois tu as été interpellé pour ivresse sur la voie publique.

— Vas-y. Ça m'intéresse.

— Cinquante-sept.

— Je devrais réclamer des droits d'auteur et poursuivre en justice les types qui mettent le ketchup en bouteilles[2].

Jugeant sa blague hilarante, il se mit à glousser bêtement.

— Te souviens-tu de ta première cuite ? demanda Troy.

— Comment pourrais-je l'oublier ? Novembre 34. Mon premier semestre à Oxford. Je fais le mur pour rentrer dans la cour du Wadham College. Dispute avec le gardien. Le juge me colle une amende de cinq shillings pour désordre sur la voie publique. Et le vice-chancelier du collège me réclame une guinée en me rappelant que j'ai violé des traditions remontant à mon arrière-arrière-grand-père et patati et patata.

— Et depuis vingt-deux ans tu t'es institué soiffard impénitent.

— À partir d'aujourd'hui, c'est terminé.

Johnny se leva du fauteuil, s'appuya contre le manteau de la cheminée, prit une profonde inspiration pour tenter de recouvrer un semblant de lucidité et fixa le mur.

— Si tu avais eu le même père que moi, Freddie, toi aussi tu serais devenu un ivrogne.

— Je suis curieux de connaître le motif qui t'a poussé à prendre la grande décision de l'oublier. Pourquoi ce soir ? Voilà onze ans qu'il est mort.

Johnny respira un bon coup et se jeta à l'eau.

— L'amour d'une femme, confia-t-il à voix basse.

Le problème avec les expressions toutes faites, songea Troy, c'est qu'elles commencent toujours par une vérité. Seul l'excès de clichés vous amène à croire qu'ils sont faux. Parfois, de façon impromptue, quelqu'un vous sert un beau poncif d'un ton on ne peut plus sérieux ; avec un peu de chance, il exhume une vérité originelle enterrée depuis longtemps. Troy ne devait surtout pas rire, ni même ricaner. Johnny croyait ferme à ce qu'il disait. Mais quelle créature sensée, bien ou malintentionnée, irait s'éprendre de Johnny ? Une femme désireuse de s'approprier son titre et sa fortune, qui accepterait un époux alcoolique pour le plaisir de s'entendre appeler « Marquise » ? Ou une pauvre fille compatissante, prête à endurer le martyre jusqu'à la fin de son existence ?

— Et qui est l'heureuse élue ?

— Je peux pas te le dire, mon vieux. Je voudrais bien, mais je ne peux pas.

— Je vois…

— Tu me comprends, Freddie ?

— Une femme mariée, je suppose ?

— Ah… Comment as-tu deviné ?

— Inutile d'être grand clerc.

— Il me faut du temps pour arranger les choses. Ou plutôt, c'est elle qui en a besoin. Un peu de patience. Bientôt, tu sauras tout. Une autre fois. Pas maintenant. Pour elle, c'est fini avec son mari. Ils ne s'aiment plus depuis des années. Mais elle doit lui parler. Je ne peux rien révéler tant qu'elle ne l'a pas fait.

Un ami se devait de répondre. Par une sorte d'étrange processus d'usure, Troy considérait désormais Johnny comme un ami. L'ami qui fait partie du décor ? Leurs rencontres fréquentes, au fil des ans, avaient fini par vaincre l'hostilité des débuts. Parmi une dizaine de variantes possibles, il y avait une phrase essentielle à dire. Deux lui vinrent à l'esprit.

— Bien joué, Johnny. Félicitations.

Johnny rougit sous le compliment. Il paraissait vraiment heureux, bien plus qu'à l'accoutumée.

— Je suis heureux, Freddie. Pour la première fois depuis très longtemps.

Troy l'enviait. Il n'avait jamais été certain d'être heureux. Et une chose était sûre, aucune *personne* ne l'avait rendu heureux.

— Je voulais te demander…

Johnny hésita.

— Je voulais savoir… pour Diana.

Troy envisageait de le faire sortir de la pièce, en douceur. Dès qu'il le pourrait, il le pousserait gentiment vers la porte, vers la cour, vers la rue. Dehors, Johnny.

— Pour toi… et Diana.

— Johnny. On se connaît depuis dix ans. On s'est rencontrés au *Muleskinner's Arms*, à l'automne 46. Ce soir-là, tu m'as dit : « Je sais qui vous êtes. Vous êtes le type qui a tué ma sœur. »

— C'est vrai, ça ? Je ne devais pas avoir toute ma tête. Désolé.

— Tu n'as pas à t'excuser. C'est vrai, j'ai tué ta sœur. Je ne peux pas revenir là-dessus. Mais tu as toujours insinué que Diana et moi étions amants. Je n'ai rien dit de tel. Tu l'as supposé. C'est ancré dans ton esprit, tout comme jusqu'à ce soir, tu étais le pilier de la moitié des bars de Soho. Alors, je te le redemande : pourquoi, Johnny ? Pourquoi me poser la question maintenant ?

— Je dois savoir. Absolument.

Troy ne dit rien.

— J'ai besoin de savoir... si quelqu'un peut ressentir la même émotion que moi. Je refuse de me croire victime d'une illusion. Ne s'agirait-il que d'un fantasme ? Je suis passé à côté de ma vie. Je n'ai jamais été dans le coup. Il n'y a pas un brin de normalité en moi. Je vis hors du réel. J'ignore ce que je dois ressentir. Je sais seulement ce que je fais. Aujourd'hui, après des années d'une vie de débauche, je rêve d'une normalité dont je ne connais fichtre rien. Je prie Dieu de m'aider à me remettre d'aplomb, à grandir, à prendre mon envol. Suis-je le seul à éprouver ce besoin ?

Voilà pourquoi nous lisons des romans et de la poésie, songea Troy. Pour nous assurer que nos pensées, nos sentiments, ne sont pas que des chimères.

— Pose plutôt la question à un homme marié, Johnny. Nous avons beaucoup d'amis mariés.

— Tu peux m'en citer un ?

Troy en fut incapable.

— Tu vois ? Tu ne peux m'en citer un seul parce que nous n'en avons pas. La plupart des types que nous fréquentons nous ressemblent. Ceux qui sont en couple depuis des siècles, on ne les fréquente plus. Qui voudrait de leur compagnie ? Je dois savoir. Je dois savoir si tu ressens la même chose que moi. Sinon je resterai enfermé sur moi-même, pareil à une étoile de mer dans un presse-papiers de verre. Dans mon monde. La conclusion de vingt-deux années de beuverie impénitente, comme tu dis. Aide-moi, Freddie.

Troy garda le silence.

24

Diana Brack déboula dans ses rêves, exhumée une nouvelle fois par son frère d'un recoin de son cerveau. Troy s'éveilla d'une humeur de dogue, dérangé par le bruit du livreur qui déposait le journal du dimanche sur le paillasson.

Acheter le *News of the World*[1]. Encore une promesse qu'il s'était faite et qu'il n'avait pas tenue. Bien avant midi, il regrettait déjà de ne pas avoir rattrapé le livreur pour lui acheter le *News*. Il s'empara du *Sunday Post*, un numéro épais et illisible qui traînait sur la table en osier de la véranda. Il but une gorgée de café et lut en bâillant le premier paragraphe du discours de Khrouchtchev. Mea culpa et rédemption. Alors qu'il avait tant besoin de se changer les idées. Un petit tour à bicyclette jusqu'au village pour acheter le *News* lui ferait du bien. Non. Tout compte fait, bayer aux corneilles dans un fauteuil n'était pas une mauvaise idée.

Il en était à sa deuxième tasse de café quand Macha apparut, surgie de nulle part. Il n'avait pas entendu sa voiture. Rod avait annulé son week-end à Mimram House, retenu par une permanence dans sa circonscription le samedi matin, suivie d'une réunion politique à Londres. Troy espérait passer un dimanche paisible, avec pour seule visite celle de l'homme aux cochons, dont il guettait les pétarades de la moto. Comment avait-il pu ne pas entendre le bruit du moteur, et d'ailleurs, que diable venait faire Macha ici ?

— Espèce de salaud !

Troy cligna des yeux, ahuri. Elle lui jeta son bibi à la figure.

— Qu'est-ce que vous avez raconté à Nikolaï ?

— Qui, « vous » ?

— Rod et toi, pardi ! Des inconscients, voilà ce que vous êtes ! Je l'ai eu deux fois au téléphone, hier et vendredi. Il était dans tous ses états.

Troy resserra les pans de sa robe de chambre. Son premier jour de congé depuis six semaines ! Gâché par sa sœur ! Il lui lança le *Sunday Post*.

— Tiens, lis !

Elle attrapa le journal, sans daigner y jeter un coup d'œil.

— Lis-le, insista-t-il. Moi, je m'en moque. Et après l'avoir lu, va parler à Nikolaï du sort des petites gens. De la nécessité et du choix, de souliers, de bateaux et de cire à cacheter, d'apparatchiks et de rois. Et pendant que tu y es, demande-lui si la mer peut bouillir et si les cochons savent voler[2]. Tu verras bien s'il se met en rogne.

Il l'abandonna à sa lecture et se rendit dans la cuisine pour refaire du café. Sur la table, il vit un mot du gros bonhomme, écrit au crayon gras sur du papier quadrillé. « *La truie attend des lardons. Votre vieux copain...* » Suivait un long gribouillis, indéchiffrable, supposé être une signature.

Zut. Il l'avait manqué. L'homme était venu et reparti avant même que Troy fût levé. La truie était donc pleine. Troy fit le calcul : la gestation durant environ trois mois et demi, la mise bas serait donc pour… la fin septembre. Il devait en prendre note. Ce serait dommage de se trouver à Aberdeen – ou à Pétaouchnok – à ce moment-là.

Alors qu'il s'apprêtait à retourner sur la véranda, le téléphone sonna dans le bureau de son père. Il entendit Macha décrocher et répondre avec un roucoulement onctueux. Il ne pouvait s'agir que de son mari. Soudain, quelque chose fit tilt. *Un* mari. Pas le sien.

— Bien sûr, chéri. Bien sûr. Je crois que Macha a envie de faire un petit tour en forêt cet après-midi. Je pensais préparer quelques sandwiches et… Pardon ? Non, Freddie ne viendra pas. Il préfère la compagnie de sa chère truie. Je te rappelle vers cinq heures, d'accord ? Au revoir, Hughdey trésor.

Troy attendit qu'elle ait raccroché pour entrer dans le bureau. Peu lui importait qu'elle sache qu'il avait surpris la conversation ; ses bobards, il s'en souciait comme d'une guigne.

Macha récupéra son chapeau.

— Ne pose pas de questions.

— Je n'en avais pas l'intention.

— Et ne juge personne.

— Loin de moi cette idée.

Pieux mensonge.

Elle s'activa bruyamment dans la maison pendant plus de dix minutes, puis un crissement de pneus sur l'allée gravillonnée avertit Troy qu'elle partait. Il se demandait ce qu'il répondrait s'il prenait à Hugh l'idée de rappeler Sacha, quand le téléphone carillonna de nouveau. Que dire à son cornard de beau-frère ?

C'était Rod.

— Alors, tu as lu l'article ?

— Difficile de le manquer. Le *Sunday Post* pèse un âne mort. Moi qui croyais le papier rationné…

— Non, je ne parle pas du discours de Khrouchtchev. Au diable Monsieur K. ! Page sept, en bas à gauche. On les a eus ! Tout ce que je veux, à présent, c'est un nom !

Troy raccrocha et ouvrit le journal à la page sept. Hormis Khrouchtchev, tous les sujets lui convenaient. Cela dit, il ignorait ce dont Rod voulait parler. Soudain il repéra l'entrefilet, coincé entre Khrouchtchev et une publicité pour le Horlicks.

« Des sources proches de Downing Street ont révélé que, à la suite des nombreuses questions écrites déposées par Sir Rodyon Troy, député travailliste du Hertfordshire et secrétaire aux Affaires étrangères du cabinet fantôme, le gouvernement fera une déclaration à la Chambre des communes en début de semaine prochaine au sujet d'un nageur de combat accusé d'espionnage. Il est probable que le Premier ministre admettra son erreur et offrira des excuses au dirigeant de l'Union soviétique et au capitaine de l'*Ordzhonikidze*. La regrettable initiative d'envoyer un homme-grenouille de la Marine tester un nouvel équipement de plongée dans les eaux de Portsmouth a pu prêter à confusion. »

Bien, bien, songea Troy, avant de s'attarder, en dernière page du *Sunday Post*, sur un dessin humoristique de l'oncle Todger, représentant un homme debout dans sa parcelle de jardin ouvrier, avec une filature en arrière-plan. Coiffé d'une casquette de toile, emmitouflé dans un cache-nez, vêtu d'un gilet et d'un pantalon râpé, une ficelle serrée autour des genoux, il disait : « Saviez-vous que c'est le moment de faire un second semis de laitue, de manière à avoir de belles salades cet automne ? Je parie que non. »

En l'absence de sujets passionnants, Troy préférait de loin les caricatures de l'oncle Todger au discours de Khrouchtchev ou au sort de l'homme-grenouille. Il laissait volontiers Rod à ses taupes. Lui s'intéressait au monde réel. Les jaunes, les briseurs de grèves. Les rhizomes et les tubercules – il n'était pas sûr de connaître la différence. Le repiquage et le buttage. L'enfouissage du fumier de cheval au pied de ses rosiers. Une fois rasé et habillé, prenant au mot l'oncle

Todger, il descendit au potager, creusa un sillon à la houe et fit un semis de laitues d'automne qu'il ratissa avec soin.

En fin d'après-midi, le téléphone retentit de nouveau. Troy était impatient de voir son dessin préféré, celui qui, tous les dimanches, représentait la même scène de réconciliation pastorale : assis sur un tonneau en fumant la pipe, le jardinier contemple avec satisfaction le résultat de son travail, de beaux légumes nourris et arrosés par ses soins. « … réduisant ce qui est créé à une pensée verte dans une ombre verte[3] ». Il était presque cinq heures. Un paisible dimanche après-midi de juin tiède et ensoleillé au cœur de l'été anglais. Un dimanche béni… non, un maudit dimanche. Une nature sauvage et indomptable se tenait en embuscade derrière le monde idéal. Finalement, l'oncle Todger et lui n'étaient pas faits du même bois. Où donc était l'oncle Todger dans la tempête et l'orage, quand il s'agissait d'invectiver les cieux ? Quelles étaient les chances de ce roi Lear sur la lande dévastée ?

Et Macha qui allait revenir d'une minute à l'autre, histoire de renforcer l'alibi de sa sœur. Il saisit le combiné, priant pour ne pas avoir le pauvre cocu au bout du fil.

— Je t'appelle du Yard, fit la voix de Jack.

— Un dimanche ?

— Je suis venu faire un peu de rangement. Dis-moi, je viens de trouver sur ton bureau une enveloppe expédiée par avion. Elle a beaucoup circulé avant d'atterrir ici. Elle est datée de mardi dernier. Adressée au « Lieutenant Tro » – le « y » est à moitié effacé. Elle a dû arriver hier dans ta corbeille. Veux-tu que je l'ouvre ?

— Oui.

— Deux secondes… Voilà ce qui est écrit : « Hôtel de l'Europe, *Amsterdam, jusqu'à jeudi prochain. Lois Teale.* » Lois Teale, tu connais ?

— Non, mentit Troy.

25

Amsterdam. Une ville imbriquée dans un réseau de canaux semi-circulaires, le Prinsengracht, le Keizersgracht, le Herengracht et le Singel.

Enfant, vers la fin des années 1920, Troy avait accompagné sa mère, fervente mélomane, durant un périple musical à travers l'Europe. Une soirée à Vienne, une autre à Hanovre, pour y entendre le célèbre pianiste Walter Gieseking[1] jouer les *Préludes* de Debussy – avant qu'il soit accusé de collaboration avec les nazis. Le public enthousiaste l'avait bissé et avait réclamé les *Estampes*. Étape finale, le Concertgebouw d'Amsterdam, pour la *Deuxième Symphonie* de Mahler. La plupart des concerts auxquels il avait assisté à l'époque se mélangeaient dans son souvenir, néanmoins il lui suffisait de fermer les yeux pour se remémorer les *Jardins sous la pluie*, la troisième partie du triptyque des *Estampe*s, et voir les larges épaules et le crâne dégarni de Gieseking penchés sur le clavier. Ses mains de géant produisaient la plus délicate des mélodies jamais ouïes par ses jeunes oreilles. Penser à Gieseking lui évoquait non pas Hanovre, mais Amsterdam.

La guerre et l'occupation ne paraissaient pas avoir trop abîmé la ville. Le Blitz qui avait détruit Anvers et Rotterdam avait épargné cette cité commerçante du XVIIe siècle. Ses artères étaient loin de posséder le tracé ambitieux du Paris haussmannien, aux boulevards modelés pour accueillir des déploiements militaires – Troy n'imaginait guère les Hollandais défilant en cadence. Amsterdam n'offrait pas non plus l'urbanisme chaotique émaillé de quelques concessions à la rigueur, comme à Londres, où aucun grand projet architectural n'avait jamais pu dépasser quelques rues sans retourner à sa pagaille naturelle.

Étroites, de différentes hauteurs, toutes dissemblables, certaines avec des pignons aussi pointus que des flèches d'église, parfois dangereusement inclinés, les maisons d'Amsterdam se blottissaient les unes contre les autres le long des canaux. Elles paraissaient se pencher vers Troy, l'envelopper, l'engloutir, l'absorber. Vers cinq heures du soir, le lendemain de la réception de la fameuse lettre, il marchait au cœur de la ville, suivant la courbe la plus prononcée du Singel. Il n'avait pas jugé utile de téléphoner à l'*hôtel de l'Europe*. Lois Teale l'attendait sans doute dans le plus grand secret. Il examina la façade, sept étages de briques rouges cernées de blanc, les derniers percés d'une multitude de lucarnes et surmontés d'une enseigne au lettrage immense rappelant celui des studios hollywoodiens, St Pancras en miniature.

Il hésita. Qu'allait-il découvrir derrière cette façade ? La lumière de juin dansait sur les eaux du Singel. La journée avait été chaude, brûlante même, et les canaux réverbéraient les rayons du soleil, éclairant la ville comme des projecteurs, créant un jeu d'ombres et de lumières, la révélant autant qu'ils la cachaient.

Il pouvait encore rebrousser chemin, reprendre en sens inverse le même vieux tram poussif jusqu'à la gare centrale. Il pouvait prétendre ne pas avoir reçu la lettre. Il pouvait oublier ses erreurs de jeunesse, admettre avoir vieilli et tirer un trait sur le passé.

À quelques mètres de lui, un vendeur à la sauvette proposait aux passants des fleurs disposées sur une carriole, des bouquets dont les couleurs vives éclataient sur le vert foncé écaillé de la charrette. Troy avait remarqué des carrioles identiques à chaque coin de rue. L'homme s'adressa à lui en anglais.

— Pourquoi ne pas lui offrir des fleurs ?

Deux suppositions réunies en une seule phrase. Troy se sentit gêné. Était-il donc si transparent ? Son expression trahissait-elle clairement qu'il avait rendez-vous avec une femme, et pire, qu'il était anglais ? Que lui offrir ? Des tulipes ? Non, trop mièvre et trop sentimental.

— Oui. Des roses. Une douzaine de roses. Des blanches, s'il vous plaît.

Puisqu'il était démasqué, autant faire un choix bien anglais[2].

Il traversa la passerelle métallique jusqu'à la berge opposée, entra dans l'hôtel et demanda Miss Teale. Voulait-il dire Mrs Teale ? s'enquit le réceptionniste. Il y avait une Mrs Teale, chambre 601. Une Américaine ? Oui, oui, Mrs Teale. Dans ce cas, il fallait appeler la chambre. Aucun visiteur n'était admis à monter sans s'être annoncé. Mrs Teale avait insisté sur ce point.

Troy toqua à la porte de la 601, qui s'entrebâilla aussitôt, laissant filtrer un rai de lumière. Un visage émergea de l'ombre. Un œil marron se posa furtivement sur lui.

— C'est toi, mon chou ?

— Oui.

— Donne-moi cinq minutes, d'accord ? Tiens, d'ailleurs, je suis à court de whisky. Tu peux descendre chercher une bouteille de Jack Daniel's ?

La porte se referma avant qu'il ait pu prononcer une syllabe.

Il retraversa la passerelle, demanda son chemin au fleuriste et, deux rues plus loin, aperçut une boutique de spiritueux. On y vendait, très cher, du whisky d'importation. Du Wild Turkey ferait l'affaire.

Il patienta un quart d'heure avant de frapper de nouveau à la 601. Une voix lui répondit :

— C'est ouvert. Tu peux entrer.

Elle se tenait face à lui, entre deux lits jumeaux, dos à la fenêtre. Les doubles rideaux étaient à peine entrouverts, réduisant la lumière du jour à un simple trait braqué sur lui, debout dans l'encadrement de la porte. Une fois ses yeux accoutumés à la pénombre, il s'aperçut que le rai de lumière n'était pas le seul à le viser. Elle tenait à la main un petit pistolet automatique, sans doute un Beretta, une arme typiquement féminine, conçue pour tenir dans un sac à main.

Les cheveux blonds coupés au carré, perchée sur des talons aiguilles, elle portait un élégant tailleur Chanel bleu foncé. Une petite grimace nerveuse passa sur son visage, trop brève pour se transformer en sourire. Son regard brun, insondable, était fixé sur lui.

— Ça fait un bail, hein ? dit-elle en abaissant le pistolet.

— Oui. Huit ans.

— Tu peux fermer la porte ?

Il la referma d'un coup de talon. Elle remit le cran de sûreté et jeta l'arme sur un lit.

— Je dois prendre mes précautions. Tu comprends, hein ?

Troy n'était pas vraiment certain de comprendre. Il se sentait empoté, le bourbon dans une main, le bouquet dans l'autre. Aucun des deux ne semblant approprié à la situation, il les posa sur une chaise, avant de s'approcher des lourdes tentures de brocart. Elle s'était détournée. Il la saisit par le bras et ouvrit brusquement l'un des rideaux. Un flot de lumière envahit la chambre. Il l'attira à lui, prit son visage entre ses mains et lui caressa la joue avec le pouce. Aussitôt, il sut pourquoi la chambre était dans la pénombre, pourquoi elle avait cherché à gagner du temps en l'envoyant acheter du whisky. Elle poussa un cri, se tortilla et s'arracha à sa caresse. Trop tard. Il avait vu les hématomes violacés cerclés de jaune qui marquaient sa peau, sous l'épaisse couche de fond de teint. Il agrippa son poignet et examina la paume prête à le gifler : sous deux ongles à moitié arrachés, la chair apparaissait, rose vif, tuméfiée.

— Nom de Dieu ! Que t'est-il arrivé ?

Elle recula précipitamment et, s'emparant des roses et du whisky, les lança dans sa direction. Il rattrapa le bouquet d'une main et, in extremis, la bouteille de l'autre.

Elle se rua sur lui. Un coup de poing l'atteignit à l'oreille, un autre au diaphragme, lui coupant le souffle. Il se retrouvait dans la même posture qu'à son entrée, empêtré avec ses cadeaux. Sans les lâcher, il tenta de l'enlacer pour apaiser sa colère, mais bien maladroitement, comme s'il était engoncé dans plusieurs épaisseurs de vêtements et qu'il portait des moufles.

Elle eut beau lui envoyer de méchants coups de pied dans les tibias, il resserra son étreinte jusqu'à ce qu'elle cesse de bouger. Il n'aurait su dire combien de temps ils restèrent ainsi, immobiles, à l'écoute des bruits extérieurs, klaxons de voitures et cornes de péniches. Quand le silence se fit, il n'entendit plus que les battements de son cœur contre le sien.

— Troy, Troy, Troy, Troy, Troy, chuchota-t-elle dans sa poitrine.

— Tosca…, répondit-il, le visage enfoui dans ses cheveux blonds. Ou devrais-je dire Mrs Teale ?

Elle gigota, leva les yeux vers lui. Un œil noisette l'examinait intensément, une larme au coin de la paupière. De sa voix rauque, gutturale, aussi new-yorkaise qu'un sandwich à la crème et au saumon fumé, elle murmura :

— Tosca, *chmochca*, quelle importance ?

26

Londres, un soir pluvieux de février 1944. Les dernières bombes du « Petit Blitz ». Sa deuxième rencontre avec Larissa Tosca, sergent-major de l'armée de terre américaine. La première comptait moins. Trempé jusqu'aux os à force d'attendre, Troy était sur le point d'abandonner sa planque, quand il l'avait vue sortir du QG d'Eisenhower et s'éloigner à pied dans St James's Square. Il ignorait alors qu'elle habitait Orange Street, sinon il n'aurait pas cherché à la suivre. S'apercevant qu'elle était filée, elle avait fait volte-face et foncé droit sur lui, d'abord accusatrice, ensuite provocatrice. Selon elle, il lui avait emboîté le pas pour lui faire du gringue. Il n'avait jamais su si elle disait la vérité, et au fond, peu importait. Toujours est-il qu'une demi-heure plus tard, il était dans son lit, embarqué dans une aventure périlleuse qui avait bien failli lui coûter la vie, ou, du moins, si le Yard avait découvert sa liaison avec ce témoin capital, sa situation.

Il avait été séduit, dans tous les sens du terme, par cette Vénus de poche, dévoreuse de pizzas, picoleuse de bourbon, moitié américaine, moitié italienne, ou l'inverse, une fille de Manhattan, pur produit du Bowery[1], blagueuse, grossière, effrontée, impertinente et surtout menteuse comme un arracheur de dents.

Au beau milieu de l'été 1944, exactement douze ans plus tôt, le 8 ou le 9 juin, elle s'était volatilisée, laissant son appartement souillé par son propre sang. Troy l'avait déclarée morte, assassinée. Jack Wildeve l'avait assisté dans ces moments pénibles et, interrogé par ses supérieurs, n'avait rien dévoilé de cette liaison. Troy pouvait compter sur Jack, le meilleur des lieutenants, pour ne pas poser de questions indiscrètes.

Puis, en décembre 1948, Larissa Tosca, sergent-major, italo-américaine, était réapparue dans le Berlin soumis au blocus de Staline – juste au moment où Troy avait besoin d'un ange gardien – en la personne du major Larissa Dimitrovna Toskevitch, membre de la police secrète soviétique, KGB ou NKVD, il se perdait dans les sigles – la caractéristique de toutes les polices secrètes du monde étant de changer sans cesse de nom et d'initiales.

Tosca l'avait aidé à piéger Jimmy Wayne, alias John Baumgartner, le criminel le plus insaisissable auquel Troy ait jamais eu affaire. Du soir de Noël 1948, jusqu'à ce dimanche où Jack lui avait signalé l'arrivée de la lettre de Lois Teale, il n'avait plus entendu parler d'elle. Tosca, Toskevitch, Teale, après tout, quelle importance ?

27

Quand Troy s'éveilla le lendemain matin, il était presque onze heures. La forme enfouie sous les couvertures de l'autre lit, Larissa/Lois Tosca-Toskevitch-Teale, dormait profondément. La veille au soir, au moment de se coucher, elle lui avait montré le lit jumeau.

— Ça t'ennuie pas, mon chou ? Je suis crevée.

— M'ennuyer ? Pourquoi ?

— Ben, qu'on dorme dans des lits séparés.

— Pas de problème. Je comprends.

— C'est vrai, Troy ? Tu comprends ?

Il lui avait proposé de l'emmener dîner, mais elle avait refusé de quitter la chambre d'hôtel. Cela faisait une semaine qu'elle y avait posé sa valise et n'en était jamais sortie.

— Et comment te débrouilles-tu ?

— Service d'étage. Je me fais monter des plateaux. J'ai déjà bouffé tous les plats au menu et je suis revenue au poulet rôti froid. J'ai avalé plus de harengs en saumure que Moby Dick. Je tuerais père et mère pour une pizza saucisse mozzarella ou des spaghettis aux champignons. Ou même un bagel bien chaud.

Ils dînèrent donc par terre, chacun adossé contre son lit, et déchiquetèrent à belles dents un poulet entier, arrosé de Perrier pour Troy et de bourbon pour Tosca. Il avait un millier de questions à lui poser, mais il savait qu'elles ne rencontreraient aucun écho. Alors il la laissa l'interroger et lui répondit de son mieux. Bientôt, ils se retrouvèrent au point de départ. 1948. Berlin. Jimmy Wayne.

— Tu sais que t'étais devenu une célébrité, à l'époque ?

— Même en Union soviétique ?

— « L'Homme qui tua Jimmy Wayne ». Sacrée réputation.

— Un bon titre pour un film de cow-boys. Mais je ne l'ai pas tué.

— Comment ça, tu l'as pas tué ?

— Non. Pourquoi l'aurais-je fait ?

— Pourtant… tu l'attendais à sa descente d'avion à l'aéroport de Heathrow. Tu avais un revolver. Il a sorti son arme et tu l'as descendu, non ?

— Ça ne s'est pas passé de cette façon. « Le train sifflera trois fois à Heathrow », la méthode n'est pas très britannique…

— Contente de te l'entendre dire. Et puis, le titre est moche.

— J'avais bien un revolver. Simple précaution. J'avais surtout placé six flics autour de l'avion, prêts à intervenir. Nous n'avons pas eu à tirer simplement parce que lui n'était pas armé.

— Mais alors, comment il est mort ? S'il avait été pendu, je l'aurais su.

— Il s'est suicidé.

— Tiens, les potins du KGB étaient donc vrais. Il s'est pendu avec ses bretelles ?

— Non. Capsule de cyanure. Héritage de son passage à Berlin, j'imagine. Après le jugement, on l'a embarqué dans un fourgon, direction la prison de Brixton. Il était menotté, seul à l'arrière. Ces imbéciles de flics étaient montés à l'avant pour fumer et bavarder tranquilles. Quand ils ont ouvert les portes du panier à salade, il était déjà mort. Si le procès n'avait pas eu lieu à huis clos, ç'aurait fait un sacré scandale… Attends un peu… puisque tout s'est passé à huis clos, comment se fait-il que tu sois au courant de sa mort ?

— C'est nous qui avons divulgué l'information. Tu crois tout de même pas que je t'ai aidé à l'arrêter en souvenir du bon vieux temps ? Les Britanniques l'ont jugé à huis clos, c'était prévisible. Juger un tueur de la CIA en audience publique, ç'aurait été donner le coup de grâce aux « relations privilégiées » entre les États-Unis et la Grande-Bretagne. Mais nous avions des informateurs. Toute la presse occidentale a su que Wayne avait été jugé et pourquoi. Quelques quotidiens français en ont parlé pendant un jour ou deux, jusqu'à ce que le verdict soit rendu. Trop tard. On avait semé le doute. Une rumeur plus efficace que si les journaux britanniques en avaient fait leur une. T'as eu de la chance de ne pas être médaillé de l'ordre de Lénine.

Troy se leva et alla ouvrir les rideaux. Une belle journée de juin, sans un nuage. La bouteille de Wild Turkey gisait sur le sol, à moitié vide. Les roses s'étiolaient sur la coiffeuse, là où Tosca les avait abandonnées. Quelques pétales blancs, tels de gros flocons de neige, parsemaient la moquette mauve. Il se promit de ne plus jamais lui offrir de fleurs. Et si elle continuait à boire comme un trou, il ne lui achèterait plus de bourbon. Il tira doucement sur le drap. Elle dormait encore. Un corps blême, amaigri, abîmé, rien à voir avec celui qu'il avait connu. Elle avait perdu plusieurs kilos. Sans doute le manque de nourriture ou sa mauvaise qualité, et l'absence de soleil. Il gardait un souvenir vivace, tactile, du galbe de son postérieur, un fessier des plus remarquables, aujourd'hui aplati. Ses mollets étaient flasques et le bas de son dos couvert d'hématomes, aussi violacés que ceux de son visage. Il avait souvent vu ce genre de marques, laissées par des coups de pied dans les reins.

Il prit une douche, se rasa, s'habilla. Quand il revint dans la chambre, elle n'avait pas bougé d'un centimètre. Mais ses yeux étaient ouverts.

— Debout.

— Quoiii ?

— J'ai dit : debout. On sort. Tu ne vas pas rester éternellement enfermée.

— On parie ?

Elle se traîna toute nue jusqu'à la salle de bains et en ressortit habillée et lourdement fardée. Elle enfila les doigts déformés de sa main droite dans un gant. La gauche lui importait peu, semblait-il.

— Qu'est-ce que tu comptes faire ?

— T'emmener déjeuner. Et parler.

Il se mit en quête d'une terrasse de restaurant, propre, ensoleillée, si possible au bord d'un canal. N'importe lequel. Pendant tout le trajet, Tosca ne cessa de jeter des coups d'œil par-dessus son épaule, d'observer les reflets des passants dans les vitrines des magasins. Une mauvaise parodie de film d'espionnage.

— Arrête ! lui dit Troy.

— Arrête quoi ?

— De t'imaginer que tu es filée. Si celui qui est supposé nous suivre connaît son métier, il ne se fera pas repérer. Et si c'est un bleu, je l'aurais déjà remarqué.

Ils marchèrent au hasard et leurs pas les menèrent devant un petit café du Prinsengracht. Troy décida de ne pas aller plus loin. Il choisit une table à l'intérieur, près de la fenêtre. Ainsi, de sa place, il pouvait surveiller un côté de la courbe du canal et Tosca, assise face à lui, l'autre côté. Elle repoussa la carte que le serveur lui tendait et commanda du café, « beaucoup de café, et pas de lait ».

— Qui est censé te suivre ?

Sans répondre, elle se mit à tracer des lignes verticales sur la nappe avec les dents de sa fourchette. Comment briser ce mutisme ? Elle posa le couvert et fit disparaître sa main sous la table. Elle cherche instinctivement à la dissimuler, songea Troy. Mais la main ressurgit aussitôt : elle avait pris son sac.

— J'ai une lettre pour toi.

— Une lettre ?

— Enfin, disons un message.

Un bref instant, il crut que des cousins éloignés, qu'il n'avait jamais vus et dont il n'avait jamais entendu parler, avaient rencontré Tosca quelque part dans ce paradis perdu de l'histoire familiale des Troy, l'URSS. Elle pêcha dans le sac un petit papier plié en quatre.

— Burgess.

— *Guy* Burgess ?

— Oui. Je l'ai bien connu. Il s'ennuie, à Moscou. Apprendre le russe, c'est pas son truc. Il m'emmenait souvent boire un coup, histoire de pouvoir bavarder en anglais.

— Et vous avez parlé de moi ?

— Pas précisément. Ton nom est apparu au détour d'une conversation. Il était content d'apprendre que j'avais vécu en Angleterre. J'avais quitté Londres plus de cinq ans avant qu'il vous tire sa révérence. Savoir que nous avions fréquenté les mêmes bars et les mêmes restaurants lui suffisait. On a passé en revue tous les gens qu'on avait croisés en se disant qu'on finirait bien par se trouver une connaissance commune. J'aurais jamais cru que ce serait toi. Il m'a dit de te donner ça, si un jour je retournais en Grande-Bretagne.

— C'était quand ?

— Noël de l'année dernière. Noël 54.

Troy tendit la main pour saisir le billet, mais elle le déplia et le lut à haute voix.

— Il dit : « S'il te plaît, envoie-moi une dizaine de pots de… une seconde… de pappum papperum. » Je pige rien. Bref, il veut que tu lui envoies ça. Le genre de truc qui te manque quand tu es à l'étranger, comme les barres chocolatées, et puis quand t'en manges, ça te donne envie de gerber et tu te demandes pourquoi t'aimais ça avant.

Troy lui prit le papier des mains. L'écriture nette, sans fioritures, de Burgess, avait tracé un « d » et des « p » droits et raides, pareils à de petits soldats de plomb dans leur boîte, si contraires à son caractère fantasque. « Envoie-moi une dizaine de pots de Patum Pepperium. » Une crème d'anchois qui se vantait d'être « le Délice du gentleman », à l'instar de Heinz et de ses cinquante-sept variétés de produits. Burgess donnait son adresse, le *Moskva Hotel*, et lui adressait ses amitiés. Troy froissa le papier, en fit en boulette et la jeta dans le cendrier.

— Qu'il aille se faire foutre, avec ses Patum Pepperium.

— Si Burgess pouvait se foutre tout seul, il serait le plus heureux des hommes, ironisa Tosca. Je peux te dire qu'il est très malheureux.

— Il va si mal que ça ?

— Un conseil, si tu dois passer à l'ennemi, choisis Paris ou Monte-Carlo. Pas Moscou. Tout sauf Moscou.

— Ce n'est pas dans mes projets. Tiens, ça me rappelle un graffiti que j'ai vu dans le métro, à la station Liverpool Street. Sur une affiche publicitaire pour les ferries en partance de Harwich vers la Belgique, la Hollande et le Danemark, un petit rigolo avait écrit : « Et nous autres, on va à Paris ! »

Elle sourit. Par réflexe. Un joli sourire, pas forcé. Le premier depuis qu'il l'avait retrouvée.

— Il avait raison, ce type. Burgess est terré dans son hôtel, bourré la moitié du temps, surveillé en permanence. C'est pas une vie.

Elle traça des lignes horizontales avec sa fourchette pour dessiner un damier sur la nappe.

— Dis-moi, reprit-elle en le regardant bien en face, quand tu interrogeais Diana Brack… Tu te souviens ?

Troy n'arrivait pas à croire qu'elle ait prononcé ce nom. Il ne décela dans ses yeux aucune colère, ni aucune crainte de le voir se fâcher, ou d'éprouver de la peine ou du remords. Il hocha la tête.

— Elle t'avait dit que parler avec les socialistes britanniques revenait à discuter des égouts et des itinéraires des bus avec des responsables de l'urbanisme, un truc comme ça. Eh bien, moi qui ai pu voir l'Union soviétique d'en haut, je peux te dire que Brack avait raison. Tu prends tous ces ronds-de-cuir et tu les expédies à Moscou, à Omsk ou à Tomsk, ils se sentiront pas dépaysés. Et la Russie sera ravie de les accueillir. C'est *le* pays bourgeois par excellence. Là-bas, ils ont gardé les pratiques de la vieille Angleterre, même s'ils rejettent ses valeurs. Un formulaire pour ci, un autre pour ça, un ministère de la Circonlocution et un département de la Paperasse. Un miracle quand ils arrivent à faire quoi que ce soit. La Russie est devenue le royaume du petit bureaucrate au tampon. Pour chaque stakhanoviste héroïque dont on entend parler, une dizaine de Monsieur Rendement gèrent un territoire où un géomètre du fin fond tourbeux et brumeux des Midlands se repérerait aisément. Prie le Seigneur et passe-moi le whisky[1].

— Comment as-tu tenu le coup ?

— Tu te fous de moi, Troy ? T'es pas en train de te foutre de moi, hein ?

— Pas du tout. C'est une question honnête. Je ne suis jamais allé là-bas, mais la Russie est certainement le pays le plus fantasmé au monde, depuis Lilliput.

Tosca haussa les épaules tout en massacrant son damier à coups de grands cercles désordonnés de la pointe de sa fourchette. Troy se rendit compte qu'il avait ouvert les vannes. Comment y était-il parvenu ? Peut-être n'avait-ce aucun rapport avec lui, peut-être devait-il remercier Burgess de lui avoir permis de briser la glace ? En tout cas, elle parlait.

— Je restais jamais très longtemps à Moscou. L'intérêt d'avoir un agent qui passe pour une Américaine, c'est de l'envoyer à l'étranger. J'étais souvent en mission en Europe de l'Ouest. J'ai vécu un bon moment à Berlin. Un jour, j'ai reçu l'ordre de partir, quelque temps après l'arrestation de Wayne. L'endroit était pas assez discret. Y avait des espions partout. J'étais trop connue. Quand je suis rentrée, on m'a bien traitée. Jusqu'en 53, évidemment.

— Pourquoi 53 ?

— Réfléchis deux secondes. 1953. Mort de Staline. Je pensais que t'étais au courant.

— Désolé, je ne te suis pas.

— Quand le grand chef s'en va, toutes les cartes sont battues et redistribuées. Ou plutôt, c'est comme les dominos : le premier tombe et les autres s'écroulent. En fait, c'est surtout l'élimination de Beria, en 53, aussi, qui a décidé de mon sort. Lui mort, ça a été la grande purge de tous ceux qui opéraient pour lui.

— Tu… tu travaillais pour Beria ?

— Pas directement. Pas au vrai sens du terme. Je l'ai jamais rencontré. Ça se passe pas comme ça. Dans les hautes sphères, on a décrété qu'un type pour lequel j'avais bossé était beaucoup trop lié à Beria, donc ils l'ont dégagé. Et puis en décortiquant l'organigramme, ils se sont aperçus que je travaillais pour lui. J'étais à l'étranger à ce moment-là. Ils m'ont rétrogradée, m'ont collée sur des missions moins sensibles. Finies, les promotions. Je suis toujours major. Ça fait des années. Depuis 53, je sers de coursier dans des villes considérées comme sûres, Paris, Bruxelles, Zurich, des villes jamais divisées entre les puissances occidentales, des villes où les concierges fument paisiblement leur clope, au lieu de noter les allées et venues des occupants et d'en informer les services secrets. J'ai fait ça pendant trois ans. Distribuer des paquets, servir de boîte aux lettres, vive ou morte. Et puis au mois de mars, *finito*, plus de missions. Du fond de sa prison, un quelconque apparatchik m'a peut-être balancée, pour sauver sa peau. Ou bien c'est à cause de Khrouchtchev et de sa dénonciation du culte de la personnalité. Staline déboulonné, la cascade de dominos a fini par s'abattre sur moi, le dernier apparatchik du lot. Dieu seul le sait. Non seulement j'avais plus de boulot, mais je me suis retrouvée aux arrêts.

— À la Loubianka[2] ? s'inquiéta Troy.

— Grands dieux, non. Je devais pas être un assez gros poisson. J'étais même pas place Dzerjinski[3]. On m'a emmenée dans un de ces hôtels miteux réquisitionnés par le KGB. Ils en ont plein. Enfermée dans une chambre, tabassée à longueur de journée. Personne vous entend. Soit parce que l'hôtel est vide, soit parce que, dans toutes les chambres, y en a d'autres qui se font passer à tabac en même temps que vous.

Elle leva sa main gantée et la tourna avec lenteur. Serra le poing et le laissa retomber sous la table.

— Tu vois, côté torture, ils étaient pas très inventifs. Fin avril, ils décident de me transférer Dieu sait où. Dans un autre hôtel, peut-être. Ça veut dire traverser Moscou l'avant-veille du 1er mai. En général, tu peux jouer au base-ball dans les rues de Moscou ; y a pas de circulation, pas d'embouteillages. Ça fait un mois que je suis dans l'hôtel, surveillée par deux types. Le petit Yuri, un gentil, et Micha, un gros plein de soupe sadique qui cogne par plaisir. S'il me viole pas, c'est parce que je lui dis qu'après il aura intérêt à me tuer, sinon c'est moi qui lui ferai la peau. Alors il se met à cogner encore plus fort et à balader ses mains partout, mais il essaie plus de me baiser. Il doit se dire qu'au cas où je serais blanchie je retrouverais mon poste. Ça peut arriver… Enfin, les poules ont parfois des dents. Al Smith a bien fini républicain[4]. Bref, Micha veut pas prendre ce risque.

« En traversant Moscou, on tombe sur des convois militaires qui prennent position pour le 1er mai. La circulation est bloquée. Yuri est au volant, moi à l'arrière avec Micha. Ce salopard a pas pris la peine de me passer les menottes, après tout, où j'aurais pu aller ? Il se dit que la meilleure façon de tuer le temps, c'est de se faire tailler une pipe. Alors il sort son machin tout dur et il me dit : "Vas-y." L'abruti. Je lui tords la bite d'une main, de l'autre je lui pique son flingue et je le frappe à la gorge, aussi fort que je peux. Yuri porte la main à sa veste et se retourne. Je pointe l'arme sur lui et je lui dis : "Tu veux mourir juste parce que ce connard voulait se faire sucer ?" Il jette son arme sur le siège avant et me conseille de filer en vitesse. L'autre est à moitié dans les vapes, ou dans les pommes, je sais pas. Yuri me souhaite bonne chance. Je sors de la voiture et je marche. Il m'a fallu six semaines pour arriver ici. J'ai mis un mois avant d'oser quitter Moscou. Pendant quinze jours, j'ai supposé que ces salopards me traqueraient dans tous les ports et aux frontières, et puis qu'ils se diraient que j'avais échappé aux mailles du filet et qu'ils affecteraient leurs hommes ailleurs. J'avais plus d'importance à leurs yeux. Je passe en Finlande, je traverse la Norvège et le Danemark. En douceur, sans me presser. C'est maintenant que le problème se pose. Je me demande ce que je ferais à la place de ceux qui me cherchent. Je gaspillerais pas mon énergie à surveiller les postes frontaliers. Y en a beaucoup trop. Non, je guetterais l'endroit où je veux me rendre. L'Angleterre. Donc j'aurais l'œil sur les ports. Si je voulais vraiment ramener Larissa Tosca à Moscou, je ferais fouiller les ferries qui débarquent à Douvres ou à Folkestone. C'est ici que ça coince. Comment traverser la mer du Nord ? Moi qui survis grâce à mon imagination, à mes plans, à mes feintes, je vois pas d'issue. Ces ordures vont m'épingler à la seconde même où je poserai le pied en Angleterre. Et si je reste sur le continent, ils finiront par me retrouver. Juste une question de temps. La couverture qui convenait si bien au KGB est celle qui me fera repérer aussi sûrement que Paul Robeson[5] au milieu d'un rassemblement du Ku Klux Klan. Ils vont m'avoir. Je le sais.

— Ne t'inquiète pas, dit Troy. Je vais chercher une solution.

Elle sourit, minauda, se força presque à rougir, baissa la tête, puis leva les yeux vers lui en battant des cils.

— Mon chou, j'avoue que j'espérais que tu me dirais ça.

Troy comprit qu'il devrait s'habituer à être sonné quand on avait besoin de lui.

28

De retour à l'hôtel, Tosca envoya balader ses chaussures, arracha le double fond de son vanity-case et en renversa le contenu, une dizaine de passeports qui tombèrent sur le tapis. Comme la veille, ils s'assirent par terre, face à face, deux gamins en train de faire joujou.

— Bon. Je suis qui ? À toi de choisir. Lois Teale a fait son temps. C'est le moment de passer à autre chose.

Troy prit le premier sur la pile.

— Greta Olaffssonn. Née le 3 août 1912 à Duluth, Minnesota.

— Nan. J'ai été Greta trop souvent.

— Ils sont tous faux ? Comment te les es-tu procurés ?

— Faux ? Pas du tout ! Toujours le même truc. Tu trouves le nom d'une pauvre môme morte en bas âge, qu'a jamais eu de passeport, t'en fabriques un et tu colles ta photo dessus. Ça marche à tous les coups. Greta a pas eu le temps de fêter son deuxième anniversaire.

Elle s'empara du suivant.

— Clarissa Calhoun Breckenridge. Celui-là, je m'en suis jamais servie. Avec un nom pareil, elle doit venir du fin fond de l'Alabama ou du Mississippi… Ça va poser un problème d'accent. Et je sais pas préparer les beignets de tripes.

Elle jeta le passeport. Troy le récupéra.

— Née à Hoboken, New Jersey, le 22 août 1913.

— Ah ben, ça alors ! Hoboken, c'est jouable. C'est là qu'est né Sinatra, tu savais ? Juste en face de Manhattan, y a qu'à prendre le ferry. Faudra que je m'en souvienne, de la petite Clarissa. Elle pourrait m'être utile.

Troy en choisit un troisième.

— Nora Schwartz. Chicago, 10 juin 1911.

— Nan. J'aime pas. Si je m'étais appelée Nora Schwartz, j'aurais changé de nom. Betty Boop, Minnie Mouse. Tout sauf Nora Schwartz.

— Larissa Dimitrovna Tosca. New York, 5 avril 1911. C'est le tien. Et il est encore valide. Un faux ? Il n'a que quatre ans.

— Non. Tosca, c'est mon vrai nom aujourd'hui. Les types de l'immigration ont pas été foutus d'écrire correctement le nom de mon père, Toskevitch. Mon ancien passeport est arrivé à expiration en 52. Je l'ai fait refaire à l'ambassade américaine de Lisbonne.

— Pour les Américains, tu es morte. Assassinée en juin 1944, à Orange Street.

— Ouais. Entre nous, à part les types avec lesquels je travaillais à l'époque, qui serait au courant ? C'est pas parce qu'un lieutenant de Scotland Yard a signalé mon décès à l'ambassade américaine que l'administration s'en souvient. Elle est pas toujours efficace. Qui fait le lien entre les naissances et les décès ? Tu t'inventes un sosie. Même visage, papiers en règle. On y voit que du feu.

Eurêka. Il aurait dû y penser plus tôt. Simple comme bonjour. Même visage, papiers en règle et hop, le tour est joué.

— Écoute, je crois que j'ai la solution.

— Ah bon ?

— Tu dois prendre la nationalité britannique. On va te procurer un passeport britannique.

— Et on fait comment ?

— Tu m'épouses.

— C'est pas la plus jolie demande en mariage que j'ai reçue…

— Il te donnera la nationalité. Une fois citoyenne de Sa Gracieuse Majesté, tu auras un passeport. Mrs Frederick Troy, sujet britannique, retourne dans son pays. Plus de Tosca, plus de Greta. Nous nous marierons à Vienne. Il faudra patienter quelques jours là-bas, peut-être plus d'une semaine, le temps que l'ambassade établisse le passeport. Ensuite on rentre en Angleterre. Par la porte de service.

— La porte de service ?

— L'Irlande.

— Pourquoi l'Irlande ?

— Il n'y a pas de contrôle d'immigration entre la république d'Irlande et le Royaume-Uni. On brouillera les pistes en faisant halte sur l'île de Man. On accoste à Liverpool, dans un mouillage privé. Pas de contrôles douaniers pour les bateaux qui arrivent de l'île. Donc les Russes ne t'attendront pas là-bas.

— Ça pourrait marcher, tu crois ?

— Si nous parvenons à Vienne sans nous faire repérer, oui.

— Et après ? On prend un avion pour Dublin ?

— Oui.

Tosca baissa les paupières, puis le regarda droit dans les yeux et articula avec lenteur :

— Mrs… Frederick… Troy.

Silence gêné.

— Rassure-toi, il s'agit d'une pure formalité.

Elle le fixa sans rien dire.

— Une pure formalité, répéta-t-il.

— Menteur.

Elle ramassa les passeports et les serra contre sa poitrine.

— OK. Je suis partante. Mais comment monter cette arnaque de ce côté-ci de la Manche ?

— J'ai un ami à l'ambassade de Vienne. Es-tu connue là-bas ?

— Non. Jamais bossé à Vienne. Trop de taupes.

Elle étala les passeports sur le tapis, comme une main de cartes à jouer.

— Je suis qui ?

— Tu as intérêt à être toi-même. Il faut prendre le risque. En Autriche, les tampons sur ton passeport vont nous servir. Le mariage, et par conséquent la citoyenneté britannique, ne seront entérinés que si tu es Larissa Tosca. Je ne peux pas épouser Minnie Mouse ou Betty Boop !

— Troy, je voulais dire, moi, je suis qui ? Je Suis Qui ?

— Je… je ne comprends pas.

— Moi non plus. C'est pour ça que je te demande : je suis qui ?

29

Gus Fforde était une fripouille. Une fripouille, un farceur et un copain d'enfance. Pensionnaire avec Troy et Charlie. Charlie était le chef, Troy et Dickie Mullins, les lieutenants et Gus, le sous-fifre inspiré et casse-cou. Qui avait appris à Troy à enfoncer une patate dans le tuyau d'échappement d'une voiture, à boucher le conduit d'une chasse d'eau avec du fulmicoton pour que l'occupant suivant se reçoive une douche en tirant la chasse et à catapulter des boules puantes dans la chapelle pendant l'office ? Gus Fforde. Troy n'avait retenu que la première leçon.

Fforde était aussi Premier secrétaire à l'ambassade de Grande-Bretagne à Vienne, capitale d'une Autriche récemment muée en démocratie. Les troupes d'occupation russes et américaines, présentes depuis 1945, l'avaient quittée l'année précédente.

— Tu veux un passeport, c'est ça ?

— Oui, Gus. Pour ma femme.

— Elle n'est pas britannique ?

— Sinon je ne te le demanderais pas.

— D'ac'o'd'ac. Vous êtes mariés depuis quand ?

— Demain. Tu peux me servir de témoin, si tu veux.

— Freddie, il n'y aurait pas là-dessous quelque chose de… comment dire… de louche ?

— Louche, non. Carrément illégal, oui. Et pour ça, j'ai besoin de l'aide d'un vieux copain.

— Bon, soupira Fforde. Les vieux potes, il faut bien que ça serve à quelque chose.

Gus s'exécuta. Il servit de témoin lors du mariage, jugea Tosca « éblouissante » malgré son air hagard et son épais fond de teint. Il intervint discrètement lorsque l'employé de l'état civil aborda le sujet délicat du domicile conjugal, fit sauter le bouchon du champagne et leur servit un délicieux Sachertorte[1] dans les salons de l'hôtel Sacher. Il fit établir le passeport de toute urgence, sans poser de questions, et éluda celles de l'employé d'ambassade qui lui faisait remarquer que le procédé n'était pas très régulier.

— Tiens, à propos de pas très régulier… As-tu des nouvelles de Charlie ?

Troy réfléchit.

— Non. J'aurais bien aimé. Je ne l'ai pas vu depuis avril.

— Figure-toi qu'il était de passage à Vienne il y a une quinzaine de jours. Tout en hochements de tête et clins d'œil mystérieux. Il n'a rien voulu me dire. Tu crois qu'il est toujours… enfin… après toutes ces années…

À quoi servent les vieux copains ? Fforde venait de leur rendre un immense service. L'histoire des passeports pouvait lui retomber dessus à tout moment, et un ami moins fidèle aurait conseillé à Troy de rentrer en Grande-Bretagne et de s'occuper des papiers là-bas. Pourtant, malgré sa dette envers lui, Troy ne pouvait rien révéler sur Charlie. Curieux d'ailleurs que Gus n'en sache pas davantage, étant secrétaire d'ambassade. Ce n'était pas à Troy de le renseigner. Bien sûr, Charlie était toujours… Il se contenta de hausser les épaules, évasif, regrettant l'époque où ils n'avaient aucun secret les uns pour les autres. À quoi servent les vieux amis ?

30

De Dublin à Liverpool, la traversée de la mer d'Irlande à bord du *Maid of Erin* se passa sans problème. Ils firent une escale à Douglas, sur l'île de Man. À quelques encablures du Calf of Man, l'îlot le plus méridional, totalement inhabité, ils regardèrent, appuyés au bastingage, les mouettes tournoyer autour du bateau. Au loin, les chalutiers pêchant le hareng dansaient sur l'eau au gré des vagues.

— Donne-moi ton arme, lui souffla-t-il.

— Quoi ? Pourquoi ?

— Ne discute pas. Donne-la-moi.

Tosca vérifia que personne ne les observait, sortit le pistolet de son sac et le glissa dans la paume de Troy. Il était si petit qu'il tenait tout entier dans son poing. Troy jeta un coup d'œil alentour avant de laisser tomber le Beretta dans les flots gris.

— Nous n'en aurons pas besoin.

— Tu crois ? Au fond, t'as peut-être raison.

— Bon, maintenant, mettons-nous d'accord sur ce que nous allons leur raconter.

31

Troy gara la Bentley dans la courbe de l'allée bordée de hêtres aux frondaisons vert foncé, resplendissants sous le soleil de juin, et dont les feuilles scintillaient comme de minuscules miroirs. On apercevait la maison à quelques centaines de mètres.

— « J'ai rêvé l'autre nuit que je retournais à Manderley[1] », murmura Tosca.

Il la regarda, surpris et heureux qu'elle connaisse le roman, qu'elle ait lu autre chose que *Huckleberry Finn* – son livre de chevet. Elle ne souriait pas.

— C'est de la poésie, ou une prémonition ?

Elle balaya la remarque de la main.

— Fais pas attention. C'est juste… c'est juste une impression. Tu sais, l'Angleterre vue par Hollywood, un grand domaine verdoyant…

Elle n'avait donc pas lu le livre, elle se souvenait du film – Laurence Olivier, sombre et romantique, et George Sanders, bien sûr, dans le rôle du parfait goujat.

— Le film est bien, remarqua Troy, mais je n'aime pas la façon dont Joan Fontaine récite : « J'ai rêvé l'autre nuit… »

— Elle a fait ce qu'elle a pu, mon chou. Comme tout le monde. Dis-moi, est-ce que je vais rencontrer Mrs Danvers ?

— Ne commence pas à te moquer des gens…

Elle posa sa tête contre son épaule et lui donna des petits coups de coude jusqu'à ce qu'il passe un bras autour de son cou. Il décéléra et laissa la Bentley gravir la côte en première, maintenant le volant du bout des doigts. Une scène romantique et trompeuse, qui rappelait le début du classique de la littérature anglaise qu'était *Rebecca*. Son sang et sa chair auraient voulu que ce fût vrai, mais chaque cellule de son cerveau lui disait le contraire.

— Oui, tu pourras rencontrer Mrs Danvers. Attention, ne la laisse pas jouer avec les allumettes !

Pour lui, le domaine Mimram était un kaléidoscope de formes, d'espaces, de couleurs, vues comme à travers une carafe en cristal taillé. La maison de sa jeunesse, encore visible à ses yeux d'adulte, était nichée là, pareille au jour où il l'avait découverte.

Dans le vestibule, Tosca aperçut l'ours noir empaillé et fit la grimace.

— Ouh ! là, là ! Il est bouffé aux mites ! Faut vraiment que ce soit le premier truc qu'on voit en entrant ?

Même si l'animal était objectivement affreux – outre qu'il lui manquait un œil et une oreille, il perdait chaque jour un peu plus de son empaillage –, pour Troy il resterait à jamais l'ours Boris. Installé là depuis 1919, il n'y avait aucune raison qu'il n'y fût pas encore en 1969. L'une des images les plus vivaces de ses jeunes années : l'ours Boris coiffé d'un casque en fer-blanc, brandissant un drapeau de l'Union Jack, au matin du premier anniversaire de l'armistice. Chaque 11 novembre, quelqu'un, à Mimram House, pensait à lui épingler un coquelicot[2] à l'oreille. Il comptait parmi tous les objets qui entretenaient les souvenirs d'enfance, au même titre que le bric-à-brac peuplant la maisonnée, en particulier la sculpture congolaise esquintée, représentant un grand Pygmée à califourchon sur un éléphant nain en ébène, posée à gauche de la cheminée du salon bleu. Troy l'avait toujours vue là. Sacha l'avait baptisée Minnie. Un jour, Troy l'avait déplacée sur la droite et Sacha, la semaine suivante, l'avait machinalement remise à sa place, sans commentaires. Il aurait du mal à expliquer à Tosca la toile solide que son père avait tissée autour de sa famille à l'aide de fils arachnéens faits de petits riens farfelus. Alexeï Troy avait le génie, comme disait Nikolaï, de faire des choix par nécessité. Tosca, elle, avait vécu avec une valise et dix passeports, dans plusieurs pays et un nombre incalculable de villes. Il se souvenait de son douloureux : « Je Suis Qui ? » Troy ne s'était jamais posé cette question. Des doutes, oui, il en avait, par dizaines. Rod aussi, certainement. Et leurs sœurs, si tant est qu'elles parviennent à se connaître elles-mêmes, en auraient aussi. Il savait qui il était : Frederick Troy. Et la meilleure protection qu'il pouvait offrir à Tosca était de lui donner une identité. Si elle voulait bien l'accepter.

— Choisis une chambre, lui dit-il en posant leurs bagages sur le palier du premier étage.

— Ça veut dire quoi, « choisis une chambre » ?

— Tu m'as bien dit que tu aimerais avoir ta propre chambre, non ?

— Faut me laisser du temps, tu comprends. Je veux dire…

— Je ne te cherche pas noise. Je te propose simplement de choisir une pièce inoccupée et d'y faire ton nid.

— N'importe laquelle ?

— Oui, du moment qu'elle n'est pas déjà occupée.

— Y en a combien ?

— Je n'ai jamais fait le compte. Je dirais entre quinze et vingt.

— Et comment je sais qu'elles sont déjà occupées ?

— Des pantoufles au pied du lit, des peignoirs accrochés derrière les portes… Les pièces vides doivent sentir la naphtaline. Viens, suis-moi.

Le bruit de leurs pas et leurs paroles résonnaient dans la maison vide. Tosca fut séduite par la chambre de Macha et Lawrence, baignée dans la lueur du soleil couchant qui teintait de rose les murs blanc cassé. Un instant, Troy songea à prier sa sœur de changer de chambre, mais Tosca eut bientôt un coup de cœur pour une petite pièce sombre au papier peint délavé, qui donnait sur la rivière bordée de saules.

— Tu vois, celle-là, elle me plaît parce qu'elle est petite. Si t'avais vécu dans un appartement à Moscou, tu comprendrais.

— Je comprends. C'était ma chambre, autrefois.

— T'as grandi ici ? C'est là que tu lisais *Winnie l'Ourson*, que tu révisais ta grammaire latine et que tu te branlais en rêvant de Carole Lombard ?

— C'est à peu près ça. Sauf que, mon genre, c'était plutôt Barbara Stanwyck.

— Et aujourd'hui ?

— J'occupe la chambre de mon père. C'est celle d'à côté. Écoute, tu devrais prendre un bain et te changer. La journée a été rude. Je vais préparer un thé en vitesse et ensuite je te ferai faire le tour du propriétaire.

Il n'avait pas sciemment provoqué cette situation, mais dans la salle de bains, il eut l'impression de revivre une scène familière : Tosca plongée jusqu'aux seins dans l'eau mousseuse, une tasse de thé à la main, jacassant comme une pie ; lui, assis sur le siège des toilettes, qui l'écoutait à moitié, l'esprit ailleurs. Le présent et le passé se juxtaposaient dans sa mémoire. Cette image de femme nue et volubile enfoncée dans la mousse restait imprimée dans son cerveau comme l'un de ses plus « agréables » souvenirs. L'épithète « agréable » n'était sans doute pas la plus appropriée, puisque l'histoire, pour tous les deux, s'était achevée dans le sang. Il y avait laissé la moitié d'un rein.

Quand elle étendit une jambe pour la savonner, il vit les traces de brûlures de cigarette – des cicatrices qui ne s'effaceraient jamais. Sur son bras, les ecchymoses avaient viré au jaune verdâtre. Avec quelle violence avaient été portés les coups, pour qu'elle en garde la trace après presque deux mois ? Pas question de l'interroger tant qu'elle ne serait pas disposée à se confier. Dieu seul savait si son intuition lui permettrait de deviner le bon moment.

Une fois Tosca habillée, pomponnée, parfumée et, espérait-il, satisfaite, il lui fit faire comme promis le tour du propriétaire. Toutes les pièces conservaient leurs harmonies poudreuses et fleuries d'origine, pareilles à ce jour de l'été 1910 où ses parents avaient franchi le seuil de la maison, cinq ans avant sa naissance. Les couleurs avaient simplement été restaurées. Dans le grand salon bleu, Tosca s'arrêta devant une fenêtre, celle où Sacha avait gravé sur la vitre, à l'aide du diamant de sa bague de fiançailles, ses initiales et celles de son futur époux. AT & HD, Alexandra Troy et Hugh Darbishire, enlacés au-dessus d'un cœur, avec la date : 30 janvier 1933.

— Le hasard de l'Histoire fait étrangement les choses, murmura-t-elle en suivant les initiales du bout des doigts. Comment, en un clin d'œil, passer pour une crétine romantique.

— Pardon ?

— 30 janvier 1933. Le jour où Hitler est devenu chancelier du Reich.

Il attendit des explications. Elles ne vinrent pas. Mais il avait compris l'allusion : la vie des gens, mesurée à l'aune de l'Histoire, celle qui comptait vraiment, considérée avec le bénéfice désastreux du recul. En voulant graver pour l'éternité la date de ses fiançailles, Sacha avait, en toute innocence, immortalisé un événement qui éclipserait à jamais tous les autres.

Troy ouvrit les portes du petit salon rouge, où, chaque année, on installait le sapin de Noël devant l'oriel. Il avait souvent vu sa mère, jusqu'à un âge avancé, assise près de la fenêtre, s'user les yeux sur sa couture, sa broderie, sa dentelle et autres ouvrages de dame qui requéraient des doigts de fée. Ensuite, ils passèrent dans le salon rose – ou plutôt un magenta délavé rappelant la fleur du sainfoin –, puis dans le salon jaune, primevère et coucou, qu'un œil de connaisseur pouvait qualifier de « jaune de Turner ». Ils traversèrent la salle à manger bleu de Prusse et poursuivirent leur chemin vers le cœur de la maison, le bureau de son père, une pièce obscure, aux couleurs sombres, affadies par le temps.

Alexeï Troy y avait fait installer des rayonnages pour accueillir sa bibliothèque ; une fois toutes les étagères occupées, il avait bourré les placards d'autres volumes, et, les placards pleins, avait laissé les livres s'empiler sur le sol. Ils y étaient restés. Devant eux, il avait disposé tous les objets qui, chez les antiquaires, avaient un jour ou l'autre attiré son attention. Trois horloges normandes de tailles différentes – un peu comme les faîtages des immeubles d'Amsterdam –, impossibles à synchroniser. Un planétaire[3] en laiton – il manquait seulement la neuvième planète, Pluton n'étant pas encore découverte – que personne n'avait actionné depuis des années. Un harmonium dont les soufflets de cuir avaient fini par rendre l'âme. Un piano mécanique qui ressuscitait Mahler, Stravinsky ou Gershwin grâce à son système de cartes perforées. Sur un socle de bronze, un gros globe terrestre au plâtre écaillé, peint à la main, montrait le monde tel qu'il était à l'époque des empires et des aigles prussiennes. Des empires défunts, l'Autriche-Hongrie, la Russie impériale, et aucune trace de nouveaux États – la Yougoslavie, pour ne citer qu'elle. Quant à la Pologne, son existence était inconcevable pour le garçonnet qu'était Troy, un pays qui apparaissait et disparaissait régulièrement de la carte comme le petit bonhomme d'un chalet météo, un coup tu le vois, un coup tu ne le vois plus. Dans sa plus récente incarnation, elle s'était déplacée de sept cent cinquante kilomètres vers l'ouest. Alexeï Troy avait utilisé ce globe et sa collection de timbres pour enseigner l'histoire et la géographie à son fils. L'album couvrait de vastes territoires et une longue période historique : des dizaines de timbres rouges à l'effigie de la jeune reine Victoria à ceux de la république de Weimar et leur inflation de zéros, des timbres allemands de couleur brune – évidemment –, représentant Hitler, en passant par ceux des confédérations britanniques de l'Afrique de l'Est, désormais disparues, et par ceux, très colorés, des îles des mers du Sud, sur lesquels on voyait le profil de George V derrière des tortues géantes et des aloès. Le jeune Troy s'interrogeait : le roi avait-il une tortue qui broutait dans les jardins de Buckingham ? Et la dénomination de quelques-unes des îles de l'océan Pacifique le laissait perplexe : les îles Gilbert et Ellice, par exemple. Qui était ce Gilbert ?

Était-il marié à Ellice ? Avaient-ils eu des enfants qui auraient pu donner leur prénom à d'autres îles ? Il avait mis un temps fou à apprivoiser l'orthographe de ces contrées au nom bizarre.

— Il faut que je te dise que certains de ces pays seront un jour rayés de la carte, lui avait expliqué son père. Je pense en particulier à la Yougoslavie. On ne peut pas inventer un pays. Il est déjà difficile de s'inventer soi-même.

Le regard de Tosca s'arrêta subitement sur le mur, entre deux fenêtres, au-dessus du bureau.

— Incroyable ! Ça fait des années que j'en ai pas vu !

De quoi parlait-elle ? Elle leva les bras pour attraper un énorme pistolet posé sur deux chevilles en bois.

— Il appartenait à mon père.

— Ça alors ! Le mien en avait un aussi ! Tu sais ce que c'est ?

Troy secoua la tête. Il éprouvait une aversion pour les armes.

— Un Mauser Conehammer 1896. Semi-automatique. Un genre de petite mitrailleuse, quoi.

Elle aurait pu lui dire que c'était un obusier, pour lui, c'était du pareil au même.

— Mon paternel s'est servi de cet engin pour canarder dans tous les coins quand il a traversé la Sibérie, poursuivit Tosca. Enfin, c'est ce qu'il racontait.

— À mon avis, ce Mauser se prête à la légende. Mon père prétendait s'en être servi en 1905, pour grimper à bord du dernier train à quitter la Russie.

— Tu le crois pas ?

Troy haussa les épaules. Il n'avait jamais su s'il devait croire ce qu'Alexeï lui racontait. Il n'aurait pas été surpris d'apprendre que sa vie n'avait été qu'une monumentale œuvre de fiction. Mais, contrairement à son frère, cela ne le choquerait pas.

— Un train, peut-être. Le dernier, j'en doute. En tirant au pistolet-mitrailleur, j'en doute aussi. Le connaissant, c'est plutôt son baratin qui a dû l'aider à monter à bord. Il se peut qu'il ait agité son arme, histoire d'impressionner tout le monde.

Tosca retira le chargeur, vérifia que le magasin était vide et le remit en place.

— C'est un pistolet de cavalerie ! s'exclama-t-elle avec l'enthousiasme d'un collectionneur. Tu vois, le cône du chien est sur le côté. Le C96 est prévu pour être rangé dans un étui de selle. Tu le sors de l'étui, tu le fais rouler sur ta cuisse, le chien se relève et t'es prêt à tirer. Comme ça.

Elle leva un genou, arma le chien et pointa le canon sur Troy, en un seul mouvement. Il se trouva à nouveau face à la gueule d'une arme à feu.

Il y eut un blanc, un temps d'arrêt. Ni l'un ni l'autre ne savaient que faire, figés, mal à l'aise, surtout Tosca, flamant rose miniature perché sur une jambe. L'envol d'un faisan dans le jardin brisa le silence. Elle rougit légèrement, baissa le genou, se sentant aussi stupide avec le semi-automatique au milieu du bureau que lui dans sa ligne de mire. Il le lui prit gauchement des mains et alla le remettre en place, s'imaginant un robuste soldat russe en train d'enseigner à une fillette le maniement d'une arme létale et réfléchissant à la nature de la sagesse paternelle.

— Il est mieux là.

— T'as raison, murmura-t-elle.

Dans le salon au papier peint couleur sauge bordé de vert foncé, trônait le piano – un Bechstein – que ses parents avaient fait venir de Vienne en 1911.

Troy avait passé des centaines d'heures à faire des gammes, sous la férule de sa mère.

Tosca passa son doigt le long du couvercle, faisant voleter la poussière.

— Tu joues plus ?

— Bien sûr que si. Mais je n'ai pas utilisé celui-ci depuis un bon moment.

Il l'ouvrit et pianota quelques notes.

— Il est accordé. Veux-tu quelque chose de spécial ?

— Un vieux standard. Cole Porter ou Gershwin. Tu te souviens ? J'ai toujours aimé Gershwin.

— Yip Harburg[4] ?

— Tu veux dire… *Over the Rainbow* ?

— Non, je pensais plutôt à ça…

Il joua les cinq premiers accords d'*April in Paris*. Elle sourit. Il continua. Il donna le meilleur de lui-même et, la voyant sourire aux anges, appuyée sur le piano, menton dans les mains, paupières closes, il risqua le tout pour le tout et fit jaillir de ses doigts l'interprétation magique de Thelonious Monk, laquelle, sans rien lui ôter de son charme, soulignait au contraire le phrasé romantique de la chanson. Elle ne rouvrit les yeux qu'à la fin du morceau. Il redoutait ses protestations de puriste.

— C'est magnifique, vraiment. Même les fausses notes s'accordaient.

— La parfaite définition du jazz : des fausses notes qui s'accordent.

— Tu connaîtrais quelque chose d'autre ?

— De récent, tu veux dire ?

— Oui, d'original, de jamais entendu. Quelque chose qui viendrait de sortir. En Russie, les gens sont assoiffés de nouveauté. Des vieilles rengaines, on en a à revendre. C'est le neuf qu'on a pas. Le truc le plus sexy qui passait à la radio quand j'ai quitté Moscou, c'était Judy Garland chantant devant la photo de Clark Gable « *You made me love you, didn't wanna do it, didn't wanna do it*[5] *?* ». Ça date de quand ?

— Je ne sais pas. D'une vingtaine d'années.

— Ça veut tout dire. Des comme ça, on en a à la pelle.

De temps à autre, Rod se rendait aux États-Unis pour remplir son devoir envers son parti et son pays. Il prenait, disait-il, son courage à deux mains pour monter à bord de ces nouveaux avions de ligne dont les noms commençaient tous par un C : Comet, Constellation, Caravelle. Dans l'esprit de Rod, héros de la bataille d'Angleterre, un avion ne pouvait transporter plus de six passagers. Selon lui, plus ils étaient gros, plus il y avait de risques qu'ils s'écrasent. Bon gré, mal gré, il embarquait et n'oubliait jamais de rapporter des souvenirs à la famille, blue-jeans à braguette boutonnée pour les adolescents et des disques pour Troy. Dans la dernière fournée, posée sur l'électrophone du bureau, Troy avait repéré un vinyle très insolite qu'aucun adjectif ne parvenait à qualifier.

— Tu veux de la nouveauté ? Alors écoute.

Et il se mit à jouer.

À la fin du morceau, hors d'haleine d'avoir chanté à tue-tête – le chant n'était pas son fort –, Troy, fier d'avoir pu tenir le tempo ultra-rapide et compliqué, se tourna vers Tosca. Elle le regardait, bouche bée, yeux écarquillés. Horreur ou fascination ? Impossible de le savoir.

— C'était ça, ta nouveauté ?

— Oui.

— J'ai rien compris. Qui est cette Daisy ?

— Aucune idée.

— Et pourquoi elle le rend cinglé ?

— Pas cinglé, fou.

— Et qui est Sue, et qu'est-ce qu'elle sait si bien faire ?

— Devine…

— Et ces drôles de mots. J'en ai pas pigé la moitié. *A woobly dobbly nobbly*… qu'est-ce que ça veut dire ?

— Je sais, moi aussi ça m'a pris du temps. Ça te dit d'essayer de les répéter ?

Elle haussa les épaules.

— Ouais. Pourquoi pas ?

— On y va. *Awop-bop*…

— *Awop-bop*…, reprit-elle, et il vit ses prunelles pétiller.

— *Awop-bop-a-loo-bop.*

— *Awop-bop-a-loo-bop.* Comment t'écris ça ?

— Aucune idée. Ça se prononce *awop-bop-a-loo-bop.*

— OK. *Awop-bop-a-loo-bop.*

— *Awop-bop-a-loo-mop alop-bam-boom.*

— *Awop-bop-a-loo-mop alop-bam-boom.*

Elle frappa le piano du plat de la main.

— *Awop-bop-a-loo-mop alop-bam-boom !* Bon sang, Troy, tu sais ce que c'est[6] ? Ça sort tout droit d'une boîte de nuit du Mississippi ! C'est de la musique de nègres !

— Tout à fait. Je crois qu'ils appellent ça du rock'n'roll.

Un toussotement discret se fit entendre. Troy leva les yeux. Comme si elle venait de terminer d'interpréter *Cry Me a River*, Tosca pivota sur une cheville, coudes posés sur le piano, l'autre jambe pliée, orteils coincés au creux du genou. Rod se tenait sur le pas de la porte, suivi de l'oncle Nikolaï. Derrière eux, Sacha et Macha, et derrière elles, Hugh et Lawrence.

Tosca délaissa le piano pour lancer à Rod, en russe, de son plus épais accent moscovite :

— Là, dans ta poche, c'est ton revolver, ou t'es juste content de me voir[7] ?

32

Troy et Tosca prétextèrent la fatigue du long voyage et s'éclipsèrent, laissant Rod et les jumelles boire et brailler jusqu'à pas d'heure autour des vestiges du dîner. Lawrence et Macha semblaient en bons termes. Hugh et Sacha avaient diplomatiquement conclu une trêve pour l'occasion. Une attitude correcte de leur part, car souvent ils se disputaient au cours des repas. Mais leurs querelles ne duraient jamais longtemps. Hugh passait l'éponge et se dépêchait de revenir à ses illusions sur les vertus de son épouse. Rod, comme d'habitude, se réveillerait avec la gueule de bois et des regrets d'avoir trop picolé. Sacha et Macha boiraient elles aussi plus que de raison mais, immunisées contre les ravages de l'alcool et les critiques de leur époux, apparaîtraient au matin miraculeusement fraîches et disposes. Nikolaï avait quitté la table avant le café. Lucinda se retira en même temps que Troy et Tosca, les embrassa et sourit, sans aucun commentaire. Elle était la mieux placée pour comprendre la difficulté de s'intégrer à une tribu.

Ils se retrouvèrent seuls sur le palier, embarrassés.

— Eh bien, dit Troy, que penses-tu de tout ça ?

— *Tutti frutti*, répondit Tosca.

Chacun entra dans sa chambre.

Quelques heures plus tard, Troy fut réveillé par le grincement de la porte. Une forme grimpa dans son lit et s'allongea près de lui, sans le toucher.

— Tu dors ?

— Question stupide. Suppose que j'aie dit oui.

— Mais tu dors ?

Il voulut se tourner vers elle. Elle le repoussa.

— Bouge pas. Reste là, comme ça. On va dormir.

— Avant, puis-je te demander quelque chose ?

— Vas-y.

— La tirade de Mae West, tu l'avais répétée ?

— Évidemment. T'arrêtes pas de me dire qu'il faut que je sois moi-même. Ça prend du temps. J'ai été quelqu'un d'autre, qu'est-ce que je dis, des dizaines d'autres, pendant des années. Alors faut bien que je m'entraîne à être moi. D'ailleurs, c'était pas méchant. Il avait pas de revolver dans sa poche et il était content de me voir.

Quand il fut à peu près certain qu'elle dormait, Troy se rapprocha avec précaution. Avant même d'avoir pu caresser une parcelle de peau, il entendit sa voix rauque, ensommeillée, murmurer : « Bas les pattes. »

33

Le lendemain matin, elle était toujours là. Une sensation à la fois familière et étrange. Ils n'avaient pas dormi ensemble depuis si longtemps. Jamais il n'oublierait leur dernière nuit. Berlin, Noël 1948. Familière, oui, mais pourquoi étrange ? Il ne voyait pas d'explication.

Il était encore tôt. Il resta allongé, à rêvasser en regardant le soleil jouer derrière les rideaux, qui ondulaient devant la fenêtre ouverte. Il écouta le chant des oiseaux. Tout à coup, il se souvint. Il s'était réveillé dans ce lit, à côté d'une femme, au mois d'avril. À moins que ce ne fût en mars ? Non, avril. Le jour où ses sœurs l'avaient obligé à acheter le téléviseur. Il n'avait donc pas revu sa maîtresse depuis… des semaines… des mois ? Ça allait barder. Il devait l'appeler.

Le téléphone sonna. Il décrocha avant la deuxième sonnerie. Tosca n'avait pas bougé.

— Bonjour, Troy, fit la voix d'Anna.

— Bonjour. Tiens, justement, je pensais à toi.

34

Ils se retrouvaient en général au *Café Royal*, sur Regent Street. À mi-chemin entre Scotland Yard et le cabinet médical où exerçait Anna. Son mari, qui écumait tous les pubs de Londres ou presque, n'avait jamais été vu au *Café Royal*.

— J'ai décalé mes rendez-vous de l'après-midi, annonça-t-elle. Je suis libre jusqu'à deux heures et demie.

Anna avait débuté sa carrière au laboratoire de pathologie médico-légale de Hendon, en tant qu'assistante de Kolankiewicz. Depuis la création du système de santé publique, en 1948, elle avait ouvert un cabinet dans Harley Street[1]. Elle s'était rendue indispensable auprès de ses collègues âgés portant pantalons rayés et gilets de tweed, les avait aidés à comprendre l'Angleterre d'après-guerre, à faire évoluer leur pratique et à discerner les patients qui devaient régler les honoraires de ceux qui en étaient dispensés. Troy admirait son idéalisme, mais regrettait son départ de Hendon ; qui d'autre qu'Anna Pakenham parviendrait à raisonner et à calmer la Bête polonaise ?

— Il fallait que l'on se voie, lui dit-elle, à peine assise.

— Ça fait longtemps.

— Je dois te parler…

— Moi aussi.

— Bon d'accord. Alors qui commence ? Moi ?

— Si tu veux, dit Troy, sentant venir l'orage.

— Angus est revenu.

Angus, le mari d'Anna, était alcoolique. Un alcoolique patenté. Aussi décoré que Rod, pour faits de guerre. Intrépide pilote de la RAF, du genre ça passe ou ça casse, il avait survécu. Mais si Rod s'en était sorti moralement indemne, Angus, lui, en avait gardé les blessures et noyait ses souvenirs dans l'alcool. Des cuites homériques. Si on ne le voyait pas au *Café Royal*, c'était sans doute parce que l'accès lui en était interdit.

— Revenu ? J'ignorais qu'il était parti.

— C'est une image, Troy. Je veux dire, il m'est revenu. Et je l'ai accepté.

Angus n'avait jamais déserté son foyer. Il avait une fois de plus déménagé sur une autre planète, la planète Angus.

— Il ne boit plus ?

— J'aimerais le croire.

— Que dit-il, exactement ?

— Il voudrait qu'on se donne une deuxième chance.

— Et dans ce cas, il promet de ne plus toucher à l'alcool ?

— En quelque sorte, oui. Tu connais Angus.

— Anna, tu ne peux pas te fier à ses serments d'ivrogne.

— Je sais.

Il émanait d'elle une tristesse peu coutumière. En général, Anna avait plutôt tendance à monter sur ses grands chevaux.

— Tu comprends, je veux croire en lui.

— Oui…

— Je voudrais repartir de zéro.

— Je vois.

— J'ai trente-huit ans, Troy. Il est encore temps pour moi de fonder une famille. Il n'est pas trop tard.

— Je comprends.

— Ce n'est pas comme si nous, nous étions éperdument amoureux.

Le « nous », bien sûr, voulait dire « tu ».

— Entre toi et moi… ça n'a jamais été la grande passion, hein ?

— Je suppose que non.

— Je veux dire… c'était plutôt pour combler un vide…

En effet, leur histoire ressemblait à une mélodie jouée sur les touches noires d'un piano. Ils s'étaient rencontrés en 1941, mais ils avaient attendu 1949 avant de se retrouver dans le même lit. Peut-être aurait-il mieux valu pour tous les deux qu'ils le fissent plus tôt. Seules sa solitude à elle et son inconséquence à lui les avaient menés à franchir l'interdit. Il en avait conscience depuis le début et il supposait qu'elle le savait aussi.

— Si tu vois les choses sous cet angle…

— Je veux que ça marche, Troy. Je le veux vraiment. Et, pour l'amour du ciel, arrête d'être aussi compréhensif !

Elle pleurait sans bruit. Elle prit un mouchoir et se tamponna les yeux.

— Si tu avais connu Angus quand je l'ai épousé…

Troy ne releva pas. Il ne tenait pas à s'aventurer sur ce terrain-là, il ne voulait pas entendre la fin de la phrase. Il lui donna le temps de se ressaisir. Il était rare qu'Anna laissât transparaître ses émotions. Ce qu'ils avaient en commun, justement, c'était l'humour cynique des êtres qui côtoient la mort au quotidien.

— Je comprends, dit-il enfin.

— Pourrais-tu essayer d'être moins compatissant ?

— Pardon ?

— Oublie. Parlons plutôt de toi. Quelle nouvelle voulais-tu m'annoncer ? Tu disais que tu voulais me parler.

— Eh bien… Comment dire… c'est un peu délicat…

— Vas-y, vide ton sac. Ce ne peut pas être pire que ce que je viens de te dire, hein ?

Elle sourit à travers ses larmes.

— Si. Je me suis marié la semaine dernière.

Le sourire s'évanouit. Instantanément.

— Espèce de salaud. Troy, tu n'es qu'un bel enfoiré !

35

Un vendredi matin, fin juillet, Troy préparait le petit-déjeuner. En entendant Tosca, à l'étage, sortir de la baignoire et ses pas résonner sur le plancher de la chambre, il mit le bacon à frire et une casserole à chauffer pour les œufs brouillés. Elle était restée une éternité dans l'eau. Le parfum des sels de bain se propageait dans l'escalier, jusqu'à la cuisine, accompagné de sa voix cassée, râpeuse qui chantonnait :

« *Gonna wash that man right outta my hair*[1]. » Il espérait qu'il n'y avait là aucune arrière-pensée. « *And send him on his way.* » Non, cela ne voulait rien dire. Il alluma la radio pour écouter les informations. La voix guindée du présentateur de la BBC grésillait à travers le poste.

« On a annoncé hier soir à Alexandrie que l'Égypte s'apprêtait à nationaliser le canal de Suez. Le colonel Nasser a affirmé son intention de dénoncer les accords de 1888, selon lesquels la France et la Grande-Bretagne détenaient le contrôle du canal jusqu'en 1968. Il s'agirait d'une mesure de rétorsion face au retrait, la semaine dernière, de l'aide financière britannique destinée à la construction du barrage d'Assouan… »

Le téléphone sonna. Rod, sans doute. C'était bien son style d'appeler à cette heure-là.

— Mr Troy ? Inspecteur Bill Bonser à l'appareil. Police de Portsmouth.

— En quoi puis-je vous aider, inspecteur ?

— Je me demandais si vous pourriez vous dégager quelques heures et venir à Portsmouth. Nous avons trouvé le corps.

— Le corps ?

— Oui, le corps. Je ne suis pas sûr à cent pour cent que ce soit lui.

— Qui, lui ?

— L'espion de Portsmouth, monsieur.

— Je dois vous paraître bouché, inspecteur, mais quel rapport avec moi ? Cette affaire n'est pas du ressort de la brigade criminelle de Scotland Yard.

— En effet. Cependant, vous seriez la dernière personne à l'avoir vu en vie.

— À avoir vu qui ?

— L'espion, monsieur.

Troy crut déceler une vague exaspération dans la voix de son correspondant, en dépit du respect dû à son rang.

— Je ne comprends toujours pas. Quand suis-je supposé l'avoir vu ?

— Voyons… Comment présenter la chose sans paraître impoli ? Vous ne seriez pas parti quelque temps à l'étranger ? Vous n'avez pas lu les journaux ?

— En effet, je me suis absenté une quinzaine de jours au mois de juin.

— Ah… alors tout s'explique. Vous n'êtes pas au courant. Le gouvernement a révélé voilà quelques semaines le nom de l'espion. Cockerell. Capitaine de corvette Arnold Cockerell, Royal Navy. À la retraite.

Le nom ne lui disait rien. Et puis soudain, un flash. Un visage chafouin, une petite moustache, un blazer bleu. Et les chaussures en daim.

— Nous avons repêché un corps hier matin, reprit Bonser. Entre Chichester et Selsey. Et nous rencontrons un léger problème d'identification.

— Désolé d'avoir été si long à réagir, inspecteur. À présent je me souviens. Je précise toutefois que je ne suis pas la dernière personne à l'avoir vu. L'ex-lieutenant Quigley, propriétaire de l'hôtel *King Henry*, l'a certainement croisé après moi. Vous n'avez qu'à l'interroger. Il est sur place.

— C'est fait, monsieur. Il ne peut jurer de rien. Et sa fille refuse de venir identifier le cadavre. Une jeune personne très impressionnable.

— Et la famille ?

— Il y a bien l'épouse… mais elle est, disons, bouleversée. Plus tard, peut-être. Pour l'instant elle ne peut pas, ou ne veut pas, affirmer qu'il s'agit de son mari. Si vous veniez à Portsmouth, monsieur, nous pourrions élucider l'affaire au plus vite. En fait, Mrs Cockerell se trouve actuellement dans nos locaux. Je pourrais essayer de la persuader de jeter à nouveau un coup d'œil sur le corps. Bon, c'est un peu embarrassant… vous comprendrez pourquoi en le voyant.

— Très bien, soupira Troy. Je serai là en début d'après-midi.

Il remit le bacon à griller, fit glisser les œufs dans le beurre fondu. À l'étage, Tosca finissait de s'habiller et claquait les portes des placards en fredonnant : « *I'm just a gal who cain't say no !* »

Pour quelle raison, depuis son retour, Rod ne lui avait-il pas parlé de Cockerell, alors que quelques semaines plus tôt il semblait obsédé par l'idée d'obtenir des explications du Premier ministre au sujet de l'homme-grenouille ? Peut-être parce que son frère était revenu à Mimram House marié. Et qui plus est, à une Russe. Époux comblé, Rod ne concevait pas qu'un homme fût heureux en dehors du mariage, ou malheureux en étant marié. Il devait être si content qu'il en avait oublié l'actualité. Troy avait bien cru qu'il n'arrêterait jamais de rire en entendant Tosca parodier Mae West. Elle n'aurait pu choisir meilleur moyen de briser la glace. Rod avait serré contre sa poitrine ce bout de femme haute comme trois pommes, même perchée sur des talons aiguilles, et avait ri à en pleurer. Il était ainsi : un emballement chassait l'autre. Tôt ou tard, il lui reparlerait de Cockerell.

36

« Embarrassant » n'était pas le mot que Troy aurait choisi pour décrire le spectacle : plus de visage ou presque, la main et le pied droits en moins, les doigts de la main et deux orteils gauches arrachés. Le haut du crâne emporté, l'occiput concassé comme du poivre. Le corps était resté immergé plus de trois mois. La combinaison de plongée avait protégé le torse, mais les poissons s'étaient régalés de tout ce qui dépassait. Un œil pendait de son orbite, à moitié dévoré. Un spectacle à soulever l'estomac le mieux accroché.

Troy examina ce qui était peut-être la dépouille du vendeur de moquette, allongée sur un drap de caoutchouc vert. Les chairs demeurées en contact avec l'eau de mer étaient zébrées et marbrées de rouge ; celles protégées par la combinaison, décolorées et gonflées. Une limace bouffie posée sur une feuille de chou.

Troy se tourna vers le lieutenant qui l'accompagnait.

— C'est une blague ? Même sa propre mère ne le reconnaîtrait pas.

Le garçon, insensible ou peut-être trop jeune, eut un haussement d'épaules indifférent.

— Il y a encore des dents, je suppose. Et les empreintes des trois orteils restants.

Troy s'énerva.

— Regardez les mâchoires. Vous voyez des dents ? L'homme portait un dentier, c'est évident.

Le lieutenant se pencha pour examiner le trou noir béant à l'endroit de la bouche. Les lèvres avaient disparu.

— Je vois ce que vous voulez dire. Où serait passé le dentier ?

— Mystère. Vous pourriez essayer de racler le fond de la mer…

L'homme n'entendit pas le sarcasme. Sans doute était-il prêt à ratisser les fonds marins à la recherche d'un dentier.

— Quant aux empreintes des orteils, qui s'est jamais occupé de les relever ?

Nouveau haussement d'épaules. Lui, la mort ne le touchait pas. Troy s'empressa de sortir de la pièce.

Dans l'entrebâillement de la porte, il aperçut Bonser, appuyé contre son bureau, penché sur la silhouette voûtée d'une femme en sanglots.

— Bon sang, vous devez sûrement pouvoir l'identifier, après seize ans de mariage !

Le ton de sa voix hésitait entre incrédulité et autorité. Il résonnait désagréablement, surtout si la femme éplorée était, comme Troy le supposait, l'épouse de Cockerell.

Troy toqua à la vitre.

Bonser se redressa et lui ouvrit la porte.

— Alors ? Vous avez pu… ?

Troy ne souhaitait pas s'exprimer devant Mrs Cockerell. Il fit un signe de dénégation.

— Quoi ? Rien ? s'exclama Bonser. Allons, vous pourriez sûrement…

Le même « sûrement » agacé lancé à la veuve. Troy refusa de répondre. Il s'avança vers elle et plaça une main sur son épaule.

— Mrs Cockerell ?

Elle se détendit un peu et leva vers lui un visage enlaidi par les larmes. Une femme d'un certain âge, vêtue d'un lourd manteau de tweed, trop chaud pour la saison, et coiffée d'un de ces chapeaux ridicules que l'on se doit de porter en de graves occasions. Mais y a-t-il occasion plus grave que la mort d'un époux ?

— Frederick Troy. Inspecteur en chef à Scotland Yard. J'ai brièvement rencontré votre mari au mois d'avril. Vous me voyez désolé. Toutes mes condoléances.

Un éclair de panique passa dans le regard de Mrs Cockerell.

— Ce n'est pas lui, vous savez. Vous ne leur avez pas dit que c'était lui, n'est-ce pas ?

Troy observa Bonser, debout dans l'encadrement de la porte. Un gros lard au nez de boxeur, bretelles à rayures, cravate dénouée, pouces enfoncés dans la ceinture du pantalon, stylo pointant hors de la poche de la chemise en nylon. Il avait dû voir trop de séries américaines à la télé. Mrs Cockerell semblait affolée. Depuis combien de temps lui mettait-il la pression ?

— Je n'ai rien dit de tel. Je ne peux honnêtement affirmer que le corps est celui de votre mari.

— Ce n'est pas lui. C'est évident. Ce ne peut pas être lui.

Bonser eut un geste agacé.

— Oh, allons, madame…

Troy lui coupa la parole, en haussant le ton et en le toisant d'un œil sévère, histoire de lui rappeler qui était le plus gradé des deux.

— Je suppose que vous n'avez pas déjeuné, Mrs Cockerell ?

Elle secoua la tête. Une boucle de cheveux gris s'échappa de son chapeau ridicule.

— Il est presque trois heures. Vous devez avoir faim.

Il lui tendit la main pour l'aider à se lever. Elle était un peu plus grande que lui, mince, la cinquantaine. Les larmes avaient creusé des rigoles sur son visage poudré. Le rouge à lèvres avait bavé. Par bonheur, elle n'avait pas mis de rimmel à ses cils, sinon elle aurait ressemblé à une goulotte à charbon.

Il l'installa à l'avant de la Bentley et retourna à l'intérieur du poste de police. Bonser, mécontent, n'émit cependant aucune protestation.

— Je vais lui parler, dit Troy. Vous ne parviendrez à rien en la terrorisant.

Bonser haussa les épaules et regroupa les papiers éparpillés sur son bureau. Il pensait déjà à la suite.

— Vous avez peut-être raison. Mais ça va traîner…

— Que comptez-vous faire ?

— Appliquer la procédure. Garder le corps au frigo.

Il rangea un dossier dans un tiroir, qu'il referma d'un coup sec.

— Le coroner va ouvrir une enquête publique, qui va durer indéfiniment. Vous connaissez la routine. Pendant ce temps, moi, j'ai un macchabée non identifié et une affaire en cours. Ça n'arrange pas les statistiques. Vous savez ce que c'est…

Paroles de flic, destinées à s'attirer la bienveillance complice d'un supérieur.

— Il y a pire, l'arrêta Troy. Vous enverrez le rapport d'autopsie à Scotland Yard.

— Si vous y tenez, bougonna Bonser, indifférent.

Troy gara la Bentley dans la cour du *King Henry*. Il comptait sur la bonne volonté du patron pour leur servir un repas en milieu d'après-midi. La porte de l'hôtel était ouverte. Quigley, derrière le comptoir, essuyait des verres. Un torchon humide séchait sur les pompes à bière.

— Mr Quigley, s'enquit Troy, je suppose qu'il est trop tard pour grignoter quelque chose ?

— Je dois pouvoir arranger ça, Mr Troy.

— Une larme de cognac serait également la bienvenue.

Quigley lorgna le cadran de la pendule, au-dessus du bar. Il savait l'heure qu'il était. La pendule était juste là pour sa tranquillité d'esprit. Toujours aussi cabotin, il retint sa respiration, histoire de créer un peu de suspense.

— Oh, ce n'est pas pour moi, le rassura Troy, mais pour Mrs Cockerell. Elle attend dans la voiture.

— Dans ce cas, pas un mot de plus ! C'est la maison qui régale. Ainsi nous n'aurons pas enfreint la loi.

Ils s'assirent à une table au milieu de la salle. Quigley jeta un rapide coup d'œil à Mrs Cockerell et déposa un gros ballon de cognac devant elle. Troy, aux petits soins, la persuada d'ôter son manteau et de boire une gorgée. Elle avait cessé de pleurer et se murait dans un silence douloureux. Elle ne desserra les dents qu'au moment où Quigley leur servit deux assiettes de rosbif accompagné de pommes de terre en sauce. Elle retira l'épingle de son chapeau, le posa sur une chaise, repoussa ses cheveux en secouant la tête en arrière et se composa une expression décidée.

— Ce n'est pas mon mari, je vous assure.

Mieux valait faire montre de tact.

— Vous le savez certainement mieux que moi.

— L'inspecteur tenait à tout prix à me faire dire que c'était lui.

— Je pense qu'il faisait simplement son travail.

Elle porta une minuscule bouchée de pommes de terre à sa bouche, la mâcha sans enthousiasme, puis, la trouvant à son goût, mangea avec appétit.

— Non. Il refusait de me croire, c'est évident.

Elle parlait calmement, sans s'énerver. Troy devait admettre qu'il n'était pas loin de partager son opinion, après ce qu'il avait vu. Toutefois, il n'abonderait pas dans son sens et ne la laisserait pas partir avec le sentiment que Bonser avait dépassé les bornes. Pour l'instant, l'apaisement, s'il était possible, reposait sur le déni. La vérité viendrait plus tard.

— Mrs Cockerell, votre mari possédait-il un signe particulier qui permettrait de l'identifier sans équivoque ?

— Oui, une cicatrice sur le dos de la main droite. Et un grain de beauté à la base du cou. Mais il n'y a plus de main droite, n'est-ce pas ? Et le cou, il n'en reste pas grand-chose. J'ai dit tout ça à l'inspecteur. À son avis, je devais être en mesure de le reconnaître.

Troy préféra ne pas insister. Elle mangeait sans se presser, mais paraissait capable de terminer son assiette. Mary Quigley leur apporta ensuite deux parts de pudding et de la crème anglaise d'un jaune synthétique, que Troy refusa poliment. Le Technicolor, c'était bon pour les écrans, pas dans un plat. Il en profita pour aller voir Quigley, au bar.

— Dites-moi, quand vous étiez dans la police, vous avez côtoyé Bill Bonser ?

Quigley ouvrit la bouteille de cognac et emplit deux petits verres. Il en poussa un vers Troy, déblaya un espace sur le comptoir afin de s'accouder – une posture adaptée aux confidences.

— Il est arrivé de Liverpool l'année où j'ai pris ma retraite. Il était lieutenant, à l'époque. Entre nous, il aurait mieux fait de le rester.

— Et pourquoi ça ?

— En tant que flic, Mr Troy, quelles sont les qualités dont vous êtes fier ? L'intuition, l'imagination… ce qu'on appelle le flair ?

— Si vous voulez.

— Eh bien, du flair, Bill Bonser n'en a pas. Il est né pour être lieutenant.

Quigley s'interrompit et avala son cognac cul sec. Troy ne voyait pas où il voulait en venir.

— Vous sous-entendez qu'il est malhonnête ?

— Malhonnête ? Bonser ? Ah ça, non. Tellement raide dans ses bottes qu'on pourrait s'en servir de matraque. Non, le problème n'est pas là. Vous savez ce qui différencie les chèvres des moutons ? Les chèvres sont malignes, Mr Troy. Ce qui n'est pas le cas de Bonser. C'est un flic loyal, obéissant. Un bon lieutenant. Pas assez futé pour être malhonnête. Vous lui donnez des ordres ? Il les suit aveuglément, quitte à passer par-dessus le bord de la falaise. Il est venu ici le jour où j'ai signalé la disparition de Cockerell. Quarante-huit heures après votre départ. Il entre. Demande à vérifier le registre.

Quigley se baissa pour prendre le registre sous le comptoir, l'ouvrit et pointa du doigt une page déchirée.

— Il consulte la page où est inscrit le nom de Cockerell, et le vôtre aussi par la même occasion, et voilà-t'y pas qu'il l'arrache en disant : « Celui-là, vous l'avez pas vu. » Or hier, il s'amène et me somme de passer au commissariat pour identifier le corps. Du Bonser tout craché. Ordre de dissimuler la venue de Cockerell ? Bien, chef. Procéder à l'identification ? Pas de problème, chef. Lui, les consignes, il les suit à la lettre. Malhonnête, ça, jamais de la vie. Réglo. Né lieutenant, je vous dis.

Dans la mesure où Quigley avait passé vingt ans dans la police avec le grade de lieutenant, son jugement était à la fois généreux, objectif et plutôt pervers. Alors, une question s'imposait.

— D'après vous, de qui tenait-il ses ordres ? Qui, à Portsmouth, aurait voulu faire disparaître la trace de Cockerell ?

— Sûr, ça vient pas d'ici, Mr Troy. M'est avis que ça vient d'un de ses collègues de la Special Branch. Avant, Bonser faisait partie de la Special Branch de

Liverpool. Remarquez, c'était trop tard : un reporter était déjà venu m'interroger. Et il avait vu la fameuse page.

— Un reporter ? Pour quel journal travaillait-il ?

— Il m'a dit être le correspondant local du *Sunday Post*. D'après moi, le tuyau lui avait été refilé par un mouchard du commissariat. Et il a réagi plus vite que Bonser.

— Lui en avez-vous parlé ?

— Non. Pourquoi le contrarier ?

Cette révélation mettait enfin une pièce du puzzle à sa place, le rédacteur en chef du *Sunday Post* étant Lawrence, le beau-frère de Troy. Lawrence relayait tout ce qui pouvait être utile à Rod – ce qui expliquait pourquoi ce dernier avait interpellé le gouvernement avant même que l'affaire d'espionnage fût avérée. Depuis le début, Rod connaissait le nom de l'homme-grenouille, mais s'était bien gardé de le révéler. Troy pouvait imaginer le malin plaisir qu'avait pris son frère à forcer le Premier ministre à fournir l'identité de l'espion, et les allusions dont il avait usé pour lui faire comprendre qu'il était au courant. Sauf que le cadavre de Portsmouth n'était peut-être pas celui du capitaine Cockerell.

Troy proposa à Mrs Cockerell de la raccompagner à Londres. Elle déclina son offre, car elle devait changer de train à Reading pour rentrer chez elle. Cependant, elle lui demanda de bien vouloir la déposer à la gare.

— Ce n'est pas lui, répéta-t-elle en le quittant, la main sur la poignée de la portière. J'en suis convaincue.

Par habitude – une mauvaise habitude, d'ailleurs – souvent pour mettre un terme à une conversation, il lui tendit sa carte, où était inscrit, outre son grade, Whitehall 1212, le numéro le plus connu de toute la Grande-Bretagne.

— Si je peux faire quelque chose…, dit-il machinalement, sachant qu'elle ne chercherait pas à le contacter.

Pendant un mois, il n'eut pas de nouvelles.

37

Le samedi après-midi, il se retrancha dans le bureau de son père, désormais le sien, même s'il n'était pas encore accoutumé à cette idée. Une pluie d'été mitraillait les fenêtres, faisant vibrer les vitres dans leur châssis. Il mit un disque d'Art Tatum sur l'électrophone, prit *Un Américain bien tranquille* sur un rayonnage de la bibliothèque et décida de passer en solitaire ce week-end pluvieux. Il entendait, au loin, ses sœurs jacasser. Comme chaque fin de semaine, Rod travaillait à l'étage. Nikolaï somnolait au jardin d'hiver, après un déjeuner copieux. Lucinda établissait le menu du dîner avec la cuisinière. Troy ignorait où était Tosca. Il lut deux chapitres de Graham Greene, sans se poser la question.

L'avait-il fait apparaître par le seul pouvoir de la pensée ? Tosca ouvrit la porte sans bruit et entra dans la pièce. La créature appelée de ses vœux était étrangement accoutrée. Elle portait, récupérés dans le carton où il les mettait de côté pour jardiner et soigner les cochons, un pantalon gris usé, retroussé plusieurs fois sur les chevilles, et une chemise à carreaux élimée aux manches et au col. Elle s'ennuyait. Il commençait à s'y habituer. Elle s'ennuyait facilement. Elle avait sans doute été attirée par la musique, le piano ondulant et sentimental de Tatum, le saxophone moelleux de Ben Webster, le rythme tchékhovien de la basse. Troy ne considérait pas sa venue comme une intrusion. Il regrettait seulement qu'elle ne prît pas davantage d'initiatives, choisir un livre par exemple, ou mettre un disque, sans attendre qu'il le fasse. Il était parvenu à la sevrer des aventures de Huck Finn, l'avait convaincue qu'il existait des écrivains en dehors de Mark Twain. Mais il arrivait à la conclusion qu'il ne pouvait la satisfaire, dans tous les sens du terme.

— Ça va, mon chou ?

Elle s'assit sur le bord d'une chaise, face à lui. Un peu tendue. Plutôt fille qu'épouse. Irritable, irritante et curieuse.

— Je vais bien, merci.

— Ça te gêne pas que je m'assoie là ?

— Pas du tout. Nous sommes mariés.

— Ça te donne droit à des faveurs, hein ?

Troy ne répondit pas.

— Désolée. C'était rosse de ma part. J'ai dû trop traîner avec tes sœurs.

Le crépitement de la pluie sur les vitres meublait le silence, lui permettant de retarder ce qu'il avait à dire et qu'il aurait préféré garder pour lui, n'étant pas expansif de nature.

— Rassure-toi. Je ne sous-entendais pas que tu étais ma propriété. Simplement, que ce qui m'appartient t'appartient. Je sais, ça fait un peu fleur bleue.

Elle ébaucha un sourire, qui disparut aussitôt.

Il avait intérêt à parler. Et vite. Il posa son livre. Son embarras l'étouffait, l'envahissait comme de gros nuages noirs.

— Tu sais, je t'ai aimée.

— C'est vrai ?

Deux mots lancés dans un souffle, de bon cœur, sans incertitude, sans le moindre doute. Et pourtant, il eut l'impression qu'ils ne reflétaient pas le fond de sa pensée.

Le téléphone sonna, près d'elle. Elle regarda Troy fixement, avec un sourire timide, désemparé, sans réagir, jusqu'à ce qu'il dise :

— Réponds. Ce doit être pour Rod. En général, c'est pour lui.

— Allô ? chuchota-t-elle.

Aussitôt, il vit le sang refluer de ses joues. Ses yeux se rivèrent aux siens, avec une expression presque terrorisée.

— Oui, oui. [Pause.] Oui, il est là, oui.

Elle mit sa paume sur le combiné et hurla tout bas :

— Aaaaaaah !

— Que se passe-t-il ?

— Aaaaaaaaaaahhhh ! C'est Ike !

— Qui ça !

— Eisenhower, idiot ! Le président des États-Unis ! Nom de Dieu ! Prends-moi ce truc des mains !

Troy fit le tour du bureau en vitesse.

— Qu'est-ce qu'il veut ?

— Savoir si je suis heureuse, peut-être ? Bon sang, Troy, qu'est-ce que tu crois ? Il veut parler à Rod !

Troy lui arracha le téléphone. Elle sautillait d'un pied sur l'autre, comme si elle dansait sur des charbons ardents, sans cesser de crier en sourdine.

Il courut à l'étage prévenir son frère. Rod prit la chose très calmement. Il bâilla, s'empara du combiné et dit : « Allô, Ike ? » À croire qu'il lui avait parlé la veille.

Troy redescendit dans son bureau. Tosca fulminait, tempêtait, s'agitait en tous sens.

— Troy, t'imagines, s'il a reconnu ma voix ?

— C'était il y a douze ans.

— Tu te rends pas compte ? J'ai vu ce type tous les jours pendant des semaines, qu'est-ce que je dis, des mois ! Il cherchait même à flirter !

— Comment veux-tu qu'il l'ait reconnue ? Et je te rappelle que, pour les Américains, tu es morte.

Elle reprit sa place sur le bord de la chaise en tapotant le plancher du bout des orteils.

— T'as raison. Je suis morte. Des fois, j'ai du mal à m'en souvenir. Ici, j'essaie de comprendre qui je suis, aveuglée comme Samson, ignorant tout des mœurs du Hertfordshire, perdue dans le désert des comtés anglais, coincée entre le supermarché et la boutique de prêt-à-porter, prise entre le marteau et l'enclume, entre le diable et la femme en robe bleue qui sort de l'institut de beauté, dérivant entre le respect des bonnes manières et la honte coupable de la masturbation, se demandant si la propriété c'est vraiment le vol ou si son sac à main beige est bien assorti à son tailleur, affolée de ne pas savoir ce qui va nous détruire en premier, la bombe H ou la fourchette placée du mauvais côté de l'assiette. Et j'en oublie que je suis morte. Merde, merde et merde !

Pendant plusieurs minutes, il n'entendit plus que le bruit de la pluie sur les carreaux et les roulements du tonnerre qui s'approchait.

Il bascula en arrière sur sa chaise pour remettre le bras de l'électrophone au début du disque et écouta les glissandos du pianiste sur le clavier. *Gone With the Wind*, une chanson d'avant-guerre qui avait suggéré à Margaret Mitchell le titre de son roman, adapté par la suite au cinéma par Victor Fleming ; le film avait à son tour inspiré une mélodie à Art Tatum, laquelle, à cette minute, rivalisait avec le crépitement de la pluie sur les vitres. Troy n'éprouvait guère le besoin de recréer une ambiance, mais il aimait et craignait à la fois la fragilité quasi érotique du silence sous la pluie. La tentation de le briser était trop forte. Il venait d'essayer et y avait lamentablement échoué.

Il reprit *Un Américain bien tranquille*. Tosca quitta sa chaise, lui fit tomber le livre des mains, se jeta à son cou et pleura contre sa poitrine.

Le disque tournait en grésillant sur son dernier sillon. L'un des principes de l'emmerdement maximum stipule que le bras de lecture ne se relève jamais automatiquement quand vous le souhaitez. Tosca renifla très fort et le regarda, nez contre nez.

— Tu te souviens de ce que disait Mark Twain ?

Il secoua la tête.

— Les rumeurs concernant ma mort sont grandement je sais plus quoi.

— Grandement exagérées ?

— Oui, c'est ça.

Elle l'embrassa, replia ses jambes, glissa ses pieds entre les cuisses de Troy et enfouit son visage au creux de son épaule. Il respira son odeur. Un parfum indéfinissable. Elle sentait le savon. Elle sentait Tosca.

38

Rod, soufflet à la main, ranimait les dernières braises. Peu adroit, il se limitait aux deux à trois choses qu'il savait bien faire : les crêpes, par exemple, même si ses fils, maintenant adolescents, lui en réclamaient moins souvent, les cocktails à base de martini et le feu dans la cheminée, qu'il allumait en disant : « Personne n'y touche, je m'en occupe ! » Par une fraîche soirée d'été, comme celle-ci, on le voyait penché, fesses en l'air, s'efforçant d'enflammer le petit bois. Tant que les bûches brûlaient, il refusait de gâcher la moindre parcelle de chaleur et de lumière ; si bien qu'on le trouvait assis devant la cheminée bien après minuit, quand la maisonnée dormait, somnolant et bâillant, un journal parlementaire ou l'un des rares romans qu'il avait le temps de lire sur le point de lui échapper. Un soir, du temps où il était ministre, un livre blanc du gouvernement avait glissé de ses genoux et était tombé dans l'âtre ; Troy avait de justesse empêché le feu de prendre à ses bas de pantalon.

Après le dîner, les jumelles, Lucinda, Tosca et Nikolaï se retirèrent dans leur chambre. Troy moucha toutes les bougies sur la table. Il avait pris la précaution de fermer la porte, espérant « une petite causerie au coin du feu » – expression qui n'avait plus cours depuis la mort de Roosevelt[1]. Rod tisonna les braises, soupira et vint s'installer face à lui, un rapport à la main.

— Tu ne montes pas te coucher ?

Une façon très rodyenne de dire « dégage ». Troy n'en avait aucunement l'intention.

— Tu vas m'expliquer ce qui se passe ?

— C'est-à-dire ?

— Le président des États-Unis est censé jouer au golf, le samedi, pas téléphoner clandestinement sur sa ligne privée à un politicien britannique mineur.

— Clandestinement ? Mineur ?

— J'ignorais que tu le connaissais.

— En 44, je suis allé des dizaines de fois au QG de l'opération Overlord. Je ne dirais pas que j'étais à tu et à toi avec le commandant en chef des forces alliées, mais oui, je le côtoyais souvent. Je l'ai revu à deux ou trois reprises en 54, et cette année, en juin, pendant que tu te baladais sur le continent avec ta jeune épousée, je me suis rendu à Washington, à la tête d'une délégation du parti travailliste.

— Et tu lui as donné ton numéro de téléphone, tout simplement ?

Rod posa les documents sur la table basse, geste signifiant que Troy était parvenu à capter son attention.

— Motus et bouche cousue, hein ?

— Je ne cherche pas un scoop, Rod.

— Ça fait partie de son boulot, et du mien, de rencontrer les leaders de l'opposition, d'accord ? Rien d'extraordinaire là-dedans. C'est vrai, le fait que nous ayons eu des contacts pendant la guerre nous aide beaucoup. Eisenhower ne connaît pas Gaitskell. En juin, il m'a avoué s'inquiéter de la tournure prise par les événements en Égypte. Et ajouté qu'il lui serait utile d'être officieusement informé des opinions de l'opposition au gouvernement de Sa Majesté. Sache que je ne lui ai pas donné ce numéro. Il l'avait déjà. Il voulait savoir si cela ne me dérangeait pas d'être appelé ici – selon lui, la ligne n'est pas sur écoute. Je ne peux en dire autant de celle de mon bureau. Nous pouvons nous entretenir à l'abri des oreilles indiscrètes. C'est la récente allocution télévisée d'Anthony Eden qui l'a incité à me contacter aujourd'hui. Ike aurait ordonné à l'ambassade américaine à Londres de placer le téléphone près de la télévision, de façon à l'entendre depuis la Maison Blanche. Résultat : il pense qu'Eden n'a pas bien reçu le message. Pourtant, Foster Dulles[2] s'est montré on ne peut plus clair en affirmant que l'Amérique ne soutiendrait pas la politique agressive du gouvernement britannique vis-à-vis de l'Égypte. « Jamais nous n'emploierons la force des armes », ou une connerie de ce genre – un peu trop subtil pour Eden. Ike pense que notre Premier ministre ne comprend rien à rien.

— Ça ne date pas d'hier. Il a dû le rencontrer pendant la guerre. Eden ne s'est pas arrangé depuis.

— En effet. C'est l'une des données du problème. Ike ne lui a jamais accordé sa confiance. Toutefois, il y a du nouveau…

Rod poussa un long soupir de regret.

— Nous nous préparons à envahir l'Égypte.

Troy se garda bien de l'interrompre, discrétion oblige.

— Les conservateurs ont conclu en secret un accord tripartite avec la France et Israël : dans un premier temps, les troupes israéliennes envahissent le Sinaï, direction Suez. Ensuite Britanniques et Français arrivent en pacificateurs et en profitent pour reprendre le canal. D'après mes sources, le document a été signé par les trois parties, mais Eden aurait brûlé son exemplaire et aurait envoyé un émissaire du Foreign Office à Paris pour récupérer celui des Français. En revanche, il n'a pu reprendre celui des Israéliens. Eden a menti à la Chambre. Même si nous parvenons à convoquer une séance extraordinaire du Parlement, il continuera de nier.

— Comment Ike est-il au courant de ces magouilles ?

— La CIA a eu accès au document israélien.

— En quel honneur te raconte-t-il tout ça ?

— Il souhaitait m'en informer.

— Je n'en crois pas un mot. Et toi non plus. Quel est ton intérêt ? Tu t'imagines traiter le Premier ministre de menteur, en pleine séance parlementaire ? La presse te demandera d'où tu tiens tes sources ! Que répondras-tu ? Que ton copain, le président des États-Unis, t'a appelé personnellement ? Voyons, ce n'est pas crédible ! Que tu as la ligne directe de la CIA ?

Ça te fera plus de mal que de bien. La gauche de ton parti va te démolir !

Personne ne pouvait les entendre, néanmoins Rod baissa le ton.

— Ike dit que si Eden persiste à vouloir la guerre au Moyen-Orient, il s'arrangera pour faite chuter le cours de la livre sterling. Elle ne vaudra plus rien face au dollar. Cet automne, nous devons rembourser les intérêts des prêts contractés auprès des Américains après la guerre. Nous ne serons probablement pas en mesure de nous acquitter de cette dette. Le chancelier de l'Échiquier va devoir demander l'aumône. Nous emprunterons à toute personne susceptible de nous avancer cinq shillings. En moins de dix ans, les Britanniques, maîtres du monde, sont devenus les mendiants de la planète. Ike nous tient par les couilles. L'une de ses maximes préférées : si l'on tient un homme par les couilles, le cœur et l'esprit ne tardent pas à suivre.

— Quel machiavélisme…, soupira Troy. D'ailleurs, je ne comprends toujours pas pourquoi il a pris la peine de te téléphoner.

— Relations privilégiées, peut-être ?

— N'exagère pas !

— Il tient à ce que nous soyons opérationnels.

— Opérationnels ?

— Pour gouverner.

— Il n'y a pas d'élections prévues avant quatre ans !

— Eden doit laisser la place. Ike l'a décidé. Quand il démissionnera, les têtes vont tomber chez les conservateurs. Tu verras, les travaillistes seront au gouvernement en janvier prochain.

— Donc Ike joue les bookmakers. Il t'a donné un bon tuyau ?

— Dans l'intérêt de la pérennité de l'entente anglo-américaine.

— Foutaises.

— Ça s'appelle la diplomatie.

— C'est toi qui le dis. Je pourrais te proposer une demi-douzaine d'autres termes beaucoup moins flatteurs.

Au tour de Troy de se pencher vers le feu et de prendre un ton d'hypocrite confidentialité. Tous ces secrets de Polichinelle… La vérité chez soi, le mensonge chez les autres.

— Dis-moi, n'es-tu pas gêné de bénéficier des renseignements de la CIA ? Ne crains-tu pas qu'un président américain dicte les remaniements à la tête du gouvernement britannique ? Vois-tu, s'ils font le coup aux conservateurs, la prochaine fois, ils ne se gêneront pas avec vous.

— Dans les temps troublés, Freddie, l'Histoire peut créer d'étranges unions…

— Si je me retrouvais au lit avec la CIA, Rod, je compterais mes couilles le lendemain matin.

39

Troy s'était promis de terminer les trois derniers chapitres d'*Un Américain bien tranquille* avant de s'endormir. Mais le livre n'était plus à sa place.

Il toqua à la porte de Tosca et entra. La fenêtre grande ouverte laissait passer l'air frais de la nuit et quelques gouttes de pluie. De la porte au lit, pantalon, culotte, chaussettes traînaient sur le parquet, dans l'ordre où elle s'en était débarrassée. La pièce commençait à ressembler à son appartement d'Orange Street. Appuyée contre les oreillers, la grande chemise à carreaux de Troy en guise de nuisette, elle lisait Graham Greene. Il préféra ne pas le réclamer. Il en choisirait un autre.

— Désolée, pour cet après-midi.

— Ce n'est pas grave. Tu as dû être effrayée.

— Morte de trouille, tu veux dire !

Elle glissa son pouce entre les pages, serra le livre contre sa poitrine et remonta ses genoux sous son menton.

— Ça m'a fait gamberger. Tu comprends ? Ça aurait pu être n'importe qui. Je veux dire… on est jamais sûr de rien, hein ?

Elle le regardait. Un regard insondable. Dans le bureau, elle s'était lovée contre lui et s'était endormie comme une petite fille apeurée. C'était la première fois depuis leurs retrouvailles. Pendant le dîner, elle n'avait pas parlé, laissant à Rod et aux jumelles le monopole de la conversation. De temps en temps, elle glissait la main sous la nappe pour prendre la sienne, ou lui caresser les couilles. Elle avait fait ça une bonne dizaine de fois. Qu'attendait-elle de lui, là, maintenant ?

— Non, murmura-t-il, on n'est jamais sûr de rien.

40

Fin août. L'été avait été particulièrement pluvieux. Vent, averses, avec parfois une journée radieuse, histoire de respecter le calendrier et de rappeler aux Anglais que le temps, mon bon monsieur, n'était plus le même qu'avant-guerre. Leur seul rayon de soleil restait la victoire écrasante des Britanniques sur les Australiens en test-match de cricket ; même si Len Hutton avait pris sa retraite, son esprit continuait d'inspirer l'équipe d'Angleterre.

Le flic de garde de Scotland Yard était un véritable baromètre, pour la météo et pour le cricket. Dans les deux cas, il n'avait qu'une seule explication à offrir : la bombe.

— C'est à cause de la bombe, dit-il à Troy, de retour de Whitehall, dès qu'il entra au Yard. Ça tombe sous le sens.

Troy adorait cette phrase, surtout dans la bouche d'un abruti – le genre d'abruti spécial à l'Angleterre. Le prélude à une affirmation grotesque, laquelle, sans l'ombre d'un doute, serait dénuée de sens.

— Oui, c'est à cause de la bombe.

Troy attendit la suite. Météo ou cricket ?

— Jamais eu un temps pareil, hein, avant que tous ces atomes volent au-dessus de nos têtes.

Météo. Je joue ou je passe ? songea Troy. Je joue.

— Au Japon, il pleut tous les jours.

Absurde entrée en matière.

— Oui, mais les alizés… Ils nous apportent leurs saloperies depuis Hiroshima et Nagachose.

Pas besoin de réfléchir. Troy voyait venir échec et mat en deux coups.

— Bien sûr, dit-il. Le cavalier prend le fou de la reine en quatre. Les Japonais n'ont jamais été très bons au cricket.

— Ça tombe sous le sens.

L'homme se lança dans une plaidoirie de philosophe de comptoir, alliant force répétitions, soupirs et émerveillement face à la majesté de la Nature. Troy abandonna la partie. Les Anglais élevaient décidément une espèce de robustes crétins.

Quand il poussa la porte de son bureau, le téléphone sonnait. Pas l'ombre d'un Clark ou d'un Wildeve.

— Allô ? J'aimerais parler à l'inspecteur principal Troy.

Il ne reconnut pas la voix.

— Janet Cockerell à l'appareil.

— Oui ?

— Vous m'aviez dit de vous appeler si…

Elle ne termina pas sa phrase. Un « si » qui pouvait tout laisser supposer. Tout ou rien, en espérant que ce ne fût rien. « Jette ton pain à la surface des eaux…[1] » Elle avait téléphoné.

— J'ai eu des nouvelles de l'inspecteur Bonser.

Troy aussi. Le rapport d'autopsie gisait dans la corbeille « arrivée » du courrier. Il ne l'avait pas lu. Pourquoi diable avait-il demandé à Bonser de le lui envoyer ? Il ne s'en souvenait plus.

— Il souhaite me revoir à Portsmouth. D'après vous, suis-je obligée d'y retourner ?

— Non, Mrs Cockerell. Vous n'êtes pas obligée.

— Peut-il m'y contraindre ?

— Absolument pas.

Troy n'était pas surpris. Sans elle, comment Bonser pourrait-il identifier le corps ? Le plus étonnant, c'était qu'il ait attendu si longtemps avant de se manifester.

— Mrs Cockerell, vous admettrez que Mr Bonser a très peu d'éléments lui permettant de faire avancer le dossier.

— Vous pensez donc que je dois y aller ?

— Je n'ai pas dit cela.

— Je ne peux affirmer que c'est mon mari si ce n'est pas lui, tout de même ! J'ai l'impression d'être harcelée.

Devait-il prolonger la conversation ? Il ne voyait pas où elle les mènerait.

— Mrs Cockerell, pourquoi êtes-vous persuadée qu'il ne s'agit pas de votre mari ?

— Il est vivant. Je le sais.

— Voilà vingt ans que j'enquête sur des décès suspects, Mrs Cockerell. La plupart des personnes portées disparues sont retrouvées mortes. Moins d'un homme sur dix mille peut réellement mettre en scène sa propre disparition. Le vieux stratagème consistant à abandonner ses vêtements sur une plage ne suffit pas. S'il n'est pas réapparu depuis presque cinq mois, il y a de grandes chances que…

— Mon mari n'a pas laissé ses vêtements sur la plage ! protesta-t-elle. Ses effets personnels étaient dans la chambre du *King Henry* !

— Exact. Et quelle conclusion en tirez-vous ?

— Aucune.

— Moi si. Cela me prouve que votre époux ne s'est pas envolé de son plein gré. Il a laissé son portefeuille, sa valise, sa brosse à dents, son rasoir. Et son véhicule. Donc s'il sillonne l'Angleterre, c'est à pied, anonyme et sans un sou vaillant.

— Et vous n'en tirez aucune conclusion ? riposta-t-elle du tac au tac.

— C'est-à-dire ?

— Qu'il y a peut-être justement une histoire d'argent là-dessous. Supposez qu'il ait caché un magot quelque part ?

— Il est possible que vous ayez raison, mais…

— L'argent, Mr Troy. On y revient toujours. Si vous pouviez venir vérifier…

— Pardon ?

— Venir vérifier chez nous. Dans le Derbyshire.

— Je fais partie de la brigade criminelle de Scotland Yard, pas de la brigade financière. Et je n'enquête pas sur les personnes disparues.

— Voyons, pour vous il n'a pas disparu, puisque vous le croyez mort !

Que répondre à cet argument imparable ? Plus tard, il s'était souvent demandé pourquoi il avait accepté de se rendre dans le Derbyshire, pourquoi il s'était aventuré dans ce bourbier sanglant et poisseux. Pendant qu'il notait l'adresse, le nom de la ville – Belper – résonna familièrement ; il aurait juré l'avoir entendu dans un autre contexte. Janet Cockerell n'avait pas tort : son expérience et son instinct de flic lui disaient que le capitaine Cockerell était mort. Même s'il ne pouvait en offrir à Bonser la preuve tangible, Troy n'avait aucun doute sur l'identité du cadavre. Seul hic : s'il s'agissait bien de Cockerell, le dossier relevait des services secrets. Dans le cas contraire, quelle serait la portée de son affirmation ? Mort, oui, mais où et quand ? Et quid de l'assassin ? Au fond, ce n'était pas la logique de cette femme qui lui posait problème, mais la sienne. Ajouté à cela, son insatiable curiosité, un vilain défaut qui le poussait à fourrer son nez dans cette histoire simplement parce que son frère en avait fait une affaire d'État. Rod jouait un drôle de jeu. Ces derniers temps, Troy s'étonnait de voir jusqu'où il pouvait aller, dans les méthodes qu'il utilisait et les gens qu'il fréquentait pour parvenir à ses fins. D'étranges unions, avait-il dit. Troy se souvint de la cuillère en bois déposée devant Downing Street. Et Rod lui avait fait aigrement remarquer que lui « et les butors de la Special Branch » avaient servi de leurres dans l'épisode de l'homme-grenouille. Il détestait l'idée d'avoir été manipulé, relégué en coulisses, alors qu'il croyait faire partie du numéro.

Il contempla la pile de papiers rangés avec soin sur son bureau, si bien classés et ordonnés depuis l'arrivée de Clark. À l'opposé de sa vie.

— Je viendrai vous voir demain, Mrs Cockerell.

Il raccrocha et ouvrit le rapport d'autopsie. Toute bonne enquête criminelle commence par un cadavre. Quelle que fût son identité, la chose allongée sur la table de la morgue de Portsmouth était le spectacle le plus immonde qu'il lui ait été donné de voir. Bouffée par les poissons, putride, puante. Le rapport du médecin légiste était tout aussi joyeusement répugnant : lorsque Troy arriva à la section « Contenu du tube digestif, de l'estomac, du duodénum, du côlon et examen du rectum », le dégoût surpassa la perversité qu'un flic pouvait éprouver à ce genre de lecture. Il déposa le dossier sur la pile « départ » du courrier. Il n'existait pas de corbeille intermédiaire pour le courrier en attente. Peut-être Clark s'en occupait-il ? Qui sait, un jour entrerait-il dans son bureau pour trouver sa vie jetée dans une corbeille « en attente » ?

41

Au moment de partir, il renonça à prendre sa voiture. La perspective de rouler au pas sur l'A5, sur l'A6, puis de traverser le Northamptonshire, le Leicestershire et la moitié du Derbyshire l'ennuyait à mourir. Rester des heures bloqué dans les embouteillages pour sortir de Londres et avancer ensuite comme un escargot ? Hors de question. Circuler sur ces routes encombrées relevait du cauchemar. La Grande-Bretagne avait besoin d'*Autobahnen*, seules réalisations positives à mettre au crédit du défunt Adolf Hitler. Les touristes de retour d'Allemagne se plaignaient de la vétusté des routes britanniques. Au comptoir des pubs, on entendait des bouffons affirmer qu'un pays est civilisé quand on peut y conduire à 170 kilomètres à l'heure sur une autoroute bétonnée. Troy s'habituait à cette nouvelle mode, la redécouverte par les Anglais de l'Europe – beaucoup appelaient désormais ainsi le continent. Les plus fortunés, revenus de vacances sur la Riviera, se vantaient d'y avoir bu de la bière anglaise et un excellent thé, ou, à l'inverse, d'avoir déniché des denrées « introuvables ici », que l'on ne pourrait jamais se procurer « tant que nous resterions des insulaires ». Troy se souvenait de son étonnement à la vue d'un presse-ail, d'une bouteille de chianti ou d'une céramique rouge de Toscane. Et du petit livre bleu d'Elisabeth David, *La Cuisine méditerranéenne*, pimenté de mots étranges, « calamar » ou « courgette », une cucurbitacée connue dans les jardins potagers du Royaume-Uni sous sa forme géante et immangeable, uniquement destinée à gagner le concours du plus gros légume. Tout ceci prouvait surtout le penchant des Anglais pour l'autoflagellation.

Il sortit du tiroir de son bureau un indicateur des chemins de fer et compulsa les horaires. Gare St Pancras, la Old Midland Line. Troy aimait les voyages en train. La Grande-Bretagne possédait un réseau ferré très dense qui reliait la majorité des villes entre elles. Moins ponctuels, certes, que les chemins de fer italiens sous Mussolini, les trains vous transportaient dans tous les coins et recoins du pays, au fin fond du Somerset ou sur les collines du Derbyshire. Comme il l'avait expliqué à Khrouchtchev à propos du métro londonien, les tortillards britanniques étaient en piteux état, mais ils fonctionnaient.

Belper. Pourquoi connaissait-il ce nom ? Belper. Il repéra la localité sur la carte du réseau ferroviaire. Un trou perdu, à quinze kilomètres au nord de Derby, coincé entre un affluent de la Trent et les contreforts des Pennines. Et il y avait une gare.

42

La locomotive, un spécimen d'un autre âge, portait toujours les insignes de la London, Midland & Scottish Railway, compagnie depuis longtemps absorbée par la British Railways. Gamin, Troy s'adonnait à l'un des loisirs préférés des Anglais, le repérage des locomotives – de nombreuses lignes traversaient le Hertfordshire –, mais il avait cessé de s'y intéresser à peu près à l'époque où celle-ci était apparue. Il reconnut une Jubilee 4-6-0, baptisée ainsi en 1935, lors du jubilé d'argent du roi. Moins majestueuse que la Coronation and Princess Pacifics, moins puissante aussi, et bien plus élancée. Autrefois d'un beau rouge, comme dans les livres pour enfants[1], elle était aujourd'hui noire de crasse.

Bercé par la cadence des pistons, respiration mécanique de la bête de fer, Troy s'endormit quelque part dans le Bedfordshire. Lorsqu'il s'éveilla, il faisait nuit et le train poursuivait sa route haletante à travers les plaines de la Trent Valley. Il ne se souvenait pas avoir passé Leicester ou Loughborough. Il regarda par la vitre : une demi-lune quasi parfaite éclairait un ciel sans nuages. Il eut juste le temps d'apercevoir le nom d'une gare, Long Eaton. Il se laissa aller contre la banquette râpée du compartiment de troisième classe et se rendormit.

Quelqu'un le secouait. Il ouvrit les yeux. C'était le contrôleur. Le train était à l'arrêt. Il faisait aussi sombre dans le wagon que dehors.

— Vous aviez dit Belper, chef ? Vous avez intérêt à vous dépêcher de descendre, sinon vous allez direct à Manchester.

Troy sauta du marchepied, encore à moitié au pays des songes, et se retrouva au milieu de nulle part. La locomotive s'ébranla dans un profond soupir et disparut lentement vers le nord, entre les talus de la tranchée ferroviaire. Sifflements, ahanements s'amenuisèrent, vapeur et fumée s'évaporèrent, remplacés par d'autres bruits, d'autres odeurs qui s'épanouissaient comme des fleurs en images accélérées. Un délicat parfum de giroflée, une subtile senteur de roses anciennes et celle, plus soutenue, des nicotianas. Il se trouvait devant le parterre fleuri de la gare, avec, au centre, six grandes lettres faites de dalles de calcaire d'un blanc éclatant, bordées de géraniums écarlates. B – E – L – P – E – R. Perché sur un mur de pierre, un réverbère à gaz chuintait ; suspendus à ses deux branches, des paniers d'où cascadaient capucines et lobélies. Quand le fracas du train se fut évanoui, Troy distingua, troublant le silence par intermittence, des glouglous mélodieux, pareils à des roucoulades. Le silence. C'était bien le plus surprenant. Quelque part, dans le lointain, une fenêtre s'ouvrit, laissant échapper l'accent inimitable d'un speaker de la BBC. À part cette radio et les curieux glouglous, aucun bruit, pas un moteur, pas une voix, rien. Juste un silence odorant.

La gare, à la façade rouge écaillée, avait la forme d'un chalet suisse. Sur une porte, une plaque émaillée affichait « Réservé aux dames ». Un peu plus loin, un employé revêtu d'un uniforme de porteur chargeait sur un chariot des caisses en osier emplies de pigeons de concours. Chaque fois qu'il en soulevait une, on entendait des battements d'ailes et des froufrous de plumes. L'homme offrait une ressemblance frappante avec Oliver Hardy : visage replet, triple menton étranglé par le col de chemise, moustache en brosse à dents et tour de taille impressionnant.

— Excusez-moi, lui dit Troy, je suppose qu'il n'y a pas d'hôtel de la gare ?

Il s'attendait plus ou moins à voir Hardy se redresser, arranger sa cravate, porter son chapeau à sa poitrine, se troubler, branler du chef et pincer les lèvres. Pas du tout. L'homme continua de charger ses casiers roucoulants. Troy regretta le caractère négatif de sa question. Au diable les Anglais et leur incorrection grammaticale ! Tout ce qu'il voulait savoir, c'est s'il y avait un hôtel dans les parages.

Sans même le regarder, Hardy désigna du menton la ruelle étroite qui montait en ville.

— Là-haut ? demanda Troy, soudain conscient que certaines personnes n'utilisent pas le langage pour s'exprimer.

— Tout en haut. De l'autre côté de la place. Le *Kedleston*, dit Hardy, toujours sans le regarder, d'une voix étonnamment douce et flûtée.

La dernière caisse chargée, il grimpa à l'avant du chariot et appuya sur un bouton. Un moteur démarra avec un ronronnement mécanique de machine à coudre et l'engin gravit la pente en oscillant. Perplexe, grisé par le parfum des giroflées et les roucoulis des pigeons, Troy suivit la caravane, à la recherche du caravansérail. *Les Mille et Une Nuits* dans les Pennines.

Un tel enchantement ne pouvait durer. L'hôtel *Kedleston* était un trou à rats qui n'avait pas dû être repeint ni retapissé depuis le règne d'Édouard VII. Une chambre minuscule, un lit aussi étroit qu'un cercueil, dont les ressorts épuisés protestèrent sous son poids. Apparemment, les chambres étaient séparées par deux feuilles de papier peint collées l'une à l'autre. Presque toute la nuit, l'occupant de la pièce voisine péta et grogna, sans doute par solidarité avec les ressorts torturés.

En s'éveillant, fourbu, le dos endolori, Troy aperçut face à lui le seul meuble de la chambre datant du XXe siècle. Fabriquée de bric et de broc, suivant le slogan « faites avec et rafistolez » en vogue pendant la guerre, l'horrible commode avait résisté à l'épreuve du temps. Elle devait encore posséder un certain attrait, puisque tous les foyers britanniques ou presque en étaient équipés. Du contreplaqué, pas du bois, la nécessité élevée au rang de vertu.

Il fit sa toilette au son assourdissant des cataractes qui dégringolaient dans les canalisations des lavabos et des toilettes. Très vite, l'eau chaude manqua et il dut attendre le retour d'un filet tiède au bec du robinet. Des pas lourds descendant l'escalier résonnèrent devant sa porte, faisant tressauter le vase de fleurs artificielles sur la commode.

Il fut le dernier client à entrer dans la petite salle à manger. Des hommes moustachus, en costume marron, qui semblaient tous se connaître, attablés devant des œufs au bacon graisseux et des tasses de thé à la crème. Une odeur de tabac froid et de brillantine planait sur ce petit-déjeuner peu ragoûtant. Deux ou trois complets marron lui marmonnèrent un bonjour et son voisin de table lui demanda ce qu'il vendait. À écouter leur jargon, Troy comprit qu'il avait affaire à des représentants de commerce, des pionniers à l'avant-garde du négoce de brosses et autres accessoires sanitaires.

Il sortit dans la rue, ébloui par un soleil longtemps espéré qui se dépêchait de rattraper l'été glacial. Un jour d'été indien. La grand-rue, très passante, bordée de banques et de drapiers, de sociétés de crédit immobilier et de bouchers, fut soudain noyée dans la fumée et la vapeur quand un train express traversa le cœur de la ville en rugissant. Troy leva les yeux vers les façades de pierre, au-dessus des devantures colorées des magasins, et brusquement le décor lui apparut tel qu'il devait se présenter à l'époque victorienne. Des collines verdoyantes entouraient Belper sur trois côtés. Ce n'était plus le paysage qu'il avait aperçu du train avant de s'assoupir, ni les plaines inondables des Midlands, mais bien une cité du Nord solidement accrochée aux flancs des Pennines. Si ses souvenirs de cours de géographie étaient exacts, Belper était un centre de mines et de filatures.

La serveuse qui lui avait apporté cet infâme petit-déjeuner à moitié froid et figé dans la graisse, dont le seul mérite était d'être copieux, lui avait crayonné un rapide plan. Il le tourna en tous sens, finit par se repérer et remonta la rue principale en direction de Heage Road, l'adresse indiquée par Mrs Cockerell. Il n'avait jamais vu autant de pierres taillées depuis l'après-midi où, par désœuvrement, il était allé visiter l'abbaye de Westminster. Au royaume du granit, l'utilisation récente de la brique rouge paraissait un geste dérisoire vers la modernité. Comme la plupart de ses consœurs britanniques, Belper ne respirait pas l'opulence. Même si l'ère de l'austérité était révolue, elle continuait de tisser sa toile autour de cette cité ouvrière. Partout, un climat de pauvreté, à la limite du dénuement : maisons en piteux état, peintures abîmées et bois pourrissants. Les habitants paraissaient droit sortis du roman de George Orwell, *Le Quai de Wigan*.

En gravissant la côte qui partait du centre-ville, Troy passa devant un asile de nuit. Un homme décharné, vêtu d'une vieille capote de l'armée aux boutons ternis, aux insignes encore visibles, serrait son col à deux mains, grelottant malgré le beau soleil. Ses lèvres bougeaient. Il bégayait de façon incompréhensible. Il ne parviendrait pas à dépasser les premières syllabes. Des silhouettes fatiguées émergèrent de la porte marron cloquée de l'asile et s'éloignèrent dans la rue en traînant les pieds, sans attendre la fin de sa phrase. Tristes et silencieux. L'après-guerre, l'après-quoi ? Quel drame personnel amenait des hommes à finir à l'asile de nuit ? Dans la Grande-Bretagne de l'après-guerre – n'importe laquelle, celle de 14-18 n'avait pas été différente –, les blessés de la vie s'accumulaient. Difficile de croire que les tragédies politiques puissent tout expliquer. Sous la surface des faits tangibles, s'en tapissaient d'autres, intangibles ceux-là. Enfant, Troy songeait que ces créatures provenaient d'un endroit mystérieux, le laboratoire d'un savant fou qui donnait forme humaine à des poupées de chiffon, une *Île du Dr Moreau*[2] où deux scientifiques créaient des êtres mi-bêtes, mi-hommes. Combien en avait-il croisées, dans les ruelles poussiéreuses du Hertfordshire, de ces guenilles ambulantes qui sonnaient à la porte de la cuisine de ses parents pour quémander les restes ? La blague de Jim Wheeler sur le riz au lait ne faisait plus rire personne, non parce qu'elle était éculée, mais parce qu'elle était vraie.

Du haut de la colline, il découvrit le panorama. À sa droite, se dressait une immense cheminée de brique noircie. Belper était donc bien une cité industrielle. S'il s'était levé plus tôt, il aurait vu des femmes sortir de leurs masures de pierre et se répandre par centaines dans les rues pavées pour aller prendre leur poste à l'usine. Il consulta sa montre : neuf heures et demie passées. Il remonta Heage Road en s'arrêtant devant chaque portail pour lire les noms sur les plaques. Il se trouvait manifestement dans le quartier chic : d'imposantes demeures bien entretenues, toutes d'architectures différentes, surchargées de pignons et de crénelages. Derrière un portail à deux battants, aux piliers coiffés d'une jardinière fleurie, il aperçut, au fond du jardin, *Jasmine Dene*, vaste pavillon blanc à colombages de style faux Tudor. Il poussa l'un des battants, séparant ainsi le *Jasmine* du *Dene*. La pelouse était impeccablement soignée, presque trop fignolée, à la limite de l'artificiel : des bandes de gazon passées au rouleau, rectilignes comme des lattes de parquet, délimitées par des plates-bandes tracées au cordeau, peu agréables à l'œil en raison de leur trop grande symétrie. L'auteur de cette perfection, un septuagénaire en pantalon noir, gilet noir et chemise sans col, était penché sur une tondeuse dont il désengorgeait les lames. L'oncle Todger devenu réalité.

Il observa Troy par-dessous ses sourcils gris broussailleux et marmonna quelque chose avec un fort accent des Midlands. Troy crut comprendre : « Vous cherchez la patronne ? » et hocha la tête, en se promettant d'utiliser le langage des signes si jamais un autochtone entendait lui faire prendre un abonnement au *Reader's Digest* ou à lui refiler la littérature des Témoins de Jéhovah.

— En effet.

— Alors vaudrait mieux sonner, hein ?

L'intonation montante suggérait que ce pouvait être une question.

— Bonne idée, répondit Troy, songeant que c'était la réponse la plus appropriée.

Il laissa l'homme à sa tondeuse, passa entre deux demi-tonneaux peints en noir et blanc et garnis de pétunias, tradition oblige, puis tira la chaîne de la cloche.

Le souvenir que l'on garde d'une personne éplorée vous induit parfois en erreur. Sans pour autant être qualifiée de beauté, la femme qui se tenait devant lui, la cinquantaine bien préservée, grande, élancée, élégante, ne pouvait être la même que celle rencontrée à Portsmouth.

— Mr Troy, de si bon matin ! Entrez, je vous prie.

Janet Cockerell ouvrit grande la porte et sourit. Son regard pétillait. Elle portait une salopette tachée de peinture, serrée à la taille, sans doute une vieille tenue grise qu'elle avait teinte en bleu, la couleur de ses yeux. Elle tenait à la main deux pinceaux, l'un chargé de blanc de Chine, l'autre terre de Sienne brûlée. Enfant, Troy se demandait pourquoi, dans les boîtes de gouache, le tube terre de Sienne, tout simplement, était absent. Elle ôta le foulard en liberty noué sur sa tête et secoua ses cheveux. De beaux cheveux bruns filetés de gris, à la coupe soignée.

— Vous avez trouvé à vous loger en ville ? J'imagine que vous donneriez cher pour une bonne tasse de café. Laissez-moi rincer mes pinceaux, et je suis à vous.

Elle s'éloigna à grands pas le long d'un couloir. Troy la suivit en prenant son temps et la vit disparaître tel le lapin d'Alice, par une porte sur la droite. Il s'arrêta devant une autre, à double vantail, qui ouvrait sur un salon. La curiosité le poussa à s'avancer ; la discrétion l'empêcha de continuer. Dans la lumière du soleil matinal qui frappait les jolies fenêtres à petits carreaux, s'étalaient les icônes de la modernité, la substantifique moelle de l'évangile prôné par Cockerell. Affreux contraste. Des cendriers montés sur trépied. Le portrait d'une Joconde chinoise au visage sévère, à la peau vert-bleu. Un tapis dont on aurait cru les motifs tracés par un patineur déchaîné. Une table basse en résine mélaminée, avec inclusions de coquillages en plastique, version synthétique de l'insecte pris dans l'ambre. Des murs couverts de deux styles de papier peint, l'un à rayures verticales claires, l'autre à volutes et spirales très foncées. Quant aux impressions des rideaux… des bouteilles de chianti aux couleurs méditerranéennes, symbole d'un peuple amoureux du soleil, décontracté et bon vivant, tout ce que n'étaient pas les Anglais. Une pièce où Troy eût été incapable de vivre. Des sièges chétifs tapissés de skaï clouté, aux pieds malingres, chaussés d'embouts dorés, bien fragiles comparés aux deux robustes représentants de la technologie – un poste de télévision enfermé dans un meuble et un énorme combiné radio-tourne-disque doté d'une série de boutons beiges, carrés, qui évoquaient le rictus crispé d'un dentier dans un gobelet. Comment se sentir à l'aise dans une pièce où les fauteuils risquaient de céder sous votre poids et les machines de vous dévorer ?

— Arnold vous a fait la réclame, je suppose ?

Janet Cockerell venait de réapparaître à ses côtés. Troy faillit s'excuser de son indiscrétion, puis s'abstint. Elle s'appuya contre le chambranle de la porte et jeta un coup d'œil dans le salon.

— Ce qu'il appelle le style contemporain. De la camelote.

Troy sourit.

— Oui, il m'a fait la réclame, comme vous dites.

— Vous avez dû mourir d'ennui en l'écoutant. Il aurait remeublé toute la maison, si je n'y avais pas mis le holà. J'ai gardé une pièce, juste pour moi. Venez la voir. Arnie est autorisé à y entrer, à condition de ne toucher à rien.

Elle le conduisit à l'arrière de la villa, dans un salon spacieux dont les portes-fenêtres ouvraient sur le jardin. Exposé au sud-ouest, pour profiter du soleil couchant. Même dans la lumière matinale, Troy compris ce qu'elle avait voulu dire. Aucune trace de modernisme ou d'innovation technologique n'avait franchi la porte. Un papier peint champêtre, dans des tons de jaunes et de bleus très doux ; un parquet ciré, quelques tapis persans anciens et usés, un canapé et deux fauteuils recouverts de chintz. Des livres, tous lus et relus, garnissaient un pan de mur. Une vingtaine d'aquarelles décoraient les trois autres. Une pièce au confort traditionnel, qui dénotait une vraie personnalité, contrairement à l'autre salon, quand bien même on y aurait vécu cinquante ans.

Janet Cockerell était déjà repartie vers la cuisine, où la bouilloire sifflait. Troy, curieux, s'approcha des tableaux. Les collines et les vallées du Derbyshire, peintes dans la pure tradition britannique de l'aquarelle, mais retravaillées par l'artiste jusqu'à l'abstraction. Il étudia une toile plus d'une minute avant de comprendre le sens du titre : *Combe Martin, Devon, 1948*. Ce qu'il avait pris pour une peinture abstraite était en réalité une marine : des eaux rendues aveuglantes par la lumière argentée, pareilles à des feuilles de métal martelé, des roches plissées, d'un rouge ferreux. Il cligna des yeux, regarda à nouveau : l'abstraction était revenue.

Il passa ensuite aux quelques œuvres qui ne portaient pas sa signature. Janet Cockerell avait beaucoup de goût. Un autoportrait de Gwen John[3] et une scène biblique, peinte de la main irrésistible et inimitable de Stanley Spencer[4]. Il les admirait encore quand elle revint, un plateau à bout de bras.

— Si nous prenions le café dehors ? Après toute cette pluie, il faut profiter de ce bel été indien.

Il la suivit dans le jardin. La même division matrimoniale de la propriété semblait s'y appliquer. En contraste frappant avec l'agencement militaire de la pelouse, côté rue, c'était un enclos où la nature reprenait ses droits. Plantes aromatiques, fleurs et arbustes voisinaient avec les légumes dans les mêmes plates-bandes – un gros buisson de thym, une touffe de marjolaine aux minuscules fleurs fanées, une rangée d'oignons parvenus à maturité et dont elle avait couché les tiges, un magnifique rosier remontant aux pétales rouge sang, un cognassier aux branches biscornues, chargées de fruits, des giroflées aux tiges ligneuses, libres de se ressemer à leur guise.

Un chevalet était installé au fond du jardin surplombant la ville, face aux cheminées et aux toits d'ardoise. En contrebas, serpentait un dédale de rues pavées. Janet Cockerell avait esquissé quelques contours sur la toile, avant d'être dérangée par l'arrivée matinale de son visiteur. Elle posa le plateau sur une table en osier : un service à café simple et coloré et une cafetière fumante. Troy s'avança vers une chaise placée au bord de l'à-pic et, en se penchant, vit qu'il dominait les vestiges herbeux d'une ancienne carrière. D'instinct, il recula le siège.

Elle lui servit une tasse de café, bien noir, à l'arôme puissant.

— Je joue sans doute avec votre esprit de contradiction, inspecteur Troy, mais je vous assure que mon mari est bien vivant. Il s'est enfui et il se cache.

Elle posa sa tasse. En deux phrases, ils avaient atteint le cœur du problème.

— Que fuit-il, selon vous ?

— Il vit au-dessus de ses moyens. Nous menons grand train depuis quelques années et, à mon avis, la source de revenus – laquelle, je l'ignore – qui finance notre style de vie a dû finir par se tarir. Il s'est rendu compte qu'il était le dos au mur et il s'est volatilisé.

— Et les effets personnels laissés à Portsmouth ?

— Il a tout prévu, pour nous faire croire à sa mort.
— Le corps repêché ?
— Pure coïncidence.
— Pourtant, le gouvernement affirme qu'il était en mission…
Elle haussa les épaules.
— Vous savez, souvent la main droite ignore ce que fait la main gauche.
Troy ne pouvait qu'approuver ce résumé lapidaire, digne d'un éditorialiste, des maladroites tentatives du gouvernement pour dissimuler la vérité.
— Pour quelle raison utiliserait-on les services de mon mari ? Il n'était pas le meilleur nageur de combat des Opérations spéciales, même à ses débuts. Un homme de cinquante-deux ans, à la santé précaire, assez porté sur les cigarettes et le whisky. Il avait trente-cinq ans quand la guerre a éclaté ! S'il n'avait pas servi dans la marine, il n'aurait pas été appelé. Qu'on ait pu le solliciter pour reprendre du service alors qu'il était à la retraite, c'est invraisemblable !
— Que faisait-il à Portsmouth, selon vous ?
— Il préparait sa fuite en semant des faux indices derrière lui. Drôle de hasard, tout de même, que ses vieux copains des services secrets aient retrouvé sa trace, alors que je n'avais pas encore signalé sa disparition. Je l'ai fait environ dix jours après. En ce moment, Arnold doit être à l'étranger, étonné de lire dans les journaux qu'on le prend pour un espion, tout fier de s'être tiré d'affaire et d'avoir entourloupé ses créanciers.
— Ces derniers vous ont-ils contactée ?
— Non.
— Et cela ne remet pas en cause votre théorie ?
— Non. Je crois ce que je vois. À l'heure qu'il est, ils ignorent peut-être avoir été été abusés. Ils pourraient

mettre du temps à s'en rendre compte. Je sais juste que notre train de vie dépasse largement nos moyens.

— Depuis quand dure cette situation ?

— Cinq ans, exactement. Depuis le Festival de Grande-Bretagne[5].

Elle fixa sa tasse de café avec un sourire désabusé.

— Il en est revenu en disant : « J'ai vu la technologie du futur. Tout est possible, dans toutes les tailles et toutes les couleurs. » Il affirmait que le marché était en plein essor. Après la chute des travaillistes, il ne parlait plus que de croissance économique. Selon lui, nous avions enfin un gouvernement d'hommes d'affaires. Partout, il revenait sur le sujet avec ses amis conservateurs, au golf, au club et même à la British Legion où il aimait s'encanailler. Bien sûr, j'étais contente de ne plus l'entendre ressasser ses exploits militaires, mais pour moi, c'était des âneries. Aujourd'hui, cinq ans plus tard, nous possédons trois magasins – je hurle chaque fois qu'il utilise le mot –, « grand magasin » disons plutôt trois entrepôts où il stocke la camelote, que, toujours selon lui, les consommateurs vont s'arracher – après tout, il s'y connaît mieux que moi. Une Rover et une Jaguar dorment dans le garage, et il s'est permis d'abandonner la MG à Portsmouth. Notre compte courant explose et notre livret d'épargne est plein à craquer. Il ne peut s'être procuré cet argent par des moyens légaux.

Curieux que des dettes ou une fraude quelconque aient obligé Cockerell à prendre la poudre d'escampette, alors que ses comptes bancaires étaient approvisionnés. Curieux aussi que son épouse en parle avec autant de spontanéité.

— Bon. Supposons que vous ayez raison et qu'il soit en vie. Supposons que je le retrouve. Il saura que vous l'avez dénoncé.

— Je m'en moque. Il m'a laissée tomber.

— Et son entreprise ?

— Je ne touche pas à son argent. Je suis l'administratrice des magasins. Mon rôle se borne à signer des chèques aux gérants, qui eux, s'occupent du reste. Si j'ai raison, si Arnold est vivant, et si vous le ramenez, je vendrai les trois magasins, je rembourserai tous ceux qu'il a arnaqués, et il ira se faire voir. Si vous avez raison et qu'il est mort, j'hérite. De toute façon, je m'en moque. Je peux me débrouiller sans cet argent. Mon père m'a laissé des fonds en fidéicommis. Arnold n'avait pas besoin de se lancer dans des combines douteuses. Nous pouvions largement vivre avec ce que nous avions. Mais monsieur avait sa fierté. Par principe, nous ne devions pas toucher à ma fortune personnelle. Un homme n'est pas un homme s'il vit aux crochets de sa femme… ce genre de sornettes. Les hommes et leur stupide sens de l'honneur. Encore des mensonges. Ils disent ça parce que ça les arrange. Je n'ai jamais fait grand cas de l'honneur d'Arnold.

Troy se remémora la phrase que Joseph Conrad met dans la bouche du capitaine Marlow : « Il faisait grand cas du déshonneur alors que seule compte la culpabilité. » Oui, Janet Cockerell avait raison. Mais il ne vit pas l'utilité de citer *Lord Jim*. Un livre trop masculin.

— Dites-moi, qui vous a approchée ?

— Pardon ?

— Vous avez bien signalé la disparition de votre mari à la police ?

— Oui. Un inspecteur est venu me voir ici. Harold Warriss. Un ami. Ou plutôt un ami d'Arnold. Nous nous connaissons depuis des années. Il m'a vaguement rassurée en disant qu'Arnie ne tarderait pas à se manifester.

— Oui, mais il n'est pas revenu. Lorsque les journaux se sont emparés de cette affaire d'espionnage, quelle a été votre réaction ?

— Aucune. Je n'ai pas fait le lien avec sa disparition.

— Et l'inspecteur Warriss non plus ?

— S'il l'a fait, il n'a pas jugé utile de m'en aviser.

— Et quand le Premier ministre a mentionné le nom de votre époux ?

— Eden est très vieux jeu, répondit-elle avec une pointe de sarcasme. Le jour où il s'est décidé à parler, ce qu'il avait certainement prévu depuis des semaines, il m'a envoyé un émissaire. Il ne m'était jamais venu à l'esprit que mon mari puisse être l'homme-grenouille de Portsmouth. Et puis un matin, sans prévenir, un type des Affaires étrangères a sonné à ma porte. Daniel Keeffe. La quarantaine, comme vous. Plutôt bel homme. Très timide, très tendu. Il a bredouillé des excuses, de la part du gouvernement. Le nom d'Arnold serait divulgué devant la Chambre des communes, la semaine suivante, et, selon lui, c'était une lamentable erreur de leur part.

— Il a dit ça ?

— Si je me souviens bien, il a dit : « Il s'agit d'un malheureux quiproquo. Je suis désolé. J'ignorais que le Premier ministre avait l'intention de révéler son nom. »

— Il a bien dit « je », pas « nous » ?

— Oui. Il semblait prendre le sujet très à cœur. Il était bouleversé. J'aurais dû me montrer plus curieuse, mais je me suis abstenue. Je refusais de croire que mon mari était l'espion de Portsmouth. Je persiste à penser qu'il a pris la poudre d'escampette. Ça arrange bien le gouvernement d'affirmer qu'il s'agit d'Arnold. Ça réglerait tout. Mais ce n'est pas lui.

— Et les journalistes ?

— Ils se sont agglutinés derrière le portail pendant quelques jours. Alors son vieux copain Warriss a eu pitié de moi. Il a placé un planton devant ma porte jusqu'à ce qu'ils abandonnent la partie. Ils avaient d'autres chats à fouetter, je suppose. Pensez à ce qui se passe en Égypte…

— Vous savez, reprit Troy au bout d'un moment, quand un homme disparaît, c'est rarement pour une histoire d'argent. Plutôt pour une histoire de jupons…

Elle partit d'un rire bref.

— Vous plaisantez, Mr Troy. Vous avez vu mon mari. Pensez-vous qu'une femme voudrait de lui pour amant ?

Cette réflexion méritait une repartie empruntée au Manuel du parfait détective.

— Tous les goûts sont dans la nature, Mrs Cockerell.

— Croyez-moi, Mr Troy, Arnold n'était pas porté sur la chose. Du moins, pas au sens où…

Elle s'interrompit subitement et lui servit une autre tasse de café.

— Qu'alliez-vous dire, Mrs Cockerell ? l'encouragea Troy. Que votre époux avait des goûts… particuliers ?

Le silence s'éternisait. Il crut qu'elle ne lui répondrait jamais. Enfin, elle prit une profonde inspiration et planta son regard dans le sien.

— Disons qu'il avait des goûts… un peu spéciaux. Il adorait sa combinaison de plongée. Il rêvait de faire ça, vêtu de sa foutue combinaison. J'ai toujours refusé.

— Il aurait pu trouver une femme consentante…

— Non. C'est le genre de caprice que l'on peut exiger d'une putain accostée dans la rue. Il passait son temps en déplacements, de Manchester à Stockholm. Je ne serais pas surprise d'apprendre qu'il fréquentait la moitié des filles de joie de toute l'Europe. Mais de là à ce qu'une femme accepte ce genre de lubie… Non, je n'y crois pas une seconde. Arnold n'aurait pas pu entretenir une telle liaison. Ce n'était pas son genre. Voyez-vous, depuis le soir où j'ai refusé de le laisser monter dans le lit avec cet attirail, il a pris l'habitude de se déshabiller dans la salle de bains. En dix ans, il ne s'est jamais montré nu devant moi. Il n'oserait pas s'exposer dans le plus simple appareil. J'en ai vu plus de l'homme allongé à la morgue de Portsmouth que de mon mari…

Elle reprit sa respiration. Troy espérait entendre la suite sans avoir à poser de questions embarrassantes.

— Savez-vous que l'inspecteur Bonser m'a demandé si je pouvais identifier son… sa… enfin, vous voyez ce que je veux dire.

Gênée, elle s'interrompit de nouveau. Troy ne pipa mot.

— C'était impossible ! Mais Bonser insistait. C'est de cela qu'il me parlait quand vous êtes entré dans son bureau. Il refusait de croire que je sois incapable de reconnaître les attributs virils de mon époux !

Dans un subit accès de colère, elle posa brutalement sa tasse sur la soucoupe. Au moins, la rage l'empêchait de pleurer. Elle se laissa aller contre le dossier de sa chaise, visage levé vers le ciel. Plusieurs secondes s'écoulèrent. Quand elle fut calmée, elle tourna vers Troy des traits durcis, une expression sévère, pour la première fois consciente de sa présence. Elle se rendait compte qu'il l'écoutait avec attention.

— Je ne devrais peut-être pas vous raconter tout ça.

— Je suis policier, Mrs Cockerell. J'ai besoin d'indices.

— Oui. Enquêter, c'est votre métier, inspecteur. Moi je détecte le sarcasme que vous tentez de cacher. Je sais que vous ricanez intérieurement.

Maudite soit cette femme. Il ne l'aurait pas crue si perspicace. Ricaner ? En effet, il ricanait.

— Ne vous sentez pas gêné, Mr Troy. Il y a sans doute de quoi rire, ici. Appeler une maison *Jasmine Dene* doit vous paraître de très mauvais goût – je devine à votre accent que vous venez d'un comté chic du nord de Londres. Arnold voulait la rebaptiser en accolant la moitié de nos deux prénoms, mais cela donnait *Jarno* ou *Arnoja*. J'ai suggéré *Adieu la mer* ou *Les Vagues oubliées* – ce qui eût été approprié pour un ex-homme-grenouille, non ? – mais il a préféré conserver l'ancien nom. Aucun sens de l'humour, mon mari.

Troy sentit que la tempête était passée. L'explosion avait été violente, mais de courte durée. Il la ramena gentiment au cœur du sujet.

— Était-il déjà nageur de combat quand vous l'avez rencontré ?

— Oui. C'était au printemps 1940. Les dernières semaines de la drôle de guerre. Nous nous sommes mariés au cours de l'été, comme beaucoup de couples, pendant la bataille d'Angleterre. Arnold a passé les trois premières années de la guerre à entraîner des hommes de quinze ans ses cadets. Des gamins. Il est devenu très irritable. « Des gosses qui font un boulot d'homme », disait-il. Ensuite, il est entré dans le service actif. Les Opérations spéciales devaient manquer de nageurs qualifiés, pour l'avoir sorti des oubliettes. Les garçons qu'il avait formés étaient peut-être tous morts au combat. Toujours est-il qu'à partir de l'été 43 il s'est mis à chuchoter, à prendre un ton de conspirateur et à me rebattre les oreilles de missions « d'importance nationale », dont il n'avait en principe pas le droit de parler. Il n'a jamais compris que cela ne m'intéressait pas. Il aurait adoré que j'essaie de lui tirer les vers du nez.

— Une fois la guerre finie, vous a-t-il raconté ce qu'il avait fait ?

— Oui. Bien sûr. Il avait raison, c'était « secret-défense ». Il patrouillait dans la Manche, le long des côtes françaises, pour répéter les futures plages du Débarquement. Il a effectué des missions réellement dangereuses, ça, je lui accorde. Par exemple, on l'avait envoyé poser des mines magnétiques sur la coque de navires allemands, dans la rade de Brest. Cela dit, pour moi, c'était un soldat comme les autres, et sa fierté me semblait disproportionnée. Quelle potion magique a-t-on fait avaler aux Anglais pour que ces cinq années d'enfer et de privations nous aient imprégnés de ce patriotisme grotesque ?

Elle marqua une pause et jeta à Troy un regard interrogateur, guettant sa réaction.

— Ne croyez pas que je manque de patriotisme, Mr Troy. Mais les hommes aiment tellement se vanter. J'imagine que vous avez fait la guerre, vous aussi. Je ne voulais pas vous offenser.

— Non, je n'ai pas servi dans l'armée, Mrs Cockerell.

Elle haussa un sourcil. Peu de jeunes gens de l'âge de Troy avaient échappé à la conscription.

— Moi, j'étais Wren[6], ajouta-t-elle tout à trac. Opératrice à Bletchley Park. Cryptographie. Ce genre de choses.

Troy n'en revenait pas. Cependant, il se garda de tout commentaire. « Ce genre de choses » avait été le secret le mieux gardé de toute la guerre. Depuis, certains d'entre eux avaient été divulgués, mais le décryptage des codes allemands demeurait encore secret-défense.

— J'ai hérité cette maison de mon père. Arnold a été démobilisé très tôt. Nous nous sommes installés ici juste avant les élections de 45. On l'a mis sur la liste des réservistes, mais je suis sûre que si on lui avait donné le choix, il n'aurait pas quitté la marine. Il était officier de carrière et il aurait fini son temps en 44. Juste après la capitulation de l'Allemagne, il a reçu son ordre de démobilisation. Un geste généreux de la part de l'armée, d'une certaine façon. Démobiliser les hommes mariés, les soutiens de famille. Nous n'avions pas d'enfants… nous avons passé pratiquement toute la guerre séparés. Après, c'était trop tard pour moi.

« Quand les travaillistes ont remporté les élections, en juillet, nous étions parmi la foule qui applaudissait sur King Street. Le lendemain, Arnold a nettoyé sa tenue de plongée et l'a rangée dans une cantine, au fond du garage. Une ou deux fois par an, il la sort, la rince et la remet à sa place. Il n'a plus jamais nagé, sauf en vacances, en bord de mer, à Woolacombe. C'était mon choix – la lumière est merveilleuse, dans le nord du Devon. Voilà des années que je peins ces paysages. La mer y est bleue et tiède, si l'on a envie de se baigner. Nous y allions chaque été, mais Arnold se contentait de faire quelques brasses, comme n'importe quel vacancier. Il restait allongé sur le sable, puis il allait s'accouder au comptoir d'un bar et il saoulait les gens avec sa guerre. Par la suite, je suis retournée seule à Woolacombe. Arnold est sans cesse en déplacement à l'étranger, occupé à vendre ou à acheter sa camelote et à faire la bringue. Allez savoir.

De tout ce compte rendu, un détail avait retenu l'attention de Troy.

— Vous dites qu'il gardait sa combinaison dans le garage ?

— Oui, dans une cantine. Si je n'avais pas été là, il l'aurait accrochée au mur, en trophée.

— Est-elle toujours au même endroit ?

Visiblement, elle ne s'attendait pas à la question.

— J'avoue que je n'ai pas vérifié. Allons voir, si vous voulez.

Ils traversèrent la pelouse pour se rendre au garage, un hangar immense, signe extérieur de richesse le plus colossal auquel pouvaient prétendre les habitants d'une petite ville industrielle. Avoir un véhicule était un luxe ; en posséder deux, voire trois, était faire étalage d'opulence.

Janet Cockerell força une porte en bois gauchie, dévoilant une Jaguar et une Rover noire rutilante, « la Rolls du pauvre », se dirigea vers le fond du local et souleva le couvercle d'une grosse malle métallique. Vide.

— Ça ne veut rien dire, vous savez…

Troy ne releva pas.

— Si Arnold a tout manigancé, la disparition de la combinaison fait partie de son plan.

— La police n'a pas demandé à la voir ? Et l'envoyé des Affaires étrangères non plus ?

— Je n'ai pas songé à leur en parler.

Ils sortirent du garage et se retrouvèrent en plein soleil, face au postérieur du jardinier, toujours courbé sur sa tondeuse à gazon.

Janet Cockerell croisa les bras et se composa une expression fermée, pour cacher sa colère.

— Je sais ce que vous pensez, inspecteur. Mais croyez-moi, Arnold est intelligent. Il a tout calculé. Encore un de ses coups tordus. De plus, rien n'est logique dans cette histoire. Il testait soi-disant un nouvel équipement de plongée sous-marine. Mon œil. Pourquoi aurait-il emporté sa propre combinaison ? Ça ne colle pas avec ce que m'a dit Daniel Keeffe. Si tout cela n'était qu'un « vaste malentendu », comment Arnold s'est-il procuré cette nouvelle tenue ? Dans un surplus de la Marine ? Ça ne tient pas debout ! Ils ne sont même pas capables d'inventer un mensonge plausible ! Pour eux, Arnold était le bouc émissaire idéal. Ça lui est bien égal. Où qu'il soit, il doit être flatté de penser qu'il a été une dernière fois utile à la Marine. C'est paradoxal, non ?

Le jardinier démarra son engin et s'éloigna à pas lents, dessinant des chevrons sur la pelouse. L'air s'emplit d'une senteur d'herbe fraîchement coupée. Janet Cockerell semblait davantage s'intéresser aux motifs tracés sur le gazon qu'à leur conversation.

— Si vous vouliez bien, ne serait-ce qu'une seconde, accepter mon point de vue, reprit Troy, et vous dire que votre mari est décédé. Ensuite, demandez-vous pourquoi vous niez l'évidence avec tant d'acharnement.

— Je suppose que votre question exclut toute forme de sentiment, Mr Troy ?

— En effet.

— Enfin, nous nous comprenons. Je tiens à ce qu'Arnold soit en vie, Mr Troy. J'y tiens beaucoup. Parce que, s'il est mort, cela veut dire qu'il s'en est sorti et qu'il restera à jamais impuni.

Clou du spectacle. Baisser de rideau. Applaudissements du public.

Ils retournèrent dans son salon. Elle ouvrit son secrétaire et y prit un gros trousseau.

— Notre magasin principal est fermé en ce moment. Le gérant a pris ses vacances d'été. Fouinez, fouillez partout. Je n'ai rien à cacher. Arnold, oui. Quelque part, vous trouverez la clé de l'énigme. Une gigantesque arnaque, j'en suis sûre. Qui sait, si vous découvrez comment il s'y est pris, nous pourrions remonter la piste de l'argent. Un vrai jeu de piste. Et Arnold sera au bout.

— Je ne travaille pas à la brigade financière, Mrs Cockerell.

— Vous ferez de votre mieux, je vous fais confiance.

Soudain, venu des entrailles de la terre, s'éleva un long mugissement qui alla s'amplifiant, pareil au hurlement d'une sorcière annonciatrice de mort. Glacé jusqu'à la moelle, Troy se dirigea vers la porte-fenêtre, regarda le jardin paisible baigné de soleil. Enfouie dans sa mémoire depuis tant d'années, ressurgit l'angoisse liée aux sirènes d'alerte signalant un raid aérien.

Devinant son trouble, Janet Cockerell s'approcha de lui.

— Que se passe-t-il, Mr Troy ?

Il fut incapable de répondre.

— Ah, la sirène de l'usine ! Ne vous inquiétez pas. Elle annonce le changement d'équipe.

Elle lui présenta le cadran de sa montre.

— Il est midi pile. Vous l'entendrez de nouveau à quatre heures. Elle est placée sur le toit de Woolworth's. Ainsi tout le monde peut savoir que Moloch attend les sacrifiés.

Quelle impudence ! L'équivalent moderne du crieur de rue, mais en bien pire. Se servir d'une sirène d'alerte aérienne, le son le plus effrayant, le plus évocateur qui soit aux oreilles de ceux qui avaient vécu la guerre. En ressuscitant le passé, il ramenait Troy aux heures les plus sombres de 1944. La nuit noire, les terrains vagues gelés de l'East End. Les ténèbres, la mort, le mugissement des sirènes. Les ténèbres, la mort, les relents de cordite. Il en avait le goût dans la bouche.

— Mr Troy, ça ne va pas ? Vous êtes tout pâle.

Non, ça n'allait pas du tout. Il avait peine à respirer, et envie de vomir.

— Je n'ai pas entendu ça… depuis très longtemps.

— Ici, nous avons l'habitude.

— Je n'en doute pas.

Elle lui tendit le trousseau.

— Vous me tiendrez au courant, promis ?

— Promis, dit-il en empochant les clés.

43

« Le grand magasin » du capitaine Cockerell, son « QG », était situé en haut de la place du Marché. Une grande enseigne bleu et blanc courait sur deux façades mitoyennes, en lettres hautes de cinquante centimètres : COCKERELL. De loin, on aurait pu la prendre pour celle du boucher, du boulanger ou du marchand de bateaux vert pois[1]. Deux magasins réunis en un grand entrepôt d'exposition de canapés scandinaves aux lignes anguleuses, disposés en U ou en carré, qui encadraient des tables basses éclairées par des luminaires futuristes, simples filins d'acier ou ressorts terminés par une ampoule nue. Troy avait lu dans un magazine qu'on appelait ça des « fosses de conversation », destinées à rapprocher vos rotules solitaires d'autres rotules solitaires, à stimuler votre habileté à jongler avec des tasses de café instantané, des verres de vin blanc tiède et des soucoupes emplies d'amuse-gueules, et à endormir vos sens par la contemplation des bulles de cire colorées qui montent et descendent dans des cylindres de verre. Des horreurs qui confortaient Troy dans son goût, peut-être du snobisme, pour le mobilier ancien.

Il chercha une pièce qui ressemblât à un bureau et n'en trouva pas au rez-de-chaussée. Un escalier très raide, en colimaçon, menait à l'étage ; de là, un autre s'incurvait vers le second niveau. Dans cet entre-deux pentu, un cagibi faisait office de bureau, séparé de la pièce principale par une cloison vitrée. Un abat-jour en verre dépoli pendait du plafond au bout d'un câble torsadé gainé de tissu, lequel, par endroits, laissait apparaître des fils électriques noirs et rouges, cuits par le temps. Troy abaissa le bouton de l'interrupteur en laiton, s'attendant à voir crépiter des étincelles. Une ampoule de quarante watts éclaira faiblement la soupente exiguë. On y tenait à peine debout. Pourtant, Cockerell avait entassé là tout ce dont il avait besoin. Seule concession à la modernité, le téléphone. Secrétaire à cylindres, classeur à tiroirs, casiers poussiéreux, tout paraissait figé dans la crasse depuis des lustres. Un panneau coulissant d'une quinzaine de centimètres de large, encastré dans une cloison de bois, à hauteur de ceinture, rappelait que naguère un guichet permettait à un bataillon de vendeurs de passer tickets de caisse et factures à un employé isolé dans ce réduit. Du crin de cheval jaillissait de l'assise d'un fauteuil pivotant délabré, et le rideau du secrétaire, coincé aux trois quarts, refusait de se laisser soulever. On devinait encore le dessin de la tapisserie. De ses incursions enfantines dans les combles de Mimram House, Troy gardait le souvenir d'un papier peint jaune et vert, typiquement victorien. Il devait orner les murs de ce cagibi depuis plus de soixante-dix ans. Impossible d'imaginer Cockerell assis là. Comment le prophète du New Look pouvait-il travailler au milieu des reliques d'un passé qu'il détestait ?

Trois vieilles pipes au fourneau culotté étaient accrochées de guingois à un râtelier grossièrement cloué au-dessus du secrétaire ; plusieurs cannes émergeaient d'un porte-parapluie, dont une à tête de canard, une autre au pommeau à motifs celtiques et une canne-siège à la toile et au cuir moisis. Troy sortit des casiers quelques périodiques et les feuilleta : un catalogue de pièces de rechange pour réchauds à pétrole, datant de septembre 1922, des numéros d'une revue naturiste des années 1940, un guide de l'Automobile Club de 1949 (où séjourner dans les coins les plus reculés de Grande-Bretagne, avec cartes des réseaux secondaires), deux ou trois brochures sur l'élevage des volailles et des lapins – de quoi remplir la salle d'attente d'un dentiste – et, premier signe d'une occupation récente, *Parade*, février 1956, un magazine olé olé affichant postérieurs rebondis et poitrines pigeonnantes.

Il examina ensuite la rangée d'ouvrages alignés sur le dessus du secrétaire : le *Whitaker's Almanac* de 1951, un volume du Webster's *Universal English Dictionary*, entrées Lith-Zyx, et une dizaine de livres de poche au dos cassé. Pour la plupart des romans de Peter Cheyney[2], conservateur et raciste notoire, chez qui les méchants étaient toujours juifs, nègres ou russes. Adolescent, Troy en avait lu un ou deux et les avait jugés détestables. Les lectures plus récentes de Cockerell offraient davantage d'intérêt : trois romans d'espionnage de Ian Fleming, un écrivain qui commençait à faire parler de lui. *Casino Royale*, *Moonraker*, *Vivre et laisser mourir*, tous avaient pour héros un dénommé James Bond, commandant dans la Royal Navy, officier de renseignement au MI6. Un certain lectorat fantasmait encore sur le monde d'avant-guerre de Peter Cheyney, où l'Anglais, se prenant pour Dieu, fendait des foules d'étrangers bredouillants et agitait son passeport britannique en criant : « J'en suis un. » Cockerell, lui, devait davantage apprécier James Bond, officier de marine, séduisant agent secret, tombeur de dames, mais suffisamment vulnérable pour lui permettre de s'identifier au personnage. Fleming, ancien d'Eton, proche du Premier ministre, officier du renseignement naval pendant et sans doute après la guerre, était, à l'instar de 007, un grand charmeur qui ne se départait jamais de son long fume-cigarette. Toutefois, à en croire les potins du Parlement relayés par Rod, c'était aussi un perdant : pendant que cet élégant beau parleur se frayait un chemin dans la bonne société, Hugh Gaitskell, le chef du parti travailliste, entretenait en secret une liaison avec son épouse, Ann Fleming.

L'un des caissons du bureau était fermé par deux verrous, dont un plus solide, posé récemment. Troy reprit le trousseau de Mrs Cockerell et, après plusieurs tentatives, trouva les bonnes clés. Le contenu était plutôt bien rangé, comparé au désordre qui régnait dans le cagibi. Des piles bien nettes de fines chemises cartonnées ; des relevés bancaires datés et classés par trimestres, retenus par des pince-notes ; des talons de chèques ; un carnet de versements à une banque commerciale de Worcester, succursale de Great Malvern ; une liasse de relevés annuels de l'Ancien Ordre des Forestiers du Derbyshire, auprès duquel Cockerell avait contracté un emprunt immobilier, et des relevés trimestriels d'une banque de Stockholm, la ville où il achetait le mobilier contemporain exposé au rez-de-chaussée. Troy était conscient de sa propre incompétence en matière de comptabilité – l'une des raisons pour lesquelles il avait fait transférer Clark à Scotland Yard ; ni lui, ni Wildeve n'auraient la patience d'éplucher des colonnes de chiffres.

Afin de retarder le moment où il lui faudrait malgré tout s'attaquer aux livres de comptes, il farfouilla dans d'autres casiers, sans trop savoir ce qu'il cherchait

– peut-être le courrier d'un agent de voyages, un agenda de poche empli de rendez-vous, ou, qui sait, un petit livre noir intitulé *Lisez-moi, vous trouverez des indices*. Il découvrit une carte postale à moitié déchirée représentant une station balnéaire, Southend-on-Sea ou Skegness, l'une de ces mornes et interminables jetées qui s'avancent dans les eaux glaciales de la Manche et de la mer du Nord. Le nom du destinataire, Mr A. Cockerell, ainsi que l'adresse du magasin étaient lisibles, mais le texte impossible à déchiffrer, tout comme le tampon de la poste. Rédigée d'une main de femme, sans aucun doute, avec des fins de mots en « ling » et en « leine ». Intéressant. Peu de termes anglais se terminent en « leine ».

Plus question de tergiverser. Il tira le fauteuil pivotant, s'assit sur l'assise crevée, souffla la poussière accumulée là depuis des mois et s'attela à l'examen bien peu passionnant de documents relatifs à la gestion d'une petite entreprise. Pourquoi, se demanda-t-il en laissant errer son regard de la grand-rue jusqu'aux sommets des Pennines, pourquoi diable Napoléon avait-il surnommé l'Angleterre « une nation de boutiquiers » ? Il consulta sa montre. Quatorze heures passées. Il avait lambiné. Bientôt retentirait cette maudite sirène et il devait se tenir prêt.

Cockerell avait raison de se vanter. Pour un propriétaire de magasins d'ameublement implantés dans les Midlands, très éloignés du cœur commerçant de l'Angleterre, son commerce était étonnamment florissant. Les soupçons de son épouse n'étaient donc pas infondés. En effet, il semblait réaliser un coquet chiffre d'affaires. Mais les compétences de Troy s'arrêtaient là. Il se prit à souhaiter que Cockerell fût bien mort, et mort assassiné ; au moins, il se verrait chargé de l'enquête criminelle – face à un meurtre, il était dans son élément.

Il lui avait fallu plus d'une heure pour parvenir à cette simple conclusion. Il consulta de nouveau sa montre : 15 h 58. La sirène allait se déclencher d'ici deux minutes. Dans la rue, tout semblait normal : des femmes sortaient des boutiques, chargées de sacs à provisions bien garnis, les camionnettes de livraison allaient et venaient. Il comprit pourquoi Cockerell avait choisi d'installer son bureau à l'étage. Un endroit idéal pour meubler l'oisiveté en regardant les passants. Lorsque s'éleva le lugubre mugissement, il attendit, assis dans le fauteuil, les yeux fixés sur le sommet des collines.

Il mit plusieurs secondes à percevoir un bruit sourd et répété, à cause du vacarme de la sirène. On tambourinait à la porte du magasin. Le temps que Troy réagisse et descende au rez-de-chaussée, l'humeur du visiteur était passée de l'énervement à l'exaspération.

— Qu'est-ce que vous foutez là ? s'exclama-t-il quand Troy ouvrit la porte. Et d'abord, qui êtes-vous ?

Une autre tête de fouine. Un homme vêtu d'une veste de tweed défraîchie et d'un pantalon de sergé gris maculé de taches douteuses. Une cigarette se consumait entre le majeur et l'annulaire de sa main droite. Nettement plus grand que Cockerell, mais même visage émacié, même moustache à la Clark Gable, même aspect maigrichon, à cette différence près qu'il avait de la bedaine, des dents jaunies par la nicotine et des ongles rongés. Troy lui donna cinquante-cinq ans bien sonnés.

L'homme ne put réprimer un tressaillement quand Troy lui retourna mot pour mot sa question en lui montrant sa carte de service.

— J'ai vu de la lumière au premier, expliqua-t-il. J'ai cru que Janet – Mrs Cockerell – était là.

— J'entends bien. Mais vous ne m'avez pas répondu.

— Pardon. Jessel. George Jessel. Je venais récupérer les documents comptables.

— Vous êtes le comptable ?

— Oh, non. Arnold tenait lui-même ses écritures. Je les contrôle deux fois par an.

Il fouilla dans sa poche et en sortit une carte de visite cornée. « George G. Jessel – Expert-comptable – 23, Railway Cuttings, Belper. »

— Là, je suis en retard sur la date prévue.

La cigarette finissait de se consumer entre ses phalanges jaunâtres. Il en alluma une autre à son bout rougeoyant, avant de le jeter. Il inhala la fumée, hoqueta et fut aussitôt pris d'une violente quinte de toux qui l'obligea à se plier en deux et se termina en crachat glaireux sur le trottoir.

Il se redressa avec un sourire gêné.

— Très en retard, même. Ça vous dérange si je monte prendre les relevés des six derniers mois ?

Troy ne réagit pas. À Jessel de parler pour combler le vide. Il le dévisagea en silence.

— J'ai demandé l'autorisation à Janet… Mrs Cockerell. Elle m'a dit que c'était le cadet de ses soucis. Il faut bien que ce soit fait, tout de même !

Troy ne répondant toujours pas, Jessel tira longuement sur sa cigarette.

— Ah, les femmes, soupira-t-il. Vous savez comme elles sont…

— Non, je ne sais pas. Et ma réponse est niet. Vous n'emportez rien. Si je change d'avis, je vous le ferai savoir. En attendant, j'ai besoin de ces papiers pour mon enquête. Peut-on vous joindre à cette adresse ?

Troy montra la carte de visite cornée.

— Oui. De neuf heures à dix-sept heures trente, du lundi au vendredi.

— Dans ce cas, je passerai vous voir.

Jessel s'attarda quelques secondes sur le pas de la porte que Troy venait de lui claquer au nez, puis s'éloigna, non sans jeter des coups d'œil en arrière. Cinquante mètres plus loin, il s'arrêta pour allumer une cigarette avec le mégot de la précédente et fut pris d'une nouvelle quinte de toux. De la fenêtre du premier étage, Troy le suivit des yeux jusqu'à ce qu'il soit hors de vue. Bientôt quatre heures et quart. S'il se dépêchait de feuilleter la paperasse restante, il pourrait le coincer dans son cabinet, juste avant la fermeture. Jessel ne serait sans doute pas ravi de le revoir. La perspective de se frotter à un être humain plutôt qu'à des colonnes de chiffres le galvanisa. Savoir que vous pouvez faire pendre un pauvre bougre le lendemain matin, rien de tel pour exciter l'esprit.

En moins d'une heure, il parcourut tous les papiers qui l'intéressaient. La fraude que pressentait Janet Cockerell commençait à se dessiner. Quelque chose manquait dans ces colonnes, ou plutôt l'inverse, car les zéros s'accumulaient trop facilement. L'arnaque était partout présente, au vu de la précision de ces additions.

Il allait donc devoir passer une autre nuit à Belper et goûter aux délices de l'hôtel *Kedleston*. Dans la rangée de livres de poche, préférant le connu à l'inconnu, il choisit *Casino Royale*, qu'il avait déjà lu, et le fourra dans la poche de son veston. Ian Fleming égayerait une soirée qui s'annonçait morose.

Railway Cuttings portait bien son nom : une rue étroite, deux mètres cinquante dans sa plus grande largeur, située près de la gare. D'un côté, des maisons victoriennes noircies par la suie, de l'autre, l'épais rempart de la tranchée ferroviaire qui traversait la ville. Les rails s'éloignaient vers l'infini, polis par le frottement des roues, étincelants comme de l'acier chromé.

Le numéro 23 ressemblait à un ancien entrepôt. Troy leva la tête et devina, plus qu'il ne lut, en haut de la façade, le lettrage décoloré d'une vieille enseigne de grainetier. En baissant les yeux, il vit deux plaques rectangulaires, l'une flambant neuve : « Conseil général de Belper – Service de collecte des déchets », l'autre, plus ancienne, en cuivre : « George Jessel, expert-comptable. 2e étage. »

Des bandes de linoléum clouées sur les marches remplaçaient le tapis de l'escalier. La rampe en bois était usée, creusée par le passage des mains. Des écailles de badigeon blanc jaunâtre tombaient du plafond. Au deuxième étage, deux portes, l'une, entrouverte, portant l'inscription « G. Jessel », l'autre, fermée, affichant « Privé ». Troy poussa la première, qui donnait sur une pièce carrée emplie de meubles d'archivage ; au centre, sur un petit bureau, trônait une énorme machine à écrire recouverte d'une housse en plastique transparent. Le levier de retour de chariot dépassait, telle une éclisse. Entendant un bruissement de papiers derrière l'autre porte, Troy alla toquer. Jessel l'entrebâilla et fixa sur lui un regard bovin.

— Vous avez trouvé le chemin, alors ?

— Comme vous pouvez le constater.

Jessel recula pour le laisser entrer. La pièce, triangulaire, à peine plus grande que le cagibi de Cockerell, était un modèle d'ordre et de propreté. Tout y était impeccablement rangé. Pas un grain de poussière, pas un trombone qui traînait. Jessel parlait, la clope au bec. Pourtant, le cendrier était propre. Le vidait-il chaque fois qu'il écrasait un mégot ? D'abord étonné, Troy finit par y voir une certaine logique. Il s'était attendu que le bureau fût à l'image de son occupant, un homme qui gardait les traces de son dernier repas sur sa chemise, tachée du col à la braguette. Il reflétait en fait l'esprit carré et mathématique d'un comptable.

Jessel prit une chaise adossée au mur, à l'intention de son visiteur, et alla s'asseoir derrière le bureau de chêne ciré. Pareils à des petits soldats en ordre de bataille, s'alignaient, devant le sous-main de moleskine rouge, une montre de gousset en argent, plusieurs crayons bien taillés, un encrier en cristal et deux stylos à plume en ébonite marbrée.

Au moment où il ouvrait la bouche, un train passa dans un fracas infernal. Les murs de la pièce vibrèrent, stylos et crayons dansèrent la gigue. Une bouffée de vapeur blanchâtre entra par la fenêtre ouverte. Jessel prit sa montre et tapota le cadran.

— Le St Pancras-Sheffield de 17 h 15, les jours de semaine. Le samedi, il passe à 17 h 18. Heureusement, il n'y en a pas le dimanche.

— Vous m'avez dit avoir vu Mrs Cockerell…

— Non, je ne l'ai pas vue. Je l'ai eue au téléphone.

— Si je comprends bien, elle refuse de vous confier les livres de comptes ?

Jessel détacha, non sans mal, la cigarette collée à sa lèvre inférieure et crachota un brin de tabac – il fumait des brunes sans filtre. Troy se demanda s'il ne s'arrachait pas un bout de peau chaque fois. Puis il tira une bouffée, en s'efforçant de ne pas tousser, et fit tomber la cendre dans le cendrier immaculé.

— C'est exact. Je ne lui en veux pas. Elle dit qu'Arnold s'en occupera à son retour et que, de toute façon, cela peut attendre. J'imagine qu'il est important pour elle de croire à son retour. En attendant, les documents comptables s'amoncellent, même sans ceux du commerce avec l'étranger. Ce n'est pas très légal.

— En effet, acquiesça Troy. C'est d'ailleurs un problème légal qui m'amène chez vous.

À son air inquiet, il comprit que Jessel regrettait d'avoir introduit la notion de loi dans la conversation.

— La mort d'Arnold ?

— Disons, sa disparition.

— Donc il n'est pas mort ?

— Mrs Cockerell refuse de confirmer que le corps est celui de son mari.

Jessel tira sur sa cigarette et exhala un nuage de fumée toxique.

— S'il n'est pas mort, quel est le problème ?

— L'argent.

— L'argent ?

— Beaucoup d'argent.

Jessel termina sa cigarette et en alluma une autre. Il cherchait à gagner du temps.

— Il n'y a rien d'illégal à réussir en affaires, se défendit-il.

Son flair de flic assura à Troy que Janet Cockerell avait vu juste. Il ne quitterait pas cet homme sans lui avoir fait cracher tout ce qu'il savait.

— Depuis combien d'années couvrez-vous Cockerell ?

Quinte de toux. Haut-le-cœur. Jessel parut manquer d'air. Des gouttes de sueur perlaient à son front et coulaient le long de ses tempes, de ses joues, sur son col de chemise. Troy demeura impassible. L'homme aurait beau suffoquer et hoqueter jusqu'à en avoir mal aux côtes, il ne le lâcherait pas.

— C'est… c'est… c'est ce qu'elle vous a dit ? bégaya Jessel.

— C'est ce que vous faites ?

— Vous ne devriez pas croire tout ce que vous raconte Janet ! Ce n'étaient plus des tourtereaux, ces deux-là. Elle a une dent contre lui. Et ça ne date pas d'hier.

— J'ai constaté de gros mouvements de capitaux dans les comptes de la société. Une vraie fortune, pour trois petits magasins dans les Midlands.

— Je vous répète, tout est légal. Vous oubliez les transactions avec l'étranger.

— Vous parlez de marchandises qui n'entrent jamais en Grande-Bretagne, mais qui apparaissent par le truchement d'une banque de Stockholm ?

— En effet. C'est vous qui voyez le mal partout. C'est régulier, déclaré et taxé. Tout ce qu'il y a de plus légal ! Les chefs d'entreprise de la trempe de Cockerell sont le nerf de l'Angleterre. Ils ouvrent la voie vers l'Europe. Des pionniers.

Troy avait l'impression d'entendre l'un de ces représentants de parti politique mortellement ennuyeux qui plastronnaient à la télévision. Un vestige de la guerre, époque où Churchill et Roosevelt haranguaient régulièrement leurs concitoyens sur les ondes. En temps de paix, un anachronisme. Un éminent politicien, pompeux, prétentieux, s'adresse à la nation en déchiffrant péniblement des fiches. Pire, le lendemain soir, le parti adverse abrutit le téléspectateur avec son droit de réponse. L'exportation… leur cheval de bataille favori pour soutenir l'économie britannique.

Troy avait brûlé ses dernières cartouches. Jessel pouvait réfuter ses arguments un à un. Mais où donc était passé son honneur de comptable ? On l'accusait d'escroquerie et il continuait de défendre Cockerell. Un honnête citoyen lui aurait montré la porte en le priant de revenir avec un mandat de perquisition.

— Parmi tous les papiers, je n'ai pas vu l'ombre d'une déclaration d'impôts sur le revenu, remarqua Troy.

La cigarette de Jessel s'était éteinte. Dans sa tentative de faire face aux accusations de Troy, il avait oublié de fumer. Il retourna ses poches, en quête d'une boîte d'allumettes.

Troy joua son va-tout.

— Vous les gardez ici, n'est-ce pas ?

Jessel craqua une allumette et approcha la flamme de sa cigarette. Elles refusaient obstinément de se rencontrer tant sa main tremblait. L'allumette lui brûla les doigts. Il tressaillit, la lâcha et en gratta une autre.

— J'aimerais les voir.

À ce stade, le citoyen outragé lui aurait ordonné de se représenter avec un mandat en bonne et due forme, même s'il ignorait la signification de l'expression. Un expert-comptable la connaissait à coup sûr. Tout le monde avait vu ce genre de scène au cinéma, quand le maître de maison éconduit le policier d'un ton méprisant, comme il le ferait avec un marchand de tapis. Jessel manqua de se brûler les doigts, mais parvint néanmoins à allumer sa cigarette. L'inhalation de nicotine ne lui apporta pas le soulagement escompté. Il tremblait et transpirait de plus en plus.

— Je... je... je ne peux pas vous les donner aujourd'hui. Ma... ma secrétaire est partie... Elle quitte le bureau à cinq heures.

Troy se réjouit intérieurement. Il allait le laisser transpirer et réfléchir toute la nuit. L'homme ne serait pas assez stupide pour détruire des documents qui seraient bientôt versés au dossier. Le faire équivaudrait à se dénoncer lui-même.

— Très bien... (Troy sourit.) Je reviendrai demain matin. Tôt.

À voir l'expression de son interlocuteur, on aurait dit qu'il venait de lui proposer un rendez-vous au fin fond du Kazakhstan. Rassemblant le peu d'énergie qui lui restait, Jessel se leva, alla ouvrir la porte, remit la chaise à sa place contre le mur et, dans un curieux souci d'hygiène, sortit un mouchoir de sa poche, le déplia d'un geste vif et épousseta le siège en skaï.

— D'accord, répondit-il, la cigarette collée à la lèvre, à demain, donc.

44

Dans la fraîcheur du soir, Troy remonta Heage Road jusqu'à *Jasmine Dene*, sa serviette bourrée des documents collectés dans le magasin. Il trouva Janet Cockerell au fond de son jardin. La toile était quasiment finie et de nouvelles couleurs mouchetaient son bleu de travail. Elle sirotait un verre de vin blanc en contemplant le soleil couchant. Elle alla en chercher un second et servit son hôte. Un bon vin du Rhin, fleuri, pas trop doux.

— Pourquoi ne pas m'avoir parlé de George Jessel ? s'enquit-il.

— Je ne peux pas penser à tout.

— Et moi, je n'aime pas avaler des couleuvres.

Elle était assez intelligente pour deviner qu'il la traitait de menteuse.

— En fait, je n'ai pas envie de penser à lui. Il n'y a pas de place dans ma tête pour ce crapaud. Il me déplaît, et surtout je n'apprécie pas de le voir traîner avec Arnold. Le moins recommandable de tous ses acolytes.

— Acolytes ? Pourquoi ce mot ?

— Je ne connais pas la définition exacte du dictionnaire, mais je ne serais pas surprise d'apprendre que le sens est plutôt péjoratif.

La prochaine fois que Rod lui lancerait « tes acolytes » en parlant de Tom Driberg et de Johnny Fermanagh, Troy devrait se souvenir de se sentir insulté.

— Vous préférez un synonyme, inspecteur ? Complices, peut-être ?

— En effet.

— Dans ce cas, vous me voyez désolée de ne pas vous avoir parlé de lui. Puisque vous l'avez rencontré, vous devez me comprendre. Si Arnold montait un gros coup, George Jessel n'aurait aucun scrupule à mentir pour le couvrir, en se disant qu'il ne fait qu'aider un copain.

— Je partage votre avis.

— Vous avez l'intention de le revoir ?

— Oui. Je le laisse mariner toute la nuit et je le fais rôtir demain matin.

De retour dans sa chambre d'hôtel lugubre, Troy étala les relevés de comptes sur le lit, mais il n'eut pas le courage de s'atteler à une aussi morne tâche. Il parcourut les gros titres du *Manchester Guardian*, lut un article sur la crise du canal de Suez et s'endormit sans avoir ouvert *Casino Royale*.

45

Il prit, parmi les costumes marron, un petit-déjeuner insipide, arrosé d'un thé à peine chaud. Il accorda trente minutes supplémentaires à Jessel, le temps de laisser l'anxiété s'installer, fourra les papiers de Cockerell dans sa serviette et, à dix heures pile, grimpa au deuxième étage du 23, Railway Cuttings. Dans la première pièce, la machine à écrire dormait toujours sous sa housse.

Troy s'était attendu à trouver une jeune secrétaire occupée à faire du rangement, ou ses ongles.

La porte du bureau attenant était entrebâillée. Il la poussa doucement, sans frapper. Jessel était affalé dans son fauteuil, nuque renversée, yeux grands ouverts. Mort.

— Merde, merde, merde !

Troy tâta la base du cou. Encore tiède. Mais l'homme était bel et bien mort. Il s'attarda près du corps tout en inspectant la pièce pour s'imprégner de la scène de crime avant l'arrivée de la secrétaire.

Soudain, il entendit du bruit à côté.

Merde, merde, merde.

Une jeune femme ôtait la housse de la machine. Lorsqu'elle leva le menton, il remarqua sa joue enflée.

— Vous êtes la secrétaire de Mr Jessel ?

Elle répondit de façon inintelligible en opinant avec vigueur.

— Appelez la police. Le poste le plus proche. Pas le 999.

Elle se raidit et le fixa d'un air inquiet.

— Vous avez leur numéro ?

Nouveau hochement de tête. Elle composa le numéro en désignant sa joue gonflée.

— A-ô ? dit-elle. Po-ice ?

Silence. Puis le flic au bout du fil brailla :

— Quoi ?

— Po-ice ? Ichi Bwenda Bwock. Chekwétaire de Georch Chechell.

Découragée, elle lui tendit le combiné.

— Y compwennent pas. Che chors de chez le dentichte.

— Allô ? Ici l'inspecteur en chef Troy, de Scotland Yard. Venez tout de suite au 23, Railway Cuttings. Je viens de découvrir un cadavre. George Jessel.

Brenda Brock se laissa choir sur sa chaise. Voyant qu'elle se sentait mal, Troy raccrocha et l'obligea à se pencher en avant, la tête entre les genoux. Dieu merci, elle ne hurlait pas. Une minute plus tard, elle se redressa, très pâle, les larmes aux yeux.

— Ch'est pas une blague ?

— Non. C'est vrai.

Il retourna dans l'autre pièce. Le premier tiroir du bureau de Jessel était entrouvert. Troy vit deux liasses d'une dizaine de pages chacune, agrafées – les déclarations de revenus de Cockerell, sur une période de cinq ans. Jessel avait donc bien eu l'intention de les lui montrer. Il les glissa dans sa poche intérieure et examina les lieux. Pas de signe de violence. Jessel était avachi, comme une marionnette dont on aurait coupé les fils. Troy compta cinq mégots dans le cendrier. L'homme étant un gros fumeur, il en déduisit qu'une petite demi-heure avait dû s'écouler entre son arrivée et sa mort. Il se serait giflé. Quelle idée stupide d'avoir voulu le laisser mariner toute la nuit ! Il avait perdu la chance de le coincer. Et ce vieux truc de flic, retarder le moment d'intervenir, histoire d'accentuer la pression ! Il avait perdu sa seconde chance. Il avait tout gâché. D'un instant à l'autre, il allait se coltiner les flics du coin, obligé de prétendre qu'il la jouait réglo. Ce ne serait pas une sinécure.

Des pas résonnaient dans l'escalier. Troy se précipita dans le bureau de la secrétaire. Brenda Brock pleurait sans bruit. Son mascara coulait sur sa joue de hamster.

La silhouette d'un homme de forte carrure, vêtu d'un imperméable et coiffé d'un feutre, se découpa dans l'encadrement de la porte.

— Inspecteur Warriss, police de Belper, annonça-t-il avec brusquerie en jetant à Troy un regard torve. À qui ai-je l'honneur ?

Troy se présenta et tendit sa carte de service.

— Restez là, je vous prie, le somma Warriss. J'aurai besoin de vous dire deux mots en privé, monsieur.

L'inflexion coléreuse et méprisante imprimée au « monsieur » n'échappa pas à Troy. À ce moment, un jeune flic d'une trentaine d'années apparut sur le palier.

— Le lieutenant Raymond Godbehere, mon spécialiste de scène de crime, précisa Warriss. Nous avons du beau monde aujourd'hui, Ray. Inspecteur principal Troy, de Scotland Yard. Qui l'eût cru ?

Il se tourna vers Troy, nullement intimidé par son grade.

— Jessel est là-bas ?

— Oui.

Warriss et Godbehere le laissèrent avec Brenda. Cinq minutes plus tard, Warriss revint, seul.

— Vous n'avez touché à rien ?

— Bien sûr que non, mentit Troy.

— Et la fille ?

— Elle n'est pas entrée dans le bureau.

D'autres pas résonnèrent dans l'escalier. Un homme solidement charpenté, qui portait aussi un feutre et un imperméable, salua Troy d'un signe de tête et Warriss d'un simple « Harold ». À voir sa sacoche, il s'agissait du médecin légiste.

— Alors la Faucheuse a eu raison de ce pauvre bougre ?

Il traversa pesamment le palier. Troy l'entendit dire à Godbehere :

— Eh bien, Ray, mon garçon, qu'avons-nous là ? Oh, Seigneur…

Troy fixa la porte du bureau de Jessel, suivant en pensée chacun des gestes du médecin. La voix de Warriss le fit sursauter.

— Je peux vous parler, Mr Troy ? dit-il en s'éloignant.

Troy regarda Brenda Brock. Ses beaux yeux verts semblaient lui dire « Ne me laissez pas ici toute seule ». Il suivit Warriss. Dans la cage d'escalier, une femme entre deux âges, vêtue d'une blouse de nylon fleurie, époussetait le rebord de la fenêtre du palier.

Une fois dehors, Warriss s'appuya sur un coude au muret du talus de chemin de fer. Une posture supposée démontrer sa toute-puissance et son bon droit. Troy allait se faire pourrir par un subalterne de dix ans son aîné, sans aucun argument valable à lui opposer.

— Dites-moi, attaqua Warriss, on ne vous apprend pas la procédure, à vous autres les petits malins du Yard ?

— Vous me voyez navré…

— Vous avez intérêt à l'être. Depuis quand traînez-vous sur mon secteur ?

— Je suis arrivé hier matin.

— J'aimerais savoir ce que George Jessel a de si intéressant pour que le Yard ne se donne même pas la peine de prévenir la police de Belper.

— A priori, Jessel n'a rien à voir avec mon enquête.

Dans les yeux de Warriss, injectés de sang, Troy vit s'allumer une lueur de plaisir. L'étincelle de la révélation.

— Ah ! Je vois… ! Vous êtes là pour Arnold Cockerell !

— En effet.

— Special Branch, hein ?

— Pas du tout. Brigade criminelle.

Warriss ne parut guère impressionné.

— Tiens donc. Qui a été assassiné, dans ce cas ?

— Cockerell.

— Première nouvelle. J'avais cru comprendre que les Russkofs l'avaient coincé. Nous aussi, on est renseignés, vous savez. On ne fait pas que boire de la bière et parier sur les courses de lévriers, à Belper.

— On m'a chargé d'enquêter sur sa disparition.

— Je vois, je vois. Et vous ne pensez pas que vous auriez dû d'abord faire un petit saut au commissariat, histoire de nous avertir ?

— Je vous répète que je suis désolé.

La même lueur réapparut dans l'œil de Warriss. La satisfaction de montrer son pouvoir de déduction.

— Ah, j'y suis ! C'est Janet Cockerell. C'est elle qui vous a fait venir, hein ? La garce, elle a jamais pu m'encadrer. C'est moi qui m'occupe de la disparition de Cockerell, vous m'entendez ? Moi, et pas le Yard !

De son index boudiné, il ponctuait chaque mot sur sa poitrine en beuglant, sans le moindre respect pour le grade de son interlocuteur :

— C'est *mon* enquête, Mr Troy ! Elle m'a été confiée personnellement ! Bon sang, je connais Cockerell depuis plus de dix ans ! C'était mon ami ! Si vous voulez fouiner sur mon secteur, vous vous adressez à moi d'abord !

Un train express eut la bonne idée de passer à ce moment-là, dans un fracas de tonnerre ; ils furent enveloppés d'un linceul de fumée et de vapeur. Quand le ciel s'éclaircit, Troy joua son seul atout. Il fixa Warriss et prit son ton le plus pragmatique.

— De toute façon, il y a une seconde affaire. Le crime, c'est mon rayon. Je m'occuperai du meurtre de Jessel.

Contre toute attente, Warriss éclata de rire.

— Du meurtre ? De Jessel ? C'est ce que nous allons voir. Tout de suite, même.

Il désigna la porte. Le médecin légiste sortait du bâtiment, le tube de son stéthoscope dépassant de sa sacoche mal refermée. Il tendit la main à Troy. Au moins un qui montrait un semblant de politesse.

— Jewel. Joe Jewel. Médecin légiste.

Avant que Troy puisse réagir, Warriss intervint.

— Quoi que vous pensiez, ne dites rien. Les blagues sur Jewel et Warriss, on nous les a toutes faites. Alors économisez votre salive.

Si l'on possède le même nom qu'un célèbre duo de chansonniers[1], on évite de se comporter comme un clown, songea Troy. Mais il se garda de toute réflexion.

— Alors ? lança Warriss à Jewel. J'avais raison ?

— Oh, oui. Son cœur a lâché.

— Tu vas signer le constat ?

— Bien sûr. Tu peux classer.

Warriss décocha à Troy une grimace amusée. Un silencieux et moqueur « Je vous l'avais bien dit ».

— Désolé d'interrompre un duo si bien rodé, coupa Troy, mais quand un homme est trouvé mort dans des circonstances suspectes, l'affaire n'est pas classée.

Warriss n'avait pas déclenché son détecteur de sarcasmes. Il laissa son compère répondre.

— Oh que si. Voyez-vous, Belper est une petite ville. Un pathologiste n'y exerce pas son art à plein temps. Les cadavres ne courent pas les rues. Je suis aussi médecin généraliste et George Jessel était l'un de mes patients. Il fumait comme un pompier depuis quarante ans et carburait au whisky. Un cœur à peu près aussi robuste qu'une éponge de salle de bains et des artères aussi souples que de la mélasse durcie. Croyez-moi, la cause de la mort est naturelle : attaque cardiaque massive, tout à fait prévisible. Je signerai le certificat de décès sans état d'âme.

Warriss ajouta son grain de sel.

— La seule présence suspecte ici, c'est la vôtre, monsieur. Et vous m'avez affirmé ne pas enquêter sur Jessel.

— J'exige une autopsie et je veux que l'affaire soit portée devant le coroner, répliqua Troy en martelant chacun des mots. Sur-le-champ. Et si vous n'agissez pas de votre propre initiative, j'en réfère à mon supérieur ainsi qu'au vôtre, et je leur signale que vous faites obstruction à l'enquête.

Jewel regarda Warriss. Warriss regarda Jewel. Un numéro parfaitement mis au point.

— Vous autres, les merdeux de Londres, vous êtes tous les mêmes, grogna Warriss. Vous vous croyez tout permis…

— Obéissez aux ordres, inspecteur !

Warriss souleva son coude. Une fraction de seconde, Troy crut qu'il allait le frapper. À ce moment, un agent en uniforme arriva en courant.

— Langley Mill au téléphone, chef. C'est urgent.

Warriss agita vigoureusement son bras. Il n'avait pas eu l'intention de le frapper. En fait, il était resté trop longtemps accoudé au muret et son nerf cubital s'était engourdi. S'il avait eu le sens de la repartie, il aurait lancé un mot d'esprit ou une insulte bien sentie.

— Fumier, dit-il d'une voix rauque.

C'est tout ce qu'il avait trouvé.

— Vous l'aurez, votre autopsie, mais si vous êtes encore sur mon secteur demain, vous passez au commissariat ; et ça vaut pour les jours suivants. Monsieur !

Rouge de colère, il s'éloigna d'un pas lourd. Jewel haussa les épaules et fit claquer le fermoir de sa sacoche.

— Le rapport sera à votre disposition, mon garçon. Mais vous vous trompez, vous verrez…

La femme de ménage en blouse à fleurs sortit pour secouer son chiffon. Troy l'approcha.

— Excusez-moi…

— Pourquoi ? Qu'est-ce que vous z'avez fait ?

— J'aimerais vous poser quelques questions.

— Allez-y, mon gars, vous gênez pas.

La différence entre l'anglais standard et le parler local était considérable, mais bon. La fin justifiait les moyens.

— C'est vous qui nettoyez tous les locaux ?

— Voui.

— Y compris celui de Mr Jessel ?

— Voui, voui. Très exigeant, Mr Jessel. Tous les matins, j'fais son bureau à neuf heures moins le quart.

— Et ce matin, avez-vous vu entrer quelqu'un entre neuf heures moins le quart et dix heures ?

— Seulement Mr Jessel. Il est arrivé vers neuf heures et quart. J'ai pris ma pause. Du thé et des biscuits. J'm'y suis remise une demi-heure après. Et j'vous ai vu entrer. Et pis la jeune Brenda, cinq minutes plus tard.

— Donc vous aviez fini le ménage de Mr Jessel ?

— Ben, j'viens d'vous l'dire. J'le nettoie tous les jours que l'bon Dieu fait, à la même heure.

Troy remonta précipitamment l'escalier, priant pour que le lieutenant Godbehere ait plus de jugeote que son patron. Il le trouva assis sur la chaise où il avait lui-même pris place la veille, plongé dans le *Daily Mirror*. Grand, mince, l'air intelligent. Dieu merci. Et il avait eu la décence de couvrir le corps.

— Vous allez devoir m'aider, lieutenant, lui dit Troy.

Godbehere replia son journal.

— Pourquoi faut-il, monsieur, qu'à vous entendre je sente déjà mes cheveux se hérisser sur ma nuque ?

— L'instinct du flic, tout bonnement.

— Je suis supposé attendre le fourgon de la morgue. Ensuite, sitôt Brenda remise de ses émotions, je recueillerai sa déposition. Et une fois que le patron vous aura passé un savon, je prendrai la vôtre. C'est tout ce que je suis censé faire. Vous comprenez, monsieur ?

— Pour le savon, ça va, j'ai déjà reçu. Et je pense que, par courtoisie, nous accorderons une demi-heure supplémentaire à Brenda pour recouvrer ses esprits. Pendant ce temps, vous relèverez les empreintes.

Godbehere alla chercher son sac à malices.

— Je vais me faire incendier par Warriss.

— Soyez rassuré, je vous couvre.

— J'espère bien. Bon, par quoi dois-je attaquer ?

— Le bureau. La femme de ménage l'a nettoyé vers neuf heures.

— Ça tombe bien.

Au moment où Godbehere déplaçait sa chaise, Troy l'arrêta d'un geste.

— Une minute, lieutenant. Cette chaise, vous l'avez prise contre le mur ?

— Non, elle était déjà là, à côté du bureau.

Troy revit en pensée les gestes précis de Jessel, la veille. Il avait remis le siège à sa place, avant de l'épousseter avec son mouchoir, par réflexe. Sans doute un geste mécanique, accompli après le départ de chaque visiteur. Troy s'approcha du mur. Les marques des quatre pieds étaient imprimées dans la moquette bordeaux.

— J'ignore la cause du décès, mais une chose est sûre, Jessel n'était pas seul. Quelqu'un était assis au même endroit que vous, lieutenant. Relevez les empreintes partout, poignées de portes, dossiers de chaises, tout.

— Je vais me faire incendier, répéta Godbehere en sortant un flacon de poudre blanche de sa sacoche.

L'idée semblait le laisser indifférent.

Troy s'agenouilla pour examiner le dessus du bureau, à hauteur des yeux. Au centre, un peu vers la droite, il remarqua une tache bombée de quelques millimètres. Il prit son mouchoir et le plaça sous la bulle marron qu'il fit glisser vers le coin du tissu. Il la renifla. De l'huile. Oui. De l'huile. Si les deux semaines passées avec un Browning sous l'aisselle lui avaient appris quelque chose, c'était bien l'odeur du lubrifiant pour armes à feu.

Il plia le mouchoir avec soin et le rangea dans la poche intérieure de sa veste, au côté des documents subtilisés dans le tiroir. Godbehere saupoudra l'angle du bureau.

— Il y a clairement des traces, là. Vous croyez que la femme de ménage a bien tout nettoyé ?

— Vous l'avez vue ? À mon avis, elle serait capable de décrasser le Pandémonium de Lucifer de fond en comble. Et même d'éteindre les flammes de l'enfer.

Troy se pencha sur les mouchetures de poudre. La police scientifique n'était pas son fort. Il était aussi peu doué pour décoder des signes que pour décrypter le sens caché des motifs d'un papier peint. Godbehere s'en rendit compte très vite.

— Je travaillerais mieux tout seul, monsieur. Pourquoi ne pas faire ce que vous avez à faire et passer au commissariat un peu plus tard, pour votre déposition ? J'y serai jusqu'à six heures ce soir et à partir de huit heures trente demain matin. Matlock Road. Tout le monde connaît.

Troy partit donc « faire ce qu'il avait à faire ». Le problème, justement, c'est qu'il ne savait pas quoi. Arrivé au bout de Railway Cuttings, il s'arrêta et réfléchit. Soit il accordait toute sa confiance à Godbehere, soit il se lançait à corps perdu dans sa propre enquête, en sachant que Stanley Onions hésiterait à le couvrir, compte tenu des liens de Cockerell avec les taupes « et leur manie de l'espionnite ». S'il passait outre, Troy se verrait contraint de marcher sur les pieds des flics du coin et deviendrait le plus impopulaire de tous les inspecteurs du Yard.

Un coup de klaxon attira son attention. Il aperçut une Daimler, garée un peu plus loin. Dans le pare-brise, on ne voyait que les reflets des passants. La portière s'ouvrit et un homme râblé, à grosses lunettes à monture d'écaille, lui fit signe.

— Troy ! Montez !

C'était George Brown. Le député travailliste. Et sa circonscription « quelque part dans le Nord », c'était Belper ! Eurêka ! Voilà pourquoi ce nom lui disait quelque chose !

La voiture s'engagea en douceur dans la circulation.

— Je ne vous demande pas pourquoi vous êtes ici…

— Est-ce donc si évident ?

— Depuis la révolution industrielle, seules deux personnes ont fait la renommée de Belper : moi et ce foutu capitaine Cockerell !

— Vous le connaissiez ?

— Pas moyen de l'éviter. Une huile locale. Rotary Club. Chambre de commerce. Trésorier du parti conservateur depuis deux à trois ans. Il m'interpellait à chaque meeting. De là à dire que nous étions intimes… Si vous voulez en savoir davantage sur lui, j'ai rendez-vous dans cinq minutes avec deux collègues, à la British Legion. Joignez-vous à nous.

Au carrefour suivant, Brown obliqua à gauche.

— Quelqu'un a-t-il évoqué avec vous la disparition de Cockerell ? s'enquit Troy. En tant que député, s'entend.

— En effet. Son épouse. Sans doute sur les conseils de votre frère ; c'est lui, la tête pensante, dans cette histoire. Il m'a dit : « Laissez-moi faire », et je vous avoue que ça m'arrangeait. Ma réputation en a pris un coup après ce dîner avec les Russes, vous vous souvenez ? Le camarade Khrouchtchev a dû vous en toucher deux mots. Il valait mieux que Rod s'en occupe. J'ai lâché à Janet Cockerell le peu que je savais. Autrement dit, presque rien.

Brown marqua une pause avant de reprendre :

— Puis-je vous poser une question ? C'est Rod qui vous envoie ?

— Pas du tout. Le connaissant, il vous en aurait parlé avant.

— Je préfère ça. Je n'aime pas qu'on marche sur mes plates-bandes.

George Brown stoppa son véhicule devant un grand bâtiment carré, typique de l'architecture des années 1920. La Royal British Legion. L'abreuvoir des anciens combattants, jeunes ou vieux.

Troy n'était jamais entré dans un bar de la British Legion. Il n'y était en principe pas autorisé, n'ayant pas servi dans l'armée. D'ailleurs, en 1939, il aurait menti, triché, ou fui en Irlande pour échapper à la conscription. Par chance, il n'en était pas arrivé à cette extrémité : le commissaire Onions avait expressément demandé à ce qu'il en fût exempté, Scotland Yard ayant besoin des services de son brillant lieutenant. George Brown n'avait sans doute pas été mobilisé non plus. C'était une sensation bizarre, de se sentir à part des hommes de sa génération. D'un an son aîné, Brown faisait partie des étoiles montantes du parti travailliste, si les quinquagénaires comme Hugh Gaitskell ou Rod les laissaient un jour déployer leurs ailes. Les élections, prévues dans quatre ans, se rapprochaient à chaque nouvelle crise politique. Gaitskell paraissait devoir les emporter haut la main. De l'eau coulerait sous les ponts avant que George Brown ou Harold Wilson puissent se faire une place au soleil.

— Vous n'êtes pas membre de l'association, n'est-ce pas ? s'enquit Brown en verrouillant les portières.

— Non.

— Moi non plus, voyez-vous. Walter devra nous parrainer.

Y avait-il un sous-entendu dans cet aveu ? Tous les citoyens britanniques de leur génération ressentaient-ils systématiquement le clivage « a combattu / n'a pas combattu » pour la patrie ? Le fait d'avoir ou non servi son pays serait-il à jamais considéré comme l'expérience déterminante, le pivot de toute une vie ? Quand ils passeraient la porte de la British Legion, de quoi parleraient les habitués, sinon de la guerre ? Était-il concevable que des quadragénaires ressassent leurs faits d'armes *ad vitam aeternam* ?

Brown fit les présentations. Walter et Ted, deux types à peu près du même âge, un gros et un maigre, étaient attablés devant un exemplaire froissé du *Manchester Guardian* et des pintes de bière. Ils serrèrent la main de Troy et le saluèrent. À leur accent, il devina que le plus corpulent, Walter, était originaire de Lancaster, et l'autre, Ted, du Yorkshire. Un vrai melting-pot, la British Legion.

— Que prendrez-vous, inspecteur ? demanda Ted.

Brown commanda un demi de la bière locale, une Mansfield, et Troy fit de même, suivant les conseils de Tom Driberg, qui affirmait que pour briser la glace, il fallait boire le même breuvage que les gens du cru.

Il jeta un coup d'œil à la ronde. L'endroit lui parut triste et sans âme, mais, avec ses boiseries vernies, il n'était ni plus ni moins plaisant que le Garrick Club, à Londres, et sa galerie de portraits affadis par le temps. Ici, au moins, on n'exigeait pas à l'entrée le port de la cravate. Sur un mur, une photographie en pied de la reine, la jeune Élisabeth II, de rouge vêtue. Des plaques commémoratives, en hommage au régiment local des Sherwood Foresters et au 1er régiment de parachutistes polonais. Il n'y avait que les imbéciles pour affirmer que seuls les Anglais de pure souche s'étaient battus pendant la guerre. Comment aurait-il pu en être autrement ? La Grande-Bretagne avait accueilli de nombreux étrangers, surtout des Tchèques et des Polonais, sans compter les Américains.

Au fond de la salle, des hommes disputaient des parties de billard. Le claquement sec des boules entrechoquées ponctuait le brouhaha des conversations. Troy tendit l'oreille, gêné par le fort accent du Derbyshire, et se rendit compte, à sa grande surprise, que ces anciens soldats parlaient de la pluie et du beau temps, de football, de rugby et de ce que qu'ils avaient vu la veille à la « télé ». Pas de la guerre.

Brown lui donna un léger coup de coude. Troy se tourna vers lui et le vit allumer sa pipe. L'expression du gros Walter montrait qu'il attendait une réponse à sa question. Troy ne l'avait pas entendue.

— Je disais : seriez-vous le frère de Rod Troy ?

— Oui, en effet.

— Il est venu ici pour soutenir George, en 50 et 51.

Walter guettait sa réaction. Comme elle ne venait pas, il ajouta :

— Un type bien.

À mettre au crédit de Rod : il croyait passionnément à l'Amour, à la Justice, à la Démocratie, et s'en faisait l'ardent défenseur. Il détestait le mensonge. Troy ne pouvait qu'admirer son engagement, même si, en général, il était toujours là pour lui gâcher ses illusions.

En revanche, il n'aimait pas son côté « type bien ». Et il détestait l'expression.

Le maigre revint avec un plateau chargé de bières.

— L'inspecteur principal Troy est ici pour Arnold Cockerell, expliqua Brown en soufflant un épais nuage de fumée.

Les deux hommes échangèrent un regard entendu. Troy crut les voir sourire. Redoutant l'existence d'un second duo comique à Belper, il pria pour qu'ils aient de l'eau à apporter à son moulin.

— Alors, en définitive, dit Walter, ce n'est pas lui, le cadavre de Portsmouth ? J'avoue que je voyais mal Arnold en Bulldog Drummond[2].

— Vous le connaissez ?

— Il est arrivé ici à peu près en même temps que moi. Je l'ai rencontré quand j'ai quitté l'armée, fin 45. À l'époque, il était des nôtres.

— Des nôtres ?

— Au parti travailliste, précisa Ted.

— On le voyait beaucoup. Il militait activement en faveur de George.

Brown suçait avec bruit le tuyau de sa pipe.

— C'est vrai, admit-il. Et voilà qu'en 1950, pour lui, j'étais devenu le diable en personne.

— Pas en 50, rectifia Ted. Il était encore à nos côtés à ce moment-là. Il nous a quittés avant les élections de 51.

— J'ai bien failli perdre mon siège, cette année-là, marmonna Brown.

— Je l'ai vu changer du tout au tout, reprit Walter. Ce n'était plus le même homme. Comme s'il avait trouvé son chemin de Damas.

Troy savait d'expérience, par suite de nombreuses discussions avec son frère, que les militants d'un parti politique admettent difficilement que les électeurs puissent changer d'opinion. Il n'en demeurait pas moins que Walter lui offrait ce dont il avait besoin, à savoir un avis éclairé sur les motivations du capitaine Cockerell.

— À peu près à l'époque du Festival de Grande-Bretagne ?

Les deux hommes s'entreregardèrent, cette fois sans sourire, plutôt perplexes.

— Maintenant que vous le dites, oui, c'est vrai, opina Walter. Curieux, tout de même.

— Son chemin de Damas vers le mobilier contemporain.

— Je vois ce que vous voulez dire. Magasin de meubles scandinaves. Camelote très chère. Non, en fait il désirait plus qu'une niche de marché. Plus que gagner du fric pour la première fois de sa vie. On aurait dit que quelqu'un lui avait secoué les puces pour lui redonner le goût de l'action.

— Là, tu extrapoles, le coupa Ted. À mon avis, c'est très simple. Avez-vous déjà goûté au Babycham[3] ? Connaissez-vous l'émission « This is your life[4] » ? Donnez à un type un peu d'argent et bientôt, il ne verra plus que son propre intérêt. Mettez-lui le pied à l'étrier et il vous écrasera. Une attitude qui nous détruit, en tant que parti et en tant que nation. Nous nourrissons les conservateurs. Vous verrez, si nous gagnons les élections. Nous améliorerons le sort de nos concitoyens – nous tenons nos promesses – et aux élections suivantes, ces bougres iront voter conservateurs, parce qu'ils auront peur pour leur porte-monnaie – s'agissant d'argent, ils ne font pas confiance à la gauche. C'est ce qui s'est produit avec Cockerell. Il s'est mis à en gagner. Et il est déterminé à continuer.

— Belle tirade, Ted. Tu devrais la noter, suggéra George Brown. Gaitskell pourra s'en servir le jour J.

Tous trois éclatèrent de rire. Troy esquissa une grimace, espérant paraître plus désabusé que dépourvu d'humour.

— Je connais bien Janet Cockerell, dit Walter. Elle s'acquitte chaque année de sa cotisation. Elle n'assiste pas aux réunions, ne colle pas d'affiches, mais elle nous soutient. Voilà quelques années, en 52 ou 53, quand Arnold est devenu trésorier du parti conservateur local, elle m'a dit : « Il raconte n'importe quoi. C'est impossible qu'il croie dur comme fer à tout ça. Je ne sais pas ce qui lui prend. On dirait un écolier qui sourit bêtement, en se mettant le doigt où je pense. »

Du Janet Cockerell tout craché. La vie chez les Cockerell devait être un enfer : un mari égocentrique et on ne peut plus ennuyeux, une épouse à l'esprit vif, à l'humour volontairement vulgaire, qui lui envoyait des piques à longueur de temps. Et, qui plus est, continuait de voter travailliste !

46

— Mort ? Jessel ?

— Arrêt cardiaque.

— Donc, pas de lien avec la disparition d'Arnold ? Vous écartez le… la…

Elle cherchait la juste expression. Elle baissa les yeux vers la pelouse, jeta un coup d'œil au papier à aquarelle encore vierge posé sur son chevalet, avant de regarder Troy.

— … l'hypothèse d'un acte criminel ? Vous voyez, je m'habitue à votre langage.

Elle répéta à voix basse : « Vous écartez l'hypothèse d'un acte criminel », comme si elle savourait les mots.

Jusque-là, Janet Cockerell s'était montrée plutôt directe. Mais sa franchise ne devait pas inciter Troy à tout lui dire. Elle n'avait pas besoin d'en savoir plus, pour l'instant. La vérité lui ferait plus de mal que de bien.

— Oui, mentit-il, je l'écarte.

47

La salle d'interrogatoire du commissariat de Belper était conçue pour intimider le contrevenant. S'il ne se sentait pas aussitôt coupable en entrant dans une pièce dont les fenêtres crasseuses bannissaient la lumière du jour, les murs de brique laqués, divisés à hauteur d'épaule par un liseré séparant le marronnasse du beige sale, ne tarderaient pas à lui extorquer une confession bafouillante du style : « Chapeau. Vous m'avez bien eu, chef. » Des murs qui rappelaient les teintes apaisantes d'une bonne vieille prison victorienne. Même éloignés de Strangeways[1], ils offraient toute la palette d'un nuancier spécialement créé à l'intention des futurs taulards.

Troy, patient, attendit que Godbehere ait fini de trier ses papiers. Des années auparavant, un récidiviste qu'il venait d'arrêter lui avait dit : « Chapeau, chef. Vous m'avez bien eu. » Étonné, Troy n'avait pu que répondre : « Et vous trouvez ça drôle ? » Il y avait des moments où il aimait son travail.

Godbehere lui présenta un formulaire de déposition vierge.

— Inutile que je le remplisse dans notre jargon, n'est-ce pas, monsieur ?

Troy maîtrisait très bien ce jargon, qu'il détestait. Il allait de pair avec les gros brodequins et les casques ridicules. Il rédigea un compte rendu de la découverte du corps de George Jessel en moins de cent cinquante mots, le signa et le repoussa vers Godbehere.

— Du nouveau ? demanda-t-il.

— Trois jeux d'empreintes. Très nettes. Je les transmets à l'Identité judiciaire et je vous tiens au courant dès que la voie est libre. Pour l'instant, c'est tout ce que j'ai pu faire. Jour de marché. Trop de monde, vous comprenez. J'ai interrogé le vendeur de journaux, devant l'hôtel *Kedleston*. Il est toujours là. Un type très observateur. Le seul inconnu qu'il a repéré, c'est vous. Il connaît tous les représentants de commerce qui séjournent à Belper, et ceux qu'il a vus sont des habitués. Entre nous, je pense qu'il arrondit ses fins de mois en leur proposant les services de prostituées. Ça lui rapporte, d'ouvrir l'œil. J'ai aussi parlé à la femme qui tient la mercerie de l'autre côté de la tranchée ferroviaire. Elle n'a rien remarqué de particulier.

— Il faudrait faire du porte-à-porte dans Railway Cuttings et placarder des appels à témoin dans King Street. C'est dans vos cordes ?

— Oui et non. Si le patron apprend ce que j'ai fait pour vous ce matin, mes boyaux vont lui servir de cordes de banjo.

Tout en parlant, Godbehere jouait avec son stylo à bille.

— Vous êtes son supérieur hiérarchique, vous pourriez agir officiellement. Hélas, nous savons d'avance ce que dira le rapport d'autopsie. Vous pourriez aussi le mettre dans la confidence et lui dire ce que vous avez récupéré sur votre mouchoir. Mais vous ne le ferez pas, j'imagine ?

— Vous imaginez bien.

— Vous croyez qu'il ferait capoter l'enquête ?

— C'est possible. Le problème, avec Warriss, ce sont ses idées préconçues. Mauvais départ pour une investigation. Si ma théorie ne colle pas avec la sienne, il la reléguera dans une case vide de son cerveau, qui n'est déjà pas très rempli.

— Allez-vous me dire, à moi, ce qu'il y a sur ce mouchoir ?

— Du lubrifiant pour arme automatique.

Godbehere soupira et murmura :

— Oh, merde. Et vous tenez malgré tout à ce que je fasse du porte-à-porte ?

— Oui.

— Et que je placarde des appels à témoin ?

— Oui.

— OK. Je vois. Dans ce cas, il faut en parler à Warriss. Je dois vous prévenir qu'en ce moment même il raconte à tout le commissariat que nous avons un flicard de Scotland Yard qui marche sur nos brisées, un vrai con même pas foutu de distinguer un meurtre d'une crise cardiaque.

— Très bien, répondit Troy. Alors je vais continuer de jouer au con !

48

Warriss écouta en silence Troy lui réclamer le porte-à-porte et le placardage des affiches. Il hocha la tête et, dès que Troy eut terminé, il dit simplement :

— Bon. Quand partez-vous ?

49

Sur le quai de la gare de Belper, Troy attendait le prochain train pour Londres, assis sur un banc devant la salle d'attente. Oliver Hardy, un déplantoir à la main, désherbait un parterre, penché sur les fleurs autant que le lui permettait sa corpulence. Il arrachait les mauvaises herbes et les jetait sur le quai. Il n'adressa pas la parole à Troy – il n'adressait la parole à personne – mais celui-ci prenait plaisir à regarder faire un homme qui aimait son travail. Dix minutes avant l'arrivée du train, Troy le vit grimper la côte et disparaître, puis revenir sur son chariot, à la tête d'une nouvelle caravane de pigeons roucoulants.

On était en milieu d'après-midi. En sortant de la tranchée ferroviaire, le train prit peu à peu de la vitesse, longea la rivière Derwent, s'engagea dans un long tunnel et ressortit dans les plaines des Midlands. Comme souvent ces derniers temps, les paroles lancées par Khrouchtchev lui revinrent à l'esprit, davantage à cause de leur détermination que de leur poésie : « Merde à l'Angleterre. » S'il en croyait l'expérience des deux jours passés, Troy était aussi prêt à crier : « Merde aux Midlands. »

50

— T'étais où ?

Il décela une certaine mélancolie dans ces deux mots, mais refusa de l'admettre. L'accepter reviendrait à s'en laisser imprégner, et il n'en avait pas envie.

— Dans le nord de l'Angleterre.

— Un autre meurtre ?

— Si l'on veut.

— Bizarre. D'habitude, t'es pas le genre de type à répondre « si on veut » quand on lui pose une question.

— Un meurtre, deux, peut-être trois.

— Trois ?

— Un sans cadavre.

— OK. Je te suis.

— Un autre sans visage. Et sans nom.

— Je te suis toujours.

— Et un troisième sans mode opératoire.

— Là, je te suis plus.

Comment lui expliquer ? Il prit une profonde inspiration, mais elle le coupa aussitôt.

— Pas grave. Tu me diras ça quand tu reviendras à Mimram.

— Je ne sais pas si je rentrerai dans les prochains jours. J'ai beaucoup de travail.

— Tu veux que je descende à Londres ?

— On ne descend pas à Londres. On y monte.

— Quoi ?

— On monte à la capitale et on descend à la campagne. C'est comme ça.

— Nom de Dieu, Troy ! J'ai l'impression d'entendre tes sœurs !

Elle avait raison. Le genre d'ânerie typique des jumelles.

— Elles te font la vie dure ?

— Pas vraiment. Elles me disent des trucs du genre : « C'est ta maison, Larissa. Tu es la châtelaine de Mimram, maintenant. » On se croirait dans un bouquin de vos foutues sœurs Brontë. Mon cul. Je suis la châtelaine du manoir de la Queue Raide. D'ailleurs, elles en pensent pas un mot.

Troy le savait fort bien.

— Elles me sortent ce genre de connerie pour m'asticoter. Qu'est-ce que j'en ai à foutre, moi, de savoir qui est la châtelaine de votre fichue baraque ? Tu sais ce qui va pas avec elles ? On a rien en commun. Sauf deux langues. De vraies bécasses, ces filles.

— Tout à fait d'accord.

— Tu comprends, moi, j'essaie de m'instruire, je lis les livres de ton père, et elles sont là à glousser bêtement : « Mon Dieu, Larissa devient un vrai bas-bleu ! » Elles ont jamais lu un bouquin de leur existence, ou quoi ? Qu'est-ce que ça veut dire « bas-bleu » ? J'ai pas quitté ton vieux pantalon de la semaine. Et j'ai jamais eu une seule paire de bas bleus !

Tosca débarqua à Londres, triste, imprévisible, pareille à elle-même. Troy, débordé de travail, avait peu de temps à lui consacrer. Le soir, à son retour, elle l'accueillait le nez plongé dans un livre. S'excusait de son silence. Et puis piquait une rogne. La définition du mot « bas-bleu » lui restait en travers de la gorge. Sa colère, il pouvait la gérer. L'absorber comme une éponge. Contrairement à la tristesse, elle ne l'envahissait pas. Il la constatait, sans la partager.

Chaque nuit, elle se glissait dans son lit et disait : « Pas touche. » Il ne touchait pas.

51

Kolankiewicz était capable d'exploser sans crier gare. Vous croyiez mener une conversation tout ce qu'il y a de plus tranquille et banal, quand soudain, boum, voilà qu'il entrait dans une de ces rages folles que Troy, perplexe, imputait au simple fait d'être né polonais. Il avait bien des choses à lui demander à propos de son tête-à-tête avec Khrouchtchev, mais le risque était trop grand. Mieux valait s'en tenir au travail en cours et repousser les questions qui fâchent à plus tard, lorsqu'il aurait la possibilité d'esquiver la fureur de la Bête.

Il téléphona au laboratoire de pathologie médico-légale. Kolankiewicz passait son temps à courir entre le nouveau laboratoire du Yard et l'ancien, situé à Hendon. Il était possible qu'il fût à cette minute dans les locaux. Une voix inconnue lui répondit – sans doute l'un des nombreux jeunots peuplant un service qui s'était fortement développé au cours des dix dernières années.

— Mr Kolankiewicz serait-il dans les parages ?

— Il vient de terminer une autopsie, monsieur. Il nettoie la table. Il sera libre dans quelques minutes. Voulez-vous qu'il vous rappelle ?

— Non, non, je descends.

Il trouva Kolankiewicz au sous-sol du bâtiment, dans son sinistre bureau dépourvu de fenêtres, en compagnie d'une thermos de thé au lait, de beignets à la confiture et de son quotidien préféré, le *News Chronicle*.

— Ça fait un bail, le péteux.

En effet. Ils ne s'étaient pas revus depuis la soirée avec Khrouchtchev, au *Bricklayer's Arm*.

— Tu veux un beignet ? proposa Kolankiewicz, la bouche pleine de confiture.

— Non, merci. J'aimerais que tu jettes un coup d'œil là-dessus.

Troy posa son mouchoir en lin sur le journal ouvert.

— Tu veux quoi, que j'examine tes crottes de nez ? Tu deviens encore plus dégueulasse que moi.

— Impossible. Tu es la créature la plus répugnante qui soit.

Kolankiewicz rayonna sous le compliment, flatté d'entendre résumer en une phrase lapidaire ce que pensaient de lui tous les flics de Londres et des comtés environnants.

— J'aimerais avoir ton opinion sur cette petite tache brune, là, juste au coin.

— Ah, ah, une tache brune ! Troy, Troy, Troy ! Tache brune. Les deux plus beaux mots de la langue anglaise. Comment se fait-il qu'une nation ayant enfanté Shakespeare et Blake n'ait pas un Sonnet à la Tache Brune ? Pas un « Chant d'innocence », pas un « Chant d'expérience », qui évoquent le mystère de la tache brune ? Nous sommes de vieux amis, la tache brune et moi.

Il prit le mouchoir et renifla bruyamment le coin.

— Quasiment plus d'odeur. Tu l'as depuis combien de temps ? Un jour ou deux ?

— C'est ça.

— Pas de problème, je peux la réactiver. Une pointe de ci, un soupçon de ça, et notre chère petite tache brune va nous rendre sa puanteur.

— Quand ça ?

— Demain.

Kolankiewicz porta de nouveau le mouchoir à son nez et émit des bruits dégoûtants, pire qu'un écolier morveux aux végétations en feu.

— Et ça doit rester entre nous, c'est ça ? D'accord, le péteux ?

— Comment as-tu deviné ?

— On se connaît depuis combien de temps ? Vingt ans ? Tu as tes petites manies, Troy. Tout le monde en a. Dans ces cas-là, Onions se gratte le nez, Wildeve se gratte le cul, et toi, tu as une façon spéciale de fermer la porte, tout doucettement, comme si tu espérais que personne ne t'entende. Je t'ai vu la refermer, quand tu es entré. Ça doit rester entre nous et le Yard peut aller se faire foutre. Je me trompe ?

Il avait raison. Le Yard pouvait aller se faire voir.

52

Troy remonta dans son bureau pour téléphoner à son comptable, Angus Pakenham, héros de la RAF, unijambiste, parfait alcoolique, et accessoirement mari de son ancienne maîtresse, Anna.

— Questcequetumeveux ? aboya-t-il.

— Je t'appelle pour du boulot, Angus.

— J'espère bien. Tu crois que je vis de l'air du temps ?

— Pourrait-on se voir en fin de journée ? Juste un brin de conversation.

— Pourquoi pas ? Rendez-vous à six heures, devant l'ancienne pompe. Si tu es en retard, je me casse, sur ma jambe de bois.

L'ancienne pompe à eau était leur lieu de rendez-vous habituel. Grande, noire, élégante, et inutilisée depuis la disparition des voitures à cheval, elle se dressait au cœur de Bloomsbury, à l'intersection de Bedford Row et de Jockey's Fields. Les bureaux d'Angus et de ses associés occupaient les étages supérieurs d'anciennes écuries aménagées, surplombant Gray's Inn. Angus, prisonnier de guerre, avait perdu sa jambe en tentant de s'évader de la forteresse de Colditz. Les Allemands lui avaient fabriqué une prothèse en métal, qu'ils lui confisquaient après chacune de ses tentatives d'évasion. Dix-sept au total. À sa libération, l'hôpital Roehampton l'avait équipé d'une prothèse dernier cri, en caoutchouc et plastique. N'ayant jamais pu s'y habituer, Angus avait conservé son vieux pilon métallique. Son membre fantôme le faisait atrocement souffrir. Pour oublier la douleur, il combinait alcool et antalgiques. S'il retrouvait Troy dehors, c'est parce qu'il ne supportait pas d'être vu en train de négocier les marches d'escalier qui menaient de son bureau à la rue. Il les descendait tant bien que mal, grimaçant de douleur et jurant comme un charretier. Il sortait de l'immeuble, écarlate mais soulagé et, en fonction de l'état de sa jambe et de son humeur, se montrait le meilleur ou le pire des compagnons.

Troy le vit apparaître à l'angle de Jockey's Fields, écarlate et sifflotant, en chapeau melon et costume à fines rayures, serviette sous le bras. Quelques boucles de cheveux roux s'échappaient de son couvre-chef. Il marchait vite, lançant sa jambe artificielle en avant, d'une drôle de façon.

— OK, mon gars. Passe devant. Où va-t-on ? Qu'est-ce que tu préfères ? « La Femme de Loth » ou « La Putain de Babylone » ?

Troy ne se souvenait jamais de quel pub Angus voulait parler. Il avait rebaptisé tous les pubs des environs, aux noms ordinaires, *Le Griffon* ou *Les Trois Tonneaux*. Personne ne s'en offusquait, hormis le patron des « Clébards Copulants » (Angus prétendait avoir surpris deux chiens en train de forniquer sur le trottoir devant l'établissement). Principal avantage de ces sobriquets : quand sa femme l'entendait donner rendez-vous à l'un de ses copains de beuverie, elle ignorait où il allait réellement.

— « La Braguette de Frankenstein », ça te dit ? proposa Troy, qui avait oublié le vrai dénominatif du pub.

— C'est parti ! cria Angus, qui s'éloigna en claudiquant dans Jockey's Fields.

Troy se rendit compte qu'ils se dirigeaient vers le *Seven Bells*, dans Theobalds Road.

Au cri de « Laissez passer l'estropié », Angus se fraya un passage parmi les clients. Troy l'avait déjà vu fendre l'air avec sa canne et frapper les consommateurs, les jours où la douleur était trop forte. Quand il était d'humeur taquine, il jouait des coudes entre les habitués en hurlant : « Impur, impur ! Un lépreux approche[1] ! »

Il se laissa choir sur une chaise et frotta avec vigueur l'articulation entre son moignon et la prothèse.

— Excuse-moi, mais ça démange, ça démange, quand tu as porté cet engin à lanières neuf à dix heures d'affilée.

Le bonheur de pouvoir se gratter lui arracha des gémissements de plaisir. Soudain, il remarqua la serviette ventrue que Troy avait posée entre eux.

— Alors, c'est ça, ton « brin de conversation » ? À voir l'épaisseur de cette serviette, je prédis que ça va te coûter bonbon. Mais au préalable…

Il s'interrompit pour s'acharner furieusement sur son moignon et poussa un soupir de satisfaction.

— Aaaah… Bon, avant de nous plonger dans ce dossier, j'ai une question à te poser : est-ce que tu baises ma femme ?

— Non, mentit Troy.

— Bien. Merci d'avoir eu le tact de mentir. Parce que si tu me l'avais joué au culot en disant que ça n'avait pas d'importance, j'aurais pris cette putain de prothèse pour te cogner dessus jusqu'à ce que mort s'ensuive. Je vais être clair : à l'avenir, si tu t'avises encore de renifler sous ses jupons, c'est ce que je ferai, même en pleine rue, quitte à me bousiller la jambe et à faire un scandale sur la voie publique. *Capisci ?*

— Bien reçu.

— Bon, c'est dit. D'abord, tu vas nous chercher à boire. Ensuite, tu me racontes ce qui t'amène.

— Je croyais que tu ne buvais plus.

— Troy, soit je t'en colle une, soit tu t'occupes de tes oignons et tu me dis ce que tu as derrière la tête. Un whisky double. Pas d'eau. Pas de glaçons. Mauvaise habitude des Américains, ça.

Pourvu qu'Angus n'ait pas prévu de picoler. Il avait besoin de lui sobre. Sobre, il était difficile, mais bourré, carrément odieux. Et Troy voulait croire en l'optimisme d'Anna. C'était ces mois de beuveries ininterrompues – quand les affaires d'Angus partaient à vau-l'eau et que sa libido se réduisait à celle d'une chenille – qui avaient poussé Troy et Anna à sauter le pas, à franchir la frontière vacillante amis / amants qui les unissait et les séparait depuis des années. Mais Anna ne reviendrait plus vers lui. Elle était sortie de sa vie.

Troy tricha sur la commande. Demanda un whisky simple, et pour lui, un fond de *ginger ale*, en espérant qu'Angus le prît pour du whisky.

Angus éleva son verre à la lumière et aussitôt hurla à l'adresse du patron :

— Herbert ! Espèce de rat ! T'appelles ça un double ? Faut changer de lunettes !

Le dénommé Herbert, un petit gros aux cheveux blonds et drus comme du chaume, au visage bouffi d'ancien boxeur, traversa la salle à pas lents.

— Répète un peu ?

Angus se leva de sa chaise, le dominant du haut de son mètre quatre-vingt-dix.

— J'ai dit que t'étais un rat et que tu devrais te faire refaire tes lunettes. Alors soit tu changes la taille de tes doseurs à whisky, soit tu changes de bésicles.

Herbert appuya son gros index sur le sternum d'Angus et l'obligea à se rasseoir.

— Moi, un rat ? Écoute-moi bien, monsieur le héros couvert de médailles, monsieur moi je pilotais un Hurricane, monsieur moi j'ai fait la bataille d'Angleterre. Tu fais chier tous les patrons de pub, d'ici à la Tamise. Et nous on dit rien, parce qu'on sait que t'as fait la guerre et que t'as mérité tes médailles. On t'admire, on vous admire tous, même les emmerdeurs comme toi. Tu es notre monument historique, notre héros de Colditz encore debout, et sur une seule patte, en plus. T'es le seul de mes clients à avoir le gosier en pente et une jambe en fer-blanc. Mais me traiter de rat, moi ! Pousse pas le bouchon trop loin, Angus. J'ai été champion de boxe junior, catégorie poids moyens. J'ai tenu cinq rounds face à Mickey McGuire, je peux te réduire en purée !

Angus n'avait pas cillé.

— Bien tourné, Herbert. Accepterais-tu de te joindre à nos joyeuses libations ?

— Très gentil à toi, Angus, mais je n'ai jamais trinqué avec les poulets et ce n'est pas aujourd'hui que je vais commencer. Soit dit sans vous offenser, inspecteur.

— Y a pas de mal, fit Troy, respectant le code des bonnes manières en vigueur dans les pubs.

Le moment était venu d'ouvrir sa serviette et d'appâter Angus avec les déclarations de revenus de Cockerell. Si bizarre que cela puisse paraître, un comptable aussi pouvait aimer son travail.

Angus but une gorgée de whisky.

— Bon, c'est quoi, le problème ?

Troy lui servit une version abrégée de l'histoire, passant très vite à sa quasi-certitude d'irrégularités dans les finances de Cockerell et à l'hypothèse avancée par son épouse.

Angus l'avait écouté sans l'interrompre.

— OK. Qui ne vit pas au-dessus de ses moyens ? C'est le mal du siècle, non ? Toi, tu ne peux pas comprendre, tu roules sur l'or ! Moi, je suis presque toujours fauché.

— Justement, Cockerell était très à l'aise… enfin d'après les comptes.

— Ses affaires marchaient ?

— Oui. Trop bien.

— Tu veux dire que quelque chose cloche dans les chiffres ?

— A priori, non, mais je flaire l'entourloupe. Si tu traficotais ta comptabilité, à qui ferais-tu confiance pour t'aider ?

— D'abord à mon aide-comptable.

— Cockerell n'en avait pas.

— Ensuite au comptable.

— Idem.

— Il devait être sacrément calé pour bluffer le vérificateur des comptes. Cela dit, la méthode est courante, sinon nous n'aurions pas besoin de la brigade financière.

— Ce qui nous amène à George Jessel.

— C'est qui, celui-là ?

— L'expert-comptable, chargé de l'audit. Un copain de Cockerell. Aujourd'hui à la morgue. Mort à point nommé.

— Assassiné ?

— Pour l'instant, je ne peux pas le prouver. Mais je crois, oui.

— Et tu penses que ce type couvrait l'autre ? Les pertes, les arnaques, les dettes cachées ?

— Je ne sais pas, voilà pourquoi je fais appel à toi. Il y a là-dessous des procédés pas très orthodoxes. Lesquels, je l'ignore.

Angus feuilleta l'épaisse liasse de papiers.

— Je t'ai prévenu, ça va te coûter une fortune.

— Tu m'enverras la facture.

— J'aurais besoin d'une autorisation écrite de ta part.

— C'est fait.

Dans la poche de sa veste, Troy pêcha l'enveloppe, ainsi que les clés du magasin de Cockerell.

— Tout est là. Une copie de mes notes. Relevés bancaires, déclarations de revenus, tout. Si tu dois te rendre à Belper, j'ai noté l'adresse de l'épouse et celle de Jessel. Tu as les clés du magasin. Appelle Janet Cockerell. Une femme intelligente, déterminée à coincer son mari. Dans la mesure du possible, évite les flics du coin. Si tu ne peux pas, adresse-toi au lieutenant Godbehere. En principe, on peut lui faire confiance, ce qui n'est pas le cas avec l'inspecteur Warriss, qui était copain comme cochon avec Cockerell.

Sous ses airs loufoques, Angus Pakenham cachait une intelligence redoutable. Durant la courte mais interminable période entre le débarquement allié et la capitulation de l'Allemagne, Anna avait souvent décrit à Troy le séduisant pilote de chasse qui lui avait fait tourner la tête. Il l'avait demandée en mariage « tout de suite, parce qu'on sera peut-être morts demain ». Beau garçon, Angus ne l'était plus, mais il demeurait un grand manipulateur de mots et d'idées – ce qu'Anna appelait « ses boniments d'intello ». Son visage ravagé par l'alcool perdait de plus en plus rarement son masque agressif ; cependant, la dernière phrase de Troy l'avait titillé. Il en oublia sa colère.

— Ça pousse comme les champignons, hein, les copains ? As-tu déjà remarqué que le copinage constitue un puissant moteur d'action sociale ? Tiens, si on se laissait aller à quelques comparaisons ? « C'est à leurs copains que vous les reconnaîtrez », « Un copain pour tous, tous pour un copain », « C'est dans le besoin qu'on connaît ses vrais copains »… Ça fait réfléchir, non ?

Il désigna le comptoir du menton.

— Ce sera la mort de ce pays, le copinage. L'Angleterre des clubs. Poignées de main, hochements de tête et clins d'œil entendus, blackboulage… Autrefois, je pensais que la guerre avait changé certaines choses… et même qu'elle avait tout chamboulé. Je pensais aussi que six ans de socialisme auraient amélioré la situation. Pas du tout. Ce pays est toujours le même.

Herbert déposa un autre verre de whisky devant lui, sans un mot. Un double. Angus en but la moitié et reprit sa démonstration.

— Nous y pourrirons tous. Qui disait, dans Shakespeare : « Car tu seras pourri avant d'être à demi mûr, et c'est la vertu du néflier[2] » ? C'est ça, l'Angleterre – nous pourrirons sur place, bien avant d'être morts, ou démocrates. La faute au copinage. Du coup, j'ai décidé que la guerre n'avait changé qu'un seul truc.

— Oui ? Quoi ?

— Ma putain de jambe ! Elle me l'a coupée en deux !

Troy ne dit rien. S'ils n'étaient pas à la racine du problème, ils en étaient à la souche.

— Dorénavant, il ne nous reste qu'à nous bourrer la gueule en attendant la fin du monde. Hiroshima, Nagasaki, l'atoll de Bikini, leur foutu site de Windscale[3]… Passe-moi le whisky et laisse pas les gosses boire le lait. La belle herbe verte de l'Angleterre n'est plus verte, elle chatoie de mille couleurs irisées, comme un arc-en-ciel de strontium. Nous nous rassemblons sous la pluie pourpre, agneaux en partance pour l'abattoir atomique. Le centre n'a jamais tenu[4]. Les jouets cassés ont été mal ressoudés par un enfant jaloux armé d'un tube de colle polystyrène. Quelle bête immonde, quelle créature à deux têtes et à trois couilles, musclée du biceps et molle de la queue, se traîne vers les cendres encore brûlantes de l'hôpital de Bethlehem pour s'y faire avorter ?

Il sortit un instant de son délire afin de tâter le terrain et faire réagir Troy.

— Je suppose que tu n'as pas envie de me suivre dans une tournée des bars, Freddie ? Histoire d'emmerder un peu plus les patrons. J'ai une ardoise dans tous les pubs, d'ici à l'Embankment, comme l'a justement fait remarquer ce vieil Herbert. Une petite virée à la foire aux bêtes curieuses, ça te tente ? Au « Téton et Biscuit », tu verras un type qui sort son œil de verre et le laisse tomber dans sa bière, ou dans la tienne, si tu fais pas gaffe. Au « Cochon et Colonne de lit », il y en a un autre qui vit avec une plaque d'acier dans le crâne. Je l'ai connu en 40. Son Spitfire a été dézingué et les toubibs lui ont collé une plaque dans le ciboulot. Du coup, il s'est amusé à fixer un aimant à la base d'une boule en verre, tu sais, ce genre de truc que tu agites pour faire virevolter des flocons de neige autour d'un chalet suisse. Il la garde tout le temps vissée sur son crâne. Si tu lui dis bonjour, il soulève son chapeau et baisse la tête, et tu as droit à une tempête de neige dans les Alpes. Et il y a aussi un habitué des « Bras de Lucifer » qui te joue *God Save the Queen* en pétant…

Troy explosa.

— Et devant moi, je vois un olibrius qui se prend pour un Samson armé d'une prothèse qu'il fait tournoyer comme une mâchoire d'âne ! Bon sang, Angus, arrête, je n'ai pas le temps d'écouter tes conneries !

Pour rien au monde, il ne souhaitait se laisser entraîner dans ces divagations infernales. Une nuit de beuverie avec Angus, c'était marcher sur des sables mouvants avec le vain espoir de ne pas être aspiré. Il se disait souvent que, pour survivre à la quarantaine, il fallait non seulement passer à l'âge adulte, ce que beaucoup d'hommes retardaient à l'infini, mais encore éviter tout ce qui risquait de vous engloutir. La compagnie d'un Angus Pakenham bourré devait être poliment esquivée. Quant à celle d'un Johnny Fermanagh… mieux valait se blinder le cœur.

— Et toi non plus, tu n'as pas le temps, ajouta-t-il en désignant les papiers posés sur la table.

De l'ongle du pouce, Angus fit défiler les coins de chaque feuillet, avec la dextérité d'un joueur de cartes.

— Demain, dit-il. J'attaquerai demain.

Il s'interrompit. Regarda dans le vague.

— Ou après-demain.

Il leva bien haut son verre en criant :

— Herbert ! Remets-moi ça !

Troy le laissa sombrer dans sa nuit d'ivresse.

53

La Special Branch était la pépinière à ragots des services secrets. Si l'espionnage était un corps humain, le MI5 et le MI6 en seraient les deux lobes cervicaux, et la Special Branch, les bras et les jambes. D'ailleurs, tordre et casser les bras, briser les jambes à coups de pied, c'était leur boulot. Mais Troy ne pouvait rien leur demander. Même pas l'heure. Ils le méprisaient. Et son court passage sous les ordres de l'inspecteur Cobb n'avait sans doute pas amélioré leur opinion. Il jugea préférable d'envoyer Wildeve en éclaireur.

— Toi, ils accepteront de te parler. Essaie de te renseigner sur Daniel Keeffe. Un type du MI6. J'ignore ce qu'il y fait exactement.

Il y avait deux Keeffe dans le bottin. Un Keeffe D.J.P., Drayton Gardens, SW 10, et un Keeffe D.S., Notting Hill, W2. Troy composa le numéro du premier, le laissa sonner plusieurs fois. Pas de réponse. Il essaya le second. Au bout de cinq sonneries, une voix féminine répondit sèchement « Oui ? », à voix basse.

— Mrs Keeffe ?

— De la part de qui ?

— Inspecteur principal Troy, de Scotland Yard. Je…

Elle lui raccrocha au nez. Il était à peu près sûr d'être tombé à la bonne adresse. Un peu plus tard, Jack revint dans le bureau. Il se servit une tasse de l'excellent café de Clark et s'assit.

— Tu as raison. Pas mal de rumeurs circulent sur ce Keeffe. J'ai déjeuné à la cantine avec les gros bras de la Special Branch. Un certain Gorman, un ancien de la police militaire, un teigneux, se serait vanté il y a quelques semaines de lui avoir fait subir un interrogatoire musclé, à son domicile. Il l'aurait salement cuisiné et aurait mis l'appartement à sac. D'après ma source, Gorman aurait dit : « On lui a bien sonné les cloches, à ce sale youpin. »

— Que cherchait-il ?

— Rien de particulier. Juste à le cuisiner.

— Un genre de sanction ?

— Comment appeler ça autrement ? Lorsque le MI5 et le MI6 chargent la Special Branch de régler leurs affaires internes, ce ne peut être que pour menacer ou pour sanctionner. Ils ne font pas le sale boulot eux-mêmes. Ils ont des hommes de main. Ils ont dû envoyer Gorman et sa bande foutre le bordel, et Dieu sait de quoi ils sont capables. Il avait emmené deux flics avec lui. Ils lui ont vraiment sonné les cloches. Toujours d'après ma source, ils ont aussi fracassé sa précieuse collection de porcelaines. Dans la mesure où ils ne l'ont ni arrêté, ni n'ont menacé de le faire, j'en déduis que c'était une opération de la Special Branch dans toute sa splendeur, à savoir brutaliser pour le plaisir.

— Je crois que je viens de parler à sa femme. Elle a raccroché dès que je me suis présenté.

— Je la comprends. Bon, tu vas me dire qui est ce Daniel Keeffe ?

— À mon avis, c'est l'homme qui a donné l'ordre à Cockerell d'espionner la coque de l'*Ordzhonikidze*. Et c'est lui que le Foreign Office a délégué chez Janet Cockerell, quand le gouvernement a éprouvé le besoin de se blanchir.

Jack le regarda fixement.

— Se blanchir ? Ce n'est pas le verbe que j'aurais choisi.

— Je n'en ai pas d'autre.

Devant l'expression interloquée de son adjoint, Troy se demanda si des reliefs de son déjeuner n'étaient pas accrochés à son menton.

— Freddie, tu ne vas pas encore en découdre avec les taupes !

— Encore ?

— Enfin, tu sais très bien de quoi je parle !

— Non, je ne sais pas. Tout ce que je veux, c'est savoir ce qui est advenu de Cockerell.

— En clair, mettre la main sur son assassin ?

— Je tiens à m'assurer que ce dossier n'est pas de notre ressort.

— Et si c'est le cas, on laisse tomber ?

Troy ne répondit pas.

— Freddie ?

— Oui, on laisse tomber.

— C'est bizarre, hein, mais je ne te crois pas.

Troy se dépêcha de régler les affaires courantes afin de libérer son après-midi. Vers trois heures, il émergeait de la station de métro Notting Hill Gate, direction Kensington Gardens. Il tourna à gauche dans Linden Gardens, une rue tarabiscotée, en cul-de-sac, bordée d'hôtels particuliers et de maisons à double façade. Il s'attarda sur le trottoir opposé au numéro 202, réfléchissant à la tactique d'approche qui lui éviterait de s'attirer des foudres justement méritées par l'intervention musclée de la Special Branch. La porte du 202 s'ouvrit sur une femme de petite taille, en lunettes noires, sanglée dans un imperméable, un foulard sur la tête. Pourtant il faisait beau et chaud. Une sorte de déguisement, songea Troy. On eût dit Audrey Hepburn partant incognito faire des emplettes dans Regent Street, certaine que les passants penseraient : « Tiens, ce doit être une vedette de cinéma déguisée. » Elle s'éloigna en direction de Bayswater Road et s'arrêta devant une Morris garée le long du trottoir.

— Mrs Keeffe !

Clés de voiture à la main, elle se retourna et abaissa ses lunettes pour l'observer.

— C'est vous qui m'avez téléphoné ?

— Oui. Mrs Keeffe, sachez d'abord que je ne suis pas de la Special Branch.

— Et moi, je ne suis pas Mrs Keeffe.
— Je ne comprends pas. Qui êtes-vous ?
— Deborah Keeffe. Daniel était mon frère.
— Était ?

Elle ôta ses lunettes et les fourra dans la poche de son imperméable. Ses yeux étaient rougis, ses paupières gonflées, comme si elle n'avait pas dormi depuis plusieurs jours.

— Vous le sauriez, si vous étiez de la Special Branch. La semaine dernière, Daniel a pris une forte dose de barbituriques. Il est mort, Mr… Désolée, votre nom m'échappe…

— Troy.

— Il me semble vous avoir déjà vu. Sinon, je ne vous aurais pas répondu quand vous m'avez hélée. Oui, je vous ai aperçu aux Communes… Vous êtes le frère de Rod Troy, n'est-ce pas ?

— En effet.

— Je suis documentaliste à la bibliothèque du Parlement. Je rédige les notes d'information. Vous ne m'avez sans doute jamais remarquée. Les députés ne me remettent pas, alors, pensez, les visiteurs… Je suppose que vous avez cherché les Keeffe dans l'annuaire ? Et pourquoi vous intéressez-vous à Daniel ? Il vivait à Drayton Gardens. Vous le sauriez, si vous étiez de la Special Branch…

— Je travaille à la brigade criminelle, Miss Keeffe.

— Qui a été assassiné ?

Plus le temps passait, moins Troy savait répondre à cette simple question. Il donna la réponse habituelle, même si elle allait à l'encontre de ce qu'il croyait désormais.

— Le capitaine de corvette Arnold Cockerell.

— Tiens, tiens… Tel est pris qui croyait prendre…

Elle sortit ses lunettes de soleil et les remit sur son nez.

— J'ai passé ces derniers jours chez mon frère, à ranger, à nettoyer, vous savez ce que c'est. D'ailleurs, j'y allais de ce pas. Ce n'est hélas pas un endroit où nous pourrons discuter. Si nous prenions le métro, plutôt que ma voiture ? En dehors des heures de pointe, on y sera tranquilles. Personne n'entendra ce que nous avons à nous dire.

Ils descendirent dans la bouche de métro de Notting Hill Gate et empruntèrent, dans le sens des aiguilles d'une montre, la Circle Line, qui passait par Bayswater et Baker Street. Deborah Keeffe demeura silencieuse jusqu'à ce qu'ils soient assis. Elle glissa ses lunettes dans sa poche, ôta son foulard, libérant des cheveux noirs et bouclés, qu'elle repoussa en arrière. Troy lui donnait une trentaine d'années. Des pommettes hautes, des yeux noirs, une peau très blanche, marbrée par le chagrin et le manque de sommeil. Un visage qui rappelait ceux des immigrants venus des pays Baltes au début du siècle. Sans doute une descendante de réfugiés lituaniens ou lettons. Des pays rayés de la carte. Ils avaient donc des points communs. Elle devait penser la même chose, car elle lui demanda :

— Vous êtes russes, vous et votre frère, n'est-ce pas ? Les fils de Sir Alex Troy.

— Oui. De Toula.

— Ma mère est née à Vilnius. Ses parents ont émigré ici en 1899. Des Juifs russophones. Indésirables à double titre. Pour échapper aux pogroms, ils embarquent avec leur petite fille sur un navire en partance pour Ellis Island. Quand il jette l'ancre à Tilbury[1], ils débarquent, cherchent des yeux la statue de la Liberté, pensent qu'elle est perdue dans le brouillard, se font enregistrer et passent là une partie de la semaine en s'imaginant qu'ils sont à New York. Mon père était de Cork. Un homme sans illusions. Issu d'une famille catholique irlandaise. Drôle de mariage. Mais ils s'aimaient. Moitié juive, moitié catholique, de quoi être névrosée, non ?

Troy saisit la balle au bond.

— Votre frère était-il dépressif ?

— Oui. Voilà pourquoi il s'est suicidé. Un garçon plus équilibré aurait surmonté cette épreuve, un garçon plus sûr de lui n'aurait pas cru sa vie en danger. Daniel n'aurait pas dû mettre fin à ses jours. Il avait ça en lui, je suppose.

— Je crois savoir qu'il était l'officier traitant de Cockerell, pendant la guerre.

— Oui. Dans la marine. Daniel était son supérieur hiérarchique. Capitaine de frégate. Ensuite, réserviste, et une affectation aux Affaires étrangères. Son grade était devenu honorifique et cachait son véritable rang au MI6.

— A-t-il été blâmé pour l'affaire de l'*Ordzhonikidze* ?

— Blâmé ? Vous voulez dire interrogé, puni, humilié ! Fin juin, on lui a annoncé qu'on l'expédiait à Reykjavik ! Vous imaginez l'affront ? Une belle récompense pour un brillant agent de renseignement, spécialiste de l'Union soviétique – le russe était sa langue maternelle –, être mis au placard de la sorte ! Qu'aurait-il fait en Islande ? Espionné les chalutiers ? Compté les casiers de morues et de flétans ? Pour lui, c'était pire qu'une mise à pied. Son engagement dans les services secrets ne me plaisait pas. En temps de guerre, je pouvais le concevoir. Mais en temps de paix… Ne me demandez pas pourquoi. Pendant la guerre, oui, la cause commune primait, au point de faire oublier aux Britanniques leurs idées reçues. Le tissu des vieux préjugés s'était déformé, effiloché, laissant apparaître des accrocs à travers lesquels des hommes comme Daniel ont pu se faufiler. Les exclus parvenaient à s'intégrer. Lui pensait que c'était définitif. Pauvre idiot. Il s'est menti à lui-même et il m'a menti. Il voulait être accepté.

« La veille de son départ pour Reykjavik, il est venu me voir, déjà à moitié saoul. Il a vidé une bouteille de gin. Il pleurait en évoquant son travail. Je lui ai conseillé de démissionner. “Impossible, m'a-t-il dit. Une fois qu'ils te tiennent, ils ne te lâchent plus.” D'après lui, l'affaire serait bientôt oubliée. Il n'avait rien fait. Tôt ou tard, ils s'en apercevraient. Et là, il m'a raconté le fin mot de l'histoire : Cockerell l'avait contacté. Ils ne s'étaient pas revus depuis plus de dix ans. Daniel était son officier traitant, vous le savez. Il avait dû le retirer du service actif, Cockerell n'étant manifestement plus opérationnel. Cockerell souhaitait accomplir une ultime mission, avant de raccrocher ses palmes. Une action d'éclat. Il avait un plan pour espionner la coque de l'*Ordzhonikidze*. Et dans quel but ? lui a demandé Daniel. L'occasion rêvée de découvrir les secrets de la technologie soviétique, a répondu Cockerell. Daniel s'y est opposé. Un projet aussi farfelu ? Jamais il n'obtiendrait l'autorisation de ses supérieurs. Pour s'excuser de son refus, il l'a emmené boire un verre à son club. Sans doute aussi afin de l'épater, de lui montrer qu'il était membre d'un club et qu'il pouvait se permettre de l'y inviter.

« À partir de là, la bulle a éclaté. La rumeur s'est répandue, la presse s'en est mêlée. Le MI6 a fait vérifier les registres des entrées. Tous les agents ont dû montrer leur agenda et, juste au moment où le Premier ministre tentait de nier l'affaire de l'*Ordzhonikidze*, on a trouvé dans celui de Daniel le jour et l'heure de son rendez-vous avec Cockerell : il avait rencontré le capitaine de frégate Daniel Keeffe, au mois de mars. Beaucoup de ses collègues les avaient vus au club, trinquant comme de vieux amis. Personne n'a cru à la version de Daniel : il avait raccompagné Cockerell, fin saoul, à la gare, en lui disant d'oublier Khrouchtchev et de profiter de sa retraite dans le Derbyshire.

« Mon frère a ensuite subi quarante-huit heures d'interrogatoire face à un type qu'il appelait "le Gentil". Après, ce n'était plus le même homme. Ensuite, la Special Branch est venue tout casser chez lui. Et, humiliation finale, trois semaines avant son départ pour Reykjavik, le Premier ministre se résout à présenter des excuses publiques. Ils ont envoyé Daniel "débriefer" la veuve de Cockerell. En novlangue[2], ce doit être le terme pour "la faire taire". J'ignore ce qu'il lui a dit. Il ne parlait pratiquement plus, sauf lorsqu'il avait bu. Il buvait beaucoup, vers la fin. Il est parti ivre à Reykjavik, il me téléphonait, ivre. Il est mort ivre, noyé dans le gin et les barbituriques.

« On m'a prévenue à mon travail. Mon bureau jouxte la salle de lecture. Un type nommé Woodbridge, Tim Woodbridge, est entré. Secrétaire parlementaire aux Affaires étrangères, député conservateur de je ne sais quelle circonscription. Je ne le connaissais pas – j'assiste en général les parlementaires de l'opposition. Le gouvernement n'a pas besoin de nous pour la préparation des textes législatifs, puisqu'il a tous les fonctionnaires à sa disposition. Woodbridge se présente, bredouille : "J'ai une mauvaise nouvelle à vous annoncer" et m'offre les condoléances de tous ses collègues. Je lui dis : "Arrêtez de tourner autour du pot. C'est Daniel, hein ? Il est mort, c'est ça ?" Nous étions seuls au monde. Mes parents nous avaient quittés depuis longtemps, nous n'étions mariés ni l'un ni l'autre. Et c'était dans sa nature de commettre ce geste. Woodbridge me laisse le temps d'encaisser le choc. Quand j'ai l'air d'être remise de mes émotions, il en vient au véritable but de sa visite. Tous les documents de travail que mon frère avait en sa possession doivent impérativement être retournés au MI6. Étant liée par l'Official Secret Act[3], je ne dois en souffler mot à personne. Si j'accepte de coopérer, mon avancement est assuré. Sous-entendu, si vous refusez, vous perdez votre situation. Tout ça dit très gentiment, très poliment, avec des "vous comprenez, Miss Keeffe", sans jamais laisser transparaître le fond de sa pensée, ni mentionner les mots espion, homme-grenouille ou Khrouchtchev. Juste "des événements récents dans lesquels votre frère aurait pu être impliqué". Et ce salopard me donnait du "ma chère" toutes les deux phrases. Ah, je pourrais prendre des congés, autant que je voudrais, du moment que je les assurais de ma discrétion ! Quel comédien, ce Woodbridge ! Il se comportait comme si j'étais des leurs, comme si j'avais de l'importance pour eux, comme si j'appartenais à leur club, comme si je jouais selon leurs règles, comme si je n'étais pas une femme et même comme si je n'étais pas juive !

— Dans ces conditions, pourquoi m'en parler ?

— Justement parce que je ne fais pas partie du club : ma religion, mon âge, mon sexe m'en excluent d'office. Parce que je ne suivrai pas leurs règles. J'aime mon métier. J'ai beaucoup travaillé pour obtenir ce poste. Girton College[4] à dix-sept ans, diplôme de sciences politiques et sociales à vingt et un. Bibliothèque des Communes à vingt-six. Ils ne peuvent pas m'acheter. Il ne peuvent pas me sanctionner. J'ai presque fini de ranger l'appartement de Daniel et je n'ai rien décelé de compromettant pour qui que ce soit. Mais je sais ce que je sais. Et si vous n'étiez pas venu me voir, j'aurais trouvé un preux Ivanhoé qui aurait volé à mon secours. Enfin, je l'espère. J'aurais parlé à quelqu'un, de toute façon. Peut-être même à Rodyon Troy. J'ai déjà rédigé des notes d'information pour votre frère. Lui au moins connaît mon nom.

— Ne le faites pas.

— Pardon ?

— Ne lui en parlez pas.

Elle haussa les épaules.

— Comme vous voulez. D'ailleurs, je doute que faire appel à Westminster aboutirait à quoi que ce soit.

Elle marqua une pause. Troy avait l'impression de l'entendre réfléchir.

— Vous souvenez-vous de cet article de Henry Fairlie[5], paru l'an dernier, à l'époque où la Chambre débattait de la défection de Burgess et Maclean ? Fairlie disait que « l'establishment resserrait les rangs » pour les protéger.

L'article ne lui disait rien. Il se remémorait confusément la conférence de presse de Kim Philby, dans son appartement, niant les insinuations des journalistes et faisant de son mieux pour démentir les rumeurs « grotesques » de sa trahison.

— Très vaguement, répondit-il.

— Cet article a suscité des débats passionnés, comme cela se produit quand un pays, une culture ont besoin de se redéfinir. C'est ce que nous sommes en train de faire. Nous redéfinir. Plutôt mal, d'ailleurs. Nous n'avons pas de 4 Juillet[6], ni de salut au drapeau. Et la notion de « non-britannique » n'existe pas dans le sens du mot « non-américain ». Mais même si personne ne se lève plus dans les salles de cinéma lorsque retentit l'hymne national, nous n'avons pas pour autant perdu le sens de notre identité. Fairlie l'a très bien expliqué :

il s'agit d'une caste, d'une élite, qui protège les siens. Selon moi, plutôt l'appartenance à une couche particulière de la société britannique. Ce qui n'est pas mon cas, ni celui de mon frère, qui est mort d'avoir voulu à tout prix s'y intégrer. Il ne pouvait survivre à des accusations de trahison. Il n'a jamais compris que, sans appartenance, il ne peut y avoir trahison. Vous me suivez ?

Troy voyait très bien ce qu'elle voulait dire. Il avait l'impression d'entendre son père. Exactement le même genre d'argumentation. Toutefois, à son avis, elle prenait le problème à l'envers.

— Oui, je vous suis. Mais permettez-moi de vous contredire. Prenons l'exemple de Burgess et Maclean : l'appartenance rend justement la trahison impossible. L'establishment, quelle que soit la définition que vous lui donnez, n'est ni un pays, ni une patrie. Trahissez, et le pays vous reniera ou vous poursuivra en justice. L'establishment ne le fera jamais. Dans cette perspective, il est possible de trahir et de ne pas accepter l'idée d'avoir trahi. Burgess continue certainement de payer la cotisation de son club, avec l'espoir, même minime, d'y retourner un jour.

Il pensa au Patum Pepperium, le Délice du gentleman, et à Burgess, l'homme par qui le scandale arrive, s'imaginant, même à Moscou, appartenir à ce qu'il avait trahi, se réjouissant de sa défection, et tenant une conférence de presse pour se justifier, avec, autour du cou, sa vieille cravate d'Eton.

— Ce qui devrait être paradoxal, mais ne l'est pas, répliqua Deborah Keeffe.

Elle joignit l'extrémité de ses doigts, ses paumes écartées formant l'arc-boutant d'une cathédrale symbolique.

— L'establishment resserre les rangs pour protéger les siens et, ce faisant, inclut, mais exclut aussi. Même si vous vivez à Moscou avec une retraite du KGB, vous êtes toujours inclus. En revanche, malheur à ceux qui sont éjectés au moment où les rangs se referment.

Elle rapprocha vivement ses paumes et les fit claquer l'une contre l'autre.

— Splash. C'est ce qui est arrivé à Daniel Keeffe. Splash.

Ils se comprenaient tout à fait. Troy n'avait pas souvent eu une conversation avec quelqu'un qui partageait si bien son point de vue. Mais où voulait-elle en venir ?

— Qu'attendez-vous de moi, Miss Keeffe ?

Elle parut surprise. Le dévisagea d'un air perplexe.

— Je ne vous demande rien ! C'est vous qui êtes venu me trouver. Faites comme bon vous semble. Je n'ai pas résolu votre enquête criminelle, je n'ai ajouté personne à la liste des morts. Daniel est une victime, un parfait bouc émissaire, vous en conviendrez, mais il n'a pas été assassiné. Jamais je ne prétendrai qu'il est mort d'une autre main que la sienne.

Par la suite, chaque fois qu'il repenserait à cette pénible affaire, Troy reviendrait à ce dialogue avec Deborah Keeffe, la seule personne demeurée lucide, malgré le chagrin et la colère, et la seule à ne lui avoir rien réclamé.

— Voyons les choses autrement, reprit-il. Quels sont vos projets, à présent ?

— Finir de trier les effets personnels de mon frère. Reprendre mon travail. Et, si Woodbridge ou un autre de ces messieurs vient m'accuser d'avoir parlé, je ne le nierai pas. Mais en aucun cas je ne donnerai ma démission. Il faudra qu'ils me virent. Toute ma vie, j'ai fait l'impossible pour me conformer aux normes des Britanniques, et Daniel aussi. Nous nous sommes coulés dans le moule. Ils ne feront pas de moi une menteuse.

Sur ce point, leurs opinions différaient. Depuis ses premiers balbutiements, Troy avait accepté l'inéluctabilité du mensonge. C'était devenu chez lui une seconde nature.

Il chercha des yeux le cercle rouge barré d'une ligne bleue qui signalait le nom de la station de métro. Pris par la conversation, il ne les avait pas vus passer. Ils pouvaient se trouver n'importe où entre Notting Hill Gate et Charing Cross. Deborah Keeffe s'était tue. Elle lui avait dit tout ce qu'elle avait sur le cœur. La rame quittait Moorgate. À l'arrêt suivant, Liverpool Street, il la salua, descendit sur le quai et marcha vers le bar où il avait offert une bière à Nikita Khrouchtchev. Le rideau était baissé. Dommage. Il aurait volontiers consacré un moment à réfléchir devant une pinte. Il regarda le tunnel, s'efforçant de humer le désespoir, à l'instar du dirigeant soviétique. Quelle odeur pouvait-il avoir et pourquoi d'ailleurs devrait-il en avoir une ? Il ne sentit rien – juste un relent de bacon frit.

54

— Infarctus du myocarde, lui annonça un Warriss exultant au bout du fil. Avez-vous besoin que je vous le répète plus lentement ?

— Non, envoyez-moi une copie du rapport d'autopsie par la poste. Y a-t-il d'autres détails que je devrais connaître ?

— Aucune trace suspecte. Pas de contusions, pas d'écorchures. Votre histoire de porte-à-porte et vos placardages m'ont fait perdre mon temps, tout ça pour des clous. Rien ne prouve que Jessel ait succombé à autre chose qu'à un infarctus causé par quarante ans d'alcool et de clopes. Et à une angine de poitrine chronique. Le Dr Jewel est prêt à signer le certificat de décès. Cause naturelle. À moins que vous n'émettiez une objection, monsieur ?

Warriss le narguait. Troy raccrocha. Dix minutes plus tard, le téléphone sonna de nouveau.

— Mr Troy ? Ray Godbehere à l'appareil.

— Je viens de raccrocher au nez de votre inspecteur qui se foutait de moi.

— Je sais, monsieur. Il est parti déjeuner en ricanant comme une hyène. Je suis seul au bureau.

— Je passe toujours pour un vrai con à Belper, c'est ça ?

— Loin de moi cette idée, monsieur. Je viens d'analyser les trois jeux d'empreintes. Le premier est celui de l'inspecteur Warriss. Je suis affirmatif, car nous conservons un fichier de nos propres empreintes, afin de diminuer les risques d'erreurs sur les scènes de crime. Pas très malin de sa part d'avoir laissé traîner ses doigts, mais il faut dire à sa décharge que, pour lui, ce n'était pas une scène de crime. Le deuxième jeu est celui d'une main gauche, avec une épaisse cicatrice courant sur l'index. Vous n'auriez pas par hasard une cicatrice à l'index gauche, monsieur ?

Merde.

— Navré, lieutenant. C'est moi, en effet. J'ai dû m'appuyer par inadvertance. Et le troisième ?

— Une main gauche, également. Plusieurs empreintes de doigts à différents endroits et une paume complète sur le bord du bureau. Comme si quelqu'un y avait pesé de tout son poids. Les empreintes ne correspondent à aucune de celles de nos fichiers. Je n'ai pas pris celles de Brenda ni celles de la femme de ménage, car il s'agit d'une grande main d'homme. J'ai relevé celles du défunt. Elles ne correspondent pas. Et rien au fichier central. À un endroit, les vôtres chevauchent celles de l'inconnu, donc vous aviez raison : un individu est entré dans la pièce après le départ de la femme de ménage et avant votre arrivée.

— Et cet individu a pris appui sur le bureau pour menacer George Jessel de l'autre main, avec un pistolet automatique. Quand il l'a armé, une goutte de lubrifiant est tombée sur la moleskine.

— Et Jessel en est mort. C'est ainsi que vous imaginez la scène, monsieur ?

— Je crois. Son agresseur a voulu l'intimider et a eu beaucoup de chance. Je doute qu'il ait pu le descendre et s'en aller ni vu ni connu. La crise cardiaque est tombée à pic.

— Vous pensez à quelqu'un en particulier ?

— Avez-vous les empreintes de Cockerell ?

— Non, hélas. Comment me les procurer ? Selon les journaux, son corps était salement abîmé. Sans doigts.

— Essayez les portières de ses voitures.

— Vous voulez que je monte chez Mrs Cockerell ?

— Oui. Vous pouvez faire ça, non ?

— Certes. Toutefois, puis-je me permettre de vous donner mon avis, monsieur ? Ces derniers jours, j'ai arpenté Belper, placardé les appels à témoin, frappé à toutes les portes. Personne n'a vu personne. Or, si Cockerell avait été dans les parages, n'importe quel quidam l'aurait reconnu. Impossible qu'il soit revenu ici incognito pour tuer son comptable avant de monter dans le premier bus venu. Quelqu'un l'aurait forcément aperçu.

Godbehere avait marqué un point. Mais son postulat ne coïncidait pas avec celui de Troy ; plus le temps passait, plus il avait tendance à se rallier à celui de Janet Cockerell. L'homme-grenouille s'était évanoui dans la nature. Le plaisir de se volatiliser, n'est-ce pas de refaire surface de temps en temps ?

— Vous avez sans doute raison. Oublions Janet Cockerell pour l'instant. Dites, Warriss est-il au courant de tout ça ?

— Non. Il ne sait rien de plus que le jour où vous l'avez rencontré.

— Merci. Je vous suis très reconnaissant, lieutenant.

— Cependant, s'il flaire quelque chose…

— Je sais. Vous allez vous faire étriller.

— Pis encore, monsieur. Vous aurez intérêt à vous occupez de ma mutation.

Troy saisit l'allusion. Godbehere était nettement plus futé que la dizaine d'empotés qui travaillaient pour lui au Yard. Peut-être un peu trop.

Bien sûr, Troy n'imaginait pas Cockerell pointant une arme sur Jessel pour lui flanquer la trouille de sa vie, mais c'eût été très intelligent de sa part. D'ailleurs, la partie intuitive de son cerveau, celle qui naviguait au vent trompeur de son imagination, lui soufflait que Cockerell aurait fort bien pu le faire.

55

Il avait besoin de preuves en béton. Il avait besoin de l'avis de Kolankiewicz, pour la tache d'huile. Et il n'avait rien reçu. Il prit le rapport d'autopsie de Cockerell et s'en alla traquer la Bête dans sa tanière.

— Pas eu le temps de t'appeler. Trop occupé. Les morts, ça vous fout jamais la paix.

Kolankiewicz alla refermer la porte derrière son visiteur.

— Et l'intimité, alors ? Bon, j'ai ce que tu voulais.

Il ouvrit un tiroir et étala sur son bureau le mouchoir de Troy, ou plutôt ce qu'il en restait.

— Mon mouchoir en lin d'Irlande !

— J'ai juste découpé un coin ! Qu'est-ce que tu peux être tatillon ! Alors, tu veux savoir ou pas ? Sinon, y a des tas d'autres flics qui ne demandent qu'à s'amuser avec moi.

— OK. Je t'écoute.

— Il s'agit, comme tu l'as présumé, de lubrifiant pour arme. Ou, dans la mesure où une substance est adjectivement qualifiée par l'usage, un lubrifiant pour arme, s'il est utilisé pour lubrifier une arme.

Kolankiewicz en mode professionnel. La maîtrise de la langue anglaise, qui lui échappait dans le langage familier, devenait, dans la terminologie scientifique, un jargon précis et magnifiquement obscur.

— Peux-tu traduire ?

— C'est le produit dont je me servirais pour lubrifier une arme automatique, si j'en avais une. Mais il a d'autres emplois. Ce week-end, j'ai utilisé le même pour dégripper ma tondeuse à gazon. Sauf si tu m'assures enquêter sur la mort d'un homme renversé par une tondeuse à gazon dans les environs de Hampstead Garden – auquel cas je plaiderai la provocation et je dirai que j'ai toujours détesté mon voisin et que je l'ai tué dans une crise de folie horticole –, contentons-nous de supposer qu'il s'agit d'une arme à feu. Huile de faible viscosité, haute teneur en graphite. Ne colle pas. N'attire pas la poussière, qui risquerait d'enrayer la gâchette. Très fluide, donc coulante. Résultat, il faut graisser le pistolet plus régulièrement qu'avec une huile à forte viscosité. Et, puisqu'elle coule, un jour ou l'autre, tu salopes ton beau costume.

— Et ?

— Et ?

— Continue. Tes conclusions ?

— Un vulgaire voyou ignorerait ce détail. Il mettrait du trois-en-un pour graisser son flingue, s'il avait l'idée de l'entretenir, comme pour une chaîne de bicyclette. Un homme qui prend soin d'huiler son pistolet connaît les armes. Un ancien soldat, par exemple…

— Nous sommes une nation d'anciens soldats, l'interrompit Troy.

— Dont la plupart n'ont jamais vu un pistolet automatique de leur vie. Il y a une grande différence entre le mécanisme d'une carabine Lee Enfield à culasse mobile et celui d'un Colt ou d'un Browning. Je parle d'un officier, d'un professionnel, quelqu'un qui ne prendrait pas le risque de voir son flingue s'enrayer au mauvais moment.

— Tout ça à partir d'une goutte d'huile ?

— Tu n'es jamais venu me voir avec un grain de sable. J'attends le jour où tu le feras.

« Un jour ou l'autre, tu salopes ton beau costume. » Troy se souvint de la chemise qu'il portait lors de l'arrivée des Russes à Portsmouth. Ruinée par quelques gouttes d'huile. Une tache en forme de cœur, impossible à faire disparaître. D'ailleurs, à propos de Portsmouth…

— Pourrais-tu descendre à Portsmouth demain ?

— En quel honneur ?

— Les flics du coin ont un macchabée au frigo. Arnold Cockerell.

— L'espion ?

— Oui. J'aimerais une seconde autopsie. J'ai besoin de ton avis éclairé.

— Pas question de me fâcher avec le médecin légiste de Portsmouth ! Je ne veux pas empiéter sur son terrain !

— Tu le connais ?

— Non. Mais c'est quand même un collègue.

Troy posa le rapport sur le bureau.

— Lis-le. Je veux en savoir davantage.

Kolankiewicz écarta le dossier.

— Tu l'as lu, toi ?

Troy le repoussa vers lui.

— Évidemment !

Il l'avait trouvé dans la corbeille « départ » du courrier. Donc il l'avait lu. Pas dans son intégralité. Mais il gardait un souvenir très précis de la limace bouffie sur le drap vert de la morgue.

Kolankiewicz le regardait d'un drôle d'air. Était-ce de la sollicitude ?

— Tu le sais bien, Troy, je ne suis pas du genre à me faire du souci pour les autres, mais jure-moi que tu ne vas pas encore aller fourrer ton long nez dans la taupinière ? Traîner avec les renards et les chats ? Dans combien d'hôpitaux t'ai-je repêché ? Je t'ai fait combien de points de suture en vingt ans ? Tu es mon meilleur client. Tiens, je devrais garder une table d'autopsie toujours prête, juste pour toi.

La voix de Jiminy Cricket chuchotait à son oreille. Mais Troy ne l'écoutait plus. Grand Coquin et Gédéon étaient déjà là, tentateurs. Il se voyait danser dans la rue pavée en chantant : *Hi-Diddle-di-dee, à moi la vie d'artiste*[1].

— Je suis déjà dans la taupinière, dit-il sèchement.

— Alors je me réserve le droit de faire mon péteux polonais. Un de ces quatre matins, tu ne couperas pas à un « Je t'avais prévenu ».

— Une phrase que tu me ressasses depuis des lustres. J'imagine que tu la feras graver sur ma pierre tombale. Bon, rendez-vous à la morgue de Portsmouth demain, en début d'après-midi.

56

Décidément, le temps était bizarre – toujours l'été indien. L'imbécile de service à la sortie sud du Yard avait, comme d'habitude, sa petite idée sur la météo, mais Troy passa son chemin. Il ôta sa veste, essuya le pare-brise de la Bentley, vit le soleil et les nuages s'y refléter et se dit qu'il n'y avait pas plus bel après-midi pour se rendre sur la côte. Un soleil bouton-d'or, un ciel lavande, des nuages qui s'effilochaient comme de la barbe à papa. Il allumerait l'autoradio et jouirait de deux heures de liberté pour se vider l'esprit, avant d'affronter pour la énième fois de sa carrière un Kolankiewicz belliqueux aux prises avec un cadavre congelé.

Il réglait la bonne longueur d'onde lorsque Wildeve surgit de la porte du Yard, côté Embankment, veste sur l'épaule, manches retroussées.

— Tu vas quelque part ? s'enquit-il en bâillant.

— À Portsmouth. Une autopsie.

— Cockerell ? Keeffe ?

— Cockerell.

— Ça t'ennuie si je t'accompagne ?

— Je croyais que tu passais la journée au tribunal.

— Non, le prévenu a fini par plaider coupable.

Il sourit comme un écolier, ravi de sa victoire.

— D'accord. Monte.

Ils roulèrent jusqu'à l'Embankment, traversèrent Westminster Bridge au moment où Big Ben sonnait les douze coups de midi. Jack se laissa aller contre le dossier du siège passager et ferma les yeux.

— Vas-tu me dire ce que tu mijotes ?

— Non.

— Bien. Je suis claqué. Tu me réveilleras à Portsmouth.

Troy mit la radio en sourdine. Il tomba sur une symphonie de Haydn. À lui de s'amuser à deviner laquelle.

57

Kolankiewicz désigna Wildeve.

— Pourquoi tu l'as amené ?

Troy réfléchit.

— Pour la balade.

— Tu parles d'une balade. Il va encore tomber dans les pommes et vomir partout.

— Ce sera une autopsie propre, non ? Au bout de cinq mois, il n'y a plus de fluides corporels.

— Propre ? Tu rigoles ! Tu l'as vu ? Si on avait voulu le rendre méconnaissable, on n'aurait pas fait mieux !

— Justement. C'est là le problème.

— Quoi ?

— Trop beau pour être vrai. Un peu trop parfait.

— Parfait ? Quand Wildeve verra le macchabée, il va virer au vert. On parie, le péteux ?

Il les précéda dans la salle d'autopsie. Une pièce moderne, tout en Formica et en surfaces lavables, éclairage au néon et moulures en plastique. Aussi moderne que le living-room d'Arnold Cockerell. La dépouille, numérotée et étiquetée « COCKERELL ? » était allongée sur une sorte de paillasse en inox d'environ deux mètres de long, creusée d'un réseau complexe de minuscules rigoles destinées à évacuer le sang et autres humeurs peu appétissantes. D'un blanc marmoréen, elle n'offrait que peu de similitude avec une créature naguère vivante. Sa vue était cependant moins insoutenable que la fois précédente : un air de vacuité aseptisée plutôt que de mort. Comme si on avait sculpté dans la cire différentes parties d'un être humain, avant de les recoudre avec du fil noir. Et surtout, elle ne dégageait aucune odeur. Il flottait dans la pièce un léger parfum de formol, caractéristique de toutes les salles d'autopsie, mais les relents de décomposition, de chairs en putréfaction, d'intestins disséqués, d'excréments répandus, de sang séché, avaient disparu. Des mois dans la glace avaient réduit le cadavre à une matière inanimée, sans une once d'humanité. On l'avait lavé, nettoyé – fin juillet, des algues étaient encore coincées entre les doigts de pieds, la mer venant juste de le rejeter sur le rivage. Le visage n'était qu'un trou noir encadré d'os blancs. L'absence de mains amenuisait sa taille. On aurait dit un nain, un homme poupée. Une couture boursouflée, aux points grossiers, traversait la poitrine et l'abdomen. Troy songea à Edmond Dantès, enfermé dans un ballot de jute, et précipité dans la mer du haut du château d'If. Il voyait la main de l'évadé, armée d'un couteau, cisaillant les coutures pour se libérer de sa housse mortuaire, et Dantès jaillir des flots vers la liberté et la renaissance. Une image qui collait bien, finalement, à ce fourbe de Cockerell. Se promenait-il sous les traits du comte de *Jasmine Dene*, fuyant ses créditeurs et bernant sa femme ?

Sur un petit placard, s'alignaient de gros bocaux dans lesquels marinaient tels des oignons quelques-uns des organes vitaux du trépassé : estomac, duodénum, côlon, foie. Après un long séjour dans le formol, ils avaient perdu leur éclat, leur ton rouge rosé, leur rubescence, et pris une teinte brun grisâtre. Ce qui n'empêcha pas Wildeve de changer de couleur.

— Dehors ! aboya Kolankiewicz.

— Non, protesta faiblement Jack. Je veux savoir.

— Tu gerbes, je te tue !

— Je ne vomirai pas, promis. Je vais m'asseoir dans un coin. Tranquille.

Il prit une chaise pliante, alla s'installer près d'un mur, renversa la tête en arrière et, blanc comme un linge, ferma les yeux. Kolankiewicz passa le cordon de son tablier de caoutchouc autour de son cou, retroussa ses manches et se désinfecta les mains.

— Ne t'inquiète pas pour Jack. Ça va aller, mentit Troy, songeant à toutes les fois où, sur une scène de crime, il avait attendu que son adjoint finisse de rendre tripes et boyaux derrière un buisson.

— J'espère pour toi, grommela Kolankiewicz. Bon, dis-moi ce que tu cherches.

— Rien de particulier.

— Tu te fous de moi ?

— Non. J'ai juste besoin de savoir.

— Tiens, exactement ce que vient de dire le Dégobilleur. Qu'est-ce que ça veut dire « savoir » ?

Kolankiewicz avait raison. Jack n'avait pas dit « je veux voir », mais « je veux savoir ». Le choix des mots était curieux. Aussi curieux que sa sortie du Yard pile au moment où Troy montait dans sa voiture.

— Ça veut dire ce que ça veut dire. Je veux savoir qui est ce type.

Kolankiewicz enfila ses gants en latex et les ajusta.

— Pas de nouvelles preuves ?
— Non.
— Toi, tu vas foutre ma réputation en l'air, si tu continues. Je descends du Yard tout-puissant pour recommencer le boulot d'un collègue, et sans aucun motif ! Alors un petit indice ne serait pas de refus. Je dois partir du principe que ce pékin n'est pas Cockerell, c'est ça ?
— Pas tout à fait. J'ignore de qui il s'agit.
Une façon de se défiler. Troy savait qu'il ne s'en sortirait pas si facilement. Kolankiewicz haussa la broussaille grise de son sourcil.
— Mais tu es certain que ce n'est pas lui.
— Non.
— Comme d'habitude, tu dis que des conneries. Enfin. Bon.
Ils se tenaient chacun d'un côté de la table où reposait la masse blanchâtre, presque opalescente. Kolankiewicz tapota le microphone suspendu à une trentaine de centimètres au-dessus de sa tête. Troy n'en avait jamais vu de près. Scotland Yard, pourtant à la pointe du progrès en matière de science de la détection, faisait toujours appel à des sténographes perchées sur un tabouret, qui prenaient des notes sur un calepin. Il se retourna et aperçut, derrière une vitre, un jeune homme affairé devant un gros magnétophone à bande. Celui-ci leva les pouces en direction du pathologiste et retourna à ses boutons.
— Pourquoi ne pas prendre le rapport d'autopsie et vérifier point par point ce qui est écrit ? proposa Troy.
— Bonne idée. Alors, qui vient en premier[1] ?
— La tête.
— Non, là, tu dois dire : « Je ne sais pas. » Moi je réponds : « Je ne sais pas vient en second. »
— Quoi ?

— Non. Quoi vient en troisième. Qui, en premier.

— Pardon ?

— Laisse tomber, Troy. Ce que tu peux être anglais, quand tu t'y mets. C'est pas croyable.

Troy ouvrit le rapport. Oubliant Abbott et Costello, Kolankiewicz plongea un doigt gainé de latex dans le crâne.

— Si mes souvenirs sont exacts, la mort est consécutive à un violent trauma qui a provoqué l'écrasement des vertèbres cervicales. D'où section de la moelle épinière. Pas d'eau dans les poumons. L'homme est donc mort avant de toucher la flotte.

— Oui.

— Cependant, il ne reste pas grand-chose de l'occiput. Mon collègue décrit-il la blessure initiale, au point d'impact ?

— Non. Il dit… que ce coup à la tête est la cause probable de la mort. Attends… quelques remarques sur l'état de la boîte crânienne. Probablement fracassée par les pales d'une hélice.

— Il a raison. Décapitée net comme un œuf à la coque. En dessous… je distingue une compression tissulaire que je n'attribuerais pas à l'action qui a emporté la partie supérieure de la calotte crânienne par-devant – d'où plus de visage. Cette compression, là, plus bas, montre un coup porté par-derrière. Qu'en dit mon collègue ?

— Rien.

— C'est normal. Difficile de s'en rendre compte, puisque la plaie initiale est manquante. Il est possible qu'elle ait été causée par la rotation des pales. C'est la nature même d'une hélice de tourner, de tourner et de vous réduire en charpie. Moi, je ne fais que donner mon opinion. Mais si le choc fatal était dû au tranchant d'une hélice, nous en déduirions que l'homme était vivant lorsqu'il l'a reçu. Or, nous savons qu'il ne l'était plus. Alors, qu'est-ce qui l'a tué ? Un choc antérieur. *Ergo*, cherchons les preuves d'un traumatisme antérieur.

— Ça me paraît logique.

— Je ne sais pas si ça tiendrait devant un jury, mais…

— Je déteste les phrases qui commencent ainsi.

— … je pense qu'il a été frappé avec un objet rond.

— Rond ? Qu'est devenu notre ami « contondant » ?

— Lui, il en est encore aux prémices. Le baiser avec la langue. Quand je dis « rond », c'est rond. Comme s'il avait été sauvagement matraqué. Toutefois, la moitié du crâne ayant été emportée, je ne pourrais pas le jurer. Ah ! Et maintenant *ze nick, ze fangres, ze bilbow*, comme disait Shakespeare[2].

Du Kolankiewicz tout craché : passer de Abbott et Costello à Shakespeare, penché au-dessus d'un macchabée. Troy admirait son sang-froid. Vingt ans d'autopsies, et des milliers de vannes.

— Son épouse a mentionné un grain de beauté à la base du cou.

Kolankiewicz orienta la tête du cadavre vers Troy. Une huître ouverte. Il ne voyait pas de meilleure comparaison.

— Il manque une bonne partie du côté droit et je ne vois pas de grain de beauté sur le peu qui reste. Une seconde… Va prendre ma loupe dans ma sacoche.

Troy lui tendit la grosse loupe, la même que tenait Sherlock Holmes sur les couvertures illustrées des livres de poche. La prunelle porcine de Kolankiewicz devint brusquement une lune marron, toute ronde.

— Tiens, tiens… là, au bord des tissus restants, il y a un petit truc brillant.

— Brillant ?

— Ça ressemble à une cicatrice récente… Minuscule… À peine plus d'un millimètre ou deux…

— Et ?

— Ça ne va pas te plaire. Je ne le jurerais pas non plus, étant donné la proximité de la blessure, mais on dirait de la chirurgie esthétique. L'homme a pu vouloir se débarrasser d'un grain de beauté. Il était du genre m'as-tu-vu ?

— Oui.

— Alors on continue.

Ils passèrent à la suite, du cou jusqu'au pied gauche. Kolankiewicz rouvrit la cage thoracique, puis observa les organes sombres et indistincts marinant dans les bocaux. De temps en temps, Troy lui lisait à haute voix un extrait du rapport ; Kolankiewicz répondait « correct » et, à chaque « correct », Jack soupirait dans son coin. Ça devenait agaçant. Le temps d'arriver aux deux orteils, en passant par la main gauche, les genoux et les parties génitales, l'exaspération les gagnait.

— Il doit y avoir un élément qui nous échappe, risqua Troy.

— Et quoi, d'après toi ? Tu veux que je recolle des morceaux, comme on rafistole une marionnette ? Que je remette un visage, des doigts, là où il y en a plus ? Tu crois qu'on a affaire à Guignol ? À Polichinelle ?

— Non, je voulais juste…

— Je sais ce que tu voulais dire. Ce que je ne comprends pas, c'est ce que tu veux. Tu veux Cockerell ou tu veux pas Cockerell ? Pourquoi m'avoir fait venir ici ? Je n'inventerai pas des preuves là où il n'y en a pas, pour te faire plaisir. Mon collègue a fait du bon boulot. Aucune erreur. Et si je le dis, c'est que c'est vrai.

— Il a oublié deux, trois choses…

— Non. Il a refusé de spéculer sur des détails si infimes qu'on ne peut même pas les mesurer. Tu es en rogne contre lui, tu es en rogne contre moi, parce que tu veux qu'on mette un nom sur ton macchabée, Cockerell ou Pas-Cockerell. Ne me demande pas de faire ça.

— Justement, c'est notre métier, de spéculer. On continue ?

Kolankiewicz se pencha vers lui, par-dessus le cadavre. Une haleine de radis noir et de rôti de bœuf.

— Continuer ? On en est au pied. Après les pieds, plus rien. Tu connais des hommes qui existent au-delà de leurs pieds ? Nos pieds sont là où nous touchons la planète, au-dessous, il n'y a que notre mère la terre.

— Tout ce que je disais…

Kolankiewicz explosa. Il lui arracha le rapport des mains et l'agita sous son nez.

— Qu'est-ce que tu veux que je dise, enculé de mes deux ? Que c'est Cockerell ou que c'est pas Cockerell ? Va te faire foutre, Troy ! Tu essaies de m'entuber ! Moi je marche sur les plates-bandes du légiste de Portsmouth pour tes beaux yeux ! Je vais me faire des ennemis, plus vite que Hitler à un mariage juif. Je te répète que mon collègue a fait du bon boulot !

Kolankiewicz cessa d'agiter le rapport et le parcourut, page après page, jusqu'à ce qu'il trouve ce qu'il cherchait. Il tapota la feuille de son index en latex.

— Tout est là. Noir sur blanc. Nous, on chipote sur des hypothèses sans fondement. Regarde, tout est consigné, les écorchures à la main et au pied, l'état catastrophique du foie, le contenu des poumons, celui du bol stomacal et des intestins. Donc, on sait même ce que ce type a bouffé avant de mourir !

Il rejeta la tête en arrière, leva les yeux et les mains au ciel d'un air faussement scandalisé.

— Quelle horreur ! Dieu tout-puissant, qui est capable d'avaler du riz, du haddock et des œufs durs au petit-déjeuner ?

Troy l'empoigna par les bretelles de son tablier et l'attira vers lui jusqu'à ce qu'ils soient face à face, presque nez à nez, au-dessus du cadavre, et, d'une voix doucereuse, lui chuchota :

— Je vais te le dire. C'est un certain genre d'Anglais. Et ton riz, c'est un plat indien qui s'appelle du *kedgeree*. Souvenir de l'Empire. J'ai vu Cockerell s'en enfiler une pleine assiette, avant d'attaquer les toasts à la confiture.

Kolankiewicz eut un sourire penaud. Il haussa les épaules et ouvrit les paumes, acceptant l'évidence.

— *Kedgeree*, *schmedgeree*… Alors, c'est ton Cockerell.

Troy le lâcha. Kolankiewicz recula. Le fer de ses souliers résonna sur le sol.

— Oui. C'est lui.

Troy se tourna vers Jack et répéta :

— C'est lui.

Jack ne bougeait pas. Ses joues reprenaient peu à peu quelque couleur.

— Bon, Freddie, on peut y aller, maintenant ?

58

Apparemment, Kolankiewicz ne lui gardait pas rancune. Une fois sur le parking, dignité et chapeau recouvrés, il fourra le *News Chronicle* dans sa poche et prit l'air affable du praticien content de son travail. C'était le moment ou jamais. Si Troy se décidait là, maintenant, la question passerait comme une lettre à la poste.

— Tu sais, il y a longtemps que je veux te demander… Tu te souviens de cette soirée à Stepney, avec Khrouchtchev ?

— Je t'arrête tout de suite. Pas la peine d'en parler. J'avais compris tes motivations. Inutile de m'expliquer. Dans la mesure où ni toi, ni moi ne possédons le courage ou la grandeur morale qui nous aurait permis de lui tirer une balle dans la tête, lui faire rencontrer le prolétariat britannique était sans doute le meilleur service qu'on pouvait lui rendre, et à nous aussi. J'espère seulement que tu avais une longue, très longue cuillère…

Il ponctua cette dernière phrase d'une grimace sarcastique.

— Non, répondit Troy, prudent, tu n'y es pas. Moi, ce qui m'intéresse, c'est de savoir de quoi vous avez parlé.

— De la Pologne, pardi ! Et tu sais ce qu'il m'a dit ? Qu'il envisageait le jour où aucun soldat soviétique ne poserait plus une botte hors des frontières russes, où la Pologne organiserait des élections libres et aurait son propre gouvernement. Parce qu'il était convaincu que les Polonais éliraient un gouvernement communiste. Parce que ça allait dans le sens de l'Histoire, avec un grand H.

— Aha. Et qu'as-tu répondu ?

— Je l'ai traité de menteur, ce salopard !

Troy revoyait Khrouchtchev repousser sa chaise, rouge de colère, au moment précis où Eric, le patron du pub, faisait tinter sa clochette en criant : « Messieurs, vous ne pensez pas qu'il est temps de regagner vos pénates ? » Avec le recul, il se rendait compte qu'ils avaient été sauvés par la cloche. Le plus étonnant, c'était la rapidité avec laquelle Mr K. s'était remis de la pire engueulade qu'il avait dû subir depuis que Staline n'était plus là pour le faire. Entre Stepney et le *Claridge's*, son humeur était passée du renfrognement à l'amabilité et, de l'amabilité, carrément au copinage.

La voix de Jack le fit sursauter.

— On y va ?

Troy se tourna vers Kolankiewicz.

— On te dépose à Londres ?

Kolankiewicz toucha le bord de son feutre.

— Pour la faveur que je vous ai accordée, espèces d'enfoirés, je mérite bien un voyage en première classe, non ? Le petit gros qui partage votre bureau a bien voulu me réserver une place dans le prochain train. Pendant que vous moisirez dans les embouteillages, je dégusterai l'excellent thé et les délicieux petits gâteaux servis par la British Railways en terminant les mots croisés de mon journal favori. Et puis j'ai toujours ma flasque dans ma poche. Comme quoi, il y a une justice à tout. Tchao, les pieds-plats.

— Charmant, bougonna Wildeve.

59

Troy lui laissa le volant – Jack, bien meilleur conducteur que lui, était enchanté de conduire la Bentley. Plongé dans ses pensées, Troy se laissa aller contre le dossier du siège passager, à moitié hypnotisé par l'éclat intermittent des rayons de soleil à travers les frondaisons des arbres qui bordaient la route. Les pièces du puzzle commencèrent à se mettre en place après qu'ils eurent dépassé Petersfield. Mais le tableau était loin d'être achevé.

— Si c'est bien Cockerell…

— Quoi ? Comment ça, « si » ? s'exclama Wildeve. Tu viens de dire à Kolankiewicz que c'était lui !

— Oui, c'est lui, mais…

Il n'eut pas le temps de finir sa phrase. Lancé à soixante-dix kilomètres à l'heure, Wildeve braqua brusquement le volant, fit une violente embardée sur la gauche et s'arrêta dans un crissement de pneus devant une gargote en bord de route.

— Bon sang, Freddie ! C'est Cockerell, un point c'est tout ! Pour l'amour du ciel, finissons-en avec cette histoire !

Il retira les clés du contact, claqua la portière, traversa le terre-plein à grandes enjambées et entra dans la baraque en bois. Troy n'avait guère d'autre choix que de le suivre. Mieux valait accompagner Jack vers les portes de l'enfer, plutôt que de bouder bêtement dans la Bentley.

Il le trouva accoudé à une table en Formica graisseuse, devant deux tasses d'un thé de couleur suspecte. Le boui-boui empestait la cigarette et les œufs au bacon. Des chauffeurs routiers en bleu de travail et bonnet à pompon se retournèrent pour examiner les deux intrus en costume sombre, cravate de soie et souliers cirés. Troy s'assit gauchement, acceptant l'invitation silencieuse de son adjoint. Jack repoussa les flacons de ketchup et de sauce brune aux goulots poisseux pour préparer le terrain. La confrontation paraissait inévitable.

Troy but une gorgée de thé. Infâme.

— Eh bien, vas-y, crève l'abcès, Jack.

— Je ne te comprends pas. Pourquoi te battre contre l'évidence ?

— Évidence, c'est le mot juste. Une affaire de taupes, de bout en bout. Nous le savons depuis le début.

— Bon. Là-dessus au moins, nous sommes d'accord. Et puisqu'il s'agit d'un règlement de comptes entre services secrets, il est temps de retirer nos billes. Janet Cockerell veut savoir si oui ou non le corps est celui de son époux. Le gouvernement l'a déjà annoncé, mais on ne peut la blâmer de se raccrocher à l'espoir que son fugueur de mari soit encore en vie quelque part.

— Jack, il y a autre chose.

— Bien sûr qu'il y a autre chose ! Qui justement ne nous concerne plus.

— Tu n'es pas très curieux. On a matraqué Cockerell avant de balancer son corps à la flotte. S'il n'avait pas été pris dans les hélices d'un bateau, on aurait pu l'identifier. Puisqu'il était défiguré et mutilé, pourquoi les flics du coin tenaient-ils à ce point à ce que ce fût lui ? D'abord, Bonser déchire la page du registre de l'hôtel, afin de dissimuler la présence de notre homme à Portsmouth, ensuite il harcèle sa femme pour l'obliger à reconnaître qu'il s'agit de son mari. Tu ne trouves pas ça un peu bizarre ?

— Je crois que tu n'y es pas, Freddie. Alors je vais te mettre les points sur les « i ». Rappelle-toi ce qu'Onions nous a dit, en 44 : « Je vous ferai rôtir les couilles à petit feu si vous vous avisez de vous mêler encore une fois d'une affaire d'espionnage ! »

Troy but une gorgée de thé, du bout des lèvres. Wildeve, furieux, n'avait pas même touché au sien.

— Permets-moi de te corriger. Onions a dit : « Si ça devait se reproduire, j'exige d'être mis au courant dès le début. » Il ne nous a jamais interdit de faire notre boulot.

— Donc, tu vas lui en parler ?

Informer Stan ? Bien sûr que non. Wildeve l'avait coincé. Inutile de mentir.

— Pas tout de suite.

— Pas tout de suite, ou quand tu le jugeras opportun ?

— Cela revient à peu près au même.

— Par conséquent, tu poursuis l'enquête tout seul dans ton coin en sachant pertinemment que la prochaine étape sera la traque d'une taupe du KGB ou d'ailleurs, sans en parler à Stan.

— Je n'avais pas pensé à l'étape suivante, mais présenté ainsi…

— Je ne vois pas d'autre façon de présenter les choses. Le cadavre d'un homme-grenouille échoué à quelques encablures du mouillage dans lequel même le Premier ministre admet qu'il espionnait l'*Ordzhonikidze*. Alors s'il n'y a pas du KGB là-dessous… Tu comptes remonter jusqu'où ?

Troy haussa les épaules. Jack réfléchissait plus vite que lui. Bien qu'il fût loin de tout savoir.

— Je vais te dire, moi, quelle sera la prochaine étape, trancha Wildeve : on laisse tomber. Tu annonces la mauvaise nouvelle à la veuve, tu lui présentes tes condoléances et tu retournes à des crimes plus honnêtes. Si tu ne le fais pas…

Troy ouvrit la bouche pour protester. Wildeve l'arrêta d'un geste, main levée, comme un agent de la circulation à un carrefour.

— La ferme ! Si j'apprends que tu poursuis l'enquête dans quelque direction que ce soit, et quelle que soit ta source, je te jure, Freddie, je te dénonce ! Je balance tout à Stan ! Tu m'as compris ?

Troy ne comprenait que trop bien.

Ils n'échangèrent plus un mot jusqu'à Londres. Troy ne voyait pas dans quelle direction il pouvait ou devait poursuivre l'enquête, ni d'ailleurs quelle source lui en offrirait l'occasion. Au fond, peu importait que Jack ait adopté la ligne dure. En identifiant le capitaine Cockerell, lui-même avait brutalement mis fin à l'enquête. Le seul Cockerell qui comptait était l'homme-grenouille retrouvé sur les côtes du Hampshire, le mari infidèle que Troy s'imaginait batifoler avec une prostituée, le chef d'entreprise que son épouse croyait voir fuir ses créanciers ; or, puisque la dépouille allongée sur la table de la morgue était bien celle dudit capitaine, aucun des trois autres n'existait plus. Pour la première fois depuis quelques jours, il n'entendit pas Grand Coquin et Gédéon. Leur chanson s'était tue et leur danse avait cessé.

60

Il fut de retour à Godwin's Court en début de soirée. Une soirée plus tout à fait estivale, mais pas encore automnale, si bien que l'on ne pouvait en deviner la fin. Tosca était assise dans le salon, en tailleur Chanel, celui qu'elle portait à Amsterdam. Son tailleur de départ, en quelque sorte.

Elle souffla dans son chewing-gum et, du bout des dents, fit éclater une grosse bulle.

— Chouette. T'arrives pile pour m'emmener dîner.

Troy n'avait rien prévu. Il ignorait même qu'elle serait là pour l'accueillir. Ces derniers temps, quand l'envie lui prenait, elle partait souvent seule musarder dans les rues de Londres. Il en avait conclu qu'elle éprouvait le besoin de retrouver ses anciens lieux de prédilection, de se remémorer de vieux souvenirs, de redécouvrir la capitale.

— D'accord. Que préfères-tu ? Plutôt chic ou plutôt bohème ?

— Plutôt bohème. Soho.

— Le *Gennaro's*, le *Gay Hussar* ? Dîner en musique, ça te tente ?

— Je sais pas. Tu choisis.

Ils optèrent pour le *Wheeler's*, dans Old Compton Street. Troy ne fréquentait guère l'établissement, réputé pour sa cuisine « typiquement britannique », mais Tosca désirait manger des huîtres – elle n'en avait jamais goûté – et les fruits de mer étaient la spécialité du restaurant. Troy doutait que leur réputation aphrodisiaque puisse avoir un quelconque effet sur son humeur, après ce qu'il avait vu à la morgue.

Tandis qu'elle grimaçait en se demandant s'il fallait avoir le palais éduqué pour apprécier la texture salée du mollusque ou si elle devait prétendre que c'était délicieux afin de ne pas passer pour une idiote, il lui résuma son après-midi à Portsmouth.

— Je déteste renoncer à une enquête.

— Ah, le crime n'est plus ce qu'il était…

— Explique-toi.

— Tu sais, j'ai lu, pendant ton absence. *Comment j'ai tué un éléphant*, un essai de George Orwell. Figure-toi qu'il a écrit un article, il y a dix ans, *Le Déclin du meurtre à l'anglaise*, dans lequel il raconte qu'avant la guerre – et c'est reparti –, avant cette foutue guerre, les meurtres étaient plutôt une affaire de famille. Il soutient qu'aujourd'hui les gens tuent par plaisir, et du coup, le boulot des flics devient plus compliqué. La faute aux Américains, d'après lui.

Troy se souvint de Neville Heath, qui avait assassiné deux femmes au cours de l'été 1946, et s'amusait à jouer au chat et à la souris avec la police.

— Orwell a raison. Pas au sujet des Américains, mais c'est vrai que la donne a changé. Il fut un temps où, quand on découvrait un corps de femme dans un trou peu profond, on traquait le mari ou l'amant volatilisé. Dans cette affaire-là, je ne sais où chercher, ni qui rechercher. C'est vrai, le crime n'est plus ce qu'il était…

En sortant du *Wheeler's*, Troy, par habitude, tourna à droite, en direction de Charing Cross Road.

— Non, murmura Tosca. On prend le chemin des écoliers.

Ils marchèrent donc vers l'est, dans Soho. De la musique sortait du *2i's Coffee Bar*[1]. Une guitare électrique et une batterie se déchaînaient pour une horde de gamins en chandail trop grand, la mode du moment, parmi lesquels Troy reconnut son neveu Alex. Il passa son chemin. Tosca s'arrêta quelques instants pour écouter, puis le rattrapa.

— Dis, c'est pas le truc que tu m'as joué au piano ?

— Non. Enfin, si. La version insipide.

Ils obliquèrent dans Wardour Street, vers Shaftesbury Avenue. Tosca regardait autour d'elle, scrutant les vitrines et les visages des passants. Ils traversèrent l'avenue au niveau du Queen's Theatre, ou plutôt de ses vestiges. Le théâtre avait été bombardé en septembre 1940 pendant une représentation de *Rebecca.* Le trafic qui redémarrait au feu vert les obligea à patienter sur le refuge pour piétons, à quelques dizaines de mètres de Piccadilly Circus. Tosca finit par exprimer ce qui l'avait visiblement tarabustée toute la soirée.

— Je reconnais plus ce pays.

— Moi, si. Il est redevenu comme avant. La guerre finie, nous avons pris un ticket de retour vers le passé. Poussiéreux, moisi, bouffé aux mites, mais à peu près intact.

— Alors, d'après toi, l'Angleterre est un vieux tacot laissé sur cales ? Il suffit de remonter les roues, de remplir le réservoir d'essence et de graisser quelques boulons pour qu'elle redémarre ?

— C'est à peu près ça. La voiture de ma mère a bien survécu à la guerre. Les institutions aussi.

— Tu sais, moi, j'ai débarqué ici en 42. Au début, j'étais drôlement impressionnée. Londres assiégée, c'était fantastique. Un je-ne-sais-quoi de très fort vous unissait, ce qui n'avait pas toujours été le cas, je l'ai vite compris. Je travaillais avec une nana d'Arlington, le sous-lieutenant Zadora Pulaski, super classe, fille d'un sénateur Républicain. Papa avait pensé que fifille devait terminer ses études par un séjour en Angleterre. Elle y était restée de 35 à 37. Elle me répétait : « Tu les trouves coincés, les Anglais ? T'aurais dû les voir avant-guerre ! Un chien pouvait pas y regarder un évêque ! » Elle disait ça comme si elle suçait un piment.

« J'en ai conclu que le black-out était le meilleur symbole de la Grande-Bretagne en guerre. Dans le noir, les gens contournaient les règles, les interdits. On rencontrait dans le train une dame très snob qu'hésitait pas à partager son casse-croûte, ou, dans la rue, un type qu'avait pas peur de se payer une partie de jambes en l'air avec une inconnue. Et puis, horreur, les lumières reviennent. On reprend ses bonnes manières et on remonte son pantalon. Aujourd'hui, ici, tu peux crever de faim sans qu'on te donne un quignon de pain ! Et les hommes ont tellement la trouille des femmes qu'ils osent pas admettre qu'ils les aiment et encore moins qu'ils ont envie de les baiser.

Le paradoxe de sa dernière remarque ne l'avait pas frappée, alors que pour Troy c'était un coup de poignard.

— Et on en vient à la question : qu'est-ce que la guerre a changé ? enchaîna-t-elle, sans qu'apparemment la phrase eût la moindre résonance pour elle.

— J'ai un ami, un ancien pilote de la RAF, qui soutient qu'elle n'a rien changé.

— Il a raison.

— Elle a rasé nos villes, détruit notre balance des paiements, chamboulé la Bourse, vidé nos réserves d'or, fait sombrer l'Empire et nous a placés sous le joug du dollar américain. Ça ne compte pas, pour toi ?

— Je vois pas les choses comme ça. Prends l'exemple des Allemands. Ils ont perdu la guerre. En 47, ils ont entrepris d'exporter des Volkswagen. Tu sais ce qu'ils ont, les Allemands, que vous n'avez pas ? Ah, toutes les conneries que racontent vos journaux ! Tu crois que c'est grâce au plan Marshall ? Que les Boches sont des ingénieurs-nés ? Qu'ils avaient qu'à balayer leurs ruines et repartir de zéro ? Foutaises. C'est beaucoup plus simple. Ils parlent jamais de la guerre.

— Ils ont sans doute de bonnes raisons, fit observer Troy.

Elle ne l'écoutait pas.

— Qui, les Anglais ? Ils parlent que de ça. Ils en revivent chaque minute. Y a pas un cinéma à Londres qui passe pas un putain de film de guerre.

Elle avait marqué un point. La guerre revêtait une importance inimaginable pour les Britanniques. Ils traînaient leur « heure de gloire[2] » comme un boulet. Et ils aspiraient encore à cette gloire. Pour preuve, ces funérailles nationales d'une ampleur absurde, en 1949, après « l'incident du Yang-tseu » : alors que la frégate HMS *Amethyst* affrontait les tirs des communistes chinois et franchissait le blocus du fleuve Yang-tseu-kiang, la mascotte du navire, le chat Simon, avait été blessé. De retour en Grande-Bretagne, l'animal, mis en quarantaine, avait succombé à un virus. Décoré de la Victoria Cross pour les animaux, il avait été enterré avec les honneurs militaires. Troy ne savait toujours pas si l'histoire était attendrissante ou complètement ridicule.

— J'aimais Londres, poursuivit Tosca. J'aimais les libertés particulières qu'offrait la guerre. Mais les temps changent, le monde évolue. Pas l'Angleterre. Elle recule. Parce que la guerre est ancrée en elle. Elle est devenue *la* référence. Les Britanniques se souviennent des mauvais moments et se plaisent à les commémorer. Tous les éléments positifs, la chute des barrières de classes, la façon dont vous avez resserré les rangs… vous les avez oubliés. À l'époque, vous pensiez tous être embarqués dans le même bateau, aujourd'hui, vous ne naviguez plus sur le même fleuve. Une misérable nation de buveurs de thé. Non, je n'aime plus cette Angleterre qui pue le tabac froid et la gabardine mouillée. Les hommes ont les narines poilues et d'affreux costumes qu'ils portent jamais au pressing. Ne pose pas ta tête sur les genoux d'un Anglais, malheureuse ! L'odeur de vieille pisse et de nostalgie rance te ferait suffoquer. Y a vraiment un truc qui tourne pas rond ici : mis à part le fait qu'ils en parlent sans arrêt, on dirait que cette putain de guerre a pas eu lieu !

Pris au piège de la circulation devenue très dense à la sortie des théâtres, ils étaient toujours coincés sur le refuge pour piétons à une centaine de mètres du cœur d'un empire dont personne ne voulait plus.

— Tu vois, je me sens américaine, reprit-elle après un long silence. Rigole pas. Avec tout ce que j'ai vécu, j'ai l'impression que je pourrais bien être américaine, au fond.

— Tu sais ce que ça fait de moi ? riposta Troy.

— Nan.

— Le fiancé d'une GI. Un beau titre de film, non ? *J'étais le fiancé d'une GI.*

— Toi, le fiancé d'une GI ? Bon sang, Troy, vous vous rendiez même pas compte, dans cette putain d'île, que vous étiez tous les fiancés des GI !

Ils traversèrent enfin Shaftesbury Avenue, tournèrent à gauche dans Wardour Street, puis dans Coventry Street qu'ils remontèrent jusqu'à Leicester Square. De loin, Troy aperçut l'affiche illuminée de l'Odeon Cinema. Kenneth More, Muriel Pavlow et Anton Diffring dans *Vainqueur du ciel*, l'histoire véridique de Douglas Bader, un as de l'aviation, qui avait fait mieux qu'Angus Pakenham : devenu cul-de-jatte après un accident d'acrobatie aérienne, il était resté l'un des meilleurs pilotes de la RAF.

Trop tard. Tosca avait repéré l'affiche.

— Oh, Seigneur, Troy, vise-moi ça ! Exactement ce que je viens de dire. Encore un putain de film de guerre ! Tu te rends compte, c'est ici, à l'Odeon, que j'ai vu *Autant en emporte le vent*. Cinq fois en 43.

Elle plongea son regard brun dans le sien.

— Et deux fois en 44.

Troy faillit lui faire remarquer que le chef-d'œuvre de Victor Fleming était aussi un putain de film de guerre, mais il en fut empêché par la tristesse de Tosca devant cette bande de vaillants Britanniques dressés contre le sinistre officier allemand en bottes de cavalerie, interprété par Anton Diffring, regard d'acier et mâchoire carrée, qui, à lui tout seul, symbolisait la menace nazie. Elle appuya son front contre sa poitrine. Il s'aperçut qu'elle sanglotait doucement. Elle pleurait sur Rhett, sur Scarlett, et aussi sur elle-même.

— La la, laa laa, chantonna-t-il à son oreille.

Elle releva la tête, souriant à travers ses larmes.

Il plaça un bras sous son omoplate, lui prit la main, esquissa quelques pas de danse et, sans cesser de fredonner, l'obligea à marquer le tempo.

— Viens, c'est une valse. Un deux trois, un deux trois. La la, laa laa.

— Troy, c'est ridicule. On peut pas…

— Mais si, on peut. D'ailleurs, on a déjà commencé.

Il l'entraîna ainsi dans Irving Street, toujours en chantonnant, tant et si bien qu'elle se mit à pouffer de rire. Ses larmes avaient séché et son sourire le brûla jusqu'au fond du cœur. Ils valsaient dans une communion qu'il n'aurait pas crue possible, lui qui dansait si peu souvent. Une liaison avec une femme mariée ne vous donne guère l'occasion de la courtiser en pleine rue. Anna et lui n'avaient jamais dansé ensemble. Ils ne s'affichaient pas en public. Entendant le thème de Tara s'élever dans la nuit, il aperçut, par-dessus l'épaule de Tosca, un groupe de noctambules éméchés qui reprenaient à l'unisson, et plutôt joliment, *My own true love*. Ils continuèrent de tournoyer au son de ce chœur de brasserie improvisé ; les gloussements de Tosca se muèrent en fou rire, au point qu'elle dut s'arrêter. Elle se jeta à son cou, se serra contre lui, soudain pétrifiée quand éclata un tonnerre d'applaudissements. Gêné, Troy embrassa l'auditoire du regard, une dizaine de Londoniens ravis, pour lesquels *Autant en emporte le vent* valait bien des films de guerre – une vraie mémoire du passé, de loin plus précieuse que celle en Celluloïd[3].

Il la prit par la main et courut vers Charing Cross Road et les rues bordées de théâtres qui menaient à Goodwin's Court.

Tosca s'écroula sur le lit de Troy. D'habitude, chacun se retirait dans sa propre chambre, puis, au milieu de la nuit, elle s'approchait sans bruit et s'allongeait à ses côtés, en signe de trêve. Il éteignit la lumière et tendit la main vers elle. Elle lui avait déjà tourné le dos. Il lui caressa les fesses. Elle avait repris du poids, depuis Amsterdam. Ses merveilleuses fesses d'antan. Le postérieur rebondi que sa paume reconnaissait enfin. Dans quelles fibres de son corps ce souvenir était-il stocké ? Quels neurones pouvaient bien garder l'empreinte d'un cul ? En tout cas, aucun rapport avec un organe aussi peu fiable que le cerveau.

Il accentua sa caresse, glissa les doigts entre ses fesses, plus loin, plus profond, entre ses cuisses, son pénis durci s'écrasant dans sa chair. Pourvu qu'elle ne le repousse pas. Une main saisit la sienne et la replaça sur sa cuisse. La même main empoigna son sexe et le branla avec délicatesse. Très vite, trop vite, il éjacula au creux de ses reins.

Il l'entendit inspirer. Elle allait parler. Pris au piège entre le plaisir qu'il venait d'éprouver et la certitude qu'elle l'avait une nouvelle fois rejeté, à sa façon, il avait besoin de la douceur et de l'insignifiance de petits riens. Quoi qu'elle dise, il ne rêvait que de mots affectueux et sans conséquence.

— Tu sais, chuchota-t-elle en se retournant pour enfouir son visage contre sa poitrine, je veux pas moisir à Londres. Ça t'ennuie pas si je rentre à Mimram ? On sait jamais, ça pourrait marcher cette fois.

61

Couchée sur le ventre, la joue posée sur son torse, une main à plat sur son nombril. S'était-elle endormie dans cette position ou était-ce une manière de signifier sa neutralité ? La zone démilitarisée, le 38e parallèle du lit conjugal ?

Le téléphone sonna. Ou, plutôt, émit un bourdonnement métallique, car Troy avait depuis longtemps étouffé la sonnerie pour l'empêcher de retentir comme une sirène de pompiers.

Une voix ensommeillée grommela :

— Réponds pas.

Il tendit la main vers le combiné. Tosca enfonça un doigt dans son nombril.

— Réponds pas.

— Il le faut. À cette heure-ci, c'est le Yard.

— Il est plus de minuit. Je me sens bien. Presque heureuse. Un pied sur la route de brique jaune[1]. Laisse sonner.

Il décrocha le combiné et perçut aussitôt le déclic du bouton A[2] d'un téléphone public.

— T'en as mis un temps pour répondre, mon salaud !

— Angus ?

— Non, c'est l'archevêque de Canterbury qui appelle pour te dire que la masturbation est un péché, alors arrête de te branler et sors du pieu.

— Tu es saoul ?

— Complètement bourré.

En bruit de fond lui parvint un râle de locomotive à vapeur. Le soupir lugubre d'une bête de métal.

— Où es-tu ?

— Gare St Pancras. De retour du Derbyshire. Quatre heures dans ce foutu train. Heureusement, ils avaient un stock de mignonnettes au bar. J'ai éclusé tous les alcools de la British Railways. Ils ont dû se réapprovisionner à Kettering, juste pour moi. Bouge pas, j'arrive.

— Pas la peine, Angus. Je m'étais trompé. Cockerell est bien mort. Il espionnait vraiment le navire.

— Non, tu ne t'es pas trompé. Je saute dans un taxi et je suis chez toi.

Il raccrocha.

Tosca lui tourna le dos. Le poussa hors du lit à coups de fesses jusqu'à ce qu'il se lève.

— Je n'en ai pas pour longtemps.

— Trop tard.

— Je m'en débarrasse en vitesse et je reviens me coucher.

— Trop tard. Tant pis. Pas grave.

Troy enfila sa robe de chambre et descendit à la cuisine faire bouillir de l'eau. Quelques tasses de café bien serré, merci, Angus, tu as perdu ton temps à Belper, va retrouver Anna.

Dix minutes plus tard, il entendit dans l'allée un idiot qui braillait *Hey, hey, uncle Fud*, puis une voix beugla à sa porte :

— Troy !

Il ouvrit. Angus était là. Il semblait avoir traversé précipitamment une haie d'épineux. Le devant de son costume était tout taché, sa cravate de guingois, sa braguette à moitié refermée. Il oscillait doucement, comme un peuplier dans le vent.

— *Hey, hey, uncle Fud... It's a treat to beat your meat,* non, c'est pas ça, *to beat your feet in the Mississippi mud*[3]*...*

— Entre et boucle-la.

Angus s'affala dans un fauteuil, sans lâcher son porte-serviette, et ferma les yeux. Il s'endormit aussitôt, bouche ouverte. Troy faillit le laisser ronfler là toute la nuit. C'était tentant. Mais il préféra le secouer et lui coller une tasse de café entre les mains.

— T'essaierais pas de me dessaouler, là ? Quel pisse-vinaigre.

— Exact. Ensuite tu rentres chez toi rejoindre ta femme.

— Pas tant que tu n'as pas entendu ce que j'ai à te raconter.

Angus se leva brusquement, ôta sa veste, se frotta la figure en émettant des borborygmes et avala d'un trait le café brûlant.

— Si je reste assis, je replonge illico dans les bras de Morphée. Faut que je bouge. Faut surtout pas que j'arrête.

Il s'était redressé trop vite en prenant appui sur la mauvaise jambe. La douleur le fit grimacer. Il s'arrêta près du piano et posa la pointe de ses fesses sur le bord du clavier.

— Pour l'essentiel, tu avais raison : c'est un escroc. Il y a de l'arnaque dans l'air. Gigantesque.

— Je viens de te le dire, Angus : il est mort.

— Aucune importance. Tu m'as envoyé là-bas parce que tu flairais un lièvre. Un gros lièvre, à mon avis. Je dirais même un chien hargneux. Un jack russell ou l'un de ces horribles corgis aboyeurs qu'affectionne tant Notre Majesté.

Troy s'assit, espérant voir Angus l'imiter, mais celui-ci continuait d'arpenter la pièce, traînant sa patte folle et se cognant dans les meubles. Il s'étira pour tenter de recouvrer un semblant de cohérence et de sobriété, cacha son visage dans ses mains, poussa un long cri étouffé et se lança dans son récit.

— Cockerell était un escroc. Et Jessel, mouillé jusqu'au cou. Ils transféraient des sommes énormes d'une banque à l'autre. J'ai revu les comptes des cinq dernières années. Épluché les déclarations de revenus. Visité les horribles magasins. Parlé à son banquier. Et, je le garde pour la fin, téléphoné à l'Ancien Ordre des Forestiers, au sujet du prêt immobilier. Troy, on voit passer une fortune à travers la comptabilité. Les trois magasins ne peuvent générer plus de quinze pour cent des sommes déclarées au fisc. Quant au commerce avec l'étranger, Cockerell aurait besoin d'une équipe de cinq à six personnes, voire plus, pour traiter toutes les transactions – achats par-ci, ventes par-là –, qu'il prétend avoir faites. La vérité, c'est qu'il se sert de son business pour blanchir de l'argent. De l'argent qui rentre sale, donc illégal, et ressort tout propre.

— Pourquoi ne s'est-il pas fait pincer ?

— Ah, voilà la beauté de la chose ! Pourquoi les aigrefins se font-ils prendre ? À force de vivre au-dessus de leurs moyens officiels, de déclarer trop peu et de dissimuler beaucoup, ils finissent par se faire repérer par nos copains du Trésor public. La plupart des fraudeurs se mettent à dos les gars des impôts bien avant que la brigade financière leur tombe dessus. Cockerell, lui, payait des impôts sur tout ce qui passait sur son compte. Sa comptabilité est une œuvre de fiction colossale, mais ses déclarations de revenus sont d'une honnêteté scrupuleuse. Après tout, que veulent les gars du fisc ? Mettre le grappin sur ceux qui ne déclarent pas suffisamment. Ils ne vont pas chercher la petite bête à ceux qui déclarent trop. Pourquoi le feraient-ils, avec Cockerell ? Ils perçoivent des impôts honnêtes calculés sur la base de gains malhonnêtes. Bon, en général, ça ne dure pas. Crois-moi sur parole. Aux États-Unis, le crime organisé a élevé le blanchiment d'argent au rang du grand art – souviens-toi que les Fédéraux ont coincé Al Capone non pour meurtre ou pour contrebande d'alcool, mais pour évasion fiscale. Tôt ou tard, notre administration rencontrera les mêmes problèmes que le fisc américain. En attendant, ton capitaine Cockerell a monté une belle embrouille, et qui rapporte.

— Une idée un peu simpliste, non ? Presque stupide.

— Simpliste peut-être, mais magnifique. Pas infaillible, mais ingénieuse. Tu dégotes un expert véreux qui s'arrange avec le Registre du commerce et tu paies plein pot pour toutes tes arnaques. C'est simple, Freddie. Pas stupide du tout. Ça aurait pu fonctionner des années. Mais – car il y a un mais – ton Cockerell a commis quelques imprudences. Tu as vu la Jag, dans son garage ?

— Oui.

— À ton avis, ça coûte combien, une bagnole pareille ? Je sais que tu conduis une Bentley, mon salaud, mais faut pas cracher sur les Jaguar. Alors, d'après toi ?

— Six à sept cents livres ?

— Dis plutôt mille. Et il avait aussi une Rover. Payée cash. Deux ans de salaire d'un employé moyen.

— Comment le sais-tu ?

— Je suis allé à Derby voir le concessionnaire qui lui a vendu la Jag. Trop content de parler de Cockerell, contrairement aux autres. Un de ses meilleurs clients. Chaque année, il changeait de véhicule. Les plus beaux modèles. Intérieurs en cuir, placages en noyer, radio intégrée, la totale, quoi. Et depuis deux ans, il réglait en espèces. Ça, oui, c'est stupide. La tenue de sa fausse comptabilité était un modèle de perfection. Tout le monde n'y a vu que du feu. Il voulait peut-être frimer en claquant tout ce liquide. Vraiment idiot de sa part, car si je ne l'avais pas su, je lui aurais accordé le bénéfice du doute ; j'aurais supposé qu'un commerce de cette ampleur pouvait être tenu par un sacré bosseur assisté d'un ou deux vendeurs. Si tu veux mon avis de professionnel, même bourré, moi je te dis que toutes ses transactions avec l'étranger, c'est du bidon. L'argent qu'il débourse en Angleterre n'a rien à voir avec des livraisons de marchandises ou avec des services rendus : ce sont des pots-de-vin, ou des dessous-de-table. S'il rapportait des numéraires en Angleterre pour s'acheter des véhicules de luxe, il le faisait aussi à plus grande échelle, et ces sommes prenaient des chemins détournés pour disparaître. Et il devait avoir d'autres comptes bancaires à l'étranger, inconnus des services fiscaux. J'ignore le pourquoi de l'escroquerie, mais je sais le comment. C'est de l'amateurisme, c'est simpliste, oui, mais ça marche – et c'est énorme. Tout a débuté en 51, lorsqu'il a monté ce business avec la Suède ; il s'est développé en 52 et 53, et à partir de 54, il a commencé à générer de gros bénéfices. Quiconque étudierait ses comptes d'un œil critique jugerait bizarre, au vu de sa situation financière, qu'il ne menât pas un train de vie plus dispendieux. D'après sa femme, ils vivent « comme des pachas ». Moi à sa place, avec ce qu'il gagne, je me prendrais des bains de Glenfiddich, je ferais confectionner mes chaussettes sur mesure dans Jermyn Street et je porterais une prothèse plaquée or. En 1951, un événement a transformé sa vie, c'est sûr. Jusque-là, ses affaires marchaient correctement, sans plus. Quelqu'un a dû lui proposer un marché juteux, et depuis, l'argent n'a plus cessé de couler à flots.

Angus était trop rapide pour lui.

— Minute, papillon. Comment peut-on faire circuler des fonds aussi facilement ? Il s'agit de trafic de devises, c'est ça ?

— Détrompe-toi, mon vieux. Dans l'état actuel de la livre sterling, le gouvernement redoute la fuite de capitaux. Essaie d'exporter des livres et tu te feras pincer. Les douanes sont tellement occupées à coincer ceux qui font sortir leur fric du pays qu'il ne leur vient pas à l'esprit, étant donné nos problèmes de change, que l'on puisse faire l'inverse. Bon, la malchance aidant, Cockerell aurait pu se faire choper par des douaniers en quête de briquets ou de parfum de contrebande, et qui seraient tombés sur dix mille livres en liquide, mais les dieux lui ont souri. J'appelle ça une prise de risque raisonnable.

— Attends… les banques… son banquier n'a rien soupçonné ?

— Pourquoi crois-tu que Cockerell ait ouvert un compte à Great Malvern, dans le Worcestershire ? Là-bas, ils n'avaient aucune idée de l'ampleur de ses affaires dans le Derbyshire. À Belper, ils auraient tout de suite eu la puce à l'oreille. De plus, le directeur de la banque de Great Malvern est un imbécile. Je l'ai eu au moins une heure au téléphone.

Angus finit par se poser. Sa jambe le faisait souffrir, mais ses yeux brillaient et une tension fébrile animait sa voix. La jouissance mathématique du comptable. Il sortit une épaisse liasse de papiers de sa serviette et l'agita sous le nez de Troy.

— Relevés de compte. Documents d'emprunt. Prêt hypothécaire. La pierre angulaire de la vie d'aujourd'hui. Le carbone, les amines, l'acide désoxyribonucléique de notre être social.

— Continue, je t'écoute.

— Dans tes notes, tu dis que le beau-père avait acheté la propriété de Belper. Alors, quid de ce prêt immobilier ? J'ai rappelé cette andouille de banquier de Great Malvern. Il m'a confirmé, après que je l'eus convaincu qu'en tant qu'expert-comptable j'avais le pouvoir d'agir dans ce dossier, que l'un des virements mensuels permanents avait servi au remboursement d'un prêt immobilier contracté en 1952. Or, souviens-toi, les Cockerell ont hérité de la villa en 1943. Et le prêt a été remboursé en décembre de l'année passée. Pour autant que je puisse en juger, le but de Cockerell était d'obtenir un allègement fiscal. Mr Aigrefin a fait de nouveau les choses dans les règles. Donc, j'appelle l'Ancien Ordre des Forestiers du Derbyshire et, avant qu'on me raccroche au nez, je m'arrange pour obtenir d'une malheureuse employée l'assurance que le prêt immobilier ne portait pas sur la maison de Belper. Freddie, ce bougre en avait une autre quelque part. Une sorte de planque.

— Où cela ?

— Aucune idée. Ensuite, un connard trop zélé de l'Ancien Ordre, peut-être l'Ancien Forestier en personne, prend la communication et me dit de m'occuper de mes oignons. Si tu veux mon avis, une planque est indispensable, quand on a décidé de s'évanouir dans la nature.

— Il est mort, Angus.

— Tu en es sûr ?

— Oui. J'ai fait procéder à une seconde autopsie et, au bout du compte, je l'ai moi-même identifié.

— Alors, qui se cache dans cette planque ?

— Si seulement je le savais.

62

Après avoir collé Angus dans un taxi, Troy grimpa à l'étage sur la pointe des pieds. Il s'attendait plus ou moins que Tosca ait regagné sa chambre. Non. Elle dormait. Il se glissa à ses côtés, à l'écoute de sa respiration régulière et déposa un baiser sur son omoplate. Pas de réaction. Il l'enlaça, caressa la pointe d'un sein. Elle écarta la main, la porta à ses lèvres, l'embrassa et la repoussa.

63

Le lendemain matin, Troy l'accompagna à King's Cross. Ils n'avaient jamais pris le métro ensemble. Il se souvint l'avoir souvent entendue dire, en 1944, qu'elle préférerait mourir dehors plutôt que de descendre dans un abri souterrain. « Ça pue, tu sais, ça pue vraiment, là-dedans. »

— Tu viens pas sur le quai, hein ? Je déteste les adieux dans les gares. J'ai dû voir trop souvent *Brève rencontre*[1].

Ils s'attardèrent devant la consigne à bagages, parmi les cabanons et les abris qui transformaient la cour de la gare en bidonville.

— Tu me rejoins à Mimram ce week-end ?

— Oui.

— Rod et tes sœurs y seront aussi ?

— Ils y sont comme chez eux. Rod, il faut bien le lui accorder, a besoin d'un bureau dans sa circonscription.

Mais la maison m'appartient. Je peux tous les envoyer au diable, si tu veux.

— Non, pas la peine. Je me débrouillerai. C'est juste que j'ai pas eu longtemps une vraie famille. Je vivais seule avec ma mère.

Troy ne s'était jamais représenté Tosca en famille.

— Où est-elle ?

— Je sais pas. Elle est encore jeune, tu sais. Soixante-trois, soixante-quatre ans.

Les larmes lui montaient aux yeux. Bientôt, elles ruisselèrent sur ses joues.

— Elle doit me croire morte. Ils lui ont dit que j'étais morte, hein ?

— J'en ai peur. C'est moi qui ai déclaré ton décès à l'armée américaine.

Il fallait qu'il le lui dise encore.

— J'ai vraiment cru que tu étais morte, tu sais.

Une fois prononcés, les mots sonnaient comme une accusation.

Sous la verrière de la gare monta le long hurlement d'une locomotive – le cri de souffrance d'une bête de métal. Tosca l'embrassa sur la joue et s'enfuit en courant. Il n'y aurait donc jamais de fin à cette fuite.

64

L'Ancien Forestier était… très ancien. Une voix chevrotante. Une créature indestructible.

— Scotland Yard, dites-vous ? Comment suis-je censé savoir que vous êtes de Scotland Yard ?

« Parce que je vous le dis » ne paraissait pas la réponse appropriée. Pas plus que « Monsieur, vous entravez le travail de la police ».

— Écoutez, c'est très simple, répondit Troy. Rappelez-moi. Vous connaissez le numéro du Yard, je suppose ?

— Oui, mais dans ce cas, chipota l'Ancien, il faudra que je paie la communication.

— Je vous enverrai un mandat postal.

En général, l'argument suffisait. Troy patienta cinq minutes. Dix minutes. Au bout d'un quart d'heure, au moment où, songeant qu'il était tombé sur le seul citoyen britannique à ignorer le Whitehall 1212, il empoignait le combiné pour recomposer le numéro, le téléphone sonna.

— Allô ? Inspecteur principal Foy, de Scotland Yard ?

— Troy. Je m'appelle Troy.

— Oh, je viens d'avoir un inspecteur Foy à l'appareil.

— C'était moi.

Silence. Troy calcula combien de temps il lui faudrait pour se rendre à Chesterfield et lui extorquer l'adresse.

— Cockerell, dites-vous ?

— Oui.

— Nous avions bien un certain Cockerell, mais il ne fait plus partie de nos clients.

— En septembre 1952, il a contracté chez vous un prêt hypothécaire, remboursé en décembre 1955.

Troy entendit l'Ancien remuer des papiers. La respiration laborieuse d'un homme souffrant d'un début d'emphysème.

— Oui… en effet.

— J'ai besoin de connaître l'adresse de la propriété achetée à crédit par Mr Cockerell.

Interminable brassage de feuillets. Inspiration haletante, comme sortant d'une essoreuse. Puis expiration, sur deux syllabes.

— Bri-ton.

Bri-ton ? Bri-ton ? L'homme voulait dire… Brighton ! Son cœur fit un bond dans sa poitrine. L'excitation du chasseur, la poursuite grisante du criminel. Le zèle minutieux du fin limier.

— Parfait. Où, à Brighton ?

— Plaît-il ?

— Où, à Brighton ?

— Numéro 2… numéro 2… Chatsworth Place… Cavendish Hill… Bri-ton.

Dans sa tête, une petite voix chantait victoire. Par précaution, il répéta l'adresse, l'Ancien acquiesçant à chaque pause. Troy s'apprêtait à dire « Au revoir, merci, on vous rappellera », quand le vieil homme sortit le lapin du chapeau.

— Propriété de Mrs M. Kerr.

— Pardon ?

— C'est écrit, là… Kerr. M., entre parenthèses « Mrs ».

— Vous voulez dire que Cockerell n'était pas propriétaire du bien ?

Silence interminable. L'Ancien tentait de retrouver son souffle.

— Apparemment pas.

— Mais le prêt était à son nom ?

— Oui. Et il a été remboursé dans sa totalité.

— N'est-ce pas un peu étrange ?

— Assez inhabituel, je l'avoue. Mais tant que les actes de propriété sont placés chez nous, c'est régulier.

Régulier. S'agissant du capitaine Cockerell, l'adjectif n'était guère de mise.

— Qui est cette Mrs M. Kerr ?

— Je l'ignore. Il faudrait que j'examine les actes. Je vous ai lu la première page du dossier, tel qu'il a été enregistré chez nous. Bien, à propos de ce mandat postal…

65

Troy n'avait jamais mené d'enquête à Brighton. L'idée qu'il se faisait de la station balnéaire était liée à Graham Greene et à Richard Attenborough[1]. Il grimpa dans un wagon bondé de vacanciers et dut rester debout dans le couloir pendant tout le trajet. Le grincement régulier des essieux, entrecoupé des sursauts des roues sur les éclisses de raccordement, produisait une sorte de litanie hoquetante, « Kol-ley Kib-ber, Kol-ley Kib-ber, Kol-ley Kib-ber[2] », comme si le train s'amusait à lui parler. Une rengaine importune. Lui qui avait cru profiter du plaisir et de la tranquillité d'un voyage en chemin de fer ! Il regretta d'avoir, dans un accès d'aversion à la conduite automobile, renoncé à prendre la Bentley.

En sortant de la gare, il chercha longtemps Cavendish Hill, jusqu'à se rendre à l'évidence : il tenait son plan à l'envers, la Manche ne pouvait pas se trouver au nord de la ville. Il rebroussa chemin et prit la direction de Hove. Cavendish Hill surplombait le front de mer, à environ huit cents mètres de la jetée ouest. Chatsworth Place courait parallèlement à la côte ; Troy pensait découvrir, au fond d'une ruelle, une maisonnette aménagée dans d'anciennes écuries. Le nom évoquait pour lui un lieu discret, ce qui était le cas, mais en s'approchant du n° 2, il constata qu'il avait été couplé avec le n° 3 – l'autre côté de la rue étant dépourvu d'habitations. Deux maisons rénovées en une seule villa à double façade bénéficiant d'une vue imprenable sur la mer. Le capitaine Cockerell s'était offert une belle villégiature – si c'était pour lui qu'il l'avait choisie.

Troy, le doigt sur la sonnette, s'aperçut que la porte était entrouverte. Partagé entre méfiance et curiosité, il hésita. Match nul. Il poussa le battant et entra. Hormis l'écho d'une chute d'eau dans les canalisations, seul le crissement de ses semelles brisait le silence. La méfiance reprit le dessus.

Tout de suite à droite, la cuisine, éblouissante de modernité, portait, sans l'ombre d'un doute, la marque de Cockerell. Foin des petites tables en bois d'antan, des étagères posées de traviole sur de vieilles équerres métalliques, des garde-manger grillagés, ici, tout était plastifié. Une dominante ivoire, avec, çà et là, des touches de rouge et de bleu, version estompée des criardes céramiques méditerranéennes. Cuisinière et réfrigérateur encastrés dans des emplacements spécialement adaptés. Plus d'interstices malheureux où se perdent les petites cuillères et les épluchures. Le monde de la femme des années 1960. Qui sait si, en ouvrant l'un des nombreux placards intégrés – oui, « intégrés » était bien le mot –, on ne risquait pas de voir se rabattre un lit, apparaître une baignoire, ou, à tout le moins, une rôtissoire dans laquelle tournerait un poulet embroché.

Troy sortit de la cuisine et posa un pied sur la première marche d'escalier. Le craquement le fit s'immobiliser. Ne percevant aucune réaction de la maisonnée, il s'aventura à l'étage et entra dans un vaste salon avec baie vitrée donnant sur la mer. Il en déduisit que Cockerell n'était pas l'unique occupant des lieux. Il s'en doutait depuis qu'il avait appris l'existence de ce second domicile – rares sont les hommes à partir vivre seuls pour fuir un mariage bancal. Logiquement, Cockerell aurait dû se payer une garçonnière, un pied-à-terre où recevoir des femmes ; Troy l'imaginait mal avec une maîtresse attitrée. Or il n'avait pas choisi un petit studio de célibataire, mais une spacieuse villa de luxe. Preuve qu'il y avait une occupante. La pièce portait elle aussi l'empreinte de Cockerell, mais ici, son absurde penchant pour le moderne était subtilement contrebalancé et amélioré par une personne de goût. La lourde table de verre aux pieds en fer forgé était sans doute son choix, mais pas les marines qui couvraient l'un des murs – fusains, aquarelles, gouaches et peintures à l'huile, certaines décolorées, d'autres ternies par le temps. La seule « œuvre d'art » que Troy avait remarquée dans le salon de Cockerell, à Belper, était une reproduction de la *Dame verte* de Tretchikoff, vendue à des millions d'exemplaires à travers le monde. Ce mur de marines, en revanche, était d'une beauté à couper le souffle. L'idée d'avoir accroché les tableaux très près les uns des autres sans rien gâcher de leur cachet était d'une incroyable originalité. À l'évidence, on avait voulu faire de l'endroit un anti-*Jasmine Dene*. La villa de Belper était une zone de combat entre monsieur et madame, divisée par une frontière comparable à celle séparant les deux Corées. Ici, deux esprits, deux ensembles de valeurs se côtoyaient en harmonie. Oui, Arnold Cockerell avait bien une maîtresse.

Il monta sans bruit au second étage. Plusieurs chambres, apparemment inutilisées, permettaient de recevoir quatre à cinq invités le week-end. Encore un escalier, plus étroit, celui-là, menant sans doute aux combles. Au niveau de l'avant-toit, sur un petit palier, une porte à deux battants, entrebâillée, offrait la même invite à l'indiscrétion que celle du rez-de-chaussée. Ne demandant qu'à être poussée. Ce qu'il fit. Il foulait à nouveau les terres de Cockerell, un Cockerell féminisé, une chambre où tout était neuf, d'un neuf luxueux. La sobriété du style scandinave transmuée en décor hollywoodien oppressant.

Silence. Les bruits d'eau avaient cessé. Deux portes fermées donnaient sans doute sur la salle de bains et le dressing. Une immense baie vitrée coulissante bordait toute la longueur du balcon. Troy avança à pas feutrés, bien inutilement d'ailleurs, car même chaussé de gros godillots, ses pas auraient été amortis par l'épaisseur du tapis. Un léger vent du soir agitait les rideaux. Il admira le panorama : un magnifique coucher du soleil faisait chatoyer les crêtes des vagues comme des rubis. Un homme heureux pouvait, de son lit, contempler la course de l'astre solaire, de l'aurore au crépuscule. Un homme comblé pouvait y faire l'amour, caressé par la brise. C'est alors qu'il remarqua les photographies. Une demi-douzaine de clichés disposés en colonne le long du chambranle de la porte. Il resta bouche bée. Cockerell les avait sûrement développés lui-même dans une chambre noire, à la cave ? L'honnête propriétaire d'un laboratoire de tirage de photos n'aurait pas manqué d'appeler la brigade des mœurs en voyant apparaître les épreuves dans ses bacs.

Premier cliché : une femme nue, de dos, penchée en avant, jambes écartées, dans une posture de V inversé, une lumière crue éclairant ses parties intimes. Deuxième cliché : la même femme, semblait-il, de face cette fois, assise sur une chaise, la tête renversée, jambes toujours écartées, le halo blond de poils pubiens illuminé par un projecteur puissant. Avant d'observer les suivantes, Troy jeta un coup d'œil furtif par-dessus son épaule, tel un client craignant d'être surpris en train de lorgner une revue pornographique chez le marchand de journaux.

Une femme d'environ vingt-cinq ans se tenait sur le seuil de la salle de bains, dans une brume de vapeur et de talc. Elle ne portait qu'une serviette – autour de ses cheveux mouillés. Même en d'autres circonstances, Troy n'aurait pas classé un pistolet dans la catégorie accessoire de toilette, mais quand ledit pistolet est pointé sur votre poitrine, il vous fait oublier la nudité fascinante de sa propriétaire. Lentement, il leva les mains et s'efforça de sourire.

— Vous avez trop lu Raymond Chandler, murmura-t-il.

— Quoi ?

— Il conseillait aux auteurs de romans policiers en panne d'inspiration : « Dans le doute, faites entrer un homme armé d'un pistolet[3]. »

— Si vous pensez que je suis un homme, vous avez besoin de lunettes. Trêve de plaisanterie. Qui êtes-vous ?

— Je suis officier de police.

— Très drôle.

— Je peux vous le prouver.

Il abaissa progressivement sa main gauche vers la poche de sa veste.

— Ma carte de service. Je vais la sortir en prenant mon temps. Voilà…

Il la lui montra, logée entre son index et son majeur.

— Lancez-la.

Il obéit. Le porte-cartes atterrit sur le tapis. L'un de ses bristols, portant l'adresse de Goodwin's Court, s'en échappa. Sans cesser de le tenir en joue, la jeune femme s'accroupit et les ramassa d'un geste vif. Puis elle posa l'arme sur la commode, lui rendit la carte, ôta la serviette de sa tête, en enveloppa sa nudité et glissa le bristol entre ses seins, comme une prostituée fourre un billet de banque dans son décolleté.

— Et là, vous me dites que le pistolet n'était pas chargé, c'est ça ? ironisa Troy.

Elle se laissa choir dans un fauteuil et prit un étui à cigarettes sur la table basse.

— Oh, rassurez-vous, il est chargé. Regardez, il y a une bouteille de cognac dans le petit meuble à côté du lit. Servez-nous donc deux verres. Nous en avons besoin.

Elle alluma une cigarette à filtre doré, ridiculement longue, avec un énorme briquet décoratif en pierre verte. Troy fit ce qu'elle lui demandait, attendant la suite.

— Pourquoi avoir mis aussi longtemps ? s'enquit-elle de but en blanc.

— Euh… pardon ? Je ne vous suis pas.

Il s'avança vers elle, s'enfonçant presque jusqu'aux chevilles dans l'épaisse laine du tapis, lui tendit un verre et, hardiment, s'assit sur le bord du lit.

— Il est mort depuis bientôt cinq mois. Vous avez pris votre temps…

— Je viens juste d'avoir la confirmation du décès du capitaine Cockerell.

— Oh, vraiment ? Moi, je l'ai su tout de suite. Enfin, disons quarante-huit heures après sa disparition. Que voulez-vous de moi ?

— Que vous me disiez ce que vous savez.

— Je sais tout. N'est-ce pas pour cela que vous êtes venu ?

— Oui, répondit Troy. Je suppose.

66

Troy patienta pendant que s'habillait Mrs M. Kerr. Elle dont il ignorait tout, hormis le nom de famille. M pour Mary ? Marilyn ? Y avait-il un Mr Kerr ? Il avait sa petite idée là-dessus. Il sirota une gorgée de cognac, un bon cru pourtant, mais sur ses papilles toujours le même goût de savon.

Elle sortit du dressing dans une robe toute simple. Très sobre et très provocante. La version écarlate de la petite robe noire. Sans manches, profondément décolletée dans le dos, un peu moins sur la poitrine, juste de quoi préserver un brin de décence. Cheveux relevés en chignon. En la voyant accrocher une boucle d'oreille, Troy pensa à Tosca, à son dégoût des oreilles percées et à la façon dont elle fixait à ses lobes un diamant minuscule ou une perle laiteuse montée sur un fil d'argent.

— Je ne connais pas votre prénom, remarqua-t-il.

— Normal, vous ne me l'avez pas demandé. C'est Madeleine. Madeleine Kerr.

Avec la même précision délicate, elle accrocha la seconde boucle, une petite feuille en or.

— Vous, c'est Fred ? J'ai rarement eu l'occasion de rencontrer des Fred. Ça vous dérange si je vous appelle Troy ?

— La plupart des gens m'appellent ainsi.

— À propos d'Arnold… Le capitaine Cockerell. Ici, c'est Ronald Kerr. Ronnie, pour les intimes.

Troy s'interrogea. Ce nom devait avoir un sens caché. D'ailleurs, la façon dont elle le regardait prouvait qu'il aurait dû comprendre.

— Vous ne voyez pas, hein ?

— Non. Désolé.

— Ronald est l'anagramme d'Arnold. Et Kerr vient de Coc-*kerr*-ell. Pigé ?

C'était évident. Troy en rougit presque de ne pas avoir deviné.

— Et, je devance votre question, non, Ronnie n'était pas bigame. Le Monsieur et Madame, c'était juste pour nous amuser. Bon, on y va ?

— Où ça ?

— Dîner, pardi ! Si vous devez jouer les flics et vous livrer à un interrogatoire en règle, la moindre des choses est de m'offrir le restaurant. Ça fait cinq mois que je mange toute seule.

— Un dernier point, avant de sortir.

— Oui ?

— Le pistolet. Il serait préférable que vous me le donniez.

— Un cadeau de Ronnie. Pour me défendre, disait-il.

— Avec moi, vous n'en aurez pas besoin. Et je ne peux pas vous laisser vous promener avec une arme dans votre sac.

— Comment savez-vous que je l'ai remise dans mon sac ?

— Je suis flic, non ?

Elle sortit le pistolet, le lui tendit, puis lança le sac sur le lit, comme si sa seule utilité était de le cacher.

Troy le soupesa. Une plume. Un minuscule .22 automatique doré. Ce que Chandler aurait appelé une arme de dame. À peu près le même que le pistolet de Tosca, celui qu'il avait jeté dans la mer d'Irlande.

Tandis qu'ils descendaient Cavendish Hill, elle glissa son bras sous le sien.

— Allons au *Wellesley Hotel*. Il a un restaurant sur le toit, avec une vue splendide. À l'époque, il s'appelait *La Manche*, mais tout le monde disait *Le Munch*[1]. Pas très élégant. Alors ils l'ont rebaptisé *Le Clair de lune*. Nettement plus joli. Surtout par une aussi belle soirée.

Elle leva les yeux vers le ciel limpide, qui virait au bleu nuit.

— Beaucoup de lune et plutôt claire, n'est-ce pas ?

Troy regarda l'astre brillant, puis observa sa compagne. Plus grande que lui, même en talons plats. Il l'avait trouvée très belle, sans maquillage. Sa beauté à présent était plus difficile à cerner. Elle affichait un vernis de sophistication, assez séduisant, mais trompeur. Une fillette déguisée en femme, une femme-enfant. Ce manque de naturel, il l'avait ressenti dès qu'elle avait allumé sa première cigarette, ensuite pendant qu'elle finissait de se pomponner. Elle avait spontanément mis son bras sous le sien, alors qu'ils se connaissaient depuis moins d'une heure. Il l'avait vue nue devant lui, et aussi nue sur papier glacé – car c'était elle, sur les photos, il l'aurait parié – dans des postures incroyables, et maintenant ils se promenaient bras dessus, bras dessous, comme de vieux amis. Ou de nouveaux amants. Elle jacassait, s'extasiait sur la beauté de la pleine lune. Il s'était écarté d'elle, sans qu'elle s'en aperçût. Quand elle se tut enfin, elle se rapprocha de lui et glissa à nouveau son bras sous le sien.

Le maître d'hôtel du *Wellesley* l'accueillit en sœur prodigue, lui donnant du Madame à tout-va. Il les conduisit sur le toit-terrasse, jusqu'à leur table, et s'éloigna. Le couinement de ses semelles de cuir s'évanouit, laissant place au bourdonnement indistinct des conversations dans la salle attenante et au murmure profond et rythmé de la mer, en contrebas.

— J'espère, lui dit Madeleine, que vous n'êtes pas du style une viande, deux légumes et un pudding aux raisins.

— Je déteste le pudding.

— Parfait. Alors, je passe la commande.

Elle fit signe au serveur, qui s'approcha de la table avec empressement.

— Nous prendrons la lotte. En accompagnement, des pommes de terre nouvelles, des mange-tout et une salade verte. En dessert, une crème caramel. Et pour le vin… un château-lafite.

— Un apéritif, madame ?

— Non, apportez le bordeaux tout de suite.

Troy admira son panache. Il réglerait la note, mais elle menait la danse et tenait à le lui prouver.

— Du vin rouge avec du poisson ? releva-t-il.

— Vous croyez à toutes ces fadaises ? Ah, cet horrible snobisme anglais ! Être né dans la bonne société, quelle malédiction ! La liberté, n'est-ce pas d'avoir ce qu'on veut quand on en a envie ?

Étonnante entrée en matière. Troy avait vu son père écluser le meilleur des bordeaux dans une tasse à thé, accompagner un rôti de bœuf d'un pouilly-fuissé, manger du fromage avec de la confiture, s'attabler devant le repas de Noël en robe de chambre. Il entendait encore sa voix : « Mon garçon, comment crois-tu que les Britanniques sont parvenus à contrôler la moitié de la planète ? Tu sais, toutes ces zones en rouge sur la carte du monde, dont ils sont si fiers. Grâce à leur armée ? Que nenni. Jusqu'en 1915, la conscription n'existait pas et il n'y avait pas d'armée permanente. Aujourd'hui non plus, d'ailleurs. Grâce à leur marine ? Pas davantage. Certes, il est utile de contrôler les mers, mais une armada ne sert à rien quand il s'agit de maintenir l'ordre dans les montagnes de l'Inde du Nord ou les jungles birmanes. Non, Britannia règne sur le monde grâce à ses fonctionnaires. Un empire de bureaucrates, de commissaires de district adjoints, de scribouillards, de pondeurs de textes juridiques. C'est ainsi que les gouvernants finissent gouvernés, à force de fabriquer autant de règlements pour eux-mêmes que pour les autres. Du coup, si on lui donne la liberté d'avoir ce qu'il veut, ton Anglais rigide, borné et coincé osera à peine réclamer ce qui est autorisé par la loi. »

— Oui, je suppose que vous avez raison…, dit-il, après réflexion.

Le sommelier apparut, avec deux bouteilles de bordeaux.

— Nous n'en avons commandé qu'une, lui fit remarquer Troy.

Madeleine l'arrêta d'un geste.

— Jean-Paul me connaît. Il sait ce que je prends d'habitude, n'est-ce pas, Jean-Paul ?

Elle lui sourit. L'homme lui rendit son sourire, déboucha les bouteilles et s'éloigna. Elle servit deux verres et avala d'un trait la moitié du sien.

— Bien. Que voulez-vous savoir ?

— C'est simple : que faisait Cockerell, et pour qui travaillait-il ?

Elle posa son verre.

— Ah, non. Pas maintenant. Pas ce soir. Ce n'est pas si simple. Demain, nous irons à Londres. Je vous abandonnerai une petite heure, ensuite nous nous retrouverons et je répondrai à toutes vos questions. J'aurai juste deux, trois bricoles à régler avant. À présent, demandez-moi tout ce que vous voulez. Absolument tout.

Troy fut pris de court. Il s'était attendu que cette comédie le menât quelque part. Hélas, aucune question anodine ne lui venait à l'esprit.

— Où vous êtes-vous rencontrés ? Ici, à Brighton ?

— Non, Brighton n'a rien à voir là-dedans. Du moins, pas à l'époque.

Elle but une longue gorgée de vin. La réponse était définitive. Mieux valait changer de sujet.

— Vous êtes de la région ?

Ridicule. La classique entrée en matière pour draguer une fille.

— Non. Je viens du comté de l'Ennui mortel. Mon père, qu'il rôtisse en enfer, est médecin généraliste dans le Berkshire. J'ai étudié à Bristol – papa aurait préféré que je suive des cours de sténodactylographie, que j'entre dans le service public et que j'épouse un diplomate. Mais je lui ai désobéi. J'ai envoyé voler la poussière du Berkshire et je me suis installée à Londres. C'est là que j'ai fait la connaissance de Ronnie.

Elle avait vidé son verre – Troy n'avait même pas touché au sien – et le remplit derechef.

— Nous nous sommes rencontrés à l'*Ambassade*.

Aussitôt, Troy dressa l'oreille.

— L'ambassade ? Quelle ambassade ? L'ambassade soviétique ?

— Mais non, nigaud, l'*Ambassade*, un club de Bond Street. C'était en février 52, la semaine de la mort du roi. Mon petit ami venait de me plaquer. Un grenadier de Sa Majesté, un fils d'aristo – Billy ou Bobby je ne sais plus comment. Il était déjà pompette quand il est passé me chercher chez moi. Dans le taxi, il sort sa flasque de whisky et la siffle pendant le trajet. Dix minutes après notre arrivée au club, il disparaît aux toilettes. Je ne l'ai jamais revu ! Vous m'imaginez, plantée là comme une idiote, sans cigarettes, sans argent ! Et puis je vois un petit monsieur fringant qui s'avance vers ma table. Il m'invite à danser. C'était Ronnie. Un bon cavalier, très sûr de lui, le pied léger. Présentant bien, aussi. J'ai toujours aimé les hommes plus âgés que moi. J'avais vingt-cinq ans, lui cinquante. La bonne différence d'âge, non ?

Troy n'avait pas d'avis. De toute manière, la question n'appelait pas de réponse. Il avait failli se fouler le poignet pour faire démarrer le moulin à paroles, et maintenant, plus moyen de l'arrêter. Il tournait tout seul.

— Ensuite, il m'offre un martini. Je meurs d'envie d'une cigarette. Il en sort deux de son étui, les porte à sa bouche, on aurait dit Humphrey Bogart, les allume et m'en tend une. Je trouve ça tellement bien élevé, tellement romantique…

Comment un geste pouvait-il être en même temps bien élevé et romantique ? En général, le romantisme ne s'embarrasse pas des bonnes manières. La perplexité de Troy allait croissant. Madeleine Kerr trichait sur son âge. Impossible que cette toute jeune femme approchât la trentaine. Et l'intonation de sa voix n'était pas naturelle. Sous son timbre alangui, elle gardait la trace d'un très léger accent.

— La danse suivante, c'est un slow. Je sens sa main glisser vers le creux de mes reins, et même plus bas. Je fais ce que doit faire une gentille fille. Deux fois je la repousse, et la troisième, je lui concède sa petite victoire. Il me déshabille du regard – il avait de jolis yeux bleus, Ronnie – et il me dit : « Tu ne portes pas de culotte, hein ? » Bien sûr que je n'en portais pas !

« On passe la nuit ensemble. À l'époque, je partageais un bel appartement avec deux copines à Chelsea, pas loin de King's Road. Donc impossible d'aller là-bas. Ronnie prend une suite à l'*Imperial* et annonce : “Mr et Mrs Kerr.” Divin. Il me gâte. Je peux appeler le service en chambre et commander tout ce que je désire.

La perplexité de Troy était à son comble. On aurait dit une speakerine récitant son texte. Des phrases sans spontanéité, apprises par cœur, semblait-il. Un vernis de sentimentalité, si elle en avait, cachait sa nature profonde, quelle qu'elle fût. Perdu derrière le British Museum, l'*Imperial* n'était pas l'endroit rêvé pour impressionner une nouvelle conquête. Peut-être hôtel de luxe, jadis, mais Troy gardait le souvenir d'un établissement vieillot, voire miteux. Un homme aussi aisé que Cockerell – en 1952, ses comptes en banque étaient déjà bien garnis – aurait pu s'offrir le *Dorchester*, dans Park Lane, ou le *Claridge*, au cœur de Mayfair.

— Ensuite, je l'ai revu à chacun de ses passages à Londres.

— C'est-à-dire souvent ?

— Tous les quinze jours environ. Et voilà que deux mois plus tard, il me téléphone, pour la seconde fois de la semaine et me dit de le rejoindre à la gare Victoria, séance tenante. Ça a l'air urgent. Alors, je quitte le bureau…

— Vous travailliez à l'époque ?

— Oh, oui. Pour un scientifique.

Elle termina son deuxième verre et le lui tendit ostensiblement. Si le geste était destiné à le déstabiliser, elle avait presque réussi. Habitué à la compagnie de sœurs qui n'attendaient jamais qu'un homme emplisse leur verre – ce que d'ailleurs Madeleine avait fait pour les deux premiers –, il s'interrogea sur la signification de ce revirement.

— Quel genre de scientifique ? reprit-il en la servant.

— Un savant. Travail très confidentiel. J'étais son assistante personnelle et privée.

— Personnelle *et* privée ?

— Vous voulez savoir comment j'ai rencontré Ronnie, oui ou non ?

Troy hocha la tête. Elle ne répondrait pas. Elle n'avait pas de réponse.

— Bon. Vous m'écoutez ? Nous prenons le train pour Brighton. Une vraie surprise. J'y étais venue une fois ou deux avant la guerre, quand j'étais petite. J'ai toujours aimé Brighton. J'ignore de quelle façon Ronnie l'a appris. Je ne me souviens pas le lui avoir dit. Brighton est si… exotique. N'est-ce pas ?

Exotique ? Troy n'aurait jamais songé à appliquer ce qualificatif aux paysages des îles Britanniques. Il ne décrivait pas la nature, seule la manière dont l'homme la domptait la rendait exotique. Il pensa aux endroits qu'il aimait : la vue depuis sa véranda, les saules, les cochons, les chauves-souris. Rien d'exotique là-dedans. Les contours érodés, taillés au burin, du Ben Bulben, en Irlande. Les sommets enneigés des Alpes. Rien d'exotique. Si l'on s'en tenait au cliché, l'adjectif évoquait des peaux sombres, des parfums entêtants de cannelle et de santal, un marché à Tanger, éclaboussé de mille nuances d'écarlate, d'ocre, de brun et d'or. Pas Brighton. Brighton n'était rouge et jaune que sur les cartes postales grivoises, et son brun, celui de la bière. Un cran au-dessus de Blackpool et Skegness, mais loin derrière Biarritz ou Monte-Carlo. On pouvait à la rigueur jouer avec la notion d'exotisme en passant, par une chaude soirée d'été, devant le Prince Regent's Pavilion[2], sans jamais le confondre avec le Taj Mahal.

— Après le déjeuner, nous allons marcher sur la plage. Ronnie me parle de lui, me raconte sa vie. Je savais déjà quelques petites choses, mais en huit semaines, on ne connaît pas tout d'un homme, évidemment. Ce jour-là, il me fait le grand déballage. Et il termine en disant que sa femme refusera le divorce.

— Vous saviez qu'il était marié ?

Elle eut un soupir moqueur.

— Il suffit de regarder un homme pour savoir s'il est marié.

Essaie donc avec moi, songea-t-il. Allez, chiche.

— Je lui réponds que ça m'est égal. Alors, il me propose une promenade au soleil couchant. À son ton, je devine qu'il me réserve une surprise… J'adore les surprises. On était là-bas, tout au bout, vous voyez ?

Elle désigna au loin la jetée ouest qui s'avançait dans la mer scintillant sous la lune.

— C'était la fin de l'été, il faisait encore jour. Tout à coup, Ronnie me dit : « Déshabille-toi. Montre-moi tes seins. » J'ôte ma veste, mon chemisier et je reste là, face à la mer. « Retourne-toi. Je veux te voir. » La jetée n'était pas déserte, on avait croisé des gens, mais bon, j'accepte. Il y avait un couple d'un certain âge, avec un chien. J'entends la femme s'exclamer : « Ça, par exemple ! Quelle honte ! Viens, George, on rentre. » Et elle tire son mari par la manche. Il a marché en crabe tout le long de la jetée pour s'en mettre plein les mirettes. « Appuie-toi sur la rambarde et renverse la tête en arrière, me dit Ronnie. Je veux que tout le monde les voie. » Il restait une très vieille dame vêtue d'un imper en plastique. Elle range ses aiguilles et son tricot et elle s'approche de moi. « T'as de beaux nichons, ma fille. J'avais à peu près les mêmes, à l'époque. Attention, ne prends pas froid. » Et puis elle ajoute, en s'adressant à Ronnie : « Sacrée paire, pas vrai ? » Et elle s'éloigne en traînant les pieds.

Impossible qu'il s'agisse du même Arnold Cockerell ! Et pourtant si. Cette métamorphose était-elle due à un simple changement de patronyme ? Une anagramme, une syllabe, et toute une vie emportée par un raz-de-marée ? Cockerell transformé en Kerr. Le furet en étalon. Le commerçant en salonnard. Le frustré feuilletant honteusement des revues coquines en débauché à l'imagination débordante.

Madeleine eut la décence de s'interrompre quand le serveur leur apporta le plat de poisson. Mais reprit aussitôt :

— Je remets mon chemisier et nous remontons Cavendish Hill. « J'ai un petit cadeau pour toi, me dit Ronnie en arrivant devant le 2, Chatsworth Place. Voilà, elle est à toi. » Je n'en revenais pas. Et là, il ajoute, en me montrant l'entrée du n° 3 : « Et celle-là aussi. Tu peux déployer tes ailes, ma jolie. » J'étais sidérée. Déployer mes ailes, c'est ce que je fais. Je rentre à Londres, j'annonce aux filles que je quitte l'appartement. Je donne mon préavis au bureau et je pars à Brighton. L'entrepreneur est déjà là, avec ses ouvriers. Ronnie me laisse tout agencer à ma guise, abattre un mur ici, mettre une porte là… En contrepartie, je lui laisse aussi faire ce qu'il veut…

Du bout de l'index, elle caressa le bord de son verre, puis le mit dans sa bouche et le suça avec lenteur, en souriant à Troy, une lueur polissonne dans les yeux.

— Ronnie n'a jamais oublié le soir de notre rencontre. Il avait tout de suite su que j'étais celle qu'il attendait, quand il s'est rendu compte que je ne portais pas de culotte. Alors je n'en mettais pas pour sortir. Comme ça, il pouvait me fourrer un doigt dans la chatte et me chatouiller le bouton autant qu'il voulait. Il a dû le faire dans la moitié des restaurants de Brighton.

Chatouiller le bouton. Très explicite. Une expression qu'utiliserait Tosca, si elle la connaissait. Troy ne l'avait jamais entendue, et pourtant elle résumait on ne peut mieux la chose. Mais surtout, il ne l'aurait jamais imaginée prononcée par une jeune femme de bonne famille.

— Dites-moi, vous a-t-il…

— Allez-y, n'ayez pas peur.

— Vous… vous a-t-il demandé de…

— D'enfiler une combinaison en caoutchouc, c'est ça ?

— Eh bien… En fait, je voulais savoir s'il vous avait demandé si *lui* pouvait porter sa tenue de plongée.

— Oh, nous avions chacun la nôtre. Celle de monsieur et celle de madame. Avec les trous là où il fallait.

Elle baissa les yeux vers son bas-ventre d'un air faussement effarouché, remonta sa poitrine avec ses mains, créant un V vertigineux entre ses seins, puis reprit sa fourchette et attaqua sa lotte avec appétit, comme si aucun propos obscène n'était sorti de sa bouche.

Ils avaient entamé la seconde bouteille. Son verre était de nouveau vide. Troy n'attendit pas qu'elle le lui tende. Il le remplit presque à ras bord, résigné à l'idée de terminer son repas en compagnie d'une femme saoule.

67

La marée était haute. La brise du soir fraîchissait avec la tombée de la nuit. Elle ôta ses escarpins et les jeta sur le sable.

— Tu viens dans l'eau ?

— Nager ? s'exclama Troy, incrédule.

— Mais non, idiot, patauger. Tu croyais que j'allais me déshabiller et piquer une tête ?

— Cela ne m'aurait pas surpris.

— Touché !

Elle entra dans l'eau en poussant de petits cris ravis chaque fois qu'une vaguelette glacée frôlait ses mollets.

Au pied de la digue, Troy avisa une chaise longue, agneau oublié par le berger des transats. Il la déplia, s'y assit et regarda Madeleine s'avancer dans l'eau, qui effleurait maintenant l'ourlet de sa robe. Elle ne tarderait pas à être trempée.

Il commençait à éprouver, bien malgré lui, une certaine admiration pour Arnold Cockerell. L'homme avait obtenu ce qu'il voulait : réaliser le rêve classique, et souvent impossible, de mener une double vie. Et ce, pendant presque quatre ans. Janet Cockerell avait dû lui apporter quelques satisfactions, d'une façon ou d'une autre, sinon il l'aurait quittée depuis longtemps. Troy n'avait pas cru une seconde au bobard raconté à Madeleine : « Ma femme refusera le divorce. » Janet n'avait pas évoqué cette hypothèse. Cockerell devait apprécier cette double existence. Débarrassée de Janet, la vie avec Madeleine eût été une aventure somme toute agréable, mais banale. Dans l'eau jusqu'aux hanches, sous le clair de lune, bras écartés, elle chantonnait, ivre, bizarre, superbe. Une vie très, très agréable, certes, mais avec une seule femme. Troy imaginait le plaisir que devait éprouver Cockerell, de retour au domicile conjugal, tandis qu'il subissait les attaques verbales de sa légitime épouse, à se remémorer la dernière fois où il avait « chatouillé le bouton » de sa maîtresse en public. La revanche de la fouine. La quasi-perfection. « Ce que tu veux, quand tu veux. » L'hôtel des Cœurs brisés avec le service en chambre.

Soudain, il vit Madeleine sautiller d'un pied sur l'autre et frapper la surface de l'eau en poussant des cris aigus.

— Ouille, ouille, ouille !

Il quitta sa chaise longue et s'avança vers le rivage.

— Merde, merde, merde ! jura-t-elle. Quel salopard laisse traîner…

Elle s'appuya sur son bras de tout son poids, replia sa jambe pour examiner son pied.

— Quel salopard s'amuse à semer des tessons de bouteille sur la plage ?

Il l'aida à s'asseoir sur le sable sec et scruta la plante du pied.

— Ce n'est pas du verre. Juste un bout de coquillage.

— Oui, mais ça fait un mal de chien !

— Il est enfoncé assez profond.

— Alors qu'est-ce que tu attends ? Sors-le !

Impossible de l'extraire avec les ongles. Il aurait fallu une pince à épiler. Du bout des dents, il saisit le minuscule fragment qui dépassait, tira et cracha une esquille longue d'un centimètre.

Elle poussa un soupir soulagé. Au moment où il allait reposer le pied qu'il tenait au creux de sa main, elle chuchota :

— Encore un peu. Juste un petit peu.

Il ne dit rien.

Elle se cambra, bras tendus en arrière, paumes à plat sur le sable.

— Encore un peu. Ça fera pas mal, je t'assure.

Il savait qu'elle le mettait au défi. Une rengaine de cour de récréation résonna à ses oreilles : « Il a la trouilleu, il a la trouil-leu ! » Il suça la plaie, le sel et le sable se mêlaient au sang. Elle se tortilla gentiment et s'étira. Le goût du sang dans la bouche. Il lâcha le pied, indécis. Que faire ? Elle se pencha en avant et, du bout des doigts, caressa ses lèvres, lisant dans ses pensées.

— Le dilemme de toutes les femmes, depuis que le monde est monde : j'avale ou je crache ?

Elle lui pinça les lèvres et, par réflexe, il avala.

Elle s'écarta, souriante.

— Tu vois ? Je t'avais dit que ça ferait pas mal.

68

— Viens, j'ai quelque chose à te montrer.

Sa robe lui collait à la peau. Rouge écarlate au-dessus de la taille, noire plus bas, imprégnée d'eau de mer. Troy fut heureux de constater qu'elle avait pensé à mettre une culotte. Elle l'ôta, traversa la chambre, pieds nus, laissant de légères traces de sang sur le tapis, et ouvrit la porte d'une grande penderie. Là, côte à côte, étaient suspendues deux combinaisons de plongée. Celle de monsieur, avec les palmes, et celle de madame. Madeleine décrocha la sienne. Deux trous ronds sur le devant pour laisser pointer les seins. Troy leva les yeux vers le plafond, s'efforçant de ne pas regarder les fentes grossièrement taillées dans la partie inférieure du costume. Absolument repoussant. Il songea que si l'on coulait du plâtre dans ce moule de caoutchouc, on obtiendrait une statue de femme grandeur nature. La Vénus de Milo dans votre jardin, à côté du bassin à poissons rouges.

— Je pourrais enfiler la mienne, susurra Madeleine. Tu n'es pas obligé de mettre celle de Ronnie. De toute façon, elle ne t'irait pas.

— Pas question.

— Allez, lâche-toi un peu…

— Non, pas question, répéta-t-il, cherchant une excuse, n'importe laquelle. Tu as trop bu. J'aurais l'impression de profiter de toi.

Elle eut un petit gloussement amusé qui finit en fou rire bruyant. Bien fait pour lui.

— Ne me dis pas que tu n'as jamais baisé avec une femme saoule ?

Non, jamais. D'ailleurs, depuis un certain temps, il n'avait fait l'amour à aucune femme, ivre ou pas. Elle promena ses lèvres sur sa joue et lui mordilla le lobe de l'oreille.

— Je ne peux pas, murmura-t-il. Vraiment pas.

La chaleur de son haleine se répandit dans ses veines, réveillant un organe qu'il aurait préféré voir rester en berne.

— On ne t'a pas déjà dit que tu étais un vrai rabat-joie ?

La plupart des femmes qu'il avait connues le lui avaient dit.

Il a la trouil-leu, il a la trouil-leu.

69

Il s'éveilla, seul et chaste, dans l'une des chambres d'amis. Il avait passé une mauvaise nuit, peuplée de cauchemars. Tous en rapport avec les yeux de Madeleine. Il se sentait nauséeux. Un bruit d'eau courante l'accompagna jusqu'à la cuisine, au rez-de-chaussée. À première vue, le petit-déjeuner n'était pas un moment important dans la vie des Kerr, du moins pas dans celle de madame – le souvenir de Cockerell ingurgitant de bon matin une pleine assiettée de *kedgeree* demeurerait à jamais gravé dans sa mémoire. Juste des craquelins et un pot de café soluble. Le café instantané, parfait exemple d'oxymore et vrai défi pour l'édition révisée de *L'Usage de la langue anglaise*, la nouveauté de l'après-guerre, instantanément acceptée, au même titre que le stylo à bille et l'imperméable en plastique. La poudre marron et malodorante se déposa avec légèreté au fond de la tasse et, une fois diluée dans l'eau bouillante, dégagea un arôme puissant et artificiel. Un goût ignoble, proche du parfum crème de café de certains chocolats fourrés : du caramel assaisonné de poudre à récurer. Troy se souvint de ces boîtes entourées d'un ruban, à l'intérieur desquelles une notice indiquait les différentes garnitures : on les reconnaissait à la forme du chocolat, on se précipitait sur les crèmes pralinées et les cerises à la liqueur, et personne ne voulait des crèmes de café. Il but la moitié du breuvage, dont la texture vaguement gélatineuse collait autant aux dents qu'à la tasse –, accompagnée d'un craquelin et de marmelade d'orange, et jeta le fond dans l'évier. En fermant le robinet, il prit conscience du silence. Plus aucun bruit d'eau dans les canalisations. Madeleine était sortie de la douche.

— Tu es prêt ?

Debout sur le seuil de la pièce, habillée, maquillée, elle jeta un dernier coup d'œil à son reflet dans le miroir de son poudrier, le referma d'un coup sec, puis examina Troy de haut en bas. Les pans de sa chemise flottaient sur son pantalon. Pieds nus. Même pas en chaussettes. Loin d'être prêt.

— D'habitude, je garde les formules du style « Tu as vraiment une sale tête le matin » pour l'homme avec lequel j'ai eu une relation plus intime, mais, là, franchement, tu n'es pas beau à voir. Grouille-toi, Troy, on a un train à prendre.

Il finit de lacer ses chaussures dans le taxi qui les menait à la gare. Elle l'avait pris à contre-pied, c'était le cas de le dire. Comment expliquer cette brusque transformation en femme d'affaires pressée, miraculeusement épargnée par une gueule de bois qu'elle n'aurait pas volée ? S'il avait bu, comme elle, la presque totalité de deux bouteilles de vin, il l'aurait payé plusieurs jours durant.

Le taxi s'arrêta sous la marquise vitrée de la gare de Brighton. Troy régla la course. Ils scrutèrent l'immense panneau de bois qui affichait les départs des trains.

— Zut, on a manqué la *Brighton Belle*, soupira Madeleine. Dommage. Si tu t'étais habillé plus vite, on aurait pu manger des harengs et on serait déjà presque arrivés à Londres. Enfin, ce n'est pas grave, on prendra le suivant, en première.

Onions ferait une attaque s'il apprenait que Troy avait voyagé en première classe aux frais de Scotland Yard. Tant pis. Madeleine, habituée au luxe, ne monterait pas en seconde. Gâtée pourrie par Cockerell. Elle le lui avait bien rendu, à sa manière. Comblé à satiété.

Troy n'aimait pas les premières classes. On n'y rencontrait personne. Même si parfois il appréciait la solitude en voyage, la plupart du temps sa curiosité de flic l'emportait. Les secondes classes vous offraient un intéressant échantillon d'humanité. Une sorte d'ouvrage de référence. On ignorait tout de la personne qui vous adressait la parole. Juste après-guerre, à l'époque où l'essence était encore rationnée et les automobiles peu nombreuses, un esprit bon enfant régnait dans les trains. Il se revoyait lors d'un déplacement à Manchester, assis face à un type bedonnant, à l'épaisse moustache d'ancien de la RAF, qui lui avait donné, au centimètre près, la longueur de ses intestins artificiels et la quantité de boyaux qu'il avait abandonnés dans un hôpital de campagne allemand, après que le Wellington dont il était le copilote eut été abattu au-dessus des plaines prussiennes. Au retour, il avait bavardé avec un gamin de sept ans que son père amenait visiter la capitale, et dont la vision de Londres semblait nourrie de lectures précoces particulièrement macabres. Il rêvait de voir

Whitechapel, Jack l'Éventreur, le 221 B, Baker Street et Sherlock Holmes. Troy pensa lui faire plaisir en lui disant qu'il était lieutenant de police, mais le gosse crut qu'il se moquait de lui.

— Troy ?

Brutalement tiré de ses pensées, il cligna des yeux.

— Oui ?

— Tu rêvassais ? Tu ne m'as pas entendue ? Je disais que je tuerais père et mère pour une tasse de café.

Sa silhouette se dessinait à travers un halo brumeux. Parfaite. Un tailleur moulant à souhait, rouge bien sûr, elle adorait cette couleur, sans doute destinée à souligner son statut de femme écarlate. Elle ôta sa veste, la posa à côté d'elle et sortit son poudrier de son sac. Elle portait un corsage de soie blanche, à col haut, sans manches, exposant des bras hâlés, très agréables à regarder. Ce que fit Troy, avec une fascination enfantine, tandis qu'elle vérifiait encore une fois, bien inutilement, son reflet dans le miroir du poudrier. Elle pinça les lèvres, lissa un sourcil, sans rien changer de son apparence.

— Alors ? dit-elle par-dessus le miroir.

Ses yeux verts étincelaient.

— Où sommes-nous ? bâilla Troy.

— On arrive à Three Bridges.

Il n'avait aucune envie de bouger.

— Le service de restauration ambulante ne va pas tarder.

— Et si personne ne vient ? Troy, sois un chou, va me chercher un café. J'en meurs d'envie.

Elle claqua le fermoir du poudrier. Lui envoya un baiser du bout de ses lèvres fardées de rouge brillant. Glissa le poudrier dans la poche de sa veste.

Il dut traverser deux voitures cahotantes avant d'atteindre le wagon-restaurant. Le serveur le pria de patienter, dans dix minutes, il passerait dans les couloirs. Troy s'obstina, supplia, jusqu'à ce qu'il accepte de lui laisser emporter deux tasses sur un plateau. Le train fit halte pendant que l'homme versait le café. Par la vitre, Troy aperçut le panneau « Three Bridges ». Et, comme un fait exprès, le convoi s'ébranla à l'instant précis où, les mains encombrées, maudissant Madeleine Kerr et ses caprices, il repartait en sens inverse. Il s'apprêtait à entrer dans leur voiture, mais le train freina brusquement, lui faisant perdre l'équilibre. Il tomba à la renverse. Le café gicla et éclaboussa son complet froissé.

Troy ne s'était encore jamais trouvé dans un train au moment où le signal d'alarme est actionné. Derrière lui, monta un brouhaha de voix affolées, de pleurs d'enfants et, devant, aucun bruit. Il se releva, s'engagea dans le couloir pour rejoindre leur compartiment. Ouvrit la porte. À cet instant précis, le train eut un hoquet brutal, à la manière d'un ressort serré à bloc qui se détend. La tête de Madeleine, penchée de façon curieuse côté fenêtre, rebondit sur son épaule et retomba. Troy avait déjà vu des nuques brisées. Par acquit de conscience, il appuya deux doigts à la base du cou. Le pouls ne battait plus. Les paupières étaient closes, les mains posées sur les genoux. Son sac avait disparu. Troy s'abandonnait au silence, à la force du choc, au tour absurde joué par la nature qui la laissait très belle dans la mort, quand le train fit un nouveau bond en avant. Il entendit alors la portière s'ouvrir, côté voie. Il comprit.

Il sauta sur le ballast et se reçut très mal. Sa jambe gauche se déroba sous lui. Une douleur aiguë lui transperça la cheville. Il eut le temps d'entrevoir une silhouette qui cavalait le long des rails, vers la gare. Il avança un pied, mais sa jambe refusa de le porter. La silhouette s'évanouit, masquée par un abri en béton. Troy fit un pas, puis deux, et essaya, en vain, de courir. La silhouette rejaillit de derrière l'abri. Une vision en bleu, fugitive et floue. Il eut un haut-le-cœur en apercevant l'objet noir au bout d'un bras tendu. Un revolver pointé sur lui. Le coup partit. Il vit du vert, il vit du rouge, puis tout devint noir. Il sombra dans un enfer sans rêves.

70

Combien de fois s'était-il déjà réveillé dans cet état ? Ouvrir les yeux, revenir sur terre après un séjour dans les limbes atemporels et silencieux. Tenter de situer l'hôpital à la couleur des murs, en sachant qu'il s'était à nouveau fait tirer dessus. Attendre que la conscience revienne, que la mémoire lui dise qui et quand. À deux accessoires de l'uniforme de la jolie infirmière, la boucle de ceinture et la coiffe amidonnée, il sut qu'il était au Charing Cross Hospital.

— Vous êtes au Charing Cross, Mr Troy.

— Je vois, oui.

— Vous vous souvenez de moi ?

Troy la dévisagea, autant que le lui permettaient sa position horizontale et sa vision encore flottante.

— J'étais au Middlesex Hospital en 1951. Vous veniez d'arrêter Edward Langdon-Davies.

Des images lui revinrent, le passé plus net et précis que le présent. Il avait appréhendé Langdon-Davies cet hiver-là. Menotté, emprisonné, jugé, pendu. Au cours de l'arrestation, l'homme l'avait attaqué avec un tisonnier, lui brisant la clavicule. Jack avait conduit Troy aux urgences du Middlesex Hospital. La jeune infirmière avait eu un sursaut crispé au moment où le médecin avait réduit la fracture, puis elle lui avait posé une attelle horizontale, en lui conseillant de saluer César pendant un mois.

— Ça devient une habitude, chez vous…

Si elle savait à quel point c'était vrai.

— Depuis combien de temps suis-je ici ?

Question rituelle.

— Vous êtes arrivé hier. Vous avez repris connaissance au Mid-Sussex Hospital. Les radios étaient bonnes, ils ont autorisé votre frère à vous amener ici en ambulance. Je suppose que vous ne vous souvenez de rien ?

Elle prit son pouls, sa température et quitta la chambre, très affairée. Troy tâta son crâne, du côté droit. Un bandage maintenait un gros pansement. Aucune douleur. Il se redressa contre l'oreiller : pas de nausée. Sa vue était redevenue normale. Il s'en était encore sorti. Pas Langdon-Davies. Pourtant, Troy n'avait pas souhaité sa pendaison. À l'instar de Cockerell, d'Angus Pakenham et de beaucoup d'autres, Langdon-Davies était une victime de la guerre. Un soldat-né, officier jusqu'au bout de ses doigts tachés de nicotine. Perdu dans le monde de l'après-guerre. Pas d'autre solution pour survivre que l'arnaque ou le crime. À moitié fou. Il avait monté de petites affaires dans lesquelles ses compétences de combattant n'avaient aucune utilité. Une faillite sur toute la ligne, l'équivalent local du programme de culture d'arachides au Tanganyika, demeuré dans les mémoires le symbole d'un incommensurable gaspillage financier. Ses fiascos successifs l'avaient convaincu de se livrer à des activités plus lucratives : abus de confiance, fraude, contrefaçon, chèques en bois. Pour parvenir à ses fins, il trichait sur son grade, se faisant passer pour un major, et modifiait son accent. Et, un beau jour, il avait assassiné sa femme. Comme il l'avait expliqué à Troy, celle-ci l'avait injurié, au cours d'une violente scène de ménage, le traitant de tous les noms d'oiseaux de la terre et de la galaxie. Lui avait tenté de garder son calme, son code moral lui interdisant de frapper une personne du sexe faible. Croyant la dispute terminée, il lui avait tourné le dos et c'est là qu'elle s'était ruée sur lui. Par réflexe, oui par réflexe – il l'avait inlassablement répété jusqu'à l'heure de sa pendaison –, il avait réagi d'un rapide coup de coude arrière à la gorge, suivi d'un uppercut au menton, du talon de l'autre main, lui brisant net les cervicales. Tout cela en un clin d'œil. Une technique classique d'autodéfense – comment neutraliser l'assaillant qui vous attaque à revers – apprise, non sur les pelouses des terrains de sport du collège d'Eton, mais dans la cour du centre d'entraînement d'Aldershot.

Si les meurtres ne manquent jamais de passionner les foules, l'affaire Langdon-Davies avait pris une véritable dimension nationale. Pendant des semaines, tel l'Homme invisible, il avait échappé aux filets de la police, vivant de rapines et de cambriolages. Le pays tout entier se barricadait derrière ses portes, par crainte du fameux « Assassin », lequel remplaçait presque *Dick Barton, agent spécial*[1] dans l'imaginaire de la population. Il était devenu l'homme que les journaux adoraient détester, un meurtrier en cavale, vu partout, le même jour, du nord de l'Écosse au centre du Devon. « Assassin », au royaume du mythe et de la presse populaire, signifiait une espèce particulière d'individu, non un pauvre bougre à moitié dérangé. Troy n'avait pas souhaité sa pendaison. Il s'était même, il fallait l'avouer, pris d'amitié pour lui. Mais la justice, indifférente à sa folie, n'avait eu d'autre sentence que la mort. Pendu. Pendu pour n'avoir pas été capable d'oublier ce qu'on lui avait enseigné pendant la guerre. Il s'en était ouvert à Troy, dans une confession presque aussi longue qu'un roman. Que lui dévoilerait Arnold Cockerell, si Troy avait le pouvoir de faire parler les morts ? Il ne lui avait pas raconté grand-chose, juste une ennuyeuse histoire de marchand de moquette. L'une des facettes de sa vie. Vous orientez le miroir dans un sens, puis dans l'autre, et une autre vie apparaît, une autre histoire.

— Je veux tout savoir, lui dit Jack.

Il était quatre ou cinq heures de l'après-midi – Troy n'avait pas sa montre. Wildeve se tenait devant lui, pâle, l'air sévère. Il jeta sur le lit une photographie carrée de l'identité judiciaire. Madeleine Kerr.

— Je veux tout savoir. Et si j'ai l'impression que tu me caches quelque chose, Freddie, je le jure, je te fais plonger.

Il prit la chaise prévue à l'usage des visiteurs, s'y assit, très raide, les bras croisés. Posé sur le bord du lit, son chapeau ressemblait à une bestiole paresseuse. D'ordinaire, Jack n'en portait pas. Tout un symbole. L'affirmation d'un certain pouvoir, rappelant ces pieds-plats en chapeau melon et bottes noires, entrés dans la police avant-guerre, qui « étaient » le Yard, une race de balourds inhibés, motivés par l'humiliation d'appartenir à une classe sociale défavorisée. Parmi eux, une seule et miraculeuse exception : Stanley Onions.

— Par où dois-je commencer ?

— Je sais son nom – Madeleine Kerr – et j'ai vu Cockerell en photo, chez elle. À toi de me dire le reste.

Troy lui déballa tout. Du coup de téléphone d'Angus Pakenham jusqu'à son télescopage avec une balle tirée par une silhouette bleue, près d'une voie ferrée, au milieu du Sussex.

Jack l'écouta en silence, sans prendre de notes ; il se targuait d'avoir une excellente mémoire.

— Où en es-tu de l'enquête ? s'enquit Troy.

Wildeve se leva, s'étira, fit quelques pas autour du lit, s'appuya, paumes à plat, sur le rebord de la fenêtre. Regarda les derniers rayons de soleil.

— La nuque brisée net. Pas de traces de lutte. Elle est morte sur le coup. Nous avons retrouvé son sac à main dans les bois, le contenu éparpillé. Impossible de savoir ce que cherchait le meurtrier, donc impossible de savoir ce qui manque. Le permis de conduire et deux lettres nous ont fourni son identité et son adresse. Encore heureux. Tu n'étais pas en état de répondre aux questions.

Il lui lança un drôle de regard. De reproche, peut-être.

— Sa maison a été fouillée.

— Saccagée ?

— Non. Travail de pro. Rien n'avait été déplacé. Mais tu sais ce que c'est, quand on sent que quelqu'un est passé là avant. Ici aussi, on ignore ce qu'il cherchait.

Jack s'assit sur le radiateur éteint. Troy se tordit le cou pour le voir. Sa tempe heurta le montant du lit. Il grimaça de douleur. Quelle tête devait-il avoir ?

— Qu'allais-tu faire ?

— Pardon ?

— Pourquoi alliez-vous à Londres ? Il y avait un billet de retour dans la poche de sa veste. Et un poudrier. Que faisiez-vous tous les deux dans ce train ?

— Je ne sais pas exactement.

Jack bondit de sa chaise, prit une profonde inspiration et se mit à arpenter la chambre. La moutarde lui montait au nez, c'était évident. Troy se sentit stupide. Wildeve le nonchalant, soudain excité comme une puce, incapable de tenir en place. C'était sa façon de dominer sa colère. Il était furieux contre lui, et Troy avait été trop lent à s'en apercevoir.

Il se cala contre ses oreillers de façon à lui faire face et à calmer le jeu.

— En fait, elle ne m'a pas expliqué pourquoi nous allions à Londres. Juste qu'il y avait des choses qu'elle ne me confierait qu'une fois là-bas.

— Telles que ?

— Ce que trafiquait Cockerell.

— Tu… tu as passé une nuit seul avec cette femme et tu n'as pas pu lui tirer les vers du nez ?

— Non.

— Freddie, tu as couché avec elle ?

Un défi à sa nature profonde, le premier vrai manque de confiance depuis qu'ils travaillaient ensemble.

— Non, Jack.

— Tu as une nuit entière pour l'interroger et tu te laisses mener par le bout de la queue ?

— Puisque je te dis qu'il ne s'est rien passé !

Jack attrapa la chaise, l'approcha du lit et se pencha vers lui.

— As-tu la moindre idée de ce que tu as fait ? Ce n'est vraiment pas le moment de me raconter des craques !

— Je ne mens pas. J'enquêtais sur un meurtre.

— Jusqu'à ce que tu ailles à Brighton, il n'y avait pas de meurtre.

— Si. Deux. Cockerell et George Jessel.

— À d'autres. J'ai lu le rapport d'autopsie. Jessel est mort d'une crise cardiaque.

— Oui, provoquée par le stress à la vue d'un revolver qu'on agitait sous son nez.

Stupéfait, Jack se carra contre le dossier de la chaise.

— Quoi ?

— J'ai découvert une goutte de lubrifiant pour arme sur son bureau. Pas plus grosse qu'une tête d'épingle. Un type a jugé bon de lui foutre l'ultime trouille de sa vie. Le cœur a lâché.

— Bizarre, ce n'est pas consigné dans ton rapport. En quel honneur ?

— Jack, pour l'amour du ciel…

— Je répète : est-ce que tu sais ce que tu as fait ?

Troy ne répondit pas.

— Tu ne m'as rien laissé, pas le moindre élément pour poursuivre l'enquête, rien ! Et tu as ouvert la boîte de Pandore.

— Bonser. Il faut parler à l'inspecteur Bonser. Quelqu'un lui a donné l'ordre de se rendre au *King Henry*. Nous allons parler à Bonser.

— Nous ?

Troy devina la suite.

— « Nous », Freddie ? Il n'y a pas de « nous ». Tu es déchargé de l'enquête.

— Tu as parlé à Onions ?

— Tu as cru que je bluffais, l'autre jour à Portsmouth ?

— Bon. Dans ces conditions, quel est le marché ?

— Tu es en congé maladie. Tu ne mets plus les pieds au Yard. Quand les toubibs te déclareront apte à reprendre le travail, ton retour dépendra du bon vouloir d'Onions. Et si tu crois encore pouvoir fourrer ton nez dans ce merdier, je m'arrangerai pour lui faire prolonger ton arrêt de travail.

— Jack…, murmura Troy, tu commets une grave erreur.

— Qui te permettra peut-être de rester en vie. Loin des taupes. Plus question que tu te frottes à ces salopards. Dixit Onions.

Mauvaise nouvelle. Très mauvaise. Qu'envisageait-il pour la suite des investigations ?

— Jack, tu ne vas tout de même pas t'attaquer à eux ! C'est vraiment la dernière chose à faire !

Wildeve prit son chapeau. Si le geste signifiait : fin de la conversation, il avait raté son coup.

— Jack ! Écoute-moi bien !

Wildeve, la main sur la poignée de la porte, s'apprêtait à franchir le seuil.

— Tu ne dois pas les approcher ! Tu ne te rends pas compte… Ils vont classer le dossier !

Troy s'égosillait. Il en avait mal aux poumons. La tête lui tournait. Wildeve referma la porte et s'y appuya.

— Ils vont nous décharger de l'enquête ! persista Troy. Et ils ne feront rien.

— Explique-toi.

— Tu ne t'es jamais demandé lequel des deux camps s'était débarrassé de Cockerell ?

— Je ne te suis pas.

— J'ignore pour qui il travaillait. Sa mission n'était pas officielle. Nous ne pouvons donc pas compter sur l'aide des services secrets. Puisque le Premier ministre a reconnu les faits, ils vont se dépêcher d'enterrer le dossier quitte à faire capoter l'enquête sur l'assassinat d'une innocente.

Il avait raison, et Jack le savait. Troy le lisait dans ses yeux. Il allait pouvoir le tarabuster avec la logique de ses arguments.

— Donc je suis coincé ? Je n'ai aucune piste, c'est ça ?

— Débrouille-toi. Attaque par la bande. Trouve une parade. Pour l'instant, suis ton instinct, fais comme si les taupes n'étaient pas impliquées. Comme s'il s'agissait d'un crime ordinaire. Vois jusqu'où tu peux aller. Nous contacterons les services de renseignement quand nous aurons réuni les premiers éléments. Si nous y parvenons.

— Un crime ordinaire ? Sais-tu que personne dans ce train ne peut formellement identifier l'assassin de ta Madeleine Kerr ? J'ai recueilli assez de détails pour décrire un bataillon, si contradictoires qu'il est impossible d'en tirer un portrait-robot. Grand, petit, gros, maigre. Le seul signalement précis que l'on m'a donné, c'est le tien. Une demi-douzaine de témoins sont prêts à jurer que c'est toi, le briseur de nuques. Personne ne l'a vu à la gare de Three Bridges. Personne ne l'a vu monter dans le train à Brighton. Et tu veux que je trouve une parade ?

— Oui. Et empêche les journaux de citer mon nom et celui de la victime.

— Ça, c'est encore dans mes cordes.

Longtemps après le départ de Jack, Troy entendit résonner la porte claquée. L'écho de sa colère se répercutait sur les murs du couloir. Mais l'humeur de son collègue n'était pas le pire. Le pire était à venir.

71

Le lendemain, jour de sa sortie de l'hôpital. Le pyjama déjà fourré dans sa sacoche, Troy bataillait pour enfiler les manches de sa veste. Pris de vertige, il se laissa tomber contre le montant du lit, un bras bloqué dans l'emmanchure, la veste coincée dans son dos. Une main se tendit vers lui, pour l'aider. Il leva les yeux. Anna Pakenham. Debout, froide, renfrognée. Elle guida ses bras dans le dédale de manches.

— Que fais-tu ici ? s'étonna Troy.

— Aie confiance en moi. Je suis une experte.

Elle insista pour le raccompagner chez lui. Il protesta pour la forme : il pouvait rentrer à pied, Goodwin's Court n'était qu'à quelques centaines de mètres, mais se sentant vaciller, il comprit qu'il risquerait de se retrouver le nez dans le caniveau s'il partait tout seul.

Dans le salon, elle décolla le pansement et vérifia l'état de la plaie.

— Elle est propre. La peau est déjà en train de se régénérer. Tu garderas une cicatrice, qui sera cachée par les cheveux, dès qu'ils auront repoussé. Tu as la tête dure. La balle a rebondi. Inutile de dire que tu as eu beaucoup de chance.

— L'histoire de ma vie.

— La roue tourne, tu sais. Cite-moi un seul boxeur qui n'ait pas été mis K-O, un jour ou l'autre ? Mickey McGuire est l'un de mes patients. Deux fois champion de Grande-Bretagne des poids mi-lourds, avant-guerre, jusqu'à ce qu'il perde le titre. Il s'est fait massacrer en beauté, et aujourd'hui, il n'est même plus capable de dire l'heure qu'il est.

— Message reçu.

— Faux. Ce que je dis n'a aucun sens pour toi. Bon, plus important que de savoir si tu vas vivre ou mourir : as-tu, oui ou non, entraîné Angus dans une histoire où il va laisser des plumes ?

— Non. Angus est en dehors de tout ça.

Anna claqua le fermoir de sa sacoche, l'embrassa sur la joue, le traita une nouvelle fois d'enfoiré et se dirigea vers la porte d'entrée. Troy allait dans la cuisine se faire du thé, quand il entendit sa voix, et aussitôt après, celle de Rod. Ils parlaient de lui, assurément. Il alluma le gaz sous la bouilloire. S'il devait essuyer les remontrances de son frère, autant avoir les mains occupées.

Lorsqu'il revint au salon, Rod, rouge écrevisse, avait jeté son veston sur le canapé. Il tiraillait le nœud de sa cravate et s'acharnait sur le bouton de son col de chemise. Troy déposa le plateau sur la table basse.

— Bon, je n'irai pas par quatre chemins, Freddie.

Il parvint à déboutonner son col et poussa un soupir d'aise.

— Je ne tournerai pas autour du pot : qu'est-ce que tu mijotes ?

Il prit une profonde inspiration et attendit.

— Alors ?

— Je fais mon boulot, Rod. Rien de plus.

— Menteur !

Furieux, Troy fondit sur lui, poings serrés, mais rata sa cible. Rod n'eut qu'à esquisser un pas de côté pour parer le coup. Troy s'effondra en avant de tout son long, faisant au passage voler le plateau, les tasses et la théière. Rod le ceintura, le souleva et le projeta sur le canapé. Il faisait une tête et dix bons kilos de plus que lui.

— Ne sois pas stupide, bon sang ! Tu t'imagines que je ne sais pas quand tu mens ? Depuis que tu es en âge de parler, tu es le roi des menteurs !

Troy avait repris son souffle. Rod se pencha sur lui, jambes écartées, tête baissée. Pendant une fraction de seconde, Troy crut qu'il allait le frapper et se prépara à lui balancer un coup de genou dans l'entrejambe. Mais Rod se contenta de récupérer son veston, derrière Troy. Il sortit un objet de la poche et se redressa.

— Tu fais ton boulot ?

Il lança sur ses genoux un petit objet brillant. Le pistolet de Madeleine Kerr.

— Tu fais juste ton boulot, hein ? Tu as une sacrée veine que Wildeve n'ait pas mis la main dessus. Et qu'en fouillant tes poches, les flics de Three Bridges soient d'abord tombés sur ta carte de service. Ils n'ont pas cherché plus loin. Je l'ai trouvé dans ta veste quand je suis allé te récupérer au Mid-Sussex. Pourquoi es-tu armé ? Et pourquoi me mentir ?

— Je renvoie l'honorable député à ma réponse précédente.

Repartie mesquine et un peu puérile, il le savait. Mais l'envie d'asticoter son frère était trop forte.

Rod ramassa les fragments de porcelaine brisés. Ses accès de colère ne duraient jamais longtemps. Il reprit d'un ton attristé, préoccupé et exaspérant de bienveillance :

— Je vais te dire ce que je pense. C'est un sentiment de culpabilité qui t'a entraîné dans cette histoire. Toutes ces fadaises qu'on t'a racontées sur notre père. Tu pourchasses les taupes, parce que, au fond de toi, tu es persuadé qu'il en était une, et c'est ta façon d'expier.

— La culpabilité ? La culpabilité ? ricana Troy. Connais pas.

— Tu enquêtes sur Arnold Cockerell, et tu veux me faire croire que c'est une coïncidence ?

— Wildeve t'en a parlé ?

— Évidemment.

— T'a-t-il dit que j'étais la dernière personne à l'avoir vu vivant ?

Rod se figea, un morceau de théière dans une main, le bec verseur dans l'autre.

— Non. C'est vrai ?

— Oui. Un coup de malchance. J'étais dans le bon hôtel au mauvais moment.

— J'ai entendu dire que l'épouse de Cockerell n'a pas été en mesure d'identifier le corps.

— Elle n'aura pas à le faire. Moi, je l'ai reconnu.

— C'est lui ?

— J'en suis certain.

Rod déposa les débris de porcelaine sur le plateau et alla s'asseoir dans un fauteuil.

— Bon. Donc on n'en parle plus.

— Quoi ? Tu plaisantes ? Tu t'imagines avoir réussi à clouer les couilles du Premier ministre sur le tapis parce que tu as su qu'il s'agissait de Cockerell bien avant que le gouvernement ne l'admette ? Mais ce n'est pas le dernier clou, Rod. Toi, tu savais. Pas Eden. Cockerell agissait en solo. Eden l'a sans doute découvert après toi. Ta théorie de la conspiration, pardon de te le dire, ne tient pas la route. Tu as commis une grosse bourde.

— Je ne nie pas avoir su dès le début le nom de l'homme-grenouille.

— Même le jour où nous nous sommes bourré la gueule dans ton bureau ?

— Oui, je le savais déjà. Comment peux-tu affirmer qu'Eden n'était pas au courant ?

— « Personne ne m'a rien dit ! » Le sempiternel cri de défense de tout dirigeant discrédité. J'ignore ce qui s'est vraiment passé, en tout cas, le MI6 était surpris. Et Eden, horrifié.

Rod se laissa aller contre le dossier du fauteuil, les yeux dans le vague, puis les baissa vers son frère, cherchant à croiser son regard.

— Ça ne les excuse pas, de toute façon.

— Non. Après tout, c'est leur boulot, de savoir. Mais cela met clairement la balle dans mon camp.

— Explique-toi.

— Il s'agit d'un meurtre. Ou plutôt de trois, pour être précis. L'assassin de Cockerell pourrait être aussi celui de George Jessel et de Madeleine Kerr. Donc, l'affaire n'est pas close. Je répète, il s'agit de meurtre. Et le meurtre, c'est mon domaine.

— Merde, murmura Rod. Merde, merde, merde.

— Cockerell était un escroc. Beaucoup d'argent circulait sur ses comptes. Pas l'espion raffiné que tu t'imaginais. Un banal escroc.

— Il espionnait, tout de même ! Sinon qu'aurait-il fait à Portsmouth ? Je ne comprends rien.

Troy ne tenait guère à s'appesantir sur le sujet. Il pouvait révéler certaines choses à Rod, mais ferait de son mieux pour éviter d'aborder les autres. Question de terminologie. Il devait changer de tactique, sinon il serait coincé.

— Dis-moi, pour toi, qu'est-ce qu'un espion ?

— Tu me poses une colle, là. Je ne suis pas philosophe.

— Réponds-moi, s'il te plaît. Qu'est-ce qu'un espion, par essence ?

Rod réfléchit. Croisa les doigts, étira ses bras en l'air et fit craquer ses phalanges.

— Ça fait un peu cliché, mais c'est une putain, non ? Au fond de lui, un espion est une pute.

— Et quel est le propre de la putain ? Son apanage, si tu préfères.

— Ah, je vois où tu veux en venir. À cette vieille citation de Baldwin lors d'une conférence devant le parti conservateur, en mars 1931. Il a déclaré que la presse exerçait « le pouvoir sans responsabilité, l'apanage des courtisanes à travers les siècles[1] ». Très drôle. Alors Macmillan bougonne à l'oreille de son voisin : « Adieu le soutien de la presse ! »

— Oui, c'est ça. Une prostituée a le pouvoir, sans la responsabilité. L'espion a la responsabilité, sans le pouvoir.

— Là, j'avoue, je suis perdu, Freddie.

— Quel est le fonds de commerce de l'espion ? Quelles sont les marchandises qu'il négocie ?

— Des renseignements.

— Des connaissances.

— Si tu préfères.

— Dickens, dans *Les Grandes Espérances*, appelle ça « des biens transportables ». Des connaissances que l'on peut échanger ou livrer, mais sur lesquelles on ne peut agir.

— Ce qui signifie ?

— Que la connaissance n'est pas le pouvoir. Francis Bacon[2] n'avait qu'à moitié raison d'affirmer « Savoir, c'est pouvoir ». Encore faut-il être capable d'agir.

— Le fardeau du savoir, hein ? Et comment as-tu appris tout ça ?

Une réponse franche eût été : parce que j'ai épousé une espionne. Cependant, mentionner Tosca aurait brouillé la discussion.

— Souviens-toi, il y a quelque temps, tu m'as traité d'espion.

Son frère ouvrit la bouche pour protester. Troy l'arrêta aussitôt. L'honnêteté légendaire de Rod l'aurait conduit à s'excuser.

— Bien sûr, j'étais censé espionner Khrouchtchev. Je ne le nie pas. Et toi, qui es-tu ?

— Tu vas me le dire, Freddie. Je ne pourrai pas t'en empêcher. Et je commence à regretter que tu aies cassé la théière.

— Un espion est un individu en possession d'informations qu'il n'est pas autorisé à utiliser. Tu as obtenu des tuyaux sur Cockerell, sans avoir le droit de le nommer.

— Cockerell ne figurait pas dans mes priorités, Freddie. Le problème n'était ni lui ni son assassin, mais la déloyauté du gouvernement.

— J’entends bien. Tu as attaqué les conservateurs au sujet de Cockerell, sans qu’il soit l’enjeu. Tu as marqué un point, mais l’incendie que tu as allumé n’est pas près de s’éteindre. Il y a eu meurtre.

— Il ne s’éteindra pas, parce que tu souffles sur les braises.

Troy ignora la remarque et poursuivit :

— Le même schéma s’applique à la crise de Suez. Grâce à Eisenhower et à la CIA, tu sais ce qui se trame. Mais tu ne peux pas le dire. Le savoir t’étrangle. On y revient. Le savoir sans pouvoir. Tu ne peux pas prévenir Eden sans dévoiler tes sources. J’irai même plus loin : tu n’empêcheras pas Eden de continuer, parce que tu veux le voir tout foutre en l’air afin que les travaillistes se présentent en sauveurs.

Rod poussa un profond soupir. Il n’allait pas se mettre en colère. À lui la réplique. Il était prêt à sortir des coulisses.

— Freddie. Crois-moi, je donnerais n’importe quoi pour que cette guerre n’éclate pas. Hélas, je n’en ai pas les moyens. Ni moi, ni Dieu, ni diable. Je ne peux que harceler ces salauds depuis la ligne de touche et veiller à ce que mon parti s’en sorte avec les mains propres et en position de recoller les morceaux.

Il s’avança sur le bord de son fauteuil, les coudes sur les genoux, le menton appuyé sur la pointe de ses doigts. Troy fit de même. Ils étaient presque nez à nez.

— Rod, n’est-ce pas un sentiment douloureux de savoir et d’être impuissant ?

— Ce n’est pas l’adjectif que j’aurais employé hier, ni même il y a cinq minutes. Mais, là, oui, en effet, douloureux, c’est bien le mot qui convient.

Troy se leva. Se dirigea vers la cuisine, légèrement groggy, pour chercher une autre théière. Rod avait bien mérité son thé. Il l’entendait soupirer, par-dessus le chuintement de la bouilloire. Il savait qu'il l'avait atteint moralement. Il emplit les tasses. L'arôme de bergamote de l'Earl Grey flatta leurs narines, conférant à ce rituel l'illusion qu'ils étaient deux solides citoyens britanniques prenant le thé, en paix avec l'Histoire.

Rod sourit.

— Évitons de casser celle-ci, veux-tu ?

Ils dégustèrent le breuvage en silence. Troy lisait en Rod à livre ouvert : son sentiment de culpabilité était profondément imprimé dans la fibre malléable de son caractère accommodant. Il regardait le plafond, semblait y chercher une conclusion à la conversation.

— Tu sais, pour Suez, je ne peux même pas en parler à Gaitskell. En fait, je ne lui ai rien dit. Tu es le seul à être au courant. J'ai l'impression de tenir une grenade dégoupillée. J'ai le goût du métal dans ma bouche. Dents serrées, poing crispé.

Troy sentait venir la révélation finale.

— Tu te souviens du coup de fil d'Eisenhower, à Mimram ? Il venait d'écouter l'allocution télévisée d'Eden. En fait, ce n'était pas le vrai motif de son appel. La vérité, c'est qu'il avait aussi écouté la réponse de Gaitskell. Il m'appelait, non pour me dire qu'Eden était timbré – ce n'est un secret pour personne –, mais parce qu'il craignait que les travaillistes ne le soutiennent dans la crise de Suez. Depuis, il me téléphone tous les samedis, du dix-neuvième trou…

— Pardon ?

— Le club-house de son club de golf. D'après lui, « la seule ligne téléphonique de toute l'Amérique qui ne soit pas surveillée ! ». Et il dit ça sans rire. Le week-end dernier, il m'a presque engueulé. Il craint que la Grande-Bretagne ne resserre les rangs derrière Eden.

— Il n'a peut-être pas tort.

Rod lui lança un regard aigu, mais ne mordit pas à l'appât. Parvenir à sortir ce qu'il avait sur le cœur lui prenait toute son énergie.

— Voilà environ un mois, le Premier ministre de Malte est venu à Londres pour s'entretenir avec nous. Il nous a appris que la flotte de la Royal Navy se regroupait au large de l'île. Et qu'il ne pouvait y avoir qu'une seule explication. Tu sais ce qu'a répondu Gaitskell ? « Je ne vous crois pas ! » Je n'en suis pas revenu ! Qu'est-ce qu'il s'imagine ? Qu'on organise une régate ? Et je ne peux pas lui dire la vérité ! Comment la lui faire comprendre ?

Le débit de Rod devint saccadé. Il détachait chaque syllabe comme s'il récitait une poésie difficile, avec des pauses de plus en plus longues et irritantes à mesure qu'il s'appliquait à préciser sa pensée.

— Nous nous embarquons dans une folie guerrière… la dernière foucade de l'Empire… le monde entier nous maudira… nous serons considérés comme des parias… les gens se débarrasseront de leurs livres sterling… notre monnaie atteindra son plus bas niveau… nos réserves d'or s'assécheront… et je ne trouve pas le moyen de le lui dire…

La dernière pause s'éternisait. Troy percevait la respiration haletante de son frère, les klaxons des taxis dans St Martin's Lane, le roucoulement d'un pigeon sur le rebord de la fenêtre. Et les pulsations de son propre sang dans sa tempe, sous le pansement. La pause s'éternisait. Soudain, brusque virement de bord, Rod revint à l'attaque.

— Tu sais, si je ne peux empêcher la guerre d'éclater, toi, en revanche, tu peux lâcher l'affaire Cockerell.

— Impossible.

— Jack est chargé de l'enquête, si je ne m'abuse ?

— Rod, tu me connais. Crois-tu que cela va m'arrêter ?

— Oublie tout ça, Freddie. Nous sommes là-dedans jusqu'au cou. N'est-ce pas ce que tu t'acharnes à m'expliquer ?

— Oui, mais demande-toi où ça nous mène. Culpabilité ou pas. Père ou pas. La chasse aux taupes. Tu ne vois pas vers quels sombres recoins nous conduit cette histoire ?

— Recoins ? Ce n'est pas le terme adéquat. Les profondeurs, peut-être.

Rod but une gorgée de thé et médita sur le sujet.

— Oui. Les profondeurs. Les angles m'importent peu. Sans eux, où seraient les pièces, les boîtes en carton et le théorème de Pythagore ? Non, ce sont les profondeurs qui m'inquiètent.

Il termina sa tasse, la reposa sur la soucoupe avec un bruit sonore, définitif, avant de consulter sa montre.

— Il faut que je me sauve. Je devrais déjà être à la Chambre.

Troy fronça les sourcils.

— Il n'y a pas de session parlementaire en septembre.

— Tu n'es pas au courant ? Nous avons rappelé le Parlement pendant que tu étais dans les limbes. Tu sais, la grande expérience – la démocratie, et tout ça…

Ah, l'*et cetera* contenu dans ce « et tout ça ». Une expression typique de leur père. Alexeï Troy avait instruit ses enfants, par plaisir autant que par devoir, à grand renfort d'anecdotes et d'aphorismes, la plupart du temps pendant qu'il était occupé à écrire ou à manger, si bien qu'il donnait l'impression de distiller son savoir encyclopédique avec une certaine lassitude, des digressions propres à un cerveau bien rempli qui éprouve le besoin de se changer les idées. Troy, le benjamin souffreteux, souvent contraint de rester alité, donc souvent dans les parages, avait, plus que les autres, bénéficié de ces « et tout ça ».

« Sache, mon parfait petit Anglais, que les convulsions de l'Histoire se divisent en deux catégories : les mauvaises et les nécessaires. Prends la Révolution. La nôtre. Un bouleversement nécessaire. Prends l'état actuel de notre mère Russie : le tribunal n'a pas encore rendu son jugement. Il n'y a pas de bonne marche de l'Histoire. Prends la Révolution américaine du XVIIIe siècle. Une insurrection nécessaire. Prends leur nouveau président, Mr Hoover, élu en 1929, un mauvais choix. Prends l'état actuel de l'Amérique. Démocratie, et tout ça. Nécessaire, peut-être, mais pas une bonne chose. »

En 1930, paraissait un livre coécrit par un instituteur et un journaliste, un pastiche très amusant de l'Histoire de l'Angleterre, un bêtisier d'écolier dans lequel le lecteur trouvait « 300 bonnes choses, 5 mauvais rois et 2 dates authentiques ». L'ouvrage s'intitulait *1066 et tout ça*. Troy s'était souvent demandé si les auteurs n'avaient pas par hasard rencontré son père un jour où il se montrait particulièrement prolixe, et s'ils n'avaient pas tout compris de travers.

Il n'était pas facile de rejeter « la démocratie, et tout ça » de Rod – l'expression était trop chargée de souvenirs et, surtout, de doutes.

72

Il avait menti à son frère. En fait, il s'agissait davantage d'un flou volontaire que d'un véritable mensonge. Tout dépendait de la façon dont Rod interpréterait sa phrase à propos du banal escroc et de l'espion raffiné.

En mettant l'accent sur les substantifs, Troy l'avait délibérément éloigné de l'essentiel, à savoir les adjectifs. Cockerell était un espion, certes, mais pas un espion raffiné. Peut-être était-il d'ailleurs un escroc peu banal. Plus il en apprenait sur lui, moins l'homme lui semblait ordinaire. Troy s'était arrangé pour leurrer son frère en lui faisant croire que Cockerell n'espionnait pas. Moins Rod en saurait, mieux cela vaudrait.

Idem pour Tosca. Il n'avait pas envie de s'expliquer à propos de sa blessure, il ne voulait pas qu'elle voie son crâne enturbanné.

Il prit les devants et lui téléphona.

— Hé, c'est samedi demain ! Tu rentres à la maison ?

Elle avait bien fait de le dire. Il n'avait aucune idée du jour ni de la date.

— Je crains de ne pas pouvoir me libérer. Je vais devoir travailler ce week-end.

— La semaine prochaine alors ?

— Promis, mentit-il. Comment… comment ça se passe à Mimram ? Tu… tu te débrouilles ?

Il entendit le verbe exploser au sol comme de la vaisselle fracassée.

— Pas trop mal. Dommage que tu sois pas là. Ça t'étonne, hein, que je te dise ça ? Et tu sais, Lucinda est une chouette fille.

Troy n'en doutait pas.

— Ah, au fait, le gros bonhomme te rappelle que ton cochon doit bientôt…

— Que la truie va mettre bas ?

— Mettre bas quoi ?

— Elle est pleine, elle attend des petits.

Silence.

— Troy, c'est tout ce qu'on a à se dire ? La truie attend des petits ? Ta putain de truie attend des petits ?

Il ne s'était jamais vraiment senti marié. Et là, plus du tout. Tosca était partie depuis… combien de jours ? Il ne savait plus. Un enfer sans rêves est un enfer hors du temps. Pourquoi avait-il l'esprit clair, quelle force lui permettait de construire des phrases, d'émettre des sons ? Un enfer sans rêves est un enfer muet. Mimram, Tosca, des images d'une autre vie. Il se vit dans la glace. Arracha son pansement et le jeta à la poubelle. Il était en piteux état. Pire que Tosca quand il l'avait retrouvée à Amsterdam.

Jack téléphona. Une voix sèche, dépourvue d'émotion. Un appel de courtoisie.

— J'ai vu Bonser, à Portsmouth. Il prétend avoir agi de sa propre initiative. Il a déchiré la page du registre de l'hôtel, parce qu'il pensait qu'on attendait qu'il le fasse. Il admet avoir eu tort. Il a même rendu la page à Quigley.

— Il ment.

— Bien sûr, qu'il ment ! explosa Jack. Tu crois que je ne le sais pas ?

Là-dessus, il raccrocha, sans que Troy ait pu placer un mot.

Il passa la soirée au piano. D'abord, *Estampes* de Debussy. *Jardins sous la pluie*. La mélodie impétueuse s'accordait à la nuit, à son humeur, au temps. Il pleuvait à verse. Londres résonnait et frémissait sous l'orage. Un vrai tonnerre de Zeus. Des rideaux de pluie masquaient les fenêtres, les éclairs zigzaguaient dans le ciel avec un bruit de toile déchirée. Ensuite il passa à Bach, à ces impossibles *Variations Goldberg*, des pièces « à jouer dans la chambre attenante, pour vaincre des nuits d'insomnie ». Il n'y avait qu'un mot pour les décrire, justement : éclairs. Il aimait les changements de tempo, du début à la fin, surtout entre la lente sarabande de l'aria introductive et la première variation. Il se sentait plus à l'aise dans les morceaux entraînants, la lenteur l'embarrassait. Il tapait sur les touches, comme s'il avait dix pouces, alors qu'il lui eût fallu trois mains. Le problème, c'était les staccatos. Piqués, oui, mais fluides. Juste tap, tap, bang, ça n'allait pas.

Le tap tap ne sortait pas de l'instrument. Alors qu'un violent coup de tonnerre s'éloignait en grommelant, il l'entendit à nouveau, distinctement. On frappait à sa porte. Il saisit le petit automatique doré posé sur le piano, l'arma, perçut le bruit métallique de la balle s'engageant dans la culasse. Serait-elle capable de transpercer une vieille porte en chêne massif, épaisse de quatre centimètres ? De la main droite, il abaissa la poignée. La gauche tenait le pistolet contre le battant, à hauteur de poitrine. Par l'entrebâillement, il aperçut, sur la première marche, une silhouette ruisselante. Le déluge de pluie qui rebondissait sur les dalles offrait la vision d'une malheureuse Vénus nordique sortant des eaux, drapée de brume et grelottant de froid. À la faveur d'un éclair qui zébra le ciel, il vit nettement son visage. C'était Madeleine Kerr, en tee-shirt et blue-jean trempés.

Troy ouvrit grande la porte.

— Vous devez être gelée.

Il courut à la salle de bains chercher une serviette. Elle restait là, à dégoutter sur le paillasson. Il lui tendit la serviette et referma la porte d'un coup de talon.

— Vous savez qui je suis ?

— Oui.

— Vous n'avez pas l'air surpris.

— Non. J'ai deux sœurs, des jumelles. Je ne suis donc pas étonné que deux personnes se ressemblent beaucoup. Jamais à cent pour cent, d'ailleurs.

La jeune femme avait les mêmes cheveux blonds, les mêmes yeux vert pâle que Madeleine, mais elle était, sans qu'il puisse discerner pourquoi, beaucoup plus belle. L'aspect oisillon transi était peut-être une image trompeuse. La différence, s'aperçut-il, résidait dans l'absence de dépravation. Pas de regard qui en savait trop.

— Madeleine vous a parlé de moi ? demanda-t-elle en épongeant ses cheveux.

— Non. Elle n'a pas mentionné de jumelle.

Il s'agenouilla devant le poêle, ouvrit le gaz et craqua une allumette. La flamme jaillit, rosée, humaine, amicale.

— Asseyez-vous là et séchez-vous. Je vais préparer du thé.

Il prit la boîte à thé sur l'étagère. Ses mains tremblaient légèrement. Il cogna la bouilloire contre le robinet de l'évier en voulant la remplir. Mais le but du lent cérémonial britannique du thé n'était-il pas de faire gagner du temps aux doigts tremblants et aux esprits vides ?

Une fois le thé infusé et ses mains affermies, il apporta le plateau dans le salon. La beauté nordique, en tailleur sur le tapis, s'était enveloppée dans la grande serviette de bain. Jean et tee-shirt fumaient sur le dossier d'une chaise. Elle souleva son postérieur et se tortilla pour ôter sa culotte, qu'elle lança sur la chaise, acrobatie délicate pour n'importe quelle femme face à un inconnu. Mais elle se contenta de lui sourire, sans fausse pudeur. Il posa le plateau et s'assit à côté du poêle. Elle s'en rapprocha à croupetons, ôta la serviette, dévoilant un bref instant sa poitrine, et la tint devant elle comme un rideau, tandis qu'elle essuyait son visage. Puis elle défit la barrette qui maintenait ses cheveux.

Cinquante centimètres de chevelure blonde mouillée cascadèrent dans son dos.

— Je suis sa sœur. Shirley Foxx. Avec deux « x ».

— Troy, répondit-il. Avec un seul « y ».

Elle accepta la tasse de thé en souriant.

— Madeleine s'appelait en réalité Stella. Elle a inventé son nom en accolant ceux de ses deux actrices préférées. Madeleine Carroll et Deborah Kerr. Elle adorait Deborah Kerr.

Elle s'interrompit pour boire une gorgée.

— J'imagine la difficulté pour la police de découvrir sa véritable identité. Mais ils m'ont trouvée et je suis allée reconnaître le corps.

Elle avait un léger accent, typique du nord de l'Angleterre. Le même, en fait, que celui de sa jumelle. L'accent du Derbyshire. Pas du Berkshire. Madeleine lui avait menti.

Elle sortit de son sac à main un poudrier compact couleur ivoire, pareil à celui de sa sœur.

— Après l'identification du corps, le jeune policier de Scotland Yard, plutôt beau garçon…

— L'inspecteur Wildeve.

— Oui, c'est ça. L'inspecteur Wildeve m'a dit que je pouvais emporter ses effets personnels. Le poudrier en faisait partie.

Elle l'ouvrit et y examina son reflet.

— Nous étions gamines. Onze ou douze ans. À la fin de la guerre. Une tante nous en a offert un à chacune. Un cadeau très précieux, en ces temps de rationnement. Notre mère a été claire : interdiction de nous poudrer le nez. Quant à notre père, l'idée que ses filles puissent se maquiller le faisait sauter au plafond. Donc nous les avons gardés des années durant, sans nous en servir. Ils sont devenus notre cachette secrète. Regardez…

Elle pressa le côté du poudrier, faisant jaillir le miroir, qu'elle tourna vers Troy. Dans l'interstice derrière le couvercle, il aperçut une carte de visite. La sienne. Celle que Madeleine avait gardée. Et, scotchée sur la paroi, une petite clé plate.

— Notre cachette secrète, répéta-t-elle. Stella a placé la carte là, à mon intention, afin que je vous donne la clé.

Troy décolla la clé. Sur une face était gravé un K alambiqué et sur l'autre, un M, tout aussi tarabiscoté. Sous le K, un numéro, si minuscule qu'il aurait fallu une loupe pour le déchiffrer. Jack lui avait dit que le contenu du sac avait été éparpillé dans les bois. Troy avait vu Madeleine glisser le poudrier dans la poche de sa veste rouge. Les flics de Three Bridges avaient dû la récupérer sur la banquette du compartiment. Le meurtrier n'avait pas pensé à la fouiller.

— L'avez-vous montré à l'inspecteur Wildeve ?

Elle secoua la tête. Pas l'ombre d'un sentiment de culpabilité ou de doute.

— Je tenais à vous le remettre personnellement.

Elle plaçait en lui tous ses espoirs, sur la base d'un simple geste de Madeleine. Troy, dernier-né de la famille, relégué à l'extrémité de la fratrie, comme un adverbe mal placé à la fin d'une phrase, n'avait pas partagé l'intimité de son frère et de ses sœurs. Rod, l'aîné, non plus. La quarantaine passée, et malgré les multiples dérobades de Troy, ils avaient cherché à gagner une confiance mutuelle, tout en demeurant sur leurs gardes. Macha et Sacha, en revanche, dans le monde mystérieux de la gémellité, possédaient un langage commun compris d'elles seules – du chinois pour les autres –, une loyauté absolue l'une envers l'autre, et contre tous. Il n'aurait pas été surpris d'apprendre que ces deux manipulatrices conspiraient pour dissimuler leurs liaisons adultères à des maris trop crédules. Le crédit que lui accordait cette jeune femme était peut-être un transfert de la foi qu'elle avait en sa sœur. Troy devait rester prudent. Il avait involontairement mené Madeleine Kerr à son fatal destin. Son assassin l'avait trouvée parce qu'il l'avait conduit jusqu'à elle. Comment avait-il pu se montrer aussi stupide et négligent ? Il ne pouvait le dire à Jack, lequel d'ailleurs le découvrirait par lui-même, et il ne devait surtout pas laisser cette femme prendre conscience qu'elle avait tort de lui accorder sa confiance.

— Savez-vous à quoi sert cette clé ? demanda-t-elle.

— Oui. C'est celle d'un coffre-fort de dépôt d'une banque de Hanover Square. La Mullins Kelleher. M K.

Elle parut impressionnée par la célérité et la précision de la réponse.

— C'est votre travail de savoir ce genre de chose, je suppose ?

— Pas du tout. Il se trouve que c'est ma banque.

— J'imagine que cette clé est très importante, mais pourquoi ?

Troy, lui, savait. C'était la raison pour laquelle Madeleine tenait tant à se rendre à Londres. Il était vital pour elle de passer à la banque avant de lui révéler quoi que ce fût. Il posa la clé sur la tablette de la cheminée avec une désinvolture qu'il était loin d'éprouver. Un petit bruit métallique, aussi dérangeant qu'un chuchotis dans la cathédrale St Paul.

Il préféra changer de sujet.

— Avez-vous faim ? Je suis plutôt bon cuisinier.

— Et moi, j'ai un beau coup de fourchette.

Troy retourna à la cuisine. Les placards étaient vides. Une boîte de haricots blancs sur une étagère, un gros quignon de pain rassis dans la huche et un pot de beurre de cacahuète entamé dans le réfrigérateur

– héritage de Tosca. En explorant les tiroirs, il mit la main sur une barre chocolatée au nougat, d'un âge indéterminé. Il n'avait pas fait les courses, ni préparé un vrai repas depuis longtemps. Juste grignoté en célibataire. L'unique boîte de haricots en témoignait.

Il improvisa une dînette avec ces rogatons, sortit l'argenterie et la porcelaine de famille. Au menu : haricots blancs sur toasts grillés accompagnés d'un assortiment de reliquats de pickles, et, cerise sur le gâteau, d'un chutney de tomates vertes confectionné par ses sœurs. En dessert, une moitié de barre chocolatée et une tasse de thé – Lapsang ou Darjeeling, au choix.

— Ne riez pas.

S'il ne l'avait pas dit, elle ne l'aurait pas fait, politesse oblige. Quand elle eut fini de rire, elle mangea de bon cœur.

— Je n'ai pas partagé une barre de chocolat depuis la fin du rationnement des confiseries.

— Vous deviez avoir l'habitude de tout partager.

— Avec ma sœur ? Oui, bien sûr, jusqu'à ce que…

Elle n'acheva pas sa phrase. La suite était évidente. Un seul mot manquait : Cockerell.

— Quand se sont-ils rencontrés ?

Elle repoussa son assiette, froissa l'emballage noir et rouge de la barre chocolatée, secoua ses cheveux et réfléchit en contemplant la flamme du poêle.

— Difficile à dire. Aussi loin que je me souvienne, Cockerell a toujours été dans les parages. Dès son arrivée à Belper, il a joué la carpe dans le bassin à poissons. Cela remonte à une dizaine d'années. Mes parents avaient acheté leur salon trois pièces chez lui, à crédit. Mobilier fonctionnel. Stella et moi étions à la maison le jour où il est venu livrer le canapé. Nous devions avoir treize, quatorze ans. Même Arnold

Cockerell n'aurait pas osé flirter avec des gamines de notre âge. Du moins, pas devant notre père.

— Un homme sévère ?

— C'est un euphémisme. Né en Ulster. Presbytérien. Il en avait gardé la rigueur protestante, sans être pratiquant. Nous étions brillantes à l'école. Nous avons obtenu une bourse d'études. Si papa avait eu gain de cause, nous aurions quitté le lycée à quinze ans, trouvé un travail et rapporté nos salaires à la maison en attendant qu'un homme nous arrache à ses griffes. Heureusement, maman veillait au grain. Cent pour cent Derbyshire, travailliste dans l'âme. Pour elle, l'instruction passait avant tout. S'en sortir par le haut, disait-elle. Après le brevet, elle nous a inscrites dans une école de secrétariat, sténodactylographie, français et allemand. Sa vision de la réussite n'allait pas plus loin.

Elle détourna les yeux du poêle, guettant sa réaction.

— Peu de chose, n'est-ce pas ? Vivre un cran au-dessus de ses parents. Connaître d'avance sa situation sociale. Résultat : on ne peut pas *être* ce que l'on veut. Juste *faire* un petit peu mieux.

Elle ramena ses longs cheveux par-dessus son épaule pour finir de les sécher, sortit une brosse de son sac et entreprit de les démêler, avec lenteur et régularité.

— Et puis mon père est mort. À quarante-deux ans. Déboulonné de son piédestal par une crise cardiaque. L'été 51. Nous avions dix-sept ans. Le bel âge. Nous venions d'obtenir notre diplôme. Stella travaillait pour Cockerell et moi, j'étais secrétaire.

Voyant Troy froncer les sourcils, elle s'interrompit.

— Ce n'est pas ce qu'elle vous a dit, hein ?

— En effet. Rien à voir avec ce qu'elle m'a raconté.

— Laissez-moi deviner : papa était vétérinaire dans le Devon ? Pasteur dans le Shropshire ?

— Médecin généraliste dans le Berkshire, je crois.

— Ah, celle-là, je ne la connaissais pas ! Stella était une sacrée menteuse, vous savez.

— C'est ce que je commence à découvrir.

— Voyez-vous, moi, j'admire cette capacité à s'inventer une vie. Si la fiction est plus belle que la réalité…

— Vous disiez qu'à la mort de votre père…

— Oui, donc papa meurt. Maman ne s'en remet pas. Un parfait salaud, mais il était toute sa vie. Sans lui, elle n'avait plus goût à rien. Elle passait ses journées au lit. Et puis à l'automne de l'année suivante, en 52, Stella nous annonce qu'elle nous quitte. Elle raconte à qui veut l'entendre qu'elle a décroché un poste de secrétaire à Londres. À moi, elle confie la vérité : elle part s'installer à Brighton. Cockerell lui a acheté un « nid d'amour », comme écrirait le *News of the World*. Ça ne m'a pas surprise. Depuis des années, Cockerell était son amant. Ils faisaient ça dans son magasin, sur les échantillons de moquette, lumières éteintes, quand tout le monde était parti. Ou, pour pimenter la chose, dans l'arrière-boutique, à l'heure du déjeuner.

— Sa femme était-elle au courant ?

— J'en doute. Je connais Mrs Cockerell de vue. Difficile de ne pas se croiser, dans une petite ville de province. Mais nous ne nous sommes jamais parlé. Si, depuis quatre ans, Janet Cockerell avait soupçonné quoi que ce soit, elle aurait pu me coincer dans la rue au moins une fois par semaine. Elle ne l'a pas fait. Pas un mot, pas un regard. J'ai dit à Stella qu'elle était inconsciente, qu'elle m'abandonnait avec une mère quasi invalide et une seule paie pour vivre. Elle a pleuré, gémi sur mon sort, mais au fond, elle s'en moquait. En octobre, elle a déménagé à Brighton. Moi, j'ai démissionné et je me suis fait embaucher à la filature. On gagne davantage derrière un métier à tisser qu'à prendre du courrier en sténo. Et nous avions besoin d'argent.

— Êtes-vous allée la voir à Brighton ?

— Non. Nous nous retrouvions à Londres.

— Saviez-vous ce qu'elle manigançait ?

— Manigançait ? Non. D'ailleurs j'ignorais qu'elle manigançait quoi que ce soit. Votre question est tendancieuse, Mr Troy. Vous répondre reviendrait à admettre que je savais quelque chose, non ?

Elle l'avait retourné aussi facilement qu'un avocat de la Couronne martelant ses preuves à la barre.

— Oui, en quelque sorte.

— Alors, à mon tour de vous poser une question tendancieuse.

— Allez-y, ne vous gênez pas.

— Soyez franc : est-ce que ma sœur vous a sorti le grand jeu ?

— Qu'est-ce qui vous fait penser ça ?

— Je connais Stella. Vous êtes son…

Elle hésita, enroula son doigt dans une longue mèche blonde.

— … son type. Je ne vois pas d'autre mot.

— Son type ?

— Oui… vous avez la voix de Robert Donat, vous savez, l'homme qui passe la nuit menotté à Madeleine Carroll, dans *Les Trente-Neuf Marches*. Et vous êtes le sosie de James Mason, rappelez-vous, *Huit heures de sursis*, *Le Masque aux yeux verts*. Elle était folle de lui.

— Bizarre, remarqua Troy. Bizarre, de fantasmer sur un type d'homme et de choisir l'opposé. Si vous voulez mon avis, Cockerell ressemblait plutôt à Edward Everett Horton[1].

Foxx rit doucement, puis réitéra sa question.

— Alors, elle vous a sorti le grand jeu ?

— Oui, on peut le dire.

— Et ?

— Et rien.

— Allons donc ! Elle ne vous plaisait pas ?

— Si, elle me plaisait. Mais elle était ivre. Complètement saoule, en fait.

— Et vous étiez en service ?

— En effet. Ravi que vous ayez compris la délicatesse de la situation.

— Ce n'est pas le cas ce soir…

Il ne dit rien.

— Rassurez-vous, je n'ai pas bu une goutte.

Pas de réaction.

Foxx enroula sa chevelure dans ses mains, songeant sans doute à l'entortiller en chignon. Elle ne savait manifestement que faire de cette encombrante crinière. Elle l'avait tour à tour lissée, torsadée, passée sur une épaule, puis sur l'autre, s'en était même fait une moustache. Elle jouait sans cesse avec. Ou bien était-elle dépourvue de cette gêne qui paralysait Troy ? Il lui enviait sa simplicité.

Elle oublia ses cheveux. Dénoua la grande serviette de bain. Enlaça Troy par le cou. Depuis combien de temps ne l'avait-on pas embrassé avec une telle fougue ? Elle recula son visage et, du bout de l'ongle, suivit le contour de ses lèvres.

— On monte dans ta chambre ? murmura-t-elle. Je vais t'envoyer au septième ciel, tu verras.

73

L'aube pointait. Le moment de la journée que Troy détestait le plus. Loin de posséder le rougeoiement réconfortant, tout en glissandos gracieux, du crépuscule – le soupir du soleil à l'horizon –, elle vous aveuglait, vous saisissait, vous exposait. Depuis des siècles, les Anglais disaient qu'elle « éclatait », comme la guerre. Il ouvrit les yeux dans les décombres, allongé auprès d'une créature blonde extraordinairement belle, le front niché au creux de son épaule. Il se glissa hors du lit. Elle bougea dans son sommeil et se retourna en tirant le drap sur elle. Il eut juste le temps d'apercevoir le creux de ses reins et les rondeurs de ses fesses. Il descendit sans bruit dans la cuisine, pieds nus sur le carrelage glacial, l'odeur de l'orage présente dans l'air. Il ouvrit le réfrigérateur, y trouva une bouteille de soda éventé à moitié vide et s'adossa à la porte pour boire au goulot à longs traits.

Il était, selon toute probabilité, séduit, embarrassé et désorienté… peut-être même ensorcelé[1]. Et sans l'ombre d'un doute, avant la fin de la journée, il serait à nouveau déchaîné.

La bouteille à la main, il se laissa glisser sur le carrelage, glacé sous ses fesses et ses testicules. Il la finit et la regarda rouler dans un coin sombre, sous l'évier, puis se coucha sur le flanc, de tout son long.

Réfléchis maintenant, ou n'y pense plus.

Tu as quarante et un ans. Tu viens de succomber aux charmes d'une femme deux fois plus jeune que toi.

C'est dingue.

Complètement dingue.

awop

bop

alubop

alop

bam

boom.

À nouveau déchaîné.

74

Dans la matinée, Troy accompagna Foxx à la gare St Pancras. Monta la rampe d'accès et arrêta la Bentley près de l'arche de brique rouge qui menait, si l'on passait sous le grand hôtel de style gothique, à la verrière encrassée de suie abritant le dépôt des locomotives. Une main sur la poignée de la portière ouverte, un pied dehors, indifférente au chauffeur de taxi qui klaxonnait furieusement derrière eux, elle se tourna vers Troy.

— Tu me tiens au courant, hein ? Tu ne vas pas oublier, promis ? Tu me tiens au courant ?

— Quoi que je découvre, je te le dirai.

La main crispée sur la poignée se détendit. Elle lui lança un dernier regard.

— Tu es marié, n'est-ce pas ?

— Qu'est-ce qui te fait croire ça ?

— La plupart des hommes sont mariés. À une femme ou à leur travail.

— Et moi ?

— Toi ? Aux deux.

75

Au lycée, Dickie Mullins était le plus tranquille de la bande. À la fois le plus et le moins imaginatif du quatuor Charlie, Gus, Troy et Dickie. Un rat de bibliothèque, dépourvu de l'audace qui caractérisait Gus et Charlie, et du goût obsessionnel pour l'introspection de Troy. Il avait choisi la voie de la facilité : trois années d'université en Angleterre, un an à Harvard, Massachusetts, et, à vingt-deux ans, retour dans le giron familial, entrée dans l'une des plus anciennes banques privées londoniennes. Elle ne possédait qu'une seule agence, située dans Hanover Square, à un jet de pierre de Regent Street, si discrète que l'on pouvait facilement passer devant sans la remarquer.

Dickie ne s'intéressait pas le moins du monde aux affaires. Partisan du moindre effort, il se contentait de remplir ses obligations envers sa famille et de s'acquitter d'un travail qui lui laissait le loisir de s'adonner à sa passion : l'histoire militaire. Au cours des dix dernières années, il avait rédigé un ouvrage de référence sur les campagnes ibériques de Napoléon Ier et une biographie très documentée du maréchal Ney – tâches interrompues de temps à autre par la visite d'un client bien nanti. Si Cockerell avait pu se permettre d'ouvrir un compte au nom de sa maîtresse à la Mullins Kelleher, cela en disait long sur l'ampleur de l'escroquerie. Sinon, Madeleine n'aurait pu avoir accès à un coffre de dépôt.

Troy ne voyait pas assez souvent son ancien camarade de lycée. Uniquement par sa faute.

Dickie émergea de derrière une pile de livres, main tendue.

— Freddie ! Ça, pour une surprise ! Quel bon vent t'amène ?

— Le boulot, Dickie.

— Zut. Je vais donc devoir jouer les banquiers ? Que se passe-t-il ? Les jumelles auraient-elles dilapidé la fortune familiale ?

Troy sortit de sa serviette la photographie de Madeleine Kerr prise par l'identité judiciaire et la posa sur le bureau.

— Oh, merde, murmura Dickie. Merde. Elle est morte, n'est-ce pas ? J'ai déjà vu ce genre de photos pendant la guerre, quand j'étais à l'ARP[1]. Pas une seule marque sur le corps, mais morts et bien morts, le souffle de la déflagration.

Troy plaça la petite clé sur le cliché.

Dickie observa longuement la superposition des deux objets, puis prit derrière lui un exemplaire de l'*Evening Standard* vieux de quatre jours, qui titrait :

« MEURTRE SUR LA LIGNE DE BRIGHTON »

— C'est elle, Freddie ? L'inconnue retrouvée morte dans le train ? Et c'est toi, le policier blessé par balle en pourchassant l'assassin, hein ?

— Je crains que oui. Dickie, j'ai besoin de savoir ce qu'il y a dans le coffre. Il est bien au nom de Madeleine Kerr ?

— En effet. Mrs Madeleine Kerr. Je n'ai jamais rencontré Mr Kerr. J'imagine que tu te présentes sans mandat ?

— Pas à ce stade de l'enquête.

— Ni à aucun autre stade ?

Troy haussa les épaules.

— J'ai le consentement écrit de la sœur de Madeleine Kerr.

— Reste le problème de la succession. Ça prend du temps, une succession.

— Elle est morte, Dickie, et j'ai la clé.

— C'est très embêtant, ce que tu me demandes.

— Le serment des vieux potes, tu l'as oublié ?

Dickie fit le tour de son bureau, endossa sa veste noire et prit son air de banquier.

— Il nous faut la seconde clé. Viens.

Troy le suivit dans l'escalier qui descendait à la chambre forte. Ils passèrent une épaisse porte blindée, puis une autre, grillagée, qui ouvrait sur la salle des coffres. Il y en avait des centaines.

À mi-hauteur du mur, Dickie inséra sa clé dans un compartiment et fit signe à Troy de l'imiter. Ils les actionnèrent en même temps et la minuscule porte s'ouvrit, révélant la poignée d'un long et étroit tiroir d'acier.

Troy le tira et souleva le couvercle. À l'intérieur, une seule enveloppe, adressée à « Shirley ». Il l'ouvrit. Un feuillet couvert de chiffres. Du charabia. Et cinq autres petites clés scotchées, quasiment identiques à la première.

— Un problème, Freddie ?

Troy plia le feuillet en quatre.

— Je vais devoir l'emporter.

Dickie referma le tiroir.

— Encore une fois, tu m'en demandes trop.

— Dis-moi, Madeleine Kerr avait-elle beaucoup d'argent sur son compte ?

— Alors là, tu exiges vraiment trop. Secret bancaire. Je ne peux rien te dire.

— Jusqu'où va le serment des vieux potes ?

— Pas aussi loin. Tu vas me faire virer. À propos de vieux potes, as-tu vu Charlie récemment ?

— Non. Pas depuis avril.

Troy avait téléphoné chez lui à plusieurs reprises, après son retour de Vienne, au mois de juin. Il avait des nouvelles à lui donner, à ce moment-là. Des nouvelles qu'il pensait devoir partager avec un vieux copain. Aujourd'hui, il ne souhaitait plus en partager avec personne. En remontant l'escalier, Dickie lui lança « À part ça, quoi de neuf ? » et Troy marmonna une réponse inintelligible, du style « rien que du vieux ».

Une fois de plus, il le laissait tomber, et il le savait.

76

Il gara la Bentley près du métro St James's Park et descendit dans la station pour téléphoner d'une cabine publique. Il composa son propre numéro, au Yard. Si Jack répondait, il appuierait sur le bouton B, récupérerait ses pièces et réessaierait plus tard.

— Allô ? fit la voix de Clark.

— Vous êtes seul ?

— Oui, monsieur. Mr Wildeve est à l'Old Bailey[1], aujourd'hui.

— Clark, seriez-vous expert en codes secrets ?

— Vous parlez de messages codés, monsieur ? Oui, j'ai suivi une formation de décrypteur, à l'armée, en 47. Et à Berlin, j'ai eu l'occasion de m'exercer.

Sans compter vingt années passées sur les mots croisés du *Times*, songea Troy.

— OK. J'arrive.

Un quart d'heure plus tard, il déposait le feuillet sous le nez de Clark.

Celui l'examina moins d'une minute.

— Du gâteau. Simple substitution d'une lettre par un chiffre. Il suffit de savoir par quelle lettre de l'alphabet on a commencé. Un adulte ne serait pas assez stupide pour se contenter de remplacer A par 1, B par 2, etc. J'ai juste besoin d'un peu de temps sans être dérangé.

Il désigna du menton le bureau de Wildeve.

— Si vous voyez ce que je veux dire.

— Je vois.

Il comprit également le second sous-entendu quand Clark ajouta :

— Pourquoi ne pas rentrer chez vous lire un bon roman, monsieur ?

Il ouvrit le tiroir de son bureau – celui de Troy, en fait.

— Choisissez ce que vous voulez.

Bonne idée, au fond. Troy prit le premier sur la pile, *Lolita*, et le glissa dans sa poche. Il passa un rapide coup de fil à son oncle Nikolaï, salua Clark, reprit la Bentley et roula en direction de Knightsbridge. Jack n'apprendrait son passage au Yard que si l'un des plantons avait le malheur de lui en parler. Le risque était minime, dans la mesure où ils ignoraient qu'il était en arrêt maladie.

Nikolaï l'attendait devant l'Imperial College. Nu-tête, en veston croisé déboutonné dont les pans flottants accentuaient la fragilité de sa silhouette. Sans sa grosse pelisse d'astrakan, il paraissait avoir rétréci, en passe de devenir un vieillard ratatiné.

— Ton instinct de flic est infaillible, mon garçon. Mon estomac gargouille et me dit que je ne tiendrai pas jusqu'à l'heure du déjeuner, et voilà que tu me téléphones pour m'inviter au restaurant. Laisse donc cette ridicule automobile ici et marchons un peu. Tiens, allons rendre grâce à la mémoire du prince Albert.

Il chaussa une paire de vieilles lunettes de soleil, aussi ternes et noires qu'un tableau d'école, et s'éloigna dans Exhibition Road. Troy remarqua sa démarche alerte : pas du tout celle d'un vieillard. Le Victoria and Albert Museum n'intéressait guère Nikolaï, qui lui demanda des nouvelles de la famille. Troy ne voyant rien à répondre, son oncle se chargea des questions.

— Tu ne trouves pas ta sœur bizarre, en ce moment ?

— Laquelle ?

— Sacha.

— Je n'ai pas remarqué. J'avoue que je ne l'ai pas vue depuis un bon moment.

— Elle a des hauts et des bas. Des hauts et des bas. Lunatique ? Non, ce n'est pas l'adjectif adéquat. Elle passe, disons, de l'exaltation au désespoir.

Une description qui résumait parfaitement l'humeur de Sacha, depuis toujours. Troy ne voyait pas où son oncle voulait en venir.

— Écoute, elle a quarante-six ans. Tu crois que….

— Est-ce que je sais, moi ? Je suis physicien, pas endocrinologue. Je ne connais rien aux hormones.

Ils traversèrent Cromwell Road. Nikolaï désigna l'îlot pour piétons pavé de verre, puits de lumière dans le sombre souterrain serpentant sous leurs pieds.

— Tu te souviens, quand tu étais petit ? On montait les marches du métro pour venir ici. Tu trouvais ça magique, de sortir de nulle part et de déboucher au beau milieu de la circulation.

Le genre de souvenir qu'aurait pu évoquer son grand-père, Rodyon Rodyonovitch, auquel Nikolaï ressemblait de plus en plus avec l'âge. Troy comprit qu'ils se rendaient au restaurant polonais, au bout de Cromwell Road. Situé à quelques centaines de mètres de l'Imperial College, l'*Ognisko* fournissait à Nikolaï un ersatz d'Europe de l'Est, un endroit où il pouvait écouter une langue, laquelle, à défaut d'être du russe, avait des consonances slaves, et où il pouvait s'empiffrer d'écœurants petits gâteaux à la crème. Troy avait souvent déjeuné là avec lui, même si la cuisine polonaise n'avait pas sa préférence et s'il doutait que les exilés fréquentant l'établissement puissent s'intéresser à un vieil homme qui parlait leur langue avec un fort accent.

Une fois engloutie la dernière cuillerée de bortsch, Nikolaï commanda, dans un polonais presque impeccable, des *pirojki* au saumon et à la crème. *Pirojki* ? *Pirojki*. Le nom du code donné par Anton Terechkov, l'homme de confiance du camarade Khrouchtchev.

— Dis-moi, Nikolaï, pourquoi quelqu'un voudrait-il espionner la coque de l'*Ordzhonikidze* ?

— Sans indiscrétion, qui est ce quelqu'un ?

— Les Britanniques. Grosso modo.

Nikolaï attaqua un *pirojki*, mastiqua bruyamment, et haussa les épaules.

— Je ne vois aucune raison.

— Pourrais-tu être plus loquace ? Ou dois-je attendre que tu aies mangé tous les plats de la carte ?

— Les Britanniques – ou, si je peux me permettre, « nous » – n'avons aucune raison d'espionner l'*Ordzhonikidze* parce que nous savons, depuis 1953 précisément, tout ce qu'il y a à savoir sur ce type de bâtiment. C'est un croiseur de la classe *Sverdlov*. Le *Sverdlov* a quitté la Baltique pour se rendre à Odessa, cette année-là. Il a jeté l'ancre à Spithead[2]. Geste des Soviétiques en l'honneur du couronnement de la reine. Nous l'avons inspecté à Malte, puis à nouveau l'an dernier, quand il a mouillé à Portsmouth. Nous savons tout sur lui. L'*Ordzhonikidze* est sa réplique. Il existe environ une dizaine de croiseurs de la même classe. Je peux te montrer les plans, si tu le souhaites.

— Tu ignores peut-être que, lors de la promenade en bateau à Greenwich, j'ai entendu Khrouchtchev proposer au Premier lord de l'Amirauté de lui vendre l'*Ordzhonikidze* ?

— Il plaisantait, sûrement.

— Sans doute. Mais ses blagues cachent toujours quelque chose. Il disait que le croiseur serait bientôt obsolète. Si c'est le cas, pourquoi enverrait-on quelqu'un l'espionner ?

— Aucune idée. Khrouchtchev a autorisé un officier de la Royal Navy à voyager avec eux depuis le port de Baltiisk. Ils l'ont laissé aller et venir dans le navire à sa guise. Si j'en crois les potins du MI5, les Russes se seraient vantés de l'avoir saoulé à mort le 15 avril, jour de l'anniversaire de Mr K. Et lorsqu'ils ont débarqué à Portsmouth, ils ont autorisé des touristes à visiter le navire. Ils n'ont pas de secrets. Nous savons qu'ils n'en ont pas. Ils savent que nous savons qu'ils n'en ont pas.

— Cependant, Cockerell a bien espionné le navire.

— C'est ce qu'on dit. Au fait, es-tu certain qu'il s'agit de lui ?

— J'ai moi-même identifié son cadavre.

Nikolaï haussa de nouveau les épaules.

— On t'a montré son équipement ?

— Son équipement ?

— Oui, sa combinaison d'homme-grenouille. Si je suis bien informé, elle datait de plus de dix ans. Les nageurs de combat ne portent plus ce modèle depuis la fin de la guerre. Très loin de l'équipement flambant neuf qu'il était censé tester. Pas de gadgets modernes.

— Tels que ?

— Appareil respiratoire en circuit fermé, par exemple.

— Ce qui veut dire ?

— Ça s'apparente au condenseur d'une locomotive à vapeur. Il ne laisse aucune trace de bulles. Un homme-grenouille est quasiment indétectable. Invisible.

— Pourtant, quelqu'un l'a vu, sinon nous n'aurions pas cette conversation. Et pour répondre à ta question, on ne m'a rien montré. Mais ce que tu viens de dire concorde avec mon hypothèse. Cockerell était bien trop âgé pour ce genre de mission. Pas au mieux de sa forme physique. Et assez stupide pour effectuer une plongée avec l'estomac plein. Ça sent l'embrouille. De l'espionnage à la Lewis Carroll, si tu veux mon avis. La guerre de l'autre côté du miroir.

— En effet. Bon, une part de *sernik*[3], ça te dit ?

Pour un petit maigrichon, il avait un appétit d'ogre. Troy avait toujours vu son oncle manger pour deux. Peut-être le paradoxe du dépérissement. Nikolaï – à présent il s'en souvenait – allait tout de même vers ses soixante-seize ans. Combien de temps continuerait-il à s'intéresser aux jeux de stratégie ? Heureusement pour Troy, il y jouait encore.

— Non, merci. Je prendrai du thé. Tu n'as pas l'impression qu'il s'agissait d'une opération de francs-tireurs ? Des amateurs, pas des taupes ?

— De prime abord, oui. Pourtant, les journaux et mes sources pensent le contraire. La mission aurait été officielle. N'oublie pas qu'Eden a reconnu les faits.

— C'est bien ce qui m'intrigue. Pourquoi n'a-t-il pas apporté un démenti formel ? Jusqu'à la découverte d'un cadavre échoué sur le rivage, il s'agissait seulement d'un coup de gueule des Russes. Même avec le cadavre, Eden pouvait démentir.

— Là, je ne suis pas d'accord, Freddie. Toute la presse était plus ou moins informée de la disparition de Cockerell. Il était facile d'en tirer des conclusions, vraies ou fausses. De plus, si le cadavre n'est pas Cockerell, où est Cockerell ?

— Le gouvernement avait les moyens de s'opposer à la publication, non ? La notice D peut empêcher les médias de diffuser des propos pouvant nuire à la sécurité nationale.

— Oui, mais c'est là qu'intervient ton frère. Rod a forcé la main au gouvernement. D'après Sir Norman Spofford… tu vois qui c'est ?

— Pas du tout.

— Ici, c'est sa circonscription. Je le croise de temps en temps dans le quartier. Un de ces députés ultraconservateurs farouchement opposés au Premier ministre. Spofford soutient que Rod peut être tenu pour responsable de lui avoir fait cracher le morceau. Et ta notice D ne s'applique pas à Rod. Le gouvernement avait peu de moyens de le faire taire. Admettre les faits était sans doute la meilleure manière de le calmer. Laisser courir la rumeur – en sachant qu'un démenti tardif l'alimenterait – eût été la pire des solutions. Donc quelqu'un dans les hautes sphères a pris la décision de clore le débat par un aveu public et, par conséquent, de le circonscrire – limitation des dommages, comme on dit en novlangue. Personnellement, je considère qu'il s'agit d'une vaste tartuferie. Mais plausible. En revanche, l'idée que Cockerell ait agi seul n'en est pas une. Dois-je comprendre que tu as obtenu confirmation que ton capitaine de corvette était un franc-tireur ?

— Oui.

— Bien. J'espère que tu as confiance en ta source. Non. Ne me dis pas qui. Je ne veux pas le savoir. Nous sommes déjà suffisamment enlisés dans cette histoire. C'est presque une affaire de famille. Rod a sacrément remué la boue. À propos, si l'on apprend que tu es la dernière personne à avoir vu Cockerell en vie, quelqu'un pourrait bien faire le rapprochement entre toi et Rod et en tirer des conclusions.

Tout en parlant, Nikolaï dévorait une énorme part de gâteau. Troy sirotait un thé noir, songeant, comme chaque fois qu'il succombait à la tradition slave, qu'il le préférait avec du lait. Quels que fussent leurs défauts – et ils étaient légion –, les Anglais étaient bien les seuls à savoir le préparer.

— Dis-moi, Freddie…

Son souffle fit voltiger les particules de sucre glace qui décorait sa barbe.

— Que voulais-tu dire par « seulement un coup de gueule des Russes » ?

Troy aurait juré que son oncle avait oublié ces quelques mots lancés au début de la conversation. Il se remémora l'injonction de Mr K. « Allez-y. Faites-le. »

— Je pense, répondit-il après réflexion, que Khrouchtchev voulait faire un coup d'éclat. L'homme-grenouille est arrivé à point nommé. Mais Khrouchtchev a dû être très contrarié – et je reste poli – que l'incident n'ait pas été transformé en une éclatante victoire de propagande.

Nikolaï fit signe à la serveuse de lui apporter une seconde part de *sernik*.

— Mon petit Freddie, tu deviens un maître de l'euphémisme. Cette affaire s'appelle, en langage footballistique, « un but contre son camp ». Ou, si tu préfères, disons que le Premier ministre s'est tiré un coup de fusil dans le pied. Et pas qu'un seul. Le cuisinier du 10, Downing Street pourrait se servir de son soulier comme d'une passoire.

En sortant du restaurant, Nikolaï remit ses lunettes de soleil, regarda le ciel et, jugeant qu'il n'en avait pas besoin, les rempocha. Son pas alerte se fit traînant. Quelque chose le chiffonnait.

— Alors comme ça, tu n'as pas vu Sacha, ces derniers temps ?

Troy ralentit l'allure, sans répondre. Son petit doigt lui disait qu'il n'allait pas tarder à s'entendre dire : « Tu sais quel est ton problème ? »

— Et pourtant elle passe presque tous ses week-ends à Mimram, lança Nikolaï par-dessus son épaule. Je me trompe ?

Ne souhaitant pas se laisser entraîner sur ce terrain-là, Troy garda le silence.

— J'en déduis que tu n'y vas plus. Et que, par conséquent, tu ne vois plus ta femme.

Troy le rattrapa. Il n'avait pas envie de s'adresser à un dos.

— Si tu as l'intention de me faire le catéchisme et de me sortir des clichés du genre : « se marier à la hâte, se repentir à loisir » ou « les mariages mixtes, ça ne marche jamais », retiens-toi. Je n'ai pas envie de t'écouter.

Nikolaï leva les yeux vers lui, une lueur malicieuse dans le regard.

— Loin de moi cette idée, mon garçon. Les regrets sont pour moi. La première fois que je l'ai vue, crois-moi, j'aurais bien aimé avoir trente ans de moins…

77

Allongé sur son lit, Troy ouvrit *Lolita* et lut la première phrase : « Lolita, lumière de ma vie, feu de mes reins. » Après le deuxième Lo-li-ta répété en trois lignes, vaincu, il renonça et prit l'exemplaire de *Casino Royale* emprunté dans le bureau de Cockerell. À la seconde lecture, il fut moins perturbé par l'écriture imaginative et baroque de l'auteur que par la personnalité du défunt capitaine de corvette. Était-ce ainsi que se voyait Cockerell ? Charmeur, vulnérable, mais aussi viril et brutal, à l'instar de 007 ? Au bas de la couverture, plutôt scabreuse, figurait la silhouette de James Bond, en noir sur fond blanc. Cockerell, avec sa tête de fouine hypocondriaque égocentrique et moustachue, ne ressemblait en rien à son héros. À la rigueur, sans le nez fort et la mâchoire carrée, il offrait une vague parenté avec Eric Portman, un acteur anglais au physique démodé. Après réflexion, plutôt une version pitoyable, voire misérable, de Ronald Colman dans *Un mariage à Boston*, de Mankiewicz. Et encore, c'était lui faire honneur. Non, décidément, il avait tout du filiforme et bafouillant Edward Everett Horton. Que Dieu nous préserve de l'introspection.

Casino Royale était un bon roman d'espionnage. Troy se promit d'acheter d'autres ouvrages de Fleming, la prochaine fois qu'il passerait devant l'un des nombreux bouquinistes de Charing Cross Road. Le dénouement et surtout la chute – « La garce est morte » – lui rappelèrent une réplique du *Juif de Malte*, de Christopher Marlowe : « Tu as commis le crime de fornication ? Mais c'était dans un autre pays et, du reste, la jeune femme est morte. » Les jeunes femmes mortes sont très utiles aux intrigues des romans, en particulier si, comme Fleming, l'auteur tient à garder son héros célibataire et mentalement torturé, sans parler des souffrances physiques infligées. Troy frémit au passage où le Chiffre, armé d'une tapette à tapis en rotin torsadé, fouette sauvagement les testicules de 007, assis face à lui, nu et ligoté sur un fauteuil canné au siège découpé. Il fallait être vicieux pour inventer de telles scènes. Arnold Cockerell, ce petit bonhomme terne et fourbe, s'imaginait-il supplicié de la sorte, pleurant la mort d'une garce tout en baisant les autres ? Troy s'aperçut trop tard qu'il venait de formuler l'intrigue du mauvais roman qu'était sa vie depuis plus de dix ans. Et ça faisait un mal de chien. Oui, que Dieu nous préserve de l'introspection.

La sonnerie du téléphone le délivra de ses vaines cogitations.

— Allô, Troy ? Vous êtes là ?

Troy reconnut le timbre de voix caractéristique de Tom Driberg. Ce dernier ne l'appelait que très rarement et l'un de ses précédents appels ne lui avait pas laissé de bons souvenirs.

— Oui, Tom, je suis à la maison. En arrêt maladie.

Mauvaise tactique. Compter sur la sollicitude de Driberg envers l'humanité souffrante, autant tenter d'esquiver la charge d'un rhinocéros.

— Vous ne pourriez pas faire un saut chez moi ? poursuivit Driberg, comme si Troy n'avait rien dit. J'ai un petit souci.

Driberg était lui aussi un champion de l'euphémisme. Le « petit souci » impliquait à coup sûr de gros ennuis avec la police.

— De qui s'agit-il, cette fois ?

— Ce n'est pas ce que vous croyez.

— C'est vous, alors ? s'enquit Troy, qui imaginait déjà une escouade de flics indignés opérant une descente dans des toilettes pour hommes afin d'y rétablir un semblant d'ordre.

— Troy, vous vous faites des idées ! Rien à voir avec une affaire de sodomie.

— Content de vous l'entendre dire. J'imagine que cela ne peut attendre ?

— Eh bien, disons…

— Pas de problème, Tom. Je serai chez vous d'ici une heure. Un peu d'air me fera du bien.

Il raccrocha. Driberg mentait parfois comme un arracheur de dents. Il devait encore avoir maille à partir avec la justice et l'appelait à la rescousse pour couvrir ses frasques ou celles d'un de ses petits amis. Rod allait piquer une crise. Avant les dernières élections, Tom avait un soir supplié Troy d'intercéder en sa faveur auprès de son frère, dans l'éventualité d'une victoire des travaillistes, car il considérait qu'il était grand temps qu'on lui confie un portefeuille ministériel. La réponse de Troy avait été claire. Non. Il savait ce que Rod pensait de Driberg. Tom avait aussitôt changé de sujet et enchaîné sur sa dernière aventure : comment, après avoir dîné avec George VI et la reine, il avait taillé une pipe à un soldat de la garde royale, en faction devant Buckingham Palace. Quelques bières plus tard, il avait à nouveau tenté de convaincre Troy « d'en toucher deux mots à Rod ». Driberg pimentait, sans la moindre gêne, une conversation sérieuse de répugnantes anecdotes. Ce qui ne signifiait pas qu'il manquait de discrétion. Sinon, il eût été à l'ombre depuis longtemps.

Troy fut soulagé d'apprendre que Driberg avait quitté l'appartement qu'il occupait pendant la guerre. L'endroit lui aurait rappelé de trop mauvais souvenirs – sans être superstitieux, il ne tenait pas à voir surgir le fantôme de Neville Pym[1]. Peut-être se trompait-il ? Driberg avait-il seulement envie de bavarder ? En tout cas, l'homme qui lui ouvrit la porte paraissait détendu. Un verre à la main, il guida son hôte vers le minuscule balcon, guère plus large qu'une étagère, qui surplombait la rue. Au passage, il prit une bouteille de whisky et un verre sur la table basse, où traînaient quelques livres. Driberg était un amoureux de l'art poétique. Un mince volume de Philip Larkin[2], *The Less Deceived*, était ouvert, retourné. Ce modeste deux-pièces aux murs tapissés de livres lui servait de garçonnière, pendant ses séjours à Londres. Hormis son oncle Nikolaï, Troy ne connaissait pas plus grand lecteur. Lui qui venait de lire *Casino Royale* dans l'après-midi éprouva un ridicule picotement de culpabilité en songeant à sa propre inculture.

Le balcon ne pouvait accueillir que deux chaises, mais la perspective de profiter de l'air du soir en regardant les passants rentrer chez eux ou se rendre au théâtre était plaisante. La ville, l'été : un spectacle qui valait cent fois les images de l'étrange lucarne. Une agréable variation du crépuscule sur sa véranda.

Driberg versa trois doigts de whisky dans le verre et le lui tendit. Oui, la soirée s'annonçait bien, après tout. Quand il n'avait pas une idée fixe en tête, Tom pouvait se révéler la meilleure des compagnies. Poussé dans ses retranchements, même Rod admettait que Driberg était un joyeux drille.

— Je reviens d'Union soviétique, annonça-t-il.

— Je suis au courant.

— J'ai décroché mon entretien avec Khrouchtchev.

— Félicitations.

— Attendez, ce n'est pas tout…

Driberg s'interrompit pour boire une gorgée de whisky et reprit en pesant ses mots, contrairement à son habitude :

— À la fin de l'entrevue – je pensais qu'elle était terminée –, il fait venir un type, et je me retrouve, moi, interviewé. Inversion des rôles. Vous voyez ce que je veux dire ?

— Non. Qui était l'autre type ?

— Serov. Victor Serov, je crois.

Là, Troy ne voyait que trop clairement.

— *Ivan* Serov ?

— Possible. Victor, Ivan, Igor ? Je ne me souviens plus.

— Le responsable du KGB ?

— Oui, c'était lui.

Troy subodora la suite. Il ne sourcilla pas. La perspective d'une paisible soirée commençait à s'effacer. Serov était un vrai fumier[3]. On lui avait diplomatiquement montré la porte de sortie, en mars, quand Khrouchtchev l'avait envoyé en éclaireur avant sa visite en Grande-Bretagne. C'était sans doute de lui qu'avait parlé Nikolaï, quand il disait : « Si j'étais le chef du KGB aujourd'hui, je n'oserais pas tabler sur ma future retraite. »

— Donc, Khrouchtchev convoque ce type, reprit Driberg. L'interprète ne bouge pas. Deux minutes après, Serov me demande d'espionner pour eux.

Cette entrée en matière fracassante ne sonna pas la fin de la discussion. À part Tom Driberg, qui aurait songé à évoquer un sujet aussi sensible sur son balcon ? En bas, dans la rue, les sujets de Sa Majesté, au nom desquels ces propos clandestins étaient tenus, allaient et venaient entre domicile et lieu de travail, courtes haltes sur le chemin de la tombe. Troy se remémora le poème de T.S. Eliot : « La foule s'écoulait sur le pont de Londres ; qui eût dit que la mort eût défait tant de gens[4] ? » Indifférents à la culture de l'hypocrisie dans laquelle ils évoluaient tels des poissons dans l'eau, rêvant de jours meilleurs – ou, comme Tosca lui avait fait crûment remarquer, toujours en train de ressasser cette putain de guerre. Qui sait, peut-être repenseraient-ils plus tard avec tendresse au bizarre équilibre de la guerre froide… si jamais elle prenait fin.

— Et qu'avez-vous répondu ?

— J'étais un peu… comment dire… estomaqué. Mettez-vous à ma place. Où allais-je atterrir si je refusais ? À la Loubianka ? Dans une mine de sel ? Au milieu d'un orchestre de femmes en tournée au fond de la Sibérie orientale ? Et puis j'ai cogité : que se passerait-il si j'acceptais ? Vous savez, moi, les secrets d'État, je n'en connais pas. Cinq ans dans l'opposition, et Gaitskell ne m'a mis au courant de rien. Je ne suis pas certain qu'il me donnerait l'heure, s'il était Premier ministre. Je ne me suis pas démonté. Je leur ai dit : « Que voulez-vous que je fasse, au juste ? » J'attendais une réponse de Serov – l'interprète était tourné vers lui –, mais Khrouchtchev a mis son grain de sel. Il m'a dit, en anglais : « Nous, voulons vous espionner travaillistes. »

Au début, je n'ai pas compris, et puis j'ai réalisé qu'il me proposait d'espionner les travaillistes. Nous ! Mon propre parti ! Croyez-moi, Troy, j'en suis resté comme deux ronds de flan.

Troy sirotait son whisky. *Du déjà-vu.*

— Tom, vous souvenez-vous du soir où George Brown s'en est pris à Khrouchtchev, aux Communes ? Du coup, celui-ci s'est mis en tête que votre parti était une sorte de lobby antisoviétique. Dans le meilleur des cas, George fait toujours impression, mais là, il vous a mis dans de sales draps. Khrouchtchev pense qu'il est vraiment représentatif du parti. Et aussi qu'il pourrait être un genre de crypto-trotskiste. Ce qui est bien entendu très loin de la vérité. Et pour ne rien arranger, Rod lui tend sa liste de dissidents disparus, avec je ne sais quelle arrière-pensée. Ça l'a mis dans une rage folle. J'ai essayé de lui expliquer que les travaillistes n'étaient pas antisoviétiques, mais il ne m'écoutait pas. S'il vous demande de les espionner, c'est parce qu'il est persuadé qu'ils représentent une menace pour l'URSS. Il doit bien être le seul en Europe à le croire. Vous lui avez dit que Gaitskell aurait bientôt le doigt sur le bouton rouge ?

— Pas exactement.

Driberg marqua une pause. Attendit que Troy ait bu une autre gorgée.

— Je lui ai répondu : « D'accord, je vais le faire. »

Bien… Vous êtes dedans jusqu'au cou, Tom, songea Troy. Driberg l'avait invité parce qu'il attendait de lui qu'il le sorte de ce pétrin. Il n'imaginait tout de même pas qu'il y parviendrait ?

— Dites-moi, Nikita Sergueïevitch vous a-t-il offert un verre de vodka ?

— Un ? Plutôt plusieurs.

— Bon. Récapitulons : Tom Driberg, fin saoul, promet au dirigeant de l'URSS et au chef du KGB d'espionner pour eux.

Driberg retint sa respiration, expira lentement, comme s'il allait apporter une précision importante.

— En quelque sorte, oui…

— En quelque sorte ?

— Je ne vais pas le faire, mais…

La phrase s'évanouit dans l'incertitude où elle avait commencé. Il eut un vague mouvement de poignet vers un vaste néant.

— Soyez franc, Tom : que diable voulez-vous que je fasse ?

— Eh bien, fit Driberg, ragaillardi, presque souriant, vous connaissez Khrouchtchev, non ? Vous avez passé plus de temps avec lui que quiconque en Angleterre. À mon avis, vous faites des envieux au MI5. Ma question est : peut-on avoir confiance en lui ?

— Disons que je n'aimerais pas être *obligé* de lui faire confiance, répondit Troy, espérant que sa remarque ne soit pas trop obscure pour son interlocuteur, qui ne semblait pas au mieux de sa forme intellectuelle.

Que jamais ne vienne l'heure où il devrait faire confiance au dirigeant de l'Union soviétique.

— Et si ça tourne mal ? insista Driberg.

— Tom, c'est un po-li-ti-cien !

— Je vois… Alors, c'est si grave que ça ?

— Un bon conseil : prévenez nos services de renseignement avant que les taupes russes le fassent.

— Oui…, fit Driberg, songeur. J'avais plus ou moins l'intention de leur en toucher deux mots cette semaine. Mais le problème, c'est… l'argent, voyez-vous.

— Pardon ?

— L'argent. Les Russes ne s'attendaient pas que je travaille pour eux gratuitement. Ils m'ont fait une avance de cinq cents livres. Ils ont un réseau. Intraçable, paraît-il. D'après eux, je serai rétribué ici, en Grande-Bretagne, sans que l'on puisse remonter jusqu'à Moscou. J'en ai déjà dépensé un peu sur place. Des souvenirs, des babioles…

Troy n'en croyait pas un mot. Driberg, acheter des poupées russes ou des coffrets à cigarettes ? Grotesque. C'était juste sa manière de dire qu'il était fauché. Par nature, Tom se sentait toujours à sec, quelle que fût sa situation. Il n'était plus député depuis qu'il avait démissionné de son siège, avant les élections de 1955, remportées par les conservateurs. Certes, il se sentait à sec et aux abois, mais la rumeur circulait dans les milieux littéraires de la capitale qu'il avait reçu de George Weidenfeld, un éditeur viennois installé à Londres, un coquet à-valoir sur la rédaction d'une biographie de Guy Burgess. Troy n'aurait pas fait confiance à Driberg pour écrire un tel livre[5] et doutait que Weidenfeld récupère sa mise ; il pensait plutôt que l'à-valoir avait servi à financer le voyage à Moscou. Au fond, Driberg voulait le beurre et l'argent du beurre, autrement dit, alerter le MI5 et garder la poule aux œufs d'or.

— S'ils ont un réseau, pourquoi ont-ils pris le risque de vous donner des espèces ?

— D'après Serov, le réseau est « momentanément hors service ». Il m'a demandé si ça ne me dérangeait pas d'être payé en liquide, de l'air du type qui vous propose un règlement par chèque en sachant qu'il est en bois. J'avoue que l'idée de passer la douane britannique avec une telle somme sur moi ne m'enchantait guère, mais apparemment, nos douaniers ne s'intéressent pas aux devises entrantes. Ce sont celles qui sortent qui les inquiètent. Et, toujours au dire de Serov, le réseau sera remis en service dans quelques semaines. Je n'ai pas cherché à en savoir davantage.

Troy savait très bien, lui. Angus Pakenham lui avait tenu le même discours à propos du blanchiment d'argent dans lequel Cockerell était impliqué. Driberg venait de lui en donner confirmation. Elle était là, la pièce manquante du puzzle ! Désormais, tout s'emboîtait. Voilà pourquoi Cockerell trafiquait sa comptabilité. En toute logique, puisqu'il était mort, les Russes allaient le remplacer par un nouveau coursier, et, d'un moment à l'autre, ses horribles meubles scandinaves se métamorphoseraient d'un coup de baguette magique en une jolie ligne de zéros sur le compte en banque de Driberg.

— Je crois que vous n'avez pas le choix, Tom. Contactez le MI5 au plus vite. Remettez-leur l'argent, et laissez-les se débrouiller. Vous aurez, en compensation, une belle anecdote à raconter dans vos Mémoires.

— Oh, vraiment ? fit Driberg, avec un vif intérêt. Vous pensez que quelqu'un aimera les lire ?

78

Depuis qu'il avait été convoqué à Portsmouth pour identifier la dépouille d'Arnold Cockerell, Troy avait, à de nombreuses reprises, songé à appeler Charlie. Il repoussait sans cesse ce moment. Jamais, sur aucune enquête de Scotland Yard, il n'avait demandé un service à son ancien camarade de pensionnat. Une telle attitude aurait rompu l'accord tacite qu'ils avaient conclu à la fin de la guerre, quand Charlie le Diplomate avait commencé à bluffer son monde. Lui réclamer de l'aide aurait corrompu son travail de policier et soulevé des problèmes qui risquaient constamment de les opposer.

Il rentra chez lui en milieu de soirée, un peu éméché, serrant le recueil de poèmes de Philip Larkin que Driberg lui avait collé dans les mains. Il décrocha son téléphone, ne sachant trop ce qu'il allait dire, si Charlie répondait.

— Allô ?

Un « allô » bref, pressé.

— C'est Freddie.

Aussitôt, son correspondant passa sans effort au mode Charlie le Charmeur.

— Ah, Freddie… Ça fait un bail, hein ? Désolé, vieille branche, j'aurais aimé pouvoir bavarder, hélas un taxi attend devant ma porte.

— Je voulais juste…

— Et aussi un avion, prêt à décoller. Navré. La faute au colonel Nasser. Je pars pour Chypre. Je t'appelle dès que je reviens. Juré. Il faut que je file !

Troy bredouilla un au revoir et raccrocha. À Cambridge, au début des années 1930, Charlie avait étudié l'arabe. Tous les diplomates britanniques étaient arabisants, un atout qui leur conférait une immense respectabilité universitaire. S'initier à l'allemand ou au russe signifiait pour certains vouloir entrer dans les services de renseignement ; étudier l'économie ou la philosophie impliquait que l'on était trop intelligent pour devenir espion ; les moins brillants, eux, se rabattaient sur l'histoire. L'apprentissage des langues orientales, teinté d'un soupçon d'étude des civilisations appartenant encore à l'Empire, fleurant bon Lawrence d'Arabie et St John Philby, faisait l'affaire de tout le monde. Étonnant que l'on fît appel aux compétences linguistiques de Charlie, mais pour quelle autre raison l'enverrait-on à Chypre ? Car Chypre, au fond, ne comptait pas. Dans les hautes sphères, on savait que, tôt ou tard, les Britanniques rendraient l'île aux Chypriotes. L'Égypte, en revanche… l'Égypte était un autre enjeu.

79

Le lendemain matin, aux alentours de neuf heures, Troy flemmardait en robe de chambre dans sa cuisine. Il sirotait son café en parcourant le journal. Il avait lu une page ou deux de Nabokov – tout compte fait, sa prose était lisible – et quelques poèmes de Larkin, excellents.

On frappa à la porte d'entrée. Il alla ouvrir et vit Clark sur le seuil, le nez en l'air, les yeux clos, un peu comme les cochons de Mimram offrant leur groin au soleil.

Clark lui sourit.

— C'est fait, monsieur.

Il sortit de sa poche quelques feuillets qu'il étala sur la table du salon. Troy alla chercher une tasse, poussa la cafetière vers lui et s'assit.

— Merci, monsieur. Je ne resterai pas longtemps.

Clark avait temporairement abandonné son perpétuel air de chien battu. Il rayonnait d'enthousiasme.

— Je vous l'avais dit, c'était du gâteau ! La seule gageure résidait dans le mode opératoire. À chaque répétition, elle décalait de deux et à chaque séquence de cinq, elle avançait de trois. Elle devait jouer aux fléchettes, à mon avis. Enfin c'était les voyelles, le plus souvent.

— Elle ? Pourquoi « elle » ? s'enquit Troy, qui ignorait si le message avait été chiffré par Cockerell ou par Madeleine.

— La lettre a été codée par une femme, monsieur. Vous comprendrez en la lisant. Pas une experte, mais quand même très douée. On sent qu'elle a pris un réel plaisir à crypter. La satisfaction de brouiller les pistes.

Troy n'en revenait pas. Déduire, à partir d'un simple pictogramme, la personnalité de Madeleine. Une adorable menteuse qui avait payé de sa vie ses affabulations.

— Passez-moi les détails techniques, Clark. Vous parlez à un homme qui n'est pas foutu de terminer une grille de mots croisés.

Clark s'assit face à lui et s'éclaircit la gorge.

— « *Dear Sis.* » Vous voyez de qui il s'agit ?

— Oui, oui, Clark. Continuez.

« Sœurette chérie,

« Si tu lis ces lignes, c'est qu'il y a de grandes chances que cet imbécile de Ronnie ait fini par nous faire tuer tous les deux. Rien de ce que je pourrai te dire ne te fera plus de mal que je ne t'en ai déjà fait, donc je te raconte tout et je te laisse décider de la suite.

« Tu pensais que j'étais stupide de sortir avec Ronnie, je le sais. Et j'avais bien compris aussi que l'idée que j'aille vivre à Brighton te déplaisait. Mais au moins, ça m'a sortie du Derbyshire, pas vrai ? Ça m'a libérée d'une vie de dactylo derrière un bureau. Ça m'a sauvée d'un mariage avec un pauvre abruti de la filature, qui, en trimant jusqu'à la fin de ses jours, aurait juste pu finir contremaître. Ça m'a permis de ne pas vivre dans un minable quartier de logements sociaux. Désolée. Je ne voulais pas te blesser. Je regrette. Bon, ma chérie, Brighton, ce n'était pas tout. Et du côté de Ronnie non plus. Il était beaucoup plus qu'il n'en avait l'air. Il cachait bien son jeu, hein ? Je t'avais dit qu'il m'avait mis la tête à l'envers ! Tu aurais dû me croire. J'étais consciente du risque, et je l'ai pris – je ne parle pas du risque d'être la maîtresse d'un homme marié. Sœurette, grâce à lui, j'ai vu Paris, j'ai vu Amsterdam, j'ai vu Berlin-Ouest. J'ai joué au baccara à Monte-Carlo, skié à Zermatt, fait bronzer mes seins sur la plage de Saint-Tropez, pris une cuite à Biarritz. Et pendant ce temps-là, Ronnie embobinait les Russes et le MI5.

« Je ne veux surtout pas t'alarmer. Il reste beaucoup de détails à régler ; si tu veux le faire, tu n'auras plus aucun souci financier. Si tu n'y tiens pas, brûle cette lettre et oublie tout.

« Voilà : Ronnie et moi passions de l'argent en contrebande. Les Russes nous le remettaient dans différentes villes d'Europe et ensuite Ronnie l'intégrait à sa comptabilité. Où allait tout ce fric après, je l'ignore. Il ne me l'a pas dit, et je ne lui ai pas demandé. Nous étions prudents. Aucune des personnes avec lesquelles il traitait ne m'a repérée, même si moi je les voyais. Mais comme je l'ai dit, si tu lis cette lettre, c'est que nous avons commis un faux pas quelque part. L'argent est réparti dans cinq banques, une à Paris, deux à Zurich, une à Amsterdam et une à Monte-Carlo. Quarante ou cinquante mille livres, je crois. Tout est légal – ce sont les commissions que Ronnie a touchées. Il n'a escroqué personne. Nous avons mérité cet argent jusqu'au dernier penny.

« Je joins la liste des personnes que j'ai vues ou dont Ronnie m'a parlé. C'est risqué, mais cela pourrait te protéger. D'un autre côté, cela pourrait mettre ta vie en danger. Je le répète, tu peux tout oublier, si tu veux.

« On se revoit au ciel, ma jolie. »

Clark avait lu d'une traite. Il s'interrompit, le souffle court. Lorsqu'il reprit la parole, sa voix n'était plus qu'un murmure.

— C'est signé « Stella ». Elle termine par la liste des numéros correspondant aux clés et l'adresse des cinq banques.

Ils demeurèrent un long moment silencieux. La satisfaction de Clark d'avoir craqué le code ne l'empêchait pas de ressentir la tristesse de la lettre. Une jeune femme, aujourd'hui morte, qui considérait comme un jeu les machinations de dangereuses organisations secrètes. Une bécassine sentimentale qui avait perdu la vie pour quelques week-ends libertins passés dans les bars et les hôtels de toute l'Europe – des vacances fatales dans un milieu qui n'était pas le sien –, un jeu mortel dont la finalité lui échappait. Troy était abasourdi. Mais pas surpris, au fond. Depuis le soir où Angus lui avait révélé que Cockerell avait mis en place un réseau de blanchiment d'argent, et avec ce que Driberg lui avait raconté, il ne pouvait s'agir que d'une affaire d'espionnage. La vanité de Cockerell avait dû être bougrement flattée, il avait dû se sentir délicieusement dépassé par les événements, et fier de se pavaner dans les salles de jeux de Monte-Carlo au bras d'une superbe blonde et comblé d'être vu en sa compagnie. En revanche, tous deux se berçaient d'illusions, s'ils croyaient tout voir sans être vus. Que voulait dire Madeleine par « Ronnie embobinait les Russes et le MI5 » ? L'après-guerre avait détruit à petit feu les hommes comme lui, aussi sûrement que la guerre avait tué les autres. Cockerell était mort de n'avoir pas su tourner la page, ou de n'avoir pas pu se passer de ce bref goût d'aventure, de cette euphorisante poussée d'adrénaline. Troy doutait qu'il ait embobiné quiconque – les taupes l'avaient bien eu. Les services secrets adoraient les idiots romantiques. Ils étaient encore plus malléables que la chair à canon.

— Monsieur ?

Clark le dévisageait d'un air interrogateur, cherchant à le rappeler au moment présent.

— Je… je ne peux pas rester plus longtemps.

— Je comprends. Au fait, comment avez-vous pu vous libérer ?

— Mr Wildeve est parti à Hammersmith, monsieur. Un cadavre découvert sous un parquet. Une odeur épouvantable. Les voisins ont appelé le Yard.

— Et Stan ?

— Mr Onions ? C'est drôle que vous me posiez la question. Personne ne l'a vu depuis samedi.

Troy sursauta.

— Ce n'est pas drôle du tout, j'en ai peur. Attendez.

Il courut chercher le journal dans la cuisine, l'ouvrit à la page 5 – NOUVELLES DE L'ÉTRANGER – et le montra à Clark.

— Lisez.

— « UN SOLDAT BRITANNIQUE ASSASSINÉ À CHYPRE ? »

Clark parcourut l'article.

— Excusez mon ignorance, monsieur. Qui est le sergent-chef de l'armée de l'air Kenneth Clover ?

— Le gendre de Stanley. Le mari de « notre Valérie ».

— Je vois. Pauvre gars. Torturé à mort et jeté dans un fossé avec un écriteau autour du cou. Triste fin.

— Ce n'est pas le dernier, hélas. Et pas le premier. Il y en a déjà eu une dizaine, cette année. L'EOKA[1] veut nous voir quitter l'île. Ce pauvre Clover s'est retrouvé au milieu de ce bourbier.

— Vous le connaissiez, monsieur ?

— Ken ? Oui, bien sûr. Et Valérie aussi. Onions doit être parti chez elle, à Salford, au nord-ouest de Manchester.

— Pourquoi n'a-t-il rien dit à personne ?

— Il a dû avertir son supérieur et sa secrétaire. Je suppose que si j'avais été dans les parages, il m'aurait prévenu. Mais il n'a certainement pas donné le motif de son absence. J'imagine qu'il est fou de rage. C'est sa façon à lui d'exprimer ses sentiments. Il n'a pas envie que l'on parle de ses ennuis familiaux.

— Des ennuis ? remarqua Clark. Plutôt une tragédie, non ?

— Oui, tout à fait. Le connaissant, il voudra régler ça seul. J'étais lieutenant au Yard, quand sa femme est décédée et je connais ses réactions.

Clark se leva. Regarda sans regret la tasse de café refroidi.

— Il faut que j'y aille, monsieur. Mr Wildeve sera sans doute retenu un bon moment à Hammersmith. Il est plus facile pour moi de vous joindre en son absence. C'est curieux, je croyais avoir laissé mes habitudes de prudence à Berlin. En fait, je raconte davantage de bobards depuis que je travaille avec vous qu'à l'époque où je vendais des bas au marché noir.

Troy le raccompagna à la porte et s'attarda quelques instants dehors dans la courette, visage offert aux chauds rayons du soleil, le froid des dalles sous ses pieds.

— J'espère que vous ne pensez pas que j'abuse…

Clark cligna des yeux, ébloui, une main en visière sur son front.

— Grands dieux, non, monsieur. Je suis né pour jouer le valet de Don Juan. Et que serait l'existence sans quelques petits extras ?

Troy le regarda s'éloigner dans St Martin's Lane. Il comprenait ce que Clark avait voulu dire. Un parfait résumé de la philosophie de ce bonhomme rondouillard et solitaire rencontré dans le Berlin lugubre de l'après-guerre. Cette même philosophie qui avait conduit Cockerell et sa maîtresse à la mort. Allait-il se décider à lui parler de Tosca ? Il ne l'avait jamais fait. Il lui avait juste confié avoir épousé, discrètement, sur le continent, « un amour retrouvé ». Sans plus de détails. Clark l'avait félicité. Sans commentaires. Au fond de lui, Troy savait qu'il avait deviné.

Le téléphone sonnait. Il referma la porte d'entrée et alla décrocher. Son instinct lui disait qu'il s'agissait d'Onions. Il ne le trompait pas.

— Vous êtes au courant, dit celui-ci sans préambule.

— Oui, Stan. J'ai lu la nouvelle dans le journal, ce matin. C'est épouvantable. Toutes mes condoléances.

Onions poussa un profond soupir. Troy devinait l'effort terrible qu'il faisait pour se contrôler. Le silence s'éternisait.

— Freddie, pouvez-vous venir aujourd'hui à Salford ? Elle vous réclame. Les obsèques ont lieu après-demain.

Troy réfléchit.

— Aujourd'hui… ça me paraît difficile… Demain, oui, bien sûr. Je serai là en fin de matinée.

Il griffonna l'adresse. Une petite rue perdue dans le désert de brique rouge de Lower Broughton, banlieue de Salford. Il était sincèrement désolé pour Stan. Que dire des relations d'Onions avec son gendre ? Rien, sinon qu'elles se limitaient à leur amour commun pour Valérie. Veiller, en pareilles circonstances, sur une fille susceptible et hyperémotive, était une tâche qu'Onions ne pouvait assumer seul.

Stanley savait-il, pour lui et Valérie ? Impossible qu'il n'ait pas remarqué leur liaison, au cours de l'été 1939, ce dernier été sous tension avant la déclaration de guerre. Ils ne s'en étaient d'ailleurs pas cachés, étant tous deux célibataires. Voilà pourquoi Stan l'appelait à la rescousse. Il avait besoin d'établir une zone neutre entre lui et le cataclysme que sa fille était capable de déclencher. Pourvu qu'Onions n'ait pas appris qu'ils avaient de nouveau été amants – oh, très brièvement – au cours du printemps 1951, quand Ken combattait en Corée. Connaissant Stan, il ne condamnerait pas l'adultère en soi, mais il tenait à préserver son unique petite-fille, la jeune Jackie Clover. Jamais Onions n'avait porté de jugement sur la vie privée de son adjoint. Il lui avait demandé une fois, juste une, s'il comptait se marier un jour. Troy lui avait répondu par un « non » ferme et définitif – quoique rétrospectivement erroné – et Onions n'était pas revenu à la charge. Un quadragénaire célibataire et fortuné avait le droit de faire ce qu'il voulait de ses nuits.

Troy se rasa, s'habilla, tâta la cicatrice encore boursouflée qui courait sur sa tempe, puis alla farfouiller dans le petit tiroir situé sous le miroir du vestiaire de l'entrée. Il y prit ses clés de voiture et, tout au fond, dénicha son jeu de passe-partout. La poussière s'était déposée sur la fine couche d'huile qui protégeait le métal. Il l'essuya avec son mouchoir avant de l'empocher et tâta à nouveau la boursouflure râpeuse. Il souffrait moins depuis quelques jours, mais, même si Wildeve ne lui avait pas imposé cet arrêt de travail, les médecins l'auraient fait. Si Kolankiewicz apprenait qu'il ne respectait pas les consignes de repos – on ne plaisante pas avec la tête, avait-il coutume de lui répéter –, il le traiterait de sale péteux, de malade mental et laisserait exploser son ire polonaise.

Il démarra la Bentley, roula d'une traite jusqu'à Brighton. Crocheta la porte d'entrée du 2, Chatsworth Road, chipa dans la penderie quatre des plus jolis tailleurs de Madeleine, avec les escarpins assortis, et les fourra dans une valise. À quatre heures de l'après-midi, il était de retour à Goodwin's Court.

Le lendemain matin à six heures, au volant de la Bentley, il remonta Marylebone Lane déserte et sortit bientôt de Londres, ce « gros kyste sébacé », comme l'avait méchamment surnommée un pamphlétaire des années 1820. Passé Watford, il traversa le Pays noir, puis Manchester, et prit la direction du nord-ouest, une région lointaine que les habitants du Sud, avec leur snobisme d'anciens maîtres d'empire, appelaient « les Provinces ». Ces Anglais-là n'employaient guère d'adjectif plus méprisant que « provincial ». Un mot qui sous-entendait que vous vous peinturluriez encore la figure en bleu[2].

80

Rendu au pays des sauvages aux environs de midi, Troy venait de trouver St Clement Street, Lower Broughton, et de se garer devant le numéro 25. Avant même qu'il ait retiré la clé du contact, une bouille crasseuse se pressait contre sa portière, nez aplati au carreau. Un autre museau jaillit par la vitre baissée, côté passager.

— C'est quoi, m'sieu ? Une Cadillac une Packard une Ferrari elle est grosse hein moi j'ai une collection de p'tites voitures une Cadillac une Packard et une Ferrari.

Le gamin n'avait pas une seule fois repris sa respiration. Un grammairien n'aurait pu y placer une virgule, même avec une massue.

Troy regarda l'enfant. Neuf ou dix ans, plein de curiosité.

— C'est une Bentley.

— Bent-ley ?

— Oui.

— Bagnole de rupin, ça.

— Si tu veux.

— Y z'en font des p'tites ?

Troy fit signe au gosse écrasé contre la glace de s'écarter et ouvrit la portière. Le loupiot volubile se dévissait le cou par-dessus le toit de la voiture, prêt à grimper sur la carrosserie. Un troisième sauvageon, surgi de nulle part, avait entrepris de tester les ressorts du rétroviseur gauche, du plat de la main. Derrière lui, dans l'encadrement de la porte d'entrée, apparut la silhouette massive de Stanley Onions. À ses côtés, une jolie blondinette à l'air triste, d'une dizaine d'années, qui lui arrivait à la taille.

— Des modèles réduits ? Ça se peut, répondit Troy.

Onions gronda :

— Dégagez de là ! Tous les trois !

Aucune réaction. À la cantine du Yard, les hommes auraient bondi sur leurs pieds et renversé leur pudding rien qu'au son de sa voix. Troy avait un jour entendu Onions aboyer « Agent Agnew ! » et vu le dénommé Agnew se mettre au garde-à-vous, décliner son rang et son matricule, claquer des talons en criant « À vos ordres ! », se croyant sans doute revenu à l'armée.

Sans bouger, les gamins levèrent les yeux vers Onions. Le troisième cessa toutefois d'éprouver la résistance du rétroviseur.

— Si vous m'donnez la pièce, je surveille la voiture, proposa le premier.

— D'accord.

Le gosse tendit la main.

— P.A.L., répondit Troy.

— Quoi ?

— Paiement à la livraison. Si elle est toujours là à mon retour, tu auras ta demi-couronne.

Le gamin accepta les termes du contrat avec un haussement d'épaules. Onions alla décrocher sa veste de la patère, derrière la porte. Jackie Clover resta sur le perron, mince frontière entre la maison et la chaussée, le seul de la rue à ne pas avoir été méticuleusement frotté à la pierre à récurer, comme l'exigeait la tradition. Elle observait Troy. Un regard dérangeant. Un regard qui cherchait à le sonder. Elle ne se souvenait sans doute pas de lui. Quel âge avait-elle, à l'époque ? Cinq, six ans ? Elle refuserait de lui parler. D'ailleurs elle ne répondit pas à son grand-père lorsqu'il lui caressa les cheveux et lui demanda de prévenir sa mère qu'ils allaient déjeuner au *Grosvenor*.

En passant devant la Bentley, Onions tira l'oreille du gamin au rétroviseur, sans même le regarder.

81

Onions commanda deux *ploughboy's lunch*[1] et une pinte de bière légère pour chacun.

— Depuis trois jours, je me fais à manger tout seul, marmonna-t-il.

Le barman déposa devant eux deux épaisses tranches de pain. Onions versa une grosse cuillerée de pickles collants sur son assiette et dévora avec appétit. Un peu comme dans *Les Grandes Espérances*, Magwitch, caché dans le marais, se jette sur la nourriture que Pip a volée pour lui. Valérie était-elle une si mauvaise cuisinière ? Troy ne se souvenait pas de l'avoir vue préparer un repas. Il l'emmenait très souvent au restaurant, élément essentiel à leur relation. Plus que de s'envoyer en l'air, Valérie avait besoin de sortir et de s'amuser. La vie avec Kenneth n'avait pas toujours été une sinécure. Et encore moins quand, de retour de Corée, il lui avait fait quitter Shepherd's Bush pour venir s'installer à Salford.

Onions mâchait son pain, impassible. Le bruit de mastication couvrait le léger brouhaha des conversations. Troy n'y tint plus.

— Kenneth était-il depuis longtemps à Chypre ?

Stanley se redressa. Une lueur de soulagement passa dans ses yeux, dont le bleu étincelant, sous l'effet du chagrin et de la fatigue, avait pris la couleur de l'ardoise. Il appréciait que Troy ait fait le premier pas.

— Deux semaines, environ. Il est parti d'ici vers le 15 du mois, avec son escadrille. On ne les a même pas prévenus. On leur a juste dit de faire leur paquetage et d'embarquer. Sans même leur expliquer où ils allaient. Notre Valérie a appris qu'il était à Chypre par une carte postale reçue vendredi. Le télégramme est arrivé samedi. Le choc aurait été encore plus grand s'il lui était parvenu avant la carte.

Troy n'avait pas faim. Et la bière ne lui disait rien. Il connaissait suffisamment Onions pour savoir que l'explosion n'allait pas tarder.

— Vous pouvez me dire ce qu'il fichait là-bas, hein ? Qu'est-ce que foutent des troufions anglais à Chypre, nom de Dieu ?

— Vous tenez vraiment à le savoir ?

— Si je vous le demande, c'est que je veux savoir, bon sang !

Il fallait qu'il déverse sa colère. Troy ne pouvait ni la contrôler, ni l'apaiser. Il ne pouvait que la laisser s'écouler, en la filtrant.

— Chypre n'est pas le fond du problème. Les nationalistes chypriotes liquident un deuxième classe de temps en temps. Les sionistes faisaient de même en Israël sous notre mandat, il y a quelques années. C'est une malheureuse coïncidence.

— Alors Kenneth est mort à cause d'une coïncidence ?

— Oui. On ne les a pas envoyés régler la crise chypriote. Chypre est la grande base aérienne de la Méditerranée. La plate-forme de lancement idéale en vue de l'invasion de l'Égypte.

— Seigneur, murmura Onions.

N'avait-il donc pas compris ? Cela faisait cinq à six semaines que Nasser avait nationalisé le canal. N'était-il pas évident pour tout citoyen bien informé que la Grande-Bretagne se préparait à la guerre ?

— Si je comprends bien, Kenneth est mort pour des prunes ?

— Aux yeux d'Eden, sa mort ne compte pas.

— Eden ? fit Onions, dérouté.

— Il veut avoir Nasser. L'humilier sur la scène internationale.

— Il est fou !

— Bon pour l'asile, d'après Rod.

Silence. Troy sentit l'humeur changer. Après le choc, l'incompréhension, et maintenant la colère qui revenait.

— Eden, c'est le Premier ministre, hein ? Dire que j'ai voté pour ce salopard !

Troy n'aurait pas dû être étonné d'apprendre qu'Onions votait conservateur. Le prolétariat qui donne ses voix à la droite, un phénomène aussi typiquement anglais que le Morris dancing ou le bal de fin d'année des étudiants. Ils n'avaient jamais parlé de politique, du moins pas de politique intérieure. Fidèle à ses origines modestes, Onions se montrait aussi respectueux que méfiant vis-à-vis des partis, parfois déférent à l'excès envers Rod, quand celui-ci venait au Yard. La vérité, c'est qu'il n'avait pas donné sa voix à Eden, mais à Churchill à travers Eden, lequel, pour des hommes de sa génération, n'était ni plus ni moins que l'ombre du Vieux Lion. Que celui-ci ait été chassé du pouvoir, pour cause de gâtisme, par son propre parti, demeurait une énigme à ses yeux. Tellement invraisemblable qu'il n'avait pas pris le temps de chercher des explications. Troy se souvint de l'apparition du vieillard alcoolisé et bredouillant dans les couloirs du 10, Downing Street, au mois d'avril. Churchill ne pouvait pas l'avoir reconnu, bien sûr, la vanité de Troy n'allait pas si loin. Ils s'étaient pourtant souvent rencontrés à la table de son père, une vingtaine d'années plus tôt, pendant sa traversée du désert. Un homme en pleine possession de ses moyens se serait souvenu où étaient les toilettes, dans une maison qu'il avait occupée pendant près de dix ans. Troy l'avait accompagné jusqu'à la bonne porte et fait mine de boutonner sa braguette quand le vieil homme en était ressorti, hagard, un pan de sa chemise large comme une oreille d'éléphant pendouillant hors de son pantalon.

— Putain, qu'est-ce qu'on fout à Chypre ? tonna Onions. Et qu'est-ce qu'on a à voir avec ces Égyptiens ? C'est la guerre des Boers qui recommence ? Ça veut dire quoi ? Une ultime raclée aux métèques ? Je pensais que toutes ces âneries, c'était fini ! Je pensais qu'on avait combattu pour un monde meilleur !

Même si les idées étaient confuses et mal exprimées, Troy n'avait jamais entendu de tels propos sortir de sa bouche. Stan poursuivit, déchaîné :

— Pas étonnant que les nègres aient envie de nous écraser comme des mouches ! On n'a rien à faire chez eux ! Qu'on leur laisse cette putain d'île, qu'on leur laisse leur putain de désert !

Du coin de l'œil, Troy vit quelques têtes de clients, au comptoir, se tourner vers leur table. Discrètement, sans oser les dévisager. Tout le monde ici savait qui était Onions. Et ils étaient au courant.

— Qu'est-ce que je vais lui dire, moi, à notre Valérie ? Que son mari a été grillé au chalumeau, qu'on lui a arraché les dents avec des pinces, tout ça parce qu'on veut remettre un dernier round avec les nègres, avant que l'empire nous file entre les doigts ?

Le barman apparut à leur table et posa un verre de cognac près du coude de Stanley. Ils n'avaient pas touché à leur bière. Troy poussa son assiette pleine vers lui. Onions avala l'alcool cul sec et attaqua le pain et le fromage. De temps en temps, il jetait un coup d'œil à Troy. Il avait les larmes aux yeux.

— Vous n'avez pas faim ? dit-il au bout d'un moment.

— J'ai déjeuné en route, avant Manchester. Un petit arrêt à Dunham Park.

Onions répondit au changement de tactique. Accepta de parler d'autre chose. Visiblement, il lui en coûtait.

— Je connais l'endroit. Pas très loin d'Altrincham. Une base américaine pendant la guerre, c'est ça ?

— Oui, et on a l'impression qu'ils sont partis hier. Des jerrycans partout, des bunkers, des jeeps brûlées. Quand on pense qu'il y a trois siècles, c'était le délice des peintres paysagistes.

— C'était une bien meilleure raison d'y aller.

Un voile de silence tomba, aérien, léger, particules de poussière dans un rayon de soleil. Onions mangeait toujours. Troy se sentait impuissant à répondre à sa rage justifiée et à la soulager. Des bribes de conversation lui parvenaient, la plupart incompréhensibles. Dans son esprit vide, deux mots prononcés par l'un des clients attablés derrière eux, « Busby Babes », firent naître un tableau visuel si bizarre qu'il se retourna. Il revoyait un kaléidoscope mouvant de ravissantes danseuses, prises en contre-plongée totale, sur une musique d'Irving Berlin. *Chercheuses d'or*[2]. Des flashs en noir et blanc de Dick Powell et Ruby Keeler. La chanson *Remember My Forgotten Man*. Tous ceux que la mort avait séparés. Parfaitement et absurdement appropriée à la situation. Puis le client traça avec son majeur une ligne dans quelques gouttes de bière renversée en disant :

— Bobby Charlton en milieu de terrain, c'est l'homme qu'il nous faut. Ce petit gars nous conduira au sommet, cette saison.

L'image des danseuses de Busby Berkeley éclata comme une bulle de savon. Les « Busby Babes » étaient les jeunes talents recrutés par Matt Busby, l'entraîneur du Manchester United. Il aurait dû s'en douter. Ils parlaient football.

Onions avait presque terminé la seconde assiettée.

— Comment va notre Valérie ? s'enquit Troy.

— Vous le verrez très vite.

— Elle le prend mal ?

Remarque stupide. Stan le regarda. Ses yeux étaient secs.

— Hystérique. Vous la connaissez. Tous les prétextes sont bons.

82

En quittant le pub, ils tournèrent l'angle de St Clement Street et aperçurent la Bentley, aussi voyante qu'un char d'assaut. Le seul véhicule de la rue. Les marches de tous les perrons étincelaient, sauf celles des Clover. La petite Jackie se tenait toujours là où Troy et Onions l'avaient laissée. L'obsédé des voitures miniatures, assis sur le pare-chocs de la Bentley, un journal de bandes dessinées sur les genoux, mordait dans une tranche de pain tartinée de saindoux. Il lisait en bougeant les lèvres, indifférent à ce qui l'entourait. Quelques maisons plus loin, une jeune femme, un tablier noué à la taille, un fichu autour de la tête, prenait le soleil sur le pas de sa porte en fumant une cigarette roulée. Des mèches de cheveux auburn s'échappaient de son foulard. Elle avait un visage magnifique. Sentant le regard de Troy s'attarder sur elle, elle sourit, lui décocha une œillade et lui envoya un baiser. Le genre de réaction qu'aurait eue Tosca.

— Où est ta maman ? demanda Onions.

— Elle m'a dit de te dire qu'elle était montée se reposer, répondit Jackie.

Elle leva les yeux vers son grand-père.

— Tu crois qu'elle m'emmènera au Lewis's ?

— Je ne crois pas, ma chérie.

— Mais elle me l'a promis !

— C'était quand ?

— La semaine dernière.

— La semaine dernière ? Alors c'était avant… avant…

La fillette attendit.

— Si Val se repose, inutile de la réveiller, intervint Troy, sachant qu'Onions ne terminerait pas sa phrase. Moi, j'ai tout mon temps. J'emmène Jackie à Manchester, si vous voulez.

La blondinette sauta sur ses pieds et lissa fébrilement les plis de sa jupe.

— Je peux m'asseoir devant ?

Troy n'eut pas le temps de répondre. Une petite voix s'éleva derrière lui :

— Et ma pièce, j'peux l'avoir maintenant ?

83

Jackie laissa Troy lui offrir une paire de socquettes blanches et un joli serre-tête. Elle ne voulait rien d'autre, apparemment. Pour parvenir à cette emplette, ils arpentèrent une partie de l'après-midi chaque étage du grand magasin Lewis's, la corne d'abondance des Mancuniens. Durant plus de quinze ans, ses rayons étaient demeurés quasiment vides. La modestie de son choix était à la hauteur de la modicité des temps.

Sur le chemin du retour, elle colla moins son nez à la vitre qu'elle ne l'avait fait à l'aller. Alors qu'ils traversaient Irwell Bridge, elle lui demanda qui il était.

Onions leur servit le thé, avec du pain et du jambon, sur la table recouverte d'une toile cirée. Valérie ne daigna pas se joindre à eux. Son père lui monta un plateau. Il retourna le chercher une heure plus tard et redescendit en grommelant. Elle n'y avait pas touché.

Il proposa à Troy de dormir là. Troy mentit, affirma avoir réservé une chambre au *Midland*. Il ne voyait pas l'intérêt de les embarrasser toute la soirée avec son ennui, surtout si, le lendemain, il devait affronter Valérie – ce qu'Onions ne se sentait pas en mesure de faire.

84

Il aurait dû pleuvoir. Il aurait dû tomber des cordes, comme lors de cette sinistre matinée de novembre 1943 où ils avaient enterré leur père. Des rideaux de pluie, « comme aux obsèques de Claude Debussy ». Une remarque de sa mère, sur la similitude du mauvais temps ces jours-là. Toute son enfance, Troy avait répété des gammes sous la férule maternelle, et pourtant elle ne lui avait jamais raconté cette anecdote mémorable. Il n'était pas dans la nature de Maria Mikhaïlovna de crier sur les toits qu'elle avait connu le grand compositeur, lors d'un de ses séjours en Russie. Il lui avait donné des cours de piano. Et elle avait même fait le voyage à Paris pour assister à ses funérailles, un jour de mars 1918, où Dieu avait ordonné un terrible orage, concurrencé par les tirs d'obus des canons allemands. Un souvenir aussi enfoui que la dépouille de Debussy, jusqu'à ce que les obsèques de son époux le lui rappellent. Finalement, songea Troy, les enterrements ressemblaient peut-être à des tables gigognes, l'une découvrant l'autre.

Le soleil éblouissant, irrévérencieux pour les morts, était préjudiciable aux vivants. Il révélait le noir des vêtements de deuil dans toute son austérité râpée. Sous sa lumière implacable, chaque zébrure, chaque rayure, chaque moucheture transformait les habits en costumes de bouffon.

Troy avait pris place à l'avant de la vieille Rolls-Royce. Pendant tout le trajet, Valérie, assise à l'arrière entre son père et sa fille, avait pleuré derrière son voile. Elle s'était levée à midi, avait salué Troy d'un simple « Freddie », accepté un baiser de Jackie, ignoré les tentatives dérisoires d'Onions pour meubler la conversation. Elle s'était retirée dans la salle de bains avec une tasse de thé et en était sortie quarante minutes plus tard en tenue de veuve. Ils avaient ensuite attendu une longue demi-heure, dans le grand salon qui sentait le renfermé et la cire à la lavande, l'arrivée du corbillard transportant la dépouille du sergent-chef de l'armée de l'air Kenneth Clover. Onions avait chuchoté : « Es-tu prête ? » Elle avait hoché la tête.

Debout à côté de la tombe, Troy observait la scène avec le détachement d'un photographe – « la distance du Kodak », écrivait Philip Larkin. Les voisins présentèrent leurs condoléances, obligeant Valérie à sortir de son mutisme et à marmotter des remerciements. Onions tenait la main de sa petite-fille. Quand les proches du défunt se furent éloignés, Valérie fit signe à Troy de la rejoindre. Il lui offrit son bras. Au retour, Jackie prit place à l'avant, son rêve, et Troy à l'arrière.

Il n'y aurait pas de collation. Pas d'invités. Pas de veillée mortuaire. Pendant qu'Onions s'affairait dans l'arrière-cuisine pour préparer le thé, Troy entendit des bruits sourds au plafond, juste au-dessus de lui. Il monta à l'étage et trouva Valérie, assise sur le sol de sa chambre, le contenu d'un placard éparpillé autour d'elle. Elle s'acharnait sur le caoutchouc usé d'un masque à gaz qui se désagrégeait dans ses mains.

— Regarde-moi ce bazar ! Il m'empêchait de jeter quoi que ce soit !

Elle balança rageusement le masque contre le mur.

— Qu'il aille se faire foutre !

Elle ne pleurait plus.

— Se faire foutre !

Troy s'assit à ses côtés. Sous un appareil photographique à soufflets, dont il manquait l'oculaire, il aperçut un album de photos. Il l'ouvrit à la première page. Sur un cliché, on apercevait Jackie, nourrisson, bercée par sa mère, en 1946, devant leur domicile de Shepherd's Bush. Une autre photographie, prise au même endroit, montrait le jeune père en uniforme, tenant fièrement le bébé dans ses bras.

— Tu veux sûrement conserver quelque chose ?

— Là, tout de suite, si je m'écoutais, j'y foutrais le feu ! En commençant par la maison !

Elle rabattit violemment la couverture de l'album.

— Je n'ai pas envie de voir ces photos. Ken m'a forcée à quitter Londres pour venir crever dans ce trou ! Tu savais qu'il avait demandé sa mutation à son retour de Corée ? Il m'a arrachée à ce que j'aimais. J'avais sept ans quand papa est entré au Yard. Je me souviens à peine du Lancashire. Moi, j'étais citadine jusqu'au bout des ongles. Je ne voulais pas déménager. Qu'il aille se faire foutre.

— J'ignorais tout ça.

— Et tu sais pourquoi ? Parce qu'il voulait m'éloigner de toi !

— Il était au courant, pour nous deux ?

— Il savait juste qu'il y avait quelqu'un. « Ton jules », il me répétait.

Que répondre à cela ? Troy préféra garder le silence.

— Ne te surestime pas, Troy. Tu n'étais pas le seul. Ah, tu ne l'avais pas deviné ? Et tu prétends être un bon détective ?

Elle plaisantait. Plus ou moins. Un petit sourire narquois passa sur ses lèvres. Et aussitôt, les larmes lui montèrent aux yeux. Elle murmura :

— Seigneur, Troy, qu'est-ce que je vais devenir ?

Elle tendit les bras, les passa autour de son cou et sanglota sur son épaule.

— Qu'il aille se faire foutre. Qu'il rôtisse en enfer.

Valérie resta longtemps ainsi, à pleurer. La lumière du jour déclinait. Par la fenêtre, Troy apercevait les toilettes extérieures et l'allée qui longeait l'arrière des logements voisins. Elle ne bougeait pas. Il sentait sa respiration lente et régulière contre sa poitrine. Il fallait qu'il prenne une initiative. Il lui caressa les cheveux. Elle releva la tête. Tout près de lui, dans la pénombre. Elle n'avait que trente-sept ans. Toujours belle. Presque aussi blonde que sa fille, un visage large et pâle, les yeux bleus perçants de son père. Elle l'embrassa sur la joue. Le regarda sans expression. L'embrassa sur la bouche, cherchant à entrouvrir ses lèvres du bout de la langue.

Elle sentit son manque de réaction. Lèvres scellées.

— Troy ?

— Je suis marié.

— Toi ? Marié ?

— Oui.

Il eut l'impression d'avoir proféré un énorme mensonge, le plus gros de son existence.

— Moi aussi, j'étais mariée, en 51. Quelle différence cela faisait-il, à l'époque ? Troy, je ne te demande pas de me dire que je suis l'amour de ta vie. Je ne suis pas aussi naïve que j'en ai l'air, avec ma tronche de chou fané. Je sais ce qui va se passer. Papa va accourir à mon secours comme un preux chevalier. On va nous reprendre la maison. Bon débarras. Nous étions logés par la RAF, quartier réservé aux sous-officiers mariés. Papa va nous ramener à Acton. Je ne veux pas vivre dans sa banlieue pourrie, Troy ! Je ne veux pas être la petite fille dans la maison de son papa. J'emmerde Acton, j'emmerde mon père. J'ai besoin d'une coupure, j'ai besoin de me retrouver. De nous retrouver. Moi et Jackie, toutes les deux. J'ai besoin d'un toit, juste le temps de me retourner. Acton me tuera. Une fois là-bas, papa ne me laissera plus partir. Je vivrai pour l'éternité à Acton-sur-Ennui, au 22, rue de la Toile-Cirée. Fais ça pour moi, Troy. Tu n'as pas à me dire que tu m'aimes. Contente-toi de m'aider. Je ne pourrai jamais supporter Acton. Aide-moi, Troy.

Il ne répondit pas.

85

Onions avait allumé un feu maigrelet dans le poêle de la pièce du fond. Il attendait Troy en fumant une Woodbine.

— Je commençais à m'inquiéter.

— Elle vivra.

— Oui, mais dans quel état ? Quand elle était plus jeune, elle piquait de telles crises que je croyais qu'elle devenait folle.

— Aujourd'hui, Val est adulte, Stan. Elle s'en remettra plus vite que vous ne le pensez. Elle ne portera pas ses habits de veuve toute sa vie, vous verrez. Et elle ne pleurera pas Ken plus longtemps que nécessaire. Peut-être même moins longtemps que l'exige l'usage. Elle est déterminée à quitter Salford et à rentrer à Londres. Elle n'érigera pas de sanctuaire, ni dans cette rue, ni dans son cœur.

— Et côté argent, elle va s'en sortir ?

— Bien entendu. Ken était militaire de carrière. Elle percevra une retraite complète de la RAF, peut-être un peu plus, puisqu'il est considéré comme mort en service commandé. J'ai appelé mon frère – Rod est toujours le chéri des haut gradés de l'armée de l'air. Souvenez-vous qu'il a été deux ans ministre de l'Air, sous Clement Attlee. Il veillera en personne à ce que Valérie ne manque de rien. Son déménagement à Londres sera pris en charge, ainsi que les études de Jackie. À votre place, je ferais le ménage dans son ancienne chambre, à Acton, et je les hébergerais toutes les deux jusqu'à ce que Val trouve un emploi et un logement dans la capitale.

— C'est ce qu'elle souhaite ?

Troy eut un vague haussement d'épaules.

— Plus ou moins.

— Je vais devoir prolonger mon séjour ici quelque temps, Freddie.

— Je comprends. Que voulez-vous que je fasse ?

— Vous me remplacerez au Yard. Je ne peux pas me passer de vos services. Le garçon avait tort.

Le garçon, c'était Wildeve. Trente-six ans, et toujours « le garçon » pour Onions.

— Il a insisté pour que je vous colle un arrêt de travail. Pourtant, vous semblez aller mieux, non ?

Stanley avait-il oublié que Jack avait d'autres raisons de voir Troy mis sur la touche ?

— Oui, ça va.

— Je vais poser un congé exceptionnel. Mais je ne le ferai pas avant lundi. Ça vous laisse le temps d'obtenir une autorisation de reprise et de mettre de l'ordre dans votre vie. Vous devrez me remplacer un petit moment. Et c'est vous qui dirigerez la brigade. J'ai appris vendredi que Tom Henrey ne reviendrait pas. Les médecins lui donnent un mois. Décidément, ç'a été mon vendredi noir. Retournez au Yard et prenez les choses en main. Vous serez nommé commissaire dès que nous aurons réglé les papiers de ce pauvre Tom. Moi, j'ai suffisamment à faire ici.

Onions se tut. Écrasé de tristesse. Une larme perla au coin de sa paupière. Il tira une dernière bouffée de sa Woodbine et lança le mégot dans le poêle. Troy ne l'avait jamais vu aussi ouvertement défait. Depuis vingt ans, Stanley Onions se dressait comme un roc dans son existence. Les rocs ne saignent pas, les pierres ne pleurent pas.

Tout compte fait, Troy n'arrivait pas à croire à sa chance.

86

Il trouva la petite Jackie assise sur le perron. Elle avait dû monter dans la chambre de sa mère, puisqu'elle portait le masque à gaz sur son visage. Elle avait pris la précaution de placer par-dessus son serre-tête tout neuf. Les couleurs criardes du plastique et des perles de verre contrastaient comiquement avec le gris du caoutchouc et le marron de la toile. Pour Troy, un raccourci assez saisissant de l'état du pays, l'héritage stérile que sa génération avait transmis à la suivante.

Elle le regardait à travers le plexiglas craquelé. Le gamin aux petites voitures se tenait devant elle sur le trottoir.

— Allez, Jackie, j't'en donne une demi-couronne !

— Bon, d'accord.

Sa voix, à travers le plexiglas, coassait comme une grenouille asthmatique.

Jackie ôta délicatement le serre-tête, arracha le masque, prit la pièce et la glissa dans la poche de sa robe, sous son mouchoir.

Sentant que Troy l'observait, elle leva la tête.

— J'ai aussi eu un shilling pour l'appareil photo de mon papa.

Troy lui dit au revoir et monta dans la Bentley. Le garçonnet, son trophée plaqué sur le visage, fit le tour de la voiture en courant, bras écartés à l'horizontale, en imitant un bruit d'hélice avec la bouche.

Troy abaissa sa vitre. Le gosse fit mine d'atterrir.

— Pourquoi as-tu gâché tes sous ?

— Gâché ? Pas du tout ! Il peut encore servir !

— À quoi donc ?

— Ben, si les Frisés reviennent, pardi !

— Ne dis pas de bêtises. C'est de l'histoire ancienne.

— C'est pas vrai ! protesta le gamin. Mon papa, il dit qu'après ce sera les Gyptiens.

— Ce ne sont pas des Allemands !

— Mon papa, il dit que ce sont tous des sales métèques.

La logique irréfutable de la xénophobie, dans la bouche d'un petit garçon. L'oracle infaillible qu'était

« Mon papa ». Troy inséra la clé dans le contact. Fin de la conversation. Mais pas pour le gamin.

— Mon papa, il dit que les Gyptiens, y z'ont tué le papa de Jackie.

Troy regarda la maison. La porte était fermée. Jackie était rentrée.

— Ce n'est pas vrai, expliqua-t-il patiemment. C'étaient des Chypriotes. Pas des Égyptiens. Les Égyptiens n'ont tué personne.

— Mon papa, il dit qu'ils l'ont découpé en petits morceaux, comme faisaient les Japs pendant la guerre, soutint le gamin avec un plaisir évident.

Troy fit mine de sourire et démarra.

87

Un trajet magnifique à travers les Pennines, au soleil couchant. Il traversa Whalley Bridge, puis la ville thermale de Buxton et s'arrêta à la tombée de la nuit à Monsal Head. Depuis longtemps, il rêvait d'admirer le fameux viaduc de chemin de fer qui avait tant offensé la vue de Ruskin[1], lequel écrivait en 1863 : « La vallée est partie, et les dieux avec elle : aujourd'hui, n'importe quel crétin de Buxton peut gagner Bakewell en une demi-heure, et vice versa. »

Troy admira le viaduc. Ses hautes arches graciles enjambaient le vallon sur une centaine de mètres, avec l'élégance d'un alignement de flamants roses. Ruskin avait tort. Un siècle plus tard, on aurait dit que Dieu avait passé son premier dimanche matin à intégrer cet ouvrage d'art au paysage.

Il ne souhaitait pas conduire de nuit ni arriver trop tard. Il loua donc une chambre à Rowsley, au *Peacock Inn*, un charmant manoir du XVIIIe siècle. Le lendemain matin, il prit son petit-déjeuner très tôt et, à sept heures et demie, approchait Belper par le nord, en empruntant la sinueuse autoroute A6, coincée entre la Derwent et la voie de chemin de fer escarpée reliant Derby à Manchester.

Aux abords de la filature, il demanda son chemin à un passant qui promenait son chien. L'homme pointa sa canne vers le haut de la colline, de l'autre côté de la rivière. Direction nord-nord-ouest.

Il gara la Bentley devant le 44, Wirksworth Road et sortit de son coffre la valise rose qu'il transportait depuis Brighton. Ne voyant pas de sonnette, il abaissa à plusieurs reprises le clapet de la boîte aux lettres encastrée dans la porte.

Foxx entrouvrit le battant, vêtue d'un peignoir en éponge, les cheveux relevés en chignon. Ellc jeta un coup d'œil dans la rue. Aperçut la Bentley.

— Tu vas la laisser là ? Elle est plus grande que la maison !

— Ça va faire jaser les voisins ?

— Tu parles ! J'espère bien !

88

Elle s'habillait. Les mains voletaient entre une tasse de café instantané et les vêtements. Un instant, elle demeura nue, le temps d'enfiler sa culotte, puis ses jambes disparurent dans une paire de blue-jeans délavés. Troy savait par ses neveux que ces jeans faisaient fureur et qu'il était très difficile de se les procurer. Tout en pliant les bras pour faire glisser un tee-shirt blanc sur ses seins, elle retira l'épingle qui retenait ses cheveux, secoua la tête et les envoya cascader dans son dos. Puis elle poussa la porte qui ouvrait sur un escalier bétonné très raide menant au jardin, en contrebas. Là, dans la lumière du matin, elle entreprit de se brosser les cheveux.

— Je suppose, dit-elle d'un ton nonchalant, que tu as coutume de voir des femmes s'habiller dans leur dressing et se pomponner devant leur coiffeuse. Une habitude très prolétaire, de se préparer dans sa cuisine. Tu sais pourquoi ? Parce que, en général, c'est la seule pièce chauffée. De plus, je vis seule, alors…

Elle regarda au-delà du jardin, vers la vallée, sans cesser de brosser ses cheveux. Troy ne dit rien. Elle avait raison. Il savourait chaque seconde du spectacle. Quand il était gamin, ses sœurs, très mesdames Sans-gêne, se vêtaient et se maquillaient devant lui. Il éprouva une sensation de nostalgie assez curieuse, non dénuée d'érotisme.

— Qu'est-ce qu'il y a dans cette valise ? s'enquit-elle, feignant de l'avoir juste remarquée.

Elle avait choisi son moment. Elle l'avait vu arriver la veille, le bagage à la main.

— Nous partons en voyage.

— Vers la lune, sur les fils de la Vierge[1] ?

Elle referma la porte et posa la brosse sur la tablette de la cheminée, près de la pendule arrêtée.

— Non. À Paris. Et peut-être à Monte-Carlo.

Elle s'assit sur l'accoudoir d'une chaise à l'assise cabossée, chaussa des baskets qu'elle laça à toute vitesse, se releva souplement et sautilla sur la pointe des pieds, comme un boxeur dans un ring, juste avant le combat.

— Je ne suis pas vraiment équipée pour aller à Monte-Carlo !

— Devine ce qu'il y a dans la valise.

— Une demi-douzaine de robes, ou je me trompe ? Tu me vois dans une robe de Stella ? Pas du tout mon style. Dis, on n'est pas obligés de partir tout de suite, hein ?

— Non, nous ne sommes pas pressés.

— Alors, si on allait se promener ? Une petite balade. Tu te sens de marcher un peu ?

Elle traversa la cuisine avec légèreté, vint se placer face à Troy et prit son visage entre ses mains, pour l'examiner. Un geste qu'aurait fait Kolankiewicz, avec moins de délicatesse. Ses doigts coururent sur la cicatrice.

— Ça a l'air de bien s'arranger. Si tu es d'accord, je te montre les environs. Et j'ai quelques petites choses à te dire, avant qu'on parte d'ici.

En descendant la colline, ils suivirent un groupe de jeunes femmes qui marchaient en bavardant.

— Les portes de l'usine ouvrent à huit heures, dit Foxx. En principe, je devrais être avec elles.

— Tu as pris un congé ?

— Quoi ? Tu plaisantes ! On parle d'une filature de coton, là, pas de la marine nationale. Quand ton collègue de Scotland Yard est venu m'annoncer la mort de Stella, j'ai réclamé mes congés. Ils m'ont royalement octroyé deux semaines, et encore, on aurait dit que je leur demandais de se couper une jambe. Il me reste quelques jours et je n'ai pas envie d'y retourner.

Juste avant de traverser le Derwent Bridge, elle obliqua sur un chemin qui surplombait la rivière bouillonnante.

— Depuis combien de temps travailles-tu à la filature ?

— J'ai débuté à dix-huit ans. La plupart des filles embauchent bien plus jeunes, quinze, seize ans. L'âge où l'on essaie d'avoir l'air adulte. On vacille sur des talons hauts, on rembourre son soutien-gorge en se prenant pour Jane Russell. Ma mère pensait que nous étions promises à une vie meilleure. Longtemps après la mort de mon père, elle y croyait encore. J'ai suivi les mêmes cours de secrétariat que Stella. Sténodactylo, c'est peut-être « un cran au-dessus » d'ouvrière en usine, mais c'est moins bien payé. En fait, j'en avais par-dessus la tête de ce boulot de secrétaire. Marre de mon patron à la main baladeuse. Pire que Cockerell, au fond. Lui, il ne vous offrait pas un nid d'amour. J'ai choisi ce qu'il y avait de plus simple, la filature. La moitié de la ville y travaille. Et l'autre moitié, à la mine ou aux chemins de fer. Il ne m'a pas fallu une journée pour apprendre le métier. Au bout d'une semaine, j'aurais pu le faire en dormant. Ou du moins en rêvant éveillée. À l'époque, je pensais qu'un travail qui n'exigeait rien de ma cervelle me convenait mieux que l'autre, qui devait en utiliser dix pour cent. Je me sentais plus libre. Avec une paie décente. Nous avions de quoi vivre, maman et moi. Et puis Stella a commencé à envoyer de l'argent. J'aurais pu le lui retourner – je savais que c'était le sale fric de Cockerell –, mais je ne l'ai pas fait. Maman la croyait secrétaire de direction, à Londres. Je suppose que je faisais partie de leur couverture. Si j'avais cessé de travailler, maman se serait demandé d'où venait l'argent. Remarque, elle ne se rendait pas compte que nous étions bien plus à l'aise qu'avant, avec mon seul salaire. Vers la fin, elle n'avait plus toute sa tête. Elle est morte à Noël. Moi, ça fait longtemps que je déteste la filature. Vient un moment où tes rêves tournent à l'aigre, si tu ne fais rien pour les réaliser.

Elle marchait à un rythme épuisant pour Troy qui la suivait péniblement, le souffle court. Ils grimpaient à flanc de coteau, au-dessus de la rivière, sur un chemin qui serpentait vers les crêtes des Pennines.

— Tu sais ce qui fait que cette boîte tourne bien ?

Elle désigna la haute cheminée de l'usine, qui se découpait dans le ciel.

— La paie ? L'avancement ? Non. C'est le courant permanent d'allusions sexuelles. Le lundi matin, les hommes ne te disent pas « bonjour », mais : « Alors, t'as réussi à te faire sauter ? »

— Je vois..., répondit Troy qui avait du mal à visualiser l'échange de salutations.

— Après, aucun ne pose la main sur toi.

— Grandes gueules, et rien dans le pantalon ?

— Oui. Et tu n'imagines pas combien une fille peut leur en être reconnaissante. Je suis immunisée contre les remarques cochonnes. Tu me diras, à quinze ans, j'étais déjà insensible au « charme » d'Arnold Cockerell. Si Stella avait été comme moi, elle serait encore en vie.

Foxx sauta avec agilité par-dessus une barrière en bois. Troy l'imita maladroitement et se retrouva face à un gigantesque mur de granit, érigé au milieu de nulle part, ou, plus précisément, au milieu d'un pré où paissait un troupeau de vaches écossaises, qui meuglèrent avec indolence à leur approche.

Troy examina le mur. Entre sept à huit mètres de haut, solidement bâti, il était criblé de trous dans lesquels poussaient ici et là d'audacieux petits érables blancs. Le pré était un ancien champ de tir, comme le prouvait la plaque métallique incrustée dans le mur, sur laquelle on pouvait lire une date : « 1860 ». Un vestige de l'après-guerre de Crimée, dernier conflit sanglant à avoir opposé les deux patries de Troy. Plusieurs de ses ancêtres étaient morts pendant le siège de Sébastopol. Ce mur, construit sur les contreforts des Pennines, prouvait que l'armée britannique avait cherché à améliorer ses méthodes, comprenant enfin qu'une bonne milice de comté valait mieux qu'une dizaine de charges de la brigade légère. Il était curieux de constater que l'Histoire avait pénétré aussi loin dans la géographie. La date et la vocation évidente de champ de tir lui rappelèrent les récits de son grand-père, qui avait perdu des frères et des cousins au cours de ces batailles. Quel que soit le symbole que le mur revêtait pour Foxx, elle ne pouvait deviner la signification qu'il avait pour lui.

Elle plaça la pointe de son pied dans un trou creusé par une balle de mousquet, écarta les bras pour agripper ses prises et escalada lestement les deux premiers mètres de la paroi verticale.

— Pas la peine de rester là à me regarder, lui dit-elle, par-dessous son bras. Tu risques de me déconcentrer. Ta tête, ça va ?

— J'ai un peu mal.

— Non, je parlais du vertige. Si tu n'as pas peur du vide, il y a une échelle, de l'autre côté. On se retrouve en haut.

— Tu… tu vas grimper tout ça ?

— Je n'ai pas l'intention de voler ! Je grimpe sur ce mur depuis que j'ai dix ans. Du moment que tu ne me distrais pas, tout ira bien.

Troy se fraya tant bien que mal un chemin entre les hêtres et aperçut, de l'autre côté du mur, une grande échelle métallique rouillée. Elle grinça sous son poids. Personne n'avait dû s'en servir depuis des années. À un mètre du sommet, l'un des barreaux céda. Son cœur battit la chamade, mais il parvint à se hisser sur le rebord. Une fois debout, il découvrit un panorama qui s'étendait à perte de vue.

Une main apparut sur le garde-corps, suivie d'un pied, et, quelques secondes plus tard, Foxx se rétablit au sommet. Elle s'allongea un moment, haletante, puis se releva, s'épousseta et dit :

— Alors ?

— Ça valait la peine ? demanda Troy.

— Oh oui ! C'est toujours formidable.

Elle s'avança jusqu'au bout du mur, embrassa le paysage du regard, la grosse cheminée, la vallée, puis prit une profonde inspiration et revint vers lui.

— Tu as du nouveau, sinon tu ne serais pas venu ici avec ta belle voiture et ta valise rose.

Troy sortit la feuille de sa poche et la lui tendit.

— Elle était dans son coffre, à la Mullins Kelleher Bank. Codée. Et elle t'est adressée.

Foxx s'assit, jambes ballantes au-dessus du vide, et lut la lettre en silence. Elle la replia avec soin et demeura longtemps immobile. Puis elle tapota la pierre, à côté d'elle.

— Viens t'asseoir.

Troy obéit. N'osa pas regarder en bas.

— Je savais à peu près tout. Sauf pour l'argent. Et pour les Russes. Quant au reste, j'étais au courant. Elle vivait comme une princesse.

— Tu la crois ?

— Oui. Et toi aussi, sinon tu ne serais pas là. Dis-moi, Troy, il serait temps de me donner la raison de ta visite, non ?

— J'aimerais que tu m'accompagnes à Paris et que tu te fasses ouvrir le coffre, à la Banque du Commerce colonial. Et peut-être ailleurs, si nous n'y trouvons pas ce que nous voulons. À Londres, je n'ai pas eu de difficultés. Le directeur était un ami d'enfance. Ailleurs, ça ne marchera pas. Mais si tu te fais couper les cheveux, si tu te maquilles…

— Et si j'enfile l'une des robes de haute couture que tu as apportées dans la valise…

— J'ai pris des tailleurs. Très discrets. Tu pourras te faire passer pour ta sœur. En théorie, tu as juste besoin de la clé du coffre. C'est le principal. Toutefois, les banquiers ne sont pas nés de la dernière pluie. Ils connaissent bien leurs clients. Il ne faudra pas éveiller les soupçons.

— Très drôle.

— Tu acceptes ?

— Ce n'est pas l'argent que nous cherchons ?

— L'argent est secondaire. Il faut absolument que j'en sache davantage. C'est la seule façon de retrouver l'assassin.

— Stella dit dans sa lettre que ce peut être dangereux.

— Elle a raison.

— Dans ce cas, l'argent n'est pas secondaire ! D'ailleurs, comment quarante mille livres pourraient-elles être secondaires ? Si risque il y a, il doit y avoir compensation.

— Tu acceptes ?

Une fois de plus, elle éluda la question. Elle se leva et contempla la ville par-delà la rivière.

— Dis-moi ce que tu vois.

Question piège ? Il accepta la main qu'elle lui tendait pour l'aider à se relever. Que devait-il regarder exactement ? L'injonction était peut-être innocente. Il s'aperçut qu'il n'y avait pas une cheminée d'usine, mais plusieurs, qui ne fumaient plus, comme si la ville, ayant pris son essor grâce à l'industrie cotonnière, s'était soudain figée après cinquante ans d'activité. Des cheminées dressées comme autant de tours et de clochers d'église, des centaines de maisons accrochées perpendiculairement à la colline qui dominait la vallée de la Derwent, laquelle, si ses souvenirs de géographie étaient bons, y recevait son affluent, la Wye. Des chaumières des contes de Grimm. On eût dit qu'un géant solitaire avait gravi la montagne avec sur l'épaule un sac rempli de maisonnettes, sans s'apercevoir que le sac était troué. Elles avaient dégringolé la pente, au hasard, et il les avait laissées là, éparpillées au gré des creux et des bosses du terrain. Hormis la filature, aucune construction ne s'approchait de la rivière ; la ville s'arrêtait deux cents mètres avant la zone inondable.

Troy baissa les yeux. Des champs de toutes tailles, en forme de losanges et de trapèzes, couvraient la colline, constellés de moutons et de chênes, enrubannés de ronciers de mûres, d'aubépines et d'églantiers. Une rangée de charmes, bien rectiligne, longeait un chemin de terre menant à deux fermes en granit, à demi enfouies dans les arbres. C'était la belle saison des feuillus, dont les cimes, juste au-dessus des toits, prendraient d'ici une à deux semaines leurs couleurs automnales.

Face à ce panorama bucolique, Troy fut forcé de réviser son jugement. Sa première impression, en arrivant à Belper, avait été de pénétrer dans une sinistre cité orwellienne faite de ruelles pavées bordées de masures délabrées, si caractéristiques des régions industrielles du Nord. Or, en fin de compte, elle ne ressemblait en rien aux villes minières du Yorkhire : plus petite, plus propre, entourée d'une campagne verdoyante, laquelle, admit-il en son for intérieur, était plus agréable à l'œil que son comté du Hertfordshire.

— C'est joli, constata-t-il.

— Joli ?

— Pardon. Beau.

— Beau ? Eh bien, je te le laisse. Tu peux le garder. Tu peux même te le mettre où je pense. Je n'en veux pas !

— Dis-moi ce que tu veux, alors.

— Je veux, articula-t-elle avec la précision soigneuse d'un professeur d'élocution, laissant les mots éclater comme des bulles sur ses lèvres, je veux que tu m'emmènes loin de tout ça.

Elle balaya la vallée d'un large geste du bras. Une petite phrase de roman de gare qui prit d'emblée pour Troy une véritable signification, solennelle et dangereuse.

— Promis.

— Je suis sérieuse, Troy. On rentre chez moi. On fait les valises. Je renverrai la clé de la maison par la poste. On monte dans ta voiture de rêve et on ne revient jamais.

— Promis, répéta-t-il.

— Formidable.

Foxx eut un merveilleux sourire. Et sauta dans le vide. Instinctivement, Troy se pencha pour la rattraper et faillit basculer par-dessus le mur. Elle se reçut souplement, roula sur elle-même avec l'adresse d'un parachutiste et bondit sur ses pieds. Un saut pareil… elle aurait pu se casser les deux jambes. Mais elle s'éloignait déjà en courant. Elle tourna la tête, fit quelques pas à reculons et lui cria :

— Laisse-moi une heure pour faire mes bagages ! Ne te perds pas en route !

89

Foxx eut en fait droit à bien plus d'une heure pour boucler ses valises. De l'autre côté de la vallée, Troy aperçut un chemin qui menait directement en ville et décida de remonter les rues pavées jusqu'à *Jasmine Dene*.

Janet Cockerell lui ouvrit la porte. Elle ôta de sa bouche le pinceau qu'elle tenait entre les dents.

— Je me doutais que, si vous reveniez, ce serait pour m'annoncer une mauvaise nouvelle.

Elle le précéda sans un mot jusqu'à l'arrière de la villa. Troy n'avait pas l'impression d'être un porteur de nouvelles, bonnes ou mauvaises. Il supposait qu'elle voulait simplement savoir la vérité.

Il crut qu'ils se rendaient dans le jardin. Par la porte-fenêtre, il aperçut sur son chevalet un grand papier cartonné. Un tableau abstrait inachevé. Mais Janet Cockerell entra dans sa cuisine. Il entendit le pop caractéristique du brûleur d'un réchaud à gaz. Thé et condoléances. Quel réconfort pouvait-il lui apporter ? Elle tourna le dos au réchaud, pinceau dans une main, allume-gaz dans l'autre, Néfertiti ménagère tenant la crosse et le fléau dans ses mains croisées.

— C'est lui, n'est-ce pas ?

— Oui.

— Vous êtes sûr ?

— Oui.

Elle posa l'allume-gaz. Essuya le rouge magenta du pinceau sur son tablier aussi bigarré que la tunique de Joseph[1] et planta l'instrument dans un pot de confitures vide.

— Ne vous inquiétez pas, Mr Troy. Je ne pleurerai pas.

Tant mieux, songea Troy, soulagé. Trop de larmes, ces derniers jours.

Et là, tel un orage d'été soudain, elle éclata en sanglots.

90

Troy choisit un petit hôtel discret sur la rive gauche, entre le boulevard Saint-Germain et la place de l'Odéon, bien différent des fastes de l'*hôtel de l'Europe* à Amsterdam ou du *Sacher*, à Vienne. Si on le cherchait, il serait vraiment difficile à trouver. La chambre était minuscule, mais Foxx n'avait guère d'éléments de comparaison. Elle accepta son choix sans commentaires, se contentant de lui réclamer l'argent nécessaire à sa métamorphose – une coupe de cheveux, quelques accessoires. Pour faire illusion, elle devait en tout point ressembler à sa sœur.

Troy fut surpris du cérémonial qu'elle apporta à cette entreprise. Elle revint du salon de coiffure chargée d'une autre valise rose et d'un grand cabas vert, un foulard noué sous le menton, sa silhouette élancée cachée derrière une vareuse informe, qu'elle déboutonna et laissa glisser de ses épaules sur le sol. Elle ôta le foulard et secoua ses cheveux pour qu'ils se remettent en place. La crinière blonde avait disparu, remplacée par une coupe au carré dégradé qui la transformait du tout au tout. Longs, ses cheveux avaient tendance à partir vers l'arrière, courts, ils revenaient en avant, les mèches effilées au rasoir rebiquaient sur ses joues, masquant en partie son visage.

Elle déchira le papier qui enveloppait la lingerie qu'elle venait d'acheter et posa sur le lit, un par un, comme des patrons de vêtements de poupée, le soutien-gorge, la culotte, le porte-jarretelles et les bas. Puis elle alla décrocher l'un des tailleurs de sa sœur, veste croisée bordeaux cintrée à la taille et jupe assortie.

— Tu sais ce que c'est ?

— Non, j'ai pris ceux qui me tombaient sous la main dans sa garde-robe.

— Tailleur Dior. Ligne H, si je ne me trompe. Il faisait fureur à Paris, voilà deux ou trois ans. Il coûte une fortune. Si tu ne l'avais pas pris au hasard, j'aurais dit que tu avais du goût.

Elle ôta son tee-shirt, fit sauter les boutons de son jeans, un peu comme si elle écossait des petits pois, dégagea ses longues jambes, puis glissa ses pouces dans l'élastique de sa culotte et la fit descendre jusqu'aux chevilles, avant de l'envoyer valser. Elle resta debout, entièrement nue, à se regarder dans la glace de l'armoire.

Elles étaient jumelles, mais leurs différences physiques sautaient aux yeux. Troy juxtaposa mentalement ce corps d'athlète et celui de Madeleine sortant de sa salle de bains, pointant sur lui un pistolet – lequel, à cette minute, reposait au fond de sa poche avec des tickets d'autobus usagés. La Madeleine de son souvenir payait, à vingt-deux ans, le prix de ses excès. Un corps déjà ramolli par trop de bonne chère, trop d'alcool, trop de cigarettes. Foxx, elle, était tout en muscles. Ses biceps devaient être plus gros que les siens. Des cuisses fuselées aux quadriceps bombés et des mollets nerveux, qui durcirent quand elle se haussa sur la pointe des pieds pour observer ses fesses dans la glace. Un gracieux mouvement qui permit à Troy d'admirer ses petits seins fermes aux aréoles rosées dont les pointes se dressaient vers lui. Un excellent cliché de mauvais roman.

— Adieu, Shirley Foxx, dit-elle en enfilant la culotte. Bonjour, Madeleine Kerr. Maddy la folle.

Troy s'allongea sur le lit et regarda l'ensemble s'assembler. Le soutien-gorge, prestement agrafé dans le dos par cette contorsion des avant-bras inconcevable pour un homme, les bas déroulés avec une lenteur minutieuse jusqu'au porte-jarretelles, la jupe remontée dans un tortillement de hanches, le bruit sec de la fermeture Éclair. Un effeuillage inversé sur le chemin de la métamorphose. Elle sortit ensuite d'une boîte à chaussures des escarpins de cuir rouge de belle qualité. Elle les enfila, puis tira sur les manches de la veste, évasées à partir des coudes.

— Ce tailleur se porte avec des gants, tu savais ça ?

— Je n'y aurais jamais pensé.

— Heureusement, j'ai tout prévu. Sinon, j'aurais eu l'air d'une andouille.

Elle souleva le couvercle de la valise neuve, en retira une petite boîte rose et brandit une paire de longs gants blancs, comme s'ils étaient le prix à gagner au jeu du colis[1].

— *Voilà, c'est tout*, dit-elle en français.

— *Non*, répondit Troy. *Ce n'est pas tout.*

Il prit l'écrin noir qu'il avait dans son autre poche et l'ouvrit. Un rang de perles fines sur un lit de velours. Elle inclina la tête et lui présenta sa nuque. Il passa le collier autour de son cou, attacha le fermoir et la fit pivoter vers lui.

— Voilà, cette fois, c'est tout.

— Il est à elle ?

— Je l'ai trouvé sur sa coiffeuse.

Foxx s'examina dans la glace.

— Tu crois qu'elles sont vraies ?

— D'après toi ?

Elle caressa les perles. La parure traditionnelle de toute Anglaise distinguée.

— Mon Dieu. Quand je pense à ce que faisait Stella. Qui aurait cru qu'elle voulait donner cette image d'elle-même… Tu es tombé dans le panneau, toi ?

— En partie. Il y avait chez elle quelque chose qui sonnait faux, mais j'avoue que j'ai gobé son histoire de fille de médecin du Berkshire. C'est son côté sophistiqué qui me chiffonnait. La couche de vernis. Sans doute pour faire plaisir à Cockerell ?

— Non. Du Stella tout craché. Arnold payait, Stella décidait. Je la reconnais bien là.

Foxx étudia à nouveau son reflet.

— Je ne suis plus moi, hein ? Je suis Stella. Ou plutôt Madeleine.

— En surface, seulement. Et encore, même pas.

— Tu crois que je me retrouverai un jour ?

— Il existe un moyen très simple de s'en assurer. Tu enlèves tout.

— Tout ?

— Oui, tout. Petit à petit.

— Un strip-tease, quoi.

— Si tu veux. À la fin, tu seras toi.

Il regarda le processus s'inverser. L'électricité statique quand la jupe glissa sur les hanches, le long des cuisses gainées de nylon, pour finir en flaque grenat à ses pieds. L'inclinaison gracieuse du corps, à la façon des danseuses de Degas, une jambe plus longue que l'autre lorsqu'elle défit les pinces des jarretelles et roula les bas jusqu'aux chevilles. L'étirement du torse, l'élévation de la cage thoracique, l'aplatissement des seins, quand, en équilibre sur la pointe des pieds, elle lança le soutien-gorge vers le plafond. Elle était à nouveau nue. Il se moquait qu'elle soit à nouveau habillée. Il la voulait ainsi nue, à jamais. Sa vue le brûlait. L'idée de la toucher le rendait fou. Elle se pencha au-dessus de lui, parée du seul collier de perles. Il crut perdre la tête. Depuis combien d'années n'avait-il pas ressenti pareil désir ? Il s'était accoutumé au désir raisonnable, au désir négocié et poli de la quarantaine, au désir qui pouvait attendre.

Il frôla un sein, glissa les doigts entre ses cuisses. Elle maintint sa main sur son mont de Vénus, l'empêchant d'aller plus loin.

— Prends ton temps, chuchota-t-elle. On a toute la nuit.

Troy n'était pas de cet avis. Toute la nuit ne voulait rien dire. Il avait perdu la notion d'éternité. « J'ai connu un paradis… semblable à un tabernacle… » Comment finissaient ces vers d'Emily Dickinson ? « … envelopper ses vergues scintillantes et disparaître. »

Lorsqu'il s'éveilla, le lendemain matin, Foxx dormait, une jambe en travers des siennes. Il la déplaça avec douceur et remarqua à l'intérieur de la cheville gauche un minuscule tatouage. Un oiseau. Un oiseau qui prenait son envol, avec un objet dans le bec. Une colombe ? Oui, ce devait être une colombe tenant un rameau d'olivier. En retirant le fragment de coquillage du pied de Madeleine, il n'avait pas vu de tatouage. Quand Foxx se déguiserait, pour la seconde fois, en Anglaise distinguée, Troy se souviendrait du tatouage – si peu anglais, si peu distingué, invisible sous le bas nylon et l'élégant escarpin rouge.

91

Par sa discrétion, la Banque du Commerce colonial rappelait la Mullins Kelleher. Seule une plaque de cuivre indiquait qu'il s'agissait d'un établissement bancaire et l'on pouvait aisément passer devant sans la remarquer. Un immeuble étroit de l'avenue Montaigne, une artère bordée d'hôtels particuliers, dans lesquels les maisons de haute couture commençaient à ouvrir boutiques et ateliers.

L'avenue partait à angle droit du rond-point des Champs-Élysées pour rejoindre la Seine au pont de l'Alma. Troy, assis sur un banc au milieu du triangle de pelouse de la place de la Reine-Astrid, avait une vue dégagée sur la banque, ainsi que sur la façade du Crazy Horse, avenue George-V. Il s'interrogea sur la proximité des deux établissements. Lui apprenait-elle quelque chose à propos d'Arnold Cockerell ? Il l'imaginait retirant de l'argent au guichet, avant de le flamber au royaume des seins et des fesses.

Il ne parvenait pas à se concentrer sur la lecture du journal supposé le dissimuler. Paris était un véritable agenda mnémotechnique – l'habitude républicaine de commémorer chaque événement ou personnage historique par des noms de lieux et des plaques de rues. Une coutume bien française. Où trouver à Londres une avenue Winston-Churchill ou une avenue George-V ? Il était fasciné par tous ces symboles et ces coïncidences. La place de l'Alma lui rappelait Alma Terrace, une ruelle de l'East End où, jeune policier, il faisait des rondes. Elle portait aussi le nom d'une des batailles de Crimée où nombre de ses ancêtres avaient péri. Et l'avenue Montaigne. Le grand Montaigne qui disait

« le mentir est un maudit vice ». Le mensonge, vice maudit de Madeleine Kerr.

Il était à ce point plongé dans ses pensées qu'il ne vit pas Foxx sortir de la banque. Quand il abaissa son journal, elle serrait la main de quelqu'un, le banquier sans doute. Pendant que l'homme hélait un taxi en maraude, elle resta là, sur le trottoir, à cligner des paupières, aveuglée par le soleil.

Troy sauta dans un taxi qui descendait l'avenue George-V et désigna celui de Foxx, qui traversait le pont de l'Alma.

— *Suivez-le.*

Le chauffeur leva les yeux au ciel d'un air d'ennui agacé, comme si tous les Anglais avaient coutume de lui faire perdre son temps en lui demandant de suivre un collègue. Alors qu'ils passaient sur la rive gauche, quai d'Orsay, il distingua la tête blonde de Foxx à travers la lunette arrière. Le chauffeur marmonnait et jurait, sans toutefois perdre l'autre véhicule de vue. La question à présent était de savoir s'ils étaient suivis. Troy se retournait sans cesse, observait les voitures qui roulaient à leur hauteur ou s'arrêtaient aux feux rouges du boulevard Saint-Germain. Enfoncée dans sa poche gauche, sa main ne lâchait pas le petit pistolet doré de Madeleine.

Il était à peu près sûr de n'être pas filé. Au carrefour de l'Odéon, le chauffeur obliqua dans la rue du même nom. Deux autres taxis le talonnaient. Il s'engagea dans la rue Racine. Plus personne derrière lui. Celui de Foxx tourna à droite. Troy savait qu'il la déposerait juste devant l'entrée de l'hôtel. Il pria le chauffeur de s'arrêter à l'angle et poursuivit les cinquante derniers mètres à pied.

Il s'attarda cinq minutes dans le hall de l'hôtel. Personne n'entra. Il monta dans leur chambre. Vide.

La petite valise rose, fermée, était posée sur le lit. Les escarpins rouges gisaient sur le tapis. Il poussa la porte de la salle de bains. Un déplacement d'air l'avertit du lancement d'un projectile. Il plongea en avant, évitant de justesse une bouteille de Perrier, catapultée comme une massue, qui alla s'écraser contre le mur, juste au-dessus de lui.

— Je pensais que tu serais ici ! s'écria Foxx. Tu m'avais dit que tu ne bougeais pas d'ici ! J'avais peur qu'il te soit arrivé quelque chose.

Troy se releva et ôta les bris de verre de ses cheveux.

— Je t'ai suivie. Si je t'avais prévenue, tu m'aurais inconsciemment cherché des yeux et tu aurais pu me faire repérer.

— Nous étions filés ?

— Non, je ne crois pas. Désolé, c'était le seul moyen de m'en assurer.

— Qui pourrait nous filer ?

Il n'avait pas envie de s'étendre sur le sujet. Il prit une serviette, s'épongea la figure, alla s'asseoir sur le bord du lit, à côté de la valise rose et s'essuya les cheveux.

— Comment ça s'est passé ?

— Bien. Juste un moment délicat quand je me suis adressée au banquier en français. Il m'a fait remarquer que j'avais fait beaucoup de progrès. Alors j'ai enchaîné en anglais, jusqu'à la fin, en m'efforçant de prendre un accent distingué. J'ai eu l'impression que Stella et lui avaient leurs petites habitudes, qu'ils devaient vaguement flirter, mais je n'étais pas sûre, alors j'ai préféré m'adapter à son comportement. Je crois qu'il n'a rien soupçonné.

— Et que contenait le coffre ?

Elle ouvrit la petite valise rose. Remplie de grosses liasses de billets de cinq livres, de plusieurs rouleaux de pièces d'or et d'une enveloppe kraft.

— J'ai tout pris. J'ignore quelle somme représentent les billets, mais chacun de ces six rouleaux contient cinquante pièces.

Troy décacheta l'enveloppe. Cinq feuillets codés, tapés à la machine, double interligne, subdivisés en blocs de cinq séquences, identiques à ceux de la lettre récupérée à la Mullins Kelleher. Il détestait les chiffres. Il lui faudrait des heures pour les décrypter, en suivant les instructions de Clark.

Il regarda sa compagne. Debout, bras croisés. Les bas, la jupe bordeaux moulante, l'impeccable corsage en coton, le rang de perles symbolique. Elle repoussa sa frange. Ses yeux vert pâle l'observaient, confiants. Dans l'expectative. On était lundi, il avait une journée de congé et il ne pensait à rien d'autre qu'à faire l'amour. Il tenait dans ses mains la clé du mystère, de l'or enveloppé dans du film plastique, des révélations à décrypter, et il ne rêvait que d'elle, couchée sous lui, ses longues cuisses enserrant sa taille.

— Tu es trempé, constata-t-elle. Ta chemise est toute mouillée. Laisse-moi faire.

Elle défit le nœud de cravate et les boutons de chemise, un geste naturel, maternel, mais pour lui chargé d'érotisme. Il sut, encore une fois, qu'il était perdu. C'était elle, la clé du mystère, enveloppée de coton et de nylon. Il n'avait plus qu'à arracher l'emballage.

92

Ils refirent surface aux alentours de midi. Pendant que Foxx était à sa toilette, Troy étala les cinq feuillets sur la petite table, près de la fenêtre. Quand elle sortit de la salle de bains, il avait seulement déchiffré la première phrase et bloquait sur la deuxième. Le décodage se révélait beaucoup plus long que prévu.

— Qu'est-ce que je peux faire ? demanda Foxx.

— Rien. Ou plutôt si. Aller te promener. Nous nous retrouverons pour dîner. Il y a de beaux endroits à découvrir, dans le quartier. Le jardin du Luxembourg n'est pas très loin, les quais de la Seine sont tout près. Tu pourrais aller à pied au jardin du Luxembourg, descendre le boulevard Saint-Michel jusqu'à l'île de la Cité, visiter Notre-Dame, jeter des miettes de pain aux pigeons du square, regarder passer les péniches. Tu verras, c'est magnifique. Je te rejoins chez Lapérouse vers huit heures.

— Et si je me perds ?

— Le restaurant est juste en face de l'île de la Cité. Tu n'as qu'à traverser le Pont Neuf.

Sur le dos de la carte du service en chambre, Troy dessina grossièrement un U retourné et évasé représentant la Seine, deux ovales allongés pour l'île de la Cité et l'île Saint-Louis, et marqua d'une croix le 51, quai des Grands-Augustins.

Après son départ, il se remit au décryptage. À huit heures, il n'était pas plus avancé. Il avait essayé toutes les variantes possibles, à partir de la grille de décodage que Clark lui avait laissée, avec vingt-six points de départ potentiels.

Il aperçut Foxx dans un recoin de Lapérouse, son tailleur bordeaux se fondant dans le décor noir et or comme une tenue de camouflage naturelle, assise à une table ronde éclairée par une bougie vacillante. Une flûte de champagne à moitié vide à la main, elle s'appuyait contre la boiserie, les yeux clos. Ils s'entrouvrirent quand Troy prit place face à elle.

— Je dois rêver, murmura-t-elle. J'ai vu les anges. Je suis montée en haut de la tour Eiffel. C'était féerique. Quel merveilleux après-midi ! Tu ne peux pas savoir…

Troy savait. Il connaissait la magie de la capitale. Sa mère l'avait emmené à Paris, à la fin des années 1920, pour écouter Ravel et Stravinsky en récital. Ils avaient déjeuné dans ce même restaurant, où Maria Mikhaïlovna lui avait raconté son premier voyage à Paris, à dix-sept ans, en 1888. Elle avait été présentée à deux grands écrivains français, Guy de Maupassant et Émile Zola. Elle avait vu la tour Eiffel en cours de construction et l'avait jugée « vulgaire ».

Foxx ouvrit grands les yeux et lui sourit.

— Quel dommage de devoir repartir si vite…

— Toi, tu restes.

— Ah ?

— Impossible de déchiffrer les feuillets. Je dois rentrer à Londres au plus vite pour les donner à un spécialiste. De toute façon, mon congé ne peut s'éterniser. De ton côté, tu continues. Nous avons besoin du contenu des autres coffres. Qui sait, les messages seront peut-être plus simples à décoder.

— Et je vais où ?

— Monte-Carlo, Zurich, Amsterdam. Au choix.

— Tu as de quoi écrire ?

Elle prit le livre de cave, sortit une carte de vins, en déchira trois bandelettes où elle griffonna le nom des trois villes, les replia, les mélangea.

— Choisis, toi.

Un peu étonné par son manque d'initiative, Troy pêcha un papier au hasard et le déplia.

— Zurich, lut-il. Tu vas à Zurich.

93

Madge, la secrétaire d'Onions, entra dans le bureau de Troy, un énorme parapheur pressé contre sa poitrine. Savait-elle que, derrière son dos, Stanley la surnommait « la Gorgone » ?

— Vous êtes en retard, bougonna-t-elle. Nous sommes mardi. Je vous attendais plus tôt. Je vous ai téléphoné quatre fois.

— J'étais chez le médecin, mentit Troy.

Il était resté à l'hôtel avec Foxx, contre Foxx, dans Foxx, jusqu'à l'aube, et venait d'arriver à Londres. Il se sentait en piteux état.

— Vous allez mieux ? fit Madge d'un ton indifférent.

Le parapheur atterrit sur le bureau avec un bruit sourd.

— Bien. Mr Wildeve est à Hammersmith. Il a traîné Mr Clark avec lui. Le patron est à Manchester. Mr Henrey est mort. Donc il faut bien que quelqu'un fasse le travail à leur place. Vous lisez, vous paraphez, sauf là où il y a écrit « à signer », et vous signez « pp. Mr Onions ».

Elle s'éloigna, mais Troy la retint par la manche.

— Quand ?

— Quand quoi ?

Cette femme avait donc la sensibilité d'un reptile ?

— Quand Tom est-il mort ?

— La nuit dernière. Je vous téléphonais pour vous l'annoncer, pas pour m'inquiéter de votre santé.

Madge ne manquait pas d'estime pour Tom Henrey. Mais elle n'avait de considération que pour Onions.

— Des nouvelles de Salford ?

— Le patron ne reviendra pas avant jeudi.

— Il faut que je lui parle.

— Il a dit : « pas d'appel ». J'ignore ce que vous avez fait, Troy, en tout cas vous semblez être la pomme de discorde entre lui et « notre Val ». À votre place, je suivrais la consigne. Mieux vaut ne pas réveiller l'ours qui dort, pour l'instant.

Là-dessus, elle quitta le bureau. Troy ressentit une pointe de culpabilité. La reddition passagère de l'intelligence au profit de la coïncidence : un collègue avait rendu son dernier soupir pendant que lui était dans les bras, entre les cuisses, d'une femme de vingt ans sa cadette. Mais le sentiment coupable s'évanouit aussi vite qu'il était venu. Ils n'étaient pas les meilleurs amis du monde. Et Tom était un mauvais flic.

Parviendrait-il à passer trois jours sans que tombe sur son bureau un dossier important qu'il ne pourrait déléguer à personne ? Il s'attaqua au parapheur laissé par Madge : du travail de routine, apposer ses initiales sur des bons de commande de trombones ou de matraques. Parviendrait-il à faire jaillir du café de la diabolique machine de Clark, digne des pires dessins de Heath Robinson[1] ? Tandis qu'il regardait la Tamise, il s'aperçut qu'il pouvait faire apparaître l'image de Shirley à volonté, comme le génie sortant de sa lampe.

Le mercredi matin, Clark revint d'une perquisition à domicile. Troy lui confia aussitôt les cinq feuillets. Clark les considéra attentivement, avec force bruits de bouche, tel un plombier confronté à des toilettes obstruées.

— J'ai besoin de temps, conclut-il.

Dans l'après-midi, Jack, de retour de Hammersmith, le mit au courant des dernières avancées concernant cette histoire de cadavre retrouvé décomposé sous des lattes de parquet, le genre d'enquête qu'en temps normal Troy aurait adoré résoudre. Lorsqu'il se tut, Troy crut voir passer dans ses yeux un soupçon de culpabilité, la même qu'il voyait souvent chez son frère.

— Tu vas mieux, Freddie ? Je veux dire, tu l'as échappé belle.

Mon salaud, quand je pense que tu as persuadé Onions de me mettre au placard, songea Troy.

— Oui. Ça va.

Le jeudi matin, la Gorgone lui fit l'honneur de sa gracieuse présence et lui annonça qu'Onions ne reviendrait que le lendemain.

Le vendredi, toujours aucun signe de Stan. Ni de Clark.

— Je dois impérativement joindre Onions, dit-il à Madge.

— Impossible. « Notre Valérie » a encore piqué une crise. Une vraie furie. Brisé la porcelaine et les miroirs à coups de tisonnier. Et le téléphone aussi, par la même occasion. Le patron m'a appelée d'une cabine. Alors, prenez votre mal en patience.

Plus question d'atermoyer. Troy était dépassé par les événements, et il le savait. Il fallait qu'il parle à quelqu'un. Stan était la personne toute désignée, l'intermédiaire logique et légal entre Scotland Yard et les services secrets. Troy avait déterré une affaire qui allait au-delà de ses compétences. Pis, il ignorait qui était l'assassin ou son commanditaire. N'importe lequel des deux camps pouvait avoir tué Cockerell, Jessel et Kerr.

Alors, il passa l'appel qu'il différait depuis tant de semaines et que, globalement, il repoussait depuis vingt ans.

— Charlie ? J'ai besoin de te voir. Pour le travail.

— Le tien ou le mien ? ironisa Charlie.

— Les deux.

Charlie marqua une pause. Si longue que Troy crut que la communication avait été coupée.

— D'accord, dit-il enfin d'une voix pour une fois dénuée de charme ou d'humour. Aujourd'hui, je suis débordé. Demain matin aussi, d'ailleurs. Mais nous pourrions nous retrouver dans l'après-midi, à l'heure du thé. Le *Café Royal* vers quatre heures, ça te va ?

Troy venait de franchir la ligne qu'il s'était juré de ne jamais transgresser. Et il était certain qu'il en allait de même pour Charlie.

94

Troy passa la fin de journée du vendredi à Goodwin's Court. Il avait laissé des messages à Clark un peu partout – au poste de police où il logeait et dans tous les pubs des environs du Yard –, en demandant qu'il le rappelle de toute urgence. Il resta à côté du téléphone, dans la pénombre et le silence, priant pour qu'il sonne. Quand enfin il retentit, il s'aperçut que ses incantations n'avaient pas opéré correctement : elles avaient fait revenir la Gorgone d'un des cercles de l'enfer.

— Le patron est de retour à Acton. Il sera au Yard dans une heure.

— J'y serai aussi, promit Troy.

Aussitôt raccroché, le téléphone carillonna de nouveau. Cela se produisait assez souvent. Troy faillit ne pas répondre.

— Freddie ? fit la voix de Johnny Fermanagh. Il faut qu'on parle. Il faut que je te voie.

— Désolé, Johnny, tu tombes au mauvais moment.

— S'il te plaît, Freddie. C'est important.

En bruit de fond, Troy entendit des rires joyeux, la clameur caractéristique des pubs, le vendredi soir.

— Où es-tu, Johnny ?

— *Colony Room*. Dean Street.

— Tu as dit adieu au régime sec ?

— Pas du tout. Je m'y tiens. Sobre comme un chameau.

— Dans ce cas, que fais-tu dans un club dont l'unique fonction est de permettre aux fêtards de Soho de se saouler à n'importe quelle heure du jour et de la nuit, sans se soucier des règlements sur les ventes d'alcool ?

— Freddie, je ne bois plus ! Juré ! Où veux-tu qu'aille un ancien poivrot par un vendredi après-midi pluvieux ? Il essaie de tuer le temps à Soho !

— Je ne te crois pas.

— Je marche à la limonade, mon vieux ! Et Dieu sait que c'est mauvais. Tiens, Muriel, dis-lui, toi, que je ne bois plus !

Une voix féminine soupira :

— Ouais, et c'est bien dommage.

— Freddie, il faut qu'on parle. Tu as mis le doigt dessus. Une femme. L'amour d'une femme bien.

Troy consulta sa montre. Il finirait par user le tapis à force de faire les cent pas devant le téléphone, à guetter l'appel de Clark. Pourquoi ne pas donner la priorité à Johnny ? Au fond, sa banale histoire d'amour le divertirait agréablement de ses sombres préoccupations.

— D’accord. Rendez-vous au *Salisbury* dans un quart d’heure.

Ils ne pousseraient pas la porte du pub et ils déambuleraient dans la rue en bavardant. Il pourrait prendre congé de Johnny à n’importe quel moment, quand il en aurait assez entendu.

Il pleuvait. Un crachin régulier qui nimbait d’un halo les lampes des réverbères et qui invitait à se réfugier dans la chaleur des pubs. Troy remonta son col et attendit devant le *Salisbury*. Quelques minutes plus tard, il vit Johnny descendre St Martin’s Court, venant de Charing Cross Road, en manteau de cachemire noir, écharpe rouge et feutre marron. La tenue du parfait gentleman. Il souriait. Il semblait sincèrement heureux de le voir.

— On entre ?

— Non. Du moins, tant que tu ne m’auras pas dit la vérité. On reste dehors dix minutes, histoire de tester ta volonté et l’état de ton foie.

— Je n’ai pas bu une goutte d’alcool depuis le mois de juin, Freddie. Depuis la dernière fois où nous nous sommes vus, ici même.

Troy n’était pas entièrement convaincu, mais en l’observant de plus près, sous le bord de son chapeau, il remarqua que sa peau était moins flasque, plus saine, et que le blanc de ses yeux n’était plus injecté. Il avait les mêmes iris vert émeraude que sa sœur.

— Alors, raconte… Qu’as-tu à me dire de si important ?

La phrase parut troubler Johnny, qui frotta sa semelle sur le pavé sans oser le regarder.

— Allons, Johnny, crache le morceau !

— Tu te souviens, je t’avais dit que… que cette femme était mariée.

— Oui, et c’était là le problème.

— Tout à fait. Je… je ne sais comment m'exprimer. C'est pourtant simple. Elle veut quitter son mari. Pour moi.

— Donc, elle lui a parlé ?

— Pas encore. Elle compte le faire ce week-end.

Johnny était donc crédule à ce point ?

— On ne voit ça qu'au cinéma ou dans les romans, Johnny.

— Non… je sais ce que tu veux dire, mais je te jure que c'est vrai.

— Comment le sais-tu ?

— Parce que… parce que… c'est une femme courageuse.

Pauvre innocent.

— Johnny, Johnny, grommela Troy, pour l'amour du ciel, cesse de rêver !

— C'est une femme courageuse. Et c'est ta sœur !

— Laquelle ? fit Troy, par réflexe, avant de mesurer la stupidité de sa question.

Il ne pouvait s'agir que de Sacha. Elle entretenait une liaison depuis des mois. Macha lui avait servi d'alibi au téléphone à maintes reprises. Il avait senti la tension presque électrique entre Sacha et Hugh, lors du dîner de famille, le soir où il leur avait présenté Tosca. Bien sûr, c'était Sacha.

Impossible d'abandonner le pauvre Johnny sur le trottoir. Il devait l'écouter.

— Tu vois, le moment est mal choisi…

— Je sais. Tu me l'as dit.

Troy fouilla dans ses poches.

— Navré, je dois passer au Yard. Tiens, prends mes clés et attends-moi à la maison. Je serai de retour d'ici une heure, une heure et demie. On pourra discuter.

Ils tournèrent l'angle de St Martin's Lane. La pluie, qui tombait dru, leur fouettait le visage.

— Tu vas être trempé, lui dit Johnny. Tiens, prends ça.

Il ôta son feutre, le plaça sur la tête de Troy, dénoua son écharpe et la lui passa autour du cou. Un geste curieux, touchant, presque fraternel.

Troy s'éloigna, non sans avoir jeté un dernier regard à son ami. Les yeux mis à part, ils avaient le même type physique. La petite taille, les épais cheveux noirs qui bouclaient sur le front. C'était la première fois qu'il remarquait cette ressemblance.

95

Il attendit au Yard pendant près d'une heure. Madge finit par rentrer chez elle. Jack bâilla, lui souhaita une bonne soirée et partit en chasse d'une célibataire esseulée. Aucun signe d'Onions. Ni de Clark.

Il rentra chez lui à pied, sous la pluie, protégé par ce couvre-chef incongru, lui qui ne portait jamais de chapeau. Irrité d'avoir perdu son temps et se demandant comment il allait manœuvrer entre Johnny, Sacha et le drame familial qu'allait immanquablement déclencher l'annonce d'un divorce.

La lanterne de la cour n'était pas allumée. La lumière des réverbères de St Martin's Lane n'éclairait pas à plus de trois mètres et, comme par un fait exprès, le lampadaire situé à l'autre bout de l'allée était éteint. Il avança à tâtons, comme il l'avait fait des centaines de fois, et devant sa porte, il buta contre quelque chose de solide. Il bascula en avant sur les mains, les genoux en travers de l'obstacle, le nez au ras de la dalle. Il prit appui sur ses paumes pour se redresser : elles étaient humides. Mais la pluie n'avait pas cette odeur. La pluie n'avait aucune odeur. Et rien n'avait une odeur plus caractéristique que celle du sang. Une expression de Kolankiewicz lui revint : « De la merde sucrée, de la merde sucrée », disait-il en parlant du sang coagulé. Et Troy en était couvert.

Une lumière s'alluma, deux étages plus haut, derrière lui, se reflétant dans les fenêtres de sa maison et baignant l'allée d'une faible lueur. L'obstacle à ses pieds était un corps humain. Un homme, vêtu d'un manteau noir trempé. Des bulles s'échappaient de ses lèvres.

— F… Fr… Fre…

Agenouillé, Troy posa la tête de Johnny sur ses cuisses et le couvrit de son propre manteau.

— F… Fr… Fre…, répéta Johnny.

Troy essuya le sang du front, de la bouche, des paupières. Les lèvres s'entrouvrirent.

Troy se pencha, tendit l'oreille et, en voulant soulever la nuque pour mieux entendre, sentit sous ses doigts des débris d'os et une matière visqueuse qui s'échappait du crâne.

— Freddie, dit Johnny clairement.

Ses yeux s'écarquillèrent, immenses. Et se refermèrent. Troy entendit le dernier râle, sentit la poitrine se creuser et la vie s'en aller.

Il demeura là une éternité. Le plafonnier du second étage s'éteignit, puis se ralluma. Dans la petite flaque de lumière jaune, apparut une haute silhouette. Troy releva la tête. Impossible de discerner ses traits. Il voulut parler. Il était muet. Quelqu'un prononça son nom, s'exclama : « Oh, mon Dieu ! » Il entendit le sifflet aigu d'un agent de police.

— Freddie, Freddie, chuchota une voix à son oreille. Lâche prise. Tu peux. Il est mort.

Une seconde silhouette traversait la cour au pas de course pour les rejoindre. Leurs contours se précisèrent. Elles se penchèrent vers lui, détachèrent ses doigts du cadavre. L'une était Diana Brack, l'autre Ruby, Ruby la pute, qu'il n'avait pas vue depuis des années. Elle avait épousé un client et était partie vivre à Leamington.

— Ruby ? dit-il faiblement.

— Oh, merde, fit la première voix. Il délire. Appelez une ambulance, vite. Et le Yard. Dites que l'inspecteur Wildeve a besoin de Kolankiewicz. Tout de suite.

Troy vit Ruby s'éloigner en courant ; ses jupes flottaient autour d'elle, ses bottines frappaient le pavé.

Le temps qu'arrive un petit homme gros et laid, on avait retiré les clés de la main du cadavre, ouvert la porte et allongé Troy sur la méridienne du salon. Il grelottait de façon incontrôlable. On l'avait couvert avec un édredon.

— Oh, non ! s'exclama le petit homme gros et laid. Non ! Combien de fois je t'ai dit de prendre garde à toi, le péteux ?

— Examine-le, fit la voix du plus jeune. Il a du sang partout. J'ignore si c'est le sien ou celui de la victime.

De ses petits doigts durs et boudinés, le gnome tâta son cuir chevelu. Déboutonna sa chemise, essuya le sang avec une serviette.

— Pas d'hématomes, pas de fractures. Le sang, c'est celui de l'autre.

— Alors, il est en état de choc.

— Évidemment, couillon ! Tu ne serais pas dans le même état, à sa place ? Ah, non, tu aurais pollué la scène de crime avec ton vomi ! Pousse-toi ! Dégage de là !

Le gnome brandit une seringue hypodermique, fit jaillir une gouttelette de l'aiguille. Avec une rapidité foudroyante, la main de Troy lui saisit le poignet.

— Non !

— Non ? Très bien. Alors dis-moi qui je suis.

Troy réfléchit. Petit. Gros. Laid. Oui, il connaissait un petit gros laid. Vraiment laid. Depuis des années.

— Kolankiewicz.

Les deux hommes se regardèrent comme des chansonniers de music-hall.

— Et moi, je suis qui ? fit le plus jeune.

Du fond de sa conscience, Troy parvint à éructer :

— Jack ?

— Si ça se trouve, il va bien, remarqua le plus jeune.

— Mon cul, oui, lança le gnome. Troy, écoute-moi : on est en quelle année ?

— 1944.

— Bon, alors, je pique.

Il retroussa une manche de chemise et chercha une veine.

— Mets seulement la moitié de la dose, dit le plus jeune. J'aurai besoin de lui parler demain matin.

Troy n'entendit pas la réponse du gnome. Il vit un ciel rose, qui vira à l'écarlate, puis au violet. Et le violet finit en nuit noire.

96

Le sang de Johnny teintait le bain de traînées brunâtres. Troy souleva la bonde et regarda l'eau s'évacuer en spirales. Il donna un coup de pied sur la canalisation et attendit que le chauffe-eau veuille bien délivrer dix centimètres d'eau propre au fond de la baignoire.

Jack apparut, une tasse de café à la main, et la lui tendit avant de s'asseoir sur le siège des toilettes. Du déjà-vu, le spectacle des ablutions. Aujourd'hui, Jack était à sa place et lui à celle de Tosca, sans la mousse, sans les seins, mais parfumé à la mort.

— Tu sais, dit Jack, je connaissais Fermanagh depuis longtemps. Depuis l'école, en fait. Il était un peu plus âgé que moi. Un type correct, à douze ans. Bon, adulte, l'alcool aidant, c'était devenu un idiot de première, mais il n'aurait pas fait de mal à une mouche. Personne n'aurait eu de raison d'en vouloir à sa vie. Conclusion : ce n'est pas lui qui était visé. C'était toi.

— Il… il a insisté… pour me donner… son chapeau et son écharpe, bafouilla Troy. Il a relevé le col de son manteau. Je l'ai vu remonter l'allée. N'importe qui, de loin, aurait pu nous confondre. Même moi, j'ai pensé qu'on se ressemblait, finalement.

— Donc, question : qui veut te voir disparaître ? Une seule réponse me vient à l'esprit : ceux qui ont cherché à te tuer à la gare de Three Bridges. Alors dis-moi quelle piste t'a permis de reprendre le dossier.

— La sœur. Celle de Belper. Elle a récupéré la clé du coffre de Madeleine Kerr. Dedans, il y avait une sorte de testament, qui expliquait ce qu'elle trafiquait avec Cockerell.

Jack l'écoutait, hochait la tête. Troy lui résuma brièvement l'affaire, en phrases courtes et hachées. Il peinait à respirer.

— Et que sait Clark, au juste ?

— Tout. Enfin, presque tout. Ne monte pas sur tes grands chevaux. Il a joué ton rôle. Qu'est-ce qu'une conspiration, sans conspirateurs ?

— Tu en as parlé à Stan ?

— J'ai essayé de le joindre toute la semaine. En vain. Cela vaut peut-être mieux. Tu connais sa phobie des taupes. Il va vouloir passer par sa hiérarchie, il va s'énerver et il va exploser. Et alors là, on en prendra pour notre grade. Il ne sait pas finasser. Je préfère emprunter une porte dérobée.

— Je vois… Ton copain Charlie ?

— Oui.

— Quand ?

— Cet après-midi. Vers quatre heures. À moins que je puisse le joindre avant.

— Écoute, je serai chez moi toute la soirée. Appelle-moi. Quoi qu'il advienne, appelle-moi. Freddie, il serait temps d'arrêter de nous mettre des bâtons dans les roues, non ? Et de nous battre ensemble contre l'ennemi.

— Un ennemi invisible.

— Je n'en sais pas plus que toi.

Troy laissa aller sa nuque contre le rebord de la baignoire et ferma les yeux. L'eau était quasiment froide, son corps à peine recouvert d'une écume crasseuse, mêlée à quelques cristaux de sels de bain, souvenir de Tosca, mais il s'en moquait. Il ne voulait plus bouger.

— « Les deux casse-cous de la haute », murmura-t-il.

— Pardon ?

— C'est ainsi que nous surnommaient les flics du Yard, avant que nous soyons suffisamment montés en grade pour qu'ils fassent semblant de nous respecter. « Les deux casse-cous de la haute ».

— C'est vrai, je m'en souviens. Je n'avais pas entendu ça depuis des années. Eh bien, les deux casse-cous vont se remettre en selle, pas vrai ?

97

Il n'y avait aucune raison logique à ressentir des fourmis dans les doigts, pourtant, dès que Troy aperçut Charlie au *Café Royal*, l'endroit même où Anna et lui s'étaient cérémonieusement annoncé leur rupture quelques mois plus tôt, ses mains se mirent à le picoter.

— Tu as mauvaise mine, Freddie. Une explication particulière ?

— Pas une, des dizaines.

Charlie était arrivé bien avant lui. Il avait terminé une assiette de sandwichs et souligné sur le journal les noms des chevaux remplaçants aux courses de Sandown Park. Il fit signe au serveur et commanda du thé.

— À moins que tu n'aies besoin d'un remontant ? Auquel cas, j'annule et on va au pub.

— Non. Ce serait pire.

— Alors, raconte à tonton Charlie ce qui ne va pas, et il saura quoi faire.

— Cockerell. Tout tourne autour de Cockerell.

Troy se lança dans des explications bredouillantes, et au bout de deux phrases, Charlie lui donna la réponse espérée.

— Bon sang, Freddie, à quoi servent les vieux copains ? Pourquoi n'es-tu pas venu me voir plus tôt ?

Tous deux savaient pourquoi.

— Attends, je vais prendre des notes.

Charlie retourna ses poches. Ne trouvant pas de papier, il ouvrit son chéquier par la fin et se mit à griffonner au dos d'un chèque – ces chèques immenses, ridicules, de la taille des billets de banque d'avant-guerre qu'appréciait la Mullins Kelleher. Le voyant noircir le dos d'un second chèque, Troy se demanda s'il n'allait pas remplir tout le carnet, en écrivant même sur les talons un résumé de cette pagaille. Il n'aurait qu'à relire ses notes pour reconstituer la genèse de l'affaire. Dépôt : un mystère. Retrait : une vie.

Tout en parlant, Troy vit un nuage apparaître, une nébuleuse qui grossissait à mesure du récit. Elle s'accrochait à chaque question posée par Charlie. Il eut l'impression d'avoir rêvé la soirée précédente, que rien n'était arrivé. Lavé, habillé, l'odeur du sang neutralisée par la poudre de talc, il n'était plus sûr de rien. Il sentait le poids de Johnny dans ses bras, voyait le masque africain écarlate qu'il avait créé en essuyant le sang de ses yeux et de ses lèvres. Mais il ne l'entendait pas, il ne sentait pas sa présence et son odeur ; le poids s'allégea et la vision se dissipa. S'il s'agissait bien d'un songe, il ne pouvait le raconter. Il n'en parlerait pas.

— Où est-il ? demanda Charlie.

— Pardon ?

— Le document que tu as récupéré à Paris.

— Euh… je l'ai confié à l'un de mes lieutenants spécialiste du décryptage.

— Et ce lieutenant est au Yard ?

— Non. Je ne l'ai pas vu depuis mercredi.

Le moment était venu où la chronologie lui imposait d'évoquer les événements de la veille. Troy essaya de s'en remémorer les moindres détails : Johnny plaçant son chapeau sur sa tête et son écharpe autour de son cou – échange d'identités très symbolique –, sa voix prononçant un dernier mot, son prénom. Un rêve. Ensuite il avait flotté sur un nuage rose. Non, rien ne s'était produit. Il ne parlerait pas.

Brusquement, il la vit. Elle se frayait un chemin entre les tables, parmi les clients qui, ayant terminé leurs emplettes dans les magasins de Regent Street, dégustaient le thé et les gâteaux qu'ils pensaient avoir bien mérités. Elle fonça vers lui en agitant la main. Troy se leva. Charlie se retourna et, apercevant une jolie femme, se leva à son tour.

— Je ne m'attendais pas à te voir, dit Troy.

— Ah… ben, je suis venue avec tes sœurs. Elles voulaient faire la bringue et claquer leur fric dans les magasins. Au début, c'était bien, mais bon sang, elles sont bonnes qu'à parler de fringues et de cul, de cul et de fringues.

C'est alors qu'elle remarqua Charlie. Et Troy surprit l'imperceptible étincelle qui passait dans leur regard.

— Charlie. Mon épouse, Larissa. Larissa. Charlie Leigh-Hunt.

Charlie gratifia Tosca d'un sourire enjôleur.

— Enfin, fit-elle. J'ai beaucoup entendu parler de vous.

— En mal, j'espère…

Troy les observait. Même Tosca succombait au charme de Charlie, le magnétisme animal capable de faire perdre la tête à n'importe quelle femme. Un charme que Troy savait ne pas posséder. La haute taille, l'élégance, le bleu des yeux, l'éclat du sourire n'étaient que des pièces du puzzle, et l'ensemble plus remarquable encore.

Elle rosit légèrement et balaya d'un petit geste cette phrase bateau.

— Nan, juste tous les trucs que vous faisiez dans le temps, vous et votre gang…

— Notre gang ?

— Oui, vous savez… Riri, Fifi et Loulou.

Charlie lança à Troy un regard interloqué.

— Elle veut dire Gus et Dickie, expliqua celui-ci.

— Bon, faut que je file, mon chou. Sinon, tes frangines vont venir me chercher ici. On se voit à la maison ? Contente de vous avoir rencontré, Charlie.

Elle déposa un baiser sur la joue de Troy, fit un charmant signe de la main à Charlie et se précipita vers la porte. La tornade avait duré dix secondes.

Ils se rassirent.

— Eh bien…, dit Charlie.

— Tu étais à l'étranger.

— Ah bon ?

— J'ai essayé de te prévenir.

— Je suppose que je dois te féliciter.

— Si ça te fait plaisir.

— Tu sais, je n'ai jamais imaginé l'un de nous marié. C'est drôle, hein ? Sans raison particulière. Simplement, je ne l'aurais pas envisagé.

— Moi non plus.

Le silence qui suivit fut des plus pénibles. Charlie finit par le briser.

— Bon, où en étions nous ?

98

Troy courut comme un fou du *Café Royal* à Goodwin's Court. Le Quadrant, Regent Street, Piccadilly Circus, Coventry Street à fond de train. Il trébucha en traversant Leicester Square, s'affala de tout son long, déchirant son pantalon au genou, refusa les mains tendues des passants qui voulaient l'aider à se relever, descendit Charing Cross Road, coupa par St Martin's Court et arriva, pantelant, devant sa porte. Il sentait encore sur ses omoplates les stigmates démoniaques de l'accolade de Charlie.

Tosca était là. À entendre les coups de bélier et les craquements de la tuyauterie, elle devait se faire couler un bain. Troy se débarrassa de sa veste et grimpa l'escalier quatre à quatre. Elle était à moitié déshabillée, en chemisier et porte-jarretelles, et trottinait dans la chambre en fredonnant.

Elle lui sauta au cou. Souriante, d'humeur blagueuse. Rigolote, malicieuse, plus américaine que jamais. Il lui prit la taille, par habitude. Un réflexe qui n'avait rien à voir avec son état d'esprit.

— Tu as fait vite ! Tant mieux ! Ce soir, on fait une virée en ville. On va s'éclater !

Elle l'embrassa. Une grosse bise – une parodie de baiser. Elle recula, tendit le cou, s'appuya de tout son poids sur ses bras et lui fit un grand sourire. Troy sentit la caresse provocante d'un pied gainé de nylon le long de son mollet. Le comble de l'ironie, que le meilleur d'elle-même surgît au plus mauvais moment.

— T'as perdu ta langue, mon chou ?

— Assieds-toi.

— Quoi ?

Il la poussa jusqu'au bord du lit et l'obligea à s'asseoir.

— Où as-tu déjà vu Charlie ?

— Quoi ?

— Je répète : où as-tu déjà vu Charlie ?

— Nulle part. Tu me l'as présenté il y a une demi-heure à peine.

— Faux. Charlie t'a reconnue. Il a tout fait pour le dissimuler, mais il te connaît.

— Attends… je… jamais…

Il prit ses joues entre ses mains et la regarda droit dans les yeux. Cela valait mieux que de crier.

— Réfléchis. Où l'as-tu rencontré ?

Il vit des larmes lui perler aux paupières.

— Il me connaît ? T'es sûr ?

— Certain.

— Je te jure que je l'ai jamais vu. Je croyais que tu me présentais un de tes copains d'enfance.

— C'est un copain d'enfance. Et aussi une taupe.

— Tu m'avais dit qu'il était aux Affaires étrangères ! Diplomate, quelque chose comme ça. J'avais aucune raison de penser que c'était quelqu'un que j'avais pu rencontrer avant.

— Moi non plus. Mais je connais Charlie mieux que personne. Il t'a déjà vue, et dans le cadre qui nous importe.

— Tu veux dire, pour le travail ?

— En effet.

— Pendant la guerre, peut-être ? J'ai rencontré des tas de gens, quand je travaillais au QG d'Eisenhower. Un miracle que j'aie pas croisé ton frère dans les couloirs.

— Si ça avait été pendant la guerre, logiquement, il l'aurait mentionné, non ?

Elle s'affaissa. S'il la lâchait, elle s'effondrerait sur le lit.

— Ouais. Évidemment. Je vois le genre de gus. Pas empoté comme toi avec les femmes. Un tombeur de dames. Un dragueur de salon, ou je m'y connais pas. Si on avait été présentés, il m'aurait fait du gringue. Merde, merde, merde !

Ses larmes coulaient entre les doigts de Troy. Derrière lui, il perçut un bruit d'eau anormal, venant de la salle de bains. La baignoire débordait. Il courut fermer les robinets. Quand il revint, elle avait enfoui son visage dans les oreillers. Il la souleva et la prit dans ses bras. Entre deux sanglots, elle murmura :

— Y aura jamais d'issue. Jamais de fin à tout ça.

Elle s'endormit.

Et il la laissa dormir.

Quand elle s'éveilla, il faisait nuit. Troy, assis sur une chaise dans un coin de la chambre, la vit remuer, se frotter les cheveux, cligner des yeux. Il crut qu'elle ne le reconnaissait pas. Soudain, elle porta les mains à sa bouche et étouffa un cri.

— Mon Dieu ! Je me souviens ! Je me souviens ! C'est lui !

Troy se précipita vers elle, la saisit par les poignets et les maintint écartés.

— Raconte-moi.

— Y a trois ans. En 53. En novembre. J'étais sur une mission régulière à Lisbonne. Je faisais ça depuis le printemps. Toujours le même échange, la même boîte aux lettres vive, avec le même gars. Même méthode. Il arrivait avec un exemplaire du *Times* de l'avant-veille, avec le rond du « e » noirci. Je lui donnais un paquet. Ils me l'ont jamais dit, mais je me doutais que c'était du fric. J'ai dû le faire cinq ou six fois d'affilée. Et puis en novembre, un autre type se pointe au même endroit, avec le *Times* et le rond du « e » noirci comme il fallait. Donc, je lui tends le paquet. Quinze secondes en tout. On s'est pas parlé – il a pas essayé de me draguer. C'était ton Charlie. Je l'ai vu qu'une fois. En décembre, l'autre gars est revenu – par la suite, je l'ai retrouvé souvent à Paris et à Zurich. J'ai jamais revu Charlie.

Troy alla chercher sa sacoche au rez-de-chaussée, la renversa sur le lit et lui montra une photographie de Cockerell découpée dans un journal.

— C'était lui ?

— Ouais, c'est lui. Ronnie Kerr. Mais comment…

— Il s'appelait en réalité Arnold Cockerell.

— Quoi ? L'homme-grenouille ? Le type sur lequel tu enquêtes ? Je comprends pas.

— Tu devrais. C'est très simple. Tu étais le dernier maillon de la chaîne d'une opération pas très propre.

— Moi ?

— Où croyais-tu que passait l'argent ? À quoi pensais-tu qu'il servait ?

— Je pensais pas. Tu perds l'habitude. Tu fais ton boulot en espérant que tout ira bien. Tu sais, c'est peut-être pas aussi grave que ça en a l'air. Personne est au courant. Enfin, à part nous. Charlie dira rien, hein ? Il peut rien dire. S'il vend la mèche, il se grille. C'est comme dans les westerns. Chacun attend que l'autre dégaine le premier. Donc on craint rien. Qui d'autre saurait ? Je veux dire, qui m'aurait vue ?

Troy ne savait pas si elle plaidait sa cause pour le rassurer et donc pour se rassurer elle-même. Il lui montra ensuite le visage de Madeleine Kerr, sur le cliché de l'identité judiciaire.

— Et elle, tu la connais ?

— Non, jamais vue.

— La femme de Ronnie Kerr. Du moins, elle se faisait passer pour telle. Vingt-deux ans. Elle prenait ça à la rigolade. Elle a été assassinée. Il y a moins de deux semaines. Et tu te souviens, quand je suis parti enquêter dans le Derbyshire ? Le mort, c'était le comptable de Cockerell. Aujourd'hui, il ne reste plus que toi. Tu es la seule personne vivante à savoir que Charlie organisait un trafic pour les Russes. Tous les autres sont morts.

— Oh merde. Oh merde. Oh merde.

Le téléphone n'arrêtait pas de sonner. Troy finit par empoigner le combiné, décidé à raccrocher aussitôt.

— Mr Troy ?

La voix d'une opératrice.

— Un appel en PCV de Leicester. Un certain Mr Clark. Vous acceptez la communication ?

Tosca avait raison. Personne, à part Charlie, ne l'avait vue sous son ancienne apparence. Personne, sauf Clark.

— C'est moi, monsieur. Je vous appelle de la gare de Leicester. J'ai trois quarts d'heure de battement entre deux trains. J'attends celui de Nottingham. Et j'ai pensé qu'il valait mieux vous prévenir. Je reviens de Belper. Je crois que j'ai réussi à craquer le code.

— Le code ?

— Celui de la deuxième lettre de Madeleine Kerr. Je n'arrivais à rien, passé la première phrase. Et tout à coup, eurêka ! Je comprends que ce n'est pas elle qui l'a cryptée. C'est Cockerell. Alors j'ai dû chercher la clé du code.

— La clé ? répéta Troy comme un perroquet.

— Oui, monsieur. Ce genre de code a besoin de s'appuyer sur un texte de départ. Une grille d'acrostiche, si vous préférez, connue du rédacteur et du lecteur. Sous sa forme la plus simple, il s'agit d'un système d'encodage à clé unique, que l'on appelle un masque jetable, et qui contient une série de nombres de cinq chiffres. Vous déchirez la page après usage, donc le code change à chaque fois. Dans sa version la plus complexe, vous avez la machine Enigma, une machine à rotors dont le mouvement continu permet l'obtention de transformations cryptographiques différentes à chaque pression d'une touche. À côté, le mécanisme de la machine analytique de Babbage[1] est aussi simple que celui d'un réveil. Pendant la guerre, à Bletchley Park, des centaines de scientifiques et de cryptanalystes travaillaient jour et nuit dans des cabanes en rondins au déchiffrage des codes allemands. Le capitaine Cockerell ne devait pas être un crypteur professionnel, donc je devais partir d'un texte imprimé. Vous vous souvenez de la lettre précédente ? Elle débutait par « Dear Sis ». Vous voyez l'astuce, monsieur ? Pas Sis. SIS.

— Venez-en au fait, Eddie.

— L'encodage débutait par AC49. J'ai eu beau essayer toutes les combinaisons possibles, elles ne menaient nulle part. Alors je me suis dit qu'il y avait certainement un code spécial pour la suite, et c'était ça, la clé, ce qu'on appelle un indice chez nous dans la police. J'ai compris que Madeleine Kerr n'avait écrit que les deux premières lignes, pour diriger sa sœur vers le système de cryptage utilisé par Cockerell. Il devait s'agir d'un texte auquel Cockerell avait accès tous les jours, dans un carnet, par exemple. Alors j'ai pris les clés du magasin dans le tiroir de votre bureau et je suis allé à Belper hier après-midi. Je n'ai rien trouvé. Quand je pense que je l'avais sous le nez ! J'ai passé toute la nuit et la moitié de la matinée à fouiller son secrétaire et ses casiers. Et puis je l'ai vu ! Le guide de l'Automobile Club de l'année 1949. AC49. Au dos, on vous donne les distances entre les principales villes de Grande-Bretagne. Un simple graphique, avec une abscisse et une ordonnée, par ordre alphabétique. A pour Aberdeen, et le premier emploi de la lettre A est basé sur la distance entre Aberdeen et Aberystwyth, à savoir 687 kilomètres, d'où les trois chiffre 6 8 7. La seconde, sur la distance entre Aberdeen et Barnstaple, 922 kilomètres, d'où 9 2 2. Étant donné qu'il y a cinquante-sept codes possibles pour la lettre A, vous pouvez écrire plus d'une page avant d'avoir à répéter les mêmes chiffres. De temps en temps, il y a des chevauchements, par exemple, la distance étant la même entre Londres et Brighton qu'entre Londres et Cambridge, vous pouvez en théorie avoir 8 5 pour B et C, mais Londres se trouvant en bas de chaque colonne, vous seriez à votre trentième utilisation, alors… Le piège, c'est qu'il n'y a pas de grande ville commençant par J, donc la deuxième ville qui commence par I, à savoir Ipswich, sert de J. Et vous ne devinerez jamais comment il s'est débrouillé pour la lettre Z !

— Eddie, pour l'amour du ciel, abrégez !

— Ashby de la Zouche[2] ! Pas mal, hein ?

Eddie n'entendait donc pas son impatience ? Troy chercha Tosca des yeux : elle n'était plus dans la chambre.

— Bien joué, Eddie. Vous êtes un champion. Maintenant, par pitié, parlez-moi du contenu !

Troy pressentait le pire. Et le pire arriva.

— D'après moi, Cockerell était un agent double. J'ignore s'il était assez intelligent pour comprendre ce que cela impliquait, mais ceux qui le manipulaient le savaient, eux. Ils l'utilisaient pour faire passer des informations hors de Grande-Bretagne et y faire entrer l'argent. Ils l'envoyaient partout en Europe, Paris, Milan, Lisbonne et j'en passe. Il a été recruté par un dénommé Charles Leigh-Hunt au cours de l'été 1951, à l'occasion d'une visite au Festival de Grande-Bretagne. Il prétend que Leigh-Hunt est au MI6 et qu'ils se sont connus pendant la guerre. Faut-il faire confiance à Cockerell sur ce point ? À vous de voir. Il peut s'agir d'un faux nom, d'un scénario qu'on lui a fait apprendre par cœur. En revanche, il n'y a aucun doute sur l'identité de son officier traitant. Je vous le donne en mille. Vous me croiriez si je vous dis qu'il s'agit de notre vieil ami l'inspecteur Cobb ?

— Oui, je vous crois, Eddie.

— Ensuite, vient une liste de sept agents que Cockerell prétend avoir sur son registre du personnel. John Earl, Alan Smith, Anthony…

— Pas besoin des noms, le coupa Troy. C'est le gros poisson que je veux, pas le menu fretin.

Clark marqua une longue pause. Il hésitait à répondre.

— Eh bien, monsieur, le gros poisson… il n'y en a qu'un : l'agent russe qui remettait l'argent à Cockerell. Tout est noté, la date, l'heure, le lieu des rencontres. Pas le nom. D'après Cockerell, « c'était inutile, puisqu'elle utilisait chaque fois une identité différente ».

Clark s'interrompit de nouveau. Troy sentait son cœur battre à tout rompre.

— Il en donne un signalement très précis, monsieur.

Encore un très long silence. Troy retint sa respiration.

— J'ajouterais, monsieur, que la description nous est familière.

— Continuez.

— Un mètre cinquante, cheveux blonds ou roux, coupés très court, une poitrine et des fesses à la Jane Russell, et un « accent américain exaspérant ». Et surtout, monsieur, « elle a toujours avec elle un exemplaire de *Huckleberry Finn* ». Qu'en pensez-vous, monsieur ?

Il aurait voulu qu'elle soit dans la pièce pour lui dire ses quatre vérités. Lui lancer à la figure son stupide « on ne craint rien ». Pourquoi avait-elle choisi de s'éloigner, à présent que ses mensonges allaient s'écrouler comme un château de cartes ?

— Eddie, êtes-vous toujours logé dans un poste de police ?

— Oui, monsieur.

— N'y retournez pas. Assurez-vous de ne pas être filé. Passez la nuit dans un hôtel. Allez au *Ritz*, de ma part. Ils vous trouveront une chambre. Elle vous rejoindra là-bas.

— Je ne vous suis pas très bien, monsieur.

Clark ne demanda pas qui était « elle ».

— Il y a eu un autre meurtre. Quelqu'un que Cobb a pris pour moi.

— Mon Dieu, monsieur.

Troy raccrocha et descendit au salon. Tosca était assise dans un fauteuil. Foxx dans un autre. Deux serre-livres encadrant la petite valise rose. Vision d'enfer. Foxx en nouvelle Foxx, tailleur Dior et escarpins. Tosca en ancienne Tosca. La prunelle tueuse.

— Bon. T'es démasqué, Zorro.

Elle croisa les jambes. Son pied se balançait, battant le métronome de son impatience. Foxx regardait Troy. Déroutée, et à deux doigts de piquer une crise.

— Tu vas t'expliquer ou quoi ? lança Tosca.

Troy la prit par la main, l'entraîna dans la cuisine et claqua la porte. Il ne vit pas venir le coup de poing, un direct à la mâchoire qui lui fit perdre l'équilibre. Il esquiva le second, et le troisième heurta une grosse casserole. Elle frotta ses phalanges en poussant des petits cris de douleur.

Troy la plaqua contre le mur.

— Espèce de salaud ! hurla-t-elle. Fumier ! Tu pouvais pas m'attendre, hein ? Tu pouvais vraiment pas m'attendre ? C'était trop te demander, d'attendre un peu ?

Il lui souleva le menton et l'obligea à le regarder. Elle continuait de lui donner des coups de pied, mais ses mains ne s'agitaient plus.

— Tais-toi. Tais-toi et écoute-moi. Quoi que tu aies en tête, quoi que tu puisses penser de moi, il y a beaucoup plus grave.

— Ah ouais ? Et quoi ? cracha-t-elle entre ses lèvres serrées.

— Ils ont tué un homme hier soir.

— Qui, ils ?

— Ceux pour qui tu travaillais. Ici même, sur le pas de la porte.

Elle écarquilla les yeux. Il sentit son corps s'amollir et sut qu'elle n'avait plus envie de se débattre.

— Ils l'ont confondu avec moi.

— Oh, Seigneur. Que Dieu nous protège.

Il la lâcha. Elle se laissa glisser sur le carrelage, entoura ses genoux de ses bras. Elle pleurait.

Troy s'accroupit à sa hauteur.

— Qui… c'était… ? hoqueta-t-elle. Je veux dire, le gars qu'ils ont pris pour toi ?

— Un vieil ami. Je t'ai déjà parlé de lui. Johnny Fermanagh.

— Il te ressemblait ?

— Un peu. Enfin, beaucoup.

Elle posa son front sur ses genoux et grogna :

— Nom de Dieu, qu'est-ce qu'on va faire ?

Il lui caressa la joue, ôta délicatement une toile d'araignée restée accrochée dans ses cheveux, quand elle avait glissé le long du mur.

— Exactement ce que je vais te dire.

— Je t'écoute.

— Emmène Shirley avec toi. Tu vas au *Ritz* et tu réserves trois chambres.

— Elle est pour qui, la troisième ?

— Un lieutenant du Yard. Il te contactera d'ici une heure ou deux.

— Et comment je sais que c'est lui ?

— C'est un vieil ami. Edwin Clark.

Elle releva la tête, si vite qu'il crut qu'elle allait se briser la nuque, les yeux ronds comme des soucoupes.

— Edwin ? Edwin ? Tu veux dire Eddie Clark, de Berlin ? Le petit gros ? Mon cher petit Swifty qui vendait des fanfreluches et du bon café au marché noir ? Celui qui m'avait dégoté ma robe Schiaparelli ?

— Oui.

— Il est lieutenant au Yard ?

— Oui.

— Troy, pourquoi tu me l'as pas dit plus tôt ? Il me connaît ! Il me connaît ! T'aurais dû me le dire ! Putain, pourquoi tu me l'as pas dit ?

— Ça t'aurait alarmée. De plus, rassure-toi, il est de notre côté.

— De notre côté ? De quel côté ? Je sais pas ce que ça veut dire, moi, de notre côté !

— Laisse-lui un message à la réception en donnant ton numéro de chambre. Ne te montre pas tant que je ne t'ai pas contactée. Allez, enfile tes chaussures et ton manteau. Tu n'as pas le temps de faire tes valises.

Il ouvrit la porte de la cuisine. Tosca monta l'escalier en courant. Il vit Foxx de dos, debout près du poêle. Elle se retourna et lui plaqua une grande enveloppe marron sur la poitrine.

— Tu m'avais dit que tu ne vivais plus avec ta femme.

— En effet, du moins c'est ce que je pensais, répliqua Troy, ne sachant plus si c'était vrai ou non.

— Mais elle est là. Et moi aussi.

— Et vous allez devoir vous supporter plus longtemps que prévu.

— Nous avons des ennuis ?

— Oui.

— Les ennuis, je les voyais venir. Ta femme, pas du tout.

99

Troy mit Tosca et Foxx dans un taxi et retourna chez lui. Il prit le petit revolver doré, arma le chien, introduisit une balle dans la chambre et le posa sur le guéridon, à côté du téléphone. Revolver et téléphone, les outils du métier. L'un ou l'autre devait le sortir de ce guêpier.

Le moment était venu pour lui et pour Charlie de discuter sérieusement. Une vingtaine d'années plus tôt, Charlie lui avait téléphoné. « Je suis fiancé, Freddie. Débrouille-toi pour me convaincre de changer d'avis. » Troy avait trouvé les arguments. Sans même connaître le nom de la pauvre fille. Mais appeler Charlie pour en découdre, l'appeler pour tracer une ligne à ne pas franchir sous peine de représailles, c'est-à-dire l'appeler pour le faire chanter, ça, il ne l'avait jamais fait, et il ne savait comment s'y prendre. Avec un peu de chance, Charlie le contacterait le premier et lui dirait : « Nous sommes dans le pétrin, Freddie, sortons-nous de là. » Il fut un temps où Charlie le Charmeur parvenait à s'extraire de n'importe quelle situation.

Une demi-heure s'écoula, sans qu'il se décidât à empoigner le téléphone. Il sonna. Troy décrocha. Si c'était Charlie, advienne que pourrait.

— Allô, Troy ? C'est moi, Foxx. Je suis au *Ritz*. Il s'est passé quelque chose. En arrivant à Charing Cross, Larissa a demandé au chauffeur de changer de direction. Elle m'a dit : « C'est stupide d'aller directement au *Ritz*. Fais-moi confiance. Je suis une pro. On nous suit. Déjouer une filature, j'ai l'habitude. » On s'est arrêtées à King's Cross. Pendant que je hélais un second taxi, elle a réglé la course. Elle a laissé tombé son sac.

Quand je me suis retournée, elle avait disparu. Le sac était là, sur le trottoir, et elle, envolée. Je te jure, Troy, évaporée. J'ai attendu plus de dix minutes, mais elle n'est pas revenue. Volatilisée !

100

Il y avait fort longtemps que Troy ne s'était pas rendu à Edwardes Square. Il aimait ce quartier verdoyant, mais il n'avait jamais eu de motif sérieux d'y retourner. Un détail avait changé depuis 1944 : plus besoin de se dissimuler dans l'ombre et de déjouer l'attention d'un flic de la Special Branch surveillant l'entrée du numéro 52. Il gara la Bentley devant la porte de Muriel Edge et tira sur la sonnette.

— Vous en avez mis du temps, lui dit-elle.

Troy consulta sa montre : onze heures moins le quart.

— Désolé, je n'ai pas fait attention à l'heure.

— Je parlais de vous rendre la grâce que vous m'avez accordée autrefois, Mr Troy. Pas de l'heure. Voilà plus de dix ans que j'attends votre visite. Entrez, je vous en prie.

Elle referma la porte et tira la lourde tenture qui la protégeait de la fraîcheur de la nuit.

— C'est l'automne. La saison des brumes et des fruits mûrs, sans parler des courants d'air glacés et de l'humidité.

Il la suivit dans un petit salon surchauffé, à l'arrière de la maison.

— Je prends ma retraite à Noël, Mr Troy. Si vous n'étiez pas venu, vous n'auriez pas pu récupérer ce qui vous est dû.

— Je ne pensais pas à cela.

— Ne faites pas votre timide. Cela ne vous sied pas.

Elle s'assit dans un fauteuil à haut dossier, à côté d'un poêle à gaz chuintant. Troy se souvint d'un petit pékinois jappeur, dont la place sur le tapis était aujourd'hui occupée par un gros chat tigré, qui entrouvrit un œil à son approche, mais ne bougea pas une vibrisse. Un jeu de patience était étalé sur une table basse recouverte de feutre vert et le dernier roman de Kingsley Amis, *That Uncertain Feeling*, ouvert sur le repose-pieds. Le temps n'avait pas épargné Muriel Edge : des rides profondes s'étaient creusées autour de ses petits yeux de myope, lui conférant un visage ravagé qui n'était pas sans rappeler celui du poète William Auden. Le haut dossier du fauteuil était clairement destiné à soulager une arthrite chronique. Elle ne pouvait se pencher sans souffrir, et ses phalanges repliées, aux jointures noueuses, aussi grosses que des châtaignes, ressemblaient désormais à des griffes.

— J'aurais dû quitter mon poste au printemps, à mes soixante ans. Mais lors du transfert de Dick White, mon supérieur hiérarchique, du MI5 au MI6, son successeur m'a priée de m'occuper de la section pendant la passation de pouvoirs. J'en étais ravie, vous pensez. La retraite va me mener droit à la tombe. Je peux difficilement tuer le temps à écrire mes Mémoires, n'est-ce pas ?

De sa main crochue, elle fit signe à Troy de s'asseoir en face d'elle.

— Bien, dites-moi ce qui vous amène. J'espère que votre requête sera du domaine de mes compétences. Je n'aimerais pas laisser une dette non réglée.

Troy n'avait pas le sentiment de quémander une faveur. Cependant, il ne serait jamais venu voir Muriel Edge s'il n'avait pas su qu'elle se sentait redevable envers lui d'avoir traqué et arrêté John Baumgartner, alias Jimmy Wayne, ses pouvoirs à la tête de la section F4 du MI5 ne s'étendant pas jusque-là. Il ne considérait pas cela comme une dette, mais si elle l'envisageait ainsi… Que la faveur soit due ou non, peu importait, du moment qu'elle la lui accordait.

Deux téléphones étaient placés à sa portée, sur une petite table, dans le renfoncement de la cheminée. Un blanc et un noir. Le blanc, dépourvu de cadran, était relié en direct à une opératrice du MI5. Elle n'avait qu'à décrocher pour avoir au bout du fil un officier de service à ses ordres.

— Connaissez-vous Norman Cobb, Mrs Edge ?

— L'inspecteur Norman Cobb ? Oui. Dans le temps, il a travaillé pour moi, à deux ou trois reprises. Mais pas récemment. Il avait, disons, la main un peu lourde. Je ne tolère pas ce genre de comportement. Il y a de meilleurs policiers que lui à la Special Branch, même si la subtilité n'est pas leur fort.

— Il a dû demander à être hébergé en lieu sûr. J'ai besoin de savoir où.

— C'est tout ?

— Oui.

Edge haussa les épaules, comme si Troy avait accepté un shilling à la place d'une livre sterling, et souleva le combiné du téléphone blanc.

— C'est moi. J'aimerais joindre l'inspecteur Norman Cobb, de la Special Branch. Il se trouve dans l'un de nos locaux sécurisés. J'ignore lequel. Non, inutile de me le passer. Appelez-moi sur l'autre ligne, dès que vous avez l'adresse. Merci.

Elle se tourna vers Troy.

— Une question de minutes. Si vous nous serviez un verre, en attendant ? Vous êtes pâle à faire peur. Une goutte de cognac nous ferait du bien.

Troy suivit la direction indiquée par les doigts déformés, un placard empli de bouteilles d'alcool. Il plaça un verre à côté du jeu de patience et but une gorgée du sien. Toujours le même goût de savon, mais Edge avait raison, il en avait besoin.

— J'ai suivi, de loin, votre carrière au Yard. Un peu en dents de scie, me semble-t-il ?

Curieux qu'elle ne lui ait pas demandé pourquoi il souhaitait l'adresse de la planque de Cobb. Apparemment, elle n'en avait pas l'intention.

— Vous avez beaucoup fait parler de vous au mois d'avril, Mr Troy.

— Ah bon ?

— Oh oui. Au point que j'étais fière de vous avoir connu. Vous vous souvenez du jour où vous avez dit à Ted Wintrincham que vous n'espionneriez pas Boulganine, mais Khrouchtchev ?

Elle eut un petit rire sous cape, pas à ses dépens.

— J'ignorais que c'était de notoriété publique, s'étonna Troy.

— Détrompez-vous. Je dirais que c'est de notoriété interne. Ted est un petit plaisantin, quand il veut. Il m'a relaté mot pour mot votre entrevue, en respectant les pauses et les silences pesants. Il a même imité votre impayable accent d'ancien de Harrow[1]. J'ai cru qu'il allait mourir de rire. Il l'a raconté à tout le MI5. Il disait qu'il n'avait jamais rien entendu de plus drôle.

— J'avoue ne pas avoir vu le côté plaisant de l'affaire.

— Pis que cela. Vous vous êtes fait avoir. Vous auriez dû refuser leur proposition. Leur dire de faire leur sale boulot tout seuls et sortir du bureau sans un regard en arrière, pour ne pas être transformé en statue de sel. Accepter, c'était de la folie. Votre vanité vous a perdu, Troy. Vous étiez flatté, au fond, qu'ils fassent appel à vous. Vous ne vouliez pas manquer l'occasion de rencontrer Khrouchtchev. Vous vous êtes laissé prendre au jeu, trop content de côtoyer les grands et les monstres de ce monde. Voilà comment ils vous ont eu. À partir de là, ils ont fait de vous ce qu'ils voulaient. Et une fois qu'ils vous tiennent, ils ne vous lâchent plus. Vous, Troy, entre tous, vous auriez dû réfléchir et ne pas tomber dans le panneau. J'ai du mal à croire que vous n'ayez pas eu davantage de bon sens. Une fois qu'ils vous tiennent, ils ne vous lâchent plus !

Sa voix était montée crescendo jusqu'à la répétition finale. « Une fois qu'ils te tiennent, ils ne te lâchent plus. » Les derniers mots de Daniel Keeffe à sa sœur.

— Je suis justement en train de prendre des mesures pour qu'ils me lâchent, se défendit Troy.

— Oh, vraiment ? D'où l'adresse de l'inspecteur Cobb, je présume ?

Le téléphone noir sonna. Elle décrocha, se contenta d'un « oui » et raccrocha.

— Narrow Street. Vous trouverez Cobb au 11a, Narrow Street, Limehouse.

101

Narrow Street était le rêve du promeneur à l'imagination fertile. Une pointe de Dickens, un soupçon d'Edgar Wallace[1], une pincée d'Arthur Machen[2], un brin d'Oscar Wilde. On y retrouvait l'atmosphère de leurs livres où, dans des ruelles de l'East End embrumées, des cadavres de chiens pourrissaient dans des flaques d'eau verdâtre ; des fils des pairs d'Angleterre, haut-de-forme en soie et houppelande noire, sortaient, titubants, des fumeries d'opium de cette Chinatown londonienne ; Dorian Gray errait dans la nuit, éternellement jeune et diabolique ; sous les réverbères, les filles de joie vêtues de rouge faisaient virevolter leurs jupons à volants et sollicitaient le micheton au cri de « Tu montes, mon canard ? » ; un passant sur deux était un tire-laine qui n'hésitait pas à vous tailler « un sourire jusqu'aux oreilles » avant de jeter votre cadavre dans la Tamise.

Troy aimait bien ce quartier. Il y avait souvent fait des rondes, avant la guerre.

Il était presque une heure du matin. Jack et Troy faisaient le guet sous le crachin, face au numéro 11a. Troy avait tiré son collègue du lit et celui-ci était venu le chercher au Yard dans sa Wolseley 4/44 noire, bien plus discrète que la Bentley. Troy avait auparavant téléphoné au poste de police de Leman Street et demandé à parler à Patrick Milligan, désormais inspecteur divisionnaire à la section J. Il l'avait eu de justesse, au moment où celui-ci s'apprêtait à quitter le commissariat.

— Paddy ? Troy à l'appareil. Ça vous dirait de prendre votre revanche sur Norman Cobb ?

— Avec plaisir ! Il suffit que je sache où il est.

— En ce moment, dans votre secteur. Narrow Street.

— Bingo.

Ensuite, Troy avait appelé son vieil ami George Bonham.

— George, est-ce que tu rentres encore dans ton uniforme ?

— Évidemment, avait bougonné George. Tu as besoin de moi ? Qu'est-ce qui se passe ?

De loin, Troy le vit déboucher de Limehouse Cut. Ses brodequins cloutés résonnaient sur les pavés, l'eau des flaques jaillissait sous ses pas. Au clair de lune, son ombre se projetait devant lui, démesurée. Sa silhouette de géant casquée les dominait de toute sa hauteur. Milligan, sorti furtivement de l'obscurité, traversa la rue sans bruit et les rejoignit.

— Il est là, chuchota-t-il. J'ai vu un véhicule de la Branch dissimulé sous une bâche, dans l'allée d'à côté. Ils ont tiré des rideaux noirs, mais il y a de la lumière aux deux premiers étages.

— Paddy, vous connaissez George Bonham, je suppose ?

— Bien sûr. On a travaillé à Leman Street ensemble, n'est-ce pas, Mr Bonham ?

Troy se tourna vers George. Il devait lui expliquer la situation et s'assurer qu'il comprît tout.

— George, nous ne sommes pas en service. Tu vois ce que je veux dire ?

— Je ne suis pas en service, je suis à la retraite.

— C'est pareil.

Perplexe, Bonham se gratta l'oreille, sous son casque.

— On est tous flics, non ?

— Oui, on est tous flics, mais il ne s'agit pas à proprement parler d'une opération de police. Nous…

Troy se creusa la cervelle pour trouver les bons mots sans alarmer son ami.

— Eh bien… ce soir nous agissons un peu en francs-tireurs.

— Oh, je vois. Un détachement, quoi ?

— Voilà, tu l'as dit. Un détachement. C'est tout à fait ça.

— Et on coince qui ?

— Norman Cobb.

— Ce salopard de la Special Branch ?

« Salopard » était décidément le substantif le plus employé pour décrire Cobb.

— Voici ce que tu dois faire : arrange-toi pour les obliger à ouvrir. Il doit y avoir, au minimum, un flic avec Cobb. C'est lui qui répondra. Pose des questions. Parle-lui de la voiture dans l'allée. Ne te laisse pas impressionner s'il te montre une carte de service. Sors ton calepin, exige le numéro du véhicule et aussi le carnet de route. Pendant ce temps, je passerai par-derrière et je m'arrangerai pour faire du ramdam et laisser à Paddy et à Jack le temps de foncer. Toi, tu t'occupes juste du flic. D'accord ?

— Freddie, qu'est-ce qu'il y a là-dedans ?

— C'est un local sécurisé du MI5.

— Je vois, dit George, qui ne voyait rien du tout. Attends… les types du MI5, ils sont de notre côté, d'habitude ?

— En général, oui, mais…

— Oui, intervint Paddy, mais quand ils utilisent un local dans notre secteur sans daigner nous prévenir, ils ne sont pas réglo, hein ? Alors, pourquoi le serions-nous ?

— Nous allons secourir quelqu'un, George, poursuivit Troy. Si tout se passe bien, tout le monde n'y verra que du feu. Comme si rien ne s'était produit. Tu continueras à toucher ta retraite, et nous, avec un peu de chance, vivrons assez vieux pour la percevoir aussi.

— Pas un mot de plus. J'ai compris, déclara Bonham.

Pourvu que ce fût vrai.

Troy et Jack se faufilèrent entre la voiture de Cobb et la palissade de tôle ondulée qui courait le long du fleuve.

— Tu es sûr d'être en forme, Freddie ?

— Oui.

— Je peux y aller à ta place, tu sais.

Troy désigna la lucarne du dernier étage, qui surplombait la Tamise.

— Regarde, elle est étroite. Je suis le plus mince de nous trois. Donne-moi dix minutes pour entrer, ensuite fais signe à George d'aller frapper à la porte. Planque-toi. Il faut qu'ils le voient clairement. S'ils pensent avoir affaire à un flic pointilleux qui fait sa ronde, tant mieux. Dès que je l'aurai trouvée, je fais du raffut. Au besoin, suffisamment pour que l'intervention des forces de police paraisse légitime.

— Laisse tomber le « légitime », Freddie. S'il entend ça, George pourrait avoir besoin d'être rassuré. En ce qui me concerne, c'est hors de propos. Cobb l'a bien cherché.

— À ta guise… En tout cas, tenez-vous prêts. Ça risque de barder.

Jack croisa les doigts pour lui faire la courte échelle et l'aider à se hisser.

— Les deux casse-cous de la haute ! chuchota-t-il, pour lui souhaiter bonne chance, comme à un acteur auquel on dit « merde ».

Troy retomba avec lourdeur de l'autre côté de la palissade.

La pluie rendait le sol glissant. Troy agrippa la colonne de chute des eaux usées en se demandant si les dix minutes prévues suffiraient. Un vieux conduit en fonte, d'un diamètre de vingt centimètres solidement boulonné dans le mur. À hauteur du premier étage, il formait un coude et continuait horizontalement sur le côté de la maison jusqu'à la façade arrière, d'où il repartait à la verticale. L'extrémité du collecteur s'avançait au-dessus de la barre de vase de la Tamise. Troy avait l'impression d'être une araignée cramponnée à la canalisation, mais elle supportait son poids. Il l'escalada en prenant appui sur les colliers de serrage.

Elle menait à la lucarne des toilettes du dernier étage, seule à n'être ni murée ni pourvue de barreaux. Au niveau du troisième, son pied dérapa et il se retrouva suspendu dans le vide, à une quinzaine de mètres du sol. La pluie lui giflait le visage. Il apercevait à l'horizon les flèches des immenses grues des docks de Canada Wharf.

Il reprit son ascension, se glissa par la lucarne du cinquième et atterrit sur l'abattant de la cuvette des toilettes. Ses vêtements étaient couverts d'une fine poussière blanche venant de la détrempe des vieux murs. Le genou qu'il s'était écorché dans sa chute à Leicester Square, celui de la jambe dont le pied avait ripé sur le conduit, fut pris de tremblements. Il le maintint à deux mains, espérant l'immobiliser. D'un instant à l'autre, Bonham allait assener son poing de géant contre la porte et faire vibrer l'immeuble sur ses fondations.

Les combles étaient abandonnés. La pluie et le clair de lune filtraient à travers les ardoises disjointes du toit. Troy sortit le petit pistolet de sa poche et descendit au quatrième. L'étage était un grand espace désert. Au troisième, il décida d'ouvrir toutes les portes, une par une. Il la trouva dans la deuxième pièce, juste au moment où Bonham tapait comme un sourd à l'entrée.

Elle gisait sur un matelas, près du mur du fond. Ni ligotée, ni bâillonnée. Apparemment inconsciente. Troy posa le pistolet sur une chaise en bois cintré et s'agenouilla pour l'examiner. Ils l'avaient tabassée. Son visage était bleui d'hématomes, un œil fermé et enflé, l'une des dents de devant ébréchée. Les écorchures aux phalanges de sa main droite prouvaient qu'elle avait dû cogner et se débattre comme une furie.

Il approcha sa bouche de son oreille et chuchota, le plus fort qu'il put :

— Tosca ? Tu m'entends ?

Elle bougea, grogna, marmonna quelque chose. Troy entendit, trop tard, les lames du parquet grincer derrière lui. Il se retourna, vit deux jambes écartées et la crosse d'une arme qui s'abattait sur lui. Son pistolet, tenu par le canon. Il roula en arrière et projeta ses jambes en avant de toutes ses forces, percutant Cobb aux tibias. Celui-ci perdit l'équilibre et s'affala sur le dos. Troy se jeta sur lui et bloqua la main armée. Il se retrouva presque nez contre nez avec son adversaire dont l'œil au beurre noir témoignait de la bagarre avec Tosca. Mais Troy n'était pas de taille à lutter. Cobb esquissa un sourire amusé, le repoussa violemment sur le dos et l'étouffa sous son poids. Troy s'accrochait à la main qui tenait le pistolet. Cobb tourna son poignet, lentement, par à-coups. Peu à peu, le canon se rapprochait de la tempe de Troy. Celui-ci appuya ses pouces sur l'index crocheté sur la détente et pressa. Le coup partit vers le plafond, une pluie de plâtre se déversa sur eux. Cobb se cabra et frappa Troy au visage, de son poing libre, heureusement moins habile et précis que le droit. Il y eut des bruits de pas précipités dans l'escalier. Une matraque s'écrasa sur les épaules de Cobb. Troy sentit le corps de son adversaire rouler sur le côté, et l'air remplir de nouveau ses poumons. Il vit Milligan pousser Cobb à coups de matraque jusque dans un coin de la pièce.

Jack aida Troy à se relever. Milligan, après s'être acharné sur Cobb, souleva Tosca dans ses bras, comme une plume, et disparut dans l'escalier.

— Ça va ? demanda Jack.

— Oui. Il a bien failli m'avoir, mais ça va.

Le genou esquinté refusait de le porter. Du fond de la pièce, un coup de feu partit, l'atteignant à la cuisse droite. Cobb, allongé sur le ventre, arme à bout de bras, plissait les yeux, cherchant à ajuster un nouveau tir. En deux enjambées, Jack fut sur lui. Il écrasa le poignet armé d'un pied et lui balança l'autre dans la mâchoire. La tête de Cobb ballotta, il lâcha le pistolet. Cette fois, il était K-O. Troy se précipita vers lui, tout son poids porté par sa jambe valide, mais Jack l'arrêta.

— Laisse tomber, Freddie. Il n'en vaut pas la peine.

Il entraîna Troy vers la porte et l'aida à descendre l'escalier.

Bien sûr, Cobb n'en valait pas la peine. C'était le pistolet que Troy voulait récupérer.

Dehors, Bonham tenait en respect un jeune agent de police allongé sur le trottoir, un brodequin taille quarante-sept en travers de la gorge, la matraque devant l'entrejambe du pantalon.

Troy s'arrêta sur le pas de la porte, toujours agrippé à Jack. Le sang coulait le long de sa cuisse, de son mollet, et emplissait sa chaussure.

— Vous ! aboya-t-il à l'adresse de l'agent. Votre carte de service !

Le jeune homme fouilla dans sa poche et lui tendit sa carte. Il faisait bien partie de la Special Branch. Impossible de savoir si c'était un larbin de Cobb ou un brave policier pensant faire honnêtement son travail.

— Savez-vous qui je suis ?

Le garçon tenta de hocher la tête.

— Alors, écoutez-moi bien : si vous souhaitez faire carrière dans la police, oubliez ce qui s'est passé. Retournez au Yard et demandez à quitter la Special Branch. Et surtout, tenez-vous à distance de Cobb, tant que vous n'aurez pas votre mutation. Sinon, je ne donne pas cher de votre peau. Compris ?

Le flic acquiesça comme il put, le brodequin de Bonham toujours en travers de sa pomme d'Adam. Jack tira George par la manche et lui fit signe de lever son pied. Bonham obéit et le jeune put enfin avaler de l'air, par goulées, la respiration sifflante.

Milligan avait étendu Tosca à l'arrière de la Wolseley. Elle n'était pas revenue à elle. Il aida Troy à s'asseoir à l'avant. Jack tourna la clé de contact.

— À l'hôpital, lança Milligan.

Troy posa la main sur le bras de Jack.

— Attends.

Il se pencha en avant pour attraper à tâtons un objet qu'il avait laissé sur le plancher, conscient que le liquide sous ses doigts était du sang mêlé à l'eau de pluie. Il finit par trouver ce qu'il cherchait. Une patate.

Il la tendit à Bonham. Celui-ci la fit rouler dans sa grosse paluche d'un air perplexe. Puis il sourit. Un sourire désarmant. Son incertitude quant à l'usage du tubercule balayée par les bonnes manières.

— Merci. Merci beaucoup, Freddie. Avec deux navets et quelques carottes, ça fera un bon accompagnement pour le rôti du dimanche.

— Non, George. Ce n'est pas un cadeau. Tu vas boucher le pot d'échappement de la voiture garée dans l'allée. Si Cobb a l'intention de nous suivre quand il aura retrouvé ses esprits, il lui faudra quelques heures avant de se procurer un nouveau véhicule.

Bonham considéra la pomme de terre, non comme un vulgaire légume, mais comme un objet mystérieux.

— Boucher le pot d'échappement avec une patate ? Où tu as appris ça ?

— Au lycée, George. C'était ça ou apprendre à faire des ronds de fumée.

Troy remercia Milligan. Jack démarra, passa la première et lança la Wolseley dans Highway, direction Cable Street.

— Hôpital, fit-il, en écho à Milligan.

— Non. Le *Ritz*.

— Le *Ritz* ? Qu'est-ce qu'il y a au *Ritz* ?

— Clark et la sœur.

Du menton, Jack désigna la banquette arrière.

— Et la Belle au bois dormant, qu'est-ce qu'on en fait ?

— Emmène-la à Mimram. Je vous rejoins dès que je peux.

— Tu vas conduire dans cet état ?

L'entaille dans la cuisse ne le faisait pas souffrir. Il perdait du sang, mais la balle l'avait atteint superficiellement, sans toucher une artère ou un os. Bientôt l'hémorragie s'arrêterait d'elle-même.

— Oui, pas de souci, dit Troy, optimiste.

— On pourrait être au London Hospital dans deux minutes.

— À l'hôpital, avec une blessure par balle ? Jack, ils seraient obligés d'appeler la police.

— Nous sommes la police.

— Crois-tu que ces quatre mots parviendraient à justifier notre intervention de ce soir ?

102

— Tu ne peux pas entrer dans cet état, lui dit Jack, une fois devant l'hôtel.

Il avait raison. Sa veste était mouchetée de flocons de plâtre vert. On aurait dit un Martien affligé de pellicules. Son pantalon déchiré laissait entrevoir d'un côté un genou, de l'autre, une cuisse ensanglantée. Et sa chaussure faisait un bruit de succion quand il marchait.

— Prends mon imperméable, proposa Jack.

Jack mesurait un bon mètre quatre-vingts. Troy l'endossa. Le vêtement lui arrivait aux chevilles, mais au moins, comme la charité, il couvrait une multitude de péchés[1].

Il sentit la main de son collègue repousser une mèche qui lui tombait dans les yeux.

— Tu as une tête à faire peur.

— Merci du compliment.

Le portier de nuit, qui connaissait Troy de vue, fit fièrement semblant de ne pas le remettre. Il se contenta de regarder sa chaussure gorgée de sang et lui donna le numéro de la chambre de Clark.

Troy toqua à la porte.

— C'est moi.

La voix d'Eddie se fit entendre de l'intérieur.

— Si vous êtes l'inspecteur principal Troy, quel était mon surnom à Berlin en 1948 ?

— Je vais vous le dire, moi : c'est « Le petit gros qui va bientôt retourner régler la circulation à Birmingham s'il n'ouvre pas immédiatement » !

— Vous avez tout bon ! fit Clark en ôtant la chaînette de sécurité.

Troy se laissa choir sur une chaise et sentit ses muscles se détendre peu à peu. Il poussa un soupir interminable.

Clark était en manches de chemise et bretelles. Les journaux de la veille étalés sur la moquette, deux canettes de bière et un jeu d'échecs miniature sur une table basse. Il jouait contre lui-même. Troy ne comprendrait jamais un esprit comme celui de Clark, dût-il vivre cent ans. Ce serait déjà beau de survivre jusqu'à quarante-deux ans.

— Foxx ?

— À côté. Les chambres communiquent. J'ai la clé.

— Vous a-t-elle mis au courant ?

— Oui. Des nouvelles de notre Américaine ?

— Saine et sauve. Ou presque. J'ai demandé à Wildeve de la conduire chez moi, dans le Hertfordshire.

Troy rassembla ses dernières forces pour ôter l'imperméable de Jack et sa veste.

— Appelez le service en chambre. Réclamez-leur une machine à écrire, du papier blanc et du papier carbone. Combien de temps vous faut-il pour taper au propre les feuillets déchiffrés ?

— Une demi-heure environ, répondit Clark. J'ai été un temps affecté au secrétariat des entrepôts de l'armée, à Berlin. Je sais taper à la machine sans regarder le clavier. Entre autres choses, ajouta-t-il avec un petit sourire.

Il appela la réception et passa la commande.

— Et vous mettrez un pantalon, conclut-il.

— Un quoi ? chuchota Troy.

Clark mit sa main devant le combiné.

— S'ils peuvent nous dégoter une machine à écrire à deux heures du matin, un pantalon ne devrait pas poser problème. Quelle taille ?

— Intérieur jambe : 74 centimètres. Extérieur : 79. Une paire de chaussettes serait aussi la bienvenue.

— Et trois sandwichs. Rôti de bœuf et pickles, ajouta Clark avant de raccrocher. Dans dix minutes, monsieur.

— Bien. Vous taperez les feuillets en plusieurs exemplaires. Je vais voir ce qui se passe à côté.

103

Foxx ne dormait pas. Appuyée contre les oreillers, vêtue d'une nuisette assez affriolante. Troy hissa sa jambe à deux mains sur le bord du lit.

— Tu as une tête à faire peur. Sans parler du reste.

— Je sais. Tout le monde me le dit.

— Tu l'as retrouvée ?

— Oui.

— Tu ferais bien d'enlever ton pantalon.

Impossible. Il parvint à déboutonner la braguette, mais il était incapable de se pencher et, avec le poids du sang séché, le tissu raidi refusait de se plier. Foxx lui ôta ses chaussures, tira sur les jambes du pantalon. Il se retrouva assis, en chemise, une chaussette trempée, à examiner sa cuisse couverte de sang noir. Un lambeau de chair pendait sur le côté.

— Ouh ! là, là ! Il faudrait des points de suture, remarqua Foxx.

— Je m'en passerai. Pas question d'aller à l'hôpital.

Foxx partit dans la salle de bains et en rapporta des serviettes, un gant de toilette et de l'eau tiède. Elle baigna la plaie, nettoya la cuisse et le mollet avec le gant mouillé, et répéta plusieurs fois l'opération. Puis elle le sécha avec les serviettes. Il avait encore du sang sur lui, mais la chair était visible à présent, et la plaie propre.

— C'est arrivé comment ?

— On m'a tiré dessus.

— Le type qui a tué Stella ?

Troy ne répondit pas.

— Troy ? Je te parle.

— Oui.

— Vous l'avez arrêté ?

— Je ne sais pas. C'est loin d'être fini.

Foxx fouilla dans son sac à main et en sortit des aiguilles et du fil.

— Ce ne sera pas stérile, mais au moins, ça évitera la suppuration. Serre les dents.

Troy regardait l'aiguille entrer et sortir de sa cuisse.

— Je ne sens rien. C'est normal ?

— Je ne sais pas. Peut-être parce que tu m'aimes et que le véritable amour ne connaît pas la souffrance. Mais je ne crois plus à ça depuis que j'ai douze ans. Donc, tu devrais avoir mal. D'ailleurs, tu le mérites.

Foxx s'appliquait à l'ouvrage. Elle n'était pas médecin, mais excellente couturière. Elle réalisait un joli point de surjet. Sa tête suivait le mouvement de l'aiguille et, chaque fois qu'une mèche folle chatouillait sa cuisse, de délicieuses décharges électriques parcouraient Troy, du creux des reins jusqu'à la racine des cheveux. Sa chair était ardente[1], mais son esprit, hélas, aussi faible qu'une chandelle vacillante.

— Et moi, qu'est-ce que je deviens, dans l'histoire ? s'enquit-elle.

— Combien d'argent as-tu récupéré ?

— Trente-huit mille six cent quarante-cinq livres, en espèces, et sept cents pièces d'or. Je ne sais pas exactement ce qu'elles valent. En tout cas, ça fait déjà plus que ce que disait Stella. Et il reste deux coffres à ouvrir. Amsterdam et Monte-Carlo.

— Prends-le.

— C'est déjà fait. Tu me prends pour une cruche ? J'ai ouvert un compte en banque à Zurich.

— Prends-le, répéta-t-il, et va à Brighton. Personne ne te suivra. Tu es libre. La maison est au nom de ta sœur. Contacte un notaire et demande-lui de préparer la succession. Ensuite, tu feras tout ce que tu voudras.

— Tout ce que je voudrai ?

— Tout. Tu auras l'argent.

— Et pour toi, « tout » se réduit à l'argent ?

— Dis-moi, as-tu lu *Le Comte de Monte-Cristo* ?

— Quand j'étais gamine, oui.

— Te souviens-tu de l'abbé Faria ? Le vieux prêtre qui creuse un tunnel pour s'évader du château d'If et se retrouve dans la cellule d'Edmond Dantès ? Un grand érudit, qui transmet son savoir, sa sagesse à Dantès, mais finalement, le seul héritage qui compte, c'est sa fortune, le trésor caché sur l'île de Monte-Cristo. Le savoir et la sagesse ne sont rien, comparés à l'argent. J'ai souvent pensé que mon père était à la fois Faria et Dantès. Il nous a acheté la liberté, a permis à sa famille de choisir sa destinée dans des temps troublés. Je me demande encore si c'est grâce à son génie ou à son argent.

Foxx se pencha pour couper le fil avec ses dents.

— Et toi ? Que vas-tu devenir ?

— Il apparaît que j'ai certaines… obligations.

— Des obligations conjugales que tu ne pensais pas avoir ?

— C'est à peu près ça.

Elle crachota un bout de fil et lui lança, en guise de dernier baiser :

— Menteur.

104

Il faisait presque jour quand Troy arriva chez lui. Sur sa droite, le soleil levant tranchait l'horizon, apparaissant par intermittence dans le miroir du rétroviseur, tandis que la Bentley amorçait les derniers virages de la route qui menait à Mimram, en longeant la rivière

Jack avait raison. Les muscles déchirés de sa jambe lui faisaient un mal de chien dès qu'il appuyait sur l'accélérateur. Une fois sorti de Londres, il se servit moins souvent du levier de vitesse, délaissa la pédale d'embrayage et utilisa son pied gauche pour freiner et accélérer, changeant de régime au son du moteur.

Jack se tenait sous le porche, protégé de la fraîcheur de l'aube par le vieil imperméable d'équitation de Rod, l'index sur le pontet d'un fusil à double canon qui pendait au bout de son bras. On aurait dit Jesse James.

— Je l'ai sorti du porte-parapluie. C'est juste pour la frime. Je n'ai pas trouvé les chevrotines.

— Il n'a pas dû servir depuis Mathusalem, remarqua Troy, songeant avec regret au petit pistolet abandonné à Narrow Street. Tu as pu dormir ?

— Non. Je viens d'avaler deux ou trois pilules. Quand je m'écroulerai, le ciel me tombera sur la tête, mais ce ne sera pas avant quelques heures. Si tu veux, j'ouvre l'œil pendant que tu fais un somme.

D'un doigt, il balança sans effort le fusil au creux de son bras, comme s'il s'était entraîné toute la nuit. Finalement, il ressemblait davantage à John Wayne dans *La Chevauchée fantastique* qu'à Jesse James.

Une telle invitation ne pouvait se refuser.

— Nous sommes dimanche. Il va falloir déblayer le terrain, dit Troy en bâillant. Si nous ne l'arrêtons pas, une horde affamée va envahir la maison à l'heure du déjeuner. Appelle Rod et les jumelles. Dis-leur : « Zone interdite. » La cuisinière arrive en principe à dix heures et un jardinier vient tondre la pelouse vers midi. Et ainsi de suite. Donc ordonne à toute personne approchant du portail de revenir demain.

Jack le réveilla à onze heures. Tandis que Troy regardait à nouveau l'eau de son bain virer au marron sale et examinait la ligne nette de la couture qui zébrait sa cuisse, Jack demeura assis à ses côtés sur le siège des toilettes, les pupilles dilatées par les amphétamines. Deux puits noirs sans fond.

— J'ai pu joindre Rod et Macha au petit-déjeuner. Sacha n'était pas chez elle. Hugh m'a dit que, de toute façon, ils n'avaient pas prévu de venir ce week-end. Mon appel a dû lui paraître très impertinent. J'entendais un muet « Va te faire foutre » entre chaque phrase. Donc j'ai raccroché.

Sacha savait-elle, pour Johnny ? Était-elle en train d'annoncer à la famille qu'elle quittait Hugh pour un amant défunt ? Il ne l'avait pas crue capable de déserter son foyer – Hugh étant si facile à duper –, mais depuis la mort de Johnny, Troy respectait, sans doute par superstition, la confiance absolue que son ami avait en sa sœur.

Il monta dans la chambre de Tosca. Elle dormait d'un sommeil de plomb. Il souleva le drap : son visage était tuméfié, mais son corps ne portait aucune trace de violence. Rassuré, il redescendit prendre le café avec Jack sur la véranda. Celui-ci jouait toujours avec le fusil, le regard halluciné. Il avait dû gober d'autres pilules, comme des bonbons. Les derniers sursauts de l'été indien leur offraient un début d'après-midi ensoleillé et venteux. Pour la première fois depuis des jours, Troy se sentait propre. Porter une chemise blanche empesée lui procurait un plaisir ineffable. Propre oui, mais boiteux. Il avait pris dans le porte-parapluie l'une des cannes de son père, inutilisées depuis treize ans.

Vers quatre heures, il poussa de nouveau la porte de Tosca. Elle s'était levée, avait fait sa toilette et enfilé sa tenue de Mimram, vieux pantalon gris et chemise à carreaux. Elle finissait de se maquiller. Il eut la sensation qu'ils avaient tous deux accompli un retour vers le passé – elle était dans le même piteux état que cet après-midi de juin où ils s'étaient retrouvés. Elle posa son tube de fond de teint et se tourna vers lui : son œil à demi fermé ressemblait à un store vénitien. Comme à Amsterdam, elle enfila un gant à sa main droite pour cacher ses phalanges abîmées. La boucle était bouclée.

Il entendit des pas précipités dans l'escalier. Jack déboula en courant sur le palier.

— Freddie, viens, il y a un véhicule garé sur le bas-côté de la route, au bout de l'allée.

Ils retournèrent sur la véranda. Jack lui tendit une paire de jumelles. Troy vit Charlie sortir de sa voiture. Cobb était assis à l'avant. Charlie se pencha par la vitre pour lui parler, puis s'avança vers la maison.

— Il arrive.

Jack le regarda. Drogué, oui, mais pas au point de ne pas réaliser ce qui allait se passer.

— Je dois régler ça tout seul, Jack.

— Je comprends. C'est lui faire trop d'honneur, tu sais.

— Ce n'est pas pour lui, mais pour toi. Quoi qu'il advienne, mieux vaut que tu n'en saches rien.

— OK. Je file au village, au *Blue Boar*.

Troy le vit monter dans la Wolseley, s'arrêter au milieu de l'allée, baisser sa vitre et échanger quelques mots avec Charlie. Celui-ci approchait. Pâle, les traits tirés, mais toujours aussi chic. Mèches blondes voletant au vent, mains enfoncées dans les poches d'un costume d'été en lin vert olive. Une élégance naturelle à laquelle Troy ne pourrait jamais prétendre, dût-il ressusciter ou avoir recours à la chirurgie plastique.

Charlie s'arrêta un instant avant de franchir le seuil.

— Encore un beau merdier, hein, Freddie ?
— Tu tombes bien, Charlie. C'est l'heure du thé.
— Parfait, parfait.
Troy partit en claudiquant vers la cuisine. Alluma le gaz sous la bouilloire, s'aperçut qu'il ne pouvait attraper la boîte à thé sur l'étagère, à cause de sa jambe. Charlie le fit à sa place, remit ses mains dans ses poches et arpenta la cuisine, tête baissée, traînant des pieds sur le carrelage, tel un gamin buté qui cherche à taper dans un caillou.
— Où t'ont-ils retournés ? demanda Troy de but en blanc. À Cambridge, avec Burgess et Maclean ?
Charlie cessa son manège. Lorgna Troy par-dessous une mèche folle, qu'il repoussa en arrière.
— Si tu veux. Pas exactement. Cambridge est un bon exemple. Pour Maclean et quelques autres, tu as raison, mais si tu te permets d'affirmer que Burgess est passé à l'Est, tu es mieux renseigné que moi. Jusqu'à ce jour, je ne suis pas certain que Guy ait changé de camp.
— Donc, le mystérieux Troisième Homme, c'est toi ?
— Mon Dieu, non. Je ne suis ni le quatrième, ni même le cinquième. C'est Philby, le troisième. Il serait très contrarié d'apprendre que je revendique le titre.
Troy posa les tasses et la théière sur un plateau. Le tintement de la porcelaine résonnait dans sa tête comme un roulement de tonnerre. Il espérait qu'aucun de ses gestes hésitants ne trahirait son inquiétude. Un an plus tôt, Philby avait démenti les « rumeurs grotesques » de sa trahison et clamé son innocence lors d'une célèbre conférence de presse. Un an plus tôt, Harold Macmillan, secrétaire d'État aux Affaires étrangères, l'avait blanchi devant les Communes. Charlie ne lui aurait rien dit pour Philby, s'il le pensait incapable de tenir sa langue. Donc, d'une façon ou d'une autre,

Charlie comptait le faire taire. Le problème était de savoir jusqu'où il irait.

La bouilloire siffla. Charlie s'appuya contre le buffet. Troy emplit la théière.

— Tiens, prends le plateau, dit-il en récupérant sa canne. Moi, je n'ai qu'une main.

Charlie sur ses talons, il traversa la pelouse en boitant, vers une table de jardin et des fauteuils en osier installés au soleil. Le vent qui avait chassé la pluie de la veille et séché le gazon poussait des nuages lenticulaires marqués de zébrures foncées, pareils à de gros matous tigrés culbutant paresseusement dans le ciel.

Charlie posa le plateau. Troy s'assit et appuya sa canne contre l'accoudoir de son fauteuil. Un objet dur lui entrait dans le dos. De la main gauche, il le déplaça, fit la grimace, massa sa cuisse et se cambra pour étirer ses muscles.

— Désolé pour ta jambe, Freddie. C'est douloureux ?

— Pas trop. Mais ça va venir. La blessure par balle que j'ai reçue dans le rein en 48 me fait toujours souffrir.

Charlie, lui, était sorti indemne de la guerre et des incidents ultérieurs qui n'avaient d'escarmouches que le nom. Il prit place face à Troy, tira sur le pli impeccable de son pantalon, croisa ses longues jambes, réunit la pointe de ses doigts parfaits et dit d'une voix calme, affectueuse, qui sonnait pour Troy comme une provocation :

— Freddie, tu vois bien que nous devons trouver une issue, n'est-ce pas ?

— Non. Je ne vois rien. Je n'entends rien. Je t'ai écouté toute ma vie. Toi, le grand chef indien, moi, le vaillant guerrier. Alors maintenant, tu vas la boucler et m'écouter.

— Freddie…

— Ferme-la ! C'est la fin de la partie, tu le vois, ça ? Finis les boniments. Moi, je parle. Toi, tu écoutes.

— Tu te prends pour Agatha Christie ? Au dernier chapitre, Poirot résume l'affaire ?

Dit sur le ton de la plaisanterie, bien sûr. Toutefois le sarcasme n'échappa pas à Troy.

— Si tu veux.

— D'accord. Mais s'il nous faut remonter jusqu'à Cambridge, nous risquons d'y passer la semaine.

— Rien à foutre de Cambridge. Tout a commencé le 17 avril de cette année. Le jour où les deux types de la Special Branch ont embrassé un tronc d'arbre sur la route de Portsmouth.

Les doigts de Charlie conservèrent leur posture de cathédrale gothique, faussement sereine, tandis que ses yeux bleus plongeaient dans ceux de Troy.

— Je suis tout ouïe.

— La dernière chose à laquelle tu t'attendais, c'est que je sois contacté par la Special Branch. S'il y avait un flic, un seul, que tu ne souhaitais pas voir débarquer à Portsmouth, c'était bien moi. Non parce que j'allais approcher Khrouchtchev – comme mon frère l'a fait justement remarquer, servir de garde du corps à Monsieur K., c'était pour brouiller les pistes –, mais parce que je risquais de tomber sur Arnold Cockerell. Coup de malchance, ils me recrutent. Rendez-vous à Portsmouth le lendemain matin. Le soir même, au *Salisbury*, tu essaies de me convaincre de renoncer. La guigne te poursuit en la personne de Johnny Fermanagh. Pour moi, rencontrer Johnny, c'est l'assurance d'une nuit d'insomnie. Cauchemars. Impossible de fermer l'œil. Je réserve une chambre d'hôtel, je prends le dernier train pour Portsmouth et, au petit-déjeuner, je me trouve par hasard à la table de Cockerell, une heure ou deux avant que tu l'envoies à la mort, en faisant croire à ce naïf qu'il va espionner la coque de l'*Ordzhonikidze*. Jusque-là, tu es d'accord ?

— Jusque-là, oui.

— Quarante-huit heures plus tard, Quigley, le propriétaire de l'hôtel, signale à la police la disparition de son client. L'inspecteur Bonser se précipite au *King Henry*. Une réaction qui m'a intrigué. Bonser n'est pas du genre impulsif, et il n'a pas assez d'imagination pour prendre des initiatives. Je n'ai pas eu le temps de vérifier les états de service de Norman Cobb, mais je suis prêt à parier qu'il travaillait à la Special Branch de Liverpool avant d'être muté au Yard, et que là-bas, il avait sous ses ordres un certain lieutenant Bonser. Quand celui-ci entend parler de l'histoire de l'homme-grenouille, il téléphone à son vieux copain Cobb – s'il l'a fait, on retrouvera trace du coup de fil dans le registre des appels. Ne sachant où te joindre, Cobb s'affole et ordonne à Bonser de dissimuler les preuves du passage de Cockerell à Portsmouth. Bonser retourne au *King Henry* et arrache la page du registre, sur laquelle figurait également mon nom. Cobb parvient à te joindre. Tu le traites d'imbécile. Ton but, justement, c'est que le cadavre soit bien identifié. Parce que, sans Cockerell, pas de scandale.

« Si je ne m'abuse, tu n'étais pas en Angleterre, fin juin, début juillet. Je le sais pour deux raisons : Gus Fforde m'a dit t'avoir vu à Vienne et, de mon côté, j'ai cherché à te joindre pour te faire part de mon mariage et te présenter Tosca. Cobb n'était pas au courant de ton absence, n'est-ce pas ? Lui gérait tout seul ce fiasco depuis le Yard. En juillet, le corps s'échoue sur une plage, à quelques kilomètres de Portsmouth. Bonser rappelle Cobb et reçoit un ordre contradictoire : finie la dissimulation, le cadavre doit à tout prix être celui de Cockerell. Je ne sais pas ce que Bonser a dit à Cobb, mais je peux t'assurer que si tu avais été dans les parages, tu n'aurais pas voulu supporter l'étape suivante, la morgue. Personne à Portsmouth n'étant capable d'identifier la dépouille, Bonser consulte la page déchirée, appelle Quigley, qui lui confirme que je suis inspecteur au Yard. Bonser est un bon flic, il suit les ordres à la lettre. Il me demande de venir à Portsmouth pour identifier les restes de Cockerell et rencontrer la veuve. À partir de là, le pire qui puisse t'arriver arrive : je me charge d'enquêter sur la mort de Cockerell. Et par conséquent, sur sa vie.

« Hier seulement, j'ai compris que l'homme qui me traquait était Cobb. Ma stupidité a failli me coûter très cher. Il était facile pour lui de suivre mes allées et venues. Il lui a suffi de laisser traîner une oreille dans les couloirs du Yard pour apprendre que j'allais fouiner à Belper. J'ai rencontré le comptable de Cockerell, malheureusement Cobb s'en est débarrassé avant que je puisse lui tirer les vers du nez. Il n'avait sans doute pas prévu de le tuer, mais tu connais ses méthodes, il lui a foutu une telle trouille que le cœur du type a lâché. J'ai le relevé des empreintes trouvées sur le bureau ; sans aucun doute, si on les compare, l'une d'elles se révélera être celle de Cobb.

« Après… après, j'ai merdé. Cobb ignorait l'existence de Madeleine Kerr, la maîtresse de Cockerell. Je l'ai conduit droit à elle, et il l'a tuée. Pas question d'accident, cette fois. Il lui a brisé la nuque, a tiré le signal d'alarme du train et a sauté sur la voie. S'il avait été meilleur tireur, je serais mort à l'heure qu'il est.

« Je me suis retrouvé, bien contre mon gré, en congé maladie. Plus du tout en odeur de sainteté. Hors service. J'ai dû me montrer très discret pour éviter les foudres d'Onions. Du coup, Cobb a perdu ma trace. Il ne m'a pas suivi à Paris parce qu'il ne savait pas que j'y allais. En fait, vous ne saviez rien, jusqu'à ce que l'apparition de Tosca au *Café Royal* hier après-midi grille nos couvertures. Nous étions tous en sursis, Charlie. Si tu t'étais trouvé à Londres quand je suis revenu avec elle, cette histoire serait finie depuis des semaines. Dernier rebondissement : j'ai découvert la police d'assurance de Cockerell, un document que Cobb le soupçonnait d'avoir laissé traîner, et à cause duquel il a tué Madeleine Kerr. Et aujourd'hui, non seulement je sais ce qui s'est passé, mais j'en connais aussi la raison.

Charlie avait à peine réagi à ce long monologue. Une légère crispation des mâchoires – le tic nerveux du roi George VI prononçant, sans bégayer, son fameux discours radiodiffusé –, une inclinaison de la tête permettant à l'extrémité de ses doigts toujours réunis d'effleurer ses lèvres.

— Continue, dit-il à voix basse.

— Revenons quelques années en arrière, en 1951 pour être précis. Avec l'aide de Cobb, tu montes un nouveau réseau pour les Russes. J'imagine que tu as connu Cobb et Cockerell pendant la guerre ?

Charlie se redressa, sourit, presque heureux de pouvoir offrir sa contribution.

— Bien sûr. Ils étaient aux Opérations spéciales. Notre branche armée. Je connaissais bien Cobb. Aucune conscience politique, mais toujours à court d'argent. Je le savais plus ou moins prêt à tout pour s'en procurer. Si les lascars comme lui ne font pas de très bons agents, en revanche ils sont relativement faciles à manipuler, parce qu'ils veulent toujours plus de fric. Un homme trop gourmand est un homme faible. Cockerell, je ne l'ai croisé que deux à trois fois. C'est Norman qui était en contact avec lui.

— Donc, quand les Russes t'ont dit qu'ils avaient besoin d'un passeur pour leur filière de blanchiment d'argent, Cobb a suggéré Cockerell ?

— Oui. J'avoue que j'avais oublié son existence. Pas le genre de type qui vous laisse un souvenir impérissable. Cobb savait qu'il vendait de la moquette dans le Derbyshire. La couverture idéale, si je puis me permettre l'expression.

— Pendant l'été 1951, reprit Troy, Cockerell annonce à sa femme qu'il se rend au Festival de Grande-Bretagne. Cobb s'arrange pour organiser une entrevue. Une chose m'intrigue : comment as-tu fait pour embobiner Cockerell ? Quelle fable as-tu inventée pour le convaincre de travailler pour vous ?

— Aucune. Je lui ai dit la vérité. Qu'il s'agissait d'une opération des Russes. Pas ma faute s'il n'a rien compris. Et il s'est bien rendu au Festival. Nous nous sommes rencontrés au Dôme de la Découverte.

— Tu l'as recruté pour faire passer de l'argent en fraude et le distribuer à ton réseau. La couverture devant être crédible, tu lui demandes d'importer du mobilier scandinave et de gonfler son chiffre d'affaires au maximum. Cockerell embauche George Jessel afin de cautionner sa comptabilité. C'est Jessel qui a trouvé l'astuce de déclarer tous les revenus au fisc. Mais il ignorait la vérité. Il croyait à une banale escroquerie. L'ère de l'austérité a transformé ce pays en nation de magouilleurs. Sid James[1] est devenu notre archétype national. Jessel n'y a vu que du feu. Je dirais même que, jusqu'à notre rencontre, il se croyait honnête. Une combine comme une autre – le mode opératoire d'une société habituée aux carnets de rationnement.

« Le plus étrange : pourquoi avoir demandé à Cockerell de s'acheter une respectabilité ? Pour crédibiliser davantage sa couverture ? Il a quitté le parti travailliste, rejoint les conservateurs et s'est inscrit au Rotary Club. Il est devenu l'un des piliers de l'establishment local. Et toi, pendant ce temps, grâce à sa camelote, tu remettais des milliers de livres sterling à un réseau d'agents soviétiques qui s'employaient à renverser ce capitalisme que représentait si bien le nouveau Cockerell. Un beau paradoxe, je te l'accorde.

« Pendant presque cinq ans, tout a marché comme sur des roulettes. Et puis tout à coup, Cockerell s'est mis en tête – là, j'avoue qu'il m'a fallu du temps pour deviner – d'accomplir une mission sur le terrain, ou plutôt sous la mer. C'est ça, ou je me trompe ?

— Une idée aberrante. Il voulait reprendre du service, en tant qu'homme-grenouille. « Vous devez me confier une mission », ce sont ses propres mots. Tu avais bien deviné. Figure-toi qu'il m'a suggéré de jouer un bon tour aux Russes. L'idée n'est pas de moi. Je lui ai répondu : « Arnold, je vous rappelle que nous sommes dans leur camp », et cet imbécile n'a pas saisi l'allusion. On aurait dit qu'on avait appuyé sur le bouton « retour en 1944 » de son cerveau. Il se revoyait plongeant dans les eaux de la rade de Brest ou patrouillant le long des plages normandes. Impossible de lui faire comprendre notre objectif. Il croyait intégrer un circuit d'agents doubles, voire triples, qui, au bout du compte, œuvraient pour la Grande-Bretagne. Quant à ton histoire d'establishment, tu te trompes. Je n'ai jamais exigé qu'il s'achète une respectabilité. Il a rejoint les rangs des conservateurs de sa propre initiative. Il croyait sincèrement à sa nouvelle personnalité. Il était devenu l'homme qu'il prétendait être. Si on y réfléchit, c'est ce qui nous arrive à tous, non ? On s'invente un personnage, et on y croit.

« Comme tu peux l'imaginer, dans le courant du mois de mars, Cockerell est devenu un peu trop encombrant. J'ai parlé aux Russes de son projet ridicule. Ils m'ont répondu : “Eh bien, envoyez-le-nous !” Je n'en revenais pas. Mais je l'ai fait. J'ignorais qu'ils allaient supprimer ce pauvre type.

— Ils ne t'ont pas donné d'explication ?

— Non.

— Une des mauvaises blagues de Monsieur K. : Cockerell envoyé par les Russes espionner les Russes. Ils l'ont utilisé pour créer un scandale destiné à éclabousser le gouvernement britannique. Ça t'en bouche un coin, hein ? Toi qui croyais t'être débarrassé de Cockerell, il te revient comme un boomerang. Quelle bonne farce ! Tu ne vois donc pas à quel point ils te méprisent ?

« Un soir, au *Claridge* – c'était un lundi – après le fameux dîner avec les travaillistes, j'entends Khrouchtchev dire au téléphone : “Allez-y, faites-le.” À qui donne-t-il des ordres, mystère. Comme par hasard, le mardi matin, le capitaine de l'*Ordzhonikidze* se plaint au Foreign Office à propos d'un homme-grenouille. Donc ce soir-là, pendant que Khrouchtchev s'envoyait des bières dans un pub de l'East End en ma compagnie, ses hommes balançaient le corps du défunt Cockerell par-dessus bord. Le “Allez-y”, voulait dire : “Foutez-le à l'eau.” Mais le lendemain matin, surprise, pas d'espion flottant le ventre en l'air dans le port. Disparu. Khrouchtchev a dû être furieux. Il avait gardé le macchabée au frais, afin de créer une crise diplomatique en temps voulu, mais l'engueulade avec George Brown pendant le dîner a mis le feu aux poudres. C'est au capitaine du croiseur qu'il disait “Allez-y”. Ils avaient juste oublié un détail : la force des courants marins. Trois mois plus tard, le corps s'est échoué sur une plage à sept kilomètres de là. Le scandale a bien éclaté, mais sans cadavre à l'appui. Si mon frère n'avait pas remué ciel et terre et alerté le Parlement, et si Eden s'était montré moins stupide, le coup d'éclat de Khrouchtchev n'aurait été qu'un pétard mouillé. Certes, il a eu son scandale, mais à retardement et avec moins d'écho qu'il ne l'avait espéré, lui qui souhaitait déclencher une crise majeure pendant son séjour en Grande-Bretagne. Malgré tout, il faisait d'une pierre deux coups : embarrasser le gouvernement et éliminer un agent devenu inutile. Cockerell lui était bien plus précieux mort que vivant.

« Le corps était méconnaissable, déchiqueté par les hélices des bateaux et bouffé par les poissons. À tes yeux, il importait que ce fût Cockerell, toutefois, lorsque j'ai enfin pu fournir la preuve formelle de son identité, le soufflé était déjà retombé. Sans faire de mauvais jeu de mots, la preuve n'était pas dans le pudding[2], mais dans le *kedgeree*. Et encore, du réchauffé. Eden avait opté pour la limitation des dégâts, en avouant une erreur qu'il n'avait pas commise. C'était devenu de l'histoire ancienne. De plus, tu avais trouvé en Daniel Keeffe le bouc émissaire idéal. Chaque camp avait besoin d'une victime à blâmer. Une fois ces deux-là cloués au pilori, l'affaire pouvait être tranquillement enterrée par les personnes concernées. Scandale, rétribution, sacrifice et justice. Dis-moi, comment t'es-tu débrouillé pour lui faire porter le chapeau ?

— Oh, simple comme bonjour. J'ai conseillé à Cockerell de parler de son projet à son ancien officier traitant. Je savais que Keeffe le jugerait absurde, mais ce serait trop tard. La visite de Cockerell aurait été consignée sur le registre d'entrée du MI6. Keeffe pourrait dire ce qu'il voulait, personne ne le croirait.

— Donc Daniel Keeffe est mort par ta faute. Le parfait bouc émissaire.

— Si tu veux.

— Et maintenant, tu récoltes ce que tu as semé.

— Je ne te suis pas.

— Quand tu as sorti Cockerell du circuit, l'agent des Russes, Tosca, n'avait plus d'utilité pour eux. Ils l'ont retirée de l'opération, emprisonnée, tabassée. Elle est parvenue à sauver sa peau et à passer le rideau de fer. Et elle m'a contacté. Inévitablement, par mon intermédiaire, vos chemins devaient se croiser. N'est-ce pas le comble de l'ironie, que les rouages de ta machination aient commencé à s'enrayer le jour où tu as envoyé Cockerell à la mort ?

— Ne gâche pas ta salive avec l'ironie du sort, Freddie. J'y suis imperméable. Souligne-la, mets-la en rouge si ça te chante. Elle ne m'atteint pas. J'ai mes convictions. Je crois au communisme.

— Moi, je ne crois en rien. Et surtout pas en toi.

— Ça te regarde. Bon, à présent que nous avons le pourquoi, le comment et l'ironie du sort en prime, et si tu penses avoir terminé ton laïus, nous pourrions en venir aux choses sérieuses et parler affaires. Je te donne dix sur dix pour l'enquête. Mais c'est Tosca qui nous intéresse. Il y a bien moyen de s'arranger ? Il est encore temps de négocier.

— Non.

— Non ?

— Pas de marchandage. Pas tant que tu me mens.

— Freddie, je ne mens pas !

— Tu prétends ignorer que les Russes allaient tuer Cockerell. Pourquoi ? Pour m'épargner ? Tout ce que je sais, c'est qu'il était mort quand ils l'ont récupéré. Cobb l'avait tué.

— Et pourquoi aurait-il fait ça ?

— Parce que tu le lui as demandé, parbleu ! Parce que Cockerell en savait trop pour laisser les Russes l'avoir vivant. Ils le voulaient, mais sans préciser mort ou vif, donc un bon coup de matraque derrière la tête et Cobb le jette à l'eau, dans sa combinaison d'homme-grenouille. Les Russes envoient des plongeurs de leur navire escorteur récupérer le corps dans la Solent avant de quitter le port. Cobb a juste eu le temps de revenir à Portsmouth pour la cérémonie d'accueil. Je m'en souviens, j'y étais. Il est arrivé épuisé, à cran, transpirant comme un cochon. Sur le moment, j'ai mis ça sur le compte de son tempérament sanguin. En réalité, il venait de commettre un crime et l'adrénaline coulait encore dans ses veines.

— Pure spéculation, Freddie.

— Non. Et je vais te démontrer pourquoi. Si Cockerell était resté en vie jusqu'au mardi, c'est-à-dire le jour où le capitaine de l'*Ordzhonikidze* s'est plaint auprès du Foreign Office, il n'y aurait pas eu trace de son dernier repas dans son estomac. Or Cockerell est mort une heure après avoir ingéré son foutu *kedgeree*. D'après moi, les Russes l'ont gardé au frigo cinq ou six jours. Il est mort parce que tu ne pouvais pas prendre le risque qu'il dévoile ce que tu trafiquais derrière leur dos. J'ai lu les termes de sa police d'assurance, Charlie. Son testament, en quelque sorte. Il se méfiait de toi. Il savait que sa peau ne valait pas cher, et il voulait vous le faire payer avant de mourir. Il donne la liste de sept de tes agents présumés. Un type du QG des Communications britanniques, un vieux professeur de Cambridge chargé de repérer les étudiants susceptibles de passer à l'Est, deux fonctionnaires du ministère de la Guerre qu'apparemment tu fais chanter, deux députés et un lord un peu farfelu. Combien en déclares-tu à Moscou ? Douze ? Vingt ? Il circule beaucoup plus d'argent sur le compte de Cockerell que tu n'en remets à ces quelques traîtres éventuels. Question : où va le reste ?

Troy marqua une pause, guettant une réponse, mais Charlie n'avança aucune explication.

— Tu te souviens de la dernière fois où tu m'as emprunté de l'argent ? Non ? Moi, si. Au cours de l'été 1951, justement. Tu m'a remboursé la même année, en espèces. Et tu ne m'en as plus jamais réclamé. Toi et Cobb, vous tapez dans la caisse comme des croupiers véreux. Vous empochez les sommes que les Russes croient remises à tes agents.

— L'idée ne vient pas de moi, Freddie. Accorde-moi ce crédit. Je crois en ce que je fais. Et je n'ai pas ordonné à Cobb d'éliminer Cockerell. Il a agi de son propre chef.

— Tu mens. Tu es trop gourmand, Charlie. « Un homme trop gourmand est un homme faible. » Tu viens de le dire en parlant de Cobb, mais la phrase s'applique aussi à toi. Tu as toujours été un flambeur, et quand on flambe, la cupidité n'est pas loin.

— Freddie, pour la énième fois, je n'ai pas voulu la mort de Cockerell ! C'est Cobb, le responsable, comme pour Jessel et Madeleine Kerr.

— Ose dire que c'était son idée d'assassiner Johnny Fermanagh et d'enlever Tosca ?

— Quoi ?

— Je répète : c'est Cobb qui a décidé de matraquer Johnny jusqu'à ce que mort s'ensuive et de kidnapper Tosca ?

Pour Troy, c'était la question quitte ou double. Ils étaient là, assis sur le bord de leur fauteuil, à se regarder en chiens de faïence. La fin de leur amitié était inévitable, mais si Charlie répondait « oui », Troy aviserait de la suite des événements.

Charlie parut stupéfait. Il ouvrit la bouche. Troy n'eut pas le temps d'entendre la réponse. Ce qu'il attendait arriva.

Cobb, débouchant de l'angle de la maison, marchait droit sur eux, à grandes enjambées. Tel un projecteur de théâtre, un rayon de soleil soudain perça les nuages et éclaira sa silhouette. Ses bottes noires cirées résonnaient sur la pelouse comme les sabots d'un percheron. Un rictus sinistre déformait ses traits.

Charlie bondit sur ses pieds.

— Non, Norman ! Non !

Cobb ne l'écoutait pas.

— Marre de cette comédie à la con !

Cobb porta la main vers l'intérieur de son veston pour saisir le Browning bien calé dans son étui de cuir. Un beau veston croisé, fait sur mesure, dont l'ampleur flattait son imposante carrure et dissimulait le renflement du pistolet au creux de son aisselle, mais qui ralentit de quelques fractions de seconde l'instant où il sortit son arme. Avant même que sa main se soit glissée sous le second revers, Troy avait fait feu à cinq reprises, en plein cœur.

Dieu merci, son plan avait marché.

En début d'après-midi, il avait dissimulé le Mauser sous le coussin du fauteuil et, en s'asseyant face à Charlie, l'avait subrepticement glissé dans sa ceinture. Le matin (avant d'aller dormir), il était allé décrocher l'énorme semi-automatique et l'avait soupesé. Jamais il n'avait manié une arme aussi longue et aussi lourde. Il restait des munitions, anciennes, mais en bon état, dans le tiroir du bureau de son père. Il l'avait chargé. Gros problème : Alexeï Troy était droitier. Comme le lui avait si brillamment démontré Tosca, le Mauser était un pistolet de cavalerie, destiné à être extrait d'un étui de selle, et qui s'armait en le roulant sur la cuisse. Contrairement à la plupart des armes de poing qui s'utilisent indifféremment des deux mains, il existait un modèle pour droitiers, avec la crête du chien à gauche, et un autre pour gauchers. Impossible qu'il s'en serve de façon conventionnelle. Il l'avait donc coincé dans ses reins, crosse pointée vers la gauche, et s'était entraîné, à vide, à le sortir le plus vite possible, à l'armer sur sa hanche et à presser la détente en le tenant de côté, chien vers le haut, viseur à droite. Il s'était aperçu qu'il parvenait à le faire rapidement. Restait à savoir à quelle vitesse il aurait à dégainer.

Tous les corbeaux des alentours s'envolèrent en croassant. Cobb tomba comme un chêne foudroyé, sans un cri. Il ne se recroquevilla pas sur lui-même, il s'affala à la renverse, faisant vibrer le sol. Sa main sortit du veston, bras tendu perpendiculaire au torse, agrippant le Browning.

Troy n'avait pas anticipé le recul phénoménal de l'automatique. Il avait pressé sur la détente et la moitié du magasin s'était déchargée. La puissance du recul lui avait fait perdre l'équilibre et il était tombé à genoux. Cobb gisait, immobile, les bras en croix. Troy chercha Charlie des yeux. À genoux lui aussi, deux mètres plus loin, il sanglotait : « Seigneur, Seigneur », le visage enfoui dans les mains.

Troy leva le pistolet à sa hauteur. Il vit un œil l'épier entre les doigts écartés, comme un enfant faisant mine d'être invisible.

Au moment où un ultime râle s'échappait de la gorge de Cobb, Troy lui logea une balle en plein front, avant de braquer l'arme sur Charlie.

— Regarde-moi, Charlie.

Charlie écarta les mains de son visage, sans cesser de chuchoter « Seigneur, Seigneur », fragment de prière, mot magique destiné à faire disparaître ce qu'il venait de voir. Ses joues étaient baignées de larmes.

— Regarde-moi, Charlie.

Charlie jeta un bref coup d'œil en direction du corps allongé, puis, ses pires craintes étant confirmées, leva la tête vers Troy, lequel, toujours agenouillé, prenait appui sur une main et le visait de l'autre.

— Au cas où ça t'intéresse, fit Troy d'une voix rauque, c'est un Mauser Conehammer semi-automatique. Il y avait dix balles dans le magasin. Cobb s'en est pris six. Si tu as une arme, jette-la devant toi.

— Une arme ? glapit Charlie. Pourquoi veux-tu que je sois armé ? Pourquoi aurais-je eu besoin d'une arme ?

— Évidemment, tu avais Cobb. Néanmoins, je préfère ne pas prendre de risque. Relève-toi et ôte ta veste.

Charlie obéit. Se mit debout en tremblant. Tendit la veste à bout de bras et la secoua.

— Je te supplie de me croire, Freddie, j'ignorais que Cobb allait faire ça. Je lui avais dit de rester dans la voiture. C'est la dernière chose que je lui ai dite : « Reste dans la voiture. »

— Tourne-toi, laisse tomber la veste et remonte les jambes de ton pantalon.

Charlie s'exécuta. Dos tourné, pantalon retroussé comme un apprenti franc-maçon, offrant la vue ridicule de ses mollets blancs, il se tordait le cou pour regarder derrière son épaule. Épuisé, le souffle court, Troy se leva à son tour et reprit sa place sur le fauteuil en osier, le semi-automatique pendant au bout de son bras. De sa main libre, il fit signe à Charlie de venir s'asseoir. Ils restèrent face à face, dans un silence tendu, électrique, jusqu'à ce que Troy récupère l'énergie nécessaire pour parler.

— J'ai un marché à te proposer. En fait, je ne te laisse pas le choix. Tout ce que je viens de te dire a été couché sur le papier et envoyé à des avocats dans trois villes de trois pays différents, accompagné d'une copie de la dernière lettre de Cockerell. Ils ont pour instruction de les transmettre au MI5 si je meurs. Tu as donc intérêt à me garder en vie. Tu resteras sain et sauf, et ton réseau minable également, aussi longtemps que je n'entendrai pas parler de toi. Si par malheur ma femme ou un membre de ma famille a des ennuis avec les taupes, MI6 ou KGB, peu me chaut, je te balance aux deux. J'exige qu'on me foute la paix. Dans le cas contraire, nous trouverons les preuves de ta trahison et tu passeras un mauvais quart d'heure, crois-moi.

— Les Britanniques sont faciles à duper, Freddie. Vois comme Philby les a roulés dans la farine. Tu crois pouvoir transmettre un message aux Russes sans que je le sache ?

— C'est déjà fait.

Charlie sursauta.

— Vérifie le registre d'entrée de l'ambassade soviétique. Un individu correspondant à mon signalement a glissé une enveloppe dans leur boîte aux lettres à quatre heures ce matin.

— Que tu es naïf, mon pauvre Freddie. Si tu crois que le KGB…

— *Pirojki*, souffla Troy en arrondissant ses lèvres sur le « p », comme un baiser.

— Pardon ?

— *Pirojki*.

Pour la première fois depuis le début de la conversation, Troy eut le sentiment de s'être enfin fait comprendre, grâce à ce simple mot.

— Oh, mon Dieu. Oh, mon Dieu. Khrouchtchev t'a donné un code secret ?

— Il faut bien mettre un terme à ce contentieux. Dans ma lettre, je lui explique que jamais Tosca ne soufflera mot à personne du peu qu'elle sait, et que nous lui saurions gré de nous laisser vivre en paix. Avoue que je t'ai donné une longueur d'avance. Prie pour que le Premier secrétaire exauce mes vœux. Car s'il nous envoie ses chiens, nous sommes morts tous les deux.

— Tu es fou, Freddie. Il pourrait le faire.

— Ou pas. S'il ne le fait pas, le *statu quo* perdurera. Toi et moi, nous aurons à nouveau une cause commune. *Contra mundum*, comme tu disais…

Long silence. Troy avait à peu près tout dit. Cent fois il s'était répété la scène, sans savoir comment elle s'achèverait. Il n'avait pas préparé la chute.

— Tu vas me manquer, Charlie.

Il vit passer un éclair dans les yeux bleus. Le ton définitif de ces cinq mots parut piquer Charlie au vif.

— C'est fini, alors ? Juste comme ça ?

— Nous n'avons plus rien à nous dire.

— Tu as beaucoup parlé, Freddie. Mais tu n'as pas cherché le pourquoi.

— Le pourquoi ne m'intéresse pas. Tu sais, moi, les idéologies…

— Rien à voir avec une idéologie. Absolument rien. Tu n'as pas une petite idée ?

Troy ne répondit pas.

— Ça remonte au lycée, Freddie. Souviens-toi. Chaque fois que ces salopards nous tabassaient, tu jurais de finir par les tuer tous. Tu te demandais ce que ce rituel obtus avait à voir avec nous. Tu hurlais que tu haïssais Dieu, le roi, l'Angleterre et tout ce qu'ils représentaient. Ose dire que tu ne continues pas à regarder autour de toi en te disant que tu n'es pas chez toi.

Charlie engloba d'un geste circulaire la maison, le jardin, l'enclos à cochons, les saules et la rivière, si anglais dans leur sombre verdoiement et leur douce excentricité, si russes dans l'âme. Deux extrêmes qui tentaient secrètement de se réconcilier et, si la réconciliation se révélait impossible, du moins de se supporter. Ces symboles évidents et paradoxaux échappaient à Charlie ; Troy, qui se savait ici à sa place, ne parviendrait jamais à le lui faire comprendre.

— Freddie, toi et moi, nous sommes étrangers à tout ça. *Contra mundum*, pour la vie.

Sa voix n'était plus qu'un murmure. On se serait cru dans la pénombre d'un confessionnal.

— Sans appartenance, il ne peut y avoir trahison.

Un résumé succinct de la démonstration brillante et passionnée de Deborah Keeffe. Une conclusion définitive et brutale, qui lui accordait le permis de tuer.

— J'ai déjà entendu ce credo. Il n'a pas de sens, décréta Troy, sachant très bien que c'était faux.

— Oh que si. Je le pense vraiment. Tu sais, je voulais leur peau. J'étais prêt à tuer.

— Et qui avons-nous tué, en fin de compte ? Un ancien homme-grenouille au bout du rouleau, un expert-comptable indélicat, une pauvre fille innocente…

— Et Cobb, Freddie. Nous avons tué Cobb.

— Ça ne change rien. Il n'était pas sous ma responsabilité.

Charlie regarda le cadavre. La flaque sanguinolente qui auréolait la poitrine. Le trou noir bien net au milieu du front. Quoi qu'il s'apprêtât à dire, Troy en avait assez entendu.

Charlie le dévisagea sans bouger.

— Je ne plaisante pas, Charlie. Va-t'en.

Charlie se leva. Ouvrit la bouche. Aucun son n'en sortit. Il tourna les talons et s'éloigna précipitamment.

— Charlie ? Tu oublies Cobb.

Charlie s'immobilisa.

— Quoi ? Tu ne crois tout de même pas que je vais traîner sa carcasse ?

— On parie ? Imagine que tu es Hamlet. Tu viens d'embrocher Polonius d'un coup d'épée à travers la tenture et tu déclames : « Je vais traîner ses entrailles dans la pièce voisine[3]. »

Charlie revint sur ses pas et s'approcha du corps.

— Qu'est-ce que tu veux que j'en fasse ?

— Je ne sais pas, Charlie. Je m'en moque. Tu trouveras une solution. Tu en trouves toujours.

Charlie empoigna Cobb par le col de sa veste et traîna le corps sur une cinquantaine de centimètres, les talons des bottes laissant deux sillons parallèles dans le gazon. Charlie regarda Troy, dans l'expectative : il devait bien se rendre compte de l'impossibilité de déplacer une telle masse. Troy lui rendit son regard sans rien dire. Charlie mit plus d'un quart d'heure à haler son fardeau jusqu'au portail, suant, ahanant, s'arrêtant pour reprendre son souffle, sans que Troy le lâche une seconde des yeux.

Lorsque le bruit du moteur de la voiture se fut éloigné, il se rassit et, alors que les lueurs du crépuscule rougissaient l'horizon, il observa le vol acrobatique d'une libellule vert et jaune, écouta les trilles râpeux d'un roitelet, jusqu'à ce que la fraîcheur du soir le fasse frissonner, jusqu'à ce que la dernière hirondelle eût gobé sa dernière mouche.

Quand les chauves-souris entamèrent leur silencieux ballet nocturne, il tenait toujours le pistolet dont la crosse lui semblait le prolongement de son poing. Sa jambe le faisait souffrir. Il saisit sa canne, s'appuya sur le pommeau et partit en boitant vers la maison.

Dans la semi-pénombre, il aperçut Tosca assise sur une marche d'escalier, pâle, genoux ramenés sous le menton, bras autour des tibias, une main gantée de blanc posée sur l'autre. Elle le regardait.

Il vida le magasin du Mauser. Les quatre balles tombèrent dans sa paume.

— Tu peux vivre avec ça ? chuchota-t-elle.

— Je préfère ne pas en parler.

— Nom de Dieu, Troy, c'est un meurtre.

— Nous n'en parlerons pas. Car si nous le faisions, je me verrais contraint de te demander combien de morts tu as sur la conscience.

— Je te l'ai répété mille fois. Je me contentais d'espionner. J'échangeais des renseignements. J'ai jamais tué personne !

— En es-tu sûre ?

Elle remonta l'escalier d'un pas lourd et claqua la porte de sa chambre.

Troy clopina jusqu'à la cuisine. La lumière était allumée. La bouilloire chantait sur la cuisinière. Le gros bonhomme, attablé, mangeait un sandwich.

— Depuis combien de temps êtes-vous là ? s'enquit Troy.

— Un bon moment. La Old Spot doit mettre bas demain. Alors je suis venu voir comment elle allait.

Troy s'assit à l'autre bout de la table. Posa l'arme devant lui.

— Désolé. La truie. J'avais oublié la truie.

— Si je peux rendre service…

— Pourriez-vous me débarrasser de ça ? hasarda Troy, la main sur le Mauser.

— Ouais, c'est possible.

— Définitivement ?

— Considérez que c'est fait.

Troy fit glisser l'arme vers lui, comme un bock de bière sur un comptoir. Le gros bonhomme la dissimula dans sa ceinture, sous son chandail troué.

— Bien. Ça vous dirait, une bonne tasse de thé ?

105

Durant trois jours, Tosca et Troy prirent leurs repas en silence, chacun assis à une extrémité de la table, parfaite illustration des couples caricaturés par Osbert Lancaster[1]. Une atmosphère à redresser un tire-bouchon. Entre les repas, chacun vaquait à ses occupations dans la maison ou au jardin en s'évitant le plus possible, et le soir, chacun se retirait dans sa chambre, tel Maxim et Mrs de Winter au manoir de Manderley.

Le jeudi soir, Troy rentra à Londres en voiture et passa la nuit à Goodwin's Court. Le lendemain matin, il se rendit au Yard à pied, appuyé sur sa canne. Sa jambe le faisait terriblement souffrir. Onions, assis devant le poêle à gaz de son bureau, fumait une Woodbine. Une scène familière. Combien de fois Troy avait-il surpris son supérieur dans cette attitude, penché vers le poêle, allumé ou non, selon la saison ?

Onions aspira une bouffée et leva la tête.

— Ça jase dans les couloirs, Freddie.

— Je m'en doute.

— Le genre de rumeur que je n'aurais jamais cru entendre à propos de l'un de mes hommes.

— Je sais.

— Je ne peux pas passer l'éponge. Je vais devoir prendre des mesures. Vous comprenez, j'espère ?

Troy sortit une longue enveloppe blanche de sa poche et la lui tendit. Elle n'était pas cachetée et portait la mention : « À l'attention du commissaire divisionnaire Stanley Onions », rédigée de son écriture compliquée, proche du cyrillique. Onions l'examina et la fourra dans sa poche sans l'ouvrir.

— Vous croyez que cela va durer combien de temps ? Combien de temps faudra-t-il avant que les taupes viennent la chercher ? MI6 ou KGB, au choix.

— J'ai pris mes précautions.

Pirojki.

Onions alluma une cigarette au bout incandescent de la précédente.

— Je n'aurais jamais imaginé que cela finirait ainsi.

Troy retourna à Mimram. Pied au plancher, il poussa la Bentley sur la Great North Road, au cas où cela en vaudrait la peine. En haut de l'allée de hêtres, après le virage, il aperçut la maison nimbée d'une lumière automnale. Le soleil était bas à l'horizon, la façade marbrée par les ombres des haies d'aubépines dénudées. Il baissa la vitre, huma l'odeur fraîche, caractéristique de la terre labourée, remplaçant celle, poussiéreuse, de la saison estivale. Fini, l'été indien. En une nuit, le temps avait changé. Octobre avait pris ses quartiers d'automne. Le sol du porche était couvert de feuilles dorées qui bruissaient sous la brise. La maison, déserte.

Il cria son nom. Mais n'entendit que l'écho de sa propre voix. Franchit le seuil d'une demeure où il aurait vécu dans une autre vie. Il cria encore. Personne ne répondit.

Dans la chambre de Tosca, il aperçut une feuille de papier à lettres aux armoiries de Mimram House, placée contre le miroir de la coiffeuse.

106

Restait à clore officiellement les quatre enquêtes. Celle concernant Cockerell pouvait demeurer telle qu'elle était au mois d'avril, et celle de Jessel, en septembre. Pour Madeleine Kerr et Johnny Fermanagh, Troy devait rédiger un rapport. Le Yard avait besoin d'un motif valable pour classer les dossiers.

Une circulaire interne atterrit un matin sur son bureau, annonçant la disparition de l'inspecteur Norman Cobb au cours d'une mission pour le ministère de la Défense. Ted Wintrincham ne tira aucune conclusion en public. S'il était au courant, il le garda pour lui. De toute évidence, Charlie avait parlé à la Special Branch. Dieu seul savait ce qu'ils avaient dit à la famille de Cobb, s'il en avait une. Troy ne s'était jamais posé la question.

Il rédigea un avis de recherche, avec le signalement d'un individu correspondant à celui de Cobb, dans le cadre de l'enquête sur l'assassinat de Kerr et de Fermanagh, et le posa sur le bureau de Jack. Celui-ci l'accepta sans discuter et ne revint plus sur le sujet.

107

L'automne conduisit le monde au bord de la folie. Une vague de bellicisme qui tenait d'une attitude suicidaire collective. Les chars russes se massèrent aux frontières de la Pologne qui offrait en ce mois d'octobre la promesse d'un printemps politique. Khrouchtchev s'envola pour Varsovie et en repartit après avoir étouffé la promesse dans l'œuf. Troy reçut un coup de fil de Kolankiewicz, qui lui dit sèchement, sans la moindre trace d'humour : « Je te l'avais dit. Tu as soupé avec le diable. »

Novembre annonça l'entrechoquement des pierres. La folie déborda et entraîna le monde dans l'abysse. La France et la Grande-Bretagne envahirent l'Égypte. Les chars de l'Armée rouge entrèrent dans Budapest insurgée. Boulganine menaça Londres, Paris et Tel-Aviv de représailles nucléaires.

Les pierres s'entrechoquaient.

Troy épluchait la presse quotidienne, allait voir les actualités filmées à l'Eros Cinema de Piccadilly Circus. Des parachutistes britanniques planaient dans le ciel de Suez, pareils à de grosses méduses blanchâtres. Une armada de navires français et britanniques faisait route vers le sud. Troy le cynique ne prenait aucun plaisir à avoir eu raison. Les alliés victorieux de la dernière guerre se répandaient sur l'univers, le foulant aux pieds comme des colosses querelleurs[1].

Les pierres s'entrechoquaient.

Acton, banlieue de Londres, dans le salon d'Onions. Troy, mal à l'aise, agrippait un bock de bière brune, debout entre un Stanley déconcerté et furieux et une Valérie amère dans sa grange solitaire[2]. La petite Jackie, assise à table, traçait des cercles concentriques multicolores sur une grande feuille de papier à dessin. Troy regardait, sur le poste de télévision que Valérie avait imposé à son père, Hugh Gaitskell s'adresser à la nation. Un discours d'une moralité irréprochable, manifestant sa désapprobation face à la « folie criminelle » du gouvernement conservateur. On lisait sur son visage la douleur d'un homme trahi. Le Premier ministre devait démissionner. C'était selon Gaitskell

« la seule façon de sauver l'honneur du pays ». Troy devina dans cette expression la patte de son frère. Il repensa à Janet Cockerell, qui lui avait dit : « Les hommes et leur stupide sens de l'honneur. »

Les pierres s'entrechoquaient.

Troy se mêla à la foule disparate des opposants qui manifestaient à Trafalgar Square. Des optimistes en duffel-coat qui défiaient leur gouvernement, alors qu'un élan de patriotisme submergeait le pays. La fameuse « heure de gloire » était dorénavant une « ignoble solitude », selon l'expression de Nye Bevan, l'orateur le plus subtil du moment, qui plaidait pour « le droit et non la guerre ». En principe, Rod aurait dû être à ses côtés, sur l'estrade. Son heure de gloire était venue. Mais Troy ne le vit nulle part.

Les pierres s'entrechoquaient.

Aux États-Unis, le président Eisenhower, en pleine campagne électorale, mit fin à la « relation spéciale » entre Londres et Washington. Alluma un feu de joie à la Maison Blanche. De nouvelles guerres consumées par d'anciennes amours. Les forces d'intervention britanniques s'embourbaient dans les sables du désert, immobilisées par le manque de carburant et de volonté politique. Plus de « cap sur Ismaïlia » ni de « prochain arrêt Le Caire », pas d'espoir, pas de gloire. Vanité, folie et flammes. Nouvelle guerre. Anciennes amours.

Troy fit le tour des pubs à la recherche d'Angus Packenham et le débusqua aux « Clébards copulants ». Le patron avait ressorti et accroché au-dessus du bar une photographie encadrée de Winston Churchill, surmontée de deux petits drapeaux de l'Union Jack entrecroisés. Troy entra dans la salle au moment opportun – Angus hurlait : « Qu'est-ce que c'est que ce bordel ? Le second acte de la bataille d'Angleterre ? Ces dix dernières années, c'était quoi pour vous, bande d'abrutis ? Une page de publicité ? Et où avez-vous dégoté ces drapeaux ? Dans une pochette-surprise ? »

On en vint rapidement aux poings. Troy entraîna dehors un Angus fou de rage, qui crachait des insultes à ces braves gens qui se considéraient comme de simples patriotes et qui ne pouvaient répondre à ses injures que par des coups. Angus en assomma trois avant que Troy ne parvienne à lui faire franchir la porte. Il braillait : « Qu'il est doux et honorable de mourir pour une bande de lèche-culs[3] ! »

La colère des clients retomba aussi vite qu'elle était montée. Ils secouaient tristement la tête en chuchotant : « Tout de même, c'est un héros de la guerre. » Troy et Angus s'écroulèrent sur le trottoir. La prothèse d'Angus dérapa et il se retrouva les fesses dans le caniveau. Sa sacoche traversa la porte et atterrit à ses pieds, suivie de son chapeau melon, que Troy rattrapa au vol.

Angus se redressa et lança un « Bon, à nous, les gars » qui n'était pas destiné aux habitués des « Clébards copulants », mais à ceux du pub d'en face, « Les Bras de Lucifer », dont les lumières diffusaient un halo orangé dans la nuit.

— Bon, à nous, les gars, répéta-t-il en émettant un bruit de pétarade, bouche fermée, à la manière d'un gamin imitant le vrombissement d'un avion.

Il écarta les bras à l'horizontale.

— Paré au décollage ! Tacatacatacatacata.

Sur cette rafale de mitrailleuse, comme s'il revivait un combat entre avions de chasse, il se rua à l'intérieur des « Bras de Lucifer », prêt à une nouvelle bagarre.

Troy attendit dehors. Regarda le couvre-chef cabossé qu'il tenait toujours. Consulta sa montre. Cinq minutes s'écoulèrent sans qu'il entendît autre chose qu'un banal brouhaha. Il poussa la porte. Au comptoir, un homme usait de son sphincter anal pour jouer

God Save the Queen, sans que personne y prêtât attention. Angus était assis à une petite table ronde, devant deux énormes verres de scotch, la tête enfouie dans les mains. Troy ne voyait de lui que les frisottis roux qui tire-bouchonnaient autour de sa calvitie naissante. Il prit place face à lui. Angus écarta ses mains et leva son visage parcouru d'un lacis de veines saillantes – une carte en relief de l'Arizona quadrillée de lits de rivières asséchés, un croquis grossier de la lune trouée de pores gros comme des cratères d'obus au lendemain de la bataille des Flandres.

— On reconnaît un homme qui boit à ceux qui l'entourent[4], fredonna-t-il.

Troy connaissait ce refrain. Son père le chantonnait dans les années 1930. Quelle était la suite, déjà ? « Le cochon se leva et s'éloigna doucement. »

Angus avala son whisky cul sec, et Troy presque aussi vite. Les deux verres vides touchèrent la table au même moment.

— Bien, dit Angus. On remet ça ?

Les pierres s'entrechoquaient.

À l'âge de huit ou neuf ans, Troy s'était retrouvé cloué au lit par l'une de ces interminables maladies dont il avait le secret. Vertiges, difficultés d'accommodation, impossible de lire. Il avait passé de longues soirées de convalescence, l'été, sur la véranda, emmailloté dans des couvertures. Chaque soir, son père lui lisait des extraits du *Rameau d'or*, de Frazer[5]. Un rituel aztèque, en particulier, avait glacé Troy jusqu'à la moelle. Jamais il n'oublierait l'horreur qu'il avait éprouvée en écoutant le récit de l'entrechoquement des pierres. Les prêtres lapidaient leur victime allongée sur un monolithe et la réduisaient en bouillie.

Troy se souvint des paroles désabusées de son oncle Nikolaï, après la conférence de presse de Lawrence :

« Et le petit peuple, comme toujours, souffrira. Des gens comme toi et moi, pris dans la tourmente de l'Histoire. » Rod et Troy avaient ricané. Nikolaï avait raison – le monde pris entre la pierre et le rocher était celui des petites gens, qui pouvaient être écrasés s'ils parlaient une langue aussi incompréhensible que des lettres de scrabble disposées en désordre sur leur chevalet ou si leur peau avait le malheur d'être un peu foncée. Le monde entre la pierre et le rocher était rempli de nègres et d'asiates.

De Chypre lui parvint une enveloppe blanche contenant un bristol qui disait simplement : « Pardonne-moi. » Troy ne répondit jamais. Les pierres s'entrechoquaient. Il fut à nouveau pris d'une horreur nauséeuse. Il avait soupé avec le diable.

108

Noël arriva très vite et avec lui la famille, qui envahit Mimram. Les jumelles se plaignirent à cor et à cri du rationnement de l'essence – réminiscence quasi nostalgique des privations de la guerre –, dévalisèrent le boucher du village – faisan, dinde et venaison – et décorèrent de houx tous les salons. Le clan Troy se réunit au grand complet pour le réveillon, comme chaque année depuis plus de trois décennies. Troy et Rod, le dernier arrivé, s'attardèrent sur le perron, sans manteau et frissonnants.

— Je n'ai pas obtenu les Affaires étrangères, expliqua Rod à voix basse en balayant les flocons de neige de son chapeau. Gaitskell s'est débrouillé pour me propulser à l'Intérieur. Je suppose que je paie le prix d'avoir eu raison.

— Non, je crois plutôt que c'est parce que tu savais et que tu ne lui as rien dit.

Rod désigna du menton l'intérieur de la maison qui bourdonnait des derniers préparatifs de Noël.

— Je me passerais volontiers de ces festivités. Toutefois, je suppose que je ne peux pas y couper.

— *Nous* ne pouvons pas y couper, corrigea Troy.

Il éluda les questions concernant Tosca, prétendit que tout était formidable, se défila au jeu des charades et des devinettes, et se fit battre aux échecs par son oncle. Le 26, un calme trompeur régnait dans la maison et sur le jardin enneigé. Les adolescents avaient émigré vers le quartier des domestiques afin de regarder la télévision, dont, apparemment, ils ne pouvaient plus se passer. Les plus jeunes, réunis autour du sapin dans le petit salon rouge, assemblaient les rails du train électrique offert par Nikolaï aux fils de Macha. Troy trouva ce dernier au grand salon bleu, dissimulé derrière un journal datant de plusieurs jours. Jouant les hôtes, il lui demanda s'il désirait boire quelque chose et s'aperçut que le vieil homme s'était assoupi.

Hugh buvait whisky sur whisky et devenait agressif. La dispute qui bouillonnait depuis si longtemps entre Sacha et lui finit par déborder au milieu des guirlandes et du sherry. Debout, face à face de chaque côté de la cheminée, ils s'envoyaient des injures à la figure. Soudain, Hugh leva la main sur elle, et Rod, brisant une trêve de plusieurs mois, lui bloqua le bras.

— Hugh, tu as trop bu. Calme-toi et va t'asseoir.

Hugh toisa sa femme par-dessus l'épaule de son beau-frère.

— Sale garce, tu ne perds rien pour attendre ! cria-t-il dans une parfaite parodie de film de série B. Je vais te démolir !

— Toi ? T'oserais pas ! ricana Sacha. T'as une grande gueule, et rien dans le pantalon !

— J'oserais pas ? J'oserais pas ? brailla Hugh en se débattant pour échapper à la prise de Rod. Je te ferai ce que j'ai fait à ton amant, salope !

Rod le lâcha brusquement et le poussa dans un fauteuil. Horrifiée, Sacha porta la main à sa bouche et étouffa un hurlement.

— Pardon ? murmura Rod. Qu'est-ce que tu as dit ?

— J'ai dit, siffla Hugh entre ses dents, que je lui ferais ce que j'ai fait à cette tapette pleurnicheuse de Johnny Fermanagh.

Rod lança à son frère un regard désespéré.

— Je n'ai rien entendu, déclara Troy. Il a bu, il dit n'importe quoi. Je n'ai rien entendu. Et personne dans cette pièce n'a rien entendu.

Il les regarda tour à tour pour s'assurer qu'ils l'avaient bien compris. Puis il monta dans la chambre de Tosca. S'allongea sur le lit et pleura Johnny Fermanagh. Sa vie serait inextricablement liée à Diana Brack et à son frère. Jamais il ne parviendrait à les chasser de son esprit et de ses rêves. Il avait perdu Tosca. Il avait perdu Charlie. Et il avait perdu Johnny avant de se rendre compte de tout ce qu'il représentait pour lui. Il pleura sur lui-même. Il se sentait terriblement seul. Il dormit. Une éternité. Quand il s'éveilla, il alluma l'abat-jour posé sur la coiffeuse. Contre le miroir, il vit la feuille de papier à lettres qu'avait laissée Tosca. Il n'y avait pas touché. Elle était là depuis des semaines.

Sur l'immensité blanche, il lut ces simples mots :

« On peut plus vivre comme ça. »

« Qui n'a pas trahi quelque chose ou quelqu'un de plus important qu'un pays ? »

Graham Greene

(dans la préface à *Ma guerre silencieuse*,

de Kim Philby)

NOTE HISTORIQUE

Cet ouvrage est un roman. Pas un livre historique, ni un essai documentaire. Aussi, çà et là, me suis-je permis de tordre un peu le cou à l'Histoire, le plus souvent parce qu'elle ne s'accordait pas aux exigences de l'intrigue. L'introduction de personnages fictifs dans un contexte historique change la donne des personnages réels.

Arnold Cockerell. Bien sûr, il est un avatar du capitaine de frégate Lionel Crabb. Le scénario de la mission de Crabb était (et est sans doute encore) trop long et trop complexe pour mon adaptation. Son corps n'a été retrouvé qu'en juin 1957 et n'a jamais été formellement identifié. Je ne voulais pas être trop dépendant des faits réels, même s'ils ont servi de point de départ à ce roman.

Rod Troy. Il est évidemment le clone d'Alfred Robens – désolé, Alf, mais je serais très surpris que quiconque se souvienne que vous avez été un jour secrétaire aux Affaires étrangères du cabinet fantôme de Hugh Gaitskell.

J'ai volontairement raccourci, pour les besoins de l'intrigue, la soirée de Nikita Khrouchtchev lors de la réunion avec le comité exécutif du parti travailliste. Monsieur K., furieux, a bel et bien quitté la salle, mais à onze heures du soir et non à vingt et une heures trente comme je le laisse entendre. En revanche, les propos de George Brown, l'un des acteurs de ce moment historique, ont été recueillis par moi-même. Ceux de Khrouchtchev, notamment sa fameuse colère, n'ont jamais été divulgués, la presse n'étant pas présente ; cependant, on les retrouve par fragments dans les différents Mémoires des dirigeants du parti travailliste.

Suez. La révélation que je prête à Rod Troy de l'accord secret franco-israélo-britannique d'envahir l'Égypte a été avancée par rapport au calendrier réel, Paris, Londres et Tel-Aviv n'ayant signé le protocole de Sèvres que le 24 octobre. Mais elle était déjà dans l'air du temps depuis plusieurs mois. La copie britannique remise à Anthony Eden n'a jamais été retrouvée. On ne peut prouver qu'il l'a brûlée, toutefois cela reste une hypothèse plausible. Le texte de la copie israélienne apparaît en anglais dans les Mémoires du général Moshe Dayan (*Story of my life*, Weidenfeld & Nicolson, 1976[1]). L'original en français a refait surface dans les archives de David Ben Gourion et a été rendu public vers 1985. L'idée que la CIA ait eu accès à la copie israélienne est le fruit de mon imagination, mais sans doute pas impossible. Cela dit, ce que les États-Unis savaient du conflit, à l'époque, tenait davantage des informations fournies par leurs U-2 que de celles des espions au sol. Plusieurs historiens spécialistes de la crise de Suez affirment que les Américains envoyaient ces avions de reconnaissance en grand nombre au-dessus de l'Égypte et d'Israël, et que, selon toute probabilité, les décrypteurs de la station de surveillance du centre aérien de Rome, dans l'État de New York, craquaient les codes utilisés par les Français, les Britanniques et les Israéliens. Si un détail de mon exercice d'invention peut être jugé fantaisiste, c'est l'idée que la CIA ait pu consciencieusement relayer l'information au président Eisenhower.

Tom Driberg. A-t-il oui ou non été contacté par le KGB ? C'est en tout cas la thèse de Chapman Pincher, journaliste spécialiste de la chasse aux espions, dans son ouvrage *Their Trade is Treachery*, publié en 1981. L'introduction de l'excellente biographie, *Tom Driberg, His Life and Indiscretions*, parue en 1990, du journaliste Francis Wheen réfute les allégations de Pincher. J'ai spontanément tendance à partager son scepticisme. Cependant, en 1978, deux ans après le décès de Driberg et trois ans avant la parution du livre de Pincher, les rumeurs allaient bon train : Tom travaillait pour les services secrets britanniques, ou pour le KGB, voire pour les deux. J'ai demandé à Peter Cook[2], l'un de ses anciens employeurs, s'il pensait que Tom était une taupe.

— Oui, m'a-t-il répondu, d'un ton très E.L. Wisty. Et une taupe bavarde. Il le disait à qui voulait l'entendre. Notre première rencontre a eu lieu dans des toilettes publiques. Debout à côté de moi, il m'a dit, en secouant sa bite : « J'espionne pour le KGB, vous savez. »

Je ne peux évidemment tenir cette anecdote pour une preuve – il était dangereux de poser des questions à Peter, puisqu'il charriait toujours son monde –, mais j'ai jugé l'idée séduisante et, pourquoi pas, plausible. Et elle s'inscrit tout à fait dans le fil de ma narration. Le Tom Driberg auquel j'attribue une rencontre fictionnelle avec mon héros n'est pas l'ignoble individu décrit par Pincher, mais bien l'attachant je-m'en-foutiste gravé dans la mémoire de Peter Cook.

NOTES

Prologue

1. Premier vers du long poème de T.S. Eliot (1888-1965), *La Terre vaine*. (*Toutes les notes sont de la traductrice.*)

2. « Petit à petit, l'oiseau fait son nid. »

3. Hoboken : ville du New Jersey ; Hoosier : habitant de l'Indiana ; Hominy Grits : marque de semoule de maïs.

4. « En avril ne te découvre pas d'un fil. »

1

1. Sir Barnes Neville Wallis (1887-1979), ingénieur connu pour l'invention de bombes rebondissantes utilisées par la RAF en 1943 ; John Logie Baird (1888-1946), ingénieur écossais inventeur en 1926 d'une image télévisée d'objets en mouvement.

2

1. Gloucester Old Spot : cochon à la robe blanche tachetée de noir et aux oreilles tombantes.

4

1. Acteur et humoriste américain (1894-1974).

2. Duo comique américain (Dean Martin et Jerry Lewis).

5

1. Danse traditionnelle où les hommes agitent des grelots, des mouchoirs et des bâtons.

2. Voir, du même auteur, *Black-out*, 10/18, n° 4912.

3. Voir *Black-out*, *op. cit.*

4. Oscar Wilde, *Ballade de la geôle de Reading* : « Le lâche se sert d'un baiser, / Et d'une épée, l'homme d'honneur. »

6

1. Le célèbre pirate unijambiste de *L'Île au trésor*, de R.L. Stevenson.

2. Cri du perroquet de Long John Silver.

3. Association caritative apportant soutien financier et réconfort aux vétérans de l'armée et à leurs familles.

4. Marque de cigarettes.

5. Tissu brodé ou crocheté qui protégeait l'appuie-tête des fauteuils de l'huile de macassar dont les hommes s'enduisaient les cheveux.

7

1. Située à 30 kilomètres au nord-ouest de Birmingham, la ville a vu dans les années 1950-1960 l'arrivée massive d'immigrés africains et asiatiques.

2. Oswald Mosley (1896-1980), fondateur de l'Union des fascistes britanniques.

3. Village du nord de l'Écosse, le point extrême nord-est de l'île. (Le « o » minuscule est une contraction de « of ».)

4. Célèbre écrivain et mannequin (1908-1999), icône de la communauté gay, connu pour ses excentricités.

5. Woman Police Constable : femme policier.

6. En français dans le texte.

8

1. L'un des plus grands poètes anglais (1572-1631), qui fut doyen de la cathédrale St Paul.

9

1. Andreï Vychinski (1883-1954), symbole de la terreur stalinienne. Procureur général des procès de Moscou qui, entre 1936 et 1938, avaient abouti à l'élimination de la quasi-totalité de la vieille garde bolchevique.

10

1. Dans la pratique parlementaire britannique, le cabinet fantôme est constitué par les membres les plus importants de l'opposition officielle, chacun chargé de surveiller et critiquer un ministre du gouvernement.

2. Emmanuel Shinwell, dit Manny (1884-1986), syndicaliste, député du parti travailliste, ministre de la Défense du gouvernement Attlee (1950-1951), connu pour son caractère emporté.

3. Discours du 5 mars 1946, prononcé au Westminster College de Fulton, dans le Missouri, dit « discours du rideau de fer ».

11

1. Pianiste et chanteur américain (1927-1990).

12

1. Conte traditionnel russe.

2. Siège du gouvernement provisoire pendant la Révolution russe, il fut pris d'assaut dans la nuit du 25 au 26 novembre 1917.

3. L'une des résidences privées de la famille royale britannique, située dans le Norfolk, au nord-est de l'Angleterre.

4. Voir *Black-out*, *op. cit.*

5. Célèbre architecte anglais (1811-1878). Il a construit, rénové ou agrandi, sous le règne de la reine Victoria, plus de huit cents édifices, principalement religieux.

6. Giovanni Battista Piranesi, dit Piranèse (1720-1778), graveur et architecte italien, aux conceptions architecturales monumentales, célèbre pour ses planches *Les Prisons imaginaires*.

7. Surnom donné au Bethlehem Hospital.

8. La guerre de Crimée (1853-1856), qui opposa la Russie à une coalition formée par l'Empire ottoman, la France, l'Angleterre et le royaume de Sardaigne. Lord Cardigan y dirigea la fameuse charge de la brigade légère, en 1854, à la bataille de Balaklava.

9. L'un des plus importants des ghettos juifs créés par les nazis en Pologne. La plupart de ses habitants furent exterminés.

10. Voir *Black-out*, *op. cit.*

11. Jeu de cartes très populaire où l'on marque les points avec des chevilles en bois sur une tablette percée de petits trous.

12. Sir Ernest Bevin (1881-1951), secrétaire général des travailleurs du transport (1922-1940), nommé ministre du Travail par Churchill en 1940. Farouchement anticommuniste, il fut à l'origine de la création, en 1948, de la cellule de propagande antisoviétique du Foreign Office.

13. Chansonnier (1894-1963), auteur de blagues risquées qui lui valurent les foudres de la censure.

14. En 1956, les États-Unis comptaient quarante-huit États. Hawaï et l'Alaska n'en faisaient pas encore partie.

14

1. Petits pâtés en croûte frits, farcis de viande ou de poisson, de pommes de terre ou de fromage.

15

1. Tableau de Ford Madox Brown (1855), exposé au musée de Birmingham, représentant un couple d'émigrants quittant le port de Douvres.

16

1. Coffret en bois de rose émaillé qui sert de pupitre aux membres du gouvernement et à leurs homologues du cabinet fantôme pendant leur discours. Le sceptre doré est porté par un « sergent d'armes » au début de chaque séance.

2. Ministre des Finances.

3. Wladziu Valentino Liberace (1919-1987), pianiste américain virtuose, très célèbre dans les années 1950.

4. Richard Austen Butler (1902-1982), futur vice-Premier ministre.

5. Espion, explorateur, écrivain et ornithologue (1885-1960), également connu sous le nom de Sheik Abdullah.

18

1. Montaigne, *Essais*, I, 9.

2. Randolph Churchill (1911-1968), fils de Winston Churchill.

3. George V, puis son fils aîné Édouard VIII, qui abdique en faveur de son frère, George VI, afin de pouvoir épouser Wallis Simpson, une Américaine divorcée.

21

1. Voir *Black-out*, *op. cit.*

22

1. Ecclésiaste 4, 1, traduction Louis Segond (1910).

2. *Ibid.*, 4, 2-3.

23

1. Acteur britannique (1905-1956), connu pour ses rôles dans des films de pirates.

2. Allusion à la publicité de la marque Heinz, qui vantait cinquante-sept variétés de produits.

24

1. Tabloïd britannique spécialisé dans la révélation d'affaires de mœurs. Il a cessé de paraître en juillet 2011.

2. Allusion au poème de Lewis Carroll, *Le Morse et le Charpentier*.

3. *Le Jardin*, d'Andrew Marvell (1621-1678), poète « métaphysique » anglais.

25

1. Pianiste franco-allemand (1895-1956). Il a enregistré l'intégrale des œuvres pour piano de Debussy et de Ravel.

2. Allusion à la guerre des Deux-Roses, ayant opposé au XVe siècle la maison royale d'York (dont l'emblème était la rose blanche) à la maison royale de Lancastre (la rose rouge).

26

1. Rue du sud de Manhattan, entre Chinatown et Little Italy, à l'époque très mal famée.

27

1. Allusion à la phrase d'un aumônier de l'armée américaine, le révérend H.M. Forgy, pendant l'attaque de Pearl Harbor : « Priez le Seigneur et passez-moi les munitions. »

2. Nom de l'immeuble qui abritait le QG du KGB, dont les caves servaient de cellules de torture et d'exécution.

3. Feliks Dzerjinski (1877-1926), homme politique qui dirigea la Tcheka (1917-1922), puis le Guépéou (1922-1926).

4. Alfred Emmanuel Smith (1873-1944), homme politique américain. Candidat démocrate aux élections présidentielles de 1928, il soutint les républicains lors des deux élections suivantes.

5. Célèbre sportif, chanteur et acteur noir américain (1898-1976).

29

1. Spécialité autrichienne, gâteau au chocolat et aux abricots.

31

1. Incipit du célèbre roman de Daphné Du Maurier (1907-1989), *Rebecca*, publié en 1938 et adapté au cinéma par Alfred Hitchcock en 1940, avec Laurence Olivier, Joan Fontaine, George Sanders et Judith Anderson dans le rôle de la glaciale gouvernante, Mrs Danvers, qui, à la fin du film, met le feu au château.

2. Fleur symbole des soldats morts au combat.

3. Objet d'art figurant le mouvement des planètes et de la Lune, animé par un mécanisme d'horlogerie composé de roues dentées et d'engrenages actionnés par une manivelle.

4. Edgar Yipsel Harburg (1890-1981), parolier américain qui écrivit de nombreuses chansons, en particulier celles du film *Le Magicien d'Oz* (1939), interprétées par Judy Garland.

5. Chanson du film musical *Le Règne de la joie* (*Broadway Melody*), de Roy del Ruth (1937).

6. *Tutti frutti*, enregistré par Little Richard en 1955, à La Nouvelle-Orléans.

7. Fameuse réplique de Mae West à Cary Grant dans le film *Lady Lou*, de Lowell Sherman (1933).

34

1. Depuis le milieu du XIXe siècle, médecins et dentistes réputés sont installés dans cette rue. On y trouve aussi des hôpitaux privés.

35

1. Chanson de la comédie musicale *South Pacific*, créée à Broadway en 1949.

38

1. Allusion à la trentaine de « conversations radiophoniques au coin du feu » données par Franklin Roosevelt (1882-1945) tout au long de sa présidence, à partir du 12 mars 1933.

2. John Foster Dulles (1888-1959), diplomate américain, secrétaire d'État aux Affaires internationales de 1953 à 1959.

40

1. « … car avec le temps tu le retrouveras » (Ecclésiaste 11,1).

42

1. *The Story of the Little Red Engine*, série de livres pour enfants des années 1940-1950, écrite par Diana Ross et illustrée par Leslie Wood.

2. Roman de science-fiction de H.G. Wells (1896).

3. Gwendolin Mary John (1876-1939), peintre galloise, qui vécut longtemps en France.

4. Célèbre peintre britannique (1891-1959), dont plusieurs œuvres sont exposées à la Tate Gallery.

5. Gigantesque exposition organisée par le gouvernement travailliste dans toute la Grande-Bretagne au cours de l'été 1951, destinée à promouvoir le savoir-faire britannique dans les domaines de la technologie, de la création industrielle, de l'architecture et des arts.

6. Membre du Women's Royal Naval Service, corps féminin de la marine royale.

43

1. Allusion au poème d'Edward Lear : « Le Hibou et la Minouchette ont pris la mer dans un bateau couleur vert pois. »

2. Écrivain de romans policiers et d'espionnage (1896-1951), créateur du détective privé coureur de jupons Slim Callaghan et de l'inspecteur du FBI Lemmy Caution, bagarreur et grossier.

45

1. Jimmy Jewel (1909-1995) et son cousin germain Ben Warriss (1909-1993), vedettes de la BBC.

2. Personnage d'une série de romans policiers, vétéran de la Première Guerre mondiale et détective privé, réactionnaire, chauvin et xénophobe, imaginé par l'écrivain britannique H.C. McNeile (1888-1937).

3. Boisson lancée au Royaume-Uni en 1953, sorte de mousseux peu alcoolisé.

4. Émission télévisée en direct, lancée en 1955, où un animateur interroge un invité, célèbre ou non, sur sa vie.

47

1. Prison de haute sécurité de Manchester.

52

1. Lévitique 13,45.

2. Rosalinde, dans *Comme il vous plaira*, acte III, scène 2.

3. Un an plus tard, le 10 octobre 1957, un incendie se produisit sur le site nucléaire, situé au nord de l'Angleterre, près de la mer d'Irlande. Des mesures furent prises pour interdire la consommation de lait dans la région.

4. Allusion au poème de Yeats, *La Seconde Venue* (1919) : « Tout s'écroule ; le centre ne tient plus. »

53

1. Avant-port de Londres, situé dans l'Essex.

2. Langue inventée par George Orwell dans son roman *1984*.

3. Loi sanctionnant la divulgation des secrets considérés comme d'État.

4. Premier collège pour femmes, fondé en 1869, l'un des trente et un collèges de l'université de Cambridge.

5. Célèbre journaliste politique britannique (1924-1990).

6. Jour de l'indépendance des États-Unis (4 juillet 1776).

55

1. L'une des chansons du dessin animé *Pinocchio*, sorti en 1940.

57

1. *Who's on first* : célèbre sketch des duettistes américains Abbott et Costello, dont le comique est basé sur le nom de plusieurs joueurs de base-ball, Who (Qui), I don't know (Je ne sais pas) What (Quoi).

2. *The neck, the fingers, the elbow* (« le cou, les doigts, le coude »), *Henri V*, acte III, scène 4.

60

1. Célèbre bar situé au 59, Old Compton Street. Entre 1956 et 1967, date de sa fermeture, il accueillit de nombreux musiciens de rock'n'roll, dont Cliff Richard et Vince Taylor.

2. « This was their finest hour », discours prononcé par Churchill devant la Chambre des communes, le 18 juin 1940.

3. Matière autrefois utilisée dans la fabrication des films photographiques.

61

1. Allusion au *Magicien d'Oz*. Il s'agit de la route qu'empruntent Dorothée et l'Épouvantail pour se rendre à la cité d'émeraude.

2. Dans les anciennes cabines téléphoniques, une fois le numéro composé, il fallait appuyer sur le bouton A pour parler à son correspondant, ou sur le bouton B pour interrompre la communication.

3. Chanson popularisée par Bing Crosby en 1927 et reprise par Dean Martin.

63

1. Célèbre film de David Lean (1945), adapté d'une pièce de Noël Coward.

65

1. Richard Attenborough tenait le rôle principal dans le film *Le Gang des tueurs* (1947), tiré du roman de Graham Greene, *Le Rocher de Brighton*, et dont l'auteur avait signé le scénario.

2. Kolley Kibber est un autre personnage du roman.

3. Extrait d'un court essai de Chandler, *Le meurtre est un art simple*.

66

1. *To munch*, en anglais, « mâcher, mastiquer ».

2. Ancienne résidence royale, construite au début du XIXᵉ siècle en bord de mer. De l'extérieur, l'édifice ressemble à un palais indien.

70

1. Héros d'une série radiophonique de la BBC, comptant plus de sept cents épisodes, très populaire en Grande-Bretagne entre 1946 et 1951.

71

1. La phrase serait de Rudyard Kipling.

2. Scientifique et philosophe anglais (1561-1626). Il développa une théorie empiriste de la connaissance.

72

1. Acteur américain (1886-1970), interprète, dans plus de cent cinquante films, d'hommes du monde un peu ridicules.

73

1. *Bewitched, bothered and bewildered*, chanson très populaire aux États-Unis dans les années 1940, reprise par de nombreux artistes, notamment Ella Fitzgerald, en 1956.

75

1. Air Raid Patrol : service chargé de détecter les incursions des avions ennemis.

76

1. Haute cour criminelle.

2. Partie du bras de mer qui sépare l'île de Wight du reste de l'Angleterre, à proximité de Portsmouth.

3. Gâteau traditionnel polonais, au fromage blanc et aux raisins secs.

77

1. Voir *Black-out*, *op. cit.*

2. Poète, romancier et critique de jazz (1922-1985), considéré comme l'un des plus grands écrivains britanniques de l'après-guerre. Plusieurs de ses ouvrages sont traduits en français.

3. En 1945, Serov, envoyé en Europe de l'Est, procède à la liquidation de l'Armée polonaise de libération, met en place les services secrets polonais et la Stasi, la police politique est-allemande ; de 1954 à 1958, à la tête du KGB, il aide Khrouchtchev à liquider Beria. En 1956, il organise l'écrasement sanglant de l'insurrection hongroise.

4. *L'Enterrement des morts*, premier poème du recueil *La Terre vaine, op. cit.*

5. L'ouvrage de Tom Driberg a bien été publié, en 1956, par l'éditeur Weidenfeld, sous le titre *Guy Burgess : Portrait with Background.*

79

1. Organisation paramilitaire, anticommuniste et progrecque qui combattait pour la fin de l'occupation britannique de Chypre et le rattachement de l'île à la Grèce.

2. La reine Boadicée et ses guerriers appliquaient sur leur visage, avant de livrer bataille contre les Romains, une poudre bleue extraite de la guède (pastel des teinturiers).

81

1. Plat traditionnellement servi dans les pubs, composé de pain, de différents fromages, de jambon, de salade et de pickles.

2. Film musical américain de Mervin LeRoy (1933), chorégraphié par le célèbre Busby Berkeley.

87

1. John Ruskin (1819-1900), peintre, écrivain, paysagiste et critique d'art, proche des préraphaélites.

88

1. Allusion au titre d'un album de Cole Porter, *A Trip to the Moon on Gossamer Wings*.

89

1. Genèse 37, 3.

90

1. Jeu où les enfants doivent se passer et défaire un colis enveloppé de plusieurs couches de papier, contenant un gage ou un cadeau.

93

1. William Heath Robinson (1872-1944), illustrateur britannique célèbre pour ses dessins de machineries d'une complexité absurde.

98

1. Charles Babbage (1791-1871), mathématicien et inventeur britannique, précurseur de l'informatique.

2. Ou plus simplement Ashby, petite ville du nord-ouest du comté de Leicester. Son nom inhabituel vient de la famille bretonne de la Zouche, lorsque la ville lui fut donnée durant le règne d'Henri II d'Angleterre. Le château servit de décor au roman *Ivanhoé*, de Sir Walter Scott.

100

1. L'une des neuf plus grandes public schools britanniques. Winston Churchill y a fait ses études.

101

1. Richard Horatio Edgar Freeman (1875-1932), journaliste et scénariste, auteur de séries de romans policiers publiées sous le pseudonyme d'Edgar Wallace.

2. Arthur Lewelyn Jones, dit Arthur Machen (1863-1947), écrivain gallois, célèbre pour ses romans et nouvelles fantastiques.

102

1. 1 Pierre 4, 8.

103

1. « L'esprit est ardent, mais la chair est faible » (Matthieu 26, 41).

104

1. Acteur sud-africain (1913-1976), qui a joué aux côtés d'Alec Guinness dans le film *De l'or en barres*, de Charles Crichton (1951), où quatre compères passent en fraude des lingots d'or fondus en forme de tour Eiffel.

2. Allusion au dicton anglais : « *The proof of the pudding is in the eating* » (mot à mot : « C'est en mangeant le pudding qu'on le reconnaît », autrement dit : « C'est à l'usage qu'on reconnaît la qualité d'une chose »).

3. *Hamlet*, acte III, scène 4.

105

1. Sir Osbert Lancaster (1908-1996), dessinateur humoristique anglais, célèbre pour ses vignettes publiées dans le *Daily Express*.

107

1. Cassius parlant de César : « Voyez, il foule comme un colosse cet étroit univers » (Shakespeare, *Jules César*, acte I, scène 2).

2. Allusion au poème de Lord Tennyson (1809-1892), *Mariana*.

3. Allusion au poème *Dulce et decorum est*, écrit pendant la Première Guerre mondiale par le poète anglais Wilfred Owen, mort le 4 novembre 1918, une semaine avant l'Armistice. Le titre latin est tiré des *Odes* d'Horace (III, 2, 133), *Dulce et decorum est pro patria mori*.

4. *The pig got up and slowly walked away*, chanson popularisée par Frank Crummit en 1934.

5. Sir James George Frazer (1854-1941), anthropologue écossais, le premier à avoir dressé un inventaire planétaire des mythes et des religions. *Le Rameau d'or* comporte douze volumes, parus entre 1911 et 1915.

Note historique

1. *Histoire de ma vie*, Fayard, 1976, traduction de Denise Meunier.

2. Acteur britannique, décédé en 1995 à l'âge de cinquante-sept ans, élu « plus grand comique de langue anglaise de tous les temps » en 2005, connu outre-Manche pour son personnage d'E.L. Wisty, un monsieur Je-sais-tout qui monologue sans fin. Il finançait le magazine bimensuel satirique *Private Eye*, pour lequel travaillait Driberg.

FSC
www.fsc.org
MIXTE
Papier issu de
sources responsables
FSC® C003309

10/18, une marque d'Univers Poche,
est un éditeur qui s'engage pour
la préservation de son environnement
et qui utilise du papier fabriqué à partir
de bois provenant de forêts gérées
de manière responsable.

Imprimé en France par CPI

N° d'impression : 3014468
Dépôt légal : avril 2016